作者简介
About the author

　　易诗风，作家，诗人，著有诗集《黑郁金香》《金火集》《星云集》和长篇玄幻爱情小说"风神"系列等。

　　有人说他因诗而生，一世如风。他梦幻而漂泊的一生，如同一场星际旅行，为了抵达星光璀璨的浪漫，而忍受了无数黑夜真空般的孤独。他的诗作大多以爱情为主题，宇宙为背景，凭借惊为天人的想象力创造出史无前人的意象，空灵幻美，旷古烁今，所以被称为"未来诗人"。

　　网友评价阅读他的作品有如身临其境，随着文字的牵引，超脱了地球的大气，进入一个空旷无人的世界。那里你看不见尘土，虽然有风……

　　其历时十五年创作的"风神"系列分为五部：《寻找从未遇见的自己》《我曾朦胧地说过我爱你》《忘记你，就像闭上眼睛忘记黑夜》《无法征服你，便征服全世界》和《遇见你，就像另一世界与你重遇》，将于2021—2022年陆续出版。

寻找

从未遇见的自己

A Search for
the Unrealized Self

易诗风　著

 海天出版社
HAITIAN PUBLISHING HOUSE

· 深圳 ·

Chapter 1 / 第一章
任秀明

Chapter 2 / 第二章
孔雀公主

Chapter 3 / 第三章
芭蕉公主

Chapter 4 / 第四章
孙悟风

第一章
Chapter 1

任秀明

1. 回到天使

我骑着马站在大云山之巅，破开人间重重的迷雾，去眺望这一片神笼罩着的大地。

我曾矢志不渝地坚信，秀明哥一定会回来的，在一个万众瞩目的日子里，骑着他追风的骏马；或者永远都不会回来，这样人们才会将他的传奇故事永世相传，永远地去怀念他。

而我一直坚持的信念竟然就这样实现了——有人说，秀明哥已经回来了，我已经长大了，我就是秀明哥。那曾经的我又去了哪里？难道已彻底走失，我不再是我自己？

这就像平行世界的一个魔术，如今的我就像站在另一世界回望过去的自己，恍如站在杲杲烈日之下去怀想那一片宇宙的曈曚初光。而在这之前，成为秀明哥那样的人一直是我的梦想。当有一天我骑着马穿越了梦境，沿途经历的却只有冰山的险峻与事实的嶙峋，最后羽衣蜕尽，由此进入一条更为艰辛的生命……

有时候，我不禁望着不再五光十色的河面，怅然地想，假如时光能够倒流……

假如时光能够倒流，于是我循着生命之河逆流而上，沿途我看见那个水中的倒影在不断倒退缩小，直到变成三岁的小天风——当我还是一位天使时的模样。

我们曾经人人都是天使，因为我们拥有一对想象的翅膀。它曾是一切灵感之源，每一根羽毛都代表一种可能性。而当我们有一天从云中坠落，坠落到纷纷扰扰的人间，成为普罗众生的一员，从此忘记翅膀，只在梦中飞翔……

当我还在不断坠落的时候，穿过浩渺的云烟，我迷蒙地睁开双眼，隐隐能看见那座巍峨的大云山，它那雄奇的轮廓，如同隐藏在天象之中。

那天象之中，龙脊山沿着大云山以南，如同一条汲水的蛟龙凌空而下，蜿蜒延伸至山底的一片水塘。在它的合围之中是一片遮天蔽日的，鱼鳞云一般的黑瓦，宛如合抱着的一团人间的乌云。在那乌云之间，透过一棵高大的泡桐树浓密的枝叶可以看见院子里一群小孩正在追赶着小天风，一边追一边拍手叫喊着："街巴佬，吃猪草，吃不饱，往乡下跑……"

小天风被逼退到一个角落，险些摔倒。他恼怒地把嘴捏得像鸭子那样吹哨子——那是他哥教他的最简单的呼哨。吹了两三声却没吹响，那些小孩便开始嘲笑他，急得他小脸通红。

终于他吹响了，远处立即传来一声长长的呼哨与他遥相呼应，那嘹亮的声音划破长空，振奋每一个人的神经末梢。

此时，一匹骏马正尘土飞扬地奔腾而来，整个村子都地动山摇。

2. 全新的梦幻

待那匹马在小天风面前停下，小天风的三哥任秀明从马背上纵身跳下，他那强大的气场立马把那一群小孩吓跑。

"哆哆（哥哥）——"小天风激动地投向他的怀抱，一脸委屈地说，"藕（我）不系（不是）街八路（街巴佬），藕（我）不系（不是）街八路（街巴佬）……"

"你呀，就是一只土八哥——"任秀明摸了一把他的头，将他一把抱起，让小天风坐在他那健壮有力的胳膊上，然后另一只手把外衣搭在肩上，牵着马向村落走去……

此时，小天风便感觉自己如同坐在巨人的肩膀上，在大山一般的延绵起伏之中，全部身心都得到了慰藉。

任秀明排行老三，小天风还有三个哥哥和一个姐姐都到沿海打工去了。即使到了春节，小天风也很少能见到他们，因为他爹说钱没赚够最好不要回来，来来去去浪费车费。任秀明在城里念完书，又留在城里打了几年工。小天风听说秀明哥曾在城里的一家马戏团工作过，这工作更为他的过去平添了几分浪漫的神奇。有一天，他爹帮宗亲修葺房屋时屋子发生倾塌，他爹被压断了一条腿，任秀明不知从哪弄了匹马，昼夜兼程赶了回来。回来那天，他穿着一件迎风招展的长风衣，头戴一顶西部牛仔礼帽，骑着马伫立在那明净的高空下，如同远方归来的游子那般深邃地望了一眼生他养他的这片热土。

而小天风站在明亮的阳光底下，眯着眼睛望着这个不曾熟悉的哥哥，他的高大威猛却从此撑起了小天风的那片天空。也许是很多人都说小天风长得很像秀明哥小时候的缘故，小天风总感觉他与秀明哥之间似乎有着一种说不清道不明，如同镜子般魔幻的感情。

"别以为骑匹马就是白马王子！尽搞些中看不中用的，既耗草料，又不能干农活，这马肉也没人吃，养来作甚用？父母做牛做马侍候你们半辈子了，有那买马的钱何不拿来孝敬父母？"

"穿这一身行头少到外面丢人现眼，任家的丑都让你丢尽了！穿衣敞开胸怀，你以为这就是豪迈？帽子烫个边，你就当出国留洋回来？你要是像清流家的大儿子那样从美国拿个博士文凭回来，或者像广怀家的二儿子那样开着几十万的豪车回来，我也便什么都不说了！"

"自古以来笑破不笑补，好端端的裤子为何挖几个洞？我看一不美丽二不大方三不庄重，穿着这些破布烂巾，你家丑卖多少钱一斤？我都为你感到害臊！"

这任老爹自从一条腿被压断后，脾气暴躁得很，尽管秀明哥每天悉心照料着他爹，他爹就算躺在床上动弹不得，也不忘时时数落他一顿。

小天风不知是哪里出了错，他爹怎是看秀明哥不顺眼，就像秀明哥不是他亲生的那样。但在小天风心中，秀明哥却是村里最亮眼的那个。而对于村里的女人来说，任秀明就像一阵春风，他回来之后的第一天便令大地回暖。他那张景色怡人的脸，树木一般爽朗的笑容，林泉一般宁静柔软的眼波，山脉一般美轮美奂的肌肉线条，和全身散发出的明媚的阳刚之气，怎么都与山野和春天有关。

他就像远方一处明丽开阔的风景，望一眼便天高云淡，陌上花开，似乎永远也无穷无尽。他的俊朗清新，他的超凡脱俗，如同一个全新的梦幻。人们遇见他时总会情不自禁地停下来多望一眼，小天风在村头巷尾总是能听见议论他的声音：

"这不是秀明吗？去城里读书时还只有十四五岁，如今都长成一条汉子了。人说女大十八变，我看这男人也是一样啊！"

"去过城里几年就是不一样，真是什么都敢穿。不过，这身行头穿他身上，就好比一尊开了光的佛像，简直是人见人爱，花见花开！"

"我看这任秀明绝对可以稳坐龙泽乡第一把交椅了，即使在城里我也没见过比他更帅的，不知他还回来干吗？以他的外表，在城里吃软饭都够本了……"

"哈哈，看来他在城里一直都没找女朋友，这下大家都有机会了！"

"你不知道他是特意回来照看他爹的吗？"

"恐怕也是为了和他青梅竹马的那个人吧！哈哈！"

待他俩走近，那几个如同一群麻雀般叽叽喳喳的女人吓得赶紧散开，只剩下一位朝阳般的女子端着木盆慌慌张张地向他们走来，经过秀明哥时，在他耳边低低地问了一句："有要洗的衣服没？"

"洗完澡才有，不如你帮我把澡也一并洗了吧！"秀明哥粲然一笑，流露出他那独有的、狂放不羁的浪子气息。

那女子像羞红了的映山红，低下头便走。小天风愣愣地望着她，叫了一声"照照姐"，她也没敢回头。

照照姐大名黎照，是任清流的外甥女，生得灵秀俊美，就像任云铺的艳阳天，一笑起来便如同一片云彩在天空绽开。尤为可贵的是她不姓任，因为任云铺有个不成文的规矩，不能找同姓的结婚。

3. 桀骜不驯的汉子

快到家门时，秀明哥放下缰绳拍了一下马背，那马儿便自行小跑着奔向柴房。

跨过一道古老的青石门槛，便走进了他家堂屋。任云铺虽有四百多户人家，却都是一个祖宗繁衍下来的后代，不仅房屋建筑风格统一，就连风土人情也体现出同样古老的遗风。所有的人家借瓦檐橡柱连接在一起，形成一个庞大的村落，被称为"龙屋"。走在任云铺古老的巷道，晴天不被晒，雨天不湿脚。所以在任云铺，最有感召力的莫过于这一句：我们生活在同一屋檐下——

一走进他家堂屋，一股阴翳的气息便扑面而来，从那阴间一般的阴凉中似乎仍能感受到任家祖先几百年来的荫庇。那阁楼的橡柱和暴露的瓦檐令偌大的空间尤显幽夐空旷；从那天井上方倾泻下古时候的光，落在长满青苔的方池里，那潺潺的细流便如同在诉说着一个古老的故事；至于周围那些残破的屏壁、门槅和花棂，无不反映出这座老屋的经年和几代人的荣辱兴衰；正对着大门的那面灰暗的土墙上挂着一幅黑底金字的牌匾，横批是："千古流芳"。竖批写着："千秋祖德流芳远，万代宗功世泽长"。牌匾中央挂着的据说是任家祖宗的遗像，容貌已与这几代人相差甚远，那脸上的威严与慈祥都似乎已在岁月的沧桑中凝固；遗像下方有一个神龛，神龛下面摆着两把古色古香的太师椅和一张条桌，那里也是爹爹每天给小天风上早课时临时的私塾。而此时他爹正端坐在一把太师椅上抽着烟斗，缕缕青烟与光线交织在一起，如同在一个幽冥古老的梦中神游。

"秀明，你过来——"每当听到他爹如此郑重的语气，小天风便自觉地从秀明哥身上下来，默不作声地站在一边。

"你背着我做的事，别以为我不知道——"任老爹将秀明哥之前交给村长的一份《任云铺旅游开发可行性报告》摔在身边的条桌上。

"您要不知道的，定不是坏事。"秀明哥镇定地停了下来。

"不管你做的是好事还是坏事，可是绕一个圈，还是会回到我身上。虽然我没当村长，可是有哪一任村长不尊重我的？"他爹吐了一口烟，盘起另一条腿，就像一尊佛像坐在高高的庙堂上，眯着眼睛望着秀明哥，以一副幽暗中的悠悠之态，来维护他至高无上的权威。

"所以说我不得随意越级，跨过村长和族长来向您汇报，我的父亲大人——"秀明哥取下礼帽，优雅地向他爹行了个礼。

这个滑稽的动作打破了一切常规，令小天风可爱地笑出声来。

平时不苟言笑的他爹咳嗽了一声，强忍心中的怒火，继续把这游戏进行到底，"嗯，行吧，我再问你，我放在屋后的那几根楠木哪去了？"

"用来帮清流老爹修房子了——"

"混账，这都是我和你娘打棺材的木头，竟然都被你败掉了！"他爹拍着桌子怒斥道。

"因为以您的福量，必定寿与天齐，我也希望能多孝顺您些年——"秀明哥绅士般把礼帽托在胸口，仍保持着鞠躬的姿势，"并且这些楠木都将物有所值，清流老爹说晚些时候会主动找您结账的——"

"他呀，就是一条挖油虫，你就别谈什么物有所值，只当给他做棺材了！"任老爹气咻咻地说完，磕了磕烟斗里的烟灰，然后重新添加了一些思绪，又问道，"清流老爹本打算等整个龙屋拆掉重建的，你定是背后使这黎姑娘帮你说服了他！"

"非也，告诉您一个秘密——"秀明哥神秘兮兮地贴近他爹耳根说，"其实他大儿子从美国回来了，只是清流老爹没跟外人讲，还偷偷在他大儿子城里新买的楼房里住了一向（方言，表一段时间）。他大儿子跟清流老爹说，我宁愿出十倍的钱来帮您修缮老房子，也不愿花一倍的钱来帮您重建，因为这老房子本身就是一个古董，比新房子可值钱多了——"

"你当这龙屋是古代的皇宫？值钱？值个屁钱！任向东为了送儿子读大学，拿房契作抵押找王大富只借到了五万块，要找银行估计一个子都贷不到！"他爹重新点了个火，猛吸了几口，烟斗里便冒出几颗火星来。小天风知道，他爹该正式发飙了。

"爹，金屋银屋都远远比不上祖上留给我们的这片木楼土屋！相信我，在整个中国也找不出几处由六百多年前的一户人家衍生出来的，保留得如此完整的一个庞大的村落！这别具一格的古建筑风格和祖上遗留下来的民俗民风就像是一块活化石，都将是世界文化遗产不可缺失的一部分，而只有富有民族特色的东西才能让我们屹立于世界之林！现在龙屋不值钱是因为还没引起人们的重视，等我们把旅游开发起来了，不仅房产可以大大升值，而且从此大家都可以依靠旅游业来发家致富……"

"别说得像吹糖菩萨一样，谈何容易？任云铺祖祖辈辈务农为生，你劝他们洗干净脚上的泥巴，从此举着个喇叭筒，用绕口的普通话，对着把我们当一群史前猿人的游客叫呱呱，让他们掏钱乐开了花，只有鬼才相信！这任云铺一没皇家风尚，二非历史悠久，三没名胜古迹。论人文，这任云铺几百年来一片空旷；论风景，这龙脊山也是一片荒芜。别以为我一个土包子没见识，它能和山西的乔家大院比吗？它能和四川大邑的刘家庄园比吗？它能和福建宏伟的土楼比吗？我们连忽悠人的资本都没有，谁又会跑来这个小山村看这一片瓦砾，见识我们这一群乡巴佬的陋习？"当他爹铁齿铜牙、唾沫横飞地一口气啐完，连小天风都为他爹的出口成章、滔滔不绝而感到惊叹。

"难道您就从未为任家祖先而感到自豪吗？"秀明哥上前一步问道。

"人应该正视自己，我们只是在一个狭小的空间敬仰自己的列祖列宗罢了，倘若要搬上世界之林，便是有些自不量力！像你，会为这么一个断腿的老爹而感到自豪吗？"他爹拍着桌子反问道。

"会！"秀明哥铿锵有力的声音，"是您教了我们这么多做人的道理，严于律己，宽以待人，勤劳俭朴，自力更生，诚实笃信，刚正不阿……"

"你呀，好比粮铺里的烂红薯——还要放肆地削（学），就你那点木工技术，也只不过是瞟学了些皮毛而已！你以为你这就超得了我？做人做事上，你还差远了！"听了这话，任老爹还算宽慰地敲了敲烟斗里的烟灰，但那好似铜墙铁壁一般的脸上不曾透露出半点欣喜之光。

"以后还望您老人家多多指教，把您独门的手工绝活都传授给我——"秀明哥虚心地向他爹壮士抱拳，又鞠了个躬。

——任老爹在当民办教师之前，是为数不多的继承了任云铺祖上传下来且自成一派的明清风木工手艺的匠师。他那双布满青筋的雕刻手，木银铜铁无所不能。所有的木工配件，门环合页，铜锁拉手，都是他自己雕刻模子，自己灌注打造。只有他才能做得出那些雕屏镶色的古式家具，任云铺的建筑只有他才能修缮得尽善尽美，看不出任何痕迹。所以他没当木匠后，村里的人还会经常请他，而他碍于情面，从不会拒绝。秀明哥自小便喜欢看着他爹做木工活，也偷学到了一些木工手艺。

他爹继续漫不经心地说："总之，这任云铺四百多户人家，虽然都是同一个祖宗生的，但那人心早已是你打你的小算盘，我有我的心思主意。你要他们集资两百万来创办这家旅游公司，简直是痴心妄想！还有一件事忘了告诉你：在你还没回来之前，族长曾为龙屋是彻底修缮还是整体重建召开过两次族会，每次开族会都请我做上宾，而每次商议都是因为大家拿不出钱来而告终，所以我劝你还是死了这一份心！从此就别想着吃轻松饭的事情！你要在城里混不下去了，就留在家里脚踏实地，老老实实做些事情！兴许老子还赏你一口饭吃！"

有时候他爹突然变冷，说出刻薄的话就像一堆狂乱的刀片在秀明哥那张秀美的脸上任意乱割，硬是把他的俊朗鲜明一点一点活生生地剐去，造就他面对现实的冷峻。

"在我看来，祖上传给我们的龙屋是一笔极其珍贵的财富，倘若毁在我们这一代人手里，实在令人痛心。我只是为了挽救龙屋而尽自己的一份心力……"小天风眼看着秀明哥的心火就这么一点一点弱下去……

"你无非是在外面混不下去了，听说清流家厢房垮了就急忙赶回来，想说服全村都来修缮，好在中间赚几个零角子！"他爹反唇相讥道。每当他爹说出这些难听的话，小天风便感觉他爹包着的嘴角就像一道苦涩的饺子边。

"爹，您就这么看低你儿子的能力和人品？"秀明哥最后失望地说。

"你要真有这个能耐，就要学在城里做地产的彦少华那样，所有大彦庄修桥修路，村民家的别墅都由他一个人掏钱来修，你便是为祖上争了光！"

"人各有志，我不认为我做的事没他做的伟大，我只是还没成功而已——"秀明哥挺起胸膛，不以为然地说。

于是，两人越争越激烈，看来他爹硬是要把秀明哥的个性像犀牛一般关在笼子里，从此不再去想草原的事情。而秀明哥却偏偏要挑战他爹的权威，一定要从樊笼中冲出去。任老爹凭一肚子的诗学文采，一手的手工绝活，再加上一脉单传的奇门风水，还有他平时的克己为人，历来受村里人敬重，所以但凡遇到与他意见不合的，他就气得不行，更何况此人竟然是自己的儿子。而秀明哥也清楚他爹在任云铺的权威，要想保护这片祖上留下来的遗产，首先就得说服他爹。

那时的小天风总是左右为难，不知自己该站在什么样的立场。在他看来他爹总是对的，他既为他爹总是大发雷霆而感到心惊肉跳，又为秀明哥的桀骜不驯而感到痛心，因此总是处于动荡不安之中。

"你几斤几两我还不清楚，凭你那点本事，在外面赚不到钱，就别想回来打祖上的主意！再说，万一赔了，我家从此还得安宁？你可是屁股一拍就跑了，老子可是卖了祖屋也赔不起这个钱！所以这件事你想都别想，就算你说服了村长，甚至是族长和全村的人，老子拼了这条老命也会坚决反对的！"

任老爹要不是断了一条腿，早就一跳三丈高了。看来这秀明哥已将他爹的犟脾气彻底激发，把自己逼到了一个死角，不再有任何回旋的余地。

"就算是神也阻挡不住我想要做的事情，即使不依靠任何人我也一定会做到的！"

秀明哥凛凛说完，正准备转身就走。任老爹气得抢起身边的拐棍一棍便抽在秀明哥的胳臂上。他爹很久以前为自己精心打造的这柄龙头拐棍提前派上了用场，只不过多了一个用途——用来打人。

一旁的小天风吓得一惊，在天风童年的印象中，他爹是一个严厉苛刻之人，很少有人能如他的意。尽管他爹从未真正打骂过他，但每当他爹一发飙，天庭之威令地底下的虫子都会颤栗。

见秀明哥又引爆了他爹的脾气，小天风赶紧捡起一把文明的扫把交给秀明哥。以前每当他爹大发雷霆的时候，只要他乖巧地拾起扫把扫地，他爹的坏脾气总是会乖乖地躺在畚箕里。

"这就是我什么事都不愿告诉您的原因——"秀明哥眼里含着倔强的泪水说完，然后放下扫把，转身就出去了。

"你给老子滚，永远也不要回来！我从此没你这个儿子！"任老爹指着他的背影大声咆哮道。

只见秀明哥走到门口，打了个响亮的呼哨，那马便从柴房跑出，这条桀骜不驯的汉子飞身上马后，很快就消失无踪了。

他娘说，他爹是骆驼刺，只有骆驼能与他过。从未有人养过他，从来都是靠他自己，使得他如同铁蒺藜一般冥顽固执，只适合在荒凉和干旱的地方存活。尽管外人看上去是一片阴翳清凉，近距离却能把人扎得遍体鳞伤，体无完肤——

善解人意的小天风也知道他爹此时的伤心已不言而喻，他也不知如何用语言来安慰他爹，只好轻轻抚摸着他爹的手臂，用他那颗幼小的心……

4. 生病的家庭

秀明哥的离去给一家人都带来伤感，剩下的是一个生病的家庭。

他娘对他爹一肚子抱怨，他爹只说了一句："家鸡打得堂前转，野鸡不打自己飞。只要不是野种，就会自己回来的——"

那晚他娘在小天风的协助下，费了九牛二虎之力才把他爹扶到餐桌旁。

无论遇到什么事情，他爹那张瘦削的脸总是显得矍铄清癯，衣服总是没有一点皱边，一头白发梳得光溜溜的，无论从哪一个细节都能看出他平时为人的一丝不苟。

只有在昏黄的灯光下，才可以看得清他爹脸上那梯田里的坑坑洼洼，据说那是他小时候得天花留下的瘢痕，也是他一生的痛。很早以前他爹曾在城里教过书，因为总被人嘲笑，一怒之下便带着这鬼斧神刀的印记和对人世间的憎恶回到了乡村，再也没出过远门。

他那双熹微的眼睛里似乎藏着神鬼莫测的使命，总是看不见悲与喜，从里面有时流露出神出鬼没的天光，令人的灵魂无处遁形。他娘说，他爹能看见神鬼，只是他什么都不说。

他爹就像这所老屋子至高无上、无所不能的帝王，甚至能主宰屋内的空气。他爹笑，整个房子都在动摇；他爹板着脸，整个房间都是死气沉沉的……

而这晚，那饭菜便如塑料一般难以下咽，再也没有往日的欢笑，只有不时的叹息。

紧接着那一晚倒春寒便来了，呼呼的穿堂风在空荡的屋子里回旋着，那种萧瑟，那种凄厉，简直令人穿心。

尤其是那天他爹抽了很多的烟，整夜都像台鼓风机一般咳个不停。他爹一遇到烦心事，总嫌烟斗不够毒害灵魂，甚至卷起生叶子，往手心里滴溜溜地一搓，一下便搓成了一个喇叭筒，点燃后用力吸一口，有时还会出现一闪一闪的明火。每当此时，他娘便会跺着脚咒骂着："抽吧抽吧，你要是成了短命鬼，我是不会为你守寡的！"——这是少数他娘还能训斥他爹几句的时候，只有这个时候他爹才会乖乖地收起卷烟，平复如初。

小天风躺在隔壁房间的床板上，辗转反侧。他在担心他娘该怎么睡，白天还要做那么多的事情；他翻个身又在想，这么冷的天秀明哥去了哪里，会不会独自在外流浪，又冷又饿，一个人默默伤心。

自从任老爹腿压断后他家原有的生活秩序便打破了，秀明哥赶回来重建的这个新的秩序，又再一次因为他的离去而打乱了。此时，唯有他娘任劳任怨，就像补衣那般缝补着这个破碎的家庭。

第二天清晨，他娘去担水，每次只担得起半桶，跑了好几趟才把水缸勉强注满。他爹曾说过，即使自己是个土包子，也要做一个土绅，所以哪怕腿断了也要保持他一贯的风尚，一定要去茅厕才能办"正事"。他娘跟跟跄跄地扶着他爹，险些两个人都跌倒在茅坑里——要不是秀明哥从城里一回来便为他爹赶制了那把坐便椅，他娘都不知怎样才能协助他爹完成如此艰难的事情。

看着他娘一脸忧心的样子和头上不断增加的银丝，小天风心中有说不出的痛惜。那几天，他就像长大了几岁一样，默不作声地帮他娘择菜、烧火、扫地；帮他爹倒尿罐、端茶送水，尽心尽力地做他力所能及的事情，也给爹娘带来了稍许慰藉。而他爹即使躺在病榻上，强忍住所有悲痛，也都风雨不改地依旧每天上午教小天风读书练字。

直到第二天下午，照照姐这个晴天般的女子的到来，重新让他家敞亮。照照姐是任清流的外甥女，任老爹的腿正好是帮任清流家修葺房屋时被压断的，尽管赔钱不多，任老爹从无半句怨言，所以照照姐主动上门来帮他家做事便成了一件名正言顺的事情。尽管他娘一再推辞，而一切光线的漫射都照样进行。投射到哪里，哪里就明窗净儿。她贴心的照料，温暖的言语，令任老爹感到无比舒心。她就像晨曦的第一缕阳光，总是能透射进入灵魂最幽暗的丛林。一段时间以来，照照姐和他爹之间就像达成了一个伟大的默契，而这个默契的标的就是任秀明。

但照照姐还没成为自家人之前，不可能成为他家的灵魂支柱。秀明哥没回来，他家仍然像一张缺了腿的桌子一般，即使仍能在空气中静立，但若有所失的感觉依然萦绕在每一个人的心头，挥之不去……

自从那次任清流家厢房倒塌之后，整个村子便陷于一片恐慌之中，很多户人家一直都在积极讨论任云铺的整体重建方案。秀明哥便挨家挨户地去上门讲解他的旅游开发计划，说服他们千万不要拆祖屋，并且承诺一年之内一定会争取到一大笔资金，请最好的建筑师来设计加固工程，绝不用自己掏一分钱。有这么好的事情，当时无人能信，秀明哥原本就陷入了孤立之中，而他突然的销声匿迹更令人觉得他的那些话如痴人说梦般已全化为泡影，只待人们彻底忘记。

那些天，小天风显得尤为孤独，他总是一个人站在凄清的门槛上，翘首凝望着那条蜿蜒的公路，企盼那个熟悉的身影能转身回来，回到这个温暖如初的家庭，一家人不再有任何芥蒂。

又过了两三天，他眼睛都望穿了，也没等来秀明哥。小天风突然想起秀明哥教他的鸭子哨，便捏着嘴吹了两三声，那空洞的声音过后却不再有回音。这本是他与秀明哥之间的约定——当他需要秀明哥的时候，只要吹一声哨子，秀明哥就会立马出现。

5. 浪漫的乐园

那呼呼的北风吹了好几夜，直到有一天晚上他们在夜风的飘狂中突然听到一声马的嘶鸣，就像重新收到了春天的信息，他们惊扰的梦顿时风平浪静。

第二天清晨，小天风便兴奋地早早起身去看，在久违了的晨光中果然看到秀明哥挑水的身影，那水又变得有活力起来。一缕朝阳投射在他俊秀刚毅、明媚如初的脸庞，松林一般静谧，看不到一丝往日的阴影。

他爹从小天风口里证实秀明哥确实回来了，什么也没说，脸上却也有着晨光的振奋；而他娘见了秀明哥顿时就像遣散了满天乌云，解放了全部身心。一切又回到原来的节奏里，晨光如此美好，值得每一个人去加倍珍惜。

秀明哥依旧晚上做木工活，白天忙完家里的事便匆匆出去，每天骑着马来来回回，戎马倥偬一般忙个不停。时间就像他那张巧夺天工的脸，找不到半点接缝。他那俊朗的脸上总是洋溢着青春的活力，笑角的光辉擦亮每一个人的心灵。

有时他爹会偷偷问小天风一句："你哥每天忙忙碌碌地在干些什么？"

小天风只能是不知所措地摇头，他爹便不由得叹了口气。

那一段时间，秀明哥和他爹之间不再言语。但每当他爹想要起身上厕所的时候，想坐在餐桌前和家人一起好好吃餐饭的时候，秀明哥总是会及时出现。即使没有任何言语，他们的身体之间却仍保持着那最初始的、温暖的默契。

而照照姐与他们这个家庭似乎也有了另一种默契：当秀明哥不在的时候她帮他照耀着整个家庭，当他回来便只照耀他一个人了。

这天照照姐把晾好的衣服还给秀明哥的时候，秀明哥发现她竟然帮他把牛仔裤上的破洞全补好了，每一个破洞都被她巧夺天工般绣成了一个个图案：有太阳，有飞鸟，有蝴蝶，有牵着手的男孩女孩，有玫瑰花，仿佛呈现的都是她内心的童话。

秀明哥顿时呆呆地站在那里，望着她惊讶得半天说不出话来。而她只是莞尔一笑，如同山花躲起来，那羞涩的眼神似乎留下了一句"不用谢我"，然后甩过那根秀美的大麻花辫，一个俏丽的转身便不见了。

看着秀明哥仍站在那里发呆，小天风便眨着黑豆般的眼睛望着他，秀明哥每晚跟他说过的王子与公主的故事里从来没有这样尴尬的场面。

一天凌晨，来了一部大货车在公路边悄悄卸下一车还沾着阳光雨露的花苗。没有人会在意这件事情，这似乎不会给一成不变的日子带来任何改变。

可是到了快吃午饭的时候，当小天风念完书走出门庭舒口气，一下便被眼前的景象惊呆了：原来他家门前的菜园竟然变成了一个种满玫瑰的花园，花园前多了一把情调悠长的长椅，长椅后新栽的葡萄藤似乎已向着梧桐树枝伸出了无数攀援的求生的小手；而从高大的梧桐树上垂下的诗意荡漾的秋千，已有那捷足先登的蝴蝶停歇在上面。整个院子此时看上去就像一个浪漫的乐园，看来秀明哥在用更大的手笔描绘着他心中的童话，他与照照姐之间的默契已显而易见。

除去这些，秀明哥特意为小天风保留了屋旁一棵低矮的无花果树。为了防止其他小孩攀爬采摘，秀明哥还在这棵树周围加了一圈栅栏。

小天风时常望着这棵树，就像望着他的救命恩人。此生对于无花果树，他都有一种异样的感情。

据说小天风一岁的时候体弱多病，差点夭折，倘若再做疝气手术的话随时都会有生命危险。他娘后来打听到一个土方，于是步行几十里路，远去大云山采摘了许多无花果回来，加入小茴香一起给他煎服，果然治好了他的疝气。为了便于往后采摘，他娘便将这棵无花果树从大云山移植了回来。

这棵无花果树生长在一个不起眼的角落，纤细的枝条，毛茸茸的树叶，依稀的树影如同他娘那单薄的身形，却用浓浓的爱意谱写着不朽的生命之绿。

看到眼前的景象，小天风恍如一下便从人间搬到了梦想的天堂，他迫不及待地爬上秋千去追赶钟摆，那种云上的幸福，给他苦难的童年带来了一对天国的翅膀。

6. 露天晚餐

这件事不会惊动火星照耀着的十三座州府，但足以令地球上龙泽乡的十二个村落感到震惊。任秀明正在用他的梦想和他为梦想付出的努力，改变着农村大地的容颜。

开饭前，他娘再三叮嘱小天风这件事先不要在他爹面前声张，小天风懂事地点了点头。

那天的午餐依然宁静，每个人脸上像什么都没有发生过那样。吃完饭，秀明哥照旧把他爹从饭厅搬回他的房间休息。

到了半下午，他爹被窗外的嘈杂人声吵醒，便唤来他娘询问。

他娘随便敷衍了一句："我见门口种菜尿臊屎臭，不利于你的康复，便要秀明把菜地移到后山去了，顺便移植了一些花卉过来。"

"我们农村人不就是在尿臊屎臭中长大的吗？是你忘了本，还是我思想太守旧？种花？我们农村人哪有这个闲心赏花？难道种花就不用粪肥，还要去买化肥不成？"他爹把眼睛一横，噼里啪啦就像一大串鞭炮炸开来。

他娘低头不作声，他爹便执意要他娘扶他出去看看。

当他爹走到门庭看到眼前的景象，那古板瘦削的脸上青筋即刻就像暴龙一般突出，震惊与愤怒在沿着青筋蔓延，似乎在矛盾的冲撞中寻找着一个宣泄的出口，却听见人们在七嘴八舌地讨论：

"好家伙！这美国农民就是不一样，一回来就把这里改成了美国的农庄，我听说外国的农村都是这样！"

"我就觉得任秀明这小子从小就喜欢标新立异，爱搞些异想天开的发明，长大一定会大有出息！"

"只可惜这花好看不中用，我们农村人有这种花的劳力和成本，都不如种菜种庄稼来得实在！"

"你懂啥，这花照样可以卖钱，现在的城里人买菜舍不得花钱，买花却大方得很哩！这种花可比种菜赚钱多了！"

"你才不懂哩，城里人管这叫小资，如今咱们农村也有钱了。城里人能小资，我们就不能小资一下吗？"

而更多的人发现今年任云铺的开春跟往年不一样，凡是有裸土的地方，都开满了油菜花，公路旁、田垄边，远远望上去就像一片黄金的海岸；今年的樱花也开得尤为灿烂，那淡紫的泡桐花也开得特别热闹，就像一串串密密麻麻喜庆的鞭炮悬挂在祖裎的枝条；而那田间的紫云英，就像无数颗绛紫色的星星，将整个大地装点得像天堂。远远望上去，这一丛丛，一簇簇，就像一团团亮丽的星云点缀着任云铺青砖黑瓦这一片秀丽的乌云，从此天上人间，连接在一起，成为一片仙境。

"这任云铺这样搞还真有点看头，也不知谁把油菜籽撒得漫山遍野都是。今年的泡桐和樱花也开得特别茂盛，是不是有人特意施了肥？"这一片欣欣向荣的景象令乡亲们如沐春风般振奋。

"还不是任秀明呗，自从他回来后，咱村里的风水都变了，一天一个模样！你没听说他给咱村弄的旅游发展计划吗？村里拿不出钱来，他便一个人开干了！"

这些嘈杂的评论声源源不断地向任老爹开始老化的耳膜涌来，他只觉耳边一片嗡嗡，眼前一片发黑，几次都差点摔倒。

"清德老爹健旺啊，腿好点没有？恭喜你生了一个了不起的儿子！"几个人见了任老爹便主动上前去打招呼，这"了不起"三个字在任老爹听来却像是最光亮的揶揄，就像脸上被人扇了一记响亮的巴掌后留下的三个手指印，令他不得不强作欢颜地退回屋里。

当晚霞漫天的时候，秀明哥骑着马赶回，小天风开始点燃第一个草把塞进炉膛，一会儿便能看见这一片祖屋炊烟袅袅，像一位垂暮的老人躺在山脚下，悠悠地抽着烟。

天气暖晴的时候，乡下人总喜欢把桌子搬到院子里吃饭，于天地间找到风餐露宿的那种感觉，这在乡间也算一件很惬意的事情。

秀明哥俊秀如初的脸庞上仍保持着松林一般的平静。安置饭桌时，他娘跟他使了个眼色，秀明哥便会意地点了下头。饭菜上桌后，秀明哥先把小天风放进他的那把小枷椅里。还没正式开饭之前，小天风先喝了一碗鲜甜的米汤，这米汤是特意为他准备的。他娘说，稻米的香味和营养都化在米汤里，只要沥了米汤，那饭便不再香甜，也没有那么多营养了。

一切就绪后，秀明哥像以往那样把他爹背出来扶坐在餐桌前的椅子上。而那天的晚餐显得尤为沉默，每个人都能感觉到有一种情绪正在酝酿，随时都会一触即发。

当他爹突然停下吃饭，用看不顺的眼神瞥了秀明哥一眼，像是正在空气中组织他的语言时，他娘便劝他爹不要动气。

"总是劝我不要动气，你看他做了多少先斩后奏的事情？我虽一把老骨头，却也从未迂腐过！他这样做，眼里还有老子吗？"他爹说完把筷子往桌上一拍，又戟指怒目地对秀明哥说，"有钱不孝敬父母，我看你有多少钱来烧！"

"现在是年轻人的世界，时代在进步，我们都过时了！你呀，腿瘸了也做不得农活了，秀明最大的优点就是孝顺。你看你一有事，他就第一个赶回，说不定下半生还得靠他来伺候呢！你就莫老来嫌了，安心吃口闲饭便好！"他娘只得摸顺毛般来劝他爹。

"常言道：子不教父之过。就是再讨人嫌，我该说的还是照样要说！我腿瘸了身子还硬，绝不靠任何人讨半口吃的！"他爹拍着胸，铁骨铮铮地说完，那下垂的山羊胡子便在晚风中飘扬。

小天风趁着他们争吵，不时地偷偷撒下一些菜和饭粒，从不让围着桌子底下转的小狗和鸡失望。

"行了，这都是我要秀明做的，你要骂就骂我吧！"他娘总是用那颗最柔软的心呵护着自己的子女。

"你呀，就别在这里充当挡箭牌了！这儿女都是被你惯的，这老大你不让我逼着他读书，你看他如今在城里卖个劳力，换工作都像走马灯一样；这老二找了那个拖儿带女的婆娘，直到现在都不敢回来……"他爹言辞一激动，唾沫都飞到了菜碗里。

而秀明哥三两口就扒光了碗里的饭，拾起椅背上的衣服搭在肩上，潇洒地起身走了。他从来都是这样，从不愿与这个世界发生纷争，只会洒脱地避让。

但不管如何，这也算是他爹这些天来破天荒地第一次跟秀明哥说话，虽未到达彼岸，却也预示着一切都已恢复到了日常化的进程。

秀明哥走后，他爹还在继续唠叨："你看他穿得就像个外国痞子似的，整天骑着马四处游荡，从不做正事，尽搞些花花草草，粉饰太平的东西……"

每当桌上的菜所剩无几，或者连续几天口味太单调，小天风便会自行从枷椅中爬出来，屁颠屁颠地端着饭碗走家串户蹭菜吃。那时的他是如此招人喜爱，他只需要端着饭碗站在人家门口给出一个腼腆的表情，就会立马被人热情地邀请进屋，舀上几勺热汤，夹上几块肉。尤其是到了照照姐家里，出来时准是小碗堆得可以触碰到鼻尖。而小天风羞于在别人面前吃人家的饭菜，化完斋便赶紧端着饭碗噜噜噜地跑回家吃。

在那个穿着开裆裤满世界跑的年代，回来的途中，在他那个微小世界里总会面临许多巨大的敌人：与他平齐的大公鸡是路上最危险的"拦路虎"，看它那铁面无私的表情，不把他的碗啄翻绝不会放过；有时才逃过大公鸡的追捕，院子里的两只大鹅会跑上来轮流戳他的屁股，痛得他一屁股坐在地上，哇哇大哭。此时只要他的秀明哥出现，不管是谁家的公鸡和鹅，包管一脚一个踢飞。

每当晚餐快要结束的时候，暮色便刚好湮没这座古老的村落，那些瓦檐的线条和背后群山的轮廓与黝黑的天际之间只剩下一个模糊的界限。这时，依稀的灯光便如无数迷蒙的眼睛一盏盏渐次亮了起来，唯独秀明哥的那间偏屋被照得一片雪亮，屋子里不时传出刨子与木头摩挲的声音，这时从他爹的窗子里总是会飘出一片咒骂声："白天不务正业，到了晚上便叫花子点灯，你以为不用电费？"

他爹语音才落，村落深处不知谁家的狗崽子也开始嗷嗷起哄，此起彼伏，互相呼应，待那狗吠声歇止，他爹方才平静下来。

小天风知道他爹为了省电，自己房间里装的灯泡如同蚊子的眼睛一般昏冥，他也曾为秀明哥这样大手大脚于心不安过。

他娘此时正忙着洗碗和准备猪食，闲得无聊的小天风便会站在秀明哥旁边，看他做木工活。小天风喜欢闻松木和樟木那大自然的芬芳，看着那细腻的刨花从刨口里欢快地开坼开来，他有时会拾上几朵，在刨花上挖两个洞戴在脸上当眼罩。秀明哥有时忙里抽闲，会给他做一柄木剑、一艘木船或者一把木枪，这都是任天风童年时最喜爱的玩具。

7．宁静的港湾

秀明哥总是忙到很晚才睡，而小天风每晚都盼着秀明哥完工以后和他一起睡，而这也是他爹严厉禁止的事情。

"你让天风早点睡，明早我还要教他读书认字！"从隔壁窗子随时会传出他爹严正的声音。

他爹腿断了以后，似乎仍然放不下民办教师的义务，每天早上七点到中午十二点便逼着小天风读书认字，像是急着要把他满肚子的墨水用橡皮管子对着小天风输送。

"他这么小，您让他一个人睡……"有时，秀明哥会觉得这样对小天风太苛刻，为他打抱不平。

"俗话说三岁定终身，从小我就要培养他的独立。我们小时候，还有你们不都是这样过来的？"

"即便如此，我总觉得您每天逼一个三岁的小孩子读书写字也有些过了，每个人的童年都应该是无忧无虑的……"

"你懂个屁！明年就要把他送回城里，而这是我唯一能送给他的，终身受用的礼物！"

一听说要把他送走，小天风便变得不安起来。

他赶紧着急地问秀明哥："哆哆（哥哥），爹爹肿么（怎么）要把藕（我）送走？系不系（是不是）藕（我）不听话，表（不要）藕（我）了？"

秀明哥抹了一把他的头，温厚地笑着说："如果我也去城里，你是留下，还是跟着我？"

小天风便无语地低下头来，乡下虽然是他的乐土，但只要有秀明哥在的地方就一定是天堂。

秀明哥帮小天风洗完脸、屁股和脚，便把他送到他的卧房，他爹会在隔壁聆听一切动静。

有时秀明哥会为小天风恳求，却总会遭到他爹的严词拒绝："让他一个人睡，自小就要培养他独立的习惯！"

秀明哥只好把小天风送回屋子，抱上床，然后帮他关好窗子和敞开着的柜门，对他说："晚上孤魂野鬼会到处乱跑，所以一定要关好窗；柜子里有柜神，所以睡觉前也要关好柜门；镜子里有镜神，熄灯后千万不要望镜子，否则镜神便会从镜子里爬出来——"说完，对小天风眨了一下眼睛，然后帮他关灯拉上门。

这秀明哥走后，小天风哪里还敢睡！房间里摆满了古色古香的家具，在小天风看来草木皆兵。他一会儿担心柜子有条缝，柜神会从柜子里像一片黑云般飘出来抓他；一会儿担心昏暗的镜子里突然映现一位青面獠牙的镜神。于是他便坐起来仔细聆听，直到隔壁他爹的咳嗽声渐渐消停了，他才蹑手蹑脚地爬起来，顺着墙壁悄悄摸到火房，从墙角的一个狗洞钻了出去。

当他再次看到星夜敞亮，便感到天地广阔，夜风清凉，心里有说不出的惬意。

走到院了，秀明哥早已以他那经典的秀明笑等在门口了。

随秀明哥跨进那座偏屋的正门，正对着的是一副楹联，横联是：千古遗风。竖联是：春祀秋尝，遵万古贤礼乐圣；左昭右穆，序一家世代源流。浑厚的笔力像是诉说着这间屋子深远的文化渊源。侧边几间屋子由于久无人住，已堆满了农具、木头和杂物，散发着陈旧的味道和木材的潮气，令整个屋子显得更加阴暗深邃。

秀明哥已停止了木工活，整个世界就像完全静音了。他洗漱完毕后便熄灯回到他那间卧房，点起了一盏煤油灯。这种光线总是能点亮一个人的心事，更适合怀旧。

小天风此时望着秀明哥那被煤油灯照得红彤彤的脸，好奇地问为何他爹不允许他俩睡在一起，秀明哥说得他起了一身鸡皮疙瘩：

原来，他家的主屋正对着龙脊山的龙头，相传小天风睡的那间主屋只有任氏宗族的龙脉才能住，否则就会半途夭折；并且能住这间房的这个人，只要谁的命运与他相冲并且得罪了他，那人都活不了多久。每一代人里都会有一个懂风水的来守护龙脉，而他爹恰好是他那一代最懂风水的那个。小天风出生时他爹就帮小天风算过命，说他是任氏宗族的龙脉，住那间祖屋能养龙气。这也正是小天风在整个任云铺集万千宠爱于一身，而秀明哥只能住在他家偏屋的原因所在。

"这些风水尽管都是千百年来人们生活经验的总结，但也是迷信的一种。迷信迷信，信则有，不信则无。我不跟爹爹辩驳，只是不想他又发气。"秀明哥一脸无奈地说道。

"那哆哆（哥哥），介（这）个系（世）上到底有没绳（神）仙妖魔？"小天风害怕地又问。

"其实这个世界上的神仙妖魔都是人心：神代表敬畏，仙代表羡慕，妖代表魅惑，魔代表恐惧。当你成为一个正直善良的人，就不会惧怕任何神仙妖魔；当你自命不凡，自强不息，你便成为这世上最厉害的神，无人能战胜你。这就是人定胜天的道理。"秀明哥说完便揭开灯罩吹熄了煤油灯，一缕黑烟随风飘散，所有的神仙妖魔便各自乘着风烟回到了原地。那贴在墙上的海报上的《第一滴血》中热血的史泰龙和喧嚣的桑塔纳乐队，便在两种文明的冲突中乖乖睡觉。

此时，秀明哥的怀抱就像一个宁静的港湾，他那深邃的男人气息，总是有如神灵般令小天风安然入睡……

8. 没有翅膀的飞翔

清晨，当公鸡打第一声鸣，小天风立即像弹簧一般弹起。见秀明哥已经在门庭前洗漱，他赶紧用两只手蘸了些冰凉的井水，小猫般抹了一把脸便匆匆跑了。

当他从火房的狗洞钻回去，恰好看见他爹正弯着腰吃力地撑着拐棍，望着水池里一地尿罐的碎片发怔。

自他爹一条腿被压断以来，倒尿罐、洗尿罐成了小天风每天清晨的职责。

小天风知道他爹又要雷霆万钧，便急中生智，赶紧用他爹平常斥责他的语气来教训他："你介（这）个化生儿（子），不等藕（我）来倒尿罐，好啦，尿罐打破鸟啦！"

他爹望着他，愣是半天没说出话来。他娘正好看到这一幕，忍不住笑了。任天风童年倒尿罐的这个典故从此便传开了，哪怕他长大后，当有人说起这件事，也会令他不好意思。

见他爹可以勉强撑着棍子步行了，秀明哥便做了一副精美的拐杖给他爹。他的想象力也太强大了，竟然在拐杖上加了一对鹅翎做的翅膀。

他示范了一下，撑着那一对天使之翼，很唯美很轻盈，也有些滑稽。

原以为他爹会满心欢喜，谁知他爹竟野蛮地把那对翅膀从拐杖上硬扯下来摔在地上。

从此，这对翅膀便成了小天风的玩具，可是披着这一对无知的翅膀却没能让他真正飞翔，多少令他有些灰心失望。

"哆哆（哥哥），藕（我）经已（已经）很努力啦，肿么（怎么）还系（还是）灰（飞）不请（不起）来？"

"来，你闭上眼睛——"

小天风便安然地闭上眼睛，秀明哥把他高高举起。他感觉到了高度，感觉到了自己像鸟一般飞速移动，他的心被欢欣鼓舞着，终于会心地笑了。

过了一会儿，秀明哥把他放下，他仍感到余兴未了，于是展开双手对秀明哥说："藕（我）还要——"

秀明哥想了想，问他："想不想来一场不用翅膀的飞行？就像孙悟空腾云驾雾那样——"

"好。"小天风自从看了《大闹天宫》的动画片，便对孙悟空的神通广大无限憧憬。

于是，他放下翅膀，按秀明哥说的那样把两只手放在下面，然后秀明哥握着他的手将他悬空提起，他便在空中翻了一个又一个的筋斗。最后秀明哥把他高高抛起，又把他接住。他只觉得天旋地转，整个身心已由不得自己，只有难以言喻的欢愉和刺激，令他咯咯笑个不停。

正巧这时，从飘窗露出了那对严厉的眼睛：

"你别把他摔伤了，你一个山野村夫，人家可是天之骄子，他的小命可比你矜贵多了！"他爹骂骂咧咧地说完，停了一会，声音又断断续续飘来，"你要有这个闲工夫，去把田耕了，你那畜牲也该派上用场了，别整天骑着它游山玩水，像个公子哥似的……"

秀明哥无奈地将小天风放下，小天风惊讶地望着秀明哥，他无法理解他爹保护他的这种方式，把他的快乐用刻板的说教来代替。但他爹的威严是至高无上、无法对抗的，对此小天风也只能是一脸的无奈。

9. 浪漫水稻田

细腻的春雨如同牛毛一般，落在脸上特别滋润，整个世界都在随风荡漾。

秀明哥骑着马带小天风去田垄看了看，却不知谁已帮他家把田耕完了。这是谁家做的好事？

等他回来，秀明哥还没来得及汇报这件事，他爹便慢条斯理地告诉秀明哥要他明晨趁着太阳不晒早点起来，黎姑娘会来帮他一起插秧。看来他爹是千里眼，而照照姐一定是顺风耳。小天风也自告奋勇地要一起去帮忙，他爹竟然默许了。他爹就像一位从来都固守自封的天神，有天突然拉开一小条门缝，那悲悯的天光也能令人无限动容。

四月的晨曦，放满了水的稻田就像一面明镜，将广阔的蓝天，秧苗嫩绿的影子和照照姐绮丽的身段合在一起。田野那边，草长莺飞，油菜金黄，樱花烂漫。远处的山谷里，不时传来布谷鸟空灵的叫唤声。那马儿在路边无忧无虑地吃着青草，有人牵着牛漫步跨过了山坡。光阴皎洁，而麻雀群飞，整个世界犹如沉浸在一首欢快的晨光曲里。

秀明哥将田垄拉完线，就像给这片土地安上了生命的琴弦。

"看你在城里养得这般细皮嫩肉的，还干得了这粗活？"照照姐一边插秧，一边俏丽地笑着。清新脱俗的照照姐，此时变得像泉水一般富有活力。

"我开始做粗活时你还在地上摸溻鸡屎呢！倒是你，要晒得乌漆麻黑的，晚上就没人找得到你了！"秀明哥粲然一笑，又抛下几把秧苗。

"你呀，要找我还不容易？随时打个呼哨儿，我便像马儿一样奔跑来了！"照照姐又深情地望着秀明哥莞尔一笑，秀明哥转身从马背上卸下一大捆秧苗，也下到秧田和她一起插秧。

在天地间，在水田里映着这天造地设的一对，他们之间互动的眼波也宛如这灵动的水田。这幅温情的画面令小天风也迫不及待地甩掉鞋子跳进了水田。

午餐是他娘送来的。这是他们三个第一次一起吃午餐，照照姐脸上尽管洋溢着暖暖的幸福，却显得很拘谨，斯文得不敢发出一点声响来，只是用那对水稻田一般水汪汪的大眼睛不时多情地望秀明哥两眼，而秀明哥还是一副无拘无束的样子。小天风突然感觉其实他们三个才是一个小家庭，而他就像是秀明哥和照照姐爱情的产物一样。

待到下午所有的秧田即将插完的时候，照照姐又变得嘻嘻哈哈的了。趁秀明哥不注意，朝秀明哥屁股拱了一把，拱得秀明哥差点摔了个狗啃泥，照照姐便站在水田里咯咯笑个不停。于是一场泥浆大战便开始了，一会儿两人都一身污泥狼藉，成了两个花脸猫，小天风也被殃及池鱼，变成了一个泥娃娃。

待他们在隔壁水田里洗了一把脸和胳膊上岸后，看着那些羞答答的禾苗一排排低头伫立着，像是一位位待嫁的少女；微风徐来，那些排得整齐的禾苗在风中像是童话中的仙子一般翩翩起舞，给劳作一天的人们带来清凉的慰藉。

"辛苦你了，黎照。"回家的路上，秀明哥纯情地望她一眼。一抹晚照将她脸蛋照得红彤彤的，就像一颗喜庆的红鸡蛋。

"一点也不辛苦，和秀明哥一起插秧，是一件很美好的事情。"照照姐醉心地说完，随后他们在夕光中合在一起的影子便分开了。

那天晚上，小天风做了个甜蜜的梦，仿佛在宁静的田野上闻到了稻花的香味。他仰望星空，星空下起了一阵亮雨。他伸出手去接，全都是白花花的大米。落到他的碗里，变成了一碗香甜无比、冒着热气的米汤。于是，他在梦中会心地笑了。

10. 垦荒的队伍

不久，很多村民便自发地将门前的菜园都改种上了油菜花，或者完全学秀明家那样改造成了花园。为了鼓励更多的村民这样做，村长特地在后山划出了一大片地作为公共菜地。

每天清晨，秀明哥早早起来，就像一支唯一警醒着的、一个人的军队，扛着他那把挥师作战的武器——锄头，骑着马来到龙脊山，凭借他的顽强，他的倔强，他愚公移山的精神光辉，以他更为粗犷豪迈的大手笔，开辟着他新的战场。

小天风最喜欢看着他每日骑着马披着暮光回来，黄昏的他更加迷蒙，深邃：

他那集东方之美于大成、雕塑一般的脸庞上，坚定之中透露出悠悠之情；他那温柔纯净的眼眸，有时像大海，有时像深渊，有时像星空一般突然转向；那只有童话里才有的、纯良真挚的笑容时常挂在脸上，迷人的笑容如同水波一般在夕光之中荡漾，化开，令黄昏陶醉其中，久久不能忘怀。

这幅夕阳下的剪影在小天风的童年留下深刻的印记。秀明哥就像一个梦幻般的人物，骑着无拘无束的马匹，过着天马行空的游荡生活，他梦想长大后成为秀明哥这样浪漫不羁的人。

这天早上，秀明哥出门的时候，照照姐已扛着锄头在路口等他了。曙光将她照得红艳艳的，就像一颗还挂着露水的红毛丹。

"秀明哥，我看了你的旅游发展计划，真是完美无比，这对于全村乃至全乡都是一件大好的事情！"照照姐莞尔一笑，清爽的口气如同晨风一般清新，"而且我跟你爹说了，我绝对支持你的计划。你爹说，骄兵必败，他过去不断打击你，是想考验你的决心，省得你太骄傲；而有志者事竟成，如果你连他这一关都过不了，何以成大事！"

秀明哥粲然一笑，问道："哪里好了？"

"简直好得不可胜收！以后本姑娘就可以把家里改成民宿了，还可以在门口摆些手工艺品和土特产，坐地收钱；我舅妈做的乡村菜和小吃非常地道，她家堂屋也特别大，这样就可以把家里改成一家风味餐厅。整个修缮工程由政府出资，自家房屋又不用出租金，从此喜迎八方客，有客就做，包赚不赔，你说还有什么比客人找上门来更好的事情？退一万步，就算不能靠旅游赚钱，也能让所有人更热爱自己的家乡，产生更大的凝聚力。总之，秀明哥，无论你做什么我都会无怨无悔支持你的！"照照姐说话时就像从天上洒下了一阵紫云英花蜜，沁得连灵魂都是甜的。

随着照照姐的加入，又有不少村民自愿加入到这支垦荒的队伍中来——显而易见，村妇们大多都是奔着秀明哥而来；单身汉无疑大多都是冲着照照姐而去。绵延的龙脊山此时就像一条被驯服的巨龙，低伏在这广袤的大地，接受着这一群新人类的开垦和梳理。

11. 街巴佬纪事

小天风因为口齿不清，并且乡下这群孩子总嘲笑他是街巴佬，所以他心有障碍，从不愿跟那群孩子一起玩耍。伴随小天风成长的是一些生动活泼的玩具：没事的时候，他会捉一只蚱蜢来玩，趴在地上跟在它屁股后面拍，看着它一拍一跳；如果捉到两只蟋蟀，便会将它们装在罐头瓶子里，用麦秆来撩它们斗架，当看到弱小的那只总是受欺负，他又会将弱小的那只放掉。

自小他娘便说他是个"小唐僧"，他爹总说他长大了肯定是位"慈善家"。他家以前养了一群母鸡，那几只母鸡总是陪伴小天风玩耍，只要小天风去抓它们，它们就会乖乖蹲下，仿佛对他唯命是从。去年过春节他爹杀了其中的一只做菜，小天风便大哭了一场，从此不再吃鸡肉了，并且对他爹心怀怨恨了很久。所以从那以后，但凡他家屠宰，就一定会把小天风支得远远的。

进入夏至，当知了传出第一声叫唤，小天风便第一个想到金虫。那金虫最喜欢蛰伏在桑树上，就像一块块五颜六色的宝石镶嵌在树干上。

小天风将细线拴在金虫的脖子上，在户外把它往天上一扔，当它飞向光线耀眼的太阳，便如同放飞了一个闪光的梦想。有时候，一不小心金虫从他手中挣脱，看着金虫远走高飞，小天风这一天便无限失落。秀明哥回来知道后，第二天回家时便给他带来半罐子金虫，令他无比欣喜。他每天采来一些桑叶，挤出桑叶的白色乳汁悉心地喂养它们。

这一年飞到他家院子里来的蝴蝶与蜻蜓也特别多，为他的童年增加了奇光异彩。幻想的天空，五彩的祥云，那些透明的、多彩的翅膀填满了他童年的回忆。

每天太阳将要落山时，小天风便会跑很远很远，跑到流淌的龙溪边，在那里守候着，等待秀明哥与他一起回家。

夕阳西下，阳光在水面上撒下金色的网。远远地，他看见那个粗犷豪迈的影子缓缓地蹚着水向他走来，他便喜出望外地朝着那个魁梧的身影欢快地招手奔去。

他便是小天风的灵魂，占据他的全部，他的所有。

他苍翠一笑，在那高坡之上，就像一棵骄傲英挺的大树。小天风痴迷惊讶地望着他，憧憬着有一天也能长成他的模样。

他那宽厚的肩膀，大山一般的身影，总是令小天风最引以为豪，是他的骄傲，他的倚靠，他的所有。

他娘每天既要忙农活，又要照顾他爹，忙里忙外，很少能顾得上小天风，教诲他最多的一句话就是：别到处乱跑，跑出村子，那人贩子就会把你捉走。人贩子便成了小天风那时最害怕的洪水猛兽。

这一天，村子里来了一个耍猴人。他一敲锣，全村的狗都叫唤起来，几乎把全村人都唤出来了，里三层外三层地围着观看。

要猴人先让一只猴子戴官帽，换了一顶又一顶，紧接着又让它翻跟斗，翻了一个又一个。

"好！"随着观众们一声热烈的吆喝，另一只猴子赶紧捧着锣逐个讨钱。当锣里面的钱快盛满的时候，那位要猴人脸上才浮现出满意的笑容。

看着这些猴子憨态可掬的模样，看得入迷的小天风便好奇地问他娘，这些猴子怎么像人那样听话的？

他娘说，这些猴子都是到处乱跑被人贩子捉了去的小孩，他们被人贩子以很低的价格卖给这些要猴人后，又被要猴人活生生地剥掉人皮然后换上猴皮去为他挣钱，从此他们的爹妈再也认不出自己的子女。

小天风赶紧捂上了自己的眼睛，脑海里却浮现出一幅血淋淋的画面，赶紧又睁开眼，用同情的目光望着一只小猴子，那只猴子也用可怜兮兮的眼光回望着他。在彼此目光的穿透之中，小天风不禁心头一怔，仿佛瞬间便感受到了它的心灵，这只猴子就像他自己。

就在此时，要猴人又狠狠地抽了这只一直发呆的猴子一鞭，抽得小天风又是心里一怔，就像抽在自己身上一样。那猴子便"啊呜"一声惨叫，赶紧躲到一边去了。

要猴人抬起头望了小天风一眼，露出的金牙在阳光下显得分外炫目，那邪恶的笑容尤其令小天风胆战心寒，赶紧捂着眼睛躲在了他娘身后。

回到家，这天他家好像来了一个贵客。他站在门槛上偷看，看到一个慈祥的老婆婆望着他笑，召唤他过去，他害羞地捂着脸一溜烟跑开了。

然后他跑到火房一边帮他娘烧火，一边问道："介（这）个老婆婆系（是）边（哪）个？"

他娘笑着说："这是你外婆，你叫她没有？"

小天风惊讶地问："外婆系（是）甚么银（人）？"

他娘回答道："傻孩子，外婆是你很亲的亲人。"

趁他娘给客人泡茶的间歇，小天风偷偷向炉膛里多塞了几捆草把，火烧得越炽烈他便越欢欣，却不料一个火舌喷出来，舔了他的小脸一把。他急忙退后，摸了一把头发眉毛，闻到一股烧焦的气味，便不知所措地站在那里将烧焦的颗粒捋下来。

吃饭的时候，那个叫外婆的人几次问他什么时候回城里这个奇怪的问题，更令他对这个老婆婆心存警惕。

最后他外婆告辞的时候，拉着他的手笑眯眯地说："小风，我就住大云山那边，跟我一起走，到我家住一段时间再回来！"

小天风吓得连忙挣脱了她的手，逃得远远的。

直到在龙溪边等来了秀明哥，秀明哥一把将他抱上马。那马在黄昏的公路上一路徜徉着，在秀明哥的怀里，稍许安心的小天风才想明白，其实他娘绝对不舍得把他交给人贩子的。

12. 发亮的黑曜石

这天下午，秀明哥在棉花地里施肥，小天风在路边正要吹开一朵蒲公英。远远开过来一辆小车，就像一块发亮的黑曜石披着烟尘的彗尾向他们疾疾扫来。他们赶紧不约而同地撩起上衣捂住鼻子。

平时他们在田里干活时最烦有车经过，搞得尘土漫天。以为那辆车就这样开过了，谁知灰尘还没散开，那车突然停住，又一个急倒退了回来，他俩再次捂住了鼻子。

那辆车在他们面前停稳后，车窗便摇下来，出现一位戴着淑女帽，蒙着白色面纱的女子。看不清面容，若隐若现都那么优美。

"请问任秀明家怎么走？"她一说话，大地飘浮着她落花回雪一般的声音。

"你找他有什么事？"秀明哥捂着鼻子问道。

"不关你的事，你只需指路就行了！"她说话时冷若冰霜的态度、摄人的气场有点像武侠小说里杀人于无形的女侠。

小天风一眼又瞥见她旁边还坐着一位戴着墨镜、板着酷脸的司机。正所谓来者不善，善者不来，这两人的架势看上去分明就像是上门来寻仇的。气氛顿时有些紧张起来，那些弥散的尘土就像在空气中凝滞了一般，即刻停止了漂泊，只有路旁已经结了籽的油菜在车身喷出的滚滚热浪中隐隐浮动。

"哈哈哈！"秀明哥突然仰天一笑，"在下便是，不知找我有何贵干？"

"我是过来找你投资任云铺旅游开发项目的。"那女子淡淡说完，剧情突然就像来了一个一百八十度的大转弯——以为天上落下的是一颗大陨石，待落到地上却发现是一块金矿石，那些在阳光中闪闪发亮的尘埃顿时沉淀了下来。

"那你了解这个项目吗？"秀明哥在阳光下眯着眼睛问她。

"无须了解，我投的是人！"

"那你了解我吗？"秀明哥回过头爽朗一笑，高天之下衬托出他身上明丽的线条。

"不用多说，我直接在投资合同上签字就行了！"那女子气势凌人，投资就像追债，令剧情又变得扑朔迷离起来。

午后的阳光炙烤着大地，那华丽的车身前竖着的圆规一样的标志在阳光下发出炫目的光亮，也许正是这个标志赋予了这位女子说话咄咄逼人的底气。

只见秀明哥将右手伸到背后，猛地做了一个抽刀的动作，一下便从屁股口袋抽出两份折得像手帕一般方正的合同来直抵那位女子的咽喉。

那女子愣了一下，接过合同，随手看了一眼，便从手提袋里翻出一支笔来，签完字后将一份递回给秀明哥，另一份交给身旁的那位司机，这样交易就算完成了。这行云流水般的过程把所有人都看呆了。

"月见怜还是月见伶？"秀明哥微微看了一下签名。

"优伶的伶。"月见姑娘说完，小天风听到"幽灵"二字，汗毛顿时都竖了起来。

"君子无戏言，这可是一百万的投资啊，月见姑娘。"秀明哥望她一眼，"你确定？"

小天风不觉瞠目结舌地把手指放进了口中。按照他爹传授给他的数学，这百万是什么概念？小天风只知道那时一元钱便可以在邻家铺子买到一把糖果吃上一整天，这一百万大概可以让他坐在一个堆满糖果的谷仓里美美吃上一辈子了吧！

"豪哥，你明天去一趟大富饲料厂，要王大富月底之前转一百万到合同里的这个账号上！"月见姑娘对那司机交代完，便又不耐烦地问秀明哥，"还有什么问题吗？要没什么问题，我们便走了。"

"我都还没签字，你认为交易这就完成了吗？"秀明哥见这月见姑娘如此草率，便侧目望了她一眼，"为了对投资人负责，在你未完全了解项目之前，这样的投资恕我无法接受！"

"你还想怎样？"那月见姑娘悠然端坐在车里，不屑地说了一句，"你也太骄傲了吧！"

"这是一个天然的误会，不要认为抬头挺胸就是很骄傲，鼻梁高挺就是很冷峻——"秀明哥笑着说道，脸上的线条愈加柳暗花明，"这笔资金主要用来购买树苗，所以我觉得很有必要带你去龙脊山实地考察一下，顺便跟你讲解其中的细节，才会令我相信你作出的是最明智的决定。"

而只有小天风知道，也许是因为有一个严厉苛刻而又硬骨头的爹的缘故，使秀明哥有时看上去像高天一般冷峻。

"你是担心我不会转钱给你吗？"这月见姑娘哪怕轻言细语，吹出的都是像车内的空调一般凉飕飕的冷气。

"你不是转钱给我妈，而是转钱给我，所以我必须对你负责！"秀明哥说完，他那张硬气的脸在高天之下更显得天正地义，空旷恢弘。

"那好吧，我们现在就去看。"月见姑娘轻舒了一口气，所有的矜持都被秀明哥击退，放下了森严的防卫。

秀明哥潇洒地回身打了一个响亮的呼哨，那正在远处公路边吃草的马儿喷了一个响鼻便转身小跑而来，那月见姑娘也心醉神迷地定了定神。

"怎么走？你骑马跟着我的车？"当人不再陌生，月见姑娘的声音也渐渐变得和顺悦耳。这人与人灵魂之间的熟悉往往就是那么一刹那，却又像一生那么漫长。

"你这不是叫我抽烟吗？"秀明哥又开始轻快地说笑。

"那我的车跟着你走？"

"这沿途大多都是山路，你这车根本去不了。"

"那怎么办？"月见姑娘终于从车窗转过脸来，虽然隔着面纱，却好像大雾弥漫的晴夜，依稀能看到风月无边。

"只能我骑马，你跟在后面跑。"秀明哥说完，月见姑娘便硬是愣了好半天。秀明哥笑笑，然后大大咧咧地拉开车门，"下来吧！"

月见姑娘犹疑了一下，便把她那惊为天人的长腿踏在了满是尘土的大地上，脚底的那双银色高跟鞋在阳光下熠熠闪光。

"这条路必须要修了，整个龙泽乡只有你们任云铺的路还这样破，不修的话游客怎么愿意来？"司机豪哥借着月见姑娘腾出的空间与秀明哥对话。

"这也是任云铺旅游发展计划的一部分，只是这部分计划将由国家拨款来完成。"秀明哥对答如流。

"国家会拨款吗？你确定？"那司机本着忠诚的态度，做着超出职责之外的事仍显得很专业。

"所以整个项目具有很大的不确定性，这也是我必须让投资人深入了解整个项目的原因。"秀明哥说完便绅士般扶月见姑娘上马，她却只肯斜坐在马背上。

"这样坐太危险！"那司机急忙从车窗探出身子来。

"我已经为她准备好了题词：生得伟大，死得优雅。像这种坐法摔下来肯定不会四脚朝天，就请尊重她的矜持吧！"秀明哥转过头来对那司机说，内心却像是有十成的把握，有他在必定能确保她的安全，然后秀明哥又低下头问小天风，"你跟我一起去吗？"

"不——"小天风本意是很想去的，却转过身去说了个"不"字，像是在故意宣泄某种不满的情绪。

"那你就在车上听这位蛤蟆王子给你讲童话故事吧！"秀明哥说完，便双手把小天风提起塞进车里。

——那时候，他们管戴墨镜的都叫蛤蟆，而秀明哥为了充分表达对这位司机大哥的尊重，还特意给他加冕了王子的封号。而显然这位司机大哥从没上过这一课，只见他嘴角抽动了一下，愣了愣神，然后问秀明哥："你小孩？"

"是我弟。"

"后妈生的？"

"不是。"

"你们两兄弟年龄也太悬殊了吧！估计是你爹生了你之后，又回火星补充了弹药才回来生的你弟吧！"这位司机大哥翘起胡子说完，接过小天风。秀明哥眼神与他的墨镜仅仅对峙了0.5秒，便照样洒脱地帮他关上车门，纵身上马。

小天风从车窗里探出一对露水般的眼睛向外张望，她那顶淑女帽和秀明哥的牛仔草帽如此奇妙地合在一起，就连那白纱裙也与秀明哥的牛仔裤白背心如此搭配。秀明哥露出的肌肉线条，和远处的山水合在一起。他那魁梧英挺的身姿，任意一件衣服穿在他身上都是那么随心洒脱。

他们两人骑着马在那蓝天白云之下悠游，更像天造地设的一对。随着秀明哥响亮地吆喝一声"驾"，那马便突然加速，行云流水般随着天边的云彩飘飞远走。此时，一切景物都被金色的光线渲染，犹如一部瑰丽雄奇的童话。第一集的武侠片这么快就变成了浪漫风情片，小天风都看呆了。

待他们远走后，小天风又打开车门跟了出去，远眺着他们的背影，直到那两个美丽动人的身影消失在美丽动人的风景里……

他们最后是踏着橘红的夕光回来的，一路还在愉快地说笑，而小天风早已站在马路上迎接。

"你电话是多少？"这像是月见姑娘最后告别的话语。月见姑娘才说完，又有些后悔。那个年代别说农村，就算是城里也不是每家每户都装有电话，秀明哥却甩头打了一个嘹亮的呼哨，那悠扬的声音划过旷野，在小天风的耳蜗里久久回旋，到达每一根迷走神经，四周都好像有空旷的回音。秀明哥用他的浪漫空灵将眼前的这个尴尬巧妙地化解。

俗话说，施什么药就迷什么人，看来月见姑娘很吃很吃秀明哥这一套。虽然看不见她的眼神，但就凭她对着秀明哥定了老半天也能看出她已暗里着迷。

"我明白了。"月见姑娘心领神会地点了点头，最后指着西南方的一幢有着尖塔的洋房说道，"那一栋哥特式的楼房就是我家，我住最上面那层。恰好我打开窗就能看见你，根据镜子两头互见的原理，你家也一定能看见我家。当我要找你时，我便在夜晚将灯一开一关闪三下，你便可以去西塘的芦苇荡那边等我。"

秀明哥摸了摸头，大概他还没学过这样的原理，或许是这样的通信方式太先进，他还没参透。

小天风仰起头来望着那座云中的城堡，似乎那是一个遥远的童话故事……

13．神秘的月见家族

当他们回家，秀明哥一脸轻快地领着小天风经过堂屋时，本来闷声不响的他爹突然咳了一声，令小天风的心立马又悬了起来。

"秀明啊，我问你，你最近是不是跟月见村的女人有来往？"他爹喊住秀明哥问道。小天风望了一眼他爹，莫非是他爹的那面风水镜，令他足不出户便知天下事？

月见村坐落在龙脊山西南面的龙湾，一条潺潺的龙溪正好从月见村的南面经过。和任云铺一样，月见村也是六百多年前迁居至此的一户人家繁衍下来的另一大家族，只不过月见村的祖屋早就被一栋栋鳞次栉比的现代洋房所替代，令任云铺人望洋兴叹。

神秘的月见村，没人种田，很少跟其他村来往，只看见那些豪车进进出出，来往于乡村与城市之间。而月见家族出美女早就在全乡出了名的，她们大多傲慢矜持，从来都不正眼看同乡人一眼。甚至在乡下，大多数人只是听说月见家族盛产美女，却极少人看见她们露面，这给月见家族蒙上了一层暗黑的神秘色彩。于是外面便流传着一种猜测：月见村是靠种美女发家致富的，种植出来的美女要么用来钓金龟婿，要么去了中国最富庶的地方捞金，总之做的都是些见不得光的事情。

虽然这样很遭恨，却也颠覆了农村重男轻女的观念——过去农村必须要靠劳力才能支撑，而现在生一个漂亮女儿却远胜过十个劳力。

"没有啊！"当他爹问秀明哥时，秀明哥出于本能地回答了一句。

"你总是没有实话跟我说！别以为我瘫了，外面的事我就什么都不知道！"他爹又拍着桌子动怒了，吓得小天风一怔，条件反射一般捡起了地上的扫把。

"哦，对了，今天是有一个月见村的女子因为看好任云铺旅游开发项目过来找我投资，我可从来都不认识她。"秀明哥不想惹他爹生气，只好把签好的合同毕恭毕敬地递上去。

他爹看完合同，即刻眉头舒展，变得和颜悦色了许多，然后语重心长地跟秀明哥说了一大堆："我看这钱要拿到手，还不太容易。古人曰：妍皮不裹痴骨。这月见村的女人一个个长得女妖似的，要不是比狐狸还精，这一栋栋洋房怎么起来的？"

小天风早就听说月见村的女人都是女妖精，脑海中便联想起一座女妖的都市，即刻不寒而栗，看来秀明哥果真是初生牛犊不怕虎。

"爹，那些只是道听途说而已，您不是说过眼见为实吗？今天跟月见姑娘聊了一下，我看月见村人比咱们富有，是因为他们大多从商，而我们一直都是面朝黄土背朝天，而且月见姑娘确实也是因为看好任云铺的旅游产业，觉得任云铺的旅游发展能给他们村乃至整个龙泽乡都带来好处才投资的。"

"行吧，你好自为之，只管做好自己的事，莫被女妖迷惑了——"他爹终于缓和下来，这句话也算是第一次对秀明哥事业的认可，小天风随即放下了扫把。

14. 好到天界的桃花运

到了晚上，当秀明哥开始做木工活的时候，清流老爹提了一大堆乡村零食和城里的营养品来看他爹。他每次都是直接从堂屋跨进来，穿着一双软底布鞋，无声无息，一进来就直接钻进他爹那间光线暗沉的屋子里。

而每次只要看见他进来，小天风都会依傍在他爹身旁，不时地望一眼那一大堆零食。他爹是一个善于察言观色之人，很多时候他爹只是不愿说出来，只要小天风蚂蟥听水响一般去到他爹的房间，他爹定不会令他空手而归。

看见清流老爹提着一大堆东西钻进他爹的屋子，小天风便又跟了上去，却又不好意思走进去，只好倚着门框像只小狗一般不断地舔着舌头。他看见清流老爹正坐在床边握着他爹的手，用他那尖细得如同蚊子一般的声音，就像是对着神父忏悔那般念叨道："……家里也不是很宽裕，没能像自己心中所想的那样去好好补偿您，所以只能安排外甥女多来照顾您，帮您多做些事情，也让我的心宽慰一些……"

小天风几乎听不清他在对他爹说些什么，只听到蚊子般的呻吟。

"好啦，都说那次倾塌事故是我命中劫数，与你无关。本来你家负担就重，还要一次二次破费来看我。都跟你说过好多回了，没事就过来坐，不要买东西……"说到这里，任老爹突然停住，似乎想起了什么，便试探性地问了一句，"听说我家秀明在帮您修屋，不知他那三脚猫的木工技术是否还能合您的意？这个化生子呀，胆子越来越大了，竟然也敢自起炉灶了！"

"他那手工呀，像极了您的手艺，细致得连梁柱上都雕满了龙。我跟他说，我老眼昏花都看不清楚了，你费这么多工夫雕梁画栋做个甚？他说啊，这都是免费给我雕的！这一句啊，就像把我那外甥女的魂魄勾走了似的，痴痴地望了他半天。噢，对了，听说秀明上次帮我修屋动用了您做棺材的木材——"这清流老爹笑容可掬地把他那昂日星官一般的公鸡鼻凑近任老爹，阴阳怪调地说，"我这里呀，正好早就准备了两口上等楠木做的棺材，连同墓碑的大理石石料一起都送给您好了！这日子越过越好了，我啊，突然就不想死了——"

"哎哟，我们亲如一家，您就别这么客气了——"他爹也一时找不到最准确的词语来表达这人世间最复杂的心情，赶紧激动地握紧了他的手。

"对了，你家秀明不会是谈了对象吧？我看他最近好像跟月见松家独女来往甚为密切——"每次他俩寒暄，都是些人情往来的话题，这次清流老爹却风头急转，突然对秀明哥的婚事关心起来。

"他家女儿只不过是想找我家秀明投资罢了。"任老爹云淡风轻地说。

"搞什么投资？"清流老爹诡异地靠近任老爹问道，他的额头如同繁忙的立交公路那般川流不息。

"当然是任云铺的旅游投资。"

"早听说他家独女长得就像从画上跳出来那般，这抠门的月见松老头平常总把她关着，不让她出门，怕男人见着了犯罪，难道你家秀明就能过得了这美女关？"清流老爹望着任老爹那偏见的眼神，就如同照镜子一般看着自己。

"他家女儿我倒是没见过，但见过月见松他老婆，以前也传说她稳坐整个龙泽乡的第一把交椅，不输给中国古代四大美女，甚至拿到外国去比，也能拿个第二名回来。我见了觉得不过如此，钩鼻勾眼就像个女鬼似的，无外乎用这两把钩子勾走别人的魂，有什么好看的！要说美仪大方，没人能跟你家黎姑娘相比，她一出来呀，整个村里都只有白天，没有黑夜了，还有什么月见鬼！"

这句话说到清流老爹的心坎坎里去了，只见清流老爹也谄媚地望他一眼，"要说帅，还有哪个比你家秀明更帅！"

"现在的年轻人啊，真是一代不如一代，你看我们年轻的时候……"任老爹卧看天空，无尽唏嘘……

在微弱的灯光下，他们两个颤动的影子，一个像是揶揄，一个像是嘲讽。有时那两个夸张的影子靠在一起，就像是撞到天花板上去了。

临近要走的时候，任清流仍满腹狐疑地望了任老爹一眼，任老爹赶紧信誓旦旦地说了一句："您放心，自祖上以来，不会有一个任云铺的男人娶这月见村的妖精，就算出现第一个，也绝不会是我任清德家！"

说完，任老爹便摩拳擦掌，捋起袖子顺手拿起拐杖狠命地敲了一下床架，把任清流吓了一大跳，然后任老爹又咬牙切齿地说道："你知道我的脾气！他们之间要有别的，这还不打断他的腿！"

"吁吁吁——"清流老爹夺过拐杖，像叫停一头驴子一般劝住他，然后低声细气地说，"不过，秀明也到了该成家的年龄了，我膝下无女，所以希望外甥女黎照能成为您家儿媳，也好亲上加亲，往后能代表我家照顾您二老一辈子！"

"哪里敢高攀，我家可没你一大家条件好。"任老爹谦逊地假意推辞道。

"只要您二老能表个态，这事也就能定下来。"清流老爹亲切地握着任老爹的手，将两个人的温度悄悄合在了一起。

"可是，黎姑娘这边……"任老爹还没说完，清流老爹便高深莫测地点了点头。

"我家秀明何德何能，如果能娶到黎姑娘这样的好媳妇，他那桃花运已经到达天界上去了，也算弥补了他运程中的不足，我往后也就不再骂他一无是处了！"任老爹说完，清流老爹这才满意地点了点头，拱了拱手，眉开眼笑地退了出去。

15. 翠绿的照照姐

那些天，照照姐穿起了裙子，没事便欢快地在院子里摆动着裙摆，像是故意突显她那婀娜的身段，快乐得就像个仙子似的。当她远远看见秀明哥正要骑马出去，便走上去悄悄从背后拿出一盒巧克力递给他。

"这是什么？"秀明哥一把跨上高头大马问道。

"这是我表哥从美国回来带给我的巧克力糖。"

"这都是女人爱吃的零食，自己留着吧！"秀明哥说完，骑马便走了。

直到秀明哥的背影消失，照照姐才注意到身旁一直眼巴巴望着她的小天风，便从纸盒里拿出一块巧克力糖剥开，弯下腰来对小天风说：

"叫嫂子——"

"饺唧——"小天风并不知道嫂子的含义，而他只要说出这两个字便能获得如此丰厚的奖励，对于他来说这不过是一件轻而易举的事情。

"思—袄—嫂—，嫂子——"照照姐欢笑着帮小天风纠正发音。

"嫂唧。"小天风乖巧地重复了一遍。

照照姐把那块巧克力糖塞在小天风口里，然后把那一整盒都递给小天风，把脸向他贴近，"亲我一下——"

小天风便鲫鱼一般在她光洁如玉的脸上吧唧了一下，只感觉心怦怦直跳，也不知是心动的感觉，还是因为出卖自己而感到害臊。

"小风乖——"照照姐在他脸上回亲了一下，他赶紧害羞地舔了一下舌头。

童心如此简单，那盒巧克力没把秀明哥收买，却把小天风收买了，从此站在了她这一边。

过了许多年，小天风才知道巧克力其实是情人柔软的心。吃着照照姐送给秀明哥的零食，小天风见了她也有一种甜美的温情。

端午节即将来临，照照姐和他娘每人两把椅子，坐在明媚的阳光下包粽了。

这天，照照姐特意穿了那件碧绿的衣裳，和粽叶的翠绿、棕榈叶捆绳的深绿融在一起，被阳光照得十分亮丽，甚是招人喜爱。

秀明哥那天牵着马轻轻从她身边经过，就像去西天取经那般不经意，只是在吃粽子的时候，才显得有些感性，最后他还是吃到了照照姐包在粽子里的那颗巧克力，就像她那颗情有独钟的心。

16. 惊艳的大锦鲤

那个季节软绵绵的风吹着吹着就开始变得滚烫了，当稻子一片金黄，很快就到了双抢季节，黎姑娘主动上门请缨帮任家收割。任老爹不语，却满心欢喜。

在耀眼的阳光下，秀明哥光着膀子和照照姐在田垄里一边踩着双人打谷机一边喂禾把，小天风忙不迭地给他俩递禾把。打谷机发出巨大的轰鸣，风琴一般的节奏，像是奏鸣着一首欢畅的田园曲。每打一段，秀明哥便拖着打谷机跑一段，而踏板从未停过，搞得照照姐手忙脚乱，咯咯笑个不停。那清脆的笑声在广阔的田野飘荡，而银色的汗珠流星般划过秀明哥古铜色的面庞……

他们两人配合得非常娴熟，还没到半下午稻子就打完了。秀明哥暑热难当，便带他们去了离稻田不远处的西塘。

任云铺总共有东塘、西塘两口塘：东塘离他们村子近一些，水也比较浅，平时村子里的人一般都去东塘洗衣洗菜；西塘与月见村接壤，离村子很远，却离他家的田很近，平时灌溉农田都是从这口塘里引水。因为乡里流传这口塘里有水鬼，每年总会有几个人被拖下水成为新的替死鬼，所以乡里只有几个水性特别好的才敢来这里游泳，平时鲜有人来，以至于塘边的蒿草长得一人多深，一幅萧索离奇的景象。野风一吹，塘边的芦苇便会窸窣作响，像是无数个冤屈的灵魂在随风飘荡。每次秀明哥带小天风来这里，准会拿水鬼来吓他，吓得他只敢离水三尺。

当秀明哥在芦苇丛中脱掉外裤的时候，小天风便惊讶地问：

"哆哆（哥哥），你不怕血（水）鬼吗？"

"因为哥哥是鱼变的，水鬼不会抓我。"他那人鱼一般健硕的身姿，优美的人鱼线，一点也不会让人怀疑，"哥哥现在找美人鱼去了——"

说完，他"扑通"一声跳进水里。

正在青石板上帮秀明哥洗衣的照照姐不高兴了，一赌气便把他的外衣和背心全扔进了塘里。

"看来我以前包的粽子都喂鱼了！"照照姐不满地说，"那以后你的衣服都找美人鱼帮你洗去吧！"

一会儿，秀明哥从水底浮上来，两只手各握着一条青鱼，口里还衔着一条，然后把这三条活蹦乱跳的鱼扔在离照照姐脚跟不远的岸上。

"我是说，把美人鱼都抓来献给你——"秀明哥山明水秀地笑着说。

照照姐这才明媚一笑，不动声色地把衣服捞起来。见这三条鱼还在塘边乱蹦乱跳，小天风赶紧过去用脚挡住，不让它们滑进塘里。

"平常洗衣洗菜一定要去东塘洗，你看，这里就有一人多深。"秀明哥在石板前的水中一浮一沉地打量着水深，示意给她看。

"知道了，要不是到你家田里帮忙，谁会舍近求远跑来这里？说不定还会被月见村的女鬼害了呢！"

"嗯，辛苦你了，最近你帮了我不少，都不知如何感谢你！"此时，秀明哥一往情深地望着她说。

照照姐便一脸羞涩地低下头来，"这也是应该的，别这么见外，以后我们都是一家人了……"

话还没说完，秀明哥便又钻入了水里。

他总是这样，有时风情万种，有时不解风情。

塘面平静如镜，偶尔从蒿草丛中飞腾出一两只野鸟，振翅远去，使整个水面尤显空灵。而秀明哥此时正摆动着那健硕有力的胳膊，一会在水面悠游，一会潜入水底，看着他在水里自由自在的样子，小天风感到无比欣羡。

照照姐帮秀明哥洗完衣服，又洗了一把脸和胳膊，然后对着水面左顾右盼，像一只绿孔雀那样梳妆，顾影自赏，闲适而惬意。她那双水灵的眼睛就像两泓碧波，她那秀丽的影子投在水面就像一座翠绿的山峰。

"来，过来，我帮你洗澡。"照照姐召唤着小天风，帮他脱掉衣服。小天风赶紧害羞地捂住下面，照照姐便不停地笑话他，"这么小就知道怕丑了，以前还穿着开裆裤满世界乱跑呢！"

于是，小天风伸了伸舌头，就像做错事那般低下头来。照照姐趁秀明哥潜泳的间隙，一边用浸湿的干皂荚帮小天风洗澡，一边逗他玩。

"小风，叫我一声——"照照姐笑靥如花地说。

"照照姐——"小天风乖巧地喊了一声。

"你该叫我什么？吃了我的巧克力你就忘了？"照照姐假装生气般提示道。

"姐姐——"小天风莫名其妙地回答。

"看我以后还买巧克力糖给你吃，真是喂狗了！"照照姐背过身去，又赌气了。

"嫂唧（子）——"

照照姐这才回过身来，粲然一笑，阳光照在她秀丽的脸庞，分外明媚。

洗了一会儿，照照姐突然屏息停住，环顾四周，不见秀明哥的身影，整个水塘也听不见一点声响。

"秀明哥——"照照姐喊了一声，回声全被四周的静谧吸去。照照姐着急了，便站起来一声一声地呼唤着秀明哥的名字，泪水瞬间便蒙住了她那清澈的玻璃体。

"秀明哥，秀明哥，任秀明——"

她这么一叫，小天风都慌了神，急得只转圈，不知所措。

过了一会，传来一阵剧烈的水花响，只见秀明哥双手合抱着一条令人惊艳的大锦鲤，水神一般从水面升腾而起。小天风即刻为他欢呼，照照姐赶紧偷偷抹掉泪水，换成了激动的笑容。

只见这条大锦鲤身姿特别优美修长，青黑相间的花纹就像一身华丽锦袍，绽放的胸鳍和尾鳍就像一条拖着的长裙，小天风都看呆了。

"秀明哥，赶快把这条鱼放了，我感觉这条鱼特别邪魅——"照照姐见了这条鱼好像特别害怕的样子。

秀明哥不以为然地笑笑："怎么都是一条将要被你吃掉的鱼，难道你还担心它把你吃了？"

"我爹说，锦鲤跳过龙门便化成龙升天而去，没有跳过的都变成了女妖。尤其是这么大的，一定修炼了很多年，还是不要吃为好，把它放回去吧！"

照照姐说完，一旁的小天风惊奇地发现，原来照照姐那双明艳照人的眼睛里，只有秀明哥一个人住在里面。

秀明哥走心一笑："这条锦鲤虽然女人味十足，实际上是雄性的，怎么会是女妖？"

照照姐吃惊地问："你怎么知道它是雄性的？"

秀明哥又爽朗一笑："你看，它都长了胡须。"

照照姐不好意思地说："那也是人妖。"

"那就把人妖送给你吧！"说完，秀明哥把怀里那条鱼朝照照姐扔来，照照姐闪避不及，只好接住。那鱼落到她怀里翻江倒海般扑腾着，最后挣脱了她的手臂跌回水里，水花溅得她满身都是。

看见秀明哥望着她坏笑，她赶紧弯下身子泼了秀明哥一脸水。

于是，他们两个嬉戏着打起水仗来。照照姐简直是自不量力，她哪是秀明哥的对手，一会儿便全身都湿透了，浅绿色的衣裳把她玲珑有致的身子衬托到极致，如同一株才露出尖尖角的清荷。那些迷离的水分子在她体内青春热力的蒸发下，化作一团迷蒙的雾气在她周围冉冉升腾着。

此时，她披着霞光万道站在芦苇丛中，像极了一位乡村女神。

"我们早点回去吧，你衣服都打湿了，贴在身上会生病的。"秀明哥转过脸去，迅速从水中起身，把他的衬衣披在照照姐身上。他那雄伟的身姿矗立在她面前，令她有些脸热，无法直视。

回去的路上，回想起那条挣脱的大鱼，照照姐似乎仍有些失落。

"放掉也好，这样的锦鲤水里应该还有一条，所以别拆散它们。"她自我安慰道。

"那下次我把它们夫妻俩都抓来给你煮了吃！"秀明哥说。

"那我就更不忍心吃了，唯愿天下所有相爱的人，哦，不是，应该说唯愿世间所有与爱相关的事物都能天长地久——"在夕光的照耀下，一会照照姐又重新振作了起来，"对了，秀明哥，龙脊山的树洞都快挖完了，不知树苗什么时候才能到？"

秀明哥迷惘地思索了一阵，答道："最迟下个月初吧，要全挖完了，树苗还没到，就让所有人休息几天吧，正好他们一直还没休息过，这些天也有些炎热。"

　　他们两个沐浴着霞光，河水洗濯过的新颜，就像刚洗过的水果那样清新亮丽。他们牵着小天风，一高一低地走着，夕光下的影子连绵起伏地碰撞在一起……

17. 迷离的热浪

　　那些天，小天风看见秀明哥做事特别卖力，每一天都是天高云朗。而做着做着，就像力气都用完了，终于有一天便像一棵烈日中的艾蒿一般蔫了下去。

　　就快到月底了，他还没收到月见姑娘的那笔投资款，尤其是这天他听说了一个令全村不少人都慌乱的消息——大富饲料厂的老板卷款外逃了。全村顿时就像炸开了锅。那时候，整个龙泽乡有不少乡民都把钱存他那里，因为王大富不仅年年被评为乡里的优秀企业家，而且他的饲料厂一直都办得很红火。这农村人有一个习惯，看不上银行的那一点息钱，谁口碑好谁出的息钱高就把钱存他那里。且不说王大富出一到两分的月息，存他那甚至比存银行更方便。谁家需要钱了，打个电话或者捎个口信，王大富立马就派人把钱送来，分毫不差；若是需要借款的，只要信誉好，有财产抵押或者有人担保，两分五到三分的息钱随时可找王大富贷到款。

　　这天午饭后，任老爹和清流老爹坐在树荫下聊天，而秀明哥蹲在门口磨着刨刀，那铮亮的刀片在午时的阳光下不时发出游移的光。

　　"听说这王大富已失踪一向了，还是月见村的人最早发现的，公安立了案，直到现在还没一点线索——"清流老爹一脸神秘兮兮地转向任老爹说。

　　"性质定了吗？到底是失踪，还是卷款外逃？被人谋财害命都说不准——"任老爹也像吃瓜群众一般咧开了嘴惊讶地问道。

　　"这账上没留下一分钱，不摆明就是卷款外逃吗？他不是早把他女儿送去了英国读书吗？我看他这是早有预谋，说不定他人都已在国外了——"清流老爹贴近他的耳朵，几乎吞掉了所有的声音，见任老爹疑惑地望他一眼，赶紧拍了拍他又解释道，"他女儿是自费去的，我家老大可是拿奖学金去美国读书的！这外国有什么好？我儿子请我去，我还不愿意去呢！"

"王大富跑了，他那饲料厂不还在吗？多少也能挽回些损失呀！"任老爹说完，便划了一根火柴点燃了烟斗。接着，一团在阳光下化开了的烟雾便载着这两位交头接耳的大神冉冉上升。

"我看除了彦少华，其他人的钱恐怕都打了水漂，一个子都捞不回了！"清流老爹阴着眉头说道。

"此话怎讲？"任老爹瞥他一眼，对着树荫外强烈的光线悠悠地吐了一口烟圈，一副隔岸观火的常态。

"这彦少华可强妄得很呢！事发后，彦少华便出示了一张王大富拿饲料厂作抵押找他借了五百万的借据，第一个带人封了厂门，把厂子全拿了去——"

"那其他人不都会找他扯皮吗？"

"扯皮有什么用？谁有彦少华的数目大？谁又斗得过他彦少华？更何况只有彦少华的借据载明了抵押物。想都想得到，这彦少华又不是傻的，这王大富要不是用厂子作抵押，彦少华哪能借给他这么大的数目？"清流老爹挑着眉毛反问道。

"唉，都是些想吃轻松饭的人，天下哪有这等好事，坐在家里便能等着钱生崽？这等猪生崽都还要每天喂食呢！"任老爹摇摇头，深重地叹了一口气又问清流老爹，"那饲料厂还在开吗？"

"开，当然在开，这彦少华也是个精明人，这饲料厂可是一台印钞机啊！"这清流老爹就像一位包打听，还没有他说不上来的。

"这人何必如此作孽呢？放着正儿八经的钱不赚，偏要去害人！唉，天道轮回，这种人终究得不到好报的！"说到这，任老爹便一副义愤填膺的样子。

"您家里没有借钱给他吧？"清流老爹最后又躬下身子问。

"我都还正为倘若龙屋重建，不知找谁借钱而犯愁呢！唉，这事发生后，估计谁都不相信谁了，更无从开口了！"任老爹皱着眉头说完，一脸愁苦地敲掉了烟斗里的灰。

"幸亏我家没闲钱，就算有，我也不会上这样的当。"清流老爹接过任老爹的话来说。

清流老爹说完，两人便静音了好一阵。过了一会，清流老爹才尴尬地起身，亲昵地拍了拍任老爹，向他告辞道："您老要午休了吧，我正好也有些困了。这年纪一大呀，一到了中午就会犯迷糊。您老好好休息，我先走了！"

清流老爹走后，任老爹也踽踽地撑起拐杖，经过秀明哥时，随口问了一句："你不会也在王大富那里存了钱吧？"

"没有，我哪来的钱！"秀明哥说完，便心事重重地跨进了自己的屋子。

等他爹午休了，秀明哥又坐在门槛上，点燃了一根烟，忧心地望着未来。他究竟在等他生命中极其重要的某样东西，还是在等他生命中的某个人呢？

他的心事总是如同高天上的云，令人无法揣摩。

这个月的最后一天下午，他终于有些按捺不住了，坐在门槛上显得有些心慌意乱，总有一种不祥的预感在他心头就像落日一般隐伏。

直到太阳快落山的时候，远远看见村子那边一辆车正尘土飞扬地疾驰而来，那黑亮的油漆在阳光的照耀下，就像一颗耀眼的恒星，从天边横扫着滚滚而来。

当车在他家门前停住，秀明哥赶紧迎了上去，却是司机一个人来的，不免令他有些失落。

那司机一下车便把一张存单交给他，上面写着月见伶的名字，数额不多不少，刚好一百万，今天才存进去的。

"月见姑娘要我转告你，说出了一点状况，今天才帮你办好，真是不好意思！"司机转告他说。

"出了什么状况？豪哥。"秀明哥急切地问。

"你呀，就别问那么多了，把事情做好就行了！"司机大哥拍了拍他的胳膊，打开车门，回到车里。

善解人意的秀明哥好像能感觉到什么，便对他说："但愿没给月见姑娘带来什么麻烦，如果真有什么难处，其实我们也可以取消合同的。"

"唉，你始终都不会明白，说白了，这月见姑娘只是为了帮你！记住，千万别说是我告诉你的！"司机大哥挥了挥手，然后升上车窗，汽车喷着迷离的热浪而去。

18. 野虫畅想一般的夜歌

接下来，秀明哥望着对面村子很久很久，直到暮色抹去所有的景物。

吃过晚饭后，他爹一直斜躺在院子里的竹铺上，摇着蒲扇乘凉。秀明哥提了两桶水，帮小天风洗完澡后，才开始忙自己的。

那晚天气十分闷热，没有一丝风，只有院子里种的玫瑰幽幽散发出的芬芳暂时能化解一些燥热带来的烦忧。小天风便蹭在他爹的竹铺旁坐着，偷他爹的凉风。一会便觉得一身清凉舒爽，回过头来看，原来他爹在为他一个人打扇。

"风崽崽，这几天教你背的诗还记得吗？"他爹一脸和蔼地问他，这是小天风鲜有的，与他爹的亲密时光。

小天风便不好意思地不停揉着小脸。

"床前明月光——"

"床前明浴（月）光——"

"疑是地上霜——"

"疑是地象（上）香（霜）——"

"举头望明月——"

…………

"乖崽崽，你还要念哪一首？"他爹从来都不是矫揉造作的一个人，当他爹叫他"乖崽崽"，他便知道他和他爹的关系已经好到天上去了。一年三百六十五天，他爹也难得在他面前矫情一回。而他从来都没想到过，这种亲情，一旦断绝之后，便是莫大的伤害。

"爹爹，藕（我）要介（这）个咚啦个咚——"

"嗯，咳，"他爹清了一下嗓子，开始念道，"唐僧骑马咚啦个咚，后面跟着个孙悟空；孙悟空，跑得快，后面跟着个猪八戒；猪八戒，鼻子长，后面跟着个沙和尚；沙和尚，挑着箩，后面跟着个老妖婆；老妖婆，心狠毒，骗过唐僧和八戒；唐僧八戒真糊涂，是人是妖分不出；分不出啊，上了当，多亏孙悟空眼睛亮；眼睛亮，冒金光，高高举起了金箍棒；金箍棒，有力量，妖魔鬼怪消灭光，那个消灭光……"

当他爹念起这首童谣，整个院子都充满了《西游记》幽夐旷古的回响，甚至小天风都误以为这是在他悠远的取经路上……

到了夜晚稍微凉快些了的时候，他爹便一边摇着扇，一边唱起野虫畅想一般的夜歌，这是他爹难得的欢畅时光。清亮的月光洒在竹铺上，令院子里静谧得出奇，小天风在他爹身上爬上爬下，就好像他们两个人都在空旷的月亮上面。

一会儿，秀明哥如同沐浴焚香过后那般走了出来，一直在院子里来回踱步，不时瞥他爹这边儿眼，显得有些心神不宁，梳着的复古油头在月光下闪闪发亮。然后，趁他爹正和小天风挠胳肢窝逗得正欢，便偷偷牵过马来要出去。

"这个时候还去哪里？"他爹突然仰起身子瞥他一眼。

"今天一天没出门，我骑马出去散散步。"秀明哥故意装作一副若无其事的样子。

"出去散个步也用不着摩丝都打半斤吧？"他爹好像一眼就能看穿他的心思，令他不自觉地摸了一把精心打造的发型，手足无措。

小天风也在一旁眼巴巴地望着秀明哥。尤其是到了晚上，一没了秀明哥他就像是没了夜火，丢了魂魄似的。

"那你也带风崽崽一起去吧，早点回来，明天他还要早起读书。"他爹交代完，便躺正后把蒲扇盖在胸口。

秀明哥赶紧把小天风举到了马上，小天风便感到顿时拥有了整个夜晚。

19. 前世的呼哨

夜晚的月见村一片幽冥，远远看上去就像冥府，那是因为月见村大多数人都在城里买了房子，只有偶尔度假才回来居住。

走到村子跟前，月见姑娘住的那幢房子只有一楼亮着一点微光，那点微光也如同一点朦胧希望。屋前那两棵繁茂的广玉兰树此时已开出了硕大雪白的花朵，乳白色的雾气合着这香氛在枝叶之间来回氤氲，令这两棵树在月光下尤显珠光宝气。她家的院落便在这云树婆娑的掩映下，哪怕只是一点微光，看上去也如同夜色中一座华美的宫殿。

秀明哥骑着马围着村子转了一圈，然后打了一个响亮的呼哨，便一直在龙湾的公路边等候。等了半天也没见月见姑娘从村口出来，急得秀明哥一直骑着马在公路上彳亍。

又等了十多分钟，仍然没有半点动静，秀明哥便开始勒马往回走，经过西塘的时候，他刻意把马拐进去看了看。

当他借着月光缓行到了芦苇荡的时候，吓了一大跳，原来月见姑娘竟然鬼魂一般已站在那里等候多时了。

"我怎么在路上没见到你？你是怎么过来的？"秀明哥一脸惊讶地问。

"我是从小路过来的。"此时的月见姑娘穿着一条长长的黑纱裙，白色面纱到了夜晚也换成了黑色面纱，站在被月光照得惨白的塘边，活像一个幽灵。小天风痴痴地望着在月光下散发着迷魅的月见姑娘，有秀明哥这团炽烈的阳气在，他并不惧怕任何鬼魂。

"为啥你晚上还戴着面纱，不敢以本来面目见人？"秀明哥踌躇着，并未下马。

"那是为了阻挡世俗的偏见。"月见姑娘背着月亮淡淡地说。小天风望着神秘而幽暗的她，相信面纱的背后一定是倾国倾城，"乡里人都认为月见村人是靠出卖美色来发家致富的，而我们也受不了这种鄙夷的眼光。事实上，六百多年来月见家族一直擅长经营，祖上就积累了许多财富。而且自古以来女子嫁人讲求的是门当户对，所以月见村的女子一般都嫁得很好，却给人那样的误会——"

"那你可以把面纱取下来了，我不会有任何世俗的偏见，我只相信事实。"秀明哥翻身下马，把小天风像镇天神器一般擎在手臂上。

月见姑娘便揭开面纱，果然惊现她那惊为天人的美。如果说照照姐是人间的美，可以沉鱼落雁，羞花闭月；那月见姑娘一定是天上的美，遮云断日，星月交辉，仿佛是天仙下凡。

然后她借着月光与秀明哥对望了一眼，也许是那夜的月光使人迷乱，他们在对望中如同在梦里见过一般依稀，那一秒钟就像一万年那么长久，仿佛在前世停留了很久，才回到今生中来。

"那你为什么要帮我？"秀明哥又问道。

月见姑娘一双湛清的美目直勾勾地凝视着他，"我喜欢帅的男人，帅的男人可以给平凡生活带来梦想。罗文、张国荣都是我的菜。"

秀明哥的脸上不禁露出几分青涩，不自然地摸了摸脸说道："我从没觉得自己帅，比我帅的男人多了去了——"

小天风听了这话真想骂他，他要真不觉得自己帅，怎么爹爹总是骂他梳头时把镜子都照烂了。

"你那种帅法叫'蟋蟀'，帅到梦里都有缥缈的星云和光彩。"月见姑娘幽幽一笑。

"可是帅对于一个男人来说又有什么用？"秀明哥一直在她面前努力保持着克制与庄重。

"我这人天生就贪财好色，什么最赚钱就投什么，谁最帅就追谁！"月见姑娘像是故作轻佻地说道。

"月见姑娘，凭我的直觉，相信你绝不是这么浅薄的女人，你要再这么说我就走了！"说完，秀明哥赌气般把小天风放回马背，正准备要走。

"上辈子的时候，我十二岁，你十四岁，我们素昧平生。一天，我在塘边为了拾起一个菱角，跌落水中。当时我在水中听见一声嘹亮的呼哨，然后看见一个明亮的影子在塘边晃动，正在大声呼救，我心想一定有救了，可是周围的人都知道这口塘深不可测，没一个响应。当我从水底已到达另一个世界，只有你穿越了整个世界来救我，所以今生我从另一个世界穿越回来寻找你——"此时，月见姑娘泪眼婆娑地望着他，她的眼泪就像上天的馈赠一般绝对能打动凡间所有的心灵，因为秀明哥相信所有的眼泪都是有源之水。

"那你怎么知道救你的那个人是我？"秀明哥桀骜地转过头去，显然他还无法接受这样与生俱来的感情。

"是你前世的呼哨唤醒了我沉睡的灵魂——"月见姑娘犹犹豫豫地望着他，眼睛里那蓄满水的池子萌动着天光。

"难道你还记得上辈子的事情？"秀明哥回过头来，波澜不惊地问道。

"不仅上辈子，六百年前你家先人和我家先人之间的爱恨情仇，甚至几千年前的事我都知道。"月见姑娘恬淡地说。

"那六百年前你知道什么？"

此时，夜晚一片静谧，那娴静的云也都停在月亮旁边，等待着倾听这六百年前的故事。

20. 六百年前的传奇

秀明哥把小天风从马上放下，半信半疑地坐下来洗耳倾听，月见姑娘便娓娓道来：

六百年前，元朝腐败，天灾连连，全国爆发了轰轰烈烈的农民起义。当时月见家族的祖宗也就是越王勾践的后代——闽越王姬文山组织了一支军队，从漳州一直攻到了汴梁，想借着乱世，继承祖先的遗志，重新光复越国。后朱元璋成为农民起义军最强大的一支，统一了大部分国土，时天下大势已定。

在姬文山攻打汴梁城之时，朱元璋也已派徐达率大军而至，姬文山不得不与其汇合一并攻下了汴梁城。

庆功宴上，朱元璋的谋士刘基瞥了姬文山一眼，向朱元璋耳语道："此姬文山乃越王勾践之后代，有勇有谋，能屈能伸，历代皆有复国之野心，今晚从其眉心可鉴，非心悦诚服也。秦有闽越王无诸归顺秦朝后又参与推翻秦朝，此等人最易为形势所变，汉朝后不再被重用；项羽设鸿门宴，却妇人心肠，放走了刘邦，空余千古恨。今夜，我已使其兵马全部受限，四周皆已埋伏刀斧手，故不可错失良机也！"

朱元璋听后捻须，微微点头。殊不知这姬文山竟然深谙唇语，他不动声色地离席上了一趟茅厕，从茅厕破窗而逃，并连夜逃出汴梁城，与早已安置在汴梁城外等候的家人一起仓皇南逃。也不知跑了多少天，直到一个月光清亮的夜晚，他们来到了仙都一片开满金黄小花的草坂，那些金色的花朵在月光下盛开着，宛如满天繁星，他们都为这奇异的景象惊呆了。

"啊，月见草，这草吃了不仅能治病补身，而且还能驻容养颜——"一位老家丁说完，此时疲于奔命数日的他们早已又累又饿又体虚，便欢喜地吃了一顿月见草宴，然后躺在草地上睡了一晚。

第二天早上他们起来，感到体力充沛无比，并且惊奇地发现所有的小花果然都谢了，回想起昨晚，简直就像迷梦一场。而此时姬文山默念着"月见"二字，"月见，月见，越王勾践"，莫不是祖上的阴德，暗示他们从此在这安居乐业，奋发图强？

于是，姬文山便停留了下来，开始修房砌舍，隐姓埋名，将姬姓改为"月见"，是为铭记先祖越王勾践之遗志，不忘初心之谐音，从此开始了隐居生活。

"看来你们月见村人继承了月见花的血统，怪不得皮肤都有些晶莹透亮，好似这月光一样。而且从你身上，有时还能隐隐闻到月见草的幽香——"说到这，秀明哥便心旷神怡地微仰鼻息，再次领受了一下月见姑娘身上的芬芳。

"祖传秘方，不可外传哟！"月见姑娘也俏皮地应和。

"这是你家祖宗的渊源，那么我家祖宗呢？他们之间又有怎样的爱恨情仇？"秀明哥就像已沉迷于这个美丽的故事，不能自拔。

月见姑娘也在秀明哥身旁的青石板上坐下来，继续幽幽地说：

当时随姬文山一起南逃至此的还有一位叫妧娣的美女和她的父母。身为绝世美女的妧娣虽红颜多难，却一路都有英雄相救：最早姬文山围攻汴梁城时，城中便出现暴乱，以与之呼应。当时守御汴梁的河南行省左丞相兼知行枢密院事的答失八都鲁因怜香惜玉，便将妧娣一家人安顿在汴梁路里。后徐达大军与姬文山汇合后攻破汴梁路之时，几个最早冲进来的义军在一个角落发现了天姿国色的妧娣一家，欲将其父母杀死，然后将其拉走。就在士兵正要将长矛刺向她的父母的紧急关头，突然"啪啪"两响，一根马鞭从天而降，抽掉了这两位士兵手中的长矛。紧接着，一位清新俊逸、气宇超凡的王子模样的男了从屋檐上跳下，手握马鞭，雄姿英发地傲然挺立在他们面前，"啪啪"几响打落了所有士兵手中的武器，然后用脚挑起地上的长矛，一枪一个，刺死那几位义军后，大义凛然地拍着胸脯对妧娣说："我乃宣靖王之子忽讷路，从此以后我来保护你！"

"忽讷路？"妧娣一脸疑惑地望着他。

"对，忽讷路是蒙古语，就是青龙的意思。"忽讷路语音未落，外面已喊杀声震天，忽讷路回过头来多情地望了妧娣一眼，那一眼似乎洞穿了千百年，最后响当当地对她说了一句："待我平定天下之后，一定娶你！"

妧姝含泪带笑地望着他，微微点头。

说完，忽诃路便英姿飒爽地提着枪匆匆冲了出去，却再也没有回来。后来又来了一批徐达的士兵，重演了之前的那一幕——当徐达的士兵正要将妧姝的父母刺死，将其拉走之时，姬文山正好带着几个士兵冲了进来，厉声喝止住那几个徐达的士兵，要他们将妧姝一家交给他来处置。但徐达的士兵不认姬文山是他们的统帅，执意要将妧姝一家献给徐达领功。姬文山果断地抽出宝刀来，只见手起刀落，寒光几道后，那几个士兵的人头滚落，喷薄的鲜血溅了妧姝一身，吓得她打了个寒噤。姬文山赶紧让其换上士兵的衣裳，将她的脸用鲜血抹得容颜不辨后，安排他的士兵将妧姝一家安全护送了出去。

这历经战乱的妧姝跟随姬文山来到龙湾这片祥和的土地之后，既明白孑然一身的姬文山之本意，又欣赏姬文山的英雄气概，也为报答他的救命之恩，便顺理成章地做了他的结发妻子，为他生儿育女。

与改名为月见山的姬文山同眠共枕的夜晚，妧姝脑海偶尔也会回响起忽诃路最后跟她说过的那一句话——这古人哪怕只是萍水相逢，但对于婚姻与生死都未可轻许，一旦点头便是一诺千金。为此妧姝总是感到心神不宁，也不知忽诃路是生是死，但即使他还活着，能够与他重逢的机会也如这星子一般渺茫，于是她便将此事如同暗淡的星光一般渐渐放下了。

在一个星光满天的夜晚，当月见山还在熟睡之中，他妻子妧姝突然恐慌地坐起，惊叫了一声："不要——"

月见山以为是妻子发噩梦，睁开眼一看，却见一把明晃晃的剑正抵着他的咽喉。那刺客也像是被妧姝的那一声惊叫怔住，迟疑着不敢下手。

"忽诃路——"自忽诃路第一次对她宣布他的名字之后，她便一直背诵着他的名字，因为那三个字就像她的救星，她黑暗至极时的一道生命之光，她苦苦向他哀求道，"忽诃路，你怪不得我！虽然我们仅一面之缘，如若那日之后你不是音讯全无，生死未卜，我定会信守承诺，一直等你！更何况我夫君也是我的救命恩人，就请你看在我与他有儿有女的分上放过我们吧！"

妧姝哭诉完，那人迟疑了半天，手一直在微微颤抖，他因妧姝的苦苦哀求，左右为难，始终下不了手。他没想到仅一面之缘，这妩媖竟然还记得他的名字。这一刻，仿佛所有为妩媖付出过的艰辛，都得到了慰藉。

月见山的妹妹月见英听见楼上响动，第一个提着刀冲进来，见此情形，只敢站在一旁，未敢轻举妄动。一会，月见山的两个小儿也被惊醒，爬起来站在门口嘤嘤哭泣。

"是你给了我活下去的勇气，让我权且留住这条命，费尽千辛万苦才找到这里！在这些颠沛流离的日子里，每每想到我没能力保护好自己的女人，我便涕泗纵横，自责不已！倘若我的生命中失去了你，我活着又有何意义？"忽诃路突然恸哭起来，哭得情真意切，感天动地。

那忽诃路是怀着定要杀死月见山的决心而来的，虽妩媖说出一个意想不到的状况来求情，令他有所踌躇，但仍未能将决心全部放下，那指着月见山咽喉的剑依然剑气逼人。

这月见山也是审时度势之人，见此情形，又望了一眼他那尚未出嫁的妹妹，为一时解危，便想出了一个权宜之计，于是他假装沉着亲和地对忽诃路说："方才也听我夫人说了，你既是她的救命恩人，便也有恩于我，此时就算我将其双手奉送，也于事无补了。既然你不远千里而来，莫若我将我家小妹许配与你，从此我们仍亲如一家，也算成就了所有的缘分。"

在月见山的旁敲侧击下，忽诃路心有触动，不觉抬头与俊秀如花、英气逼人的月见英对望了一眼，那剑似乎软了下来。月见山便趁热打铁，故意又问了月见英一句："英妹，不知你意下如何？"

那月见英再瞟了这高大威猛的忽诃路一眼，遂收起手中的刀，唯唯诺诺，羞羞答答地回了一句："兄长如父，既是哥哥将我许配出去，又有何不可？"

忽诃路果然沉默不语地收起了剑，那月见英天生乖巧，便对他轻柔地说了一句："今日已晚，如不嫌弃，我便安排你在敝舍下榻；如你执意要回，日后随时欢迎造访。"

这忽诃路听罢，一言不发地下楼去，看来是执意要走。月见英便轻巧地跟在后面下楼为他开门。待他出门再将门横闩之后，一大家人如释重负。

忽诃路走后，月见山却打开窗把头伸出去一直偷望他远去的背影，妩媖便问他看什么，月见山说："我是担心他风餐露宿，没地方歇脚，但今夜又恐他反悔，不便诚心留他。”

月见山说完，妧婇便和他一起观望，借着月光，看见忽诃路一路消沉地往龙山的方向走去，顿心生哀怜。

翌日一早，月见山便骑马出去了。待他回来之时，整个龙山都已被明朝的士兵包围。那些将士个个手握长枪，悄无声息地向龙山逼近，待见到一个黑影在龙山上疲命飞奔时，即刻喊声四起，个个奔走如飞。

正在吃饭的妧婇和月见英赶紧放下碗筷上楼去观看，待她们下来，妧婇便问了正不动声色吃饭的月见山一句：“今早你去了哪里？”

月见山不以为然地说：“当下已是明朝的天下，殊不知这朱元璋正在清剿元朝余孽？此人既为元朝将领后裔，如将妹妹许配与他，岂不是毁了妹妹一生？我等轻则受尽牵连，重则满门抄斩。此举乃不得已，不枉我等千里迢迢来到此地，求得这片刻安宁。”

“你便如此对待我的救命恩人？”妧婇心怀怨愤地说道。

“莫非你愿随他而去？”月见山将筷子往桌上一拍，翻了她一眼，她便低下头来，默不作声了。

窗外，那明军高喊着口令，搜遍了整个龙山，也未见忽诃路人影。疑有山洞，却又无迹可循，便拖来火油数车，从山顶浇灌下去，将那层峦叠嶂的龙山化为一片火海。熊熊大火绵延了一整夜，将整个龙山烧得一片荒芜。那火油浇灌之地从此片草不生，像一片龙的脊骨，从此改名为龙脊山。

说到这里，秀明哥便忧心地问：“那忽诃路被烧死没？”

“倘若这场大火将你家祖宗烧死了，你还有机会坐在这里与我说话吗？”这月见姑娘转过来对秀明哥轻烟一瞥，秀明哥便像头上长满虱子一样挠个不停。

“难道有龙庇护他？”秀明哥又托着下巴若有所思地问。

“自己想去吧，这不是神话。”这月见姑娘用谜一般的眼神给他留下一个谜语，然后又开始说下一段：

第二日清早，月见山便发现他妹妹不见了，只见一个装宝刀的匣子下压着一张字条，上面写着：

你既已将我许配与他，我便随他而去了，顺便拿走了明月刀。忽诃路是生是死，往后我跟着他是祸是福，一切皆顺从天意，听天由命了。

当时闽越王姬文山有一把祖传的宝刀叫明越刀，锋利无比，吹发即断，天下无敌。姬文山改名月见山之后，将这明越刀也改名为明月刀。只是这月见山忽略了他妹妹从小便是一位敢作敢为、贞烈刚强之女子。而这月见英为前夜的氛围所感动，打心里仰慕忽诃路这样顶天立地侠骨衷肠的汉子，又知其哥的一贯为人——倘若这忽诃路还活着，这月见山倚仗这把天下无敌的明月刀，也不会轻易放过忽诃路，便一不做二不休，顺便拿走了明月刀。

待月见山再见到妹妹时，她已经有了几个月身孕。而忽诃路正在龙脊山下挥汗如雨地修建家园，并从此改名换姓为任天启。

自此，两位女子便改变了他们戎马倥偬的一生，放下所有的野心，解甲归田，安居乐业。

21. 我愿与你诉说三生三世

"这叫曾经打算倚剑闯天涯，后来天下太平啦，有了妻子又有了娃，就没法闯荡江湖啦！"秀明哥呵呵一笑，清爽的笑容在月亮的清辉中显得愈加迷人，"再后来呢？"

这月见姑娘也柔媚地对着月光盈盈一笑，继续说道：

这月见山因难掩心虚，面对任天启之时始终心猿意马，有意闪避；而与其妹也是互有芥蒂，貌合神离，多次讨要明月刀未果，又不便动怒。任天启有时也会与妧婡对望一眼，诉不尽的忧怨，妧婡便会低下头来，心照不宣。

两家遂日渐淡化，以至于后代就算与其他村子联姻，两个村子之间也不再提联姻二字；发展往后，甚至不相往来了。任天启后来专攻风水命理，据说他根据生辰八字甚至能精准地算出一个人的寿元。待任天启子孙满堂之时，有一日听说他已出家，法号任僧，从此开始修行。后来月见英也神秘地消失了，传说他们两夫妻一起就在龙脊山的一山洞内圆寂。

听得入迷的秀明哥仿佛已借着月光进入了痴境，听完以后，仍余兴未了。

"如此重要的事情，史书、家谱族谱为何均无记载？"

"一定会有记载，只是不为寻常人所见。你可试想，在明清期间，倘若此事为世人所知，将会带来什么样的后果？"

秀明哥在月光下梦沉沉地怀思了好一阵，回道："也是，看来咱们还要找到那个山洞。"

月见姑娘含笑着微微点头。

"可这龙脊山哪来的山洞？我垦荒数日，几乎挖到了每一个旮旯，别说山洞，就连老鼠洞、蛇洞都找不见一个。"秀明哥又陷入了苦苦的思索。

"就好像你一样，我没找到你，并不代表你不存在。"月见姑娘郑重提示道。

"古人云：山不在高，有仙则名；水不在深，有龙则灵。倘若你说的这个传奇故事能找到史料作支撑，那么任云铺便不再是一片空白的铺子了。这对于任云铺的旅游发展将是一件至关重要的事情，远胜过一切资金和风景！"秀明哥说完便沉浸在一片美好的憧憬之中。

"只可惜月见村在拆那些老房子的时候我还不懂事，我只记得那时住在暗黑的房子里，面对那些古老的墙壁，仿佛还能听到那些古人依稀说话的声音，过去的那些场景便会在黑暗中如同过电影一般一幕幕投放在我的脑海里。"月见姑娘无限惆怅地诉说道。

秀明哥此时望着她，就像望着一个有特异功能的人。她说这些的时候自己一点也不感到后怕，却让听者心惊。

"那几千年前你又知道什么？"秀明哥见这月见姑娘编出的故事如同史书一样，找不到半点瑕疵与漏洞，便又心悦诚服地问她。

"据说几千年前的大云山只是一座虚幻的大山，只有雨过天晴时才能看见，如同海市蜃楼一般，周围一片汪洋。很多人为了成仙，都去寻找这座大山，绝大多数人都一无所获地回来了，只有极少数人登上仙山成了仙，便再也没有回来。那时的龙泽乡是一座繁华的古都，现在的东塘那时叫烟霞河，现在的西塘那时叫沉香河，水面比现在辽阔得多，和龙溪是一个整体，一直通往通天河，直达冥河。"

秀明哥四周寻探了一遍，咧嘴说道："我看这西塘也只是一个塘罢了，能通向哪里？"

"它通向哪里只是你看不见罢了，所有的神话只有在天上才能找到答案。"月见姑娘语焉不详地说道。

"我正愁任云铺没有引人入胜的神话故事呢，一旦加入神话便更加奢华绚丽了！你还知道些什么？赶紧一股脑儿全都倒给我！"秀明哥故意用肩膀撞了她一下，然后轻柔一笑。此时的他在月见姑娘面前单纯得就像一个孩子。一场谈话下来，两人的灵魂熟稔程度也非同一般了。

"从盘古开天、三皇五帝到上下五千年，只要你愿意听，我便愿与你诉说三生三世——"月见姑娘意味深长地说。

"那就从最古老的时候开始说起吧！"

"最古老的时候，我们是两条悠游的鱼，就像太极八卦图一样从一个圆里分割出来的，借着水拥抱在一起。而总有一天，我们会回到鱼，一起拥抱着沉于水底，不许挣脱彼此的怀抱……"

临近午夜，那月亮仿佛已经照旧了，变得昏黄浑浊，连月晕都起了白色的毛边。一阵夜风吹来，芦苇丛也悄声碎语，似是有无穷梦话一般。秀明哥托着下巴似是听得如痴如醉。小天风便轻摇了一下秀明哥的手臂，提示他早些回去，以免被爹爹责骂。

脱梦的秀明哥便即刻回归理性的世界，他迅速起身，对月见姑娘说道："多谢月见姑娘，时候不早了，我送你回去早点休息吧，日后再向你讨教！"

月见姑娘也像古代淑女那般答礼道："不劳相送，以免被族人看见说闲话，我自小路返回便是了！"

说完，她转身便走了，她那窈窕深邃的背影随着这摇曳多姿的芦苇丛消失在茫茫夜色之中。秀明哥一直站在晚风中，直到她家那栋华美的楼宇亮了灯，才骑马载着小天风回家。

那天晚上，秀明哥回去后便头枕着合掌，脑海里似乎仍回响着月见姑娘的无穷梦话，就像是在月光下做梦一般。借着梦，他穿越到了古代，在一片刀山火海、杀声震天中走出，走进那个深幽的山洞寻找着那个不老的传说……

22. 探索龙洞

第二天，他比谁都要起得早，似乎在准备着一些他生命中极其重要的东西。吃过早饭后便郑重地跟他爹说，今天有工作需要小天风帮忙。他那坚毅的表情里有着对月见姑娘的深信不疑。

他爹问，风思思能帮你做什么？

小天风听见风思思这三个字，又仰头望了他爹一眼——对小天风来说，对于他爹这么一个严厉的人，最和蔼可亲的称呼莫若叫他风思思了。这里面浓浓的爱意，那呵护，那严厉，那张力，仿佛他与他爹之间的一切，一切的一切无以言说，都浓缩在这三个字里面。

"作为吉祥物摆在那里就行。"秀明哥做了个怪脸，说了一个荒诞的理由。

而他爹那天竟然破天荒般答应了。

秀明哥背着一捆绳子，扛着一把大铁锤，手里还提着一个袋子，领着小天风来到了龙脊山的龙头岭。

这龙头岭就像一个旷废了的龙头，龙头上面有一块条形的巨石，形状就像龙的舌头，所以被称为"龙舌石"。龙舌石上终年流淌着涓涓细流，汇聚在下方的龙涎井里。

秀明哥走到井旁，在不远处钉了两根木桩，然后把绳子的一头套在一根木桩上，另一头绑在自己身上，多余部分缠绕在两根木桩之间，最后对小天风交代："我现在下到井里去了，只要我一抖动绳子你就放；如果我没抖动绳子，你千万不能放。明白没？"

小天风懂事地点了点头，秀明哥便将放有手电和火柴的塑料袋扎起来别在身上，然后下水去了。看来，他对小天风的信任就像相信他自己一样。

小天风放了很久的绳子，直到秀明哥不再扯动绳子了。他好奇地望着井里，观看着有何变化。从绳子的移动他能判断出秀明哥一直在活动，他从来也不会去担忧秀明哥的安危——因为秀明哥就像他的守护神一样，从来都是保护他的，而且秀明哥做一切事都绝对有底气和把握，他相信秀明哥甚至超过相信自己。

小天风一动不动地紧盯着水面差不多有半个时辰，终于从井底冒出几个气泡，紧接着那井水翻滚着，秀明哥再次像水神一般从井里升腾起来，将一袋东西扔在井口旁，然后一跃而起跳到了地上，迅速撤掉了木桩和绳子。

回家的路上，秀明哥一脸的轻快与喜悦。小天风也为他感到高兴，知道他一定是成功了。

秀明哥回到家里，沐浴更衣之后，一脸正式地带着小天风去找他爹。

推开他爹房间那扇沉重的门，随着户枢一声嘎吱的声响，一股古朴阴翳的气息迎面而来，里面混合着杂货店的味道，烟草的味道，洁净的味道和墨汁凝重的香气。

他爹正在案台用毛笔写一些有关紫微斗数的册子，回过头来望了一眼他俩。秀明哥便小心地把门闩上，打开袋子，将里面的两本古书和一把银鞘的宝刀拿出来递给他爹，然后讲述了整个经过：

当他潜入龙涎井之后，发现这水底还有一个出口。他钻进洞去又浮出水面，然后顶开一块石板，果然找到了那个山洞。洞内怪石嶙峋，那扁平的形状有如一张怒张的龙口，哪怕外面酷热炎炎，洞内都阴凉无比。在龙口的底端，秀明哥发现了两具尸骨，一具威严坐立，身披袈裟，手握禅杖，怀里还揣着《任氏物语》和《游龙鞭法》两本书，这应该就是坐化圆寂的任天启了；另一具手握银鞘宝刀，倚靠着任天启，那姿态体现出浓浓爱意，想必是后来消失的月见英无疑了。周围没有什么陪葬品，只有一些简易的诸如烛台、香炉、玉枕和纸墨案台等物品。秀明哥想了想，拿过那两本书，当要取下银鞘宝刀时，却感觉到月见英的尸骨握着宝刀的力度。秀明哥用力，她也在用力，令秀明哥暗暗吃奇。突然一阵阴风骤起，秀明哥握着的手电筒此时竟然一亮一熄莫名地闪了三下，月见英的尸骨才松开了握着宝刀的手。难道这是月见家族古老的暗号？莫非是月见伶一直在冥冥中助他？秀明哥赶紧用塑料袋把这三样物品包好，原路返回……

秀明哥说完所有经过，他爹抽出宝刀看了看，虽被岁月隐没了光芒，却仍然锋利无比，这应该就是传说中的明月刀了。他爹又把那两本线装书打开翻了翻，尽管过了六百多年，他爹做书的样式还与祖宗如出一辙。

这《任氏物语》上记载的比月见姑娘所叙述的更为详尽：任氏宗族的祖宗忽诃路出生于斯日古楞哈日阿图（现在的瞭望山），相传那是蒙古的龙脉发源地。忽诃路的家族世世代代都是龙族，在元朝以前分化为四条龙：成吉思汗的家族为白龙，忽诃路的家族为青龙，还有黄龙和红龙两条龙。成吉思汗曾立下誓言，只要其他三大龙之家族协助他打下天下，白青黄红四大龙族便如同春夏秋冬一样，皇帝轮流当。而自忽诃路的祖宗，成吉思汗的叔父答里台以来，青龙家族便一直与成吉思汗的白龙家族不和。成吉思汗去世后，其孙蒙哥汗继位。蒙哥汗去世后，其弟忽必烈继位后建立了元朝，将其他三大家族的人一一册封。而忽诃路为元朝宣靖王买奴晚年所生之子，公元1357年益都攻破之后，忽诃路从九死一生中逃到汴梁，投奔驻守汴梁的远亲答失八都鲁。公元1367年汴梁攻陷那天，忽诃路救了妩婇一家冲出去后，见义军如同潮水般涌来，寡不敌众的忽诃路便爬上瓦檐，亲眼目睹姬文山将妩婇一家带走后，便纵身一跳，踢下一位骑马的士兵，夺马而逃，之后便一直在跟踪打听姬文山和妩婇的下落。直到四年后，历经沧桑的忽诃路才在仙都龙山旁的龙泽乡找到姬文山一家，而此生冥冥中归于龙山就像是顺从天意，命途所归。书中还记载了他改名为任天启的用意：任字拆开是人王，天启意为青龙家族自他这一代伊始承天而启。往后每一代将由懂风水命理的守护人根据出生男孩的生辰八字选定一龙脉继承人，取名中带天字，是为龙脉一代单传。将村子取名任云铺意为青龙家族的子孙后代从此居住在这片云中的铺子里，繁衍兴旺，团结一心，青云直上，飞黄腾达。

另外那本《游龙鞭法》看着更像是一本武功秘笈，仅仅是蒙古族的一根马鞭，却运用无穷，胜过兵器无数，这里面的技法和玄机更是高深莫测。

看来这两本书就是任氏宗族的先人一生的精华所在了，原来任云铺人身上还流淌着如同额尔古纳河一般奔涌的蒙古血统，哪怕历经六百多年的繁衍，哪怕被稀释得只剩百分之一，这自由奔放的因子也促使秀明哥这一代年轻人不断开拓进取，勇往直前。

听完这些，他爹的眉心才拨云见日般舒展开，一会又愁云惨雾，陷入了更大的雾霾。

“你擅闯祖宗禁地，打扰先人千年睡眠，最近恐有血光之灾。你现在赶紧去神龛跪拜谢罪，求列祖列宗保佑你，助你完成千秋大业，令任云铺从此闻名天下，任氏宗族兴旺发达！"

他爹说完，向来神鬼无惧的秀明哥也去到堂屋的神龛前点燃三炷香虔诚地拜了几拜。

23．武艺高强了的秀明哥

再回到他爹房间，他爹已盘腿坐在六弯床上，像等着秀明哥进来。他爹不再说秀明哥成天无所事事了，脸色却愈加深重。

"秀明，最近和黎姑娘发展怎么样了？"他爹划了一根火柴，吧嗒吧嗒地把烟斗点上。

"哦，我们一直在按之前制定的任云铺旅游发展计划发展，龙脊山的树眼全挖好了，这两天等树苗一到就开始栽树了。"

他爹吞吐了一口烟云，一脸迷惘地望着秀明哥这张青涩的脸，就像面对一张无辜的白纸，不知从哪里下笔。

"你……，你也要成家了，别整天骑马东游西荡。我看这黎姑娘还不错，既聪明伶俐，又美丽大方，这样的姑娘哪里找？"

"可我一直把她当妹妹一样呀……"

"你把人家一个黄花闺女弄湿了身，你就说些这么不负责任的话？你还要脸吗？"秀明哥还没说完，他爹便一拐杖扫来。如今秀明哥像是武功高强了，只需稍稍偏下腰身便轻灵地闪过。

"我们从小就是这样逗打过来的，更何况不是我把她弄湿的……"秀明哥临危不惧地解释道。

"混账东西，这男人身子和女人身子一样吗？你可以光着膀子四处走，有哪个女人能光着膀子出来？"

小天风在一旁静静听着，他爹总是能把一切看似不符合情理的事情说得有理有据，看来这都是文化的功劳，小天风一直瞪着小麻雀一般的眼睛张望着他俩，却不知站在哪一方。但他喜欢照照姐，他似乎明白照照姐的心事，要是秀明哥不能娶她，她该是多么的失望呀！

他爹紧接着端起拐杖又像是机关枪一般横扫，只听见耳边呼呼生风，秀明哥在那挥舞的光影之中就像在跳橡皮筋一般。

"你当黎姑娘是长工，让她替你做这么多事情？"他爹停下来，气喘吁吁地说。

"她不是替清流老爹吗……"秀明哥说完，小天风已经懂事地在外面拿了一把扫把，递在他手里。

吃过晚饭，任清流又来看望任老爹，这一次是和他老婆一起来的，最近他跨进任老爹房间的门槛就像进菜园门一样频繁。

任老爹早早睡了，支起身子扯了一下床头的那根线，借着微弱的灯光才能勉强看清他那张尴尬的脸。

"这么早就睡了，是不是打扰您老人家休息了？"说完，他老两口正要退出去。

"不打扰，不打扰，我还没睡，只是灯照着太热，我便没开灯，等外面凉快一点，我便睡到竹铺上去。"任老爹很有礼貌地回道。

任清流便坐下来，环顾左右而言他了半天，最后才问起那件事能不能早日定下来。

任老爹深重地叹了一口气说道："现在是新时代了，儿女的婚姻不能包办，任他们自由恋爱去吧，做父母的不能做主。如果他俩不能成，也只能怪我儿子命太薄，没这个福气。"

"他们两个郎才女貌，没得说的，我看他俩准成。只是你家秀明要更主动一些，你知道我这外甥女一直都很羞羞答答，含蓄才是女人的内涵。"清流老爹的老婆握着任老爹的手，眼睛眯得就像个媒婆一样。

"最近我家秀明又是要招商引资，又是要到乡里请示汇报，又是要去城里办手续，忙得不可开交，等他忙完这一段就好了。沉默也是男人的深度。"任老爹被握着的手赶紧不自觉地弹了回来。

24. 海的女儿

秀明哥正在院子里洗马，小天风突然看到西南面像是扯了三道闪，便拉秀明哥看。

秀明哥迟疑地望着小天风所指的方向，过了一会，月见姑娘家那盏如同明星煌煌的灯光却突然熄灭了，他赶紧给马擦干身子，然后将小天风扶到马上，翻身上马。

见到月见姑娘的时候，她正坐在塘边望着浮光跃金的水面发呆，月亮是她的背景，她如同下弦月一般凄艳绝美，清亮透彻；水中倒映出她恍恍惚惚，万千惆怅的模样，她那旷古烁今、恍若隔世的美。今晚，她是开心，但不是真的开心；不开心，也并非真的不开心。

"你在想什么？"见到月见姑娘，如同拨云见"月"，秀明哥心中顿时豁然开朗。

月见姑娘惆怅地说："我看见了水中的未来。"

"是什么样子的？"

"我们一起在水底幸福地生活。"月见姑娘说完，一片语焉不详的云彩又从她脸上掠过。

秀明哥笑了笑，那迷人的笑弯在月光中就像溪涧一般明亮。月见姑娘抬起头，与他对望了一眼，刹那间月走星移，云霓飘飞，光阴顿逝。

秀明哥眼中那无言的感激和浓浓的爱意，化作两道激越的光与她的目光交汇，与月光吻合在一起。

而小天风感觉这一次她勾魂摄魄的眼睛会把秀明哥彻底从他身边夺去。

塘面上水汽氤氲，如织也如烟，夜风吹来阵阵凉意；远处的稻田里，萤火虫飘飘忽忽地打着灯笼，急着在赶路；周围蛙声连天，每当蛙声停下来，那唧唧的虫鸣就像一场天籁的幻听，与无尽的静谧交织在一起。

爱情就像魔幻一般，连小天风看了都会着迷。

"月见姑娘，我真的真的不知该怎么感激你……"秀明哥久久地凝望着她。

"有什么好感激的？"月见姑娘嫣然一笑，风轻烟渺。

"一切就像你说的那样，我以为是梦话，但都被一一证实了。"

月见姑娘羞涩地转过身去，问道："那么，你准备怎么感激我？"

秀明哥望了一眼月光粼粼的水面，然后脱掉外衣，就像是即将要以身相许似的，却在岸边扯了根水藤，跳进了水里，

塘面上沉静如谜，一切安安静静的，小天风一直站在那里就像一双星子的眼睛，一晚上没说一句话，只是用眼睛去倾听。

月见姑娘便用手指朝小天风勾了勾，召唤他过去。

小天风走过去一脸诧异地望着她。

"喜欢小姐姐吗？"月见姑娘说完，小天风感觉她勾着他的下巴，就像是要跟他接吻似的，赶紧本能地欲要挣脱。月见姑娘便对着他轻启朱唇，吹了一口气，小天风闻到一股兰花一般的幽香，便赶紧跑开了。

这赤裸裸的色诱令小天风的心狂乱不已，都为她感到害臊。

月见姑娘清幽幽地笑着，小天风看出她那冷艳的寂寞就像夜色中的花朵在漂浮。

一会儿秀明哥便从揉碎了的月亮中央浮了出来，将一条串满小鱼的项链双手呈献给她。她便低下头来，让秀明哥把那一串小鱼如同上天的恩典一般挂在她那白皙的脖子上，那银色的鱼鳞在月光下熠熠闪光，此时的她就像海的女儿。

当野薄荷一般的晚风阵阵吹来，月见姑娘便得意地用赤裸的脚踝轻轻拨着水，嘴里愉快地哼着歌。她的歌声宛如仙乐，令所有的心都随着这空旷的歌声一起飞翔，去到一个只有爱情的地方。此时的秀明哥站在水里，就像个迷路的水手一般被她空灵的歌声迷住，便问她：

"这首歌叫什么名字？"

"I love you，我爱你。"这更像月见姑娘对着月光的告白。

"到底是英文还是中文歌？怎么没有歌词？"秀明哥还像个傻子一般呆呆站在水里。

"哪个国家的都是，哪个国家的都不是，爱情是不分语言国界的，所以这首歌没有歌词。没有歌词的音乐最纯粹，才能把人带到一个只有爱情的纯净

世界。"月见姑娘说完又继续轻声吟唱，任晚风吹起她的鬓发，将她的双眼吹得凄迷……

无忧无虑的小天风从不知道爱情是什么，但仅凭她天籁一般的歌声，便觉得爱情该有多美。

于是，他闭着眼睛聆听着，如同进入冥想一般，随着她月光一般清亮的歌声轻扬，与天风一起流浪。在那嘹亮的高天之上，任歌声涤荡他的心灵，将他的灵魂洗濯，然后飞往那一片心灵的净土……

她穿越了古今中外，烟波一般浩渺。她稀薄的灵魂与乳白色的雾霭交织在一起，无常变幻，这种孤独，没有边界。

秀明哥在水中仰望着月亮，他能听懂，但不想听懂，所以故意站在水中装作一副超脱凡尘的样子，就像在天外安静地忍受着所有的虚无。她爱他，或许他也爱她，但他不想天上有个月亮，水中也有个月亮，从此天光水色变为月黑风高……

晚上回到家，小天风躺在床上，充满无限遐想，这是一个无限美好的夜晚，一切美好的事物都能打动所有人的心田。

黎照家住东边，青砖黑瓦的寻常院落，出落得碧波荡漾，楚楚动人，宛如东塘里的一枝美不胜收的菡萏；

月见伶家住西南，远远望上去遥不可及的一片华美楼宇，如同一抹迷魅的月光，那超脱尘世的美，旷古烁今，令夜风飘狂；

任秀明家住中间，在一片人间的乌云中央，宛如金线万丈，照亮万象天地；

最美的风景永远是人。在风景如画，山明水秀的湖光山色中，他们三个就像荷塘、月色和大山的魂魄，为绝美的乡村带来水的灵动和大山的向往。

有时，秀明哥会不经意地问小天风："照照姐和月见姐，你更喜欢哪一个？"

"两个都稀饭（喜欢）。"小天风满心欢喜地回答。即使幼小，美丽的风景和美丽的人都同样令他赏心悦目。

"如果只能选择一个，你会选哪个？"

"选你毕奥（不要）了的那个。"小天风羞涩地低下头来。他那童稚的声音总是溪流般延长，漂流到很远的地方……

25．最坚决的让步

第二天清晨，一辆满载着树苗的卡车便停在了他家门前的公路边，照照姐活力澎湃地带领一队人马迎着曙光去种树。一切就好像运行到了正轨，秀明哥不再用亲自做这些简单的活，像是在封神榜里又往天上跳了一级，由此腾出手来去掌控更大的命运。

他给自己做了一条马鞭，每天晨起，他便在院子里对照那本《游龙鞭法》练习，那条鞭子很快就像长在他身上一样，说长就长，说短就短，伸缩自如，可以精确到将一朵花的花瓣一瓣瓣打掉，最后只剩一个光秃秃的花萼。这时，院子里便传出放鞭炮一般清脆的响声，噼噼啪啪响个不停，惹来不少早起的人围观。待他晨练完毕，便去城里，那一段时间来来回回跑了好几趟。

这天他满面春风地从城里回来，身上还背着一条步枪。看来他最近喜事连连，一见他爹便报喜道："爹，大云山被定为国家级自然保护区和国家级森林公园，这对于任云铺未来的旅游发展可是一件大好特好的好事！"

他爹漫不经心地瞥了他一眼，问道："这枪是怎么回事？"

"村长听说县林业局有一个招护林员的指标，便大力推荐我去。我一去就被选上了，又会骑马又没结婚的！"秀明哥挺着胸膛，无比荣耀地说。

谁知他爹竟然怒不可遏地发起脾气来："他这是逼你上刀山，下火海！他自己的儿子也高中毕业了，要是这么好的差事，他怎么不安排自己的儿子去！他这是任云铺旅游开发的事不想帮忙了，所以怂恿你去！你就这么信他，他要你吃屎你去不去？"

只要他们两父子一开口，空气中便弥漫着火药味。小天风好像已经司空见惯了，他黑不溜秋的眼睛直勾勾地望着那杆黑洞洞的枪，也明白这意味着秀明哥很可能即将面临一场枪林弹雨的洗礼。

秀明哥赶紧收敛起他的自豪，"爹，您可千万别误解村长的好意，这可是一道跨进公务员的门槛！我去县林业局报到的时候，可是一百多人排队呢！再说，我也想过，任云铺只是大云山沿龙脊山下来的一个分支，倘若我能搭上大云山这条主线，能成为国家公务员，往后运作任云铺的旅游项目就可以得心应手，心想事成了！"

秀明哥说得有纹有路，条理清晰，他爹的火气一下就全灭了，语气立马就缓和下来："秀明，你既是这么说，我就跟你好好讲下道理：俗话说，靠山吃山，靠水吃水。大云山方圆几十里多少人祖祖辈辈靠着大云山谋生。护林员无非是做些防止人偷树偷猎的事情，偷树太招眼，早已杜绝了；但这偷猎呢，你知道这大云山附近三个乡四十多个村有多少猎户？"

秀明哥摇了摇头。

"东边屋场的乔氏兄弟，家风凶悍的李家村，都是口里喊哥哥，手里摸家伙的一帮人，你是斗不过他们的！"

"我只是制止他们，干吗要跟他们斗？"秀明哥一脸的困惑。

"你要端走人家的饭碗，人家还不拿你的命？"

"你是怎么知道他们靠偷猎谋生的呢？"

"这还不容易！家里请人种田，不喂牲口，却每天吃得嘴巴油腻，口里还喷着酒气的！"

随着他们你一句我一句的争论，小天风的头就像向日葵一般来回转动着。此时他在疑惑，这个世界怎样才能停止争吵？为何这么亲这么互相关爱的人之间，也会争论不休？只要他们一吵架，小天风就觉得整个世界战火纷飞，分崩离析，而他憧憬着的永远是一个充满真善美，充满和平与快乐的世界。

秀明哥微闭了一下眼睛，像是经过慎重的思考后，突然坚毅地对他爹说："爹，大云山是我们的靠山，保护大云山是我们义不容辞的责任！你不去我不去又有谁去？再说，军中无戏言，既然已经领命，就没有任何退路了，不然村长的面子往后又往哪里搁去？"

"你去可以，但你绝不能带枪！你不对人家的生命造成威胁，人家便不会要你的命！"他爹最后也作出最坚决的让步。

秀明哥低下头来望了一眼小天风，摸了摸他的头，回复到最初始的温柔："小天风一直还没去过大云山，明天我带他去大云山感受一下大山的气息吧！"

小天风头发温柔地任由他摩挲，这对于他来说可真是一个出乎意料的奖励。

26. 巨人的全息

第二天一早，当一切准备妥当，秀明哥打了一个清脆的呼哨，那马儿便从柴房跑了出来。

照照姐也像一只绿孔雀般左顾右盼地走了过来，她那善睐的明眸在晨光中熠熠生辉，一头乌黑的秀发被照得发亮，身上就像洒过三遍露水那般青翠欲滴。

"秀明哥，知道今天是什么日子吗？晚上等你回来哟！"照照姐对着秀明哥忸怩不安地说道。

"三百六十五天，每天都可以是纪念日，每天都可以当成是过节。"秀明哥粲然一笑，心照不宣地说，明丽的光线衬托出他那挺拔的身姿。

他爹也撑着拐杖蹒跚着走出来，哪怕只是一次短途出行，他也是抱着谨小慎微的态度。

秀明哥把小天风像圣物一般高举着放到了马上。小天风一直听人说屋后那座隐约的大山就是大云山，他从来只见过它迷蒙的轮廓，如同一个神秘而遥远的梦幻矗立在地平线上，而明天他就要像登上月球一般，伫立在他的梦想之上了。忍不住的欢欣，令他迫不及待地提前拉扯着缰绳，就像在疾风劲雨中飞驰一般。

"你要带小天风出去，可千万要注意他的安全……"他爹把秀明哥拉在一边，顺便把声音压低了。小天风惊愕地望着他们，不知他爹在跟秀明哥窃窃私语交代些什么，秀明哥连连点头。他都不知他们还有什么能瞒着他的事情。

秀明哥正准备离开，他爹突然又想起什么，问了一句："听说你的投资款都到了账，你没乱用吧？"

"您放心，怎么会！"

他爹最后严正交代了一句："常将有日思无日，莫把无时当有时。那都是别人的钱，你可别当是自己的钱！你要花光了，我们拿什么做赔匠？"

"知道了——"秀明哥知道再不走，他爹会说个没完，于是便一拍马背，双腿一夹，那马便驶离了平凡的生活，开始向着平行的梦想疾行如飞……

在晓风晨露中，小天风骑在马上，像清风一般畅快，骤觉光阴似箭。虽说是遥远，也就花了一个多小时就到了大云山脚下，小天风终于看到了这位巨人的全息。他坐在马上仰望，湛蓝的天就像一面巨大的蓝色滤镜，偏蓝的光从天空中洒下来。站在大山脚下，小天风感觉自己就像一只小蚂蚁那般渺小。大山的伟岸印入他的胸怀，飘零的落叶坠入他的情怀。

紧接着秀明哥骑着马带着他穿过山林，耳边只有呼啸的风，所有的景色都像幕布一般转动，斑斓的秋色就像一只只金色的老虎在他身边掠过。此时，小天风感觉他的生命在天旋地转之间陶醉，充满无穷想象。他的身心也融于其中，与天地一道旋转。这是他生命中最美好的时光，只有在马上自由奔驰，他才能感受到自己无拘无束的灵魂，他那幼小的心灵就像被森林的纯氧洗涤过一样，令他的生命如此纯净，充满惊奇。

也不知经历了多少时光，他们终于到达了山顶，小天风坐在马上注视着这片苍茫大地，感受到地球的博大和雄奇，整个世界都浓缩在他心底，他最后看到了自己的村庄，激动得大声呼喊：爹，娘——

秀明哥打了一个响亮的呼哨，整个山谷都充满回响。小天风便又吵着要秀明哥教他打呼哨，这次他终于能吹响了。他们欢快地此起彼伏，互相呼应，他们的呼哨令林中的鸟惊飞，将那悠远空旷的回音永远地留在了山谷里……

27. 丑陋的巫婆

当他们走到一条僻静的道路，秀明哥把马速降了下来，树林的静谧便令小天风感觉生命就像停止了一般，那些葱茏的树木将他们与外部世界屏蔽，只有这片秋色的海洋将他们全部身心都湮没，没有任何怀想的余地。

"哆哆（哥哥），你看絮象（树上）有一个大鸟欧（窝）。"小天风指给秀明哥看，秀明哥即刻将马停了下来，三步两脚便跨到了那棵婆婆盘旋的大橡树上。

原来，那是一个用简易木板和枝条搭的树屋。一个老婆婆听到外面的动静，从里面探出半个身子来，她头发蓬乱得就像一个鸟窝，那鸟类一般的眼睛就像蒙上了一层蒙昧的薄膜，那手上和脸上的皱纹就像即将剥脱的树皮一般，远远看上去就像一位千年树妖。

"您怎么住在这里？"秀明哥很尊敬地弯下腰来问这位老婆婆。

这位老婆婆便絮絮叨叨地用最土的俚语说了一些小天风听不太懂的话："我……，孤身一人，无依无靠，眼睛又瞎，身体不好，要死了，摘些野果，过一天算一天……"

小天风真想劝说秀明哥赶快远离这位童话中丑陋的巫婆，生怕她施什么害人的法术让他俩无法脱身。

"老婆婆，今天匆忙，我明天再来看您——"秀明哥站在树上扫视了一周，然后从树上跳下，回到马上。

"哆哆（哥哥），为幸么（什么）介（这）位阿巫婆（注：乡下很多地方称很丑陋的老婆婆为阿巫婆）要住介絮象（在树上）？"离开后，小天风在马上好奇地问秀明哥，那时他童心里的那个真善美的世界还完全排斥一切肮脏丑陋、卑鄙龌龊的东西。

"这不是真正的丑陋，真正的丑陋是来自人的心灵。"秀明哥指着小天风的心窝，笑笑说，"住在树上，这样她才能主宰整个森林。必须要对她尊重，因为她法力无边，这样她才不会伤害你……"

秀明哥轻快如风地说完，小天风点了点头，一下便对这位老婆婆无比敬重。

他们几乎跑遍了漫山遍野，快到中午的时候，秀明哥便骑着马从大云山一个陡坡上直冲下来，又走了好几里路，经过一块荒无人烟的平地，然后在一条水银般缓缓流淌的大河边停下，从背囊里拿出瑞士军刀削了一根鱼叉，一会儿便踩着鹅卵石从河里叉出两条活蹦乱跳的大鱼来。原来秀明哥捕鱼竟然有一千种方法。紧接着秀明哥用军刀划开鱼肚子，很麻利地扯出里面的内脏，在河边洗了洗，然后穿在鱼叉上。

秀明哥在河边选了一块空地，用干树枝搭好支架，然后点燃了篝火把鱼放在架子上烤。一会儿又找了几块石头，把糍粑放在侧边烤。没多久糍粑表面就变得焦黄，腆起了大肚子，就像一只只生气的蛤蟆，肚子引爆后又吐着蒸汽消沉下去，散发出阵阵糯米烤熟的香气。秀明哥便用棍子把石头拨开，等着糍粑冷却后再吃。

小天风吃一口糍粑，又吃一口涂着腐乳的烤鱼，感觉这个世界没有什么美味能与之相比。与秀明哥在一起，只需世上最平淡无奇的物质就能快乐富足得像一位国王。

此时跟秀明哥在一起的小天风万万想不到，十多年后，当他再次骑着马来到这座大山，他是成为了长大了的小天风，却永远失去了秀明哥，还是成为了秀明哥，永远地失去了小天风，失去了最珍贵的童真和最明丽的梦。

28. 受伤的兔子

吃完午饭，远处一声枪响震惊了理想的世界。那回音在林子里久久盘旋，整个世界都摇摇欲坠。秀明哥聆听了一阵，然后从背囊中取出马鞭，带着小天风飞身上马，循着回声一路奔驰，直到进入一片深邃茂密的树林。

秀明哥缓缓地骑着马在灌木丛中搜索着，小天风吓得大气都不敢出，只有鹁鸪空灵的叫声令山谷更加幽静空灵。只听见"嗖"的一声，不远处一只白色的野兔立马扑腾着倒在草地上。秀明哥赶紧翻身下马，拾起那只对着空气乱蹬腿的兔子，四周望了望，一会儿便见灌木丛中站出一高一矮两个人来。秀明哥知道他俩就是闻名乡下的乔家村的村霸乔氏兄弟。个子高一些，戴着独眼龙眼罩的一定就是乔大了。

"你是任云铺的吧，我见过你，赶快把兔子还给我们！"乔大睁着另一只凶鸷一般的眼睛望着秀明哥说。

"准确一点来说，我现在是县林业局的护林员，接下来我还要医治你们给兔子带来的伤痛——"秀明哥毫无惧色地回答。

"我不管你哪里来的，想必你应该认识我！"乔大用大拇指指着自己，恶狠狠地说，"兔子是我打的，你就必须要还给我！"

"对不起，这是我的职责，请支持我的工作！"秀明哥说完，把受伤的兔子交给了马背上的小天风。

"你是找死吧！"矮个的乔二气急败坏地举起了重新上膛的气枪，只听见"啪"一声，小天风心里一怔，却见握着马鞭的秀明哥就像八爪鱼一般伸出一条纤长的触手，将那条气枪凌空卷起，落到了自己空着的手里，气急败坏的乔大又赶紧对着他端起了那杆黑洞洞的猎枪……

又是"啪"的一声，小天风只是眨了一下眼睛，两边便互换了镜头——这边的秀明哥已经握着两条枪指着手无寸铁的那两个。

"不知你们有没有收到乡政府发的公告？友情提示：9月1日就是收枪的截止日期，你们的枪是自己上缴还是我替你们上缴？"秀明哥绅士一般彬彬有礼地问道。

"我，我们自己上缴。"两兄弟生怕枪走火，双双举起手，连连应道。

秀明哥爽快地把枪掷回给他们，然后拾起地上的马鞭，小天风很担心这基于人性的信任才最容易擦枪走火。

果不其然，当秀明哥准备起身的时候，两个黑洞洞的枪口又对着他了。

只见秀明哥从容不迫地翻身上马，然后回眸一笑，丢下意味深长的一句："这一枪如果开下去，你我就都回不到从前了。我无意与你们为敌，即使我倒下也会有人接替我的工作，如果你们觉得生命的意义便是为了要与我两相抵消的话，就尽管开枪——"

说完，他做了一个无可奈何的姿势，转身骑马便走。小天风的心狂乱地跳个不停，几乎都跳到嗓子眼来了。

他们来到一片幽静的竹林，秀明哥下马后从背囊里拿出那把瑞士军刀和两张创可贴来，先用剪子把兔子伤口周围的毛剪掉了一些，然后叫小天风帮他按住，一会儿便从兔子的大腿内侧挖出一颗铅弹来，最后用创可贴帮兔子把伤口绑紧。

随后，他在竹林里选了一根修长的竹子用军刀沿着下端划了几圈，便把那根竹子掰断了；紧接着又换了一个刀头，将竹子从底端剥开，剥离出一条条篾片来，心灵手巧的他很快便用篾条编了一个兔笼。小天风感觉秀明哥就像那把神奇的瑞士军刀一样无所不能，他望了秀明哥一眼，对秀明哥敬佩得五体投地。

也许是这个步骤耽误了一些时间，也许是秀明哥不熟悉山路，沿途绕了太多路，回家的路上，太阳已经把他们的影子拖得老长了，远处的群鸟就像一张张变形的网在暮天中飞速地游移。秀明哥为了在太阳落山之前赶回家，便快马加鞭，一路狂奔。

他们沿着夕光潋滟的小溪一路往西，就像追赶着斜阳，但无论他们多快，也追不上光阴逝去的速度。快到月见村的时候，天色已经漆黑，暮色深重。秀明哥在路过月见村时，特意打了一连串响亮的呼哨，像是通知月见姑娘他回来了。当奔驰的马儿踏上了任云铺的公路，那扑腾的马蹄便将漫天的尘土踢在了黑夜的身后。

29. 田垄夜路

一回到家，他娘赶紧从锅里端出温热的菜来，蒸茄子、煎豆腐、烧辣椒、腌豆角，还有酥黄的锅巴，都是小天风的最爱。紧接着，他娘又在炉膛里加了两个草把，用吹火棍吹燃炉火，在锅里煎了三个荷包蛋。哪怕是在最昏黄的灯光下，家也是最温馨的归宿。

看小天风吃得狼吞虎咽的样子，秀明哥赶紧把他的两个荷包蛋夹了一个到小天风碗里，小天风懂事地又要夹回给他。秀明哥摆摆手温厚地笑着说："你多吃点鸡蛋就能快快长高长大，长成哥哥这样。"

长成秀明哥那样一直都是小天风的梦想。秀明哥说完，小天风正要三两口就将荷包蛋吞掉，突然想起秀明哥要是少吃了荷包蛋，会不会长成他那样呢？于是，他又把荷包蛋夹回秀明哥碗里。

就在此时，窗外一道光绚丽地闪了三下，就像天下有什么大事即将发生似的。秀明哥赶紧走了出去，目光深重地向着西南面望了两眼，就像收到了天上的信号，回到屋里扒完饭，看了一下水缸，然后对他娘说："娘，缸里水不多了，我带小天风去塘边洗澡，你一会帮我喂下兔子。"

秀明哥拿着换洗的衣服带小天风出门时，他娘特意赶到门前，对着他的身影像是吵架那般交代了一句："秀伢崽，别逞能去西边塘洗澡啊，要去只能去东边塘！"

秀明哥借着夜幕回了一声："娘，知道了，你看我都没骑马！"

秀明哥特意带小天风走的田垄，回头望望四周无人，赶紧夹起小天风就往西边塘赶。小天风此时一声不吭，就像个布娃娃那般听话。唯一令小天风困惑的是，秀明哥为何赶上这一条夜路，也许月见姑娘对他的付出更值得他去全身心地投入。

那晚，小天风觉得这田垄的路特别特别漫长。他想起他爹跟他说过夜晚在田垄上走路会遇到迷路神，会让人忘记阳间的路。他似乎看到一张张白色面具在原野上飘浮着，而他们的身子与黑夜融为一体，但一想到秀明哥在，便神鬼不惧了。秀明哥那浑身充满着的阳刚之气，令那些迷路神一飞而散，只剩下四处飞舞的萤火虫打着灯笼给他们引路……

30. 七夕之夜

当秀明哥带着小天风赶到西塘的时候，月见姑娘已坐在塘边等候多时了，她那沉静的气场一下便让所有的漂泊淡定。

"今天是七夕，为什么你每次见面都要带上你弟弟？"月见姑娘对小天风轻烟一瞥，话里有责怪的意味，令小天风感觉此时自己就像是多余的，赶紧与秀明哥靠得更紧。

"牛郎总不能丢下自己的弟弟牛娃吧！"秀明哥摸了摸小天风的头，不以为然地笑笑，"而且牛娃总有一天也会长成牛郎的。"

还好一直做电灯泡的小天风安静可爱，充满灵性，一点都不惹人嫌，月见姑娘便不再多说些什么。

"传说七夕这一天一定要沐浴，你帮小天风洗个澡吧！"秀明哥说完，正准备把袋子里的毛巾肥皂递给她，小天风赶紧躲在了秀明哥身后。他的身体，与月见姑娘之间还有着陌生的距离。

"我从小长大还从没碰过任何男人的身体，包括小孩。"月见姑娘一本正经地说。她那张不食人间烟火的脸，冰冷的表情，一点也不会让人怀疑。

秀明哥随和地一笑，便一边帮小天风脱衣，一边对月见姑娘说："年年这个时候都是你洗澡，我偷走你的衣服。今年我们互换角色，改为我来洗澡，你来偷衣吧！"

秀明哥说完，便脱掉外衣，"扑通"一声跳进水里，然后展开双手接过跳向他怀抱的小天风。

这是秀明哥第一次带他游泳，在秀明哥那强健有力的臂弯的呵护下，尽管他的脚打不着底，他却一点也不惧怕，仿佛自己与生俱来就会游泳似的。

小天风只是没想到人生的第一次游泳竟然会是在夜间，好像唯有这个夜晚，水才会漫过黑夜的意义。有秀明哥托着他，小天风在水里自由地展开双臂，一会儿如同天鹅一般凫水，一会儿像鸭子一般翻泳，感到无比惬意。游了一会儿，他仿佛感觉岸上的那个人幽冷的目光沁入水中，令他感到丝丝寒意。

"哆哆（哥哥），藕（我）冷——"小天风打了一个哆嗦，秀明哥便轻轻将他推上岸，看着小天风自己擦干水穿上衣服后，一个矫健的翻身，再次回到水中。

那晚，月光皎洁，他在河里洗澡，她就像一位传说中的鱼美人一般坐在青石板上看他，身着一件若隐若现的黑纱裙，眼神水妖一般柔媚，眼角还有一颗浅浅的泪痣，尤显灵动高贵。她高悬着双腿，赤裸的脚踝轻轻随风摆动，在迷离的月光下轻吟浅唱。随后，她放下瀑布一般的鬓发，任其诗意散漫。她在诱惑他，眼神里有痴迷的醉，她的歌声由轻风传送到他的耳边，如晚风吹过芦苇，月光中穿插着阳光，水塘也掀起波浪。当地球遇到月亮就会涌起潮汐，当一个女人遇见她爱的男人，她的寂寞才会无边无际……

游了一会儿，秀明哥便在她身旁搁浅，抹了一把水，将胳膊搁在石板上。月见姑娘便悄悄将身边的一个盒子移到他面前，想跟他交换一场惊喜。

"这是干吗？"秀明哥打开一看，里面是一块镶满锆石的手表，在月光下就如同星盘一样闪闪发亮。

月见姑娘不予回答，故意仰着头对着皓月轻轻哼着歌。

秀明哥赶紧盖上盒子还给她，又钻进了水里。

"你要不收，我就扔了。"月见姑娘一赌气便甩手把盒子扔进了水里，任性过后，依旧月光皎洁，风平浪静。

秀明哥立马一个猛子扎进水里，把盒子捞起来后再次交还给她。

"真的，我可受不起这么贵重的礼物。"秀明哥从不愿与人用物质转换感情。

"谁说它值钱了？你送了我一条项链，我只是回送你一样礼物而已！"月见姑娘一本正经地解释道。

"我那礼物不是用钱买的，不花钱的才能真正代表心意！"秀明哥嬉笑着说。

"我这也不是用钱买的，难道我的心意你就不收？"月见姑娘站起来，如同一阵愠怒的微飓要冲走。

"好了，好了！"秀明哥赶紧叫住她，一脸难为情的样子，"你帮了我这么多，我都不知如何感激你，还怎么好意思收你的礼物呢？"

"你真的不知如何感激我？"月见姑娘曼妙地回过头来问。

秀明哥赶紧从水中起身，用毛巾擦干身上的水，保持着他那一贯的秀明笑说道："大地将会感激你，远方也将会感激你，那轻风含情水也含笑，整个任云铺，乃至整个龙泽乡，整个仙都，整个民族，整个国家都会感激你的，你的芳名将会永留青史……"

"我不是一个崇高的女子，我做这一切不为了别的，只是为了牵引我生命的你！"月见姑娘气咻咻地打断他。

"那我该怎么感谢你？"秀明哥此时在芦苇丛里换完短裤，走出来穿衣。

月见姑娘瞥了一眼他那秀美的腹肌，倨傲地说了一句："那就以身相许呗！"

秀明哥迅速穿好衣服，仰望着月亮说："你的爱于我来说，如同这高天之上的月亮，可望而不可即——"

"为什么？"随着，她那月光一般澄澈的眼睛里便掠过一丝阴云。

"我们不同阶级，我骑马，你开车。"秀明哥抖了抖身子，系好了皮带。

"那我用车换你的马——"月见姑娘抬起头来，忧忧悒悒地望着秀明哥。

"时候不早了，早点回家休息吧！"关键时分，秀明哥弯下腰去收拾那一堆湿衣服。

"七夕快乐！"说完她转身就走了，她的背影像夜色一般幽冥。

这个迷蒙的夜晚便如烟一般消失在平淡的日子里，在秀明哥心中似乎没留下任何遗憾。

31. 橘红的背影

回来的时候已经很晚了，他爹的房间还亮着灯。秀明哥便带着小天风蹑手蹑脚地去看，却见他爹一个人正躺在床上抽烟。

"你们洗个澡怎么搞到这个时候？没碰到你娘吗？黎姑娘也上门来找过你，你娘见你们这么晚还没回来，便找你们去了……"他爹一见到他们便发大火了。

秀明哥赶紧出去找他娘，直奔到棉花地里，才听到他娘声声叫唤的声音："秀伢崽，秀伢崽呢，秀伢崽——"

这舐犊情深的声音载着凄切、恐慌，令黑夜无比空旷。

他赶紧回应了一声："娘，我们已经回来了！"

他娘见了他们，拿起手中的藤条对着秀明哥便是一顿猛抽，一边抽一边喋喋不休地骂道："叫你们别去西边塘里洗澡，你偏说不听！你水性再好又如何……"

秀明哥便像只蚂蚱般蹦跳着左右闪避，这是小天风第一次见他娘发这么大的脾气。而他知道，这都是浓浓的爱意，越是担心，便越抽得狠心……

第二天清晨，当秀明哥还蹲在门口洗漱，照照姐便像曙光一般明媚地出现在他家门口，那黑得发亮的头发织得就像一张精致细密的渔网。小天风在想照照姐为了网住秀明哥，该是费了多少心思才织就这么一张绵密的网。

"昨晚洗澡很晚才回来吗？"照照姐俏丽一笑，仿佛知道昨晚秀明哥挨抽的事情。

"是，回来太晚就没……，今天还要……"秀明哥背过身去，借着满口的牙膏泡，想含糊不清地搪塞过去。

"那你什么时候回来？"秀明哥转过去，照照姐照样蹦到他面前，想要霸占他目光的中心，在清爽的黎明，如同清风一般伴随他左右。

"估计至少要两三个月……"秀明哥支支吾吾，吐词不清。

照照姐从背后提出一玻璃罐五颜六色的幸运星来，说："喏，这是我这些天为你做的幸运星，你带着它们，就能为你照亮前程，每天带来幸运！如果你有什么愿望，它们也会帮你一个一个实现的！"

"什么愿望？"秀明哥吐出一口牙膏泡，睁大的眼睛就像个肥皂泡那样望着她，仿佛不敢相信这幸运星会有如此神奇。

"哼，你不说我也知道——"照照姐说完赌气般转过身去，一会儿又转过来，"既然我每天都能为你做一个幸运星，那你又怎么来报答我？"

"你说——"秀明哥说完，做出一副即将呕吐的样子。

小天风也听厌了"报答"这两个字，怪不得秀明哥听了就想呕，原来女人做任何事都是需要回报的。

照照姐把手背在后面，一边像只绿孔雀般昂首阔步地踱来踱去，一边洋洋得意地说："大云山的无花果现在应该熟了，你去了大云山后每天为我摘一个，然后放在太阳下晒干，这样我就能吃到水分和味道不同的无花果了。记住每天只许摘一个，不许偷懒哦，你要一下摘很多个，我一吃就能吃出来！哼！"

对于照照姐这个苛刻的要求，秀明哥最后吐了一口漱口水，指着她，愉快地回了一句："可以满足你这个无理的要求！"

此时，他爹撑着拐杖从侧边火房走出来，他那严厉的气场就像晨雾般霎时弥漫了整个院子。整个任云铺，没有谁不对他爹敬畏的。照照姐赶紧放下之前的刁蛮任性，来了个温馨快乐的收场："秀明哥，那祝你早日成家，梦想成真！我先走了！"

秀明哥漱完口，清爽地回眸一笑，"你知道我什么梦想？"

"美丽乡村，振兴乡村。"说完，照照姐一蹦一跳地走了。

早餐时，他爹听说秀明哥今天正式开始上班，要几个月后才能回来，便问长又问短的。秀明哥只顾着喝稀饭，说话就像是敷衍，然后把饭桌上的那块表交给他爹。

"这块表很贵吧？哪来的？"他爹打开盒子，端详了老半天。

"一点也不贵，别人送的，您戴着合适就行。"秀明哥知道东西无论贵贱，只要交到他爹手上，保证万无一失。

说完，他一口喝掉剩余的稀饭，用筷子快速刮了几下，然后匆匆起身。

他爹赶紧撑着拐杖，蹒跚地走出来相送，那依依不舍的表情绝不是装出来的。

"此事虽受政府委托，船过得便舵过得，能只睁一只眼便只睁一只眼。尤其要记住：穷寇勿追！如今已是和平年代，你犯不着为了三块六毛五与那些亡命之徒搏命。记住：你不仅是国家的栋梁，也是任家的香火！"临走之前，他爹对秀明哥千叮咛万嘱咐道。第一次见他爹这么婆婆妈妈的，此时他娘反倒什么都没说，只是为秀明哥准备了一些平常他爱吃的干粮和泡菜。

于是，他便迎着朝阳上路了，小天风眼巴巴地望着他那被照得橘红的背影，知道他这一次远行意味着什么，已提前感到了失落。

秀明哥仍是那么随心洒脱，头也不回地奔跑在那条尘土飞扬的大路上，直到他那高大的身影被清晨的光影吞没，整个世界顿时又回复空荡荡的。

32. 专业淘气包

秀明哥说，每一个人小时候都梦想像一朵蒲公英那样随风漂泊，四处流浪；每一个流浪的人都想有一个家；每一个成家的人都想要有一个小孩；每一个小孩都向往着流浪……

小天风仿佛能感受到他现在的心情：照照姐和月见姑娘，他谁也不想伤害，谁都无法接受。很多时候我们都会体会到这样的处境：本来都是一些生命之轻，可以任其发展，自生自灭，心灵是最好的访问，自然是最好的老师；

可是一旦开始发展，却葳蕤丛生，像野草一般四处疯长，直到将身心淹没，成为不能承受的生命之重。或许这才是他去大云山的理由。

小天风知道秀明哥在树叶金黄的时候一定会回来，载着金秋的收获，让所有人都得到应有的回报，那些成熟了的叶子最后都会自行了断，在风中找到恬淡的归宿。

从那以后，小天风便一天一天数着日子，把对秀明哥的情感转移到那只受伤的兔子身上。

小兔了在小天风精心的照料下，很快又能一蹦一跳了。当它恢复健康活泼的时候，小天风才发现这个装得很优雅文静的小家伙原来是个专业淘气包：豪吃就是它的大亨派头，乱拉就是它的小姐作风，破坏就是它的无敌嗜好。只是把它从笼中抱出来陪他睡一个晚上，第二天早上醒来，便听见他爹咒骂着要杀了它。原来它除了把堂屋和他爹的房间拉得到处是粪球，一踩就粘在地上，脏巴巴的之外，还跳上案台，咬坏了他爹最心爱的那支狼毫的笔头，最后还钻到他爹的床底下咬烂鞋盒，咬坏了他爹一年做客才穿一回的皮鞋，就好像特意跟他爹过不去似的。小天风知道，别说是兔子，就算是人类毁掉了他那对皮鞋宠物，他爹也会将那人生吞活剥。

所有人都知道小天风的心愿，为了不伤及他这颗珍贵的童心，所以他爹只把最残酷的话由他娘来转带。他娘赶紧来劝小天风要么把兔子送给别人，要么放掉，但不管送给谁它都逃脱不了成为盘中餐的命运。小天风抱着这个左顾右盼的坏家伙，一直举棋不定，犹豫不决。

他娘开始说服他，省略了杀与吃，和杀与吃后面的一万个字，说："让它回归森林吧，它的家人都在等它，它要一直不回去，它的哥哥、爹妈该多着急呀！它以后还要结婚，你上哪给它找伴侣？"

这几句话令小天风深信不疑，于是他便抱着它来到了后山。

他把兔子在草丛里放下，兔子只是这里闻闻，那里嗅嗅，东奔西走，就是赖着不肯离去。

"你走吧，若果藕（我）爹要虾（杀）你，木银（没人）能救你。"小天风怜惜地摸了摸它，下定决心要把它赶走。

那兔子便舔了舔他的手，三步一停，两步一走，又回过头来看他，两眼绯红。这个举动令小天风感动得几乎流下泪来，他突然就回心转意，立下誓言：哪怕是粉身碎骨，也要不顾一切地保护它！

当他弯下腰来准备把它带回家时，那只兔子突然像是受了惊吓般窜入草丛，再也找不见了——

于是，百无聊赖的小天风又开始每天重复：哆哆（哥哥）幸麼（什么）洗（时）候回来?

一直木讷少言的他，不经意间就会问起这句。有时候，就连他自己都不知为何自己在说话，又说了些啥。

这是一段小天风在秋千上悠荡的岁月，他那孤子的影子随着日短夜长而渐渐拉长。每天他都会突然站立，眼睁睁地望着西南方，盼望秀明哥的影子会突然出现在尘土飞扬的公路上。

有时，他在屋里仿佛听到了隐隐的马蹄声，走出来观望，却只是一场耳朵的幻听。

照照姐照样每天会笑脸盈盈地来他家帮忙。看着她脸上洋溢着的不退的热情，小天风才会相信秀明哥很快就会回来，由此心情舒畅了许多。

随着腿伤一天天恢复，他爹身体也一天比一天好起来，撑着拐杖也能做一些家务了。每天他都要跟照照姐为了家务争来争去，俨然已经把照照姐当作了一家人。

33. 龙族部屋会议

这天上午，小天风还在读书认字时，族长派来四个族人把他爹四抬大轿请去村里的龙族部屋开会。通常只有族里非常重要的会议才会搞得如此威武庄严。他娘出去割猪草去了，他爹只好把他也带上，小天风第一次体会到那种被人抬举的心情。

在那四四方方的部屋里，村里最有威望的八位老人如同八大长老，已分东南西三面席地而坐，等在那里了，他们给任老爹留出了南面正中的坐席，与主持会议的村长、族长和村支书的位置正对着，代表威望之首。

当任老爹带着小天风坐定后，村支书便一团和气地开讲了：

"今日能邀齐本族的九大尊长前来参与族会，实乃龙族荣幸，想必各位都已知道此次族会的主要议题。作为会议必要的程序，我先把龙屋的情况再次向大家汇报一遍：各位都知道，这任云铺的龙屋都是土木结构，泥土充当水泥，木头充当钢筋，已经风风雨雨、缝缝补补几百年了，许多木头都已腐蚀得不行，即使表面看起来完好的，实际也已被白蚁蛀成了空心。龙屋早已朝不保夕，而且各家各户都是共梁共墙，椽接椽，如同心连心。在清流老爹家发生倾塌事故之前，我们就已商榷讨论过现有的两个方案：要么彻底修缮，要么整体重建。鉴于彻底修缮比整体重建耗资要多，且不符合大多数人的心愿，所以这个方案当时就被否决了；重建方案也因为许多族人拿不出钱来，便一直耽搁至今。最近，村长找到市里的一个领导，和农村信用社打了招呼，资金才有了着落。所以今日我们将一些重要的议题再次论证后，便一刻也不能耽误，风风火火，各司其职地将此事办下来……"

村支书说到这，族长便站起来，义愤填膺地拍了一把桌子，激动地说道："你们知道外族人笑话我们什么？那就是众说纷纭，一点事情啰七八嗦，讨论来讨论去没个结果，这样还算龙族精神？这样还能做大事情？反正老子今天把话搁在这里，这是最后一次开会讨论，按照少数服从多数的原则，要最后哪家不同意，动工那天老子亲自开挖掘机第一个把他家铲平！"

说完，他鹰隼般的眼睛扫视了全场，那张刚毅的脸都抽搐得变了形。在场人之中，族长年龄最小，可辈分最高，就连任老爹都得管他叫叔，所以他自恃辈分，说话从不客气。大家也都习惯了他那野蛮的民主作风，据说这样反而效率奇高，村长搞不定的事也唯有请他出面。

族长说完，白胡子飘飘的宣乐老爹便眉开眼笑地第一个抢着发言："眼见对面村子一栋栋洋房别墅拔地而起，任云铺谁家不羡慕？要是能有钱建洋房，谁又甘心此生住在这灰墙土瓦的老房子里，被周围村子的人瞧不起？村长既然出面解决了资金问题，便是为族人做了一件大好事，此生我们当感恩不尽！辛辛苦苦干了一辈子，说不定晚年还能享把福，哪怕借钱我也愿意，我这一代还不了子孙来还嘛！子子孙孙无穷匮也，所以大家不必担心整体重建会欠下巨债，还钱照样也可以发扬愚公移山精神嘛，哈哈！"

"说心里话，要把这住了大半辈子的老屋子拆掉——再怎么说都是有感情的，唉，当时心里的那种纠结啊，就像没了老伴似的——"失去了老伴的平乐老爹愁眉苦脸地叹了一口气，继续说道，"所以自上次族会以来，我回去也是做了很多思想斗争的，最后才想明白了：哪怕外国总统也不会住在古代的皇宫里，更何况龙屋还只是寻常百姓家！既然做不到重新找块地来兴建大厦，我看拆掉重建乃是任云铺的不二选择！"

平乐老爹说完，村长和族长也都满意地点了点头，其他的人当即随声附和。

"清流老爹，您才修缮好坍塌的房屋，对于是否重建，您最有发言权！"村支书特意点了清流老爹的名。

在儿子城里的新房里住了一向的清流老爹顾左右而言他道："我……，我其实也没什么说的，清德老爹已为我李代桃僵过一回了，我甚至把棺材都送给他了，所以他完全可以做我的代言人。他要同意，我绝对不放个屁！"

说到这里，下面便一片哄笑。待再次安静下来，清流老爹便继续用他那公公一般尖细的嗓音说完："不过，倘若最后决定重建，我建议要建就建一栋城里那样的大厦起来，这样才能高瞻远瞩；还有，要用最好的材料，修得坚不可摧，炮弹都打不进来，能防十级以上台风二十级以上地震……"

清流老爹还没说完，也算是精通风水，却与任老爹有过分歧的同乐老爹便迫不及待地插了一句："我早已说过，从风水上来说，西南面的月见村，西面的大彦庄，东面的乔家村和南面的李家村新建的楼群如同一个铁桶已将龙屋压制，困在里面。任云铺唯有兴建更高的楼宇才能傲立群围，突破腾飞！"

说完，他不屑地瞥了任老爹一眼，正巧任老爹也抬望他一眼，两人锐利的目光在空中对撞，仿佛听到两把飞刀同时跌落在地的声音。

"清德老爹不是有说过，倘若祖屋修建高出了龙头岭便阻挡住了龙脊山的龙气吗？"清平老爹是少数没表态的其中一位，用他那亲善的目光回望了任老爹一眼说道。

所有的目光最后便都转向了任老爹身上，任老爹见整体重建几乎已成定局，便不紧不慢地说："所谓人定胜天，最大的风水在于所有人信念的集合。当龙族人意志汇合，团结一心的时候，那才是战胜天地的一条巨龙，方能摧枯拉朽，无所不破，所以我尊重大多数人的决议！"

"关于你儿子写的那个旅游发展计划……"村支书旁敲侧击地又问了

一句。

听到这句话，任老爹忐忑地只在那座亲情城堡的虚空中停留了一瞬，便断然说道："族里重大事务皆是由龙族部屋会议决断，既然大多数人都赞同整体重建，那么那个计划也就不用再考虑了。"

"那就是所有人都同意整体重建了！还有没有不同意见？"族长一边扫视着每一个人，一边再三询问。

任老爹低下头去——

"那好吧，这件事就这么定下来了，前期我们先以集资的方式来筹措资金；拿不出钱来的，由村委会出面向农村信用社贷款，各自自行负责贷款利息。"村长最后拍板道。

"我主张还多建几十套，留下最好的楼层可以按市价卖给那些在外经商的子女，用于补贴现有的住户。其他楼层选房可采用抓阄的方式，至于如何定价，我们届时再具体商议。"村支书在一旁建议道。

"这个建议非常不错！"老村长兴致勃勃地说道，"我们将根据资金等多方面的因素来最后论证修多少层。风物长宜放眼量，总之，先人留给我们的房子为子孙后代遮风挡雨了六百多年，所以我们也必须要有千年大计的远见，要建就建全乡最宏伟的广厦以压倒其他村，也算为千秋后代做了一件大好的事情！"

"对，我们要后来居上，一鸣惊人！要有超前意识！要修就修全乡乃至全县最先进、最气派的摩天大楼！哪怕是勒紧裤腰带，也要把其他村子踩在脚下！让那一群乡巴佬见识一下电梯是什么洋气的鬼东西！而且要用上我们自己的基建队，做一个世界样板工程出来，以后把我们的建筑业务做到外国去！"村长的一番话愈加激发了族长的野心，令他拍着桌子，狂野地叫嚣，向这世界充满斗志地宣誓。他那双鹰隼般的眼睛，夸张的表情，狂乱的手足，狂妄的声音，像是将要带领整个族群展翅高飞，飞入天府之地……

"同意！"下面便是哗啦啦的一片掌声。小天风望着这目光犀利、个性鲜明的一群人，将那一天的部屋会议就像一幅版画那般深深地镌刻在他童年的记忆里。

最后，任云铺兴建高楼的宏伟计划拟定，由村长负责筹措资金和控制财务预算，族长负责组建施工队并狠抓工程质量，村支书负责申办建房手续和协调各种内外关系等。

这个据说是全乡最高最宏伟的大厦兴建方案确定下来后，村里人在外族面前就有了一种跨时代的优越感。村里人握手互见时，也春风满面，交换着一种万象更新的喜悦。唯有任老爹的烟斗从此每天便不熄火，在那愁云惨雾之中，就像有一把锐利的达摩克利斯之剑悬挂在他家天井，令他已提前预感到了灾难的降临……

34. 秀明哥归来

也不知过了多久，当地球已经把秀明哥淡忘了的时候，小天风仍然每天惦念着秀明哥。终于有一天，当龙脊山上新种的枫树和槭树长出的叶子又开始变得金黄的时候，小天风已能感觉到那马蹄声离他越来越近——

这天吃完晚饭，他娘把晒干的衣服收起折好后放进衣柜时，跟他爹商量："月见松家独女和大彦家儿子彦少华后天结婚，村里不少人都送了礼，我们要不要提前送个人情？"

"宁送穷人一斗，不给富人一口。我们跟月见家族又没任何人情来往，那些人还不是冲着大彦家财大势大，我们才不凑这个热闹，去巴结任何人！"他爹沉郁地说完，他娘怎是一句也没回。

过了一会儿，他爹像是在烟雾中突然想起了什么，随口又问了一句："你说的月见松家独女是不是给秀明投资了的那一个？"

他娘说，好像是。

他爹沉思了一会，眯着眼说道："不过这月见姑娘投了这么多钱，也算对我们有恩，不如我们帮秀明还了这个人情。"

"你的意思是去月见家送人情？"

"当然是送大彦家，心意到了月见家自然会知晓，省得大彦家误会我家秀明跟月见姑娘之间有什么关系。"无论夜色多么幽冥，任老爹的头脑永远像月光一般清晰。

"嗯，那我现在就过去。"他娘说完，便从大柜的抽屉暗格里拿出一个布包来，从里面抽出一沓钱，取了面上面额最大的那张，折了两个对折，塞进里衣的口袋拍了两拍，然后才关上衣柜匆匆出门。

小天风便在门槛上跨来跨去，只见他爹守着那盏昏黄的灯，他的眼神倦怠而迷离，若有所思地抽着烟。烟便是他的思索，有时也会变成云雾缭绕的思念……

第二天上午，也就是任云铺的施工队开始搭建临时工棚的那一天，小天风读完书便来到院子里透气，只觉心"突突"跳得厉害，果然照照姐从阳光中兴高采烈地跑过来找他。

"叫我没有？"照照姐一见他便蹲下来问他。

"嫂唧（子）。"此时的小天风已变得乖巧无比，甜甜地喊了一声。

"小风乖，嫂子告诉你一个好消息——"照照姐喜笑颜开地捧着他的脸盘，就像捧着一朵向日葵般说道，"开拖拉机的贵叔才从大云山回来，告诉我秀明哥下午就会赶回来！"

小天风兴奋得跳了起来，与照照姐对拍了五连掌。

吃过午饭，小天风罔顾他娘的劝告，就像一条忠诚的小狗，独自早早就跑到龙湾的那条小溪旁守候。

过了正午，晚秋的太阳不再强烈，却依然炫目。高天之上，一只只迟归的大雁就像小天风写过的大字，此时排得如同古体诗一般工整，它们齐心地扇动翅膀，翻起一排排往事，最后消失在隐翳的云层里，那嘹亮的鸣叫声仍在天空回响。以前小天风总嫌那叫声太凄厉，而现在那仿佛是秀明哥即将归来的喜讯，令小天风再也按捺不住喜悦的心情，迫不及待地踏进了那条小溪，向着秀明哥归来的方向奔去。

远远地，一团亮丽色彩的波纹映入小天风的眼帘，那迷人的色彩在刺眼的阳光下随着空气中水分的蒸发而剧烈地晃动着。那隐隐的马蹄声也渐行渐近，一会便变成了天崩地塌的声音。小天风终于盼回了那个熟悉的身影，喜出望外地站了出来。

果然秀明哥正赶马归来，远远见了小天风，那回家的欣喜令他一路踏着水花狂热地奔跑着，不停地打着呼哨。小天风也高兴地拍着手，踏着快乐的清流围着他团团转。秀明哥一个侧身便一把将正在奔跑的小天风拾起后高高举起，好一幅欢快热闹的场面！

当踏上归家的大路，在经过月见村之时，小天风突然见秀明哥飘衣怒马，沿路狂放地打着呼哨，尘土飞扬。他从未见秀明哥如此大张旗鼓地狂烈过，不仅仅是激动，仿佛也是为了表达对老天的愤怒。

照照姐笑脸盈盈地站在村口相迎，秀明哥见了她便将一大袋无花果扔给她。

照照姐打开一看，何止几十个，几百个都有，立刻一脸的不高兴了。

“你就应付我吧，这些肯定都是你一天摘的吧！我要的是每天只许摘一个，你才能每时每刻都想起我！”照照姐不满地噘着嘴说。

小天风这才恍然大悟，这女人的心思真是好比天上捉摸不透的云，有时飘向东，有时飘向西……

“你家有三口人，怕你们不够吃，所以每天摘了三颗！”秀明哥冷峻地笑了笑，脸上的表情就像漫天的秋云，即使被霞光照耀，发出的也是清冷的光泽。

“你爹还在等你，我晚上再去找你——”照照姐这才粲然一笑，一个俏丽的转身便走了。

35. 为了前世的爱情

回到家，秀明哥避开过于明艳的太阳，整个人立马就阴翳下来，独自坐在床边低着头沉思着。沉思总是他最好的朋友，在他最彷徨、最失意、最无助的时候，只要经过深刻的沉思之后，就会重新找到一条光明之路。明天就是月见姑娘成亲的日子，而小天风从未见过洒脱如风的秀明哥会为了一个情字沉重。

坐了一会儿，他又直挺挺地倒了下去，仰卧在床上无力地望着天花板，他的思索就像陷入了一个无穷无尽的漩涡。小天风站在旁边看着他也能感到天旋地转，赶紧跑了出去。

一会儿他娘牵着小天风的手进来跟秀明哥打招呼，告诉他今天正好是重阳节，先去看下他爹，晚些再去后山登高，茱萸都为他准备好了。秀明哥恹恹地起身说今天起得太早，赶路又累，先让他休息一会再去。说完，便将他们送到门口，关上了大门。

他娘也明白秀明哥此刻的心情，过去他为龙屋付出了全部的艰辛和热情，此时却像一个萝卜倒在了自己挖的坑里，那该是多么的绝望，多么的冷心！

他娘便拉着小天风的手，回到房里跟他爹汇报，他爹只冷冰冰地回了一句："之前黎姑娘也上门劝我，要我多安慰秀明。我说，安慰个屁！一个男人要这点失败都经受不住，怎么能成为铁打的汉子！这几天你最好不要打搅他，孤独是最好的疗伤。他的伤口只能自己在黑夜里痊愈，这样他才能永远记住伤口的光亮！"

接着，小天风便在院子里无聊地浪掷时光，眼睁睁地看见一位素衣的女人抱着一个包袱急急赶路，直往秀明哥屋里跑。正在里屋的秀明哥也好像感受到了什么，同步起身打开门，两人就好像太阳与月亮在门口相撞。

此时，所有的光线都从大门涌进，所有的激情都在他们身上汇聚，所有的江河都在他们血管里奔流，所有的鸟群都在这里会见，此生就好像只为了等待这一刻。

这个激动人心的时刻停留了很久很久，月见姑娘才凄楚一笑："现在我们同一阶级了。"

秀明哥什么都没说，激动地将她一把紧紧抱在怀里，眼睛里暗流涌动。

"你瘦了——"过了一会，秀明哥帮她撩开凌乱的头发，一脸怜惜地望着她，此时的月见姑娘一袭素衣，有一种令人怜惜的、憔悴的美。

"我……"月见姑娘望着他，泪光闪烁。

"嘘——你什么都不用说，关于你的一切我都知道——"只要月见姑娘踏进这扇门，她的此生，她的一切，她一切的一切，都将由他来负责。仿佛这一切在她还没进门之前，他就已经提前为她设定好了。

"你先等等，我去找我爹——"说完，秀明哥便匆匆地出门去。小天风知道，狂风暴雨终将来临，赶紧甩开秋千，屁颠屁颠地跟在秀明哥后面走进那间有仪式感的祖屋。

"你终究还是被妖诱惑了！"秀明哥才说完，他爹便气得抡起拐杖对着秀明哥就是一顿狂抽，而这次秀明哥没有闪避，任拐杖雨点一般抽打在他身上，就像一座大山那般岿然不动。

他娘赶紧跑来，挡在秀明哥前面为他受痛，"哎哟，这个时候，你就不要再对他动气了！"

"越是这个时候就越要打击他！你看他过去不听我的，每一件事都兑现了！"他爹越过他娘，又一拐杖打在秀明哥的脑门上，自己也一个跟跄，险些摔倒，重新站稳后便指着他娘怒斥道，"我跟你说过无数次，在我教子的时候，你最好给我出去，不然你知道老子绝不会轻易收场的！"

他娘见他爹的脸已气得变形，也知道他爹的犟脾气，便心疼地摩挲了秀明哥的脑门几下，嘱咐他不要和爹对着来，然后只好出去了。

小天风也生怕秀明哥受痛，赶紧翘起屁股跑去堂屋拿了一把扫把递给秀明哥。

尽管秀明哥没接，但小天风这个仗义的举动却让他爹停了下来，气喘吁吁地指着秀明哥说："我早跟你说过这月见村都是女鬼女妖，总有一天你命都会被她们勾走的！你老实跟我说，你现在是不是被她缠住不能脱身了？老子这就去赶她走！"

说完，他便仓皇地撑着拐杖要出去，秀明哥呆呆地望着他，绝望地说了一句："您要这么做就会彻底失去我这个儿子的！"

他爹迟疑着停住，气得火冒三丈地又问了一句："你就说，你是不是把人家的聘礼都用完了，所以现在不能脱身了？"

秀明哥怔住问道："什么人家的聘礼？我不明白您在说些什么！我只是按合同办事，所有的投资款主要用于旅游开发的前期费用和购买树苗了，老天可以作证，我自己可没乱用过一分！"

"难道你还蒙在鼓里？昨晚你娘去大彦家送礼，这彦少华对着众人炫耀道，几个月前他光送给月见姑娘的聘礼就有一百万。不然，这月见姑娘怎会跟他成亲？她这么贪钱的人，说不定是以为你的事业就要成功了，所以又用这苦肉计赖上了你！"他爹唾沫横飞地说完，小天风感觉此时他爹拧曲的脸，就像一个奸佞小人似的。

"关于这一切，她都没跟我说——"秀明哥听完百感交集地站在那里，他曾经那份暴烈的天真、火热的赤诚和多云的想象都已成为冻土。这条铮铮的汉子终于流泪了，这是小天风第一次看见秀明哥流泪，他的眼泪就像铁树开花一般珍贵、动情，"而关于龙屋即将动工的事，我已听说，这意味着我已彻底失败！假如我的事业真要成功了，那么我早就向她光明正大地求婚了！"

"唉，我早就劝你别想着这碗轻松饭，老老实实做点自己的事情你偏听不进去！"他爹说完，见秀明哥已落得如此田地，又将更狠心的话咽了回去，吞咽了几口口水后，那喉结便像退去的波浪一般涌动着，然后又继续铁下心来，"这事我且搁一边，现在你又要劝说我收留这红颜祸水，接受你和她在一起的事实！你这样做不仅是给任家祖宗蒙羞，而且你叫我以后怎样面对任云铺、大彦庄、月见村，甚至是整个龙泽乡的父老乡亲？你这混账东西，你别以为她爹和彦少华便是好捏的柿子？尤其这彦少华乃乡中恶霸，绝不是好惹的！你这样做势必会引来族群争斗，甚至是灭顶之灾！任家怎么就出了你这么个不肖子孙呢？"

他爹悲痛地说完，甩下几行老泪。

"爹，其他的不说，她为我付出所有，为了我甚至没给自己留下任何退路，我要现在不管她还是人吗？"秀明哥掷地有声地说道。

"不管你如何说，我是坚决不会答应的，你就死了这条心吧！"他爹挺直腰板，誓要将倔强进行到底。

"爹，就算我求您了！倘若您非要如此决绝，您将永远失去我这个儿子！"当他这句话劈下，就像一把决裂的斧头。说完，他放下那颗孤傲的心，终于在他爹面前跪下了。

前世和今生的爱情，平淡无奇和波澜壮阔的生活，他那颗不安分的心，注定与狂风巨浪为伍，最后选择了月见伶。当他最后一刻做出这个决定，再也没有任何人能撼动他岩石一般的决心。

"你这是在发疯！爱情来得太快就像龙卷风，龙卷风过后，剩下的只有脚踏实地、风平浪静的生活。你找个像黎姑娘那样贤惠会过日子的不好吗？更何况我们两家还是宗亲。这月见姑娘是独女，必定是娇生惯养，任性败家，从不做家务！我就看你找个不会做家务的如何共度一生！记住：这都是你为自己种下的苦果——"说完，他爹一副看不过眼的样子，拖着两条拐杖，颤颤巍巍地走了出去。

七夕那晚月见姑娘拒绝帮小天风洗澡的情景还历历在目，难道这个不食人间烟火的女人真被他爹说中？但家务，家务真的那么重要吗？秀明哥对此也表示深深的怀疑，但他坚信，只要是爱，只要真爱，就能够刀耕火种，从头来过！那前世的召唤在驱使着他的灵魂，令他义无反顾地哪怕是共赴黄泉，也要无怨无悔地与她一道，此生都不再回头！

于是，他坚定地起身，拍了拍身上的灰，走了出去。

秀明哥一进门，月见姑娘便迎上去，弱弱地问了一句："你爹答应了没有？"

他秘而不宣地笑笑，露出雪白的牙齿，然后轻声对月见姑娘说道："我明白你的心意，当初你接受彦少华的聘礼是为了兑现我们之间的投资协议，怕误我的事，所以日后我一定会把这钱亲自还给他，并向他赔礼——"

"那钱本来就是我的！我所有的资金都存在王大富那里，一共有两百多万，凭什么王大富跑了，彦少华他一个人便把大富饲料厂都拿了去！"月见姑娘激动地与他争论道。

"即使是这样，你也不应采取这种方式，搞得就像骗婚似的！"秀明哥皱了皱眉头，一脸苦涩地说道。

"如果不采取这种方式，能从彦少华那里拿回一分钱吗？我这也不是骗婚，谁叫你之前一直都在刻意逃避我？所以我只能铤而走险，引蛇出洞——如果你不为了我而回来，我便活该一生都委屈糟践自己；如果你肯为我回来，我便会放下一切来找你，当初我就是这么想的——"月见姑娘说完，眼中早已是一片泪光潋滟。

"你可真傻……"秀明哥怜惜地抚摸着她那瘦削的脸庞，没能哽咽着把话说完，便一把激动地抱着她，久久没有言语……

当涌动的潮汐最后平静下来，秀明哥便整理出一堆脏衣服，放在一个木盆里递给她。

"我要去后山插茱萸了，这些衣服好多天都没洗了，有了你，便不再用我娘帮我洗了！"秀明哥轻笑着说完，然后轻轻地吻了她一下，算是给她最好的鼓励，一直在门角偷望的小天风赶紧悄悄抚上了眼睛……

她迟疑着接过，环顾四周之后，又在墙角拿了棒槌和洗衣粉放在里面，最后隐忍地端着木盆走了出去。

36. 突如其来的龙卷风

月见姑娘走后，秀明哥便习惯性地坐在床边抽了一根烟，沉思了一会，然后又起身去找他爹。

在他爹的门口徘徊了好半天，他才轻轻地推门，见他爹像是睡着了，便又蹑手蹑脚地关上门，回到自己的房间，拾起墙角的一背篓茱萸正要出门，突然听见门窗"砰咚"一响，刮起了第一阵狂风，天色随即暗沉下来。看来很快就要来暴风雨了，秀明哥赶紧回身把背篓放回屋里，顺便拿起了皮鞭。再要出门时，只见外面尘土飞扬，他娘正在追还没来得及收，却被风刮到天上去了的衣裳，他赶紧过去帮忙。

突然又听到一声更为剧烈的巨响，不知谁家发生了什么事情。紧接着飞沙走石，狂风大作，整个世界就像是已被天神主宰，地狱一般昏暗。此时除了听天由命，谁也顾不上谁了，他娘赶紧大喊了一句"秀伢崽，莫要管衣服了，赶快回屋里闩紧门窗"，然后疯了一般跑回家关门闭户。

为了见证这场大自然的奇迹，被他娘拖到火房里的小天风赶紧又从狗洞里钻出好奇的小脑袋来窥看，只见田野那边一个不断旋转着扩张的漏斗云，收拢了所有天光，将天地对接起来，就像龙脊山拔地而起，成为一条见首不见尾的巨龙，正横过公路向着任云铺这片人间的乌云袭来——

人说三月三，九月九，莫在河边走。秀明哥大概是想到了什么，站在那里并没有跑，待龙卷风向他移近，手握皮鞭与龙卷风对峙着，如同天之骄子伫立在高天之下。而小天风此时惊讶地望着秀明哥，莫非他想征服龙卷风，想与它打架？他从来都不会担心秀明哥，因为秀明哥一直是他的保护神，天神一般的存在。他相信奇迹。

紧接着，那条狂龙不断虬动着硕大的身躯向秀明哥逼近，发出神兽一般的咆哮。那气势排山倒海，气吞山河，最后就像慑于秀明哥的气场，突然在他面前停住。此时，周围的一切全都停住了，只有时光伴着风沙一起飞旋。小天风感觉他的心都快要从张开的口里跳出来了。

果然，那阵龙卷风与顶天立地的秀明哥只是周旋了片刻，便缓缓向西南撤离，一切不必要的紧张都松了弦，所有对于上天的担忧瞬间化为乌有。

龙卷风过境之时，小天风突然听到瓦檐上乒乒乓乓作响，地上掉了一地的冰雹。他感到这个世界真神奇，竟然掉下了这么多鸡蛋！趁他娘不在，他赶紧冲出去捡了一个便逃回来，搓在手里冰冰凉凉的，就像拿到一件上天的礼物那般令他欣喜。

"任秀明，你疯了吗？还不赶紧跑？"待视野清晰一些，风中隐隐传来隔壁家的喊声。

"秀伢崽，你这是要和老天作对吗？还不赶快死回屋里去？"这边屋子又传来他娘声嘶力竭的呼喊声。

秀明哥的身子动了动，那天边的霹雳和闪电，就像一个电光的圈套在引诱他过去。秀明哥便狂乱地打了一个呼哨，那马儿便一声嘶鸣从柴房里蹿出，秀明哥一边跑一边飞奔上马。

"秀伢崽耶——"他娘尖厉地嘶叫着，披头散发，不顾一切地冲了出来。

小天风也赶紧跟了上去，眼睁睁地看着这个捕风的汉子，飞奔于风眼之中，连同马儿的嘶鸣一齐被滚滚红尘湮没，不再有任何音讯……

很快一切又恢复风平浪静，只是空气中夹带着丝丝凛冽的凉意。小天风此时便听到人们纷纷议论开来：

有人庆幸这已有六百多年历史的龙屋又经受住了龙卷风的考验；有人说是因为要拆龙屋，惊动了先人，惹得天怒人怨，所以这龙脊山显灵了，要将这任云铺生灵涂炭；有人说这龙卷风一靠近任秀明便停住，反向而去了，不能说是龙屋经受住了龙卷风的考验，而是因为任秀明是天神，是上天派他来保护全村的。总之，任秀明说的是对的，这龙屋绝对不能拆。后来，这一种说法又得到了修改，说小天风才是龙脉的传承，任秀明只是小天风的保护神，要说顺从天意，这拆不拆龙屋首当要问小天风。

而族长听了竟然郑重其事地匆匆赶来问小天风，这龙屋当不当拆？小天风当然是使劲地摇头。

而无论哪一种说法，都令施工队立马停了下来。

小天风之前听他爹骂秀明哥时也正好提到了龙卷风，难道这一次又被他爹说中？而小天风怎么都没想到，这竟然是他最后一次见到秀明哥的背影！

37. 人鱼与美人鱼的恋爱故事

傍晚时分，饭菜都摆在桌子上了，秀明哥还没回来。他娘便流着泪嗔怪他爹道："你必是说了什么绝情的话令他不再回来——"

小天风不想爹娘争吵，便多了一句嘴："哆哆（哥哥）切（去）西边塘帮遇（月）见姐姐洗衣鸟（了）——"

任老爹趁天色还没黑，赶紧仓皇地拄着拐杖，三步一停，两步一跑，急匆匆地赶往西塘边。这塘边哪有一个人影！只有那个棒槌滚落在石板一侧，塘面上狼藉地漂浮着秀明哥的几件衣服，那个熟悉的木盆和一个洗衣粉包装袋已漂到了塘对岸。

"秀伢崽，秀明啊——"他娘大声呼唤着，四周仍是一片冷冷清清。

"任秀明呢——"他娘扩着手，惊慌失措地对着旷野一声声呼喊着秀明哥的名字，回答她的只有微凉的、满是哀怨的风。

终于，他娘号啕大哭了起来，小天风瞬间便感到整个世界都倾塌了。

他娘的失声恸哭像是感动了天与地，附近许多村民都赶了过来。离西塘不远的公路旁，黑压压地站了一大片人，小天风一不小心被过往的人流挤得一屁股坐在了地上。

"做个阳刚的小汉子，摔倒了自己爬起来，不许哭！"他的耳畔似乎又响起了秀明哥时常教诲他的这句话，这次他却哭了。

"哭什么，男子汉流血不流泪！"他仿佛又看见那个光亮的影子在万头攒动中出现，正向他走来。他赶紧抹掉泪水，又站了起来。

没多久，清流老爹和照照姐也赶来了。看见照照姐，小天风便依偎在她怀里，却仍止不住泪流。照照姐劝他不哭，自己竟然也哭起来了。看来，这个世界上唯有眼泪才是真心的告白。

后来，老村长拿着扩音器亲临现场做总指挥："各位乡亲就不要看热闹了，当务之急，是连人带马一起找到！大家分头寻找，我做主，谁第一个找到任秀明，奖励良马一匹！"

他一说完，人群便哄笑着四散而去。精瘦干练、脸就像刻刀刻出来的族长便又夺过村长的扩音器对着几个村民的背影吼了一声："任得志，任高举，任自满，你们几个任氏宗族的中流砥柱此时难道不知道自己该做些什么吗？"

见他们几个回过神来望他愣是不动，便又大声咆哮道："任得志，你脚力好，赶紧去把任细毛、任建军、水猴子和铁托这几个最会游泳的喊来！任高举，你去乡广播站去借探照灯，叫任云贵开车载你！任自满，你现在就可以拉线了，看谁家电线离得最近！"

吼完，他又叼着烟，自言自语地附加了一句："他娘的，只有当你们一个个呆若木鸡的时候，老子才会有那么轻微的一点做族长的骄傲！"

他一说完，身旁就传来一阵欢笑，而当他们望见不远处的任老爹，立马就噤声了。此时任老爹就像个罪人般一动不动地站在原地，只悲痛欲绝地对族长说了一句："无论花多少钱，不惜一切代价，也一定要把他们找到！"

此时清流老爹也握着任老爹的手安慰道："莫要伤心了，你要说这西塘的鱼全淹死了我都会相信；但你要说任秀明被淹死了，抠掉我的眼睛我也绝不会相信！整个龙泽乡就他水性最好，他十多岁时，就可以在水里憋气好几分钟；他要想抓鱼啊，那鱼就像你家亲戚，都主动上门来找他……"

于是，任老爹一脸忧思地低下头去……

那天晚上，打捞一直在进行中，村长和族长几乎动员了全村的人漫山遍野打着电筒寻找，四周的手电如同天光一般晃动着，整个西塘被雪亮的探照灯照得如同白昼一样。他爹一直在池塘边坚守着，中途他爹多次劝说他娘和照照姐一起带小天风回去，但他们几个恁是赖着不动。之后他爹将天神之怒全爆发出来，他娘便不得不领着他们回去，半夜又端了一满碗饭菜来给他吃。他爹把饭菜放在一旁，只是不停啪嗒啪嗒地抽着烟斗，像是以极大的克制力，耐心地去倾听身边几个人不时与他窃窃私语……

直到第二天清晨，一无所获的任老爹仍坚守在那里不肯离去，那几个打捞得身心俱疲的人便有了几种说法：

有人说，水底有一个深不可测的大洞，他们打了很多次底都打不到，以前月见村有个人被淹死，用三台抽水机抽了三天三夜，把附近的良田都淹没了，那个洞里的水也没矮下一尺，怕是怎么也找不到了；有人说，据说那个洞里有水鬼，把人拖进去吃掉了……

话还没说完，他爹便大吼一声：哪来的牛鬼蛇神？都什么年代了，你们年轻人还这么迷信！你们读书简直是读尿片！

那两个不敢出声了，剩下便全都是说好话的：

有人说，三月三，九月九，一个是进口，一个是出口。老先生莫急，不管上天下海，九月九出去的，三月三定会回来。

也有人说，之前龙脊山寸草不生，如今任秀明种满了树却都成活了，估计是龙脊山这条卧伏已久的巨龙复活后，拖着任秀明到天上做了皇帝！

见任老爹没生气，于是便有人附和道："是啊，是啊，我早就觉得这任秀明生得仪表堂堂，俊逸非凡，瑰意琦行，惊为天人，除了龙太子，谁能跟他比？他骑的那匹马，也非同寻常，会自己去柴房，晓得闩门开门，只要这任秀明一个呼哨，便立马跑出来寻他，要不是龙马怎么会这么乖乖听他的话？"

清流老爹也把任老爹扯到一旁小声说："您不觉得这事很蹊跷吗？很简单的道理，顺藤摸瓜，找到了马就能找到任秀明，这月见姑娘肯定是与他在一起。现在是这三样都同时失踪了，生不见人，死不见尸。村长刚才来告诉我，这漫山遍野找遍了也找不见，打听了临近的几个乡镇也没见过马，更没见到天上掉东西下来。我估计他们要么是被龙卷风刮到很远很远的地方，甚至是到外国度蜜月去了，说不定他们现在正牵着马在海边散步呢！要么他们昨天碰巧遇见了王大富，这王大富不还欠月见姑娘两百多万吗？而他俩正好也担心这彦少华寻仇，便跟着王大富一起去了，待哪天彦少华将此事已完全放下，他俩准会出现的！您放心，哪怕秀明现在时运差点，但与月见姑娘这么有商业头脑的小富婆在一起，定不会有苦头吃的！我看您就安心在家等消息，没事的时候多收听广播，看看报纸，莫再独自悲伤了！我也会帮您关注新闻联播的！"

似乎只有这种说法最符合唯物主义精神，最合任老爹的意。于是，他便把那一碗未曾动过的饭菜都倒在塘里，最后在众人的搀扶下，闷声不响地回到家里。

那一夜，小天风不肯睡觉，一直追问照照姐，哥哥去了哪里？

照照姐便说了秀明哥和月见姐姐一起骑着马去了一个遥远的地方，从此过上了王子与公主般的生活这个瑰丽的童话。

说完，她的眼角还挂着星光一般的泪花。小天风是在照照姐温暖的怀里睡着的，他后来也做了一个梦，梦见秀明哥变成一条人鱼，而月见姑娘变成了一条美人鱼。他们拥抱在一起，然后一起沉入水底，不许挣脱彼此的怀抱，而此时天空已布满灿烂的星斗，他们一起看见并且与它们融在一起。

只有当潮汐来的时候，她才会爬上月亮的山头，坐在一轮弯月上，高悬着尾鳍，轻轻地哼着歌。而秀明哥骑着云朵，牵引着流星，正好从她身边路过……

秀明哥终究还是跟月见姑娘走了，但小天风最想不通的是为何秀明哥会丢下他一个。他也曾经是一条完美如初的小鱼。

38. 武林大会

第二天上午，整个任云铺人声鼎沸。先是来了一辆警车，下来几个警察，每人牵着一条警犬，它们去秀明哥的屋子和柴房嗅了嗅，然后各自奔赴漫山遍野，那此起彼伏的狗吠声为这宁静的小山村平添了一种紧张的氛围。

这边三队人马在村口汇聚，南边公路上是月见村的人，他们大多穿一身浅蓝色的劳保服，像是工厂做工的工人；西边公路是大彦庄的人，他们身着清一色的黑色西装，戴着墨镜，像是请来的一帮打手；守住东边公路的是任云铺的人，个个摩拳擦掌，普通的农民装穿在他们身上，更像一身拳服。每一路人马都由各自的族长领头，在路口对峙着，就像一场武林大会。

而这一边小天风家的堂屋里人们分为两组，一组是三个村的村长如同三大护法守在门口，互不理睬；任老爹、月见松和彦少华三人在堂屋中协商：身着一身唐装的任老爹此时正大光明地坐在堂屋正中的祖宗遗像下，虽一宿未眠，那张清癯的脸仍保持着一脸肃穆威严，分立在太师椅两旁的那副拐杖已重新钉上秀明哥为他做的那对天使之翼，更令他看上去就像一位雷打不动的天神似的；坐在任老爹右边的是月见松老人，身着一身华丽的法老一般的衣裳，戴着一副神秘的复古墨镜，手握一根眼镜蛇拐棍，如同握着一柄法老的权杖，就像个蛮不讲理的瞎子一般口口声声吵着生要见人，死要见尸；左手边坐着的是一身灰色西装，戴着墨镜的彦少华，他仰着头，跷着二郎腿，摇头晃脑，一副目中无人、吊儿郎当的模样。

任老爹闭目养神了一阵，他闭着眼睛玄想的时候似乎比一切时候更能洞察一切，他眯着眼睛望人的时候比一切时候都要深邃。突然，他猛地睁开眼睛，义正词严地对月见松老人说道："或许生不见人，死不见尸才是最好的结局！"

他一说完，便招来所有人非议的目光。

随后，任老爹继续缓缓沉重地说道："自凌晨回来，我便一直独坐在这里，在梦与醒之间徘徊。梦见自己在生命之轻和生命之重中漂流，而一些不明的发光体穿梭其中如同繁星闪烁。我感觉我仿佛已死了，又恍惚还活着。假如我此生再也看不到自己心爱的儿子，我死不瞑目，所以我会一直坚定地活下去，直到我死的那天；但假如我死的那天，知道秀明已在天河那边安排好了一切事情迎接我，我将欣而向往。反而他还在，我又放不下这人间，徒增悲伤。我们一直在这场迷局之中盼望所有的尘埃落定，但若我在有生之年收到儿子的死讯，那又该怎么再活下去呢？所以我觉得他们是生是死，恍如这梦幻一般最好：如果他们还活着，我们应该当他们死了一样，不打扰他们平静的生活；如果他们死了，我们应该当他们还活着，因为他们永远在我们心中。总之，过去我们不该违背他们的意愿。为此，松爹赔了一个女儿，而我赔了一个最心爱的儿子。现在好了，他们终于如愿以偿，可以安静地在一起了。就让我们怀着对他们最虔诚的祝福，让那对空的思念永远像尘埃一般停留在风中……"

任老爹是一个深明大义之人，说出的话总是令人折服，无话可说。当任老爹一口气说完这些话，早已是涕泗纵横，泣不成声，令在场的每一位无不动容，潸然泪下。唯有这彦少华听罢，拍着椅子，恼羞成怒地指着他骂道："不知你这老鬼一会生一会死的，叽叽歪歪在说些什么！你就莫再演戏了，赶快把他们交出来，谁都不会相信这任云铺一巴掌大的地方会不见了两个人和一匹马！只有一种可能：这月见伶分明就是一个女骗子！拿着我的钱养小白脸，最后竟然还和他一起跑了！老子要捉住了这一对贱人，定要打断他们的腿！"

他这一番话惹来众怒，月见松高高举起他那根眼镜蛇拐棍，火冒三丈地跳起来要抽他："幸亏我女儿没跟你结婚，你果真畜生不如！我女儿也借了两百万给王大富，凭什么你一个人把厂子全拿去？她在你这里拿回自己的钱也是应该的！"

"这冤有头债有主，你女儿又没借钱给我，她去找王大富要回她的钱就是！凭什么把我的钱骗去？"彦少华赶紧闪到一边，据理力争道。

"任家还从没出过一个吃软饭的！由不得你跑来我家对着任家祖宗胡说八道，血口喷人！"任老爹也怒不可遏地抡起那对"天使之拐"，风火轮一般对着彦少华便是一顿猛抽，三位村长赶紧跑过来一起把他拉住。

门外，那三路人马听见里面大声嚷嚷，便开始互相推推搡搡，碰碰撞撞，公路那边随即鸣起了狂响的警笛。

"饭可以乱吃，话可千万不能乱说！侮辱任云铺人你也知是什么下场！"任云铺的老村长也帮任老爹指责这彦少华，暗示他任云铺的老规矩：平常若有生人擅闯或是闹事，只要任云铺的人一敲锣，保管家家户户都跑出来，同仇敌忾，不把这人打个半死才怪；打完了案子都不好破，因为任云铺一共过千人，甚至老人小孩都会承认自己动了手，而谁也不会说出到底哪个为头。

于是，彦少华不服气地拍拍西装坐下来，眼见这两个老家伙手里都握着家伙，便深知好汉不吃眼前亏，不敢再造次。

"那么，我想问，我送给月见姑娘的这百万聘礼你们能不能还给我，我总不能人财两空吧！"彦少华坐定后，又跷起二郎腿不自在地摇晃着。

月见松摊了摊手，耸了耸肩，一个无奈的表情便把球传给任老爹。

"关于你所说的一切我都毫不知情，而上天有眼，相信这些钱都能得到最好的用途。"任老爹心安理得地说。

"可是……"话还没说完，彦少华眼尖，一把取下墨镜，捉住任老爹的手问道，"我送给未来丈人的手表怎么你戴着？"

"老子从不用手表，嫌它碍手碍脚，因为老子有的是时间！"任老爹硬气地摘下手表甩给他。

"这块表可是我去香港花了八十多万买来的！"彦少华珍惜地捧着这块失而复得的手表，就像捧着他的心肝一样。

"我怎么从没听说过你有送我手表？"彦少华话一说完，月见松老人便像怀疑人生那般用一根手指移下了那副复古墨镜，撑大眼睛瞟了一眼那块手表，犹疑着说了一句，"来，拿给我看看，看哪里值这么多钱！"

"因为手表是和聘礼一并交给你女儿的！"彦少华故意一只手举起手表，得意地在他过去的老丈人面前晃了晃。

这任老爹想了想，总觉得哪里不对头。他在想即使把这一整栋祖屋卖掉也卖不了十多万，赶紧一手单撑着拐杖，又一把从彦少华手里把手表夺了过来，"对了，这冤有头债有主，这块表既然是月见姑娘送给我儿子的，我儿子又送给我了，要还怎么也不应还给你——"

"可这块表是我的！"彦少华伸出手来又欲抢回。

"是吗？那我问问它——"任老爹用拐杖一把便隔开了他，摇了摇手表，放在耳旁聆听道，"可是它咋说它姓表呢！"

"你这老家伙真是为老不尊，非要逼老子动手！"彦少华暴跳如雷地欲动手打人，任村长赶紧上前挡住他。

"刚才你们来的时候我打了一小会盹，我儿秀明有托梦于我，告诉我有关这件事的真相都写在这本无字天书里——"任老爹说完，便撑起拐杖，蹒跚地起身走到神龛前，拿起一本线装书，然后回到座位上。

"我看看——"大彦庄的邱村长拿过书随手翻了翻，"怎么里面一个字都没有？"

彦少华也抢过来翻了翻，然后狠狠把书摔在地上，骂道："你就在这里装神弄鬼来忽悠吧！"

任老爹沉住气说道："你们不是被托梦的那个人，当然什么也看不见——"

于是，邱村长把书捡起来，毕恭毕敬地交给任老爹，说道："不如您给我们念念吧！"

任老爹合掌把书捧在中间，然后闭上眼睛，如同进入了冥想空间那般念道：

　　"今年端午节那天，月见姑娘特意从城里赶回来陪父母过节，她的车却在龙溪桥被彦少华的车堵住。按理说她的车已过了一大半，应该是彦少华主动让车，可这横行乡里惯了的彦少华哪肯倒车，而这月见姑娘也倔强得很，就是偏偏不肯让。当时彦少华的车上便下来几个人准备砸车，这彦少华见副驾驶座坐的是一位戴着面纱的女人，便下车喊住那几个人，并且假借与月见姑娘评理之机撩开了她的面纱。他顿时就被她给惊艳迷倒了，赶紧连声道歉并且给她让了车。当天下午，彦少华便带着一大堆礼物上门给她赔礼压惊，可月见姑娘拒不接受，月见松老人当时还严厉斥责了她。自那以后，彦少华便三番五次去月见松家拜访，多次向月见姑娘求爱，但遭到拒绝，这让彦少华很没面子。尤其是当他听说月见姑娘要给任秀明投资一百万，更令他恼怒万分……"

　　"你这老家伙别啰里啰唆说些无关的事，浪费大家时间！我可没时间跟你在这里耗！"彦少华当即打断任老爹，恶狠狠地说道。

　　"松爹，可有这回事？"邱村长说完，月见松悠然点了点头。邱村长便指着彦少华骂道："难怪你跟我女儿分手还没半个月，便听说你跟松爹的女儿好了！看来你是在骑驴找马，当月见伶这边快要成了，便立马制造事端跟我女儿大吵了一架立马分手，我还只道是我女儿的过错，原来……"

　　"邱叔，这都是误会，回去我再跟您细说，您莫中了这老人的奸计，他故意扯些无关的事情，挑拨我们之间的关系！"彦少华急得连忙拉住邱村长说。

　　月见松正听得入迷，便不耐烦地对彦少华说："别打岔，且听清德老爹把话说完。"

　　任老爹咳嗽了一声，闭上眼默了会神继续说道："当年王大富创办大富饲料厂时，彦少华不肯借钱于他；后来饲料厂越办越红火，彦少华听说一个月至少有二三十万的利润，便又求着让他入股。而王大富不仅不肯出让股份，还故意在他面前炫富，这让彦少华十分恼火。

　　"彦少华后来得知月见姑娘对王大富十分信任，平时有钱都存他那。当彦少华听说月见姑娘要王大富给任秀明转账一百万的那天，便邀了王大富一起喝酒，酒桌上不仅与他称兄道弟，还连连夸他有魄力。

　　"喝完酒，彦少华便拉一身飘飘然的王大富去了一家地下赌场，说带他见识下有钱人的游戏。

"当彦少华带着王大富在一张押大小的赌桌上坐下来,很快便有人阔绰地拿了一百万筹码给他。彦少华每一把都押大,输了便又翻倍,不到半小时便赢了三十万。他便把那一百万的本还了,然后把赢的那三十万筹码交给王大富要他也试试手气。王大富当时连连推辞,彦少华便说,既然来了也过过手瘾吧,输完了只当他没赢,咱们不是好兄弟吗?这几十万算个屁!喝醉了的王大富便傻笑着抱着他说,对了,我们是好兄弟,几十万不算个啥!

"于是彦少华便把位置让给了他,并且教他心得:这押大押小输赢的概率各占一半,连输或者连赢两把的概率只有四分之一,三把的概率是八分之一,以此类推。如果输了便一直加倍押下去,只要有一把赢了便把之前输的都赢回来还赢了。这王大富也精通算数,很认同这一点,第一把少押些便不会有压力,于是他第一把便押了两万大。第一把输后,便继续拿四万押大,谁知他把把都输,只玩了四把便把三十万筹码都输完了。彦少华手一挥,便有人问他要拿多少筹码。彦少华伸出五个手指头,那人便拿了五百万筹码给他。

"王大富有些惊讶地望着他,彦少华说我在你尽管放开手脚玩,我就是你的坚强后盾。来这里玩的都是乡里有头有脸的人物,千万别被他们瞧不起!这不仅令王大富很感动,还觉得他很豪气。

"其他赌客听说这边连出了四把小,也都纷纷围上来押大。'出大,出大,肯定是大!'在每次开色盅前的吆喝喧天中,王大富早已不当这筹码是钱了,自信满满地继续一次次翻倍押大,而每一次都是在一片窒闷的懊叹声中结束。

"四把过后,彦少华拿给他的五百万筹码也输得只剩二十万了,此时其他赌客都在更加疯狂地追大,输红了眼的王大富又要彦少华给他拿筹码。彦少华此时为难地说:兄弟,不是我不愿帮你,再翻倍押上去可不是一个小数目,万一输了……

"此时,庄家最后大喊了一声,还有押注的没?不然我就开了——

"王大富赶紧央:等一下,我还没下注!然后继续央求彦少华:再帮我拿五百万筹码吧,我账上有两百多万,外边还有三百多万的账没收回,所以之前输的那五百万你不用担心,我肯定是有这个能力还清的!我再用饲料厂作抵押找你借五百万,万一输了,我那饲料厂怎么都值五百多万吧!

"彦少华这才勉强说道：那行吧，要赢了就刚好把输的打回来，我们赶紧走人，以后可千万别这么赌了！

"王大富点了点头，彦少华最后才对赌场那几个人挥了挥手，又给他拿了五百万筹码。王大富一把全押了上去，而这一把的结果毋庸置疑。

"全部输光以后，王大富呆呆坐那里，酒也醒了一大半，彦少华叹了一口气说道：兄弟，小赌怡情，大赌伤身。本来只是过来玩玩，输赢几十万就行了，也没想到你赌性这么大，劝都劝不住，捅这么一个大窟窿来。当然也只怪你太背了，这个场子我经常来玩，还从没见过有人连输九把的！唉，现在说什么都是多余，唯有认命吧！

"王大富想走，放数的那几个却不许他走时，彦少华又帮他说好话：你们放心，这王大富是全乡的优秀企业家，他一个这么大的企业在这里，怎么会跑呢！你们更不用担心他会报警，他自己不也参与了赌博吗？他要报警，说不定还会追究他非法集资罪，比你们还多坐几年呢！

"那个领头的为难地对彦少华说：彦少，我们敢吃这碗饭，便不是怕坐牢的人，大不了判个两年，出来难道会放过对方？您也知道，又不是我们赢了你们的钱，我们只是靠赌场混碗饭吃，第二天就必须跟赌场老板结账，不然这祸便会落到我们头上！看在您面子上，这息钱可以免了，其他的便不用多说了！

"彦少华便对王大富说：这五百万现金对于我可不是一个小数目，我得赶紧回去凑钱，不然明天你可要遭罪了。

"王大富见那几个放数人凶神恶煞的样子，便苦苦央求彦少华一定帮他凑齐五百万，最好还多凑些。彦少华点了点头就走了。

"第二天半上午，彦少华果然拿了五百万现金过来，然后对王大富说：兄弟，看来我太高估自己了，只是既然答应了你，便一定要信守承诺，凑齐这五百万可不容易呀！你打个欠条给我，写明是用饲料厂作抵押，日期写去年的任意一天都行。

"说完，他便把钱交给王大富，拿了欠条才匆匆离去。

"接下来，放数的那几个便跟着王大富去收款，却怎么都凑不齐那五百万，王大富只得找了个间隙溜了。事后，他知道只要他人不见了肯定会有存钱在他那里的村民报警。想投案自首，又知道将会带来什么后果，只得试探性地先给乡派出所打了个电话报案，果然电话那边一直哄着要他亲自去派出所一趟才行，王大富只得一走了之，待从长计议。"

"原来事情的真相竟然如此——"任老爹一说完，其他几个便恍然大悟，纷纷望向彦少华，彦少华赶紧怒火攻心地说："没错，派出所是有找我调查过！但调查的结果是，这一切纯属捏造，都是王大富为了携款外逃而转移视线，特意放出来的烟幕弹，不然缘何他一直不敢露面呢？"

彦少华说完，任村长便插了一句："谁不知道这大富饲料厂每个月都有二三十万的纯利，他用得着携款外逃吗？"

"很早以前便听说他想移民国外，或许还有其他原因吧！而我只是借了五百万给他，我也是受害者，又不是当事人，谁知道呢？"对着任村长，彦少华只能是平下气来，一脸无奈地说。

"本来有些话我不想说的，你既然自诩为受害者，我便将所有真相都公开了吧！相信在场的没有人不知道你是靠开地下赌档起家的吧！"任老爹把眼睛一扫，那几个都默不作声了。

"你这老家伙，即使开过赌档又能说明什么！"彦少华暴跳如雷地说。

"问题是王大富要知道那天是你特意为他设的局，整个赌场除了他一个是赌客，其他的都是你的原班人马，他早就不用东躲西藏了！而如今王大富的钱也在你手里，厂子也在你手里，所有人都应该知道该找谁要钱了吧！"说完，任老爹又举起那块表，"其实这块表我也只是代为保管，待真相大白的那一天，我一定会拿出来的！"

任老爹一说完，全场所有人皆大惊失色，而邱村长更是用异样的眼光望着彦少华。

"你把我存在王大富那里的三十万还给我！"过了一会儿，月见村村长激动地上前一把抓住彦少华的衣领。

"你们都疯了，听一个疯老头在这胡诌！"彦少华一把甩开月见村村长，提起椅子便对任老爹大声咆哮道，"你敢污蔑老子，老子便要了你的命！"

说完，他冲动地举起椅子欲砸向任老爹，任老爹不紧不慢地提起拐杖，不知点到了他什么穴位，椅子便落在了地上，彦少华呆若木鸡地站在原地。

外面，大彦庄的人马听见彦少华的咆哮声和摔椅子的声音，又开始大声叫骂，推搡挑衅，等候里面最后发出动手的指令。

月见村村长赶紧走出来对着骚乱的人群大喊一句："如果大彦庄的人敢先动手，我们便和任云铺的人一起联手！"

"吼！吼！吼！"远处便传来月见村人示威的声音，随即公路边又鸣响了警笛。

邱村长听闻也赶紧跑出来大喊道："你们全都回去吧，这里没你们的事了！"

他一喊完话，外面的队伍便开始三三两两地离场。邱村长回到屋里，对木立了半天的彦少华说道："现在是法治社会，什么都要以法律为依据，别一开口就打打杀杀！"

彦少华接过他的话，声音发颤地指着任老爹说："没错，既然是法治社会，什么都讲证据，有本事你拿这本无字天书去告我呀！你若再这般口说无凭，搞迷信的这一套，小心我告你封建迷信罪和诽谤罪！"

他一说完，便有人轻蔑地笑了笑。

"谁不知道你黑白两道有人，而且你出手大方得很，现在很难告得动你！只不过天不藏奸，无论你做了什么坏事都洗不脱的！并且风水轮流转，总有一天你过去的罪行都将公布于天下，而你整个团伙和你背后的保护伞也都终将被绳之以法！"任老爹一脸安然地说。

"好吧，我等着这一天！但你这老家伙肯定等不到这一天，哈哈！"彦少华打了一个哈哈，便抖了抖裤管，大步流星地走了出去。

邱村长出门时关切地握着任老爹的手问了一句："您儿子托梦时有没告诉您，他和月见姑娘现在在哪里？到底是生是死？"

"既然他能托梦于我，说明他们灵魂永在，无关生死——"任老爹意味深长地回道。

"清德老爹，听说我女儿的钱都投资买了树苗，您到时帮我证明一下，这钱我便不找您了，然后另一百万我去找彦少华要去！"月见松出门时也跟任老爹叮嘱了一句，然后拄着拐棍走到院子里张皇地问了一下警察找到他女儿的人没。那警察摇了摇头，他便也颤颤巍巍地在月见村村长的搀扶下走出了院子。

堂屋最后只剩下任村长和任老爹两个人，任村长欣喜地握着任老爹的手说："这回大家都见识了您的无字天书，简直是神了！"

"万事万物都有它的规律，这些只是我从多个版本的传言中整理出来的最可信的故事，虽然尚无确凿的证据，但所有线索只有这样串起来才说得通，并且借上天之口说出来，说错了人不怪天，所以叫无字天书。一旦这些推理得到验证，然后再按图索骥，便一定会找出相应的证据来——"

任老爹说完，村长恍然大悟，直夸任老爹是公安局长。而任老爹的这些推理显然也从彦少华的言语和表情中得到了验证，于是这件事便传开了，不少人相继联名去乡政府上告上访，从此彦少华惶惶不可终日。

39. 龙太子与人鱼公主的爱情传说

小天风回想起之前他爹骂秀明哥最多的一句是：你只会在屋里讲狠，在外面便没用！这次他可见识了他爹的厉害。

最后待所有人都离去了，任老爹仍呆呆地木立在那里，心痛地抚摸着儿子送给他的这块珍贵的手表，恸哭了起来。

他娘说，他爷爷看上去是一个自私刻薄、神憎鬼恨的人，从来都没给过子女关爱。直到他爷爷去世的那一天，他爹才突然觉得自己之所以如此完美，全因他爷爷毕加索一般的粗线条，那以一生为单位，粗犷豪迈的大手笔，如此抽象的爱，生前就没人能看懂，为此他爹苦苦哀嚎了整整一个晚上。

小天风踽踽地走到院子里，推开秀明哥的屋子，里面已存放着一架闲置的古老风车。小天风轻轻摇动着手柄，任它空虚地盘旋，翻动着过去的时光。

秀明哥在的时候这里是一座童话中的城堡；秀明哥走了，一切光亮都暗淡下来，被染上了古老昏黄的色泽。小天风回过头，仿佛看到秀明哥的身影，泪眼迷蒙。

他爹说，爱是金漆，恨是刻刀。养女用金漆，养儿用刻刀。他无须望子成龙，而是用他狂暴的雕刻手亲自来雕刻。

这晚他爹揾着眼泪，喝了几口小酒后，跟跟跄跄地推开秀明哥的屋子，找出一截最好的樟木，一边开始雕刻，一边唱起了凤舞九天的狂歌："我华衣锦袍，立马横刀；我登上昆仑，与天长啸；为我儿秀明，儿媳月见伶，指引开路；限阎罗玉帝，紧闭地府，洞开天门；从此鱼入大海，龙出升天，天光丰盛，长乐不眠……"

他那特殊的雕刻方式如同疯人的狂舞一般，披头散发间再现了他有如神明一般的艺术天赋。只见他那双鬼斧神工的雕刻手有如在制造一场风暴，那些翻动着的木屑如同一场大雪，纷飞过后，那樟木便现出一条鱼优美地尾随着一条龙的栩栩如生。他爹颤抖着用他那双抽象的手抹去上面残留的木渣，又吹了几口气之后，便取出煤油灯，将煤油都淋在上面，随后在院子里点燃。在那火光冲天中，仿佛再次映现出秀明哥与月见姑娘温暖依偎的影子，如同温存的最后一念，直到最后化为一缕幽幽青烟，烟雾中的发髻随风飘散……

死亡总是能让一切烟轻雾渺，皆可原谅。

黎照家住东边，青砖黑瓦的寻常院落，出落得碧波荡漾，楚楚动人，宛如东塘里的一枝美不胜收的菡萏；

月见伶家住西南，远远望上去遥不可及的一片华美楼宇，如同一抹迷魅的月光，那超脱尘世的美，旷古烁今，令夜风飘狂；

任秀明家住中间，在一片人间的乌云中央，宛如金线万丈，照亮万象天地；

最美的风景永远是人。在风景如画、山明水秀的湖光山色中，他们三个就像荷塘、月色和大山的魂魄，为绝美的乡村带来水的灵动和大山的向往。

如今少了两个，剩下的那个也变得失魂落魄，那乡村的夜火由此也变得寂寥了许多。

没多久，一个村民说他在大云山看见秀明哥了，当时他听到一声嘹亮的呼哨，又听见隐约的马蹄声，便跟了上去看，果然看见秀明哥骑着高头大马，月见姑娘还是像鱼美人那般搂着他的腰坐在后面。这位村民喊了一声任秀明的名字，秀明哥在万叶丛中只对着他回眸一笑，便渐行渐远，那高大的身影消失于丛林，渐渐遁入大山……

"那赶紧把他们找回来呀，就说我不再反对了——"他爹听完当即兴奋得站了起来，忘记自己只剩一条腿，转而又失落地坐下，心情沉重地说："算了，还是别去找他们了，只要他们过得幸福，就不要再去打扰他们的平静。"

后来，有关秀明哥和月见姑娘的传说越来越多，最后演变成了龙太子与人鱼公主之间的爱情传说。故事的内容是：月见姑娘为了救秀明哥，答应嫁给一条巨蛇以换回龙珠。秀明哥吞了龙珠之后竟然变成了龙形，从巨蛇手里夺回了月见姑娘。可这秀明哥原本是龙太子，不能娶凡人为妻，于是他们相约着在七夕一起沉入水底，然后一起窒息，不许挣脱彼此的怀抱。但在那一刹那，月见姑娘变成了人鱼公主，他们一起升向星空，最后与银河融在了一起……

于是，小天风便每天白天守望着那条公路，晚上久久地颙望着那条灰亮的银河。他在想，此时的秀明哥，会不会想家，会不会想他，会不会也像他傻傻地寻找秀明哥那样，站在星光潋滟的银河里，分辨出万家灯火中的这一盏，是他永远再也回不了的家。

40. 秀明哥的旅游发展报告

日子总是阴翳了又晴朗，晴朗了又阴翳。在某一个阳光灿烂的日子里，一辆小车停在了他家门口。

任村长第一个下车，兴冲冲地赶到准备出门的任老爹面前跟他耳语了几句："秀明给市里打的旅游发展报告，市里非常重视。李市长今天亲自牵头，带了一个专家组来村里考察。李市长还特意要求专程来看望您，他一再问起任秀明有没在家，我只好说他到凤凰古城考察学习去了——"

"您是任秀明的爸爸吧？"一位五官精致的女孩一下车便小鹿一般欢快地跑了过来。

任老爹不自觉地点了点头，却仍然沉郁地打不起精神来。

"任秀明人呢？"她不禁翘起小鹿一般的鼻子，向屋里瞟了两眼。

"噢，他呀，到凤凰古城考察去了。"见任村长会意的眼神，任老爹便像丢失了性格，唯唯诺诺地回了一句。

"不会是带女朋友一起去的吧！"那女孩故作一脸轻松地问道。

"您是……"任老爹不禁问道。

"这位是李市长的千金。"任村长赶紧抢答道。

"我和秀明是同学，并且是同桌。"这位女孩不好意思地回答，然后若有所失地低下头来，"他曾对我说，只要我来乡下，一定会隆重地接待我，带我骑马去大云山看红叶……"

"哦，现在后面的龙脊山也有了红叶，不如你留下来多玩几天吧！"一听他爹这语气，小天风就知道那都净是些客套话。

"算了，还是等下次秀明回来吧！"她矜持地说完，把手里的旅行包又放回了车上。

他爹见他们要走，突然想起了一件事，便喊住李市长："李市长，我这里还有一个重要的报告要交给您——"

说完，他便回身到屋里拿了一本线装书交给李市长，任村长一看，那本无字天书已变成了有字天书。

"好的，任老爹，我回去后会认真拜读的，您老多保重，我们先告辞了——"李市长接过那本报告，风尘仆仆地关上了车门，而他爹送行的眼神已翻山越岭……

第二天，专家组便在龙头岭打了一圈围栏，所有的村民都不知道这是要搞什么工程，唯有任老爹和村长心里最清楚。

没过几天，村长便拿着一份红头文件欢天喜地地来报喜了。

"两百万？这可是两个亿的政府拨款呀，并且市里要将任云铺申报为全国重点文物保护单位，中国历史文化名村！我们真是有眼无珠，竟然小看了秀明！"说完，他热泪盈眶地狠命给自己抽耳光，仿佛那脸已不是他自己的一样。

"这个总喜欢先斩后奏，千刀剁，万人斩的化生子，关于他的一切我都毫不知情……"任老爹嘴唇翕动着，喃喃说完，又颤颤悠悠地回到屋里。

只有小天风站在门槛上，动情地颙望着那条秀明哥还会回来的公路……

很快，政府就派出了几个工程队，热火朝天地帮他们修复和加固祖屋，兴建博物馆、修路、修村头牌坊等。小天风孤子的影子混在人群之中，孤零零地望着他们正在做着的、秀明哥想象中的事情，盼望会出现奇迹，而一无所获的一天随着日渐清冷的空气又终将过去……

41. 老巫婆的登门拜访

又过了些天，任老爹这天正好在院子里的长椅上蜷缩着，像只老猫般一边暖暖地晒着冬阳，一边在打瞌睡。这些天以来，任老爹一直在阴暗处躲着有关秀明哥的任何消息，却又一直在明亮处期待着秀明哥在他梦里如同一道阳光般重新出现。

此时，一位太阳公公一般的老人家正带着两位月亮婆婆一般的老婆婆在任云铺四处打听他家，其中一位老婆婆走进他家院子一见到小天风，便指着他说："没错，这就是我第一次见到他时，他带着的小孩——"

小天风一看便知是那次和秀明哥一起在森林里遇见的那位阿巫婆，吓得赶紧像小猫般躲在了他爹身后。

那三个便赶紧上前去问他爹，任秀明有没在家？

他爹听到后瞌睡都吓跑了，赶紧警觉地问找任秀明有什么事。

"请问您是他什么人？"那位老公公反问道。

一听说他就是任秀明的爹，三人当即把他像当神仙他爹一般跪拜，吓得任老爹不知怎么回事，赶紧将他们扶起。

小天风在森林里遇见的那位老婆婆对他爹说："是您儿子带我到乡卫生院为我治好了我一身的病痛，然后他又自己掏钱把我送到了龙泽乡敬老院。我问他叫什么名字，他只笑不语。后来才知道，原来被你家儿子送到敬老院的竟然还有他们两个。我们仨便一直商量着什么时候一定要找到我们的救命恩人，登门拜谢。我们走了几个村子，问了许多人，要找全乡下最帅的那个小伙，见过的每一个都不如你家儿子长得帅。后来一个女人拿着照片问我们是不是这个，我们仨异口同声都说是，便找到这里来了——"

任老爹听后感慨万千，想想儿子做过的每一件事，最后都是正确的。这令他不知是该为自己感到羞耻，还是应该为秀明哥而感到自豪。

42. 梦见四驾马车

天气一天一天变冷，冷飕飕的风将所有花瓣和叶子刮跑，令小天风每天都冻手冻脚的。可是哪怕记忆结冰，他仍记得秀明哥对他呵出的暖气和那温暖的笑容。

有一天起床，窗外的天空灰蒙蒙的，他娘说外面下雪了，帮小天风穿得像个肉包子一样。他穿好衣便兴奋地跑了出去，只见外面白茫茫的一片，犹如进入了童话里的冰雪世界。

他在雪地里奔跑着，跟随一片飘飞的雪花就像跟着一位涤洁万物的天使，在白雪皑皑中寻找着马的足迹、细碎的盐和那片不冻的土地……

当他回到家，他娘告诉他，其他几个哥哥姐姐都回来了，城里的一个表姐也来了。每当这时候，他就明白，新年即将来临。他赶忙跑出去看，却没看见秀明哥，只有一堆人围着火盆，火光映红了他们缅怀的面容。

于是，小天风便走过去，也赖在火盆边烤火。其他几个哥哥姐姐见了他，这个问几句，那个捏一把，都能把他的脸蛋拧出汁来，小天风却始终无动于衷。人没在一起生活过，没经历过深刻的事情，自然就不会流露出真实的感情。

当听到城里来的这位表姐对着跳动的火苗，心仪神往地说起秀明哥，就好像诉说着一个传奇故事，小天风惊诧得说不出话来。原来英雄之所以被人铭记，是因为他们的传奇故事世代相传。

这天傍晚，小天风正在火房帮他娘烧火，他姐走过来对他说："你看谁来了？"

小天风把头探出去望，看见一个从未见过的、丰姿的少妇正在望着他笑，旁边还有一个穿着喇叭裤，留着小胡子的潮流大叔在召唤他过去，吓得他赶紧回到火房里。

"娘，他们系（是）边个（谁）呀？"小天风一脸惊讶地问。

他娘笑着说："他们才是你的亲生父母，你爸妈生下你后没人带，你又体弱多病，你爸妈担心带不活你，所以只好把你送到了乡下。现在你长大了，可以上幼儿园了，他们便过来接你回去。走，我带你见你的亲生爸妈去……"

他娘说完，声音竟然哽咽了。

"我不要，我不要！"这一次小天风死活不依。他觉得他的人生被蒙上了最大的欺骗，他把最单纯的感情全交付给了带他长大的爹和娘，现在他们竟然要遗弃他。秀明哥已经抛下了他，他还要被整个原来的世界抛弃，这是他无法接受的委屈。

趁他娘给客人续茶的间隙，小天风偷偷往炉膛里又多塞了几捆草把，火烧得越炽烈他便越解恨，却不料一个火舌喷出来，舔了他的脸一把。他急忙退后，摸了一把头发眉毛，闻到一股烧焦的气味，便不知所措地站在那里将烧焦的颗粒捋下来。他感到他的生命中总是在重复着雷同的片段，紧接着，眼泪便不听使唤般哗哗地流了下来。

一会儿那两个人来拉他，小天风又哭又闹，死活不从。哪怕吃饭都是端着饭碗离饭桌远远的，令那两个人无奈地望着他，哭笑不得。

他爹笑笑，对那两个人说，你们莫急，晚点再回去。等他睡熟了，把他卖掉甚至移民到火星上去他都不会知道。

后来，小天风在隐约的泪光中睡着了，梦见秀明哥换了一辆四匹马的马车来接他，他在马车的摇晃中，只觉光阴骤变，日月如梭，外面的天空晴朗了又阴翳，阴翳了又晴朗。但秀明哥一直顶着寒风在前面赶马，始终看不清他真实的面容……

43. 进入另一朵陌生的花

第二天小天风在晨光中醒来时，却发觉身在一间现代的房子里，房间里温暖舒适，响着嘶嘶的暖气，已完全没有了乡土的气息。他揉了揉眼睛，就像做了一场梦一样，简直不敢相信自己的眼睛。一夜之间，仅仅一夜，便沧桑巨变，他的世界已发生了如此巨大的位移。就像一只小蚂蚁进入另一朵陌生的花里面，而它是怎么来的，原来的花朵在哪里，已全然记不清。

"藕（我）要爹娘……"小天风突然哭了起来。

"傻瓜，他们是你大伯和伯妈，不是亲爹娘。我们才是！"任飞扬和刘云婵赶紧跑了进来，对着他张开两对关切的眼睛。小天风记起他们就是昨天在乡下家中出现过的那两个陌生人。

"不，你们系（是）骗纸（子），藕（我）才不相信！"小天风不断地揉搓着哭得红肿的眼睛。

"你大伯和伯妈已经这么老了，怎么能生出你这么小的娃娃！"刘云婵哭笑不得地望着他。

小天风流着泪倔强地说道："不，他们说藕（我）系（是）从石头里蹦出来的！"

任飞扬过来牵他的手："风子啊，别闹了，快，别着凉了，我帮你穿衣——"

"不，藕毕奥（我不要）你们，藕（我）要爹娘，藕（我）要怀（回）乡下！"小天风甩开手又哭又闹，跑到客厅门前要出去，又在厨房门口看到扑腾着的，那只和他一起从乡下带来的大母鸡。它那无辜的眼神熟稔地与他对望了一眼，这是与他同一来源的最好证明。

他爸上去拖住小天风，他妈赶紧用钥匙将门反锁。他爸又打开电视机，换到动画片频道，他偏过头去，只是哭，只是哭……

他妈蹲下来跟他说："我给你讲故事……"

他赶紧捂住了耳朵，只是哭，只是哭……

他爸又搬来一大堆五花八门的玩具和五颜六色的糖，这些都无法令他动心，全被他当炮弹扔了出去。

"这孩子已完全被他们带坏了，变得野蛮而又任性。"他妈望着不认亲生父母的小天风有些恼火，把怨气都堆在他大伯和伯妈身上。

"多点耐心吧，孩子适应新环境都需要一个过程。"他爸尽管说着这么励志的话，脸上却是一脸无奈的表情。

小天风就这样，一直哭，一直哭，哭得天昏地黑，哭得整个世界都对他绝望，弃他而去，哭得他不知怎么又睡去……

晚上，他被密密麻麻的鞭炮声吵醒，看见映入玻璃窗的火树银花，感受到了房间春天一般的温度，客厅里已经上了桌的饭菜冒着升腾的热气，扑鼻的菜香弥漫开来，这是他未来温馨的家。而他想起那个遥远的、寒冷的家，想到此时火星正从炉中飞溅，一团白色蒸汽遮住了他娘那亲切的形象；而他爹依旧坐在昏暗的灯光下，吐纳着烟袋里的云雾，等待着积虑的心事如同烟云般浮起，淡淡地散去……

于是，他对着玻璃上的影子深情地呼唤："爹，娘，藕（我）想怀（回）去——"

可是冰冷的玻璃将他的声音挡回来，没有回音。这时，一个窈窕的身影如同一个新丽动人的故事，不知什么时候出现在玻璃的反光里，忧忧悒悒地望着他，大片的雨云飘落到他身上。

"小风，是爸妈对不起你，不该把你放到乡下，让你受苦了。今晚是除夕，你一天都没吃东西了！走，和爸妈一起吃年夜饭，从此我们一家团团圆圆，永不分离……"他妈对着他抽泣道。

小天风惊讶地望着妈妈眼中的泪水，那是他第一次见到妈妈为他哭。那泪水与他多么亲近，一定是与他有着相同的源头，不然为何妈妈一哭就能牵动他的泪腺，令他也情不自禁地流泪。

于是，小天风一言不发地帮妈妈抹掉眼泪，然后和她一起来到客厅。

客厅里灯光明亮，电视机里正放着热烈的春节晚会，窗外不时地传来噼里啪啦的鞭炮声，绚丽的烟花提前把春天透过窗户投射在客厅的墙上和天花板上，整个房间洋溢着浓浓的春节气氛。

小天风静静地坐下来，像个新客般低着头吃了几口菜。他望了一眼那碗炒红薯叶，那通常是乡下用来喂猪的。他突然就明白乡下小孩传诵的那首童谣"街巴佬，吃猪草，吃不饱，往乡下跑……"的真实含义。

当妈妈给他舀汤时，他看见鸡汤里那个翻着白眼的鸡头，然后不自觉地望了一眼厨房，之前放在厨房门口的那只鸡已不见了。他这才明白那只从乡下和他一起带过来的大母鸡，就像无法逃脱的、相同的厄运，只和他对望了最后一眼，竟然就被杀掉，从此泡在热汤里睡觉。

于是，吃着，吃着，他突然停下了筷子，眼泪吧嗒吧嗒地掉进了饭碗里。

"你刚才跟他说了些什么，怎么他又哭了？"他爸一脸疑惑地望着他妈。

"我只跟他说了些动情的话，也许他是太感动了吧！"他妈也一脸懵懂。

小天风赶紧推开椅子，回到房间，为母鸡悲惨的命运号啕大哭了一晚。

过年的这一段日子，他每天哭得累了才睡去，他不知自己怎么这般不争气，成了一个爱哭的小孩，甚至忘记了秀明哥曾经教诲他的那句：做个阳刚的小汉子，不许哭！他想说，他从没哭过，只是当真实的情感蓄满了的时候，就禁不住哗哗外流。

44. 雪花会带他回到故乡

这天下午，他醒来，家里安安静静的，没有一个人。他去开客厅门，但是门被反锁了。这难不倒他，他打开阳台门看了看，然后搬来一把椅子，踩着椅子爬上栏杆，勇敢地跳了下去，一直走出了院子。

秀明哥说，每一个人小时候都梦想像一朵蒲公英那样随风漂泊，四处流浪；每一个流浪的人都想有一个家；每一个成家的人都想要有一个小孩；每一个小孩都向往着流浪……

他看见街上车水马龙，川流不息，那些琳琅满目的商铺和艳俗的广告仿佛让他看到金钱正在吞噬城里人的心灵；道路两旁吆喝的叫卖声，汽车的喇叭声和自行车清脆的丁零声交织在一起，这嘈杂的城市交响，对于他来说怎么都是冷冷清清；此时他还在人影憧憧的白色枝条上努力辨认着那朵亲近的笑靥如花，而一切有关秀明哥的记忆都在迷离的尾气中蒸发去……

当他走到一片小区，用一双新奇的眼睛望着那些鸽子笼一般的楼房，那错落有致的街道，街心静养的喷泉和那精心修整过的花园。

"在没有烟囱和稻田的地方，住着的都是一群吸血鬼。"他想起他爹曾经恨恨说过的这句话，感到有些后怕。而阴沉的天空又开始飘起还没下完的雪，他就像一片无家可归的雪花一样，彷徨着不知去向哪里，只有往回走。

此时就连他自己都感到困惑：这个世界到底是因为亲情，还是因为一个称谓捆绑在一起？尽管他叫他们爸妈，却对他们没有丝毫感情。

当他深一脚浅一脚回到家里，敲开家门，默不作声地走了进去，完全掠过爸妈脸上的惊喜。

"你看，他就是和城里的小孩不一样，他多么独立！就像农村放养的鸡一样，知道自己出去，自己回来！"他爸一脸献媚地望着他说。

他懒得理会，径直走进自己的房间，知道没有人敢骂他。

到了吃饭的时间，他爸一把把他抱到那张象征最高权位的餐椅上，他妈则拼命地往他碗里夹菜。

"小风子乖乖，告诉爸，你今天去了哪里？"他爸低着头，轻言细语地百般讨好他，生怕伤到他那颗柔弱的心。

小天风不愿作答，只顾吃着碗里的饭菜。

"小风，有些事妈必须告诉你真相，省得你总以为你是你大伯和伯妈带大的，爸妈这几年没管你！其实你用不着多感激你大伯和伯妈，你在乡下的每一年我们都有给他们钱，那可是我们几个月的工资！"妈妈想用这句话来令小天风移情别恋，将感情重新转回他们身上。

"你别总跟孩子说这些，难道我大哥亏待了他半点？"他爸一脸尴尬地反驳道。

"本来就是，他们给小风吃的无非是自己地里种的东西！你看，除了我们从城里带去的，他们从没给小风添过一件新衣！真是只进不出的皮箕箦！"他妈一脸鄙夷地说完，小天风看看自己的衣服，这才明白为什么乡下的小孩总叫他街巴佬。

"你少说这些行吗？要不是把他放到乡下，现在是死是活都还不知道呢！"他爸抱怨着说完，又显得一脸为难的样子，"还有，有些话不知该怎么跟你说……"

"有什么好说的！"他妈交叉着双臂，如同三叉戟一般气咻咻地说道。

"你别以为我大哥很贪财似的，其实他只是很节俭很节俭而已。记得我还在乡下上小学的时候，我家在乡里还算富裕的。自我娘去世后，我爹因为伤心加痛风，开始染上了抽大烟的陋习，后来又找了一个不会持家的婆娘，家道便开始中落了。那时我大哥唯有一个人默默承担起整个家庭，还要供两个弟妹读书：白天教书，晚上做木工，闲时还帮人家看风水，取名，选良时吉日，写字，等等。总之，能赚的都拼着命去赚，能省的都克着命去省。从此勤劳便成了他的多动症，用钱便成了他的冠心病……"

"他有多动症和冠心病吗？"他妈打断了他爸的话。

"没有，但可以把勤劳节俭当作是他的症结，这样去理解一个病人……"

"除了你之外，中国人有几个不勤劳节俭的？我只是就事论事，拜托你不要把这些混为一谈！"他妈再次打断他爸，"总之，小风不欠他们的，他们对小风的付出我们都有付钱给他们！"

他妈理直气壮地说完，一把抱过小天风，就像生怕被人夺走似的。

"且听我说完——"他爸急忙举起手，却犹犹豫豫了老半天，最后才鼓足勇气说完，"其实，其实这次去乡下接风子，大哥把我叫到一边跟我说，见我俩结婚以来，有多少花多少，都没存下钱来，所以才替我们把那些钱都存了起来，等我们接回风子的时候再交给我们。因为风子就要上学了，到了要用钱的时候……"

他妈一下就怔住了，就像本以为这条路是通的，却撞到了落地玻璃，被玻璃反弹了回去，此时正站在徘徊的十字路口，百感交集……

小天风赶紧从她手中挣脱，跑回自己的房间关上门，仍能听见客厅争吵的声音：

"钱全都交给你了吗？"

"交给我了，安安全全，在我的口袋，口袋在我的大衣，大衣在我们的衣柜，衣柜在我们的房间里。"

"你就好意思全部都拿回，让我们欠下一个天大的人情？"

"他说，等风子长大了，让他来还这个人情——"

"那你为什么直到现在才说出来？"

"嘻嘻，还不是根据剧情需要，随时给你一个意外的惊喜！"

"好一个意外的惊喜！任飞扬啊任飞扬，每当你突然变得油嘴滑舌的时候，就是你故伎重演的时候！要不是这次当着你说你大哥坏话，就无法再次拆穿你的西洋镜！"

…………

小天风转过头去，看见窗外又飘起了雪花，耳畔仿佛又响起了他娘幸福的耳语。

他娘说，他爹是骆驼刺，只有骆驼能与他过。从未有人养过他，从来都是靠他自己，使得他如同铁蒺藜一般冥顽固执，只适合在荒凉和干旱的地方存活。尽管外人看上去是一片阴翳清凉，近距离却把人扎得遍体鳞伤，体无完肤——

于是，他爬到椅子上，抹开玻璃上的水汽，呆呆地凝望着窗外纷纷扬扬的大雪，仿佛已身临其境，进入雪花的境地。

雪花会带他回到故乡，从看不到尽头的天空飘落下来，穿过天井，与穿堂风一起绕过堂屋前残破的屏壁、门牖和花棂，飞入火房，与炉膛里的火星一起伴着他爹娘飞舞；雪花会带他去大云山遥远的原始丛林，在白雪皑皑的世界里，寻找那个温暖如初的身影……

45. 大山的灵魂

从那时起，小天风就像个恹恹的病人一样，每天无精打采的。他仿佛在梦魇中听到那两个人在商量，这些天就让他在院子里玩，等到开学的时候再送他上幼儿园……

于是，每天他都站在院子里，望着东方的几朵漂流的云，他知道白云下面才是生他养他的、遥不可及的故乡。有时云像他爹飘扬的须发，他爹那张看似严肃苛刻的脸上，眼睛却散发着暧昧的慈光；有时他爹呵呵一笑，气朗天清；有时深谋远虑，白云苍狗；有时高瞻远瞩，放眼烟云……

直到夕阳西下，秀明哥骑着马归来的那幅悲壮绝美的油画便又浮现在小天风的脑海里，仿佛是他一生的存照。

在这个充满回想的时刻，院子里跑来一班小孩围住他，热烈地跳着，唱着："乡巴佬，睡茅草，睡不着，往城里跑——"

他不知道这是欢迎的礼仪还是要赶他走，他不明白为何无论他走到哪里，他都不属于那里。想到秀明哥，想到爹娘，想到乡下的一树一木，一巷一井，他就有一种失去了故国的悲哀，不觉鼻子一酸，又掉下泪来。

每天妈妈都会给他夹很多菜，无微不至地照顾他，却令他像新客一般拘谨。

　　这里零食泛滥，但他仍记得秀明哥和照照姐给他零食时的那种珍贵。那些日子真的很美好，只要秀明哥在，无需鞭炮和张灯结彩，他仿佛每天都沉浸在节日的氛围里，忘了这个世界的一切忧愁。

　　有时秀明哥的声音在他的脑海里响起，就像是在一个空旷的大厅传播着，他的声音是极富磁性的，还带有回音：天风，听话，跟我回去，不回去就不要你了……

　　每当此时，小天风便眼泪扑簌，对着无人的房间用嘶哑的声音大声喊道：藕（我）听话，你毕奥（不要）丢下藕（我）！

　　小天风终于病了，他进入了病中的世界，感觉一个接一个的灵魂就像一朵接一朵的云一般向他无限飘近，要把他载走，压迫得他喘不过气来。他便在梦中大声哭喊着秀明哥的名字，那云还赶不走。

　　他大声哭喊着秀明哥的名字，却是他妈跑进来，为他轻轻拭去眼角的泪，喂他喝又甜又苦的药汤。

　　当他妈把脸贴在他额头上，为他测试温度时，他任性地一把将她推开，拒绝任何陌生人与他亲昵，然后又昏了过去……

　　那一段时间，他只能感觉到车窗外霓虹的飞逝，医院里人影的闪动和爸妈关切的耳语，他感觉自己就像已经死去，那都是天堂的影音。

　　"唉，这孩子整天不吃也不喝，怎么一到城里就带不活了——"迷迷糊糊中，他听见他妈的声音在一个梦的大厅像波浪一般来来回回，然后一个单薄的身影向他漂过来，像是之前他娘说是他外婆的那个，和蔼地对他笑了笑，然后说道：他的魂丢在乡下了，我带他去找回来……

　　逶迤的龙脊山，一季一个颜色：春天是青色，夏天是黄色，秋天是红色，冬天是白色。无论哪一个季节，都在天空之下明丽。

　　是秀明哥将他水的活力无限注入龙脊山体内，令它鳞身光鲜，重新复活。他就像是大山的灵魂，用他大自然工匠一般的大手笔将整个村子建设得如同人间的天堂，殷实富足，欣欣向荣。

　　这一年，任秀明被追评为全国十大优秀青年，而任云铺被评为全国重点文物保护单位、中国历史文化名村和中国最美乡村，龙脊山被重新更名为龙山，以"云中铺子"为注册商标的土特产畅销海内外。旅游业给整个龙泽乡带来蓬勃的生机和源源不断的收入，村民们从此走上了富裕的道路。正如他爹预言的那样：没多久，横行乡里多年的彦少华团伙以及他背后的保护伞全都被绳之以法了。在召开宣判大会的那天，王大富果然回来了，拿回了他的饲料厂，并用彦少华退赔的钱还清了所有的债务，在乡亲们联名求情下，最后只判了缓刑。小天风看见秀明哥过去的笑容洋溢在每一个村民的脸上，在梦想的浮光中得以复活——

在以"任秀明"命名的博物馆里，小天风透过昏黄的光线，看见了那把古老的明月刀和那两本沧桑的古书。所有的传说都已公布于众，唯有那个龙洞，为了不打扰祖宗休息，成为不能公开的秘密。而秀明哥与月见姑娘之间的爱情为这部古老的天书又增加了动情而辉煌的一页，从此被缭绕的光封存起来，安安静静地躺在现代文明的橱窗里，如同一块沉睡的琥珀……

在开满燕子花的草坂，小天风又看见那个鲜明的灵魂戴着牛仔草帽，骑着骏马，向着他深爱的土地深情地一瞥，然后勒过马去。他那无拘无束的灵魂，在原野奔腾，在天空翱翔，在水底悠游，在明晃晃的阳光下突然消失……

第二章
Chapter 2

孔雀公主

1. 灵魂摆渡人

回任云铺的长途汽车上，小天风一言不发地望着窗外不断位移的风景。

过去的很多事物，譬如秀明哥，譬如月见姐姐婀娜的姿影，照照姐的一颦一笑都映现在玻璃的反光中。在这光阴的惝恍中，他似乎成长了许多。过去的欢笑与悲伤，如同丛林的光亮与暗影，牵引着他回到任云铺，寻寻觅觅，寻找他原来的世界。

外婆坐在他身旁就像一位灵魂摆渡人那般平静，熹微的眼神泛着慈爱之光，满头银发如同秋霜覆盖着一片沧桑的树林，有时从她身上散发出檀木一般古朴庄重的皂香，仿佛是年代久远的味道。

在向往与怀念之中颠簸了一个多时辰，当汽车最后到站，小天风重新踏上这片苍茫的大地，如同犀牛回到了心驰神往的原野，不禁心旷神怡地长舒了一口气。漫山遍野的油菜花全开了，就像是为了迎接他的归来；修葺一新的任云铺，崭新的面貌令他对家乡的热爱愈加明丽具体。他兴奋得像只雀鸟一般一路飞奔着在外婆前面领路，几个月以来的思乡病一下就像完全好了。

走进那个熟悉的院子，当正在整理一堆松枝的伯妈出现在他眼前，小天风便情不自禁地叫了一声"娘——"，然后像投林的倦鸟一般飞奔到她怀里，失声恸哭起来，仿佛为了等待这一刻受了莫大的委屈。

伯妈抱着他的手微微颤抖了一下，仿佛是为了最后确认他的真实，过了一会儿才将他抱紧，轻轻拍着他的背，抚慰着他那受伤的心灵。在她怀里，所有天使的悲伤都得到了慰藉。

"去看看你爹吧，他整天惦记着你，说你将来会是一个很有出息的人——"伯妈用衣袖轻轻为小天风拭去眼泪，将他推送到门口。小天风便埋着头，闷声不响地跑去看他"爹"，到了门口却又踌躇着不敢进去。

"几个月没见风崽崽，又长高了一些，来，过来——"大伯半躺在床上呵呵地对他笑着，放下手中的烟斗从床头柜里拿出一堆乡村零食来亲昵地召唤他过去。外婆笑着与他大伯说起一些小天风在城里的事情，说他一直都不肯认他亲生爸妈，整天哭着要回乡下，小天风赶紧抓了一把零食羞涩地跑了出去。

他踌躇着来到照照姐家门口，正如照照姐曾经希望的那样，她家已改成了一家民宿，看来她也算梦想成真。正在擦桌子的照照姐的舅母见了小天风便热情地召唤他进屋，拿了一个大苹果给他吃。

"你今天才来的吗？还回城里不？还是乡下好吧？我看你就不用回去了——"她舅母望着小天风的眼睛眯成了一条缝，笑容就像秋菊一般灿烂，见他一声不吭地四处张望，便告诉他，照照姐过完年便去京城打工去了。

小天风有些失落地走出来，沿路见到不少村民，每一个都笑靥如花地与他打招呼，那质朴纯良的笑容就像梦里的花朵一般，缤纷而又清澈，清晰地提醒他已经回到了原来的世界。只是不再有人提起秀明哥，此时的秀明哥就像一朵被尘埃掩埋了的花，未免令小天风有些伤心。

那些天，大伯和伯妈每天都用平常最好的饭菜来招待他和外婆，用这种溢于言表的热情轻而易举地夺去了他从此做主人的权利。小天风那颗敏感的心总能在风中捕捉到空气中的每一个纤微，他能感到自从去了城里，爹娘对他也不再像以往那么亲近，甚至当他亲昵地叫他们爹娘的时候，他们的反应也不再像以往那般自然。失去了秀明哥的伤痛已永恒地凝固在他们脸上，他们的笑容也渐渐由立体变得平面，渐渐远去……

白天，伯妈还是像往常那样忙着家务，大伯整天闷在屋子里，烟雾才是他的幻境。被授予"历史文化名村"称号的任云铺的天空愈加明艳，但没有了秀明哥和照照姐，就像回归了生活的本质，从此安安静静，不再有梦的纷纭。

小天风总是一个人站在高天之下发呆，有时眺望公路，有时望着云，秀明哥就像一阵狂风卷走了整个世界，没有了秀明哥，哪里都是空荡荡的。

外婆总是一边在明亮的阳光底下看书，一边透过老花镜斜看一眼小天风，她平静时都像是在微笑，总是令小天风灵魂无比安定。

只有到了晚上，外婆才会把摇椅搬到院子里，对着星空，让小天风坐在她腿上听她讲故事。摇着摇着，突然一下就升上了星空。外婆成了月亮婆婆，星子在他们周围闪烁着光芒，那棵古老的梧桐树上也挂满了亮晶晶的礼物，整个世界都充满了神奇与光亮。每晚他都望着璀璨的星空，将星星收藏在他的眼睛里。

有一天他听完嫦娥奔月和吴刚伐桂的故事，便望着月亮痴痴地想，此时秀明哥和月见姐姐会不会也在月亮上，每当他仰望月亮的时候，他们也这样看着他。于是他便大声对着星空呼唤他们的名字，直到天亮时他才从睡梦中醒来，眼角还遗留着钻石一般晶莹的泪……

这天农历三月三，也是小天风的生日，伯妈一大早就扯了一大把地米菜，煮了一锅鸡蛋为他庆生。而他大伯从早上起便一直坐在院子里一边抽着烟斗一边眼巴巴地望着公路。小天风记得有人说过秀明哥是九月九离去的，三月三一定会回来。尽管只是迷信，但这个预言仍像神话故事般给这片灰蒙的大地带来一线光亮。

小天风以为那是一个非同寻常的日子，却只是白日显得有些漫长而已。

直到天色昏暗，大伯才深重地叹了一口气，回到暗淡的屋子里。晚饭过后，大伯召唤小天风过去，然后格外深情地一把将他抱在怀里，意味深长地对他说："风崽崽，其实我们是想多留你住些时日的，只是你到了这个年龄，必须要接受城里的教育了。过去因为家里太穷，所以只把你爸送出去读书了，他要是也留在乡下，到老了也就像我这般终日蹉跎，万事皆空——"

说完，他深重地叹了一口气，他的眼神因过多瞭望而涣散无光，他的声音因过度伤心而低沉消极……

小天风从他腿上跳下来，他终于明白照照姐为何要离开此地，这里冻结着她的伤心。秀明哥就像一场梦醒的大雨，只要停留此地，无人能逃得过这种伤心。任云铺的游客一天比一天多了起来，而每一个深爱秀明哥的人都唯愿逃离此地。这是他能预想的结局。

2. 从天空回到城里

周末，他爸开车来接他，上车之前小天风最后深情地回望了一眼养过他的大伯、伯妈和这片深爱的土地。大伯和伯妈站在门口向他挥手告别，那被悲伤扶持起来的勉强笑容，如同稀泥巴涂在灰墙上，而眼神里却有着风雨不改的坚定。透过这眼神，小天风看到的是前生缘分的终结。这是最后一次小天风为他们流泪。这一次，他带着他的灵魂上了车。

汽车略显沉重地沿着山明水秀、柳暗花明的乡间公路驶向城里。刘云婵把小天风紧紧搂在怀里，如同搂着她的全部身心。小天风神情迷惘地靠在她怀里，像是默领了这个亲切而又陌生的美丽投靠。而坐在他另一旁的外婆靠向车窗，似乎是刻意疏远，要将小天风推向爱的彼岸。

他像是从天空回到城里，低落得就像片雨云，总是低头不说话，妈妈便试着用童话故事来叩开他的心门。那时刘云婵身上还有着公主般的任性和娇气，最喜欢跟小天风讲关于王子与公主的童话故事，从《白雪公主》《灰姑娘》《睡美人》，到《海的女儿》和《豌豆公主》等等，仿佛那些都是她过去的爱情憧憬。

当小天风开始沉迷于王子与公主的世界，不再为人间的事而烦扰时，外婆便从他的世界撤走了她的风帆，悄悄回了乡下。灵魂摆渡人终于把小天风送上了岸。

这天晚上，刘云婵正在给小天风讲故事，才说了一半，小天风赶紧提醒她："麻麻（妈妈），银鱼公举（人鱼公主）你学（说）过了。"

刘云婵赶紧换了个故事。

"麻麻（妈妈），介个故系（这个故事）也学（说）过了。"小天风又说。

刘云婵搜肠刮肚想了半天，也想不出什么新故事来，正好任飞扬走过来，刘云婵便对他爸说："你也给小风讲个故事吧！"

任飞扬抓耳挠腮地想了半天，说了一个《青蛙王子》的故事。

说完后，小天风便问："那后来呢？"

"后来……"任飞扬灵机一动，说道，"后来，王子与公主结了婚，然后生下了你，便结束了他们之间的童话。我的小王子，早点睡吧，外婆回乡下了，以后白天没人陪你了。明天我带你去童话城堡，在那里你将会遇到你的公主，开始属于你自己的童话故事——"

说完，任飞扬便将小天风扛回了他的房间。

那晚，小天风躺在床上，因为父亲这段轻若云烟的话，感到周围星光熠熠，就好像自己已经成为了童话中的小王子。

3. 童话城堡

那时的任飞扬正好在厂里给厂长开车，第二天清早便开车把小天风送到了幼儿园。小天风一下车便看见眼前一座梦幻般的城堡在阳光底下闪闪发光。任飞扬领着他走进一道金色的大门，走向这座城堡的一间房子，门神中的"哼哈二将"已等着他了：身形高大的那个是班主任郑老师，鼻子有些扁平，脸和身材都像馒头一般宽厚。当她站在小朋友面前，就像一道南天门，脸上始终挂着天神的愤怒，那张并不和蔼的脸，即使笑起来也会显得做作。个子比较矮小的那个是保育员方老师，样子比较和蔼可亲，那五官堆砌在一起就像一个"笑"字，圆圆的身子，圆圆的脸，圆圆的鼻子，外圆包着内圆，全身上下就像是用包子堆砌起来的，白大褂下面就像一个帐篷撑起来的肉铺。

小天风一走进教室便傻了眼，这里似乎正在举行一场哭鼻子比赛，十多个小孩正在这座"哭儿所"里哭得飞沙走石，昏天黑地，有的吵着要回家，有的吵着要妈妈；其他几个没哭的，也生无可恋般坐在那里发怔。这里难道有这么恐怖吗？

小天风正思忖着，回过头来，任飞扬就不见了踪影。这是小天风最讨厌的感觉，就像自己被人卖掉了一样。

郑老师将小天风领到靠门的第一个座位上。他坐下来，好奇地四处观望，感觉这里就像一座眺望台，风景独好，可以同时看见里面和外面的世界。

这是一个陌生的新世界，却完全违背了小天风对童话的最初想象。当看熟了这两位穿白大褂的老师以后，更觉得她们像两位面点师傅，有她们在，这里更像一家包子铺。其他小朋友也一个个长得奇形怪状，线条抽象，有的像包子馒头，有的像油条烧饼，这种景象只在某部特异的卡通片里见过，哪有什么童话里美丽绝伦的公主！

此时，方老师正竭力哄着的一个小孩，他的五官就像包子那样挤在一起，红肿的双眼哭得就像两道饺子边，哭出的鼻涕吹成了一个气泡，他一边哭一边不停地号啕着："我要爸爸，我要爸爸——"

"不哭不哭，你爸下班了就来接你。"方老师一直在很专业地哄着他。

"不，我要去接爸爸下班。"那个小孩倔强地要绕过方老师往外跑，却被方老师那圆滚滚的身子挡了回来。

小天风望着这个小孩，感觉有些眼熟，应该是在他家厂矿大院见过，他总是对特别丑或者特别美的印记尤深，而望着这个小孩就好像找到了一种同是天涯沦落人的感觉。

待教室里哭声小一些的时候，高墙外便传来渐行渐远的小贩的叫卖声：化（发）糕啊，化（发）糕，卖化（发）糕啊……

对于小天风来说，这已是不可能重获的自由和即将到来的暮鼓晨钟的生活……

当所有人都坐齐后，郑老师便一边拍着手提示大家安静，一边说道："上个月你们两家化工厂合并，搬来了不少外地的家属，经过你们厂领导特别申请，我们幼儿园特意为你们厂加办了一个小班。既然你们来自同一个厂矿，以后你们更应该互助友爱……"

她话还没说完，下面又是哭声一片。

整个上午，剩下那几个没哭的小孩就这样一直干瞪眼看着两位老师忙个不停地去安慰那一群好哭的天使。

临近中午的时候，好不容易哭声才停止下来，只见一位健壮如牛、口里衔着两根狗尾巴草的男孩调皮地跳到椅子上，仿佛天生的领袖那般大喊一句："你们爸妈都不要你们了，哈哈哈！"

他一说完，这里又成了一片哭的汪洋，两位老师又手忙脚乱了半天。五大三粗的郑老师走到他面前，没好气地问他："你叫什么名字？"

"牛，牛——"这位大号儿童突然转过脸来，只见他用那两根狗尾巴草的秆将眼皮撑得外翻，左右两边还吊着两根长长的尾巴，活像大尾巴狼那样吓人，把一直没哭的小孩都吓哭了。

"牛牛，我警告你，你以后要再这样牛里牛气，我就把你关进牛棚去！"看来，这郑老师一点都不惧怕牛鬼蛇神，上前一把便扯掉那两根狗尾巴草，然后扯着牛牛的耳朵左摇右晃，痛得他龇牙咧嘴地乱叫。

接下来牛牛果然老实多了，其他人都在想牛棚是个什么可怕的东西，也吓得个个都不敢出声了。

午饭时，小天风从背包里拿出了妈妈特意为他准备的蛋饺，那位爱哭的"鼻涕虫"停止了哭泣，主动来到小天风跟前，端望他半天，然后问道："我好像在院子里见过你？"

小天风微微点了点头，这才看清他没哭的样子，总觉得上天对这位"哭将"不太友好，只是用粗陋的几笔便将他的五官在一堆橡皮泥上刻画了出来。

"那我可以和你做朋友吗？"只见他那条挂着的长鼻涕就像引蛇出洞一般几进几出，总是令小天风深为担忧，小天风便不置可否地点了点头。

"我叫小强。"小强很大方地向他伸出友好的手。

"藕（我）叫银（任）天风。"小天风也勉强伸出手来。

就在此时，眼看小强挂着的那一条鼻涕就要滴在他的新衣服上。在这千钧一发之时，就在小天风为他感到万分惊恐，正要收回那只被他握着的手之时，妈呀，小强竟然伸出蜥蜴一般的舌头，以迅雷不及掩耳之势，喵呜一口把鼻涕卷进去吃掉了！然后小强明知故问地指着小天风的饭盒说："你这个盒子里装的是什么，看上去好好吃的样子。"

小天风大大方方地端起盒子，小强用手抓起一个便一口塞进了嘴里，美美地嚼着。小天风看见坐旁边一排的乔玉也痴痴地望着他，便给她也夹了一个。乔玉摇了摇头，眼神中却流露出无言的感激。

小强见乔玉不要，便又把双手捧着伸过来，小天风只好把那个蛋饺也放在了他手心，小强接过就跑开了。还没跑多远，牛牛便拦住他，神气地拍了拍他，摆明要吃定他的样子。小强稍稍犹豫了一下，便将那个蛋饺双手呈献给了牛牛。

这一切都落入小天风眼里，他皱了皱眉，继续埋头吃饭，却对未来又有了新的忧虑。

吃完饭，自由活动了一会，郑老师像召唤羊群一般把他们领到寝室午休。这里并排摆着许多木架床，一眼望上去就像一个儿童仓库。

中班大班的小朋友都很自觉地就寝了，小班的小朋友看到老师们要拉他们睡午觉，仿佛那床就是绞刑架断头台，又开始号啕大哭，死活不依，搞得其他班的老师都跑来协助。一位老师架起了两个摇篮，一只手摇一个，像炸爆米花一般流水线作业，将哭闹的孩子摇晕后抱到床上又换下一个。

小天风没有睡午觉的习惯，便躺在床上用他那双清澈的眼睛观望着这个无奈的世界。这白色的墙壁、白色的床单，没有星星和月亮，带给人想象的空白，仿佛上到了天堂，就连梦也被刷得雪白……

见郑老师走开了，才被方老师批评过袜子太臭的牛牛突然弹了起来，把周围搜索了一圈，像是在寻找着某一个特定的目标。看见睡得死熟的小强，他便得意地笑了笑，然后蹑手蹑脚地起身，提着一只臭袜子放在小强的小塌鼻子前钓小猫一般"勾引"他，不停地捂嘴偷笑。

也许是之前哭得太累了，正在酣睡的小强嗅到臭袜子就像品到了极品臭豆腐那般，嘴巴还咂了两下，脸上露出甜美的微笑。

也许小强就像一个粗糙简陋的娃娃，适合粗暴地玩耍，令牛牛乐在其中。牛牛见他没醒，干脆把光脚丫子伸到了他面前，肆意踩蹦他的脸，终于把小强弄醒了。小强突然弹了起来，坐在梦与醒的边缘，傻傻地望着牛牛这头白眼狼，似乎不相信这就是那个蛋饺换来的回报，一下便把他对整个世界的绝望都哭了出来……

"哈哈哈！！！"见两位老师向他走来，牛牛赶紧大笑着回到了床上。

待寝室趋向于寂静无声的时候，这里就变成了一座白日梦的孵化所。小天风呼吸着空气中被洗衣粉漂白了的陌生味道，看来这里不是他梦想的童话城堡，没有他想见的公主，没有他期待的光亮和羽毛，他突然有一种想逃离的感觉。

此时，高墙外卖发糕的叫卖声又由远至近，如同黑白无常般将他的灵魂唤走……

漫长的午睡蹉跎时光过后，方老师给每人发了一个小碗，舀了一勺自制凉粉。小天风望了一眼盛凉粉的道具，竟然是一个大铁桶，让他联想到乡下喂猪的工具，心里便瓦凉瓦凉的。

一些家长提前来接自己的孩子，郑老师便把他们送出去了。恋家的小强端着凉粉，失神地望着他们远去的背影，鼻涕都掉进了碗里，正当他舀起一勺要喝，小天风心里还没来得及说一声"不要啊"，在一旁觊觎已久的牛牛便一把抢过，端起一口喝掉。

"哈哈哈，好喝！"

望见牛牛那得意洋洋的样子，好不容易止住哭泣的小强又开始哇哇大哭。小天风便停住，看着只吃了一半的凉粉，又眼巴巴地望了小强一眼，他想把自己的凉粉端给小强，思忖了半天又觉得怪难为情的。

方老师只是上前象征性地拍了牛牛几下屁股，尖厉地训斥了他一句："牛牛，你不许抢别人的东西吃！"

牛牛舔了一下甜蜜的嘴唇，对她展示了一个坏笑。他不怕方老师，他就像狼一样能嗅到每个人身上的气味。

下午，当他爸来接小天风，他就像告别了一种乱象的旅游，竟然第一次有了归家心切的感觉。而从这以后，这部不爱说话的"机器"一直在眉头不展地苦苦思索着，像是在寻找着一个冲破樊笼的契机……

4. 逃学的天空

第二天一早，任飞扬又开车把小天风送到幼儿园，只是偷了一个懒，没把他送进大门，而是坐在车里眼看着小天风走到幼儿园门口便开车跑了，却被小天风发现一个漏洞——原来幼儿园门口有两棵大树，快到大门口时身子一闪便可以躲到树后面，只要等汽车马达声远去之后再偷偷溜出来，整个世界就成了他的天下。

逃离了那座恐怖的白色城堡，他走过规则整齐的街道，又穿过抒发民风的小巷，一路像个弹簧一般快乐地弹跳着。他看见居民在阳台上拍打被子，鸽子在上空盘旋，灰尘在阳光中热烈地升空。这些都是他在乡间从没见过的景象，是另一种奇遇。他就像从另一个世界穿越而来，他眼中的神奇，他初生的生命仿佛是依赖外部世界的新鲜感知而鲜明地活着，而他最大的快乐是他的脚步可以完全由他做主，只有他一个人的时候他感觉这才是他自己，像个真正的王子穿行在自己的王国。他尽量只朝一个方向走，为了不迷路，为了找到世界的尽头。

终于，他来到了湖畔，找到了属于他辽阔的疆域。风翻动着原野这油绿的鬃毛，此时他就像一匹脱缰的野马，在这广袤的自由王国无拘无束地驰骋着，沿着湖滩一直跑到了码头。

他看到轮船在这里启航，人们在这里依依作别。当汽笛一声鸣响，惊飞的湖鸥就像大地写给天空的信，纷纷投向远空。当天际风起云涌，小天风仿佛在远空又看到秀明哥骑着无拘无束的马儿，天马行空的形象。秀明哥曾说过他有一天会载着星辰，驶向大海，完成他一生的梦想。或许此刻，他正载着他心爱的月见姑娘在天边远航……

于是，小天风一直站在码头，望尽千帆远影，任湖风吹着他细柔的头发和苍漠的眼睛。此生他都将沉迷于漂泊之中，无以言说。

这时，他突然看到地上有一张花花绿绿的纸片在风中翻动着，捡起来一看竟然是十元钱。那时的小天风虽不知道金钱万能，但也已知道这张神奇的纸片能换来许多他想要的东西。他捡起来左顾右盼，顺着湖风吹来甜香气的方向，看到不远处有一个顶糕摊，从打开着的抽屉格子里陆续吹出一元两元的钞票来。而那位卖顶糕的老者只顾着一边愉快地哼唱一边做顶糕，完全没有觉察到。

他赶紧屁颠屁颠地把被风吹得到处都是的钱捡起来，然后递给那位卖顶糕的老者。

那位老者低下头来望着他，和善地笑着问道："一元钱五个，你要买多少个？"

小天风摇摇头，指着他敞开的抽屉说："介系（这是）风吹出来滴（的）。"

老者接过钱后，又笑呵呵地问他："你一定肚子饿了吧？"

小天风望着白花花的顶糕，不觉咽了一口口水。此时已近中午，小天风确实感到肚子饿了。当老者递给他一个热气腾腾的顶糕，看着老汉慈眉善目的样子，他没有拒绝。

老者便继续做顶糕给他吃，做一个他吃一个，一连吃了十几个。当小天风吃饱后，老者再给他顶糕，他便不停地摇头，只是一脸感激地望着这位老人。他的鹤发童颜，仙风道骨，他的快乐逍遥，仙乐飘飘，他长长的须发在风中飘逸的样子，活像一位老神仙。

小天风出神地望了他半天，那老者又乐呵呵地问他："你怎么一个人？你父母呢？"

小天风一言不发，那时的他还没有和陌生人说话的习惯。

"你叫什么？你多大了？你一个小孩子在外面跑不怕被人拐走吗？"老者又问他一堆诸如此类的问题，他都一一不作答，只是迷惘地望着老者。

"其实你不说，我也全都知道。"老者摸了摸长长的胡须，仿佛对小天风的一切早已心知肚明，最后又低下头来问他，"我再问你最后一个问题：你长大了想做什么？"

小天风仍是一脸惊诧地望着他，摇了摇头。

"我知道你现在还没想好，以后你想好了我也会知道的。你的一切梦想都会美梦成真的，因为你是一个纯洁善良的小孩。只是每个人在梦想实现之前，上天都会让他吃很多苦头——"老者意味深长地说着，见小天风一直盯着架子上插着的一架纸风车发呆，便笑呵呵地把它取下，递给了他。

小天风接过风车，迅速地跑开了。但从那以后，只要是看见顶糕摊，他的心里就暖乎乎的，永远对顶糕摊怀着一种异样的感情。

这个下午，小天风兴奋地举着纸风车像风一般穿过大街小巷，他的心里畅快极了。直到太阳快落山的时候，小天风才回到幼儿园门口，站在一块绿地旁守候着，一直等到他爸来接他，才迎了上去。

任飞扬见到他便吃惊地问道："你怎么自己跑出来了？"

他爸可以体会到小天风归家心切的心情，却不由得为幼儿园管理的松懈皱了皱眉头。

小天风什么也不说，任飞扬也不再多问，大家都图个方便。他爸向来是一个省事的人。

那天晚上，小天风做了一个梦，梦见自己乱跑迷了路。直到天色暗黑，他来到一座被月光照得发白的石板桥边。在星光下，他已完全迷乱了，不知自己从哪里来，又去向何方。他站在桥边迷惑地四处张望，他回忆中的世界已经完全走了样。

就在这时，一阵和谐悦耳的蹄声由远至近。那声音悠远而空旷，就像是从古代传来的，落在石板上，还有着复古的回音。

小天风转过身来看，却是一头驴子驮着一位老人悠然而来。那老人倒骑在驴子上，一副逍遥自在、快乐似神仙的样子。小天风惊异地望着他，头像向日葵一般跟着他转向，甚至走过了仍回过头去张望。

借着皎洁的星光，小天风终于看清了他慈祥的面目，看到他手里还拿着一个像是做顶糕的竹筒，这不正是那位卖顶糕的老者吗？这位老者笑笑，那头驴子竟然倒着走回小天风跟前。老者将小天风抱上驴子，两人一路晃悠悠地走过桥，穿过一片紫竹林，在一座古色古香的屋子前停下。

小天风抬头一看，只见门庭的牌匾上写着"仙塾"两个大字。他认识这两个字，却搞不懂这两个字的意思，只看到一层乳白色的雾岚在这片紫竹林和这座屋子周围氤氲着，那油油的竹叶和竹节在月光的照耀下发出绿色和紫黑的光，远远看上去就像一团紫绿色的星云。这场景像极了人间仙境。

老者把小天风放下，领着他走进仙塾，来到一张案桌前，然后径直走到讲台的案桌前坐下。小天风四处张望，看见身旁有十多个古代书生打扮的人全都盘腿端坐着，身前的案桌上都放着一本书。每个人都闭着眼睛像是睡着了，手却都放在书上，不知是在睡觉还是在读书。小天风看了看，这才惊奇地发现自己也换上了古代书生一般的服装，头顶还有一个发髻，案桌上也放着一本书。

此时没有任何人理会他，他只好也学着其他人的模样席地而坐，把手平放在书上，然后闭上眼睛。

当老者开始闭目的时候，小天风一会儿便觉得睡意沉沉，云蒸雾飞，他一会腾云驾雾，一会在云里雾里翻跟斗，虽是睡着了，心里却像月光一般光亮明晰。

梦醒之后，夜空的云全散了，他似乎明白了所有的星光，所有的星光也似乎明白了他，他的心中就像夜空一般晴朗，然而却了无一物。

他不知这样的梦到底给他带来什么启示，只是醒来后还在依依不舍地留恋这样的幻境……

第二天，他照常逃学，但到了码头，却没见到那位卖顶糕的老人，这让他感到有些失落。不过他却又接触到更多的新鲜事物，遇见了船员、工人、小贩等形形色色的角色。

于是，那些天人们总能看到一个流浪的小孩，他的身影出现在码头、车站、工厂，出现在城市任意一个地方。没有人知道他从哪里来，又去向何方。他总是被人关注，又被人忽略。

这天，小天风因为太留恋云光水影，一直在湖边等到夕阳西下，等秀明哥骑马归来的那个高大的身影渐渐覆盖他的心灵，吞没了整个天与地才想到回去。

任飞扬下午到幼儿园接他时，郑老师告诉他：你家任天风自从上了一天幼儿园之后一直没来过，几次打你的工作电话也没人接听，还以为你们一家人外出旅游去了呢。

任飞扬这才恍然大悟，上班时间司机班一般都外出跑车去了，电话无人接听是常有的事情。

他把附近找了个遍也没找见小天风的踪影，只得心急如焚地赶回家，果然遭到刘云婵一顿责骂：

"你是说你明明把他送到了幼儿园，却不知他怎么跑出来了？"

"真实情况就是这样，真是活见鬼了！难道这家伙会移形换影，乾坤大挪移？"任飞扬摸着头，一本正经地解释道。

"这么多年了，你的谎言还是这么天真，只可惜我已不再是纯情少女了！"刘云婵摇摇头，失望地说。

"我真的是亲自把风子送到了幼儿园，要怪只能怪门卫失职，竟然让他溜了！"任飞扬眨巴着眼睛说完，然后拍拍脑袋，"好吧，怪我，都怪我一时大意，没把他亲自交到老师手里——"

"你知道的，这些年若不是因为小风，我早就跟你离婚了。你要不能把小风找回，我看你也没必要回来了！"刘云婵心灰意冷地说完，扭头便冲进厨房关掉了正在热菜的煤气灶。

"可是，该找的地方我都找过了，看来只有报警了！"任飞扬摸摸后脑勺无奈地说完，正好听到有人敲门。

打开门，竟然是小天风若无其事地走了进来。

"你这个爱装老实的小滑头，你跑哪去了？"任飞扬火冒三丈，提起他，扒下裤子就是一顿猛打。小天风一声不吭，也不反抗，反倒令刘云婵心疼了。她上前一把拦住任飞扬，然后把小天风拉到一边问："小风，告诉妈妈，你爸每天有没有把你送进幼儿园？"

小天风抬起头来望了一眼他爸，一脸无辜地点了点头。

"那你是怎么逃跑的？"接下来，无论刘云婵怎么盘问，小天风都低头不语，只是用眼泪洗刷着自己。

"他流泪就代表认错了，你这样会把他逼疯的。不用再追究下去了，只要他以后乖乖的就好——"任飞扬上前摸了一把小天风的头，脸上露出欣慰的笑容。

刘云婵又瞟了一眼小天风那鼓鼓囊囊的小背包。打开一看，便当盒还在，水壶却不见了，还有陶瓷娃娃和一堆零食。

"水壶呢？"刘云婵问他。

小天风眼泪汪汪，自己都记不起水壶忘哪了。

刘云婵又问："这些陶瓷娃娃、零食是偷的，捡的，还是拿水壶换来的？"

都不是，陶瓷娃娃和糖果是小天风参观陶瓷厂和糖果厂的时候工人送给他的；零食是厂区门口荷花超市的老板娘送给他的；至于中餐，是路上一家蛋糕店请吃的。

"你信吗？反正我是信了！"听了小天风的解释，任飞扬用奇怪的眼神望了一眼他妈。

就在此时，又有人敲门，打开门，竟然是邻居端来一碗香气扑鼻的炖腊肉。

"刚才我家客厅门敞开着，你家小天风大概是闻到炖腊肉的香味了，所以站在门口巴望了几眼，那馋居的模样简直太招人喜爱了，哈哈！"

此时，小天风的解释更趋向合理了。

其实任飞扬不信，吃完晚饭便领着小天风来到荷花超市证实这件事。

老板娘摸了摸小天风细软的头发，羡慕地说："原来是你家小孩呀，他简直太招人喜欢了！你看他的眼睛就像露水一般清澈，一眼就能看明白他想什么。他就算不说话，只要望我一眼，我的灵魂便会被他甜蜜地驱使，他想要什么我就送他什么，能满足他仿佛是人间很快乐的一件事情……"

"那当然，他便是我生命的传承与延续，像极了我小时候！"听完老板娘对自己儿子的夸奖，任飞扬简直心花怒放，又接着说，"对了，你家超市叫荷花，而你也长得像一朵出水芙蓉，想必你的名字也一定跟荷花有关吧！"

"长得像出水芙蓉可不敢当，小女子姓何，名凝香。"何凝香温婉如花地说。

"何凝香，果然是人如其名啊，那以后我就叫你何香姑，我儿子就叫你姑姑吧！"任飞扬爽快地说。

"嗯。"何凝香礼貌地点了点头。

"并且，你长得像一个人——"任飞扬一边说一边像夜里挑灯看花那般细看着她，看得她都有点不好意思了，目光开始闪避，她那美丽的眼神落在哪里，哪里就是一片荷花般的温润清凉。

小天风莫名其妙地望着他爸，心想，不像一个人，难道像一只鬼？

"像谁？"何凝香忐忑不安地问道。

"我儿子他妈。"见何凝香顿时凝住，任飞扬赶紧又说，"怪不得你如此喜欢我儿子，这一切就像是上天的安排，让我俩在这里相遇——"

任飞扬说完，一抹红霞便如同火烧云那般飞上了何凝香粉红的面颊。此时，任飞扬又专注地望着她说："香姑，你相信缘分吗？缘分是那么一种奇妙的东西，人海茫茫，聚若浮萍，问世间情为何物，直教人生死相许……"

正巧这时一位现代版的长须美髯公搬了两箱货进来，不动声色地已走到了任飞扬的身后，咳了两声，任飞扬赶紧大声对小天风继续念道："天南地北双飞客，老翅几回寒暑。欢乐趣，离别苦，就中更有痴儿女。君应有语：渺万里层云，千山暮雪，只影向谁去……"

何凝香此时莞尔一笑，一脸柔媚地对那位"美髯公"说："相公，今天怎么这么早就回来了，没去茶楼和朋友喝茶？"

"今天我突然想到以后有时间应该多陪陪娘子——"说完，"美髯公"放下货物上前一把揽住了她。何凝香在他怀里如同一朵菡萏般娇羞地低下了头，她那古典的姿容仿佛能唤醒三生三世的记忆。

任飞扬望见他俩卿卿我我，融融泄泄，仿如一对古代神仙眷侣的样子，艳羡得咽了一口口水，便一路教训着小天风回家："叫你没事别乱跑，有空多在家学习，你看教你背过的诗就不记得了……"

当天晚上，刘云婵拖地时又从小天风床底下装玩具的纸盒里搜出一大堆他那些天"化缘"来的小玩具和小工艺品。

原来，他眼中渴望的东西便会立即借上帝之手到达他手里。这都归功于他那双令众生倾倒的眼睛，灵气逼人的眼睛，会说话的眼睛。他不爱说话，但他的木讷胜过一切言语。

望着他，刘云婵竟什么话都说不上来了。

"别以为你运气总那么好，遇见的都是好人。你要是再逃学，总有一天你会被人贩子捉走，关进黑屋子里，只给你喂有毛的桃子，吃了便全身长毛变成猴子，然后每天用皮鞭教训你，逼你为他赚钱！到那时，就算我见到你，都认不出你来了！"临睡前，刘云婵吓唬小天风道。尽管她说的版本与乡下伯妈说的血淋淋的版本不尽相同，但也异曲同工，令小天风从此总以为所有的猴子都是不听话的小孩变的。

"只要你以后不逃学，爸爸就带你去动物园玩，那里有各种各样的小动物……"任飞扬最后又愉悦地摸了一把他的头发，然后把一脸惶然的小天风领回房间。尽管儿子很调皮，很胆大包天，但毕竟还是能快乐地相处。

5. 美丽新世界

第二天，任飞扬把小天风送到幼儿园，突然想起什么，临走前交代了一句："今晚爸爸有重要的事，不能来接你，你能不能自己回家？"

小天风点了点头，任飞扬一脸犹疑地望了望他，又再三嘱咐他道："回家的路上不要理陌生人，要走人多的地方，注意交通安全……"

见小天风连连点头，任飞扬便放心地把他交到方老师手中，然后欢快地吹着口哨开车走了。

郑老师一看见肉团团的小天风走进来，便戏谑着说："看来我们班又来了一位新朋友！"

方老师笑着解释道："这个就是逃学了几天没来的任天风。"

郑老师饶有兴致地弯下铁塔般的身子来问他："你知道吗，在古时候做逃兵是要杀头的！你告诉我，我该怎么处罚你？"

小天风低下头，郑老师见他不说话，便眯着泡馍一般的眼睛望着他说："我也可以不处罚你，但你必须要告诉我，你是怎么逃跑的，这几天你去了哪里。"

小天风只顾低着头搓手，不知是不愿回答，还是不知该怎么回答。

望着小天风手足无措的样子，郑老师似乎失去了耐心，她一边摇晃小天风一边问道："你怎么不说话？是你太傻还是我长得太可怕？"

她每摇一下，小朋友们就笑一声，小天风的脸都红了。

就在这时，门口传来一阵就像是敲丁丁糖那样急促的脚步声，方老师此时像个雪球一般滚到门口，对着一个晃动的影子毕恭毕敬地叫了一声"园长"。

园长就像最厉害的怪物出场那样出现在门口，强大的气场带来了外面的滚滚热浪。

"郑老师，你不是一直想要个助教吗？你看，我帮你找来了，这可是一位新鲜出炉的大学生。来，小孔，你过来——"园长招呼着她身后的那个人，郑老师也探出长颈鹿一般的脖子望了那个人一眼，半天才反应过来。

"哦，欢迎！"郑老师礼节性地伸出手来带动所有人一起鼓掌，她的声音和动作总是没有维度，就像某些动画片里的人物一样。

当这位新老师走进来的时候，她的出现即时更新了整个世界，她的明艳照人为人世间带来了奇异的光亮。她就像一位童话中的林中仙子那般浪漫空灵，虚虚渺渺，她美丽的光辉把周围的一切都照得通彻透亮。她的出现令整个教室鸦雀无声，就连牛牛也张大嘴出神地望着她，就像误入了桃花源，奇丽的美好展现在他面前。

小天风也惊愕地望着她，此时的他就像一颗破土而出的种子，第一次感受到这个美丽新世界的光亮：周围鸟语花香，粉色的花瓣轻轻覆盖在泥土上。她进来时只与小天风对望了一眼，彼此仿佛穿越了三生三世的空旷，那眼神中的熟稔，就像来生已疏远，只有花瓣纷飞，落叶飘扬……

"小孔，这位是班主任郑老师，以后你就好好协助她吧！"园长的声音就像金属丝一般尖细，小天风注意到园长脚下踩着的那双高跟鞋出奇地大，整个身子靠两条狼一般的细腿支撑着，这给他带来童话的想象，感觉她那张倨傲的小脸也长得跟童话里的狼外婆一样。

孔老师向郑老师微微弯腰行了一个礼，而郑老师只是用粗大的鼻孔对着她，微微点了点头。

"行吧，那人就交给你了，我先走了！"园长说完，拖着高跟鞋就像踩着钉子那般小心地走了。

接下来，郑老师如常地开始讲课，新来的孔老师不知所措地站在方老师身旁，就像一具无知的雕像。

"前几天我教大家的拼音字母都记住了吗？"

"记住了——"下面异口同声地回答。

"来，我们一起背一遍，a，o，e，i，u，ü……"

…………

念着，念着，郑老师突然停了下来，鼻子像警犬一般在空气中嘶嘶地搜索着，似乎循着什么气味来到了小天风身旁。

小天风不由得紧张起来，此时每个人都闻到了一股新鲜的大便味，大家都大概明白发生了什么事。

郑老师围着小天风嗅了一圈，最后鼻子落在坐在小天风旁边的乔玉身上，然后问憋红了脸的乔玉："是不是你便便在裤子里了？"

大家都一脸鄙视地望着乔玉，这可是小朋友之间最丢脸的一件事了。而最令小天风感到没尽到地主之谊的是，美丽的孔老师第一天到来就碰到这么"屎尿未及"的事。

乔玉诚惶诚恐地望着郑老师，一副不知所措的样子。郑老师赶紧扒开她裤子看了看，然后恼怒地责备她："都跟你们说了，要便便的时候一定要跟老师汇报，你怎么可以自作主张拉到裤子里？"

乔玉就像听不懂那般，睁着黑豆般的眼睛望着她，什么也不作答。

"你叫什么名字，怎么跟你说话毫无反应？"郑老师摇着她的手臂，问了一遍又一遍，乔玉就像毫无知觉一般。

"又是一个木头人，这个班到底怎么了！"郑老师皱着眉头，不耐烦地说。

这一句话迅速把她和小天风归为同类，小天风望了一眼乔玉，竟然也产生了一种同病相怜的感觉。

方老师说："我记得这女孩叫乔玉，她进园的第一天我就感觉有些不正常，不会是有什么病吧？"

孔老师正要上前去帮乔玉换下纸尿裤，郑老师没好气地说道："让方老师换吧，这种事不用你来做！"

方老师抢过孔老师脱下的纸尿裤，郑老师又颇有经验地瞥了一眼，说道："这小孩要是正常的话，就不会四岁还穿着纸尿裤了。这做父母的也太缺德了，竟然想鱼目混珠，把这样的小孩送来我们园里！"

乔玉虽然听不懂她的话，却还是用黑豆般的眼睛偷偷瞟她一眼，一副心虚害怕、楚楚可怜的样子。

"可是如果所有的幼儿园都不收她，她不就被剥夺了受教育的权利吗？"孔老师在一旁轻轻插了一句，她说话就像清风一般轻盈，如春暖花开一般暖彻心扉。

"那你来教吧，每天管屎管尿就够你忙活的了！"资历颇深的郑老师瞪了孔老师一眼，孔老师便低头不语了。

"省里有专门招收残障儿童的幼儿园，放学时我问下她父母再说吧！"关键时刻，方老师为孔老师解围道。

中午吃饭的时候，方老师端来一整只炖鸡，那香喷喷的味道引得大家都流口水。

鸡是郑老师分的，大家眼睁睁地看着她把两只大鸡腿，一只分给了乔玉，一只分给了小天风。牛牛分到体积最大，却只粘着一些碎肉的鸡骨架。

小天风睁着神奇的大眼睛望着鸡腿，不敢吃。看来这郑老师是一个口是心非的人，谁也看不懂她发的是什么塔罗牌。

郑老师分完鸡就离开了教室，不服气的牛牛"黑旋风"一般上前抢过乔玉碗里的鸡腿就跑。

方老师赶紧追了上去，"牛牛，你怎么又抢别人的东西吃！"

牛牛马上把鸡腿塞进嘴里大嚼了起来，果然方老师不知拿他怎么办，他便狡黠一笑，一切就像是在他把握中。

乔玉傻傻地望着自己的空碗似乎也明白了怎么回事，哇哇大哭了起来。从小受惯了欺负的小天风什么也没说，起身便将自己碗里的鸡腿放在她碗里。

而这感人的一幕都被那面明丽的镜子照见，孔老师微笑着走过来，用她樱花一般的唇轻轻亲了一下小天风的额头，给他一个缤纷的奖励。

"你叫什么名字？"孔老师温情地望着他。

小天风忸怩不安地低下头，甚至不敢抬头望她的眼睛，那太明艳耀眼的光线。

"他叫任天风，嗯，大家都看见了，什么叫作礼貌和谦让！大家都听过孔融让梨的故事吧……"方老师走过来，用她的肉掌捧起小天风稚嫩的小脸，爱不释手地搓揉着。

过了一会儿，孔老师又起身去食堂端了一碗鸡肉来。

"你们正是长身体的时候，不够吃的小朋友我再为你们添加，希望你们往后不要抢别人的东西吃！"孔老师一边说，一边给小朋友分发着。

"可是孔老师，你把你自己的菜分发给他们，那你中午吃什么？"方老师吃惊地望着她说道。

"没事的，我喜欢吃泡菜。"孔老师笑笑，看来是泡菜构筑了她的美丽。

这时，小天风便偷偷起身把自己的便当盒递到孔老师面前。孔老师看了看，尝了一个蛋饺。

"真好吃，是你妈妈做的吗？"孔老师弯下身子来问他。

"唔。"小天风点了点头，又用自己的勺子在便当盒里舀了一勺子纳豆递给她。

孔老师尝完后，笑笑说："真羡慕你有一个这样好的妈妈，能不能借给我呀？"

"唔，唔，唔。"小天风睁着一双大眼睛望着孔老师，小鸡啄米一般不住地点头。

而此时，小天风发现那个像吃魔一般的小强不知什么时候又悄悄出现在他面前……

当郑老师回到教室，听方老师汇报完这件事后，便严肃地批评牛牛："牛牛，你要是再抢别人的东西吃，我就罚你天天吃牛肉！"

牛牛立马就驯服地低下头来。难道吃牛肉就能"降妖除魔"？孔老师不解地望着郑老师。

"他呀，简直就是牛魔王的儿子，只要有牛肉就赌气不吃饭了。"郑老师解释道。

原来牛牛荒诞地认为吃牛肉就是吃他自己，所以看见牛肉就不吃饭了。看来对付荒诞的人只能用荒诞的法子，孔老师也算增长了见识。

"但是，小孔，我不认同你的做法。你这样做只会助长小朋友的歪风邪气，会让一个小恶魔长成大魔头，到时他不会感谢你，而是反咬你一口……"郑老师总是爱说些大道理，借以在所有人面前保持她的权威。

午休时，因为有了新老师的加入，郑老师早早就走了。小天风心想，这下牛牛的"疯牛病"又该发作了。果不其然，牛牛又在大张旗鼓地用他的臭袜子四处"钓小猫"，其实不仅是"钓小猫"，也是在试探新来的孔老师究竟是"母老虎"还是"病猫"。

"你看，你这样以后怎么会有女孩子喜欢你？"孔老师轻轻走过来，说话文静得就像一只来自幽远森林的鸟。

"我才不要女孩子喜欢我，我自己喜欢自己就行了！"牛牛扭过头去，不屑地回答。

"没有女孩了喜欢你，你就讨不到老婆，难道你愿意孤独终生？"

"没老婆就没老婆，我不想讨老婆，她会分走我一半的零食！"

"那谁给你做饭，谁给你洗衣？"

"我妈!"牛牛气壮如牛地说。

"你妈老了还要你来服侍呢!"

"除了我妈,没人喜欢我,我也不需要其他人喜欢……"牛牛冷冷地说道。

"你爸呢?"孔老师问完这一句,牛牛突然眼泪纵横,看来这也是牛牛的"死穴"。

方老师赶紧悄悄告诉孔老师,牛牛妈第一次送他来幼儿园的时候戴着白花和黑袖章,估计他爸才去世没多久。

方老师说完,孔老师不说话了,默不作声地把牛牛的臭袜子拿去洗了。牛牛就像是洗心革面一般,呆呆地愣在那里……

6. 孔雀的女儿

午休后才回到教室,有些小孩还没完全打开眼睛,那高跟鞋磕着水泥地面清脆的声音又如同敲钉子一般由远至近。小朋友们眼睛都齐刷刷地望着门口,像是期待着某些打破常规的事情。

"好消息,好消息!"园长一进门就连说两遍好消息,整个班级的气氛一下就被她调动起来,"明天环球国际集团来我园举行捐赠仪式!孔老师,你形象最好,所以礼仪小姐非你莫属……"

"礼仪小姐?"孔老师望着园长,美丽的瞳孔都放大了,绒绒的睫毛就像花蕊一般点缀在旋转的花盘周围。

"礼仪小姐就是给嘉宾颁奖,只需要给嘉宾别上一个爱心胸章就行了,胸章我已交给王老师去做了;郑老师,你长得比较威严,声音又洪亮,所以你来主持,发言稿我已要刘老师写好了,你照着念就行了……"

"你比我长得威严多了,还是你来主持更合适!"郑老师转过头去,不服气地说。郑老师居然敢这样公开对抗"朝廷",这令其他人暗暗心惊。

"我,我最近喉咙有点痛。"说完,园长假装咳了几下,"方老师,你就负责照顾小朋友,维持会场秩序。要是你们都来得早,一起帮忙布置一下会场。"

园长说完就像一只大母鸡，拍着翅膀，左摇右摆地拖着两只大脚丫子走了。

郑老师不满地瞥了园长的背影一眼，跟小朋友们讲了一个似乎寓意很深刻的童话故事：

森林之王请客，要每位客人都自己带一个菜。狐狸带了一只鸡，狼带了羊肉，兔子带了胡萝卜，松鼠带来了板栗，大家吃完后问老虎带了什么菜，老虎提出一大串血淋淋的心脏来，我带了大家的心。

这个恐怖的童话故事听得所有小朋友头皮发麻，只有牛牛哈哈大笑。而这样也不能讨得郑老师的欢心，只见她狠狠地瞪牛牛一眼，牛牛立马收声。

最后，郑老师匆匆收拾了一下，对孔老师说："小孔，你来得正好，我家里有事，我先走了。"

善解人意的孔老师微微点了点头，目送着她离去。

晚些时候，当乔玉妈来接乔玉时，方老师上去跟她聊了几句，乔玉妈突然跪下来求方老师，所有的小朋友都瞠目结舌地望着她。

"求求您千万别拒收乔玉，我要抽不出身来工作，这一家人该怎么活！"乔玉妈苦苦哀求道。

"可是园里有规定，我也没办法。"方老师叹了口气，为难地转过身去。孔老师赶紧上前去扶乔玉妈起身。

"你们要是不答应我就不起来——"乔玉妈连连向孔老师磕头。

孔老师犹疑了一下，此时天使的使命和压力就像六月的两道强光在绿油油的枝叶上交汇，经历了一场激越的争斗之后，她弯下腰来，再次扶乔玉妈起身。

"行吧，您起来吧，我一定会尽自己最大的努力——"

"不能是尽最大的努力！您必须要答应，我好不容易这两天才找到工作。如果乔玉不能上幼儿园，我以后又不能上班了……"乔玉妈忧忧悒悒地仰望着孔老师，泪如雨下。

孔老师只得点头，异彩纷呈的瞳仁里满是哀怜的花瓣，那哀怜更动人心魄。

"那就给您添麻烦了——"乔玉妈起身连连鞠躬后，生怕乔玉在其他小朋友面前丢丑，赶紧不好意思地擦干眼泪拉上她就走了。

　　直到她们的身影消失，孔老师才如释重负地叹了一口气。

　　"同情归同情，我们只是幼儿园的员工，这样的事由不得我们做主——"方老师细如蚊子一般的怜悯过后，教室里便一片冷寂。

　　当教室里最后只剩下小天风一个人的时候，方老师便探下身子来问他："小风，你爸什么时候来接你？"

　　其实那话里也带有不耐烦的情绪，而一直静静等候的小天风早就想告诉老师他爸让他自己回家，但这么不合乎规矩的事情似乎令他说不出口，一着急便像受了很多委屈般哭了起来。

　　孔老师用她那双善解人意的眼睛望了望他，然后弯下身子问他："风风，那你知道怎么回去吗？"

　　她说"风风"这两个字的时候声音特别温柔，如同一阵温润的细风，吹拂小天风的心灵。从来没有人叫他风风，这个伟大的创意让小天风备受感动。于是，小天风便揉揉泪眼，点了点头。

　　"嗯，那我送你回家吧！"孔老师说完，便做好了送他的准备。

　　"这任天风经常逃学，他爸估计知道他自己会回家所以没来接他。如今的家长啊，认为自己付了钱，什么事都甩给幼儿园……"方老师还在一旁说着风凉话。

　　孔老师拉着小天风的手走出了幼儿园，小天风跟着她感到灵魂安定无比。

　　才走出去没多远，小天风便看见一位老人佝偻着身子，艰难地推着一辆三轮车在坡道上吃力地行走。

　　他俩几乎同时上前去帮老人推车，这与生俱来的默契，令孔老师回过头来对他会心一笑。这晴空一般的微笑就像是对他最崇高的奖励。

　　上了坡道，拐了一个弯，三轮车在一间门面房前停下，孔老师顾不得担心会把衣裳弄脏，又帮老人将那几麻袋东西抬了进去。老人从一个炉子里拿出两个微温的烤红薯来答谢他们，小天风这才注意到门口的木板上写着几个黑色大字：烤红薯每斤五毛，原来他竟是以卖烤红薯为生。

　　孔老师望了一眼他那简陋的家，再望望他。他的身世，他的背景立刻都从他那张苍云古树一般的脸上显现出来，于是孔老师关切地问了一句："这些红薯都是您自己种的吗？"

"没错，你尝一口，这红薯又粉又甜！"

孔老师撕开外皮细细尝了一口，说道："真的很好吃！不过，这里这么偏僻，您这红薯能卖出去吗？"

这句话像是触动了老人的心弦，他蹙着眉，叹了一口气说道："也算能勉强维持吧，可是有什么办法呢？去年仙都被评为国家卫生文明城市，不让随便摆摊了，咱也不能给仙都添乱呀！"

孔老师想了想，说道："您那生红薯卖不卖？我想买十斤，您就按烤红薯的价格来算，反正我以后会经常路过这里，吃完了我随时再来买。"

"不要钱，你要喜欢就随便拿吧，我那地里还多得是，不吃都烂了——"老人爽快得很。

"那不行，我这人是有原则的，您不收钱我就不要了。"说完，孔老师转身要走。

"那好吧，生红薯就按三毛每斤卖给你吧！"老人说完装了满满一袋递给孔老师，"不用称，相信我，这里足足有十斤。"

孔老师把准备好的五元钱塞给他，接过袋子转身就要拉小天风走，却被老人一把拉住，"等下，我必须找你钱。"

孔老师走不脱身，只好掂量了一下袋子，俏皮地说："这里肯定不止十斤，而且超市里生红薯比您烤熟了的卖得还贵。您要这样不厚道，那我还得给您加钱！"

说完，她又拿出两元钱来要塞给老人，而老人要把那五元钱还给她，两人推来推去，在门口打转，引来不少路人围观。

"今天幸亏你们两个帮忙，再说我就算卖给你，也不能比卖给别人贵啊！"老人感激不尽地说。

孔老师也一本正经地与他理论："要按超市的价格和实际的斤两来算，我还占了便宜呢！"

"你要这样子，这红薯我就不卖了——"老人固执得很，拉住她不放。

"您先松开手，这样拉拉扯扯不太好——"孔老师像哄小孩般哄着他。

老人不好意思地松开手，孔老师趁机扔下手中的两元钱就要跑。老人眼明手快，又一把将她死死拖住。

"我只收三元，多一分都不要。"

"我见了您就像看见了我父亲一样亲切。您都这把年纪了，还这么辛苦，您要再推辞，我就又要给您加钱了——"孔老师说完，另外拿出两元钱塞进老人的上衣口袋。

"不行，我只收三元，只收三元……"老人说着说着就突然哽咽了，他的眼泪道出了他不言而喻的心酸。

小天风一直睁着豆大的眼睛在一旁观望着，围观者也都被此情此景感动，纷纷踊跃地抢着买红薯。

"您老也不容易，您就收下吧！我也买十斤！"

"给我来五斤——"

"我要二十斤——"

…………

老人实在控制不住情绪，像个孩子般号啕大哭起来。在天使面前，人人都是孩子。孔老师赶紧一边像安慰小孩子那般安慰他，一边帮他又是称红薯，又是收钱，帮老人做起生意来。

"如果是这样的美女来卖红薯，我们一定每天都来捧场！"一位年轻人提着满满一袋红薯，临走时说了一句。

"好呀，以后我一有空就来——"孔老师向他眨了眨眼，然后开始大声吆喝起来，"卖红薯呀，又甜又粉的大红薯，只卖五毛钱一斤！"

随着她可爱的吆喝，越来越多的人围了上来。

小天风望了一眼忙个不停的孔老师，仿佛在她身后看到了一对隐形的翅膀。这一刻，天使载着美好的愿望突然降临到人间，在每一个人心头盛开绽放……

他呆呆地望着孔老师，仿佛看到了秀明哥一样的光亮。她，孔雀的女儿，蝴蝶的表妹，她一定是和秀明哥、月见姑娘、照照姐一样，都来自天上的同一个乡，一个涤洁万物的地方，那里的乡亲个个都真诚、美丽而又善良。小天风终于找到了他的亲戚、同类，从此他可以回到原来的世界，心里对孔老师有着说不出的感动。

待买红薯的人都走得差不多的时候，孔老师将一沓叠得整整齐齐的钞票交给老人，随口问了他一句："您那地里还有多少红薯？"

老人思忖了一下说道："按一亩地六千斤计算，至少也有万把斤吧！"

"那您怎么不种些收益更高的作物呢？"孔老师关切地问道。

老人叹息道："唉，那块地是一块暂时闲置的公共用地，也不知什么时候政府就会启动项目，以前也种过其他蔬菜，可是除了红薯、土豆这些埋在地底下的作物，种什么人家便偷什么。"

说到这，孔老师也不知该再说些什么。这个世界有太多需要帮助的人。

此时，天空已一片灰暗，让人分不清是阴云还是暮色。俄而刮起一阵大风，吹得尘土漫天，纸屑和塑料袋四处飞扬，老人赶紧嘱咐了一句："要下雨了，你们赶紧回家吧！"

临走前，老人颤颤巍巍地握着孔老师的手，又发自肺腑地说了一句："你是好人，我该怎样感谢你……"

孔老师亮了亮小天风刚才一直帮她拿着的烤红薯，说道："您不是已经感谢了吗？"

此时，已经有几个豆大的雨点如同天使的脚步落在地上，在尘土中发出细腻、黏稠的声音，老人赶紧拿出一块透明的塑料薄膜交给孔老师。

"我没有雨伞，这个你们拿着吧！"

"那您……"孔老师接过塑料薄膜，不知说什么是好。

"我这两天不用出门，你哪天路过顺便带来也可以；要没空就不用了，只是一块塑料布……"老人佝偻着身子嗫嚅着。

于是，孔老师便牵着小天风的手向老人告辞。小天风在转身的那一刹那，注意到之前买了一袋红薯的那位帅小伙其实一直都没走，就站在不远处的屋檐下，不时地向他们这边偷望一眼，也不知是在等雨还是在躲雨。

而老人一直感恩地望着他们的背影，目送着他们远去……

一路上，小天风见孔老师提着那一袋红薯像是很吃力的样子，总是走一段便换一下手，便悄悄地移到了孔老师提袋子的那一边。

孔老师走着走着，突然不见了小天风，而提着袋子的手似乎轻松了许多，回过头来只见小天风正举着双手，倾尽全力地在后面帮她托着那一袋红薯。于是，她对着小天风动情一笑，那心心相印的感觉就像穿越了三生三世，十里桃花。

此时，一张被大风卷起的海报，就像一只折了翅膀的鸟在空中仓促地回旋着，打了几个翻转之后，飞舞到孔老师身前。孔老师随手将它接住，读着，读着，就像从风中收到了候鸟的消息那般突然停住，仰望那只有一线光亮的天空……

小天风赶紧踮起脚来好奇地望了一眼，只见上面写着：中央芭蕾舞团莅临仙都大剧院表演。

"风风，我们走吧！"见小天风仰着头一脸惊愕地望着她，孔老师摸了摸他的头，继续往前走。

走了一段，孔老师突然问小天风："风风，你的梦想是什么？"

梦想？小天风抠抠头，望望天边，只感觉一道烟一般的光亮飞向任云铺的方向，他的梦想大概在那个方向睡着了。

当天空最后一线光亮都闭拢的时候，那雨果然噼里啪啦下了起来。孔老师赶紧拿出塑料薄膜披上，然后弯下腰来把小天风整个包住。这路显然是走不下去了，孔老师只好在路边找了一个有屋檐的地方躲雨，然后焦急地左顾右盼等出租车。

那是一条冷清的街，几乎没有商业铺面，也很少有车经过，更别说空的士了。小天风注意到之前那位帅小伙也提着红薯站在不远处的屋檐下躲雨，浑身湿透，也不知是巧合还是像雨一般沿路追踪着他们……

小天风不敢想象了，赶紧把头缩回塑料薄膜里面。

这老天也一点都不留情面，随着天色越来越暗，这雨也越下越大。很快，瓦檐也遮不住了，雨点不时地飘进来。孔老师赶紧把红薯放在地上，蹲了下来，把小天风包得紧紧的，雨水还是顺着她的面颊滑了下来。

小天风依偎在她怀里，感觉到她那被湿气缠绕着的少女的身体，就像一朵被梦裹着的妖娆的月季。青春多美好，可以有那样的身体，那样的热力，那样的心跳。

此时的小天风就像一棵小嫩苗，当意识到花开才是一生的繁茂，便开始殷切地盼望成长……

突然，两道雪亮的汽车灯光透过雨帘，从他们身上扫过，照得他们睁不开眼睛。随后，一辆疾驰而来的车在他们身边戛然停下，小天风不用看便知是他爸接他来了，这是他爸一贯如同雷鸟的开车风格。

任飞扬风风火火地下车，举着一把雨伞站到他们面前。

"请问你是任天风他妈吗？"任飞扬端视着孔老师冷冷问道。小天风在一旁不解地望着他爸，不知他爸为何会问一个诸如一加一等于二这么低级的问题。

"不，不是，我，我是任天风新来的孔老师……"在生人面前，孔老师就像是一只受了惊吓的孔雀，一时紧张得连话都说不出了。

"如果不是，请把我儿子还给我——"任飞扬伸出手来向孔老师讨要小天风，那姿势更像是讨要一个拥抱，把孔老师吓了一跳。这毫不客气的言语令小天风也顿感紧张起来，总感觉那时的他爸就像一头进攻性极强的雄性动物。

"我，我……"一脸尴尬的孔老师此时已不知说什么才好，任飞扬熟练地打开后座的车门，把小天风塞了进去，然后又为孔老师打开前面的车门。

"上车吧！"任飞扬将雨伞举过孔老师的头顶，就像雨过天晴般，语气又变得和缓起来。孔老师犹豫了半天，就像孔雀在老猎手面前显得无路可逃，只好收起塑料薄膜提着红薯上了车。

当孔老师坐进车里，小天风才稍许安心。他回头又望了一眼另外那一片屋檐，那位提着红薯的帅小伙已不见了踪影。

回到车上，任飞扬就给孔老师递了一盒纸巾，见车里的冷空调令孔老师冻得瑟瑟发抖，赶紧又换成了暖空调，小天风这才注意到孔老师的脸和脖子都打湿了。

"住哪里？"

"林泉小区。"

一路上，任飞扬就问了这一句话，然后一直神情自若，专注地开车。小天风知道他爸很多时候是个话痨，这反应有些不正常。凭小天风与生俱来的直觉，他知道他爸一定是因为喜欢上了孔老师，要么是刻意表现出来的冷静，要么是在演一场欲擒故纵的好戏。但他不怪他爸，生活本是一张多姿多彩的网，在天使面前，凡人都会动心，只要他能守住自己……

为了打破这沉闷的僵局，孔老师几次想开口谈些有关小天风的事情，但最终都没说出口，整个车里的世界就只有雨刷像两个惊叹号一般来回刮擦着每一个人的心灵。

车没多久便停在了林泉小区门口，任飞扬递给孔老师一把伞，孔老师惊异地回望他一眼。

"我车里还有一把伞，你先拿着吧，明天还我就是了。"任飞扬说完洒脱地把头一扬。

"噢，谢谢。"孔老师说完就像一朵被雾气裹着的月季消失在迷蒙的雨夜里，而小天风知道天终会放晴，雨水洗刷后的月季将更加靓丽……

而那天最令小天风感到奇怪的是，下车后他和他爸两个是头上套着塑料袋回家的，淋得一身浇湿。

当晚天就放晴了，这一天对于小天风，就如同一个美丽人生的开始。从来他都是憧憬着美丽的事物、美丽的人和美丽的风景，这个三位一体的真善美的世界的。自从秀明哥消失后，这个憧憬着的美好世界便开始倾圮没落了，而孔老师的出现，帮他修复了所有美好的愿景，她的真善美从此支撑起这片美丽的天空，成为这个理想王国的主体，令他重新振作起来，再一次感到人生的美好。

这天晚上，小天风在梦里看到天上的星星眨呀眨，地上的娃娃笑哈哈……

7. 捐赠仪式

第二天清晨，当妈妈还在厨房为小天风准备中午的菜时，小天风便悄悄站在了妈妈身旁。

"麻麻（妈妈），还要多一点，多一点。"小天风踮起脚来望着便当盒对妈妈说。

刘云婵惊讶地望着他，说道："我只是担心幼儿园的伙食不太好，营养不均衡，难道这还不够你吃？"

小天风羞涩地低下头说："也要给老西（老师）七（吃）……"

"你这家伙，这么小就学会了贿赂老师！"刘云婵说完，任飞扬笑着走过来摸了一把小天风的脸，看来只有他才明白小天风的全部心思，父子俩心照不宣。

吃完早餐，小天风迎着曙光去幼儿园，车里的广播正放着欢快的《清晨曲》：

清早听见公鸡叫喔喔，推开窗门迎接晨曦到，花香鸟语春光好喔喔，今天又是一个艳阳照……

任飞扬一路吹着欢快的口哨来伴奏，仿佛进入了另一个积极人生：衣服裤脚烫得像墙角一般立体，头发梳过三遍，那喷过发胶的发型就像是一架飞机停在上面。

小天风坐在车里，像只按捺不住喜悦心情的小喜鹊，不停地把头伸出车窗去张望。雨过天晴之后，爱情宛如人类的曙光洒在初生的地球上，这仿佛是他内心向往的明亮。沿途的树木、行人就像洗过的新鲜水果那般鲜艳。在道路的尽头，春风幼儿园就像一座云中的城堡，戴着花冠的孔老师仿佛正在云端的花园里向他招手，她的光彩照人令浮云都镶上了金边。

任飞扬接过孔老师还给他的雨伞，把小天风的小手交到孔老师的手心，就像完成了一单心灵的交易，然后把飞机头一甩，故作潇洒地离去。他的身影里旋转着五光十色的华美光晕，整个世界都因婉奕多情而变得更加明媚动人。

来到幼儿园，草坪上已经搭好了一个临时的会场，园长和几位陌生人已像庄园主一般气定神闲地坐在了金灿灿的向日葵背景前。其中有一位，上身穿洁白的衬衣，打着精致的蝴蝶结，头发梳得油亮，手里握着一个烟斗，乌黑的八字胡在阳光下闪闪发光，穿着严谨就像一位外国绅士，想必他就是环球国际集团的老板了。

小天风从没见过他，只是觉得他这人有些奇怪，也不知他是故意歪着头还是天生就有歪脖子病，和身后耷拉着脑袋的向日葵倒是很搭配。

趁阳光还不那么强烈，各个班的班主任就像驱赶羊群一般把小朋友都赶到了草坪上，郑老师拿着话筒试了一下音，捐赠仪式便开始了。

"金阳灿烂，晨风清爽，在这美好的日子里我们衷心感谢环球国际集团的领导们来到我们幼儿园，为小朋友们献上一份厚礼，下面我们以热烈的掌声有请环球国际集团董事长地球仪，哦，不对……"念到这里，郑老师就像是卡了壳，然后又仔细辨认了一下发言稿，接着念道，"有请球仪先生发表讲话。"

郑老师的大嘴巴刚说完，只见那位歪脖子先生一脸尴尬，园长赶紧掩耳盗铃般用手捧着脸对郑老师小声说："名字念错了——"

"什么？"郑老师也捧着耳朵侧向园长那边，清晨的夏阳还不那么炎热，郑老师却早已汗如雨下。

"你看清楚点，不是地球仪，是王求仪！"园长只得把声音提高半度，这下大家都听到了。

"哦，"郑老师看了看发言稿，大声更正道，"对不起，刚才看错了，不是地球仪，是王求仪先生！"

郑老师一念完，下面几个老师热烈地鼓掌，笑声一片。看来不管是否更正，郑老师已令"地球仪"这个名字响彻云霄，深入人心。

此时，"地球仪"先生起身向大家微微点头，然后整理了一下领结，尽量纠正了一下头，走到台前，故意伸出一只手撑着宣讲台，展示一个倾斜的姿态，以弥补他的先天不足，最后清了一下嗓子，开始发言了：

"我很高兴能站在这里为小朋友们献上自己的爱心。我一直都很喜欢小孩，我认为我们的教育应该从娃娃抓起。或许现在某个正在玩皮球的娃娃就是未来的球王；某个爱乱涂乱画的娃娃未来的成就会超过毕加索；某个爱打架的娃娃有一天会成为世界拳王；甚至某个爱调皮捣蛋的小孩会成为奥特曼，从此改变世界的格局。所以说每一个娃娃都是民族的希望、人类的太阳，乃至宇宙的光芒……"

园长像一只老猫一般眯着眼睛坐在金色的太阳底下听着"地球仪"先生的发言，笑着，如同在做白日梦一样……

伴随着稀稀拉拉的掌声，王先生开始了捐赠仪式最重要的环节——向每一个班级赠送物品。

所有人都不在乎台上说了些什么，只关注他送了些什么。一看是一摞看图说话书、一箱玩具、一大袋路边摊卖的那种爆米棒子和糖果。那期望的山有多高，失望的海就有多深，每一个班主任望着透明袋里装着的爆米棒子都皱起了眉头。

郑老师领完东西便只顾着将那一堆物品搬回教室，不记得还有主持仪式这回事了。园长赶紧向孔老师示意，孔老师起身走到台前，把一个笑脸娃娃的胸章别在"地球仪"先生的衬衣上。她的明艳吸收了所有的光，就连"地球仪"都停止了转向。

此时，阳光已变得有些刺眼，园长也离开这边跑去找郑老师了。大家干等了半天，一位大班的班主任抬起头来望了望耀眼的太阳，起身说了一句："大家有没有感谢王叔叔？"

小朋友们齐声喊"谢谢王叔叔"，搬起小凳子就像小乌龟搬家一样开始跟着班主任一起撤退。

园长找到郑老师，郑老师赶紧解释道："不是我故意的，只怪刘老师的字写得太潦草，再说，费这么多神，就捐赠了这么些东西，这样的小气鬼不叫他毛毛球已经够客气的了！"

郑老师说完，看见方老师与孔老师正牵着乔玉和小天风的手带领着小朋友回教室，便把园长晾到一边，上前去问方老师："方老师，你跟乔玉的家长说了没有？"

"昨天问了乔玉的妈妈，她说乔玉只是先天性耳聋而已。并且，我回家查了一下有关法律，普通幼儿教育机构应当接收能适应其生活的残疾幼儿。"孔老师见方老师一脸为难的样子，赶紧替她解释道。

"说得轻巧！什么叫只是先天性耳聋而已？你说一个聋子怎么能适应园里的生活？说话都听不见，怎么教她？以后就把她交给你吧！"郑老师鼻子哼出两道气来。

没想到孔老师欣然应允："行，以后就把她交给我吧！"

"可是照顾一个残障儿童的成本比普通儿童要高得多，而我们只收了她普通儿童的钱……"这下轮到园长不高兴了。

"这小孩多出的费用我来负责吧！""地球仪"先生呵呵笑着，从耀眼的光线底下走过来，"我是来听孔老师讲课的，听她说话就像喝了一碗心灵鸡汤，想必听她的课将会更加受益！就把这也当作考察你们园里的一个项目吧！"

郑老师不屑地瞥了他一眼，那意思是说，你又不是四岁小童！

"小球球，你还不如捐些钱给我们幼儿园实在，你看你做的好事——"对于"地球仪"先生这样怪异的请求，园长没有直接答复，而是指着一群正拿着爆米棒子打闹的孩子指责他道。此时楼道上、走廊上、草坪上已到处都是爆米棒子的碎片。

"爱打闹的娃娃才活泼健康，聪明伶俐！""地球仪"先生勉强一笑，脸上闪烁着自信的光芒，"钱对于我来说只是一个数字，只要能用到实处，多少都不是问题！"

"那好吧，这句话我记在心里了，希望王先生能多为我们幼儿园做点实事！"园长愉悦地说完，便拖着郑老师泉水叮咚般走了，只留下方老师辅助孔老师讲课，算是答应了他那无理的请求。

在一旁一直诚惶诚恐的乔玉大概也能猜到孔老师帮她解围了，脸上露出舒坦的表情。小天风回望了一眼"地球仪"先生，又觉得他那威严目光下的和蔼可亲，令人心生温暖。

8. 难忘的第一课

孔老师上的第一堂课是语言课。这是孔老师第一次正式给他们上课，小天风表现得尤为认真，坐得笔笔直直的，仿佛用尽全部力气去倾听。

孔老师首先在黑板上由上至下写下"孔少佳"三个字，小天风默念出这三个字，应该是她光辉美丽的名字。

当她写完后，转过身来，问有谁认识这三个字，最后只有一个小女孩站起来，自告奋勇地说："老师，我知道，是孔、少、佳。"

"对极了——"孔老师用娓娓动听的声音赞美完她，整个教室都充满回响，"那少和佳这两个字叠在一起又是什么字？"

"雀。"当其他小朋友还在讨论的时候，小天风立马就念出这个字，只是他的声音小到只有他自己才能听见，那时的他在众人面前还是那么的羞涩、腼腆。

孔老师心领神会地望他一眼，先在黑板上写下一个"雀"字，然后在另一旁画了一只与"雀"字形体相同的鸟，那位小女孩这才反应过来，答道："老师，是孔雀的雀字。"

"Very good！看来这位小朋友提前认识了很多字，能告诉大家你叫什么名字，还有是谁教你认字的吗？"

"老师，我叫杨杨，我还知道 very good 就是非常好的意思，我爸妈在我很小的时候就给我请了家教！"杨杨无比自豪地说完，换来无数歆羡的目光。只有牛牛用仇恨的目光望着她，就像恨不得立马上前把她撕碎似的。

"嗯，很好，其他的小朋友要努力向杨杨小朋友学习，争取哪一天超过她——"孔老师让杨杨坐下，然后回到正题，"孔少佳是我的名字，以后你们可以叫我孔雀姐姐。来，大家跟着我一起念：孔——少——佳——"

小朋友们便一起大声念着："孔——少——佳——"

"孔——雀——"

"孔——雀——"

这清脆的声音在空中久久地回荡、飘扬，孔雀从此便飞进了小天风记忆深处的丛林……

接下来，孔老师在黑板上又画了一条河，并同时写下了一个象形的、一个正楷的"水"字。

才写完，便有人在下面念出：shuǐ。

"对，水。水是生命之源，与我们的生活密切相关，这天上下的，河里流的，我们喝的都是水。来，跟我一起念：水——"

"水——"小朋友们又一起念道。以前上这样的课小天风会感到无趣，昏昏欲睡，今天小天风却精神百倍，尽管没有发出声音来，小天风还是跟着其他小朋友一起默念着。

念完后，孔老师问道："如果地球没有了水，会怎么样？"

牛牛抢着说，如果地球上没有了水，那最好，他从此就可以不用洗脸、洗澡和刷牙了，引来大家一场哄笑。

"那你喝什么呀？"孔老师微笑着问他。

他想了想，回答道："喝橘子汽水。"

他一说完，其他小朋友剧烈地争论起来。

"我可以吃雪糕。"

"我要喝酸奶。"

"我要喝苹果醋。"

"老师，地球上什么时候才能没有水呀，这样我每天喝可乐，爸妈就不会管我了！"另一个胆大的小孩大声说道。

"难道你们不知道，这些雪糕、饮料都是用水做的吗？"孔老师一边说，一边走到一直在发呆的小强身旁，拍拍他问道，"你说说，如果地球上没有了水，你喝什么？"

小强站起来嗦了半天鼻涕，才回答了一句："我可以喝自己的尿。"

他一说完，课堂上笑翻了天。方老师赶紧扯了一张卫生纸上前帮小强擦干鼻涕。

小强喃喃地抱怨道："讨厌死了，笑什么呀！我看电视里有人没水喝了就喝自己的尿！"

孔老师皱着眉头，表情不太自然地解说道："难道你不知道你的鼻涕，还有尿的主要成分也都是水吗？"

小强羞愧地坐下。孔老师又走到小天风跟前问他："如果地球上没有了水，你会怎么样？"

小天风忸怩地站起来，就像做错了事那样一直低头不语，整个世界都因为他而停顿了下来。

"哈哈，他是木头人，不会说话的！"牛牛大声嚷嚷道，就像整个课堂是他开的一样。

小天风脸都憋红了，这时，"地球仪"先生突然像个小孩般站起来说："孔老师，我可不可以代他回答：如果地球上没有了水，你成为老干妈，我愿做老干爹永远陪伴着你！"

所有的小朋友都回过头来，睁着豆大的眼睛望着这位新来的大朋友。本来多了这么一个大人与他们一起听课已经够怪异的了，而他竟然还说出这么怪异的话来，更令他们觉得不可思议。

孔老师庄重而又严肃地对"地球仪"先生批评道："王先生，请您自重一些，这里是幼儿园课堂，希望您不要扰乱课堂秩序！"

"地球仪"先生不好意思地说了一句："好吧，我错了！我决定悔过自新，从此做一个木头人！"

说完他坐了下去，从此就像沉入水中那般寂静。

"风风，大胆地回答，证明你不是木头人，而是大家心目中的小男子汉！"孔老师弯下腰来，深深地凝望他，那绒绒的睫毛就像孔雀头顶上的翡翠花簪一般秀美。

风风，这个轻风一般呢喃的声音，每次都能安抚到小天风的灵魂，甜蜜地受她驱使；而"男子汉"这三个字，更让小天风立马就想起秀明哥，这三个字就像汽油弹一般在他的脑海里炸开，熊熊烈火在他的血管里蔓延着……

于是，他鼓起所有的勇气，用响亮的声音回道："埋（没）有了雪（水），藕（我）会洗（死）掉！"

他那洪亮的声音让所有人都吓了一跳，紧接着就是牛牛的"噗嗤"一笑："原来他不是木头人，是结巴子！哈哈哈……"

牛牛这句话刺痛了小天风最敏感的神经，他想起以前在乡下时每当他说一句话，一群小孩便会围着他唱呀跳呀学他讲话，笑话他，以至于他从此不敢再在陌生人面前讲话。此时，他感觉整个建筑都在笑声中地动山摇，他在这片钢筋水泥的倾塌中无处可逃，于是他便哭了起来……

孔老师这时才完全明白小天风很少说话的原因，她呵斥完牛牛，便回到小天风身边一直安慰他："风风，其实你说得很好，你应该相信你自己……"

这一堂课对于小天风来说就像一场灾难，他一直坐在那里恍恍惚惚的，孔老师那明丽的身影也一直在他眼前晃动，那一个上午经历的事就像一道强光一般一直在小天风脑海中恍恍……

下课后，"地球仪"先生走到了孔老师跟前，"咔咔"扭了一下脖子，然后开始了无止境的赞美："真的很美好，谢谢你给我人生上了最深刻的一课，让我仿佛穿过时光隧道，回到了童年……"

正当孔老师不知所措的时候，方老师赶紧走过来帮她解围："小孔，我们要去食堂为小朋友们备餐了！"

"地球仪"先生连忙从口袋里掏出一张名片递给孔老师，对她说："以后有什么需要，尽管来找我，从此你的一切梦想都与我有关——"

大人们都走了以后，牛牛第一个活了起来。他跑来小天风这里怂恿地对他说："你应该回家喝奶去，话都说不好，干吗跑来上幼儿园？"

说完，他骑着扫帚，像开火车一般在班里横冲直撞，跑来跑去，一边跑一边喊着："哐咚哐咚，哦哦，埋了雪，藕会洗掉！哐咚哐咚，哦哦，埋了雪，藕会洗掉……"

牛牛的胡闹一下就令整个班级闹腾了起来，大家都开始学小天风讲话，小天风看到两个小朋友在练对掌，一个小朋友突然瘫倒在椅子上，捂住心脏，说道："哦，藕洗啦！"

小天风赶紧扭过头去，这种侮辱是小天风在乡下刻骨铭心经历过的，就像将他的自信全埋进了土里，任意被人践踏着。于是，他难过地趴在桌子上，感觉整个世界都在倾塌。

乔玉就像明白他所有的心情，竟然也投以木桃，报以琼瑶般地用同情的目光望着他。远远地，小强也真诚地望他一眼，让他看到了友谊的地平线……

孔老师和方老师从食堂拿了一堆小朋友的餐具回来，看到这样的景象，方老师立马抢过牛牛手里的扫帚，做出要拿扫帚打他的样子，吓得牛牛落荒而逃。

孔老师蹲下来，轻抚着小天风说："其实所有人都是在考验你是不是一个真正的男子汉，而你应该排除所有的杂音，大胆说出你内心的声音，全世界都将会倾听你……"

接下来，孔老师拍着手大声说："注意啦，你们以后不要学别人说话，不然就会烂掉牙！你们看，欣欣小朋友就是因为喜欢学别人说话，所以掉了两颗牙……"

这些话语如同温润的泥土一般敷住了小天风的伤口，至于她那些浅显而美丽的谎言，也如夜空的银河一般清澈发亮。总之，只要她说话，就好像灵息吹拂一般，瞬间便安慰了所有的生命——

9. 孔雀公主的隐忧

小天风才坐正，园长就拖着那双大鞋子踢踏踢踏地走来了，见面就问孔老师："王先生就这样走了吗？他没对你说些什么吗？"

孔老师摇了摇头，园长满腹狐疑地望了望她，又嘱咐了一句："女孩子最重要的是矜持，他要是追求你，你可别这么轻易答应！"

回过头，见方老师在一旁呆呆地看着，便转过去对她说："你张着口望着我干吗？是想咬我吗？"

方老师一脸难堪地摇头说："不是——"

园长赶紧吩咐道："要不是，就去帮我打扫一下办公室吧！你都一个多星期没打扫了，桌上已经铺了厚厚的一层灰！"

方老师走后，园长对着孔老师幽幽一笑，然后开始问这问那，问孔老师初来是否习惯这里，对工作还有什么建议。

"一切都好，也没其他建议，如果园里能有一辆校车就好了。这样小孩和家长都能省事很多，也能给幼儿园带来许多方便。"

"校车？"园长抬头就像望见了星星那般想了想，然后兴奋地拍着手说，"对极了！只有天使才能为孩子们想得这么周全！一辆校车可是要三四十万呢，王先生不是承诺要为幼儿园做点实事吗？我怎么就没想到这一点呢！"

见孔老师半天不作声，园长便亲切地握着她的手说道："小孔啊，既然是你提议的，这个光荣的任务就交给你了！你现在还是试用期，要是圆满完成这个任务，我保证立马给你转正，并且让你当班主任。"

"这……"孔老师低下头，有些为难的样子。

正说着，郑老师从外面走进来，于是园长轻轻拍了拍孔老师，最后又补了一句："记住：这也是你为孩子们奉献爱心的好机会，同时也为园里做了件大好事，所有人都会感谢你的！"

说完，她又铿锵有力地"踢拖踢拖"走了。

郑老师一进来，斜看了孔老师一眼，从鼻子里哼出一句来："园长找你什么事？"

"没什么。"孔老师心情低落地摇摇头，转过身去食堂端菜去了。

一会，方老师和孔老师端来几大盆热气腾腾的菜，小朋友们赶紧把头都凑了上去。

"大家都别抢，人人都有鸡腿啊！"方老师脸上露出节庆的喜悦，然后把头靠近孔老师小声地说，"王先生听说你把自己吃的鸡肉分给小朋友后十分感动，今天中午特意盛情款待大家！"

"他怎么知道的？"孔老师惊讶地望着方老师。

方老师笑笑，开始给小朋友们分菜。分到牛牛这里时，见牛牛望着菜盆那抢劫犯一般的目光，便特意给他分了两个。

牛牛望着碗里的两只鸡腿，不解地问："怎么只有鸡腿？那鸡呢？我要吃鸡！！！"

方老师笑着说："腿都没了，那它们都只能老老实实待在家里了！"

牛牛便苦苦思索这个问题，望见孔老师给小天风喂饭，牛牛似乎连吃饭的心思都没了。

此时，茶饭不思的小天风每当孔老师将装满饭菜的小勺递到他面前，他不吃又像是不给孔老师情面；吃呢，他又觉得只有小宝宝才会被人喂，这会让他自己都瞧不起自己。吃了两口后，他只得抢过勺子自己吃，孔老师妩媚地望他一眼，终了露出了会心的微笑……

午休时，孔老师安顿好了所有的小孩，如同轻风般贴近小天风的耳边呢喃："我知道除了杨杨，你也认识所有的字，只是你没说。"

小天风睁大了眼睛，惊奇地望着她，眼中的小花蕾里开出一朵绚丽的花来。她是怎么知道的？

孔老师笑笑，秘而不宣。小天风的眼睛会说话，只有孔老师能读懂他。

"喏，我给你布置一个任务：每天在家读一首诗或者一篇文章给爸妈听，让爸妈帮你纠正发音，好不好？"

孔老师说完，小天风轻轻地点了一下头。

"好吧，你安心睡吧！"孔老师又给了他一个会心的微笑，然后在他的额头上轻吻了一下，这才轻盈地走开。

小天风还在体会着这个亲吻给他留下的幸福涟漪，他望着孔老师那梦幻般的背影，甚至以为自己睡着了。

当她走向刺眼的阳光，那背后的光亮旋转着，就像是全人类对爱情最美好的憧憬……

午休后，孔老师回到教室，郑老师拿来一大沓工作表格交给孔老师。

"这些表格是明天上午开班主任会要上交的，你完成后记得明天一早交给我——"郑老师抹了一把汗说道。每次从外面回来，她都是像一头河马那般气喘吁吁，汗流浃背。

孔老师翻了一下表格，为难地说："我才来两天，之前的那些我怎么填？"

郑老师眼睛一翻，瞪了她一眼，"我一个中专生都会填，你一个大学生不会填？不知道的不会问方老师吗？"

过了一会儿，园长又"噔噔噔"地走来，看见孔老师手里拿着一堆表格为难的样子，立马就明白了什么情况，赶紧对郑老师说："你别把什么事都推给小孔来做，把她一个人累坏了！"

"她来了哪里还有我的位置？现在还有谁当我是班主任？谁还听我的？"郑老师说完一甩头就像辆蒸汽火车般"吼嗤吼嗤"地开走了。

"这人气性大得很，你别跟她计较。"园长关切地握着孔老师的手说完，又望了一眼不远处的方老师，声音又低了八度，"今天你都看到了，我已经容忍她很久了，所以希望你能尽快坐到班主任的位置上来——"

说完，她又大声召唤方老师过来，对她吩咐道："最近小孔工作任务重，这一堆工作表格还是交给你来完成吧！"

"我字写得又不好，而且您看我什么时候闲过……"方老师小心地嗫嚅着。

"哪这么多废话？你们一个二个在我面前阳奉阴违，你以为我就找不到人了吗？"园长终于发了大火，不远处的牛牛望着她阴阴地笑着。

"您交代的任务我什么时候违抗过？好吧，我拿回家去做吧！"最后，方老师心不甘情不愿地接过表格。

园长大概忘了她此行的目的，寻思了一下然后转身就走了。

她一走，孔老师就对方老师说："其实我没那么忙，还是交给我来做吧，您告诉我之前的那些怎么填就行了！"

孔老师说完，教室里窒闷的空气才开始流通，小朋友们又像春天的雪水那般活跃了起来。而小天风知道即使太阳重新焕发出光亮，而她只是把光斑和黑子的隐忧留给了自己。

下午四点多，他爸"飞机头"一甩一甩地来接他时，孔老师又跟任飞扬说了帮小天风纠正发音这件事。

任飞扬却歪理邪说道："你这样是要我改掉他最大的优点吗？他特有的说话是他最大的说服力，每当他向我发出口齿不清的指令，我就像个没头没脑的人一样，不懂得拒绝。要换了一个人说这是他最大的毛病，我一定会跟他搏命！"

"可是你有没想过，这或许是他在生人面前从不说话的原因！"孔老师一脸认真地说。

"你不觉得这样很好吗？我从来都不喜欢多嘴多舌的孩子，整天吵吵闹闹的，像一只苍蝇，会令我无法克制自己的脾气！"小天风不知道他爸怎么了，每次遇到太美的月光，就会迷乱癫狂，像个疯子般胡言乱语。

"其实我也知道在他脱离稚气的那一天或许就会变得口齿伶俐，可是谁也无法准确测量这一路走来给他留下的阴影……"

孔老师正说着，又走来两位家长，任飞扬赶紧牵着小天风的手，小声丢下最后一句："行吧，就按你说的，我愿从此牵着风子的阴影一路飞奔，投向你光明的领地！"

说完他向孔老师会意地眨了一下眼睛，留下一颗别人看不懂的星星。

10. 光的三原色

第二天早上，郑老师开班主任会去了，杨杨是最后一个来到幼儿园的。

当杨杨一屁股坐下来，便"哎哟"一声叫出来。方老师赶紧走过去查看，一下便在她的座位上找到一颗图钉。

杨杨看见图钉，便放声大哭了起来。方老师赶紧帮她脱下裤子看了看，然后又拿了一张卫生纸为她挤血。

"别哭，别哭，挤出一滴血就不用打针，很快就好了！"方老师不停地安慰她。

孔老师的目光便一直四处搜索着，她看见牛牛一直躲在角落里阴阴地笑着，而他靠着的墙上的张贴榜上正好少了一颗图钉，一个角都翘了起来。

"牛牛，是不是你干的？"孔老师走过去问他。

牛牛嘿嘿地笑着，一个劲地摇头。

"不许撒谎啊，要撒谎的话，牛鼻子就会变长，变成大象——"孔老师说完，牛牛便狡黠地眨了眨眼睛。

"这样的事除了他，还会有谁？"方老师适时地补了一句。

孔老师决定要惩罚他，她伸出手指看似很用力地要去弹牛牛的额头，牛牛吓得赶紧闭上了眼睛……

可是孔老师费了半天力都没弹下去，害牛牛眼睛睁开了又闭上，眨个不停。最后孔老师的手指落在他的额头上，却是轻轻的，轻轻的，牛牛终于舒坦地笑了……

给完牛牛最温柔的惩罚，孔老师又重新回到讲台上，教育他："牛牛，你在小朋友中个子最大，你有责任去保护他们，而不是欺负他们。你要做一头狼，其他人都会躲着你；你要做一条狗，其他人都会亲近你爱戴你。那么，你是愿意选择做一头狼，还是一条狗呢？"

牛牛趴在小桌子上，懒懒地说了一句："我才不要做小狗呢！"

孔老师这才意识到或许她打的这个比方有些不恰当，一时也不知道怎么更正，正好这时她突然听见小天风小声地说了一句："藕（我）要做狼狗。"

她欣喜而感动地望了小天风半天，然后对大家说："我就说任天风是一个小男子汉,你看他说得多好,做狼狗才是最正确的答案,既让狼害怕,又能保护所有人!"

接着她低下头来,小声地鼓励他:"风风,就要像今天这样,平常要大胆地发言,这样你才能不断长进!"

接着她又望了小天风身旁的乔玉一眼,然后又对小天风说:"对了,你能不能帮孔雀姐姐一个忙?"

小天风知性地点了点头。

"以后你只要有空就多跟乔玉说话,把你的悄悄话全都告诉她,好吗?"

小天风很欣快地便点了头,对着一个聋子说话对于他来说似乎是一件很轻松的事情,而去帮助一个弱者更是一件令他欣然向往的事情。

孔老师又拿出一堆图形卡片来问杨杨,这上面的字你都认识吧?

杨杨翻了翻,点了点头。

"你这么优秀,所以你平常也要多教教乔玉,好吗?"

"可是,孔雀姐姐,她什么都听不见。"杨杨大声说道。

孔老师把手放在胸口,"其实她的心什么都能听见。每次你给她看一张卡片,然后对着她发音,让她对着你的口型学。只要你望着她,她的心一定会听见的!"

好为人师的杨杨最后也欣快地答应了。

孔老师想了想,又重新调整了一下座位,把杨杨换到了乔玉后面,然后把之前的单排并成了两张桌子一排,这样小天风和乔玉便成了同桌。

就在这时,郑老师走进来望了一眼重新调整的座位,没好声气地对孔老师说:"园长刚才跟我交代,要我多培养培养年轻人,那么下一堂美术课你来教吧!"

"郑老师,我擅作主张调整了一下座位,您看一下效果,如果认为这样不好,可以随时调回来……"孔老师一脸尴尬地解释道。

"没什么好不好的,没必要问我,你做主就行了!"郑老师冷冷地说。

"可是您才是班主任呀!"

"像这样先斩后奏的事情还少吗?不如你来做班主任好了!"郑老师说话就像开火车般直来直去,时不时烟囱里还冒出火星来。

"郑老师，真对不起，作为一名实习老师，我没有摆正自己的位置，所以诚恳地向您道歉，希望您不要计较——"孔老师低着头，就像一朵低到尘埃里去的花朵。

"小孔也只是心急着把孩子们带好，绝没有篡位夺权的意思。她来以后，你不也省了很多事吗？"方老师也小心翼翼地向郑老师劝说道，然后从壁橱里拿出一大袋月饼来，"你看，这是乔玉妈为了感激我们，特意为我们做的手工月饼——"

方老师才说完，以小强为首的几个小朋友立马围了上去。

"不抢，不抢，每一个小朋友都有！"方老师立马把月饼放到了身后。

"这是什么月饼？能不能只看一眼？"小强的鼻涕都要滴到大脚趾上了。

"大家都回到位置上坐好，一会就要发月饼了！"方老师拍着手大声说。

方老师说完，郑老师不屑于多看月饼一眼，然后板着脸沉默了一会，最后还是那句："这堂课还是孔老师来教吧！"

说完，转身就走了。

郑老师走后，孔老师出去了一趟，拿了一个棱镜和一大堆颜料回来，然后走到教室门口，把棱镜放在阳光下，将一束五彩的光投射到教室里的天花板上，有红、橙、黄、绿、青、靛、紫……

小朋友一片哗然，孔老师让方老师帮她握着棱镜，然后回到讲台问小朋友们："你们看到了什么？"

"彩虹。"

"好多颜色的光。"

孔老师笑着解释道："其实你们看见的是爱。爱是无色透明的光，但它能穿过很多的物体，光分解开来是红绿蓝三原基色，它们分别代表着真善美。"

"而颜料的三原色是品红、黄、青，为什么品红、黄、青三种颜色叫作三原色呢？"孔老师打开品红、黄、青三种颜料，首先把品红和黄色混合在一起涂在了画布上，"这是什么颜色？"

"红色。"小朋友都异口同声地说。

接着，孔老师又把品红和青色混合在一起，"这又是什么色？"

"蓝色。"

最后，孔老师又把黄色和青色混合在一起，"这又是什么色？"

"绿色。"

"没错，三原色的意思就是把这三种颜色混合在一起，就能制造出任意美丽的色彩。当我们把真善美混合在一起，就会变成勤劳、节俭、同情、热忱、感恩、宽容、恭敬、谦虚、礼让等各种美德。每一种美德都代表一种颜色，从而创造出一个五彩缤纷、美好的世界……"

这都是小天风憧憬着的世界，小天风专注地望着她，在五彩的光照下，孔老师愈加显得明艳动人……

而从这天开始，小天风注意到，孔老师总是会一边讲课，一边用身体语言和手语去给乔玉做示范和鼓励，凡是重要的发音都会特意走到乔玉跟前向她和小天风展示一下口型，这样也可以帮到小天风纠正发音。尤其是小天风最难改的这个"我"字，孔老师为小天风曾经展示过无数次。而每天午休时，孔老师手里总是会拿着一本《中国手语》的书，只要小朋友都睡着了，就会翻开认真阅读……

这是她的工作，没人能看到她的情感世界，她生来就像是为孩子而活，她只有在孩子面前才会开心。而小天风渐渐发现，她是开心，但不是真的开心。她看上去艳阳高照，被爱慕环绕，但总有些什么如同乌云过境一般，向她缓缓压来……

这天下午，他们在教室门前的草坪做户外游戏一直做到了放学的时候，小天风听到大门外两声汽车喇叭响，他以为是他爸来接他了，便挣脱了方老师的手跑到了铁门前，在人群中看了半天也没看到爸爸的影子。这时，一个熟悉的身影出现在栅栏那边。小天风一看竟然是孔老师帮老人卖红薯的那天一直跟踪他们的那位帅小伙，只见他举着一块巧克力召唤小天风走近一点，然后指着不远处的孔老师问他："小鬼，她是你什么人？"

"系（是）藕（我）麻麻（妈妈）。"小天风没有接巧克力，违心地说出他人生中的第一次谎话（之前的谎话都不是说出来的），然后远远地跑开。他开始理解孔老师的处境，并且深深为她担忧。

"哦。"那位帅小伙眼睛变得阴郁，呆呆站在那里任微风吹拂他那多情的长发。当小天风回到孔老师身边，再转身回看时，那位帅小伙已悻悻地走开了。望着他远去的背影，他的苍白瘦削让人有些怜惜，小天风突然就感到内疚，因为他忧愁的样子多像秀明哥……

从那一刻开始，秀明哥便一直困扰着他，秀明哥的身影在他心中深深纠缠。

11. 童话城堡里的故事

这一天是周五，小天风一醒来感觉自己头昏昏沉沉的，四肢无力，喉咙也火烧火辣，他意识到自己很可能病了。

吃早餐时，小天风坐在餐桌前没有任何食欲。此时，忙得像打仗一般的刘云婵望了他一眼，问道："你是不是病了？"

他立马打起了精神，摇了摇头，然后拿起桌上的包子，卖力地啃了一口。其实一点味觉都没有，吃起来就像啃泥巴一样，而他还装作吃得很香的样子。

送小天风去幼儿园的路上，向来"马大哈"的任飞扬一路开车听着广播，一点也没察觉。

到了幼儿园，小天风开始有点咳嗽，并且眼皮沉重，打不起精神来，这一切却都逃不过孔老师那对明亮而又敏锐的大眼睛。

"风风，你是不是病了？"孔老师走过来关切地摸了摸他的额头，"都发烧了，还带病来上幼儿园？"

孔老师说完向郑老师汇报了这件事，小天风远远可以听到一些片段："……估计他爸妈要工作，没时间带他去医院……"

最后，郑老师望了一眼小天风，点了点头。

"走，我带你上医院去。"孔老师对小天风伸出手来，小天风一脸迟疑地望着她。

"不去医院就会越来越严重，到时把脑子烧坏了，你就永远看不见孔雀姐姐了。"孔老师说完，小天风这才走了出来，而乔玉一直望着他们，一脸恋恋不舍的样子。

"我背你吧！"见小天风走路软塌塌的样子，孔老师蹲了下来。

在孔老师温柔起伏的背上，一路上那些幸福的颠簸令小天风回想起秀明哥带着他骑马的感觉，秀明哥在夕阳下骑着马回来的那幅悲壮绝美的油画在他脑海里一再浮现。

秀明哥和孔老师，一个是宽大的胸怀，一个是美丽的背影，带给他的幸福不尽相同，但却都占据了小天风的全部。

不知是幸福，还是难受，他哭了，泪水浸染了孔老师梦一般的衣裳。

"你怎么了？哪里不舒服一定要告诉孔雀姐姐哦！"孔老师回过头来望着他。

不知是因为生病，还是突然变得如此脆弱，尽管他自己都看不起自己，眼泪还是不争气地不断掉下来。

于是，孔老师在人影憧憧的大街上放下他，为他擦干眼泪，然后动情地对他说："风风，你要是再哭，我都要哭了——"

孔老师竟然是一个如此多愁善感的人，她温情的美丽一下就在小天风面前绽开。这让小天风感到，他们的泪腺竟然也是相通的。

"不哭不哭，很快就会好起来的。"泛着泪花的孔老师在他的额头轻轻亲了一下，她柔软的唇就像一枚温暖的印章盖在小天风的小心脏上，小天风立马就感到一阵幸福的电流，令所有的泥土都恢复了原样。他停止了哭泣，伸出稚嫩的小手也去帮孔老师拭去眼角的泪水。

"真是个坚强而又勇敢的男子汉。"孔老师又会心地笑了，她温暖地望着他，她的美丽总是令人怜惜。

到了医院，医生帮小天风测量了温度，然后又检查了喉咙。

"扁桃体发炎，低烧 38℃，不算很严重，打三天针就好了。"医生说完，拿出笔来开处方。

"小孩打针对身体不好，能不能只开些口服药？"

"你确定他能吞下药片？"医生从上翻式眼镜后腾出眼睛来望她一眼，孔老师赶紧犹疑地望了一眼小天风。小天风不想给孔老师增添麻烦，立马点了点头。

回到幼儿园，孔老师给小天风倒了一大杯开水，开始喂他吃维C银翘片，小天风其实是吞不下的，却假装一口吞掉了，然后把药片一直偷偷含在口里。

郑老师一会过来要孔老师准备下一堂课，孔老师只好将两袋药都交给小天风，嘱咐他："要多喝水，待会再含服喉片——"

"嗯。"小天风望着她，积极地不断点头。

于是，孔老师开始讲课，小天风含在口里的药很快就化掉了糖衣层，苦得要命，但为了不让孔老师费心，为了病很快就会好起来，这样才能每天都见到孔老师。于是，他一直默默忍受着……

下课后，牛牛一走出教室便像跨"牛栏"一般迫不及待地跳进花园，对着一棵树开始尿尿。

郑老师远远看见，厉声喝止，牛牛尿断了片。

"你这是干吗？"郑老师赶上去问道。

"树木渴了，需要我浇灌。"牛牛在郑老师面前说话显得中气不足。

郑老师气得扯着他的脸就像牵牛一样扯来扯去，只晃了几下，便变魔术般将一头牛扯成了一只河马。

正巧园长路过，见了后便"吁吁吁"把郑老师喊住："你这是在干什么？"

"你看这家伙到处乱拉尿，而且平时总抢别人的东西吃……"

"正好这些树木很久没施肥了，浇浇也好；他去抢别人的食物，或许是因为体内急需这方面的营养，他正在成长。"园长接过她的话，应答如流，"可是无论如何，你也不应该打小孩！去年就是因为你打小孩被人告，害得我们幼儿园没评上先进。现在我也懒得废话了，看来只有罚款才能长记性，所以按制度办事，罚款五十。"

牛牛眼巴巴地望着园长，喊了一声"姨妈"。

"都跟你说过，只是远亲，别叫姨妈，叫阿姨就好了！"园长没好气地说完，转身就走了。

郑老师站在那里，气得话都说不出来，五十元正好是她一天的工资，今天一天等于为一头牛打工了。

一会，园长又当什么事都没发生似的，"噔噔噔"地来找孔老师。

"我昨夜想了一晚，还是觉得应该这个时候趁热打铁，省得王先生的脑袋明天又转到东半球去了，所以我上午特意先提前给他打了个电话说了校车的事。他的态度很好，说叫你去找他，他也有可能随时在地球的任意地方出现。"

见孔老师一脸为难的样子，又扫了一眼正在教室另一头窃窃私语着的郑老师和方老师，园长立马就闻到了空气中牢骚的气味。她就像纠正一个错误一般，赶紧握着孔老师的手说："我过来只是提醒你随时做好思想准备，说不定他一下爱心泛滥，头脑发热就冲过来找你了！"

"牛牛，你跟我来一下——"说完，她拉着牛牛转身走出去几步，又不放心地回过头来望了孔老师一眼，对她说道，"剩下的就全靠你了，这也是考验你的关键时候！"

园长没走几步，之前窃窃私语的那两个便向孔老师靠近。

"校车是要别人捐赠的，而接送小孩是要向家长收费的，这就是园长爱打的如意算盘！"郑老师双手抱臂，不屑一顾地说了一句。

"小孔，别傻，别被人利用。园长总跟别人说'我们的幼儿园'，打着'一切都是为了祖国的花朵''为小朋友献爱心'等旗号，这里拉捐赠，那里拉赞助，搞得我们幼儿园就像是公立的一样，而她对我们从来都是一毛不拔，动不动就克扣罚钱。"方老师也交头接耳地对孔老师说。

"别当'地球仪'是弱智，没有脑子都能想到，没有暑假的幼儿园难道会是公立的吗？'地球仪'脑瓜子聪明得很，没准是谁玩谁！"郑老师和方老师你一句我一句彼此交换着。

"您意思是这所幼儿园是园长开的吗？"孔老师吃惊地问。

"你们大概都不知道这座城堡的故事吧！"方老师神色诡异地对她说，声音也小了半度，"一位归国老华侨娶了本地一位年轻貌美的妻子，他妻子不仅喜欢小孩，而且迷恋童话。这位老华侨便为她修了这座城堡，可是后来他们在这座城堡里相继生了两个小孩都不幸夭折，而他妻子也因产后抑郁症，在这座城堡的三楼上吊自杀了。后来这座城堡不再有人敢住，为了纪念去世的妻子和子女，这位华侨也不愿卖掉这座城堡。园长当时听说后，便去找这位老华侨。一听说是开办幼儿园，这位华侨就立马答应了免费租给她。这样，每天都会有许多小朋友陪伴他的妻子儿女，从此让他们不再感到寂寞冷清……"

方老师说到这，离她们三个最近的小天风听了这段骇人听闻的话，立马就感到教室里阴风四起，毛骨悚然。

郑老师又补充道："场地是不要钱的，装修、桌椅板凳和其他设施都是她拉赞助来的，而收的学费都是她自己的，除掉我们的工资和其他费用，剩下的就是她纯赚的！不然她的名牌包包和高跟鞋都从哪里来？"

"其实我去年就见过王先生，记得有一次园长叫我去她办公室，我一进去园长就对王先生介绍道：'这是我们园里的方老师，品行端正，至今还没谈过恋爱，而且年龄适合，刚好只比你小四岁。'当时王先生看了看我，生气地就走了……"方老师也尽情地宣泄着对园长的不满。

孔老师听她们两个神色诡秘地嘁嘁喳喳，没有插一句话。此时的她就像风中的浮萍一般，似乎任由别人摆布着她漂泊的命运……

那一个上午小天风都感到恍恍惚惚，那些影子在他沉重的眼皮底下晃来晃去。她们交头接耳，声音模糊，就像在白色的天堂一样，而只有孔老师的声音才是幸福天堂的耳语，只要能看着她，无论什么苦痛他都愿意承受。

12. 遇见长大了的自己

午饭后，小天风正准备吃药，园长又拿了一条红丝巾来找孔老师——不知什么时候起，孔老师便成为了园长的大红人，园长有事没事都来看她，就连买了一条新裙子也都会像个天真的老姑娘一般跑来征询她的意见。

"小孔啊，朋友送给我的这条名牌丝巾过于时髦，不适合我这个年纪戴，所以送给你……"园长硬是把一条丝巾塞在孔老师手里，然后回头望见郑老师和方老师端起收拾完的餐具出去了，又诡秘地问孔老师，"她们是不是背后说了我很多坏话？我想你是能经得住考验的……"

孔老师无奈地摇了摇头，呆立着回了一句："没有呀，真的没有……"

"没有就好。唉，有些人啊，就喜欢造谣生事，搬弄是非。所以人呀，有时候一定要坚定自己的政治立场……"园长故意语重心长地对孔老师说。

"嗯，我知道了，但这条丝巾真的不能收——"

小天风接下来眼睁睁地望着孔老师和园长为这条丝巾推来推去，却被吊着鼻涕的小强阻挡住了所有的光线。

"你今天吃的是什么好吃的？"小强好奇地望着他，小天风把那两袋子药直接摆在桌子上，心想你总不会连药都吃吧。

小强却毫不在意，随手拿了两颗喉片就塞进了口里，"这个药我以前吃过，很甜的。"

小强含了几下之后，竟然把喉片嚼碎吞掉了，然后又拿了两粒糖衣片塞进口里。小天风眼睁睁地望着他，想说什么，又说不上来，只好一直盯着他。

过了一会，小天风果然看到小强找了一个角落做了一个苦涩的表情，把药片的苦汁都吐了出来，然后翻了一个白眼，苦得他鼻子和嘴巴都移了位。而就在他翻白眼的那一刹那，他的目光突然又停住了，原来他盯上了地上一块不知是谁吐掉的口香糖。吃过都不要紧，关键是还不知被哪个狠人踩了一脚。

这小强简直就是一个饿中邋遢鬼，竟然旁若无人般捡起来就塞进嘴里。天呀，可怜的人儿，天使怎样才能拯救他呢？

正好方老师走进教室，小天风望着她，指了指地上，然后指了指小强。

方老师见小强口里像是在嚼着什么东西，立刻就明白了他的意思，一把抓住小强问："你是不是又在地上捡东西吃了？"

小强不说，方老师硬是活生生地把口香糖从他口里抠了出来，抠得他口水鼻涕直流，方老师连连打他屁股。

正在跟一个小朋友谈心的孔老师赶紧走过去对小强说："强强，只要你保证以后不再在地上捡东西吃，孔雀姐姐就给你买东西吃。"

小强眼缝里透出光来，小麻雀般四处张望，问："什么吃的东西，在哪里？"

孔老师告诉他："你感觉很饿很想吃的时候，就来找我。"

小强说："老师，我现在就很饿很饿了，现在就想吃东西。"

方老师又给了他屁股几巴掌，"才吃完饭肚子就饿了？你简直就是一台粉碎机！"

"好吃是小孩的天性。"孔老师笑笑，出去了一趟，买了一大堆零食回来分给所有小朋友吃，小强拿了一块巧克力美滋滋地咬着，吃就是他的全世界，有了吃的就有了好心情。

小强吃完又像小狗一般眼巴巴地望着她，孔老师说："每天只能吃一块，吃完就没有了。"

方老师叹了一口气，对她说："你一定是富家千金，不然这样下去你会破产的。"

孔老师笑着说："俺是农民，又有庄稼又有地。"

小天风望着她，感觉她此时的笑容就像药片外面包裹着的那一层糖衣，她能治好每一个人的病，却把苦楚全留给了自己。

午休时，整整一个中午小天风躺在床上都看见孔老师的身影一直在不安地晃来晃去，此时他多想能为她做些什么，而这份心就像一朵开不出花来的花骨朵，直叫他心里堵得难受。

午休完回到教室，正当孔老师心情仍然低落时，两个影子突然出现在教室门口。其中一位女孩，头发白色，皮肤白皙，眼睛绯红，鼻子也好似兔子一般，仿佛才从童话里走出来。小朋友们全都惊异地望着她。尤其是乔玉，自从见到她以后，目光就像被一块高能磁石完全吸附。

而小天风更关注的是另一位东方美男子，当第一眼看见他，小天风便一直眼波泛动：他那张雕塑般的脸庞，那双清澈纯净的眸子，温婉迷人的笑容，多么熟稔，多么亲切！尤其是当他也回望小天风一眼，回以他那招牌的"秀明笑"，一下便令小天风心中汹涌澎湃，差点就喊出声来，啊，秀明哥！

这位美男子那柔和的目光只是从小天风身上一扫而过，那一秒钟就像摄影机的慢镜头不断地在小天风的脑海中经典回放，仿佛是经历过无数夜莺歌唱和露水的夜晚之后，当曙光初现，一个伟大的梦幻在他心中重新复活——

只见这位美男子轻盈地转过脸去，与回过头来望着他的孔老师又对望了一秒钟，那一秒钟，仿佛有几万种光在来回激越地穿越着，与小天风横切的光交织在一起。而他们凝聚在他们的世界，将一切置之度外，毫不知晓；那一秒钟，他们交流了许多许多，那眼神的流露，那种自然，就像人类最初始的缘分；那灵魂的拥抱，那心灵的深度，就像两人合抱着，一起坠入了一个幽深的山谷……

而此时那位像兔子一般的女孩动情地叫了孔老师一声"孔雀姐姐"，然后奔跑着向她投奔而来，切断了他俩对视之间的蓝色电流。

"小兔女——"孔老师激动地把那女孩抱在怀里，她那苍白的脸上重新恢复了童话的色彩，立马就明艳起来，珍贵的山泉在她眼里久久地潆洄着……

为了不打断课程，孔老师便放下她，邀请她和小朋友们一起做游戏。于是，他们一起围着孔老师唱呀跳呀，忘记了所有忧愁……

那位男子安安静静地选择了风琴的一角看他们玩游戏，不时深情地望孔老师一眼。而小天风停下来一直在偷望他，他在想他绝不是秀明哥，不然怎么认不出他来了呢？

那位男子似乎觉察到了，转过头来，眼神也突然停住。他们彼此对望的眼神是多么亲切、熟稔，仿佛穿越了几百年，就像前世就已相见——

小天风就这样一直痴痴地望着那位男子，从他那深邃的眼眸走入他身心的全部；而他也这样一直凝望着小天风，将他灵魂的影子投射在小天风那黑亮的眸子上，犹如两面久久对视的镜子，在互照之间发生了灵魂置换，仿佛从对方身上看见了他们自己。

此时，小天风突然感到天旋地转，地球正在大气中急遽下坠，天空正加速转动，令他和那位男子在不断急速地变换着位置，他不由得闭上了眼睛……

他终于明白他的梦想就是快快长大，长成秀明哥那样，从此守护在孔老师身旁，用他那有力的臂膀去保护她，不让她受到任何伤害。

当他睁开眼，那个长大了的自己已轻轻走到他身旁，在他粉嘟嘟的小脸上捏了一把，问他叫什么名字。这一切就像吃了感冒药后的幻觉，此时他已泪眼蒙眬……

孔老师也不知是这位男子吓着他了，还是他身体不舒服，赶紧过来抱着他，拍着他的背说："风风乖，不哭，不哭……"

说完，孔老师轻轻为他抹去泪痕，在他粉扑扑的小脸上轻轻亲了一口。小天风就像中了白雪公主的魔法，立马就不哭了。

孔老师放下他，那位脸上有着几分青涩的男子也赶紧走过来抱起小天风，在孔老师吻过他的地方也深深地吸上一口，这个移花接木的接吻令孔老师脸颊飞起一片绯红。

其他小鬼见状便多了一些心眼，都围上来讨要抱抱和安慰。

而小天风一直眼睛不眨地盯着那位男子，他想证明这人不是秀明哥，而最后却怀疑时空转换，那人就是长大后的自己……

那天孔老师下班比以往都要早，和那位男子还有女孩一起走了。小天风知道他们去了另一个故事里，虽然留下他独自一人，而他不再像以往那样悲伤，他终于明白对一个人最大的崇拜就是成为像他那样的人。

一直以来，秀明哥总在他梦里出现，魂牵梦绕。而从那以后，他的梦想是快快成长，甚至睡着了他都在蹬腿，希望一觉醒来就长成了秀明哥，从此拉着孔老师的手一起飞奔，远远逃离这个小人国，进入到另一个只属于他们的童话里……

晚上回到家，小天风问他爸如何才能快快长大，立马成为一个大人。

任飞扬说，那只有一种方式，那就是穿越到未来。

小天风又问怎么样才能穿越未来。

任飞扬把他拉到衣柜的镜子旁，告诉他，你要想穿越未来，首先要学会穿越镜子。

小天风对着镜子半天，怎么也无法穿过去。

"你无法穿越镜子，所以你无法穿越未来。"他爸解说道，这是他爸一贯的赖皮术。

"你呀，能不能教儿子一点科学的、有意义的东西？整天就知道糊弄他，简直把他当成了一个廉价的玩具……"在一旁实在看不过眼的刘云婵终于又发飙了。

"这穿越可是未来科技，你现在不懂我不怪你——"

"你就别笑话我了，我看你就会一些吹牛拍马、谈情说爱的本事！你一个职高生，就别在我面前装高深了！"

"拜托，我学的可是汽修专业，你可别小看这汽修！修得好汽车，这飞机、火箭，甚至宇宙飞船也不在话下！当然，作为一个女大学生，你有资格看我不起。你要说谈情说爱的本事没用，你一个大学生还不是照样被我拿下，成为我老婆……"

这两个，只要一说话就会从一个话题扯到另一个话题，越扯越远，并且争论不休，就像是前世的冤家……

而哪怕希望就像水银一般渺茫，小天风却从此恋上了镜子。只要一有空，他就会偷偷跑到爸妈的房间，对着衣柜照镜子。

那一段时间，他觉得时间就好像突然停止了一般，一天变得一生那么漫长。每天他对着镜子，但都改不了原样。要长成秀明哥那样仿佛成了一件不可能的事情，为此他感到绝望。

终于有一天黄昏的时候，他对着昏暗的镜子，竟然看到自己变成了秀明哥，他又惊又吓，吓得赶紧跑出去。

一会他又想，这不正是自己想要的吗？他看看自己的身子，摸摸自己的脸，又为还是原来的自己而感到懊悔——

13．与孔雀结婚

国庆节的早上，爸爸如常地叫醒他，摸了摸他的额头问道："风子，你的病好了没有？"

小天风点了点头。

任飞扬又问："还有哪里不舒服？"

小天风摇了摇头。

任飞扬一脸欣慰地说："鉴于你最近坚持带病上幼儿园，我决定兑现对你的承诺——今天带你参观动物园。"

这个承诺说过太多遍，以至于小天风听了不再有半点兴奋。

经过半个多小时的车程，他们终于到了麻布大山脚下的一户人家大门前。当任飞扬在门口大喊了一声"贾老板"，正要昂首阔步地走进去，突然传来一阵激烈的狗吠声，从里屋蹿出一只一人高的大狼狗来，吓得他赶紧往外逃。

只见那只大狼狗一个纵身飞跃，跨过狼狈不堪的任飞扬，落在了小天风面前，立马就收起了一副凶相，驯服地对着小天风摇头摆尾。

"真儿，别吵！"这时，大腹便便的老贾笑容可掬地走出来迎接他们，"别怕，没有我的指示，它绝不会咬人的，只是吓吓成年人而已！但只要是见了老人小孩，它便像只哈巴狗儿一样，呵护有加！"

"哦，世上竟然还有这么惩强扶弱、行侠仗义的狗？"任飞扬惊奇地问道。而老贾的姓和狗名真儿，真真假假，成了一个欢快的揶揄。

老贾呵呵地笑着，领着他们走进自家后院，映入眼帘的是一排排铁丝网分隔而成的笼子，里面有鹿、野鸡、大雁、豪猪、果子狸、眼镜蛇等动物。那条大狼狗也紧凑地跟在小天风屁股后面，小天风回过身摸了它一下，显得一点也不害怕，却把刘云婵又吓得一惊。

那条狼狗立马乖乖地坐下来，伸出舌头无比忠诚地望着小天风，这才让刘云婵心里踏实了许多。

此时，任飞扬高官一般把手背在身后巡视了一遍，然后拍了拍老贾，赞许道："贾老板啊，看来你文化品位提高了许多，竟然领着野生动物一起听外国音乐！"

老贾弯下腰来，满脸皱纹不知是堆成了一个笑字还是一个苦字，赶紧向任飞扬解释道："任总，您就别笑话我了，我连吃饭都顾不上，哪懂得欣赏音乐？这音乐是放给孔雀听的，我听人说这孔雀情商很高，要用音乐给它陶冶情操，才会长得秀色可餐——"

刘云婵听了这两个人的对话，不觉皱了皱眉，总感觉心里不是滋味。

小天风一直用爱怜的目光望着那只光艳得像一团霓彩的孔雀。第一次见到孔雀，就像见到孔老师时那样，如此向往，仿佛它是真善美的图腾、一个五光十色的梦。

此时，孔雀也小心翼翼地抬起头来看他。他们互相对望着，神奇的一幕发生了——只见那只骄傲的孔雀对着小天风抖动着五彩缤纷的羽翎，将它内心孤独的火焰燃烧成一幅绝美的画面，天仙一般开了屏，获得大家一阵热烈的喝彩。

老贾赶紧拍着手向任飞扬恭贺道："孔雀乃鸟中公主，平时高傲得很，凡人都没看在眼里，只有在它仰慕的王子面前才会开屏！"

这一下说到任飞扬的心坎里去了，他自豪地摸了一把儿子的头，笑着问道："风子，那你喜不喜欢它？"

"嗯。"小天风张大眼睛望着任飞扬，点了点头。

"那你长大以后跟它结婚好不好？"任飞扬开玩笑地跟他说完，小天风赶紧害羞地走到一边，而那只孔雀也文静地跟着他挪动着方步，那左顾右盼的样子，就像已经含蓄地答应了。

老贾听了豪气冲天地冲到任飞扬面前，胸脯拍得像肉铺里的砧板："喜欢就拿去，咱们兄弟之间没得话说！"

刘云婵赶紧连连推辞："不行不行，我家可没地方养。"

当小天风用乞求的眼神转向妈妈时，刘云婵又加了一句："而且它会到处拉屎。"

他妈才说完，一团绿莹莹的孔雀屎便从孔雀身后应声而落，小天风怀疑这是一颗绿宝石，赶紧屁颠屁颠地上前辨认。其实这孔雀屎和鸡屎也没啥区别，小天风呆呆地望着，孔雀在他心中的神性又渐渐化为水汽……

临走时，老贾紧握着任飞扬的手不放："任总，这野生动物驯养繁殖和经营许可证的事……"

"放心啦，我已跟林业局的哥们打好了招呼，下周一我开车来接你一起去一趟就搞定了！"任飞扬大大咧咧地说。

"哦，好的，好的！"老贾连声应道，"不如吃完午饭再走吧，都已经来了……"

说完，老贾悄悄松开了与任飞扬握着的手。

"真的不了，我要赶回去接厂长去参加一个重要的会议！"任飞扬在晴空之下挥挥手，洒脱地打开车门。

回去的路上，刘云婵一路抱怨着：

"这哪是动物园？这分明就是野生动物养殖场！这么多年来，你总当我是个三岁小孩那般骗我不说，没想到你竟然卑鄙到连自己的儿子都骗！"

"要说卑鄙，没人比得过风子的爷爷！"任飞扬咬着牙，狠狠地说，"我来城里这么多年，直到人生中第一次买菜做饭才知道我爹带我去参观过的那个不是动物园，而是菜市场！"

刘云婵又好气又好笑地白了他一眼，正想说些什么，又被他连珠炮一般挡住："其实我想表述的仅仅是想带他看动物，说那么深奥的词语怕他听不懂，到时造成他的语言中枢进一步堵塞，那就麻烦了……"

每当他爸说这些玩笑话时，脸上都是一本正经的样子，不动声色地望着前方。

"这……，你……"刘云婵正想抢过话来说。

任飞扬根本不给她说话的机会，只是用舌头舔了一下胡子又接着说："并且在我爹去世之后，我才明白他老人家的用心良苦，也正是他总是欺骗我们的纯真，才让我们明白江湖的险恶，天黑路滑，人心复杂；也正是他的教养有方，才造就了我的智力超群，卓越不凡，出类拔萃……"

每当说到这些，他爸便开始滔滔不绝，把那些绝色的形容词如同妻妾成群般搬出来。

刘云婵立马做了一个想吐的姿势，讽刺地望了他一眼："你口才这么好，你爹知道吗？"

"知道。"任飞扬吹着胡子，口水都没吞一口便接着说，"算命先生也说，你要不是作家，那么你爹一定是作家，再要么你儿子长大以后一定也会成为作家。我跟他说，我坐在家里，我爹坐在土里，我儿子坐在地上玩泥巴……"

"对了！"刘云婵突然一把激动地喊住，吓得任飞扬踩了一脚急刹车，此时刘云婵眼睛都发亮了，然后一脸神秘地说，"说到作家，我跟你说一个事，我也是上个礼拜才知道的，你知道孙琴琴家发财的秘诀是什么吗？"

"就是你实验室的那个同事孙琴琴？别告诉我坐家还能发财，我只看到了她发福的样子，看不出她发财的样子——"任飞扬不屑地甩过头去，又开始加油门。

"上个周末同事们一起去她家贺新房，全是豪华的装修，欧式的家具，进口的电器，然后她拿出一大沓银行转账单给我们看，全是出版社转给她老公的，少则两三万，多则五六万……"

"你呀，就羡慕人家这些！她儿子有我们儿子人见人爱，花见花开，车见车载，佛见参拜吗？她老公有你老公美须俊眉，英姿焕发，玉树临风，风度翩翩吗？"

"你呀就不能虚心向她老公学习，用业余时间写写书吗？你那口才就是用来吹牛扯淡的？"

"业余时间？我哪还有业余时间？每天除了上下班，我还要接送儿子，做家务，还有各种各样的应酬……"

小天风眼睁睁地看着爸妈你一句我一句地争论起来，他那脑袋就像弹簧娃娃一般惊奇地摆来摆去……

"我已经做得够好的了，在家抽 3 元一包的烟，喝 1 元一瓶的啤酒，过得像个农民工一样，剩下的钱全都交给了你，有几个男人能做到我这样？"任飞扬一脸委屈地说。

"你那点钱还好意思拿出来讲？每个月除去人情和基本开支根本就剩不了多少！小风过两年就要上小学了，你算一下小风从小学到大学要花多少钱，以后还得给他准备娶媳妇和买房子的钱！你再看看人家的老婆哪个不是穿金戴银，金缕玉衣？我却连护肤品都舍不得买……"

"好吧，等百年之后我送你去长沙马王堆过那种行尸走肉般的日子吧！"任飞扬又好气又好笑地说。

"那你结婚前承诺过要养我一辈子，不用我做事的呢？对了，还有你说每年都会带我游山玩水，环游世界的呢？你所说的出国旅游就是带我去了两趟偏远山区，你跟我说那是爪哇国和印象国……"刘云婵没好气地说完，就像受了莫大的委屈，眼泪都挤了出来。

"都是听你的，你说希望我结婚后找一份固定的工作，从此以后告别江湖，安安稳稳地过日子，我才用所有的钱买了这辆车带车入职。如果当初用这钱做生意，或者开个汽车修理厂，现在别说养你，就算是娶十房太太我也养得起了！这不，你现在又成怨妇了吧！"任飞扬瞥了她一眼，然后把纸巾盒递给刘云婵，压低声音对她说，"少在风子面前说这些，别让金钱从小就腐蚀了他那幼小的心……"

小天风感觉他爸平常那智商，简直就跟外星人一样，每次都把他妈哄得团团转，最后呵呵傻笑，无言以对。唯独这一次，就像踩油门时踩错了刹车，以至于满车都是沉闷的空气，令每个人都窘于呼吸……

14. 骄傲的母鸡

国庆长假后的第一天清晨，小天风坐在车上正望着憧憧而过的人影和树影发呆，眼前突然闪过一个熟悉的身影，手里还提着一只大母鸡，跟在一个提着一大袋蔬菜的女人身后晃头晃脑地走着。此时，任飞扬一个急刹将车靠在路边，那两人同时转过身来，竟然是牛牛和一个丰姿的美妇。

任飞扬降下右侧的车窗玻璃与那个美妇打招呼："牛大妈，这么早去乡下走亲戚？"

那个女人转过身来赌气般骂了一句："飞机头，这么多年了你还是老大不正经！"

任飞扬笑笑，豪迈地把头一扬，"上车吧，我送你们！"

说完，他举起双手将小天风抱起移到后座上，牛牛妈和牛牛便毫不客气地上了车。牛牛坐在小天风旁，细心地把母鸡放在脚前，曾经的"混世魔王"换成了一副"住家小男人"的形象，然后与小天风各自望向一侧车窗，谁也不理谁，就像素昧平生一样。

"去哪？"驾驶员就像即将要起飞前那样问了一句，小天风赶紧双手抓紧了扶手。

"去春风幼儿园。"牛牛妈关好车门。

"这么巧，我家风子也在春风幼儿园。"任飞扬回过头来望了一眼牛牛，问道，"这是你家小孩？长得跟头铁牛似的——"

"简直是头野牛，没个男人可套不住他。"牛牛妈才说完，任飞扬便一脚油门踩到底，车子立马像离弦的箭一般冲出去，牛牛妈和牛牛冷不防被冲了个后仰天，牛牛脚前的那只鸡便吓得拍着翅膀不断蹦跶。紧接着，每个人都握紧了扶手，心都要蹦出来似的，像是开始了一场惊心动魄的旅行。

这是小天风早就预料到了的，只要车上坐了令任飞扬兴奋的人，他总是会炫耀一下他的车技。而此时每个人都听到鸡屎泻出来那像滑梯一般顺滑的声音，紧接着就闻到一股鸡屎黏糊的臭气。每个人都不说话了，场面一度尴尬。牛牛妈和牛牛都假装什么也没发生，漫不经心地望着车外。

弹指一挥间，车便到了幼儿园门口。

"一会还用我载你回厂里吗？"任飞扬停下车，解开车门锁，望了一眼牛牛妈。

"不用了，今天难得休假，我打算上街逛逛。"牛牛妈打开车门说道。

任飞扬看了看手表，跟牛牛妈说道："那我把儿子也交给你，这小兔崽子滑头得很，你一定要帮我亲自交到他老师手里！"

牛牛妈瞥了小天风一眼，说："他看上去老实巴交的样子，一点都不像你。"

"嘿嘿，你可别小看他，看上去老实巴交的可不都是农民！"任飞扬说完，一脚油门扬长而去。

小天风仍站在那里，一脸很委屈的样子。

牛牛妈领着牛牛和小天风走进幼儿园后，接过牛牛手中的鸡，弯下腰对牛牛说了一句悄悄话："一会妈有事，你领着小弟弟去他的班级。你要记住：以后不要当着外人的面叫园长姨妈，本来我们和她就只是攀的亲戚——"

牛牛便懂事般点了点头。站在一旁的小天风其实什么都听见了，他仍是一副不谙世事的样子，他那双水灵的眼睛就像两个深潭，无论什么秘密都会在里面化开，化为蒸汽，外人看上去永远是清澈见底。

牛牛妈说完，提着一大袋蔬菜和那只母鸡转身就上楼去了。牛牛与小天风，一前一后径直向教室走去。

教室里只有稀稀拉拉的几个人，这是难得的老师可以和孩子单独谈心的好时机。

"风风，好些没有？"孔老师迎上来，摸了摸小天风的额头，"没有发烧了，看来今天已完全康复了。最近你有没有每天读诗、读文章给爸爸妈妈听？"

"嗯。"小天风文静地点点头。

"爸妈有没帮你纠正错误的发音？"

"嗯。"无论孔老师问什么，小天风都是最佳的态度、最好的心情。

孔老师还想问些什么，正好乔玉妈领着乔玉走到了门口，孔老师赶紧迎了上去。每次乔玉妈送乔玉上幼儿园，都会在教室门口和孔老师小声地聊很多事情。

待乔玉妈走后，方老师便走过来，笑呵呵地问孔老师："那天来的那位小伙长得可真帅，想必是你的意中人了，能不能说一下你们的罗曼史？"

小朋友们都一脸诧异地望着孔老师绯红的脸，心想这罗曼屎是什么屎，怎么一下就令孔老师脸红啦？

这时外面一只鸡突然从楼上扑腾扑腾地飞下来，伴随着小强"啊啊啊"三声怪异的乌鸦般的惊叫，落在了离他们教室门口不远的草坪里，打破了三千世界所有的寂静。

"老李，帮我捉住那只鸡。"接着传来园长从楼上冲着门卫大喊的声音，所有人都把目光转向了草坪，几个老师走了出去。

坐在门口的小天风一眼就看见在他爸车上留下了一个泡影的那只鸡此时正在花园里脖子一昂一昂地探着头走路，门卫赶紧蹑手蹑脚地向它走去。当朝阳把门卫逼近的影子投在那只鸡身上时，它突然赶着翅膀，急速转了个向，门卫便吆喝喧天地挥舞着手臂赶了上去，赶得它满天飞。一会儿门卫累得气喘吁吁的，走廊上站了一排人，园长亲临现场坐镇指挥。

"这是我乡下亲戚送来的一只鸡，也不知怎么就挣脱了绳子……"为了师出有名，园长向旁人解释道。

于是，四面八方的人都参与进去，不断有意识地缩小包围圈，把那只鸡围堵到了一个死角里。这只死到临头的鸡此时还在嗫嚅地左顾右盼，不服输的门卫老李此时就像守门员一般对着这只鸡扑了上去……

天呀，这哪是鸡，明明就是凤凰！这一大帮傻子眼睁睁地看着这只五彩的鸡从他们头顶上飞过，撒下一泡鸡屎——

"妈的，老子就不信跑不过一只鸡！累都要累死你！"难得有机会向园长表现一下的老李拿出誓死的决心，捋起袖子，像个疯子一般赶得鸡团团转。

站在园长身旁魁梧的郑老师交叉着手臂，一副高高在上、事不关己的姿态说了一句："别指望能跑过一只鸡，你只是为了盘中的一道菜，而它是为了保住一条命！"

果然，没多久，门卫已累得脚都抽筋了，而稍事休息过的那只鸡又以斗志昂扬的眼神，临危不惧的精神，过人的胆识，迈着雍容而又稳健的步伐炫耀一般在众人眼皮底下踱来踱去。

"我来！"这时，早已看不过眼的牛牛捋起袖子便走出来，一看他就是一个在鸡窝里摸爬滚打长大，受过鸡屎熏陶的小孩。当他大摇大摆地走近那只鸡，那只鸡便像似是故人来那般认真而又仔细地辨认着牛牛。

"咯咯咯……"当牛牛弯下身子，慢慢向鸡靠近，用鸡国最高级的语言与它亲密地交流，那只鸡嚣张的态度立马就发生改变，它竟然缓缓蹲了下来……

天呀，这牛牛果然是神童，连鸡都给足了他脸面！

"你看，这孩子多乖，怎么一到你手里就成了犀牛怪（注：《西游记》里的妖怪）？所以不要总是怪孩子坏，而是要检讨自己的教育方式有多菜！"园长侧着转过身，白了郑老师一眼。郑老师也只是看着，话不多说。

就在牛牛发动最后的猛攻时，那只鸡就像装了弹簧一般弹了起来，如同人间大炮一般从牛牛的脸旁擦过。待牛牛再望它时，那只鸡把头偏过去，不再认他是亲戚了。

最后当牛牛用尽十八般武艺，三十六种计谋，最后只得黔驴技穷般恼怒地用石子追打着那只鸡，被园长喊下阵来。

"找一张渔网一下就把它网住了，要实在找不到，捕蝴蝶的那种网兜也可以——"热心的方老师接连献了两个计谋，"不知谁有钓竿，没有的话只要鱼钩和线都行，然后抓一只虫子……"

"哪里有弹弓？一弹弓把它打晕……"

接下来，其他人谈的一些不切实际的办法都被园长一一否定了，最后她恨恨地望着那只鸡，咬牙切齿地宣誓道："今天老子一定要把你捉住，捉到之后把你杀三遍才解恨！"

郑老师听完这句，额头又开始冒热腾腾的蒸汽，不寒而栗地站到了另一旁。

看来不抓到这只鸡，所有人都无心上课了。

最后，站在孔老师旁的小天风轻扯了一下孔老师的裙子，跟她说了几句悄悄话，然后孔老师跟园长翻译道："我们班一个小朋友告诉我，现在不要捉，一到天黑鸡就会乖乖不动了……"

园长恍然大悟，立马拍着手对正望着鸡发怔的门卫说："好了，好了，老李，等天黑了再捉吧！其他人，赶紧各自回到自己的岗位上去！"

当她正准备上楼，又回过身来对门卫嘱咐了一句："对了，老李，以后不要把乱七八糟的人放进来，幼儿园又不是动物园！"

她一说完，小天风立马就看到孔老师初晴的脸上又阴翳了下来……

15. 偷看孔雀跳舞

午休时，小天风静静地躺在床上，望着这个警醒的世界发呆。他看见牛牛脱下袜子后嗅了几下，环顾四周见郑老师没在，正要故伎重演，转头见孔老师正望着自己。在美女老师面前，牛牛赶紧不好意思地把臭袜子藏了起来。而孔老师走过去，对他伸出手来再次把臭袜子拿走了。看来这一次彻底把牛牛的灵魂都洗干净了，从此再也没有恋过袜子的"香气"了……

孔老师那旖旎的身影一直在小天风的眼前晃动着。在这安静的白色天堂，孔老师是最繁忙的天使，用母性的温柔哄着其他小孩一个一个入睡，认真地检查每一个人毯子盖好没有。每当检查到小天风这里，小天风都假装睡着，不想给她添乱。

　　直到整个午休间一片沉静，小天风便听见方老师在跟孔老师窃窃私语："小朋友们都睡着了，这里有我一个人就行了，看你脸色不太好，你去休息一下吧！"

　　孔老师环顾一周便出去了，小天风虽然背着身子，什么也没看见，却能深深体会到孔老师离去后的空荡与冷清，就像过去依恋秀明哥的那种感觉，仿佛那种感觉已转移到了孔老师身上，从此一刻都离不了孔老师。

　　他翻了个身，果然孔老师没在了，一个值班老师正背对着他看书，而方老师正把脸贴在一个睡不着觉的小朋友耳旁，小声地与他谈心。

　　小天风突然感到有些尿意，于是他果断地起身，轻手轻脚地穿鞋，然后低下身子摸着床沿走了出去……

　　小天风一走出来便感觉到瞳孔因过度曝光而导致的短暂失明，风轻轻摇动着炎炎烈日下的树叶，斑驳的树影在过道上轻轻摇曳着，他静静地站立了一会儿，踌躇着不知该往哪里去。

　　他首先正大光明地去了一趟洗手间，回来经过楼梯间时只是迟疑了一下，便飞快地走了上去。

　　上幼儿园这么些天，这座城堡的核心部分一直是他未知的领域，就像天空一个神秘的黑洞，对他有着致命的吸引力。每当看到中班和大班的大朋友从楼上下来，仿佛从云上下到地面，他不知有多歆羡。

　　于是他踏着楼梯上到二楼，一个又一个房间地检索着，就像是参观他一个人的王国。参观完，尽管也没见到什么新奇的事物，但心满意足的感觉仍然填补了那个黑洞的空虚。当他再次沿着楼梯上到三楼，推开楼道尽头的门，却是一片明朗的天空。天空之下，是三座金碧辉煌的塔楼。塔楼之顶如同三颗星辰一般闪耀着，像是用最炫目的光召唤他去探索。

　　他走进中央塔楼，走过一条安安静静的过道，他能感觉到孔老师一定就在附近，因为一旦他的脚步切入那个动人的磁场，他那弱小的心脏便会发出激越的信号，"嘟嘟"地响个不停！

　　他小心地继续往前走，感觉孔老师的心跳离得越来越近了，便在一个房间门口停下。他多想一推开门，孔老师便如绚丽的阳光一般豁然出现，照亮他整个心房。

他犹疑了一下，然后小心地推开门。透过两个房间中间间隔的一扇巨型玻璃窗，他看见孔老师正在隔壁房专注地练舞，便悄悄走进去把门关好，然后躲在一张桌子后面观看。

此时的她就像一只冬眠的蝴蝶伏在地面上，在春天的千呼万唤中倦慵地苏醒，肢体如蔷薇花开一般舒展开来，手臂传动仿如鳞次栉比地展开羽毛，然后在指尖上昂起她那高贵的发髻，在风中孤傲地伫立；当她完全复苏，便开始灵动地转动着脖子，左顾右盼，就像一位花间使者，在花丛中行走，熠熠生辉，光彩照人；随后，她长长地起飞，轻巧的脚尖在木地板上划起了一圈圈涟漪，飞入云层之中。那里是她自由的天堂，她在天空中翱翔，像一朵五彩的祥云，拖着绚丽的裙摆；那里也是雷暴和闪电的故乡，她被一道雷电击中，沉向记忆的巷陌，优美地下坠……

当她落到地面上，一个踉跄，宛如刀尖上的舞蹈之后，便陷入了一片沼泽地。她在淤泥之中剧烈地挣扎着，抗争着，扭曲的手臂如同金蛇一般狂舞。她那对蝴蝶的锁骨一定是经过无数次飞翔的历练，当她用完了所有的力气，便只剩下身体微微的颤动，从那抖动的羽毛中飞出无数只斑斓的蝴蝶，飞出向阳的窗子，飞向遥远的丛林……

她终于倒下，在世俗的洪流中，展示她最后死亡的绝美。

小天风以为这样就完了，终究是天生丽质难自弃，最后没想到她一个旋转，婆娑着起身，又像在涅槃中复活，站了起来，然后回过头来，像是看见了他，向他走近。小天风怀着对孔雀与生俱来的亲切与敬崇，不知哪来的勇气，也从桌子后面站出来，向孔老师走去。他们互相走近，他在不断长大，而孔老师在不断缩小，最后他们同时穿过透明的玻璃，在两人的少年时代相遇——他成为一位英俊的少男，孔老师幻变成一位如诗的少女，他们的手臂像藤蔓一般缠绕在一起……

这是怎样的生命奇迹！他简直不敢相信自己的眼睛。为了印证这不是幻觉，他费力地眨了一下眼睛，却看见孔老师又幻影般退了回去，就在他面前停住，整理了一下发丝，然后对着那扇玻璃窗就像对着如镜的天鹅湖一般顾影自怜地深深凝望自己，脸上有着失去了舞台的悲戚。

此时，金色的阳光从侧边的窗户洒下，落在她苍白的脸上，仿佛在日光的恍照中，虚度了无数光阴。

小天风望着她，惊讶得说不出话来。他就站在孔老师眼前，孔老师却无视他的存在，就当他完全透明，令他就像失去了所有生命的意义——

而就在此时，小天风突然看见孔老师身后有一双阴沉的眼睛，正透过过道的玻璃窗在偷看孔老师，吓得他赶紧跑出去，在过道上只是与"地球仪"先生仓皇地对望了一眼，就飞一般跑下楼去……

回到床上，小天风仍捂着胸口，就像在深山密林中经历了一场偷看孔雀跳舞的冒险之旅后，心绪未平。他终于相信他爸说过的话了，他遇上的孔老师果然是童话城堡里的公主，而她的身边还潜伏着穿高跟鞋的巫婆、歪脖子怪物和随时会害人的小魔鬼，可他到底是不是王子，他是否有勇气去面对所有的敌人呢？

他想鼓起全部勇气，心里却多了说不出的委屈。他不明白为何孔老师对他的态度会发生如此巨大的改变，权当他是一团无色透明的空气。是他做错了什么事，还是因为孔老师移情别恋，又喜欢上了别的小孩？他想了无数种可能，又觉得它们都不成立。不，都不是，孔老师一定当他是一个无知的小孩，所以故意用无视的方式去拒绝他那豆芽菜一般幼稚的感情！而此时除了恨自己自作多情，一切都无能为力，眼泪不自觉地从他眼角漫溢出来……

过了一会儿，方老师走来，告诉他以后上厕所不能这样偷偷地去，他把头悄悄缩进了毯子里……

午休后，小天风回到教室还没见孔老师回来，于是他一直站在教室门口，像是有意无意在等待一个既定的结局。正巧这时，地球仪先生和孔老师有说有笑地走来。

"有人说我的头是歪的，我说我的脑袋虽然是歪的，但看到的事物都是正的；而你们的脑袋看上去是正的，看到的事物却是歪的。只有保持与地球倾斜一致的角度，才会有最正确的世界观……""地球仪"先生边说边笑着走过来，看见小天风，便一把将他抱起，假装很有爱心的样子又说，"第一次见到这孩子，便感觉像是很多年前就认识他似的。于是我便一直苦苦回忆，那该是多少年前呢？要超过三五年，那肯定就是上辈子了！哈哈！"

说完，他爽朗一笑，又扭过脑袋问小天风："据说人的感觉是互通的，相信你在梦里也见过我这棵歪脖子大树吧！"

小天风什么也不回答，一心只想下来。"地球仪"先生便抹了抹胡子，想要亲一下他的脸，一声不吭的小天风也不知哪来的勇气，竟然给"地球仪"甩了响亮的一巴掌。孔老师赶紧拉小天风下来，一脸严肃地斥责他："任天风，一点礼貌都没有，你怎么能随便打人？"

"地球仪"先生摸了摸脸，说道："好有个性的熊孩子，我喜欢。"

小天风迅速回到了座位上，像受到了莫大的委屈。

过了一会儿，郑老师走来冷冷地对孔老师说："园长要我转告你，她本来与王先生约好下午去他公司参观一下的，但她下午临时有事，所以要你代她去。"

"地球仪"先生微微鞠躬，绅士一般彬彬有礼地对孔老师说："车已经备好了，请吧！"

"这……"孔老师正要说些什么，郑老师瞥她一眼，冷言冷语地说："不就是参观一下吗，哪怕用旁光瞟几眼都行！这里有我在，不用你瞎操心！"

这郑老师脾气时好时坏，让人捉摸不透，心生畏惧。

于是，小天风眼睁睁地望着孔老师跟着地球仪先生一起走出幼儿园大门，走向一辆停在铁门外等候的在阳光下发亮的黑色轿车。

整整一下午，小天风坐在座位上发呆，感觉他心中的孔雀飞走了，它突然而来，像一场烈火；当它离去的时候，一种失恋般的感觉瞬间侵占了他的心头。

失去她，他又回到生病时的感觉。

当他正趴在桌子上黯然落泪，感觉有谁在轻轻拉扯他的衣服。抬头一看，乔玉正无限真诚地望着他。

为了帮助乔玉，沉默寡言的他跟乔玉说了那么多悄悄话，他从未期冀任何回报。而此时，他感觉那回报竟然像潮水一般向他涌来，令他无限感动。

"孔老师不要我了——"他再也控制不住自己，眼泪就像开闸的水。

乔玉不断地摇头告诉他不是这样子的，然后握住他的小手，想把他那颗碎裂的心重新捏合在一起。

"难道她能听懂了？"小天风过了一会儿才反应过来，不禁心里一怔，他突然回想起乡下"他爹"曾教过他，逢人且说三分话，未可全抛一片心。而他因为听信孔老师的话，就像一枚一腔热情的火热飞弹那般，将自己的心里话全掏了出来，而最后他竟然被孔老师抛弃了，这些放空的子弹却被乔玉搜集，成为他一厢情愿的证据……

他觉得细思极恐，吓得赶紧把手都弹了回来。但当他再度回望她的眼睛，发现里面没有一点嘲笑，只有一片赤诚。

"那我还是小王子吗？"小天风想了想，小心地试探。

乔玉做了一个手势，小天风看懂了，那个手势的意思是：你永远是我心中的王子。

小天风默默转过脸去，心中五味杂陈，百感交集。他用手捂着脸，不想再让她看见自己伤心流泪的样子……

任飞扬接小天风回家，见他坐在车上闷闷不乐，便问他怎么了，他摇摇头。

"你们这个小班都是我们厂的子弟，要是有人欺负你，你就报任飞扬的名字，叫他回去问下他父母。倘若不管用，我第二天准叫他屁滚尿流，屁股开花！"任飞扬得意洋洋地说。

小天风摇摇头，仰望苍天，他终于失去了自我，默默流泪。他在想自己到底怎么了，怎么变得那么敏感，那么脆弱，不再像他自己。

16. 天外来客

第二天特色体育活动课，孔老师问大家想学点什么。

小强估计那一段时间看黄飞鸿的电影上了头，第一个大声嚷嚷，我想学武术！

其他的男孩也跟着嚷嚷，要学武术，要学武术！

孔老师难为情地说，可是我只会跳舞，不会武功。

方老师这时捋起袖子，大大咧咧地说，这个我会！说完，用她面团一般笨拙的胖手教了几招揉面的功夫。这下热闹了，整个草坪上噼噼啪啪对打个不停。只有小天风静得像个女孩，站在阳光下面，微眯着眼睛像是看着哪里，又哪里都没看。孔老师也不看他，悠闲得就像位牧羊女一般远远地坐在树荫下看书。

小强一边积极地演练着各种武打的招式，一边"嘿哈嘿哈"地喊着口号。练了一会儿，大概是被太阳晒得得了臆想症，忘了自己从来都是受气包的存在，幻想已成为一等一的武林高手，竟敢斗胆去向第一反派——牛牛挑战。牛牛也愿意陪他疯，先是嘴上"嘿哈嘿哈"，最后真打起来，只不过才过了两招，小强的"凌空掌"就被牛牛抓住。

"嗷嗷嗷——"小强发出痛苦的叫声，单腿跪在地上，包子般挤在一起的五官都揉进了面里，已找不到存在感了。

"叫爷爷我就放过你！"牛牛得意地笑着，又抬高了手，暗暗加了把力。

"爷爷，爷爷……"小强连声叫道，头都几乎要钻进地里了，牛牛这才松手。

"我们重新来过——"牛牛继续招呼他，小强赶紧转过身就往孔老师那边跑，却又被牛牛一把拦住。

"来呀，这次我不扣你手了，我换一个招式照样打得你屁滚尿流——"说完，两人又对打了起来。小强边打边撤，结果没两下脸上就被牛牛劈了几巴掌，立马嘤嘤啼哭了起来。

"牛牛，你又欺负人！"方老师大声呵斥着，孔老师也放下书跑过来。

"我没欺负他，是他动手先打我的！"牛牛今天换成了正义的角色，理直气壮地说完，又用手指着身旁的几个小朋友说，"不信你问他、他，还有她！"

"他们两个到底谁先动手的？"方老师一问，那几个小证人果然指着小强。小强更是有口莫辩了，心碎得号啕大哭起来，眼泪鼻涕流了一地。

方老师与孔老师互看一眼，这事看来只能"打官司"了。

"总之打架就不对，罚你们每人跳一个舞，谁不跳就在太阳下罚站一上午！"小天风听了孔老师开的罚单，皱了皱眉，走到一边去了。他还在回忆过去天使一般纯洁公正的孔老师，而现在天使已褪去翅膀，变成了魔女。

那两个听了站在那里一动不动，方老师帮小强擦了几把鼻涕，他还在那里抽泣。

"你是愿意跳舞，还是愿意罚站？"孔老师问小强，小强不作声了。

"那你呢？"孔老师又逮住牛牛。

"他跳我就跳。"牛牛狡黠一笑。

"听到了吗？你现在开始跳吧！"孔老师对小强说完，所有人围成了一个包围圈，将草坪变成了一个简易的露天剧场。

"快跳呀，跳完就不用受罚了！"方老师用最后一张纸巾帮小强擦完脸，然后像拍一头骡子般拍了拍他就走开了。

小强从那堆揉成一团的面团里挤出自己的眼睛，望了一眼那些充满期待的观众，又妄想用漫流的泪水去博取同情……

"跳呀，跳呀，就跳我教你们的那个'跨上小火箭呀，心里乐开花呀……'"方老师拍着手大声提示道。

过了一会儿，小强像乌龟一般从壳里伸出手来，开始一边带着哭腔唱歌一边跳舞。他那笨拙的动作和窘态的表情，配上那哭腔，那吊得老长的鼻涕，简直是一位国家一级喜剧演员，令全场所有人笑翻天。

"上了这么久班，只有今天比发奖金还开心，这强强哭比笑好看……"方老师在孔老师旁边说着，抹了一把笑泪。而孔老师只是保持了一个笑的表情，但又不是真的在笑。

小强跳完舞，立即获得了一阵热烈的喝彩。他平复了那张哭丧的脸，转换成一副观众的新颜走了下去，充分做好了观看牛牛出丑的心理准备。

"牛牛，该你了——"孔老师赶紧催牛牛上台。

"我才不跳呢！"牛牛竟然要赖了，起身要走，这简直是向孔老师宣战。

"你为什么不跳？"方老师赶紧去逮他。

　　"是他先打我，我干吗跳？我才没这么傻呢！"牛牛以牛的加速度撒开蹄子就跑了，这像头绵羊一般的方老师哪能追得上。

　　看见牛牛跑了，小强又"哇"的一声号啕大哭了起来，孔老师赶紧拿出一个"糖衣炮弹"来哄他，真叫人看不下去……

　　看来表演彻底结束了，小天风起身拍拍屁股上的灰就走了，他对孔老师的不公有严重的看法，看来这孔老师根本就不值得自己喜欢。忘了吧，唉！

　　这节课令牛牛对武功上了瘾，只要郑老师没在，便会在教室里打得鸡飞狗跳，孔老师拿他没办法，方老师也被气得不行。

　　"我告你姨妈去——"方老师装作要出教室门。

　　"你告吧，你要找她告状，你舌头就会越来越长，最后就会成为这样，一只吊死鬼！"牛牛说完伸长舌头，用手指翻下眼皮做了个怪吓人的鬼脸。

　　"你个鬼！"方老师终于忍不住了，举着扫帚追了过去……

　　而这时孔老师就会上前拦住方老师，然后去找牛牛谈心。只要看到孔老师很温柔地贴近牛牛的耳朵，小天风就觉得假惺惺，甚至回想起过去她也是用这一套来敷衍自己就更感到恶心，而谈完也改不了牛牛继续捣蛋的决心。

　　坐在那里显得百无聊赖的小强大概是从牛牛的那个鬼脸获得了新的人生启示。于是，他便开始学牛牛做鬼脸来吓他同桌的那位小女孩，可他的同桌似乎一点也不害怕他。于是，小强只得充分发挥他的想象力去改进：一会掀鼻子，一会耷拉着眼皮，一会像只沙皮狗，一会像个猪头，惹得同桌的小女孩哈哈大笑，最后当他把脸都挤在一起像只老谋深算的狐狸时，果然把她吓哭了，这下小强才得意地笑了起来……

　　而所有的一切在小天风眼里都是悲剧的前兆……

　　第二天早晨，小强竟然是被他爸拎着耳朵拽进教室的，"变脸大师"被他爸更高超的手艺扯成了一张龇牙咧嘴的鬼脸，而他爸一见到孔老师劈头就问："我小孩书包里的零食是不是你们给的？"

　　"是呀，怎么了？"孔老师惊讶地问。

　　"你们做老师的怎么能乱给小孩吃零食，纵容他们的坏毛病呢？这简直是误人子弟！"即使面对如此美丽的孔老师，小强他爸也照样劈头盖脸地指责，不留半点情面，他那"包老爷"一般刚正不阿的做派反倒令小天风十分欣赏。

孔老师低着头说不上话来，方老师赶紧走过来问了一句："怎么了？"

"昨天我在他书包里竟然翻出了巧克力和薯片，我问他哪来的，他说是老师给的！"小强他爸气冲牛斗地说道。

"小孩天性就好吃，给他吃点零食不可以吗？"方老师据理力争道。

"你们做老师的怎么连一点普通的常识都不懂！这零食都是转基因的，吃多了就会引起基因突变！你看他就是爱吃零食，才长成这个鬼样子的！"小强他爸怒目相向地说完，又瞥了自惭形秽的小强一眼。而小朋友们也都看了小强他爸一眼，不得不接受他爸比小强长得更尴尬这个事实。

"怪不得他总到地上捡人家吃过的东西吃，我正准备找您说这个事——"方老师一脸认真地说。

"你这不争气的家伙，竟然还在地上捡东西吃？"他爸眼睛一横，小强便吓得一个趔趄退后，重新站稳后便像只哈巴狗那般乞怜地望着他爸，天生一副挨皮相。

"谁说你家孩子不争气，他还被评为这个月的'吃饭喷喷香宝宝'呢！"方老师上去为小强辩护。

"什么屁'吃饭喷喷香宝宝'，不就是一个'饭桶奖'吗？"他爸不屑地说。

"不是你要我在幼儿园多吃点，把交的钱都吃回来吗？"小强一脸委屈地辩解道。

"妈的，老子有这样教过你吗？"他爸更生气了，狠狠踹了小强一脚。

"你们做家长的也不能对小朋友太苛刻了——"方老师赶紧上前去拦住他爸。

"这么好吃，还长得像只皮猴一样，你要能长成一头猪，过年还可以有肉吃！"他爸心虚地说完，然后抢起巴掌，还没打到小强，小强便眼睛飞速眨巴着，发出"啊啊啊"惊恐的叫声，差点吓得一屁股坐在地上，孔老师也赶紧上去护着他。

"好了，好了，你以为零食不用花钱买呀，我们也巴不得不买，以后保证不给小孩零食吃了！"方老师也上前去拉扯住小强爸。

"谁要再给他零食吃，便是与我朱大毛为敌，休怪我对他不客气！"小强爸放完这句狠话，这才悻悻离去。

"什么屁朱大毛，长得跟猪大肠似的，我呸！"方老师站在门口望着小强爸远去的背影，愤愤说道。

而小强苦巴着脸低下头来，就像一个喝苦水长大的孩子。

当郑老师才气定神闲地走进教室，外面便传来一阵像鬼爪子抓玻璃那般瘆人的磨钉子的声音，原来是园长急急忙忙赶来。

"不得了了，不得了了！"她一进门便上气不接下气地说，教室里立马一片恐慌，她捂着心脏，接着说，"新来了一位小朋友，我把他安排在你们班，你们三位老师现在赶紧都跟我一起到大门口迎接——"

三位老师慌慌张张跟着她出去，所有的小孩都好奇地跑到教室门前观望。

当园长刚组织三位老师排好队形，只见大门外来了一辆车，一段接一段，就像火车那样无穷无尽，看不到尽头。当车停稳，整个街道都被这辆车挡住，从车上下来一位穿正装的男人毕恭毕敬地打开中间的车门。随后，一位穿着雪白衬衫、打着领结的小孩从车上走下来，那梳得油光可鉴的复古油头和闪闪发亮的皮鞋简直亮瞎眼。只见那个小孩向幼儿园里面张望了一眼，然后在那位穿正装的人的陪同下，走进了幼儿园。

"哇——"所有的小孩都异口同声地喊出声来，没人见过坐火车来上幼儿园的。

"欢迎欢迎，欢迎江天小朋友！"园长领着三位老师一齐热烈地鼓掌。

当那个小朋友在几个人的簇拥下走进教室，小天风这才完全看清他的脸，只见他剑眉星目，神采英拔，皮肤白皙，气宇轩昂，那五官雅致到了极点。小天风从未见过如此高贵典雅的小孩，举手投足都是皇家气派，所以一直惊讶地望着他，简直就像遇见了小时候的唐玄宗。

此时，小朋友们都热闹起来，都为来了这么一个新伙伴而感到兴奋。只有牛牛一个人坐在一旁，他唯一的爱好就是欣赏他自己。

"这位小朋友叫江天，他爸是仙都数一数二的地产商，以后所有人要对他多加关照！"园长特意指定将江天安排在最前一排最中间的位置，然后又跟三位老师交代了几句才走。

园长一走，方老师和郑老师互相对望了一眼，然后又望了一眼孔老师，那意思是园长要么拿到了捐赠，要么就在拿捐赠的路上，不然怎会这么突然。

小天风也感到这富豪榜像武侠片一样高手层出不穷，以为地球仪先生有钱到了天，谁知这个小孩一出现，园长对待他的方式，简直就把地球仪先生排挤到了臭水沟里面。

郑老师瞥了一眼小江天，淡淡地说："想要我对谁好，这要看他的为人！不然即使是皇帝的小孩我也会把他关进猪栏！"

听了这话，猪狗都会敬而远之，因为谁都知道她会有这样野蛮。

好在小江天一点也不讨嫌，他坐在所有人中间，低调得就像一颗不爱说话的星辰，渐渐让人忽略了他奢华的光彩，也让小天风渐渐对他有好感起来⋯⋯

不知什么原因，那一段时间，小江天就像被赋予了某种特权，绝大多数时间都是来得最晚，走得最早。每天早上八点，那位"火车"司机准点把他送来；下午三点，那辆"火车"又准时停在了大门外面，令他与其他小朋友之间越来越疏远⋯⋯

17.　高贵华丽的王子

大概是长得丑的小强受虐的表情最令人快乐，牛牛像是爱上了他这样的表现，自那以后更是动不动就去欺负他。

这天做完早操，牛牛望见郑老师走了，便摆出一个黄飞鸿的招式对小强说："来，我的武功又增强了，我们再来比试——"

这下小强学乖了，"啊啊啊"没命地往教室里跑。牛牛只好又一把挡住小肉球般正在滚动着的小天风，"来呀，你陪我对打！"

小天风不理会，继续绕路走，到了教室门口又被牛牛挡住，噼噼啪啪一顿乱掌打来，正巧郑老师回头看见。

"来，跟我对打，我可不管你姨妈是谁！"郑老师冲过来把牛牛抓进教室就是噼噼啪啪一顿乱掌，打得牛牛脸上火烧火辣。小天风感激地望了郑老师一眼，很多时候他就像上帝的宠儿，无论谁都会无怨无悔站在他这一边。

孔老师和方老师赶紧过来扯劝，小天风把头偏过去，看都不想看孔老师一眼。他原以为美丽的孔雀是他的保护神，原来只有凶神恶煞才能做得了好人的保护神。

牛牛大哭着奔跑出去，一边跑一边哭喊着："我要告姨妈去……"

方老师正要追出去，郑老师一把横着手臂挡着她，怒火攻心地说："让他去告，最好告到教育局去，把他姨妈的幼儿园告垮，我就不信没王法治得了他！"

牛牛大概是在外面听到了，转了一圈又回来，不哭了。郑老师蛮横地瞪他一眼，牛牛假装没看见。

"这种人只服驴马教育，以后我要准备一根鞭子，省得把手打痛了！"郑老师一脸愤恨地说，那架势就像四头骡子都拉不住。孔老师只得束手无策地站在一边，看来以后仙女都救不了小魔王了。

果然没多久，郑老师准备了一根柳条竖在门角。牛牛趁老师不在，立马就把柳条破坏了，"尸体"都不敢扔教室里面。

一次二次之后，郑老师又换来一根钢丝。牛牛见了钢丝便绝望地去抢，耍赖般又哭又跳，三位老师见了又好气又好笑。

"以后还敢乱来不？你要老老实实的我就扔掉！"在郑老师的威逼下，牛牛终于低下了骄傲的牛头。

"看来像牛牛这样的坏小孩就只服郑老师这样的管教！"当郑老师走后，方老师望了孔老师一眼。孔老师随即轻嗐了一口气，那么轻，那么无力，就像一根羽毛落在地上，没有丝毫转折……

那一段时间，不知是小天风冷落了孔老师，还是孔老师冷落了他。每天他大摇大摆地进出，甚至都不正眼望孔老师一眼；孔老师有时也会莫名其妙地看他一眼，他便意志坚定地扭过头去，绝不多看她一眼。而孔老师那一段时间每天都被园长、郑老师使唤来使唤去的，忙得也顾不上小天风那么多。

直到一天孔老师领着他们去塔楼的舞蹈房上舞蹈课，小天风也没太激动，这对于他来说也不是第一次上到塔楼。但一进舞蹈房，他就感到奇怪了，为什么那扇玻璃换成了一面镜子？他甚至把眼睛贴在那面镜子上去观望，却怎么也看不到另一边。当他偷偷跑到隔壁房去看了一眼时，终于揭开了那扇玻璃窗的秘密：原来这是一面单向透视玻璃，从那边看是一扇透明的玻璃；而从这边看，却是一面镜子，怪不得那一天孔老师会无视他的存在。

所有的症结都出自那扇玻璃窗，而不是玻璃一般的心。他终于松了一口气，只怪自己太执着，犯下了一个不可饶恕的错。于是，他决定改弦更张，不再像以往那样自怨自艾，自暴自弃。

"芭蕾就是一首形体诗，它是身心灵的和谐统一……"孔老师一边耐心地讲解，一边教他们扶把动作，她着重望了小江天一眼，问他，"江天，从你的姿态和体型来看，你之前一定有练过吧！"

小江天微微点了一下头，孔老师说，不如你为大家来一个芭蕾舞表演吧。小江天落落大方地答应了。

随着音乐响起，小江天脱离了扶把动作，一个矫健的转身，便移到了舞台的中心，然后他蹲下来，就像一棵生长的藤蔓向上婆娑盘旋着；当生长到极致，他突然展开翅膀，像一只在空中飞舞的蝶，一会盘旋迂回，一会迎风蹁跹；一会，风停了，他停歇下来，就像一具凝固的雕塑，然后徐徐舒展开手臂，像对着无人且繁星满天的夜空，吐露芳华，体现他那不可胜收的美……

他那专注的眼神，就像洗空了一切，眼中只有星空，只有自己的世界，就像一只沉湎于自己城池的小天鹅，孔雀的同类。

跳着，跳着，之前笑他像个女孩的那些小孩都不出声了。此时自带丑角光环的小强露出惊叹的眼神，夸张的口型，简直就像下巴脱了臼，仿佛已置身于另一个膜拜的世界。而牛牛望着他，歪东撇西的站姿，那挑剔的眼神就像一位不称职的评委。

当音乐即将停止，小江天一个凌空飞跃，在空中划了一道空灵的圆弧，然后以脚尖着地，手臂一摆，整个身体便像一个优美的陀螺转得人眼花缭乱，最后一个绝美的姿势定格，获得一片热烈的喝彩。

此时的他就像一位自带仙气、优雅华贵的王子，走到哪里都是华光，都是赞美。他那白皙的皮肤、微鬈的长发已经表明了他那艺术的天赋和与生俱来的高贵。

小天风见到每一个小女孩望着他那渴慕的眼神，突然就感到有些自卑，他静静地靠着墙壁玄想了一会，暗暗下定决心一定要超越他。

"风风，过来，虽然你没有舞蹈的基础，但以你与生俱来的灵气，相信你一定也会跳得很好——"孔老师召唤小天风过去，然后拿小天风做示范，为他纠正姿势，并且详细讲解每一个动作的要领。

小天风再回头多望小江天一眼，小江天就像刻意与他保持一定的距离，也在远远地望着他。那眼神虽平和，却永远都望不到友谊的彼岸……

一会，孔老师放下小天风，走到一边拧了一把牛牛和小强的胳膊，那两个便像被开水烫过的蜈蚣那般，身姿夸张地虬动着。

"你看你们两个，一个像鸵鸟，一个像唐老鸭，你们就不能好好向任天风学习，凡事首先要有一个认真的态度……"

她轻轻经过小天风，就像一阵微风拂过，在她的身后留下一场春雨，润物细无声……

小天风温情地回望孔老师一眼，她依然美丽，她的声音依然和谐悦耳。其实都不用一句赞美，哪怕孔老师只是多望他一眼，哪怕只是叫一声他的名字，也能彻底洗涤他的心灵，从此晴空万里——

那一天晚上，小天风再一次感觉到人生的美好，在梦里看到天上的星星眨呀眨，地上的娃娃笑哈哈……

从此，在小天风的心中，这里又多了一位王子。一个是高贵华丽的王子，一个是平民国的王子，他虽然没有小江天那么光亮抢眼，但小江天耀眼的光华却成为小天风另一种全新的动力，鞭策着他不断吸收阳光，不断进取……

18. 皆大欢喜的日子

第二天清晨，他照样迎着朝阳去上幼儿园，洒水车播着晨光曲在他身边经过，前方的道路变得更加明丽具体。他知道孔老师一定会如同童话中的公主那般出现在道路的尽头，迎接他美丽辉煌的一天……

到了幼儿园门口，他和任飞扬才下车就看见卖红薯的那位老人正要在孔老师面前跪下，孔老师赶紧上前去扶他起身。晨曦中的孔老师就像沾着露水的粉玫瑰一般典丽，没有一点尘埃。

小天风和他爸赶紧加快了步伐，走了上去，只见老人在跟她说着："昨天下午你帮我卖完红薯才走，就走来一个人问我还剩多少红薯，付完钱之后告诉我从今往后只要是我种的红薯全都将按农贸市场的批发价收购，临走时还留了一个电话给我——"

小天风终于明白，孔老师最近总是匆匆下班，原来是为了去帮老人卖红薯。

老人起身后颤颤巍巍地拿出那张写着电话号码的纸条让孔老师辨认，孔老师看后似乎仍是一头雾水，"我真的不认识这个人，您要感谢也不应感谢我！"

老人喟叹道："就算不认识，也一定与你有关！唉，我活了六十几年，知道自己只有什么样的命运，所以一定要感谢你！"

说完，老人又要跪谢，孔老师赶紧又去扶他，连连解释道："真的不是我，真的不是我……"

见两人推来推去，任飞扬冲上去一边跺脚，一边指着孔老师说："就是她！就是她！就是她……"

这下孔老师有口莫辩了，只得羞涩地低下头来。小天风望着他爸一伸一缩那滑稽的样子活像一只笨拙的乌龟，忍不住笑了。

最后小天风温情地望着他爸转身离去，这是他头一次体会到他爸身上的魅力。那个时代的许多人就像露天长大的，总有一些难以散去的社会气息。有人说这是流里流气，有人说这是痞子气，有人说这是流氓气息，直到长大后任天风才找到一个最准确的词语：浪荡不羁。尽管他妈总是骂他爸轻浮，但小天风有时会很喜欢，他爸身上那被浓烟笼罩着的阳光之气。

这天，牛牛在花园尿尿又被郑老师逮住了。
郑老师提起他，在他的光腚上啪啪打了几下，大白天都能看见电光。
螳螂捕蝉，黄雀在后，此时正好园长走过来。

"我要他别在花园尿尿，教猪都教会了，可是牛牛硬是不听。"

"我也懒得废话了，直接罚款 50 元。"园长没好气地说完，转身就走了。

郑老师就像一个憋足了气的煤气罐，气冲冲地回到教室准备上课，却看到挨了揍的牛牛一只脚踩在椅子上，另一只脚踩在桌上，高举着拳头喊着口号："我们不要打人的老师，我们不要郑老师上课！只要孔老师和方老师的举手！"

此时无数双麻雀般的小眼睛四处张望着，闹革命就不用乖乖听话了，这么好玩的事情谁都愿意参与。唰唰唰，小朋友们纷纷举起手来，唯独小江天就像一个冷静的旁观者一样，什么都与他无关，什么都不参与。

乔玉环顾四周，也举起手来，见小天风没举手，又犹疑着拿下来。小强望了小天风一眼，也把手放下，一会一片小手就像多米诺骨牌一般倒了下来。

小天风低着头，他的想法总是与别人不同，不举手是不想孔老师一个人讲课那么劳累，更不想把郑老师逼走了，令孔老师心亏。

此时无声胜有声，郑老师望着牛牛，眼睛里就像飞出无数把飞刀。而牛牛转过身去，害怕她眼神中的怒火会将自己做成铁板烧。

"郑老师，牛牛才四岁，还不懂事，你不需要跟这个小犊子计较——"方老师拉住郑老师，劝解道。

"嘿嘿，他在我眼里就是一只蜗牛，我一脚就能把他踩扁，怎会跟他计较！让他滚犊子去吧！"郑老师轻蔑地望牛牛一眼，然后气咻咻地冲了出去，把这节课留给了孔老师和方老师。

小天风望了一眼孔老师，每当这个时候，他心中的仙女就一副不知所措的样子，伫立在人间这张错综复杂的网中央，神情迷惘。她既想保护所有小朋友，劝说一个打人不对的事实；又知道事实与现实之间的隔阂与偏见，会成为一个解不开的死结……

唉，总之，望着她都心累。

孔老师此时也会心地望小天风一眼，他们的心灵永远是相通的，那纯洁透明的世界里不会再有任何隔阂与误会……

那一段时间，郑老师都没好气，牛牛也知道连姨妈都斗不过的人，自己更不是对手，也像个庄稼人那般老实了一向。

这天，园长匆匆走过来，望了望教室里面，见郑老师和方老师没在，赶紧拉住孔老师说："我感觉郑老师已到了要造反的节奏，每次跟我说话都是用鼻子哼出来的！小孔啊，你赶紧熟悉业务，以便我随时将她换掉！"

"郑老师从来都是一个口恶心善的人，你们之间只是有一些误会而已，并且她向来工作认真负责，一丝不苟……"

"唉，你就不明白？我不是跟你承诺过要将你尽快转正，安排你当班主任吗？我从来都是一言九鼎的人！"远远望见方老师走来，园长急忙打断她说。

"园长，可是，这不是我希望的……"孔老师此时不知说什么才好。

"就这么说定了，我没时间跟你多说，我先走了——"园长拍了拍孔老师，慌慌忙忙地又走了。

孔老师此时站在门口，像一朵彷徨的花儿那样在风中百转千回……

又过了好些天牛牛没撒野了，大概是憋得慌，见郑老师像是已经忽略了他，又开始四处找茬。

这天牛牛经过乔玉的座位时，突然翘起屁股对着她打了一个很响很响的屁，乔玉和小天风赶紧都捂住了鼻子。

"哈哈，响屁不臭，臭屁不响，你明明听得见，我就知道你一直都在装聋卖傻！"牛牛大笑着对乔玉说。

老实巴交的乔玉虽然听不见他在说什么，却也知道这是侮辱，尴尬得无地自容，眼泪像低空的雨，立马就要掉下来了。而小天风此时望着牛牛，眼中燃烧的怒火就像两座火焰山一样。

"你望什么望，想吃屎的话你可以叫她拉给你吃！哈哈！"当牛牛正笑得地动山摇的时候，小天风已恼怒地站出来，一巴掌打过去。

"你想屎（死）吧，竟敢打我！"牛牛闪过后，瞪着铜铃般的眼睛望着他。

小天风明知不是牛牛的对手，还是怒不可遏地又一巴掌打过去。这次却被牛牛一把接住，扣住他的手指令他动弹不得。

"叫爷爷，叫爷爷我就放了你！"牛牛终于找到了可以肆意宣泄他的仇恨的机会。

小天风正要伸出另一只手打他，却被牛牛抬高了手，痛得他身子都弯了下来。

"任天风，快叫吧，叫呀——"小强赶紧跑了过来，在小天风身边像只猴子般着急地上蹿下跳。小天风已痛得扭曲着身子单脚跪在地上，却执拗地偏过头去硬是不叫。

"哎唷——"牛牛突然像头牛一般痛苦地嚎叫着，一把放开了小天风，原来乔玉在他大腿上咬了一口。牛牛恼火地转过身来，正要对乔玉大打出手，却被凌空而来的另一只手牢牢抓住手腕，动弹不得。

牛牛回头一看，竟然是小江天，他使出浑身解数想抽回那只被握住的手，却纹丝不动。这下牛牛发狂了，也不管小江天是谁，开始乱踢乱蹬，想用乱拳打死老师傅。

"牛牛，你又欺负小朋友！"走到教室门口的郑老师喊住他，冲过来伸出大象一般的厚掌，雄浑的掌力一掌便将牛牛打飞，牛牛顿时哇哇大哭了起来。

"可我看到的是你在欺负小朋友！"此时，门口又一声天雷，园长就像无处不在那样突然出现。真是山外有山，天外有天，一物降一物。这小小的幼儿园就像一部封神榜，只要发生内斗的时候，总会有更高级的神仙层出不穷地出现。

"我也比你小，你还不一直欺负我！"郑老师不输天威，天神般居高临下地叉着腰藐视着园长说。

"你这么大的块头，我怎么欺负你？"园长抬起头仰视着郑老师，又好气又好笑地说，"郑老师，看来你的特长是力气活，不如介绍你去肉联厂上班好了！"

"那行吧！"郑老师立马说话都凉了气，草草结束了这个干瞪眼的游戏，然后转身打开壁橱收拾东西。

"郑老师，你不用走，要走的那个人是我——"当郑老师走到门口，孔老师已轻轻站在了她身后。

郑老师停住，犹犹疑疑地往回看，似乎这间教室还存有很多难以割舍的东西。

"如果郑老师走了，我也不做了。"孔老师转过身来忧忧悒悒地望着园长说，她那凄艳的表情就像落花一般停在凝滞的空气中，此时谁都能感受到飘零的真心。小天风紧张地望着她，就好像即将要失去自己的生命。

"你要走了，乔玉怎么办？只有你才能与她交流，你还记得你是怎么答应她妈妈的吗？你不能丢下她不管……"这一个二个都要走，方老师也急了。

乔玉就像明白即将要发生什么似的，也诚惶诚恐地望着孔老师，生怕她走了，只要她一脚踏出教室门，便会立马大哭起来。

在这尴尬的气氛中，在这最紧要的关头，园长突然幽幽一笑，如同打开了一把妖娆的扇子，打破了所有的僵局："嘿嘿，真好笑，郑老师，我又没说过要把你辞退！你情绪过于激动是甲亢的表现。算了，你有病我不跟你计较。不要以为我不体恤你，之前找不到老师，所以我也没提这件事。现在小孔也应该熟悉业务了，这下你该好好在家养病了！相信你养好病，不会再像现在这样冲动，就会明白过去我对你的所有苦心——"

郑老师眼睛瞪得就像铜铃似的，"你怎么知道我有甲亢？"

园长故弄玄虚地留下意味深长的一句："你以为你不说我就不知道了吗？至于你们说过的那些就更不用说了——"

"小孔，以后就要多辛苦你了！"园长拍了拍孔老师，然后把牛牛叫出去数落了一番，风中隐约传来她斥责牛牛的声音：你要以后敢动江天半根毫毛，十个姨妈都保你不住……

教室里剩下的这三个，惊讶地对望了半天，努力消化着这个意想不到的结局。最后，方老师望着郑老师诡秘地一笑，郑老师也终于绽裂了那个完胜的笑脸。

看来这是一个皆大欢喜的日子，回来后的牛牛一身就像打了牛血那样在教室里闯来闯去。

小天风心怀感激地望了小江天一眼，以为他弱不禁风，竟然武功盖天；以为他不问江湖，关键时也会拔刀相助。为这奢华的低调，不由得对他更加钦佩起来。

19. 解除了封印的小魔王

自从郑老师休病假以后，牛牛就像一个被解除了封印的小妖，又开始变得肆无忌惮了，只不过见了小江天，就像狮子见了老虎，只会冷眼相看，绝不敢轻举妄动……

这天小天风看见牛牛在额头上写了个"王"字，坐在一把椅子上，两只手搭在另两把椅子靠背上，就像一个山大王那般恣睢地吃着葡萄。

"这葡萄好大一个啊，比我的眼珠子还要大。"牛牛从葡萄里选出最大的一颗，恐怖地放在眼珠子面前比对了一下，然后一口吞掉。

断绝了零食的小强望着他，吞了一口口水走近。不一会，牛牛身边围了几个小孩，看着他一边吃葡萄，一边故意炫耀：

"小芹菜，我说过要保护你的，来，给你一个！"

"尹公子，上次打你你没报告老师，来，你也拿一个！"

"欣欣，谢谢你上次把酸奶让给我吃，来，这个给你！"

…………

每一个都领着葡萄走了，就小强和杨杨没有。小强仍痴痴地等着，而杨杨并不是找牛牛讨葡萄吃的，而是来欣赏牛牛这么优美的姿势的。

直到牛牛吃完所有的葡萄，吃饱喝足后他去游戏了，留下一地葡萄皮。

这没志气的小强并没有惆怅，而是假装弯腰，趁人不注意，飞快地拾起一块葡萄皮正要塞进嘴里，一直在观望的小天风不禁皱起了眉头……

"老师说，不许吃脏东西！"在这千钧一发、十万火急的关头，杨杨喊住了小强。

小强囧了，抠了抠头皮便停住，此时放进嘴里不好，扔掉也不好。

善解人意的杨杨抢过小强手里的葡萄皮，呼呼呼地就像台鼓风机，吹了三遍大风，这才递给小强。小强放心地塞进嘴里，谢天谢地，谢谢你的情意，这次小强总算学会了爱干净……

而牛牛远远地在一边卑鄙地坏笑着，小天风摇摇头叹息着，他早就想到这是牛牛设的局，只怪这小强不争气。

牛牛消化完葡萄又两步一蹦，三步一跨地跳进花园去尿尿，正好被回来的孔老师看到。

"只有小狗才随地小便。"孔老师远远地教导他。

"那狼也不可能在家尿尿。"牛牛一招就破解了。

"你要随便在外面尿尿，总有一天小鸟会飞掉，飞入空中你抓也抓不到，长大你就只能做太监鸟。"还是方老师哄小孩的技术含量高，说得牛牛脸红害臊了。

"飞掉就飞掉，以后就不用总要尿尿这么烦躁了！"牛牛尿完撒蹄就跑了。

这天上手工课，小天风第一个用纸板拼好船模，正当他要将纸船交给孔老师时，牛牛冲了过来，用他的牛蹄子一脚便把他的成就感踩了个稀巴烂。小天风怒不可遏地随手举起小剪刀便朝牛牛手臂捅去，只听见牛牛"哎哟"一声，然后捂着受伤的手臂被小天风追得满世界逃，所有的人都被这一幕惊呆了。

"风风——"只有孔老师这贴近灵魂的声音能把小天风喊住，他呆呆地站在那里，眼里满是隐忍的泪水。

"风风，把剪刀给我——"孔老师拍了拍他，温柔地把他揽在怀里，让他的灵魂安定下来，"尽管你做错了，我还是能理解你，报复是甜美的，是天使的权利，但这最终并不能让一切仇恨化解。我以前不是跟你说过吗？遇到这样的事要第一时间报告老师，让老师来处理……"

而此时，牛牛已逃到一个角落，捋起袖子一看，只见手臂被小天风用剪刀捅了一个口子，鲜血直流。这牛牛见不得流血，立马哇哇大哭了起来，往日霸主的形象瞬间土崩瓦解。

"没事，没事，牛牛不是最强大的吗！这点小伤算什么，敷点药几天就好了，这只是老天爷给你的一点惩罚，看你还欺负别人不……"方老师赶紧上前去安慰他，还是用之前的土方法，帮他挤出更多的血，然后敷上云南白药用纱布包扎好。

"是不是应该带他去医院打破伤风针，这么大的口子说不定……"孔老师还没说完，方老师连连向她挤眼睛，而孔老师并没有会意，只是一脸困惑地望着方老师。

"不用，不用，牛牛健壮得像头牛，而且是最最勇敢最最强大的男子汉，这点伤算不了什么！"方老师这标签一贴，牛牛便不好意思再哭下去了。接下来，方老师一直在跟牛牛说悄悄话，牛牛就像牛吃草那般不停地点头。

"吓死我了，你知道，这事如果牛牛要告诉家长，或者园长知道了，就不好收场了！好在我跟牛牛都说好了，他不会说出去的……"过后，方老师惊魂未定地跟孔老师悄悄说道。

"难道不应该通告双方的家长吗？"孔老师眨着那对懵懂的大眼睛，一脸犹疑地问道。

"你是缺心眼吧！这不仅会给园里带来麻烦，并且这麻烦还会落到我俩身上。你倒好，你有园长罩着，并且你只是一位实习老师，屁股一拍便可以随时走人，而我就惨了，过去为了上班，我连自家小孩都顾不上……"

"这件事我一个人来担责，一定不会牵连你的——"

"你当园长和其他人都是傻的吧！我真是气得不知说什么才好！"方老师说完，便气咻咻地走到一边去了。

孔老师平静了一会，便蹲下来跟小天风说："风风，我希望你能意识到这件事的严重性，郑重地向牛牛道个歉。"

小天风倔强地把头扭过去，那意思是我没错。

"剪刀在天使手里是用来剪纸的，只有在暴徒手里才会变成凶器。你是天使，所以你不能……"孔老师耐心地劝说着一脸委屈的小天风。

小天风身后的杨杨不服气地帮了他一句："可是牛牛不是天使，他是个小魔鬼，总欺负我们！"

孔老师解释道："其实牛牛也是天使，只不过他还并不完美，只是一位笨蛋小天使。大家有没听过丑小鸭的故事？别看牛牛身体长得快，但他的心还没长熟，就像还没完全脱离蛋壳。只有当哪一天他学会了同情、关爱和善良，他才会长出翅膀，成为一位完美的小天使！"

于是，下面便有人议论纷纷，老师，那我是天使吗？我呢？

孔老师说："每一个小孩都是一位天使，每一位天使身上都有着独特的闪光。像杨杨特别爱学习，小天风特别善良，喜欢乐于助人，而牛牛一点也不记仇。你们都来自天上，当你们聚集在一起，就像是上天给你们的缘分，所以你们一定要互助友爱，团结一心！"

牛牛也不满地插了一句："既然我们都是天使，你为什么对任天风最偏心？"

孔老师说："其实我不会对任何人偏心，每一个小天使就好比不同的小花，有太阳花、牵牛花、鸡冠花、玫瑰花等等，有一千朵花就有一千种爱。作为园丁，每一朵花我都喜欢，只是表现形式不同而已，比方说，你个头大，所以给你的营养就会比别人多一些；有些花经常长虫子，所以老师要多花些时间去为它们捉虫喷药……"

孔老师说完，牛牛想了想，也无话可说。

"我才不愿意做小天使呢！我想快快长大，成为一位白马王子！"此时，从不说话的小江天就像一颗隐藏了太多光芒的恒星那样突然爆炸，一下亮瞎了所有人的眼睛。

此时，一旁的方老师笑了笑，问道："江天，你想要做谁的白马王子呢？"

"我要做孔老师的白马王子，以后她去哪我就载她去哪！无论天涯海角，我都要跟她在一起！"

小江天响亮的回答说得方老师哈哈大笑，却令孔老师羞红了脸。

孔老师若有所思地想了想，又怅然若失地说："其实童年真好，没有任何烦恼，可以笑得阳光灿烂，也可以哭得肆无忌惮。其实人越简单越快乐，可以做自己想做的事，可以大胆说出心底想说的话，多希望你们不要长大，长大了就会像我一样有很多烦恼……"

杨杨此时插了一句："那老师也可以变成小朋友呀！"

孔老师继续说："其实望着你们的时候，就恍如坐着时光穿梭机回到了我的童年，你们的快乐就是我的快乐，你们的欢笑就是我的欢笑。多希望自己永远是个小天使，永远不要长大，永远跟你们在一起，所以珍惜在一起的美好时光吧！你们每一个人都是同一个摇篮里走出来的同胞兄弟，你们更应该互助友爱，直到你们长大的那一天，才会明白人类这一种初始的缘分是多么可贵，才会为过去做出的错事而感到后悔……"

孔老师这一番触景伤情的话令所有的小朋友都心有所动，整个教室都鸦雀无声……

小天风低着头，他多想为孔老师减少一些烦恼，可他就是做不到向牛牛道歉。晚些时候，方老师把牛牛抓来了，要他向小天风认错，保证以后不再欺负他；而孔老师把小天风拉到牛牛面前，要他向牛牛道歉，两人握手言和。

而他俩都倔强地不从，要死要活地各自甩开身子。方老师只好把他们两个的手拉在一起，笑着唱道："来，握握手，好朋友，只想一生跟你走，来世都做你的小小狗……"

"你这不是与他握手言和，而是握着和平的手，与世界讲和——"当孔老师握着小天风的小手向牛牛伸去，小天风感到他被一种神秘而充满欢欣的力量加持，令他无从抗拒……

下午，牛牛妈来接牛牛时，果然牛牛什么都没说，而孔老师面对牛牛妈反倒是一副忐忑不安的神情，就像是做错了什么事似的，方老师赶紧挡在孔老师的前面，对着牛牛妈一脸的笑嘻嘻。

第二天，牛牛骄傲地向方老师汇报："我什么都没跟妈妈说，妈妈也不知道，这点小伤算什么！"方老师直夸牛牛是个坚强的男子汉。

而自小江天公开宣誓的这天开始，小天风内心便有了紧迫感，他总是用一种异样的眼光望着小江天，他从来没想到令他暗暗钦佩的那个人，有一天会成为自己最强大的竞争对手，并且会以这种最公开的方式出现。是将孔老师拱手相让，还是去超越自己，追上别人？

正当他陷于这种不安中，乔玉突然拍拍他，然后指了一下小江天，摆摆手；接着又指了指小天风，捂着自己的心，画了一个大圈，最后对他竖起大拇指。那意思像是说，尽管小江天舞跳得比他好，但很多方面小天风都超过了小江天，要他永远都要保持自信，相信自己是最棒的！这让小天风十分感动，不知什么时候，他和乔玉之间早已达成了这种默契，只要她望着他的眼神，就知道他想要说什么。她是第二个能读懂他的人。

而他更在乎孔老师的感受，因为标准答案只在孔老师心中。而孔老师看上去似乎是一个很讲感情依据的人，对这位平民国的王子尤为亲近，这让小天风倍感安慰。

但不管如何，他过去对小江天的钦佩都渐渐转换成了崇高的敌意。当这种敌意才在蛋壳里形成雏形，小江天却有一天突然间离去，教室最中间的位置就如同行星砸下了一个陨石坑，令每一个人都开始沉重，反思。

没有了竞争对手的小天风突然就感到无聊起来，小江天就像一个天外过客，本不属于他们一类，这种永别随时可以预见，空气中还飘散着他白马王子的宣言，也不知哪一辈子才能兑现……

小天风回想起小江天也好像做了个梦一般，让他见识了不管他是否相信，这天上的人类确实存在，落到他们中间除了举止高雅，也看不出太多天赋异禀。这种经历更像是一段奇遇，当他生命中的过客此来彼往，也给他迷蒙的一生带来缤纷的梦境，催人进取……

牛牛受伤后又老实了几天，但总会以仇恨的目光不时地盯上小天风几眼。而几天过后，他又好了伤疤忘了痛，再加上那一段时间牛牛妈又给园长送了两回菜，牛牛又渐渐狂妄起来。

20. 受伤的孔雀

这天体育活动的时候，小天风正在和小强玩跷跷板，当小天风正在下落，突然就感到速度加快，然后屁股底一震，竟然把对面的小强弹飞了。小天风回过头来，只见牛牛一只脚踏在他屁股后面，仰天哈哈大笑。

小强在地上打了一个滚，爬了起来，拍了拍屁股上的灰，就像一只养乖了的小狗，又摇着尾巴，亲近地走了上来。

牛牛说，幼儿园是我姨妈开的，这里的一切东西都是我家的，不许你们玩。小强乖巧地点了点头。

而不服气的小天风偏要玩，又去爬双间肋木，牛牛也跟着爬了上来，小强只有站在下面看的份。小天风快爬到顶端时，牛牛又一把抢在小天风前面，牛背向他用力一顶，伴随着小强的"啊啊啊"乌鸦三叫，小天风便感觉整个身心像是在空气中飘浮了起来，然后在光阴和速度中急遽下坠。在下坠的这一秒他想了很多很多，又好像什么都记不起，心中的一切光亮都被大祸临头的黑洞所吞没……

坠落，在坠落的最后一秒，他却明显感知身体的速度在减缓，就像被一片柔软的云托住，最后掉在了一片羽毛堆里。他睁开眼看见孔老师那双迷梦一般的眼睛，正与他深情相对，原来自己整个身心都落在了孔老师温暖的怀抱里，就像掉进了一座温暖而又舒心的房子里，那里有着他向往的光明之乳……

当孔老师放下他，小天风还恋着她那淹没一切想往的身体。孔老师就像是他的福星，总是在他最危难的时刻出现。甚至过了许多年，当任天风回想起这件事，仍然心有余悸，仍然对孔老师心存感激。

"牛牛，都说了你比其他小孩要大，你应该保护他们，你怎么能总是欺负他们呢？"孔老师一句实体的话这才让一直在太空中悬浮的小天风彻底着陆。

牛牛从双间肋木上爬下来，搔了搔头皮，他从来都不会良心不安，因为他没有良心，只是对着美丽绝伦的孔老师不知所措而已，而且他知道通常这样的事只用搔搔头皮就会通过。

"这次一定要严厉惩罚你，罚什么呢？"孔老师想了想，一下便想到了一个幼稚的游戏，"罚你玩老鹰抓小鸡的游戏，你来做鸡妈妈，保护其他小鸡。"

游戏开始了，整个草坪立马沸腾起来。这下牛牛可发挥了他的特长，他那铁牛般的身躯和铁箍一般的手臂一直令当"老鹰"的小朋友无机可乘，一会便令所有的小朋友跑得气喘吁吁，大汗淋漓，甩掉了秋衣。

游戏一直在以欢快的节奏进行，轮到杨杨当"老鹰"的时候，牛牛望了一眼队列最后的小天风，冷冷一笑。也不知是木讷的小天风看上去比较迟钝，还是牛牛刻意所为，小天风很快就被杨杨抓住了。

当两个从来都势不两立的人又重新面对，所有的人都感觉气氛大不同。小天风一会往左，一会往右，却一直找不到半点间隙。他想了想，决定发挥个子小的优势，忽左忽右之后，把小鸡的队伍一直拉到了草坪的边际，然后来了一个突然袭击，从牛牛的手臂底下转了过去……

眼看他就要捉住队尾的洽洽，许多人在为小天风喝彩的时候，不服输的牛牛竟然耍赖，从背后猛推了小天风一把。

　　小天风一个踉跄，正好撞在洽洽身上，两人同时摔倒在地。只听见"砰"的一声，洽洽的头磕在了水泥台阶上，哇哇大哭，随即又传来小强报丧般的乌鸦三叫。

　　孔老师惊慌失措地扶起洽洽，只见她满头是血，赶紧抱起洽洽就往医院跑。

　　园长闻讯赶来，问了一下方老师事情的经过，然后打电话通知洽洽的家长。

　　一个多小时后，孔老师抱着额头打着补丁的洽洽回来了，据说缝了八针。发生了这种事，每个人都不说话，每个人心情都不美丽，只有牛牛一副事不关己的样子。

　　孔老师继续回到课堂给小天风他们讲课，她的声音不再婉转动听，她的脸色不再红润，一脸忧心忡忡的样子，令小天风看了都心痛。

　　没多久，洽洽胖胖的母亲来了，一进幼儿园大门便一声狮子吼，威震山林："是谁欺负我家洽洽了？"

　　园长把洽洽交给她并跟她说明情况后，洽洽妈便像一个点燃了的扫帚，怒火冲天地拖着喷发的彗尾向孔老师冲来。她奔跑时，那晃动的肥肉和粗壮的大腿简直令天崩地塌，山摇路陷，就像世界末日即将来临——

　　她径直冲到孔老师面前抓住孔老师的头发，狠狠地摁住她，就像是要把这只袅娜的孔雀撕成八块。

　　园长赶来拉扯，那肥婆娘朝天的鼻孔如同蒸汽火车一般喘着粗气，只管死死拖住孔老师的头发不放。小天风见孔老师就像一只即将被杀害的孔雀那般低着冠羽，从凌乱的发丝中飘出大片大片的泪花来。

　　当怜与爱交织在一起，一旦被愤怒点燃，烈焰的狂飙便直冲上天。此时的小天风不知哪来的勇气，像个小勇士般冲上前去就死死咬住那婆娘的胳膊。

　　那婆娘大叫一声"哎哟"，松开了抓住孔老师的手，顺手就给小天风来了大力水手的一巴掌。小天风被打得眼冒金星，嘴角流血，仍像一只充满仇恨的甲鱼一般死死咬住她的胳膊不放。那婆娘顺势又提起小天风狠狠一脚蹬去，小天风便像一个炮弹般飞到了对面墙上，然后像画片一般从墙上掉下来。孔老师不顾一切地向他跑过去，把他抱起来护在怀里。

　　这是小天风与孔老师最贴切的一次拥抱。过去小天风做梦都想摸一下她那柔顺的长发，如同一根根亲切动人的琴弦，去奏响他风中的弦乐；更想住进她那两座盛满牛奶的房子里，那里洁白，温暖而又明亮，但那已不再是祈求母爱和对食物的渴望，而是随着这母性的召唤，渐渐走入另一个庄严神秘、未知的领地，仿佛进入一个全新的生命……

　　而那天他所有的愿望都像下雪那般顺其自然地实现了——他的小手终于感受到了她如丝顺滑的长发，他抚摸着它们，如同徜徉在梦幻天河；他苍白的脸颊就这样紧紧地贴着她青春澎湃的胸脯，他闻到花季少女肉体中的香甜，闻到她玉兰花一般清新芬芳的口气，闻到她那动人的脸上雪花膏清奇的芳香，闻到她秀发丛中栀子一般隐约幽深的迷香，她的气息如此虚虚渺渺，交织在一起，就像一个妄想，将他彻底湮没，令他感到幸福的窒息，就这样悄然阖上了眼睛……

　　"风风，风风，你没事吧……"孔老师哭喊着他的名字，发疯似的摇着他。他徐徐睁开眼睛，看见她那冰晶一般绚丽的泪，像钻石一般珍贵的泪，都从天空中洒下来，全给了他。小天风望着她，温暖地想，这大概就是大人们常说的爱情了。

　　"老师，不哭——"小天风静谧地睁开眼睛，拨开孔老师的头发望着她，第一次吐词如此清晰。尽管还恋着她的体温和气息，为了不让她伤心，他无比坚强地推开她，站了起来。

　　"你刚才在说什么？"孔老师惊异地望着他，不敢相信自己的耳朵。

　　"我刚才说，老师，不哭。"小天风转过身来为她拭去眼角的泪。

　　"天风哥哥——"此时，乔玉也向小天风跑来，一脸关切地望着他。

　　大家一时都没反应过来，就连小天风也没料到有一天乔玉还能说出话来。

　　方老师第一个大声宣布："乔玉竟然会说话了！"整个教室一下便沸腾起来。

　　"乔玉竟然会说话了！乔玉竟然会说话了！乔玉竟然会说话了！"整个教室都传递着这欢快的消息，于是方老师便拉着小朋友们的手蹦了起来。此时，孔老师望着小天风和乔玉，眼里终于流出欣慰的泪水。

　　"走，我们先回去，回头再找他们算账！"洽洽妈悻悻地领着洽洽走后，教室里恢复一片寂静。

"孔老师，你不用担心，我会代表园里处理好这件事情！"园长有担当地拍了拍孔老师，安慰她道。

园长走后，方老师赶紧对孔老师说："这倒是难得，以往发生这样的事，园长不是要老师自行负责，便是将老师辞退，看来对你是网开一面啊！"

说完，又一脸欣喜地望着小天风和乔玉，笑着对孔老师说："今天真是天开眼了，一个会说话了，一个口齿清晰了，他们的父母知道了都不知该有多高兴！"

"嗯。"孔老师抹掉眼角的泪，那里面的酸性和碱性都早已中和，已不知是悲还是喜。

小天风和乔玉回到座位上，他们两个，一个是聋子，一个是结巴，当聋子听懂了结巴跟她说的话，他们便从此告别了聋子和结巴。就像他爸说的青蛙王子的故事一样，当公主吻了青蛙一下，立马就破除了女巫的魔法，从此青蛙就变回了王子。但乔玉会是小天风变成的王子心中的公主吗？

乔玉一直泛着泪花望着小天风，小天风也能感觉到不知从哪天开始乔玉望着他的目光就和以往不一样了。唯一尴尬的是，他或许是乔玉心中的王子，而他心中的公主却是另一人。

下午，乔玉妈来接乔玉时，乔玉喜出望外地跑出去，叫了一声"妈"。

"再说一遍，我是你什么人？"乔玉妈半天才反应过来，简直不敢相信自己的耳朵，又问了一句。

"妈，妈妈，亲爱的妈妈。"乔玉紧紧抱住了妈妈的大腿。

"那你是我什么人？"乔玉妈低下身子来，又半信半疑地问。

"我是你的乔玉，你的小宝贝。"乔玉敲着妈妈的大腿说。如此清晰的回答令乔玉妈望着她激动得说不出话来，两行热泪是最滚烫的回答。

此时，全场的人都为她们泪光激滟，乔玉妈突然放下乔玉，来到孔老师跟前扑通一声跪了下来。

"孔老师，您就是我家乔玉的再生父母，我该拿什么感谢您？我代她向您下跪吧！"

孔老师慌乱得花容失色，赶紧抹掉欣慰的眼泪扶起她。小天风不禁皱起眉头，这样下跪的场面他早已司空见惯了，看来这孔老师分明就是一位仙女，引得凡人如此轻易地放下所有的自尊在她面前下跪。

一会，孔老师拿出一个贴满资料的记事本交给乔玉妈："这是我为乔玉搜集到的有关人工耳蜗的资料，目前我国这项技术已趋于成熟，只是费用比较高，不过我看了一篇报道，未来这项手术将会纳入医保的范畴……"

小天风站在那里仰望着孔老师，她是如此崇高，简直就像是站在天外与凡人说话，能与她相见，已是三生有幸——

任飞扬来接儿子，惊讶地问小天风为什么嘴角肿了，是跟谁打架了！

小天风望着远处一棵高耸入云的水杉树，淡淡地说："没有，中午啃玉米棒子时，不小心咬到嘴角了！"

任飞扬困惑地望了孔老师一眼，然后问道："这只小鸟的舌头被谁修剪过，还是脑袋撞了墙，怎么突然就变得口齿伶俐了？"

孔老师旖旎一笑，不好意思地低下头来。这是小天风事先跟她说好了的，她必须遵守这个约定。但这嫣然一笑却给他爸带来了云霞一般绮丽的梦幻。

站在外面的小天风一跺脚，任飞扬这才从梦幻中回来，不好意思地跟着他走了出去。

回家的路上，任飞扬突然在路边停车，叫小天风在车上等他，然后从后备箱提出一大袋烟酒，走进了一家烟酒店。

隔着门窗玻璃，小天风远远看见他爸正神秘地与烟酒店的老板交谈着。任飞扬把那一袋烟酒递给他，换回一大沓钞票塞进口袋里。

这已经不是小天风第一次看见这样的情况，他知道他爸平常帮朋友办事，攒了不少烟酒，每隔一段时间就会找这家烟酒店老板卖掉，弄几个私房钱。

任飞扬回到车里，小天风还是装作一副若无其事的样子，这是他爸喜欢的样子，任飞扬只喜欢不关心人间烟火的小孩。

回到家，刘云婵正在厨房炒菜，任飞扬从背后搂搂亲亲了一把，然后走进自己的卧室，不一会里面便传来一阵老鼠般窸窸窣窣的声音。

正在客厅看动画片的小天风见他爸那副鬼鬼祟祟的样子，便知道他一定是在藏私房钱。于是小天风便偷偷走到他爸房间门口瞟了一眼，只见他爸飞快地从一件绿色的军大衣里取出更大一包钱，把今天收到的钱全放在一起，塞进了军大衣最里面的口袋，然后把军大衣叠好，放回衣柜里面，最后把其他衣服都压在上面。小天风立马就反应过来，这里一直是他爸藏私房钱的地方，因为这件军大衣他爸一年也穿不了几回，妈妈很少会翻到这里，尤其是怎么都不会想到原来"兔子还在现窝里"。

他爸藏好钱，不动声色地走出来，小天风仍端坐在客厅的小板凳上看动画片。这个世界依旧风平浪静，就像什么都没有发生过。

21. 青蛙王子的蛤蟆功

周一清晨，任飞扬正准备送小天风上幼儿园，刘云婵突然问他："你还记得今天是什么日子吗？"

任飞扬想了想，勉强一笑："今天一定是一个好日子！"

刘云婵立马气得脸都变了形："我就知道你一定会忘掉！"

任飞扬摸摸头，怪难为情地说："我整天忙完外面又忙屋里，哪记得这么多事！都老夫老妻了，有什么就直说嘛！"

刘云婵赌气地侧过身子去："三百六十四天你都可以忽略我，我不怪你，但你连我的生日都忘了，那我不是在你的世界荡然无存了吗？"

"这生日不记得不是常态吗？每年我的生日别说你不记得，我也从来都没过过，都老夫老妻了，还来这一套？"任飞扬讽刺地瞥她一眼。

"可是自从结婚以来，你连玫瑰都没送过我一朵！正因为老夫老妻了，更需要玫瑰来滋养爱情，不然这没有爱情的婚姻和坟墓又有什么区别？"

"搞那些不中用的干吗？结婚以后就是安安稳稳过日子了，我要真买玫瑰花，你又会说我浪费钱，不如把这钱折现给你！"任飞扬心安理得地说，大概是这种状态早已成常态了，突然更改反倒不习惯。

"可是折现的钱呢？"刘云婵对任飞扬任性地摊出一只手来。

"每个月的工资全都交给你了，既然你当家，你想给自己买什么礼物直接买便是！我既不知道该给你买些什么，也没私房钱，难道要我出去抢？"任飞扬一脸心虚地说。

"人家孙琴琴的老公不也是用业余时间写书赚钱吗？孙琴琴可是要什么老公就买什么，你结婚前承诺过的荣华富贵的日子呢？如果不是我来持家，紧巴巴地过日子，这次交房款的钱肯定都拿不出来！哼，交完房款，小天风以后上学的钱又该怎么办？"小天风发现妈妈这话已在爸爸面前重复很多遍了，说完上句他就知道下句，都能倒背如流了。

"行吧，别啰唆了，你到底想要什么礼物？劳资今天抢都要给你抢一样来！"一提到孙琴琴的老公，任飞扬几乎歇斯底里地咆哮着。

"什么礼物你好意思问我！结婚前你送给我的那件皮大衣，你说是羊皮的，我去年为此跟同事争论了老半天，最后同事用火一烧，竟然是塑料的味道，真让我颜面尽失！"

"现在讲保护动物，讲素质高，不是不兴穿真皮的了吗？我那时就已经预见了这一天，所以故意买的仿皮，以防动物保护组织见了把你灭掉！"任飞扬反过来瞪她一眼。

"我可丢不起这个脸！就算不买，你也要把买真皮的钱补给我啊，当初你可是拿'真皮'把我的真心骗走的……"

"难道你的心不是我将心比心换来的，而是用物质换来的吗？"

…………

他俩你一句我一句一直吵个不停，小天风想了想，平静地回到自己房间从抽屉里找出手工课做的节日卡片，然后用水彩笔在卡片上画了一颗心，写上：妈妈生日快乐！最后在落款的地方画了两个大人牵着一个小孩。这样，这张卡片立马就变成了一张生日卡。

他趁爸妈光顾着吵架，溜进爸妈的房间，飞快地把他爸藏在军大衣里的那一大包钱拿了出来，和那张卡片一起塞在妈妈的枕头底下。他知道妈妈每天上班前都会把床整理好，所以还特意把卡片从枕头底下留出了一个角，然后偷偷走出来站在他爸身旁。

任飞扬看了看表，庄严地对他妈说："我要送风子了，不然大家都要迟到了，有什么话吃晚饭的时候再说吧！"

"谁给你做晚饭？今晚一大帮同学为我庆生，我可不在家吃饭，你和小风自己搞定吧！谁天生就是你们的保姆？从此我不再做饭了，最好不要在一起过了！"刘云婵一副罢工的姿态，没好气地说。

任飞扬也不再多说，皱着眉头带小天风出门，一路都是神情恍惚的样子。

到了幼儿园，车才停稳，小天风就迫不及待地下车追上了刚走进大门的洽洽，正要问她伤好点了没有。

"妈妈，那天就是他推的我——"洽洽突然指着小天风对妈妈说。洽洽妈不由分说上前就给了小天风一巴掌，小天风一个踉跄，退后几步，跌倒在才浇过水的花圃里。他赶紧爬起来，恼怒地抓起一团湿泥朝那婆娘脸上扔去。

那婆娘抹了一把脸，抹得像个大花猫似的，然后凶神恶煞、横眉竖目地上前几步，提起小天风便"噼噼啪啪"开打。

"不许打人！"孔老师像救护车一般冲过来护着小天风。那肥婆将她一并按在地上"乒乒乓乓"开始打。

他们两个就像被一座泰山压着，只有挨打的份，哪里动弹得了！为了保护小天风，孔老师只得用她的身子尽量顶住肥婆的重量。

就在这时，只见一个矫健的身影向那肥婆飞来，紧接着她的脸就"噼噼啪啪"留下一串糖葫芦一般的脚板印，然后就像个被盖了章的冬瓜般倒到一边去了。

"爸爸——"待看清这个黑影，小天风激动地迎了上去，扑到了他怀里。

那个胖冬瓜重新站稳，又抹了一把脸上的泥和鞋印，好不狼狈的样子。

那婆娘站起来稍作整理，又满血复活。只见她又着腰，恶狠狠地指着任飞扬和小天风说："任飞扬，原来这是你家儿子，我正要找你，是你儿子把我女儿推倒受伤的，这笔账怎么算？"

任飞扬挺起胸膛，轻蔑地瞥她一眼说道："你尽管找我来算就是，我儿子才四岁，哪懂得算账！"

"不，一切责任都归我，是我组织的这场游戏，是我没有……"孔老师挡在前面话还没说完，那婆娘便一掌把她推出几米远，然后重新摆开阵势。

只见那婆娘提着两个拳头像提着两个茄子一样，然后站在那里提胸运气，那排山倒海的架势像是要把任飞扬骨架都拆散一般。而任飞扬似乎是被吓得弓腰收腹，也学着她的样子提着两个拳头，鼓起两只眼睛半蹲着望着她，那姿势像极了青蛙起跳，一副随时要逃的样子。整个场面顿时紧张了起来，谁都为任飞扬捏一把汗。

随后，那婆娘"咿呀呀"地叫喊着，划动着一对手掌，像是用船桨拨动着空气助力，气势如牛般向他冲撞过来。

任飞扬只得硬着头皮顶上去，头与头来了个成功的对撞，直撞得任飞扬眼冒金星，而那肥婆却纹丝不动，气定神闲地站在那里，令所有人都看得目瞪口呆。

"有本事再来——"那肥婆回到之前的位置，再次握紧拳头，虎视眈眈地望着他。

"来吧！"任飞扬也回到他的青蛙起跳式，活跃地来回跳动着，不断地摩拳擦掌，对着那肥婆"呼哧呼哧"直喘气，活像只生气的蛤蟆。

"啊呀呀——"那肥婆叫喊着，再次张牙舞爪地像火车头一般向他冲撞过来——

这次任飞扬可没那么傻，眼看就要撞到的时候，他的腿就像装了弹簧一般，立马像只青蛙般灵活地跳到一边去了。

那肥婆用力过猛，在惯性的牵引下，冲进了花园里。任飞扬飞快地转过身来，对着她的背又补了一脚，令她扎扎实实摔了一个狗啃泥。小天风高兴得跳起来鼓掌喝彩。

紧接着，任飞扬两条青蛙腿一蹬，便轻盈地骑在了她大象一般的背上，一下一下把她的头往泥里按。一边按一边跟她算账，把今早憋的一肚子怨气全发泄在洽洽妈身上："现在可以一样样跟你算账了，这一下是为老师报仇，叫你不尊师重教！这一下是为我儿子报仇，叫你欺负小朋友！这一下是为我的头报仇，叫你把我撞成脑震荡……"

此时，门卫已把园长喊来，园长小声地斥责他道："老李呀，你把我叫来干吗？这样的事难道还要我来教你该怎么做？我请你来是干什么的？"

门卫一脸委屈地说："你不是请我来专职看门的吗？你不是平常嫌我太啰唆，叫我少管闲事的吗？我这个岁数去扯架，不是自不量力吗？一没身份，谁会卖我面子？二没力气，万一有人把我推倒了，我找谁扯皮去？医药费还不是园里出，我这样做也是为您减轻经济负担呀……"

园长瞪他一眼，赶紧打断他："你一边去吧，不仅啰唆，站在这里还碍手碍脚！"

说完，园长赶紧和孔老师一起上前去拉扯，而任飞扬正打得兴起，嘴里还在数着："这一下是为我的发型出气，叫你把我发型弄乱！这一下是为树苗出气，叫你把泥土压得这么紧！这一下是为所有的司机打的，叫你一上街就造成交通瘫痪！这一下是为猪打的，叫你败坏它们的名誉……"

此举简直是大快人心，小天风站在吃瓜群众之中，却隐隐听到滃滃嘤嘤哭泣的声音。他望了不远处的滃滃一眼，突然心就软了下来，也赶紧上前去拦他爸。

任飞扬被拉扯下来后，方老师和园长赶紧扶起滃滃妈去洗手间洗脸。

站在花园边的孔老师无地自容地对任飞扬说："给您带来这么多麻烦，真是不好意思……"

任飞扬点了一根烟，抹了一把耷拉下来的飞机头，手一挥，然后对着天空喷了一口烟，扬眉吐气地说道："这是应该的，为民除害嘛！"

"哦哦哦，任叔叔，你这一招好厉害哦，是不是欧阳锋的蛤蟆功？能不能教我？"小强过来扯着任飞扬的裤管求道。

"才不是，我这个叫青蛙王子功。你要想学，叫你爸朱大毛交学费给我！"任飞扬拍了拍小强，得意洋洋地说完，那肥婆已经洗完脸走出来，似乎也已洗干了脸上的怒气。

孔老师赶紧拉回小强，和小天风他们一起回到教室，草坪上余留的瓜果味道也随着四散的人群一一散去。

这一切牛牛都看在眼里，他把手插在兜里，深思熟虑了一下才走进教室。

过了差不多一个小时，小天风看到园长殷勤地把滃滃妈送到大门口，原来滃滃妈一直没走，估计是去了园长办公室谈事情。

送走滃滃妈后，园长急急忙忙找到正在上课的孔老师，站在门口小声地告诉她："浍浍妈今天找我谈了一个严重的问题，说浍浍受伤这件事绝不是赔点医药费、营养费那么简单。浍浍的额头缝了八针，一定会留下严重的伤疤，一个女孩要是破了相，就几乎等于毁了一生的幸福。她说，她也是一名医务工作者，懂得像这种伤一定要去人民医院美容整形科，用美容线缝针才不会留下明显的疤痕。她也是昨晚才想到这一点，而现在一切都已经迟了——"

孔老师听了后，神色立马就变得凝重起来，她想了想，问园长："之前我不懂这些，那现在该怎么办？"

"唉，"园长重重地叹了一口气，"现在唯一的办法就是赔钱了。"

"那要赔多少？"

"浍浍妈说起码要十万，不然就和园里打官司。"

孔老师顿时惊呆了，半天说不出话来。

"你赶紧和王先生联系吧，要是他赞助那一台校车的钱到账了，这事你就不用操心了！"园长拍了拍孔老师的肩膀，拖着鞋子踢踏踢踏地走了，那回音还在一下一下敲打孔老师的心。

22. 渔夫和美人鱼的故事

这天到了下午五点多任飞扬还没来接小天风，整座幼儿园都已空荡荡的，唯有此时小天风才感觉这里是属于他和孔雀公主两个人的童话城堡。

他知道今天一整天孔老师心情都不美丽，于是他拉着孔老师的手臂说道："老师，一切都会过去的，你不要不开心。你不是说过，我们都是天使，上天一定会安排好一切的！"

"嗯，我不会不开心的！"孔老师弯下身子来，抚摸着他的脸，一脸平和地望着他说："有一位诗人说过，世界让我们遍体鳞伤，但伤口长出的却是翅膀。我们所经历的黑暗，将会令我们闪闪发光。"

"嗯。"小天风望着她，似懂非懂地点了点头。

"真是一位可爱的小天使，越来越会安慰人了——"孔老师亲昵地把她那桃红的脸颊朝向小天风，对他说道："来，亲我一下——"

小天风回想起昨晚的电视剧里的情景：男主角亲了女主角的脸一下，女主角说亲脸不算亲，然后男主角就像一张白纸那样望着她，女主角生气地说：连这点勇气都没有，你还是不是男人！

这时，小天风他妈也着急地跺着脚说："亲啊，快亲啊——"

最后男主角竟然没亲，转身就走了，令女主角徒留悲伤……

于是，小天风鼓起所有的勇气，猝不及防地向着孔老师的嘴唇亲去。孔老师没来得及回避，一脸张皇地望着他，而小天风顿时感到山岳震撼，江河滔滔，云海翻涌，霞帔纷飞……

那天从三棱镜里折射出来的真善美的光芒，那从矮矮的云层中投射下来的梦想的天光和孔老师身上焕发出来的迷蒙幽光，这三种光交汇在一起，它们急促地搅动着云霓和大气，令万马喑哑，日月无华；那场与孔老师一起淋过的大雨，那些风中落叶般的惊叹与怜惜，和小天风这片成长森林里的弥天大雾，全都交织在一起。在贴上孔老师嘴唇的那一刹那，小天风所有的心情都得到了体恤。对她朦胧的爱，就像黎明的光晕，将指点他一生的迷津……

他感觉自己在与孔老师亲吻的一刹那就变成了一位王子，进入童话一般的梦境……

当他从这个甜蜜的梦幻里睁开眼睛，却看到孔老师眼里含着泪光。小天风吃惊地望着她，内心惶恐不已。

孔老师迟疑了很久才对他说："风风，以后可不许这样了，这次我就原谅你了，因为我绝对相信你是纯真无邪的！你要对其他人这样，别人就会骂你是流氓了！"

那语气庄重而柔和，严厉而不苛刻，充满了愿化春泥更护花的和气。小天风一脸认真地连连点头，他知道她在责备他，但不是真的在责备他。因为他相信孔老师其实也是爱他的。

——那个时候，他总是把爱与爱情混淆不清。

直到许多年后，长大了的小天风才明白，当年一个懵懂的小男孩将孔老师那珍贵的初吻毫无防备地夺去，她却给予了最大的宽容，为他的童年保留了完整的自尊，令他在成长的路上披荆斩棘，满怀自信，他此生当感恩不尽……

最后，他们两个一起并列站在教室门口远望，橘红的冬阳把瑰丽的余晖抹在他们身上，那柔美的光线与明朗的现实融合在一起，形成一幅浪漫的图景，如同一个美好的童话。

此时周围尤显静谧，他还想对孔老师说些什么，却又一直说不上来，也不知是夕阳把他的小脸染红，还是他羞红了脸。但他绝不后悔，因为这是他做过的最勇敢的事情。

小天风幻想着他们之间的爱已跨越年龄的界限，在童话的世界里变成公主与王子爱得死去活来。而此时，他又总能感觉到他们之间犹如隔着春天与夏天之间那般不可逾越的距离……

于是，小天风不断地踮着脚，企盼快快长高，好让孔老师用平视的目光看他，不再当他是一个小孩。曾几何时，这个愿望过于急切，将小天风拉扯得变了形。

初冬的天色暗得特别早，一会儿苍凉的暮色便抹去了全部的梦幻色彩，教室门口只剩下两个暗影。小天风虽然不断翘首企盼，心里却并不着急，其实他更愿意和孔老师一起等到地老天荒。

终于，小天风看见他爸的车停在了外面，孔老师便领着他来到大门口。

"真不好意思，孔老师，今天厂里有事，所以来晚了——"任飞扬一下车便打开车门邀请孔老师上车。

"没事，我就不劳您送了，我自己回家。"孔老师忸怩不安地说，语气里有着孔雀一般的善解人意。

"嗨，这点小事还客气什么，赶紧上车吧！"任飞扬不耐烦地驱赶着她上车。

孔老师只好拉着小天风上了车，谁知任飞扬一脚油门，竟然七弯八拐地把车开到了一家有格调的餐厅门口。

"这……"不懂如何拒绝的孔老师都说不出话了，这简直是活生生的绑架。

"害您这么晚才回家，要是不能请您吃餐饭，我会自责死的！"任飞扬停好车，便为孔老师和小天风打开车门。小天风觉得他爸有时候就像一个小王国的国王那般专制蛮横，他那流畅自然的套路简直是天衣无缝，神仙都无法逃脱。

"我，还是先回家吧……"下车后的孔老师在初冬的暮凉中打了个寒噤。

"其实早就应该代表风子感谢您了，太刻意反倒显得拘泥。今天来都来了，你就服从上天的安排吧！"任飞扬看似云淡风轻地说。

"那，我请吧，今天我也应该感谢您，而且我还有一件事一直想找机会和您聊聊的——"孔老师一脸沉重地说。

"好吧，满足你这个无理的要求——"任飞扬夸张地用手指着孔老师说。

当他们坐下来后，任飞扬大大咧咧地点了一瓶红酒和五六个菜。

"不用紧张，虽然是你请客，但是我来买单——"任飞扬笑着对孔老师说，小天风惊异地望着他爸，他那豪爽的姿态就像一位富豪。

"这怎么行，不是说好了我请客的吗？"孔老师吃惊地望着任飞扬说。

"事实上或许谁都没有买单的机会，这家餐厅的老板是我的一个朋友，过去我帮了他不少忙，他想请我吃饭还请不到呢！"任飞扬一脸得意地说。

"无论如何也不应该点那么多，点多了浪费，我晚上吃得很少的。"孔老师一再礼貌地劝阻。

"我们就是要浪费食物，因为食物是可以不断循环再生的。我们要不浪费食物，农民的菜和食物就会卖不出去，农民就会没钱买东西、结婚、生小孩、送小孩读书；餐厅的老板就没钱给员工发工资，餐厅就会倒闭；就会伤害到每一个商业流程和实体经济，国家就不能发展，社会就不能进步。所以国家一直都鼓励国民消费，拉动内需……"任飞扬滔滔不绝地说着他那一套荒谬的理论。

孔老师只好坐在那里听着，都插不上话，就像是小天风他爸的王国请来的一位新客那般拘谨。

任飞扬斟了两杯红酒，递给孔老师一杯，孔老师文静地摆手道："不好意思，我真不会喝酒。"

"哈哈，谁天生就会喝酒，那不是天生酒囊饭袋吗？喝点红酒不仅有益身心健康，还可以养颜美容，来，兴趣是需要培养的！"任飞扬说完，硬塞给她一杯。

"来，为了我们美好的未来干杯！"任飞扬说完一饮而尽，孔老师只是象征性地端起酒杯碰了一下。

一会儿菜就上齐了，孔老师先给小天风装了一碗饭要喂他，小天风很有男子汉气概地拒绝了。

"从小我就教我儿子要做一个男子汉，所以他一直都很独立——"任飞扬一边豪饮了一口酒，一边引以为豪地说。

"他是我见过的最有灵性的小孩，见到他的第一天，我便觉得他是那么的与众不同——"孔老师说完温柔地望了小天风一眼。这是小天风第一次从孔老师口中听到对自己的评价，这崇高的赞誉令他害羞得低下头来。

"他就是我生命的传承和延续，你要这么喜欢，我可以送你一个——"任飞扬嬉笑着说。

也许是爱屋及乌，这样的话并没让孔老师多想。她难堪地笑了笑，然后心情沉重对任飞扬说："有一件事我一直还没跟您说，你家天风有一次上手工课时用剪刀把一个小朋友的手臂扎伤了……"

"如果我没猜错，这个小孩一定身如铁塔，力大如牛，并且野蛮霸道，欺人太甚，最后逼得我儿子实在是忍无可忍了——"任飞扬打断她，断言道。小天风听了都感到惊奇，难道他爸知道这件事了？

"是——"孔老师心想，难道小天风已将这件事告诉他爸了？她犹豫了一会继续说道："尽管那个小朋友有错在先，但这事也能反映出小天风身上潜在的暴力倾向，所以我一直在他身上寻找成因，并与您商讨如何协助他改正。"

"No，我一点也不认为这是暴力倾向，这恰恰是一种自我保护的表现。"任飞扬得意地翘着胡子，挥挥手，一脸轻蔑地说道，"兔子急了还咬人，你能说这兔子是流氓兔吗？"

小天风在一旁文静地望着孔老师，很快便记住了他爸这些"富有哲理"的话。

这下孔老师什么也说不上来了，任飞扬便大方地招呼她先吃饭。

当她开始细心吃饭，她那柔美的嘴角线条，光洁亮丽的苹果肌在柔和的灯光下显得更加楚楚动人。

"我们还是接着上一个话题聊吧！你或许以为风子有跟我说过什么吧！错！我了解我儿子就像了解我自己一样！他就像一位天使，一路走来，洒下天上的光辉，走到哪里都是光芒万丈，获得一片赞誉。直到现在，上帝还没收到过任何有关他的投诉信——"吃了一会，一直在自斟自饮的任飞扬也许是觉得无趣了，又得意洋洋地说。

"希望您不要误会，我没有任何指责您儿子的意思，事实上他的确很优秀，而我只是希望……"孔老师一脸尴尬地说。

老到的任飞扬一看她那怯生生的样子便知道这是一条涉世不深的美人鱼，一直在浅水区徘徊。一想到这，他就禁不住内心的欣喜。

"希望，很多人都希望我再生一个，像我这么优良的基因只生一个太可惜了，也不知国家什么时候才能取消计划生育，唉！"任飞扬果断地打断她，叹息道，"人多是坏事吗？在远古时期，许多树木就是因为人类太少，没有足够的二氧化碳而大片大片地死亡……"

小天风此时已经吃完饭了，傻傻地听着任飞扬口若悬河，看来他已经喝多了。也不知他今天是因为心情快活，还是为了借酒浇愁。

"后来又有人跟我提议说，只要重找一个老婆就可以再生一个。这个提议太令我沉重了，人生是为了什么？很多人肯定会说是为了结婚。错！达尔文的自然选择理论是这样说的：一切生物活着的意义是为了繁衍后代，这样生命才能生生不息！你看，恐龙因为长得丑，所以你不嫁，我不娶，最后都灭绝了。不过，像我们两个这么优秀的物种组合在一起，都不知会生出什么样的高级生物来——"孔老师几次起身欲走，而任飞扬还在一边醉眼看花，一边说得天花乱坠。

小天风扯了几次他爸的衣袖，他爸都毫不理会，于是便在他爸耳边提醒他："走吧，今天还是妈妈的生日呢！"

"妈妈，谁的妈妈？她是你妈，又不是我妈！关我什么事！"任飞扬故意装疯卖傻地说。

"可是她是你的老婆！"小天风大声说道。

"要你管！她是我老婆，又不是你老婆！"这任飞扬似醉扮傻，顿时把小天风也搞蒙圈了。

"难道您跟小天风的母亲离婚了吗？"孔老师适时友善地问了一句。

"小时候看多了童话，感觉自己是一条悠游的鱼，现在却成了一个打鱼的。你看过《渔夫和金鱼的故事》吧？"任飞扬意犹未尽地又抿了一口酒，像是故意要把话题岔开。

孔老师微微点了点头。

"我是渔夫，风子他妈就好比《渔夫和金鱼的故事》里的老太婆。这些年来，我一直努力工作，说起来现在的日子比结婚之前好过多了，可风子他妈一直都不满足，这就是我童话般的悲剧！"任飞扬大发感慨，一脸愁苦地说完，转向孔老师，眼睛就像重新点亮的灯盏，又变得神采奕奕起来，"要是能把这个童话改成《渔夫和美人鱼的故事》，故事的结尾是：从此渔夫和美人鱼相依为命，过上了浪漫而幸福的生活，这个故事就完美了！"

说完，他的眼角还泛出了大海一般潋滟的泪光，想借此勾起孔老师对大海的回忆。

"美人鱼和渔夫是两个世界的人，他们永远都不可能走在一起的。渔夫生活在陆地上，代表生活的本质；而美人鱼生活在大海里，她只是一个浪漫的想象。"孔老师矜持而又理性地回答。无论任飞扬怎么甩钩子，她都不会往任飞扬指引的路上走。

最后，任飞扬眼泪汪汪地望着孔老师说："我想今生我是没有这个福气找到像你这般美丽浪漫的女朋友了，那就做我儿子的女朋友吧！总之，肥水不流外人田。我看他从没这么喜欢过一个人！"

小天风吃惊地望着他爸，怎么可以说出这么唐突的话！

孔老师赶紧说："您喝醉了，我们走吧。"

"没喝醉，我没说错！你没来之前，他天天逃学；你来之后，他带病上学！还有，他有好吃的东西就想带给你吃，每天都盼望着快快长大……"小天风听着他爸"酒后吐真言"，只想把他爸的嘴捂住。

孔老师扶起他爸，准备去买单。服务员说，这桌老板请，不用买单。任飞扬醉眼蒙眬中听了满意地一笑。

"我们走吧，不要开车了。"孔老师扶他出门。

"这车又不是马，我不开难道它自己会回去啊？"小天风见他爸一直在胡诒，急得不知如何是好。

"凤凤，你帮我看着你爸，我去叫一辆计程车——"孔老师放下他爸，跟小天风交代道。小天风懂事地点了点头。

不一会，一辆计程车在他们跟前停下，他俩一起把烂醉如泥的任飞扬扶上车。

"凤凤，你们家住哪？我先送你们吧！"

孔老师才说完，向来有些大男子主义的任飞扬便在后面呱呱大叫："不要，不要，我从来都没有让女人送的习惯，师傅，先到林泉小区！"

说完，任飞扬拍了拍司机的靠背，看来他酒醉心明。

"凤凤，到时下了车知道怎么走吧？一定要看好你爸哦！"孔老师下车前还特意交代小天风，小天风很懂事地点了点头。

任飞扬最后迷蒙地望了望她如诗如梦的背影，无限感慨地说了一句："真是如公主一般优雅迷人又矜持的一个女人，爸爸要是娶了她，这一辈子都值了——"

一会他又问小天风："风子，你喜欢孔老师吗？"

见他默不出声，任飞扬瞥了他一眼，问道："要不让孔老师做你新妈？"

小天风沉默了一会，定定地问了一句："那妈妈不就成旧妈了？"

"你也看到了的，你妈对我多么刻薄，这不能怪我！"任飞扬开始发表酒后的感言，看来，他心中的情绪还未完全宣泄，"以前你爸没用，连自己的女朋友都没能力照顾；现在我有能力了，可以多照顾几个。你现在也还小，还没有照顾孔老师的能力，就让爸爸先代为你保管好了……"

小天风瞪着眼睛，就像听不懂他爸说什么。任飞扬只好又开始威逼利诱："换一种方式跟你说吧！比方说，你好吃贪玩，有许多喜爱的游戏和玩具，爸爸不仅从没与你争抢过，还总是千方百计满足你。现在爸爸这么一点小小的心愿你都不能满足我，看老子以后还给你买好吃的，带你出去玩不！"

"可是我也喜欢孔老师！"小天风愤愤不平地争论道，眼里含着委屈的泪。

"我老了，越来越不行了；你还小，长得比老子帅得多，以后机会大把。作为一个孝顺的儿子，你不仅应该把孔老师让给我，还要协助我把她追到；

以后一有找女朋友的机会就先让给老子，这样才不枉费老子生你养你，把老子的英俊潇洒毫无保留地全都遗传给了你……"任飞扬语重心长地教育儿子。

小天风一脸迷惘地望着窗外，不知是听不懂，还是不愿意听。他知道他爸说这么一堆乱七八糟的话，或许只是借酒浇愁而已……

回到家，刘云婵插着手站在门口像是已等他们很久了，任飞扬一打开门便吓了一大跳，酒都醒了一大半。

"小风，跟我过来。"他妈一脸严肃地把小天风召进房间，似醉非醉的任飞扬做贼心虚，一脸疑惑地望着他们的背影。

刘云婵反锁住门，紧接着拿出那张生日卡问小天风："这是你送的吗？"

小天风瞪大眼睛，点了点头。

"这个呢？"他妈又拿出那个装钱的袋子在他眼前晃了晃。

小天风赶紧一脸懵懂地不断摇头。

"行了。"刘云婵松了一口气，领着小天风回到客厅，然后换了一张深情意外的脸，拿着那一大包钱在任飞扬眼前摇了摇。任飞扬望着那一大包私房钱，眼睛瞪得溜圆，简直五雷轰顶般惊呆了。

而刘云婵无限感动地在任飞扬脸上亲了一下："老公，谢谢你的生日大礼包！其实这么多年来我一直都喜欢你的刀子嘴、豆腐心，这才是我欣赏的男人！等一下，亲爱的，你看我给你买了什么——"

一会儿刘云婵兴奋地从房间里拿出一件新买的男式皮大衣出来，"听说体育馆正在举办的冬季展销会上皮衣卖得特别便宜，所以中午便和同事一起去看了一下，虽然只要九百元一件，但还是没舍得给自己买。因为我想到你才是家里的门头，应该穿得更体面一些，而且你也好几年没置办过新衣了，所以最后我给你买了这件皮大衣。来，穿上试试，看合不合身，不合身我明天拿去换——"

说完，刘云婵便帮他把皮大衣穿上，然后帮忙整理着领子衣袖。任飞扬就像个提线木偶一般任由她摆布着，一脸的惶恐和受宠若惊，那眼睛就像只蝗虫那般望着刘云婵，想要看明白她葫芦里到底卖的是什么药。

"看来还是我最了解你的风格，你的体型，穿着真是太帅气了，简直就跟《黑客帝国》里的基努·里维斯一个模子造出来似的！"说完，刘云婵又无限深情地拥抱任飞扬。

　　这是任飞扬最喜欢听的话，很多人都说他长得像基努·里维斯，这是他一生引以为豪的事情。于是，他这才完全体会到老婆的真心，脸上都是满满的幸福。

　　对于小天风来说，他只是这天早上玩了一个偷梁换柱的把戏，却在晚上收获了一个意想不到的结局。

　　那天晚上睡觉的时候，小天风又听到由远至近的驴蹄声——每当爸妈很相爱的夜晚，小天风就会做同样的梦，梦见那位神仙爷爷又骑着驴子来找他，载着他来到仙塾似梦非梦地读书……

　　第二天一大早，任飞扬就出去跑步把车取回来了。在送小天风去幼儿园的路上，他爸开始跟他谈心：“你妈每次和我吵架，总是喜欢拿离婚来要挟我，所以那是我留着跑路的钱。”

　　看着小天风不温不火的表情，无动于衷的样子，任飞扬接着说：“这几乎是我一辈子的积蓄了，如果是你拿出来的，起码我在你妈面前还有些荣誉感；不然，这次锅被她端了，还被她像玩猴把戏那样戏耍，这并不利于我和她之间的感情……”

　　“嗯。”任飞扬说到这，小天风才说出了珍贵的一个字。

　　“果然是你！”他爸惊讶地望着他，而此时小天风又摇了摇头。在他身上，任飞扬永远找不到精准的答案，简直沮丧极了。

　　“行吧，总而言之，这钱得到了最正确的用途，这娘们儿也值得我舍命去为她挣钱。总之，我一定要让我心爱的女人，让我的儿子过得远远比别人幸福！”任飞扬举起一只手奋臂说完，突然加足了马力……

23. 寒潮来临

　　这些天，地球仪先生好像来得特别多。这天小天风他们还在上课，地球仪先生把门轻轻推开一条缝，把头歪着伸进来看孔老师。

"王先生，您找我有事吗？"孔老师庄重地走上去，很有礼貌地问他。

"没什么事，我以为你找我有事——"地球仪先生说完，便歪着头走了。

过了一会，又传来一阵踢踏踢踏的响声，园长急匆匆地赶来，有些愠怒地质问孔老师："我特意把王先生叫来，你怎么一直不跟他开口提校车的事情？"

"我觉得他真有爱心就会主动出这个钱，要不是真有爱心，那么去求他施舍爱心又有什么意义呢？"孔老师照样明丽地说。

"唉，我真拿你没辙，我这是在帮你，好吧，滏滏这件事你自己解决吧！"说完，她又踢踏踢踏地走了，每次来也匆匆，去也匆匆。

孔老师关上门，继续安心上她的课。

这天晚上在家，刘云婵还是看的那部连续剧。小天风惊异地看到，男主角和女主角亲了嘴后没多久，女主角便跑去找男主角说，我怀孕了怎么办？男主角一脸懵懂地说，怀孕了就生下来，我养！

于是，小天风便陷入了担忧，后来又想，假如孔老师怀孕了，就把小孩生下来，最多他带着小孩一起上幼儿园，这样还能互相有个伴；要是他爸妈不养这个小孩，只要有他一口饭吃，就会分小孩一半……

此时，他爸出去了一趟才回来。正在一边打毛衣一边看电视的刘云婵随口问了他一句："上个星期天你出去一整天干什么去了？"

"哦，我不是跟你说了吗？我开车陪厂长去乡下了——"

"我一个同事告诉我，她老公那天因为下雨准备叫车，正好一辆'黑车'开过来停下，问他去哪里。同事老公说去机电公司。那'黑车'司机扭过头望他一眼便一道黑烟跑了。我同事老公说看那人背影好像是你。"

"我这背影简直就是赌神的背影，除了周润发还有谁能模仿？"任飞扬故作惊讶地说。

"那'黑车'司机为啥扭头就跑？"

"估计是不愿跑短途，好不容易冒着风险接单生意，没个十元二十元的谁愿去？"任飞扬有理有据地解释道。

"可我同事老公说，那车也好像你的车，都是红旗牌的——"

"那就活见鬼了，我那时还在乡下，看来这人这一票真特么做得绝，竟然连人带车都给我套牌了！"任飞扬故弄玄虚地说。

"行吧，我只是随便问问，我想你那么高尚，也不会去赚那黑心钱；更何况你那么高傲，怎么会吃这种苦去跑'黑车'！"刘云婵说完，继续安然地打毛衣。

第二天寒潮来袭，上课时小朋友们在教室里冻得直搓手跺脚，"地球仪"先生又推开门伸进头来张望，孔老师再次礼貌地走了过去。

"咦，你们教室还没装空调吗？"他环顾教室四周，好奇地问。

"什么空调？"孔老师一脸惊讶地回问。

"是这样的，不是我小气，正好我公司仓库还剩下一台3匹的柜机，我便跟园长说，寒冬即将来临，我比较喜欢你们班任天风，所以指定先捐赠这台空调给你们班装，以后公司来了货再送过来，难道园长还没给你们装？"

话还没说完，园长就踩着两只棉鞋赶来了，地球仪先生一见到她便一脸威严地质问她为何一直不帮这个班装空调。

园长冷得把脖子缩在衣领里："你不是说你们公司还会进货的吗？我最近风湿病犯了，怕冷怕得厉害，所以就先给自己办公室装上了。"

地球仪先生听完便一脸不悦地走了，园长紧锁着眉头对孔老师说："喏，你都看见了，他只为你而爱心泛滥，对其他人可是一毛不拔，所以这件事唯有你出马才能搞得定啦！"

见孔老师仍停顿在那里，园长又气咻咻地说："还不赶紧去找他？浍浍妈可是三天两头到我办公室来找我，这缓兵之计也不知能坚持多久？"

说完，园长甩头就走了，方老师也走过来劝她："小孔啊，这件事情明摆在这里，地球仪呢是肯定想跟你建立恋爱关系的！我看他人也不坏，虽然脖子天生有点小毛病，但尺有所短寸有所长，毕竟人家是董事长，你不妨先和他交往一下，可以解决一些当前的实际问题，况且倘若以后觉得不合适大不了分开就是！以他的素质，定不会为难你！"

孔老师一脸难色地什么话也没说，继续讲她的课，只是心情显得尤其沉重。

这一节上健康课，孔老师不知去哪了，方老师正在讲课，园长突然从门口挤进小脑袋来，方老师赶紧迎了上去。

"方老师，小孔进展怎么这么缓慢，年轻人很多事情想不开，你多给她敲敲边鼓。你看你来园里也快五年了，你不是一直都很求上进想当班主任吗？"园长细声细气地对方老师说。

"您是不是忘了她来这里的初衷？人家一个大学生干吗委屈自己，跑来这里上班？您别忘了她只是因为喜欢小孩才来我们这里实习的，这里除了她还有第二个大学生吗？或许人家根本就看不起这份工作，王先生可是想出重金直接把她挖走呢！"方老师假装毫不在意地对园长说。

"我明白了，都是过河拆桥的小人！"园长最听不得与自己愿望不相符的话，所以她恨恨地说完，便拖着两只沉重的棉鞋走了。

她一走，回旋的北风便卷进来，让坐在前排的小朋友打了个冷噤，方老师赶紧上去关好门。

24. 让世界充满爱

到了下午的时候，风停了，天色却变得灰蒙蒙的，整个大地就像被一床没有边际的鸭绒被盖住了那般暗沉得透不过气来。小朋友们冷得在教室里一直焦虑地跺脚，这样的天气似乎更让他们感到无助，更容易产生恋家的情绪。

孔老师仿佛是从一场大雾中搬来了一箱蜡烛和圣诞礼物。她和方老师给每个人发了一顶圣诞帽和一支小蜡烛，然后自己也戴上，最后欢快地拍着手问大家："小朋友们，知道今天是什么节日吗？"

小朋友们异口同声地说："圣诞节——"

"明天才是圣诞节，今天是平安夜——"孔老师一说完，下面便我望你，你望我，都不知道平安夜是什么样的节日，但只要说是节日，只要能收到礼物，他们就充满期待。

"首先，让我们点亮蜡烛，用光明驱走寒冷和黑暗，然后大家一起来唱歌吧！"孔老师说完，方老师便帮小朋友们把每一张桌子上的小蜡烛点亮，她俩的配合已越来越默契了。

整个教室立马光亮攒动，就像一座辉煌的宫殿。烛光照亮所有小朋友的脸，一下便令他们感到惊奇兴奋起来。

"让我们一起祈祷明天会更好，大家更加互助友爱，努力共创美好未来，我们的世界从此成为一个真善美的世界！"孔老师开始闭上眼睛祈祷。

而在小天风看来，她就是他心中最美好的愿望。此时的孔老师，说话不再像刚来时那么生涩，那表情和动作已完全娴熟自然，就像浑然天成的，童话中的一位公主，徜徉在自家的后花园里。

"唱什么歌呢？"一会，孔老师睁开眼睛问小朋友，所有的小朋友也都从祈祷中睁开眼睛，开始各抒己见。有人说唱《感到幸福你就拍拍手》，有人说唱《童年》，有人说唱《丢手绢》，牛牛站起来说他在路边音像店听到一首歌很好听。所有人都惊异地望着牛牛，他好多天不说话大家都以为他不存在了。

孔老师问他叫什么名字，他说不知道，其他小朋友一起哄笑。

"那你唱一段吧！"孔老师专注地望着他，似乎对他的诉求尤为看重。

"啊啊啊……啊啊啊……"牛牛便扯开公鸭嗓"啊啊啊"了几句，小朋友们又笑了起来，孔老师立马就明白了。

"噢，这首歌叫《让世界充满爱》，我现在就教大家唱吧！"说完，孔老师便开始领着他们唱起来：

"轻轻地捧着你的脸，为你把眼泪擦干，这颗心永远属于你，告诉我不再孤单；深深地凝望你的眼，不需要更多的语言，紧紧地握住你的手，这温暖依旧未改变；我们同欢乐，我们同忍受，我们怀着同样的期待；我们同风雨，我们共追求，我们珍存同一样的爱……"

当童声在教室里响起，这温暖柔软的语言，便像一片片羽毛般飞扬起来，在风中转折，时起时落，指引着每一个人呼吸的韵律，让他们心中平和，充满希望……

乔玉一边努力开口唱着，一边把温情的目光投向小天风。她听不见歌声，却能深刻地感受到与她心率一起共振的旋律，从这些动人的旋律进入一幕幕跌宕起伏的故事里：她回想起小天风给她食物，把自己的鸡腿让给她，为了她与牛牛打架，跟她说了很多悄悄话，以为她听不见还曾经告诉她，他最喜欢的那个人是孔老师……

想着，想着，她眼睛就渐渐湿润了。而当她再望着孔老师，想起孔老师是如何答应她妈妈把她收下，然后无数次用手语和嘴唇比对来教她听懂无声世界的语言，直到有一天能说出话来，并且为她搜集所有有关人工耳蜗的资料，从此让妈妈对她未来的憧憬变成一片绿洲……

想到这，她再也控制不住自己，大声哭了起来。方老师赶紧过去帮她擦泪，擦着，擦着，竟然自己也开始悄悄流泪。

唱着，唱着，牛牛也开始躁动起来，他突然站了起来，泪流满面地哇哇大哭，然后举起手来大声宣誓："哇哇哇，我不再欺负你们了，我要世界和平！"

孔老师望着他又笑又哭，小天风听到这话也惊呆了，原来孔老师说的是对的，牛牛不是恶魔，只不过是一个笨蛋小天使。

接着，所有人都不自觉地站起来，每个人手里都捧着蹿动的小火苗，像无数个小暖炉依偎在一起，窗玻璃全糊上了一层厚厚的水汽，将外面寒冷的世界与他们隔绝，进入一个只有温暖关爱的国度……

唱着，唱着，不知是谁突然大喊了一句："外面下雪了！"

所有人透过模糊的玻璃果然看见外面大雪缤纷的影子，歌声暂时停顿了一下，然后像大雪一般再次激昂了起来，每个人都能感受到听觉的冲击，心灵的震撼。静静地聆听着这直达灵魂的天籁，仿佛整个身心都被融化的雪水涤荡着，进入绿茵、峡谷和清流，一切都被转化，一切都被治愈……

静静地听着这首歌，望着孔老师，小天风的眼泪忍不住掉下来。他总感觉人生一旦进入最感人的时分，就预示着很快就要到曲终人散的时候。虽然孔老师还在他身边，他已提前感觉到了怀念。永远的怀念，或许来世都不会相见……

唱着，唱着，孔老师突然就哽咽了，她捂着脸说了一句："其实你们就像外面飘着的雪花一样，都是一群纯净洁白的小天使，我真舍不得离开你们——"

这一句话令小天风惊呆了。他怔怔地站在那里，感觉到雪崩一般的天崩地塌，仿佛整个身心都已粉碎，只有眼泪无知地洗刷着自己，他不相信这是事实。

"孔老师，我们不要离开你！"所有的小孩瞬间都像沸腾锅里的小水滴一般哭着围了上去，去抱她的腿，去拉她的手，歌声仍在继续，场面却已完全失控。孔雀公主已统领了整个小人国的情绪，童话世界里的童真最为真实感人。

只有小天风还静静地站在那里，他是最坚强的人，因为只有他爱孔老师最深。

窗外，那无声的爱就像一场大雪正铺天盖地，淹没每一个人的心灵……

当悲伤的小人儿一个接一个被他们父母接走的时候，园长笑眯眯地提着一篮苹果走进来。

这场面多么熟悉，小天风仔细回想着，立马就想到了《白雪公主》里的场景。这园长一定是老巫婆，故意跑来毒害这流落于尘世的孔雀公主的，他不由得紧张起来。

园长笑眯眯地拿出一个苹果给方老师，又挑出一个又大又红的苹果交给孔老师，然后亲昵地挽着她的手，用尖细的声音对她说："平安夜一定要吃苹果，岁岁平安！苹果没那么多，所以只能是每位老师发一个，你放心，苹果都是洗了的——"

见小天风一直望着她，她又摸出一个苹果交给小天风，笑着对他说："正好多出一个，你真是一位幸运儿！"

园长走后，沉默了许久的小天风突然声嘶力竭地对孔老师大声呼喊道："老师，你不能吃，这个苹果有毒！"

孔老师苦涩地笑了笑，"那就毒死我算了，王子会来救我的，我要是不吃毒苹果就不知谁是王子了——"

说完她拿起苹果咬了一口，小天风的整颗心都悬了起来。他自我安慰道，不怕，我就是王子，我一定能救她的；一会又犹豫着想，倘若我不是她要找的王子呢？

小天风一脸惶恐地看着她吃完整个苹果，准备只要稍有不对，就立马去救她；要是救不了她，就把自己手中的苹果也吃掉。

孔老师吃完苹果以后，静静地闭上眼睛感受了一下，最后失望地睁开眼睛说："我把整个苹果都吃完了，还是没有中毒，王子也没有来——"

"老师，其实，其实我就是王子，一直就在你身边。"小天风沉默了一会，低着头忸怩不安地说出来。

"对，你永远是我心中的小王子。"孔老师蹲下来欣慰地望着他，明亮的瞳仁里重新泛起泪花，一旁的方老师也转过身去偷偷抹泪。

"老师，我不许你走——"小天风终于哭着说出他最想要说的话。

"哪一天我要是不见了，说明我穿越到我的童年去找你了。"孔老师刮了刮他的鼻子说道，而小天风一直在流泪。

"你真的会回来找我吗？"过了一会，小天风用闪烁着童真泪花的眼睛望着她。

"嗯。"孔老师欣悦地点了点头。

"那我们拉钩——"小天风说完抹干眼泪，愉快地伸出手来。

孔老师与他拉完钩，手心里却多了一样东西，打开一看竟然是用锡箔纸做的一个银光闪闪的戒指，这还是她上美工课教他们做的。

她轻笑着正要把戒指当着他的面戴上，小天风却一阵风一般不见了。

原来，他听见他爸在外面按喇叭，就直接跑了出去，在白雪皑皑的雪地里奔跑着，让这片苍茫的白色涂改他关于孔老师的所有记忆……

25. 青蛙人

晚上回到家里，他的心就像夜色中的莹莹白雪一般冷寂，或许那已不是白雪，是他的心燃烧过后的白色灰烬。

吃饭时，任飞扬拿出两张票交给刘云婵，"这两张票是朋友送的，明天你带风子去游乐场玩吧！"

小天风这才想起明天是周六不用上幼儿园，他本来很迫切地希望第二天还能见到孔老师，因为他不相信孔老师会凭空消失，他不相信那会是真的。但还要过一个周末才上学，他生怕夜长梦多，他的心又在真空中悬浮了起来。

"那你呢？你怎么不陪儿子一起？"刘云婵反问他爸。

"哦，我明天要陪领导去接待一个外地来的客户，你陪儿子玩得开心就好了！"任飞扬淡淡地说，看不出有任何反常。

这个平安夜过得比任何一天都要安静。晚上他睡着了，梦见他在雪地里奔跑，一只洁白的孔雀一直跟在他身后飞，他们在雪地里欢乐地嬉戏着……

第二天，刘云婵带着小天风来到游乐场，那里一切机器都在照常运转，两个圣诞老人正站在两个川流不息的路口派发糖果。在这里能感受到被冰雪包围着的浓烈的圣诞气氛。

小天风却没有一点激动，他就像经历了许多许多事那样一脸沉重地望着更远处的雪景。妈妈带他去玩每一个项目，他都默默地摇头，就像对玩耍已提不起任何兴趣。

"你到底怎么了？难道你又病了？"刘云婵一脸惊异地望着他，摸了摸他的额头。

"你看，那个人长得很像爸爸——"小天风踮起脚来，翘着手指指着不远处一个穿着青蛙连体装的人说。

刘云婵噗嗤一笑，这是个青蛙人。

她突然想到任飞扬曾跟小天风说过的那个青蛙王子的童话故事，便继续笑着说："你爸哪是青蛙王子，是只癞蛤蟆还差不多！"

那个青蛙人正在逗几个小孩玩，而那几个小孩这个推他一把，那个踢他一脚，青蛙人被他们踢得机械地转了个身，然后一个小孩的父亲见孩子们玩得如此开心，便上去大力地推了青蛙人一把，硬是把他推倒了，重重摔在地上，摔了个四脚朝天，引得所有路人哈哈大笑。

那个蠢笨的青蛙人摸着屁股，半天也没爬起来。而这时还有人不断地上去你一脚我一脚，一个调皮的小孩甚至跳到他肚皮上踩了几下，最后一个穿得花花绿绿的年轻人飞奔着向他冲来，准备再给他一脚。

小天风赶紧不顾一切地跑过去护住青蛙人，说道："别欺负我爸爸！"

最后，这个年轻人还是狠狠地一脚把那青蛙人的头套踹飞了。青蛙人从身子里探出半个脑袋疑神疑鬼地来回看了一下，赶紧把头缩回身子里，拾起地上的青蛙头套就跑。这滑稽的一幕更引发了所有人节日的欢笑。

"爸爸！"小天风大喊一声，眼泪都差点迸出来。

那个青蛙人把头套安上，站在原地不动了。小天风追上去，那只笨拙的青蛙又继续往前跑。

"爸爸，我知道是你！"小天风在他身后哭喊着。

刘云婵也赶上去尖厉地说了一句："任飞扬，如果不是你，你干吗要逃？"

任飞扬迟疑了半天才揭开面具，低着头惭愧地说道："抱歉，我真的不是当作家的材料！"

刘云婵也哽咽了半天，"我们回家吧，今晚我做红烧猪脚——"

回到家，刘云婵说："那个跑'黑车'的也是你吧！你不说，我也知道。"

他爸喝着闷酒，拈了两粒花生米塞进嘴里，默默无语。小天风便一直站在他身旁，默默地望着他。

那时的小天风是如此喜欢观察一个人，在爱中陶醉的人，沉浸在自我世界里的人，被悲伤包围的人，各种各样的人。

"以为在城里读了职高，就到了人生的至高，到最后才明白自己除了会汽修开车，吹牛拍马，浪荡打流，一无所长。所以风子，你长大以后可千万别像我这样！"任飞扬仰起头来，黯然地抿了一口酒，摸了摸小天风的头问道，"你长大了想做什么？"

小天风无辜地摇了摇头。

"你要没想好，那就当一个作家吧，坐在家里，闷声不响就能发大财！"

"嗯。"小天风含着泪点了点头。只要是为了他爸，他什么都愿意做。

而此时，正在偷听的刘云婵紧靠着厨房门，泪流满面……

这是一个多么沉重的节日呀！小天风永远都忘不了那个平安夜和圣诞节，接下来的礼拜天也成为他一生中最大的煎熬和等待。

26. 绝美的孔雀

星期一早晨，天蒙蒙亮小天风就醒来，早早地便跑出去等他爸。他站在神圣的洁白里对着天空祈祷，祈祷时光不会改变，祈祷一打开教室门，艳阳高照的孔老师便会出现。只要孔老师每天都与他同在，无论要为她忍受什么，皆不值一提。

他爸才把车停稳，小天风便迫不及待地打开车门，一口气跑到教室，在他要推开门的那一秒，他又停滞了。

这是他人生中极其重要的一秒，这一秒就像在天堂与地狱之间，他不想这么轻易就揭晓。他闭上眼睛哈了一口白气，然后郑重地许了一个愿，他正要推门时，门却被迎接他的方老师一把拉开，他睁开眼睛，希望孔老师能在她身后出现。

"孔老师呢？"他睁大眼睛，上气不接下气地问方老师。而此时他看见身材魁梧的郑老师又回来了，正好站在替代孔老师的位置上。而四周冷冷清清，再也找不见那个美丽的影子。

他站在那里，简直惊呆了。

"这是孔老师给你留的——"方老师递给他一张卡片，他打开一看，是孔老师亲自为他做的一张圣诞卡片，童趣的水彩画下面用钢笔写着：风风，$r=a(1-\sin\theta)$，当你能看懂的时候，你就会明白我所有的心意，愿你健康快乐地成长！你永远的孔老师。

其他的文字他都能看懂，他只是很奇怪这一串神秘的符号，难道是以后相见的密码？而此时他握着那张卡片，眼泪已悄然滑下……

可是孔老师到底哪里去了，她的去向成谜，就连郑老师和方老师也在妄自揣度着。

"她应该是跟着王先生走了，谁愿意放弃做少奶奶的福分？只有像我们两个这样傻的人才会甘心做一辈子幼师！"郑老师长吁短叹地说完，方老师与她大眼对小眼地面面相觑。

"这不可能，这绝不是我认识的孔少佳！"方老师信誓旦旦地说。

"难道她自己拿钱出来做赔偿，然后辞职走了？"郑老师一脸疑色地望着方老师。

"我也不知道，但这种可能性最大，不然园长怎会安乐？你也知道，她从来都是一个吃不得半点亏的人——"

"咦，今天牛牛怎么还没来？"

"听说他得了疯牛病，以后都不会再来了！"

"什么？疯牛病？怎么可能？"郑老师惊讶得连眼珠子都差点掉下来。

方老师小声地贴着她耳朵说："发在羊身上就是羊角风！"

"那就最好了！"

…………

　

她们的声音渐渐在小天风的脑海里沉没……

当孔老师在的时候，小天风感觉幼儿园里仙乐飘飘，是天使的乐园，永远是春天。当她不在，小天风感到北风萧萧，冬天没有止境。她袅袅婷婷的身影曾经出现在这里、那里，当孔雀飞走了，群鸟的悲哀便瞬间侵袭了他，整个世界变成一片空空的树林。

小天风耳畔回响起孔老师教他们唱过的那首《让世界充满爱》，泪眼蒙眬。他突然不顾一切地跑到塔楼的舞蹈房，感觉里面有人。他轻轻推开门，果然看见一个美丽到极致的小女孩正在练习芭蕾舞，她那宛若清晨的美在晨光中浮动着。从她那张似曾相识的清秀的脸庞，那唯美的轮廓，甚至那纯洁的眼神里，小天风仿佛看到了孔老师。当她抬头望一眼小天风，她那清亮的瞳仁就像两块液晶屏，上面飞掠过一段神奇的密码：$r=a(1-\sin\theta)$，就好像是孔老师在暗示他，她已经穿越回到了她的童年。

小天风惊异地望着她，只见她放开扶杆，踮起灵性的脚尖完成了一个轻扬的动作，然后委婉含蓄，向小天风展开双臂，展示了一个崭新的心灵。而小天风对着她只是眨了一下眼睛，她那朦胧的姿影就像一只梦幻的蝴蝶，在冬阳中焕发着光晕渐渐蜕变，最后闪动了一下，在光芒中永远消失……

此时，窗外雪地耀眼的反光照得小天风发怔，他看见的其实只是他灵魂世界里孤独的倒影……

　

任飞扬来接小天风时，四周望望不见孔老师，便随口问了一下方老师。

上车后，他们父子俩，都忍不住悲伤。任飞扬把身子仰靠在座椅上想了想，望了一言不发的小天风一眼，然后把方向盘一拍，突然说了一句："你要是不能把孔雀追回，那还叫男子汉？"

小天风不吭声便是默认，望一眼便是心存感激。任飞扬这句话倒让小天风十分钦佩，看来他爸果然是一位敢爱敢恨的男子汉。

任飞扬就像启动火箭一般立即点火，然后一脚油门飞毛腿导弹一般很快就开到了林泉小区门口。他把车停下来，降下车窗问小区的一位保安："请问孔少佳住在哪一栋？"

"哦，她今天才搬走。"那位保安说完，又往车内瞟了一眼，就像是与生俱来便对他们怀着警觉和敌意般盘问他们，"怎么了，你们找她有事吗？"

"搬到哪里去了？"任飞扬不紧不慢地说。

"谁知道呢，或许搬到另一个星球去了吧。"那位保安精神恍惚地说，一位如此令人赏心悦目的女神淡出了视野，仿佛全世界都在为她感到痛心。任飞扬又一脚油门疾速地驶离了这块伤心地……

小天风心情沉重地回到家里，迫不及待地想破解那一段密码。他慎重地想了想，用铅笔把那一段密码抄在一张小纸条上，然后问他爸这是写的什么。

"这是从哪来的？"任飞扬漫不经心地接过纸条。

"这是下雪时从天上落下来的，所以我就捡回来了——"小天风跟他爸相处久了，也学会了轻松自如地撒谎。

任飞扬皱着眉头端详了半天，说道："这段文字有点熟悉，这个1是要的意思，其他的有点像是外星文，或许是外星人给地球人发出的讯号——"

说完，他拍拍脑袋，一脸紧张地从沙发上弹起，煞有介事地说："我终于想到了，肯定是外星人发现了地球，怀疑地球上有高级文明存在，即将要把我们地球毁掉。而这是一位好心的外星人给地球发出的警告，意思是：不要回答！一旦回答，外星人就会乘坐宇宙战舰来毁灭地球，消灭全人类……"

小天风这才恍然大悟：孔雀公主果然是从外星飞来的！怪不得她最后哭着说要回去，原来是为了拯救地球，拯救全人类，她简直是太伟大了！

在他突然醒悟的那一刻，鸟群四散而去，大地变得静谧无比，令他加速思考，进入了另一个空灵的世界。而在这一刻，他又仿佛变得沉重……

那天夜里，小天风扶着阳台的栏杆，仰望着星空。有一颗星星不停地对他眨着眼睛，像是给他心灵的暗示。他便心驰神往地望着那颗星，寄托他无限的哀思与忧愁。

夜风吹拂起他那忧伤细软的头发，就像一个飘向星空的黑色火把。孔老师那无限的美，就像星空一般深邃；她的眼睛就像一颗最璀璨的明星，即使离去，还煌煌地升起在海水一般温柔的夜里；她乳房的轮廓就像一轮重影的、初升的、令人无限向往的明月；她颀长的腿从童话中走出来，带着阴影的真实立体感，走进他童年的梦幻里；她的长发飘飘，像孔雀长长的覆羽，拂过他春风十里的梦境。她就像从天外飞来，只要他一闭上眼睛，她那盛大的美便铺天盖地压过来……

那一段时间，洽洽额头上的伤口完全好了，果然留下一道蜈蚣一般的疤痕，她的性格也变得越来越孤僻，每当方老师问起孔老师赔了她家多少钱，她总是一言不发，令小天风愈加厌恶她和她妈的丑陋。而每天对着郑老师、方老师和园长，哪怕是打不死的小强、悲伤的乔玉也无法重新唤起小天风对生活的激情。

他向往的生活是能不断挑战自己，超越自己。没有新鲜血液的补充，渐渐消沉的小天风开始变得任性不羁，玩世不恭起来，又开始逃学。而再也见不到孔老师的任飞扬也像是弃了业的渔夫，彻底收了心。

而小天风还沉湎在孔老师离去后的浪漫悲情之中。这天，他回到家，看见外婆正坐在客厅的沙发上，一脸喜悦地望着他，却不说话。他便迫不及待地投奔到外婆怀里，想到这些日子以来耗尽全部精力苦苦寻觅，却又重回原地，便忍不住哭泣。外婆一边亲切地抚摸着他的头，一边说道："风风真乖，几个月不见，又长高长帅了，而且变得懂事多了……"

此时披着头巾的外婆就像一位有着神秘古老法术的埃及法老一般：她身上散发出的古朴如安息香一般幽幽眇眇的香气，瞬间便治愈他的心灵，她那沉静的气场就像一片远古森林一般，瞬间就将小天风带到一个空旷夐远的地方，从此远离暗黑严寒的空房子和悲伤失意的沼泽地……

虽然和外婆相处的时间不是很长，但是他们的灵魂早已熟悉，并且早已达到一种默契。她就像小天风的灵魂摆渡人那样：在他灵魂最孤独的时候，她总是会突然出现；当他一切步入正轨，她又会在一个没有星星的夜里悄然隐去。他们之间从未表达过任何想念，但是他的心里却永远对她有着无言的感激。她那精致单薄的身影总是能占据整个黑夜，吞没所有在黑暗中爬行的影子……

　　每一个人都是一个世界，一个小宇宙，无论跟谁在一起，这个人的磁、电、声、光、气场都会影响到他的心境和情绪。他深信孔老师说的是对的，这个世界有五颜六色的光，每一种情愫都值得他去珍惜。他难以用美丽这个词语来形容外婆，但相信她也曾经美丽，她也是真善美的三原色合成的光的一种，构成了这个美丽缤纷的世界……

　　新年那天，小天风静静地仰望寒风瑟瑟的夜空，突然看到两条海豚在大海一般深邃的靛蓝夜空中上下翻腾戏逐着，一条美人鱼领着成群结队发光的水母开始向着天边游弋；紧接着那些隐耀的星子全都显现了，组合成天鹅、天鹰、天马、竖琴、大熊等一切亮丽的物体；伴随着一声大地春雷般的轰鸣，当第一朵礼花急遽地升入夜空绽开，垂下一条条孔雀的翎羽；紧接着一朵、两朵，一会整个夜空银莲满目，火树银花，繁花似锦，孔雀的光亮占据了整个世界，如同凤舞九天，一切梦想都在这里打开！一切人间的美好都在这里交汇！

　　小天风的全部身心都随着这星空这烟火随风飘荡，幻寂幻灭。在这一瞬间，他明白了所有的星光和焰火，他终于感动得流泪了，是孔老师的离去为他呈现如此盛大的美，令他壮志凌云，气吞寰宇，并且落英缤纷，多愁善感……

　　每一位童话中的王子，都有一段悲伤的过往。

　　孔老师那丰姿绰约的身段，散发着青春少女朦胧的幽光，曾经迷蒙着一位四岁小男孩的成长历程。

　　孤独的人都会在自己的精神家园养一只绝美的孔雀，这是他唯美的支柱与伴侣。

在无人的夜晚，这只绝美的孔雀便对着皎洁的月亮盛大地绽放自己，自爱自怜，自怨自艾，妖美而感伤，哀婉而顽强；在黎明到来之前，它又忧伤地闭合，孤艳凄楚，又动人心魄。

得到才会失去，所有的美都是令人绝望的，爱到迷失才是绝美的最高境界。

没事的时候，小天风总是会把孔老师送给他的那张卡片拿出来翻看，总是会回想起第一次见到美若天仙的孔老师时那种明丽开阔的感觉。每当他见到孔老师娟秀的字迹，就仿佛那日重现。

如果秀明哥曾经是他依靠的大山，那么孔老师就是他赖以生存的，环绕他的水。他不知这是否就是恋爱的感觉，但失去后彻底令他痛心。

秀明哥，孔老师，每一个有人格魅力的人都会令他留恋，而生命中最美丽的事物总是昙花一现，就像流星发光到了极致，将永远消失。但那道美丽划过的伤痕，却让人怀念一生。小天风再次看了看孔老师给他留下的那段话，在往后的日子，她都将高高悬起，就像一盏指引他的明灯，为此他将会变得坚强无比……

于是，他挺起胸膛，重新鼓起勇气来，不在悲伤中消亡，就在悲伤中奋起！他暗暗下定决心，此生都要做一个像秀明哥和孔老师那样光芒万丈的人——

第三章
Chapter 3

芭蕉公主

1. 悟空梦

　　这个春节，小天风迷上了电视连续剧《西游记》，虽然每天只有短短两集，但足以令他全部身心都沉浸在西游的梦幻里，从此忘记世间一切忧愁。

　　每当他看到《西游记》里的孙悟空时，总是会露出痴迷的眼神，仿佛看的就是他自己。他多么希望自己能像孙悟空那样神通广大，无所不能，说长大就长大，说变小就变小，变大变小全在一念之间。要是能这样，他和孔老师就可以永远在一起了——哪怕孔老师真是一只孔雀，他也可以立马变成一只公孔雀，依伴在她身旁。

　　他又想，倘若他真成了孙悟空，他最想变回的还是秀明哥，这样就不用再怀念他，还可以继续把他的梦想发扬光大，要是秀明哥知道了该多开心！对于小天风来说，那样的人生简直无与伦比！

　　他还有很多其他的美好愿望，譬如说，把穷人家所有的东西都变成金子做的，把天下像牛牛那样的"妖魔"都装在葫芦里，把小强讨厌的鼻涕永远抹去，整个世界都美如仙境，每一个人都是仙女……

　　而所有的愿望只需要先达成一个愿望就可以实现，那就是——成为孙悟空。

　　他闭上眼睛，心驰神往地回想起以前秀明哥举着他翻筋斗云时那腾云驾雾的感觉，仿佛已进入空灵的神话世界……

　　但这个梦想似乎离他更为遥远。元宵节这天看完《西游记》大结局，小天风怅然若失地靠着外婆，痴痴地问："外婆，这电视里都是真的吗？"

　　"傻孩子，当然是真的！以前我也怀疑过，但后来才明白我们必须相信科学！"外婆轻抚着小天风的头，无限关爱地说，"不过，当你这么问我，说明你已长大了，因为你已学会了思考——"

　　"那他们是怎么钻进电视机里的？"小天风又好奇地问。外婆总是能给他最期待的答案，这令小天风十分感动。

　　"这电视机就是一个神奇的盒子，就像照妖镜一样，它能把天上地下的事情都捕捉下来公布于众。所以人在做天在看，背地里也不能做坏事，一旦被电视机捕捉到，全世界都会知晓，从此再也翻不了身——"外婆一本正经地解释道。

"嗯。"小天风点了点头，这与之前乡下"他爹"的说法基本雷同，也完全符合朴素的唯物主义世界观。

"妈呀，这电视里都是人扮演的，当然是假的，您怎么就这么愚昧呢？"刘云婵在厨房里听到他们的对话，急忙跑了出来，就像半路杀出来的母夜叉，突然打破了小天风神话的幻梦……

"是你无知，还是我愚昧？别当我是三岁小孩，连这点起码的判断力都没有！我走过的桥可比你走过的路还多！你说说看，这腾云驾雾、上天下海的，人演得出来吗？要不你变只飞虫来看看！"外婆气咻咻地争论道。

"唉，我都不知怎么说您，您这样会把小风都带傻的！"刘云婵摇摇头苦笑着说。

"当初要不是我，小风会有现在这么聪明活泼？"说完，外婆的声音都有些哽咽了，"行吧，年也过完了，我明天就回乡下，省得担心我把你儿子带傻！"

任飞扬听见客厅争吵，急忙踏着急急如律令来救火，一来便不分青红皂白，先就把刘云婵责备了一遭："你怎么就跟我们家王母娘娘吵起来了呢？"

刘云婵才解释完，任飞扬便将胸脯拍得啪啪响："我可以作死证，你妈说的都是对的！作为一个知识分子，你怎么能怀疑科学呢？"

"你……"刘云婵正要与他继续争辩，任飞扬赶紧向她眨了一下眼睛，然后把她推进厨房，一把关上了厨房门，然后一脸堆笑地对外婆说："妈，您怎么去跟一个凡人计较呢？她就一不懂事的小丫头！这天上人间的事，她哪有您清楚？无知者不怪，再说，她是您培养出来的，您要跟她斗气，不是跟您自己过意不去？"

任飞扬舌灿莲花地说完，外婆才勉强歇下气来，深信她女儿没嫁错人——对于这一点，她从来都没质疑过。

"可是，怎么才能变成孙悟空呢？"这个时候小天风最烦别人打岔，赶紧撇开他爸，又满怀期望地望着外婆问。

"这个很容易做到——"外婆欣然一笑，见立马要开饭了，便说道，"只要你今晚能吃两碗饭，我就帮你实现这个愿望！"

原来成为一个饭桶，就能达成心愿，这样的任务也太容易过关了。于是，晚饭时，小天风狼吞虎咽，一连吃了三碗，超额完成任务。

吃过晚饭，小天风兴冲冲地跟着外婆出门，他远远地看到湖滨风光带就像一条缀满了五彩斑斓的宝石的丝带映在水面上，夜空中还不时有礼花在绽开，伴随着无数个缤纷浪漫的想象，疑是银河落九天……

看见前面人山人海，热闹非凡，听见大地春雷般的轰鸣，在这声与光的渲染中，小天风早已按捺不住内心的激动，一路兴奋地跑在前面。

走进元宵灯会现场，外婆带他走进了一家卖节日礼品的小商店，准确无误地挑出了一身小孙悟空的行头，就像她事先预埋在那里的一样。

当外婆帮他对着镜子换上这一身行头，小天风立马就换成了孙悟空的心境，连走路都左顾右盼，熠熠生辉，像只小猴一般行走在这灯的国度里，仿佛已置换了一个人生。

至于那些玩龙舞狮、踩高跷、扭秧歌、划旱船等这些都不是他的菜，他一直望着"天女散花""嫦娥奔月""女娲补天""后羿射日"等几盏大型走马灯发呆，仿佛已感觉到月飞云飘，在天上的世界云游。最后他站在"孔雀开屏"的走马灯前，终于找到了"众里寻他千百度，蓦然回首，那人却在灯火阑珊处"的感觉，眼泪一下就漫溢出来，只是他戴着面具，这心灵的泪水没人能看得见。

他跟着外婆走在这熙熙攘攘的人群中，仿佛站在天上的集市，他四处张望，那天上的繁星、地上的花灯和水中的倒影交织在一起，已分不清到底是天上，还是人间，尽管他心中有着数不清的落寞惆怅，但他仍然流连忘返，如痴如醉，乐此不疲……

回到家里，小天风感觉自己就像是到月宫云游了一趟回来，他的灵魂仍然在天上飘荡，在繁星闪烁中做梦……

第二天一大早，他一起来就穿上孙悟空这身行头，为了印证美梦成真的感觉。

整整一个白天，他高兴地在家舞弄着"金箍棒"，兴奋地在床上地上打着滚，一会从椅子蹦到桌子上，一会又从沙发跳到地上，整个家里都成了他的"神仙洞府"。爸妈从没见他这么活泼过，更没见他如此开心过。这令刘云婵深信，看来任飞扬这次是完全正确的，尊老爱幼应从保护老人和小孩心中的神话和童话故事做起，因为那都是他们对于美好生活的梦想和寄托。

几天下来，小天风便玩得有些无趣了。当他疲惫不堪地坐下来，才感到那一切都是幻觉。尽管云雾缭绕的神话幻境氤氲了他梦幻的童年，而最后的天高云淡，风光月霁，令他觉得神话的梦想依然很遥远……

鉴于小天风一直不肯上幼儿园，外婆便带小天风买了一大堆故事书回来，开始培养他独立看书的习惯。后来，外婆回了乡下，爸妈上班的时间小天风便一个人在家练毛笔字和看书，只有从书中钻进不同的国度，才会忘记那个不可能实现的，闪着光的梦幻，才不会每天被父母逼着去上幼儿园……

再后来，那一身孙悟空的行头被扔在了一个满是灰尘的角落，那个杳如星河的悟空梦从此被遗忘在了另一个星球，只是偶尔还会梦见漫天的黄沙和凄厉的风……

2. 小英雄救美

小天风童年的院子里有一棵樱花树。那时，一切美好的愿望都能在树上开花。每年四月，在他生日前后，树上便开出淡粉带白的花簇来，如同一团团如梦似幻的星云。

他就是在这棵树下认识叶子的，仿佛与生俱来的一种本能，他如此轻易地喜欢上这样婉约的一个女孩，恍若如此轻易地喜欢上这样婉约的一种花——

那天清晨，小天风在樱花树下，亲眼目睹了一个小清新死活不肯上幼儿园的一幕：

"干吗呀？有话好好说，别在外面拉拉扯扯的，像什么样！"小清新甩开她妈的手。

她妈犯难地整理了一下弄散的头发，温和地说道："我不拉你，你自己自觉点！"

"你要不逼我上幼儿园，我读完大学后养你；你非要逼我去，我会趁你睡着了，拿针扎你的！"小清新思路清晰地与妈妈讲条件。

"没有 1，哪来的 9？你不上幼儿园，哪能读大学？你就不要哄我了！你要拿针扎妈妈，你会遭天打雷劈的！而且，你不听妈妈的话，妈妈就把你送给厂门口乞讨的那个疯婆子做女儿，要么等人贩子把你抓走，每天逼你拽着别人的裤脚去卖花；你要再不听人贩子的话，每天就等着关黑屋子，挨皮鞭抽打吧！"

"我不要——"小清新跺着脚尖厉地哭喊着。明明在大声哭，却没有眼泪掉下。

"那你听不听话？"小清新的妈妈盯着她问道。

"那——，你非要本宝宝上幼儿园也可以，除非你答应本宝宝一个条件——"小清新想了想，鼓起了两个小气囊，嘟着嘴说。

"什么条件？"

"我要穿昨天的那条裙子去。"小清新萌萌地说道。

"为什么？"

"因为我只有这条裙子最好看，穿其他衣服小朋友们会不喜欢我的！"小清新清丽得就像一个才摘下来的橘子，却藏着无数瓣可爱的小心机。

"可是你明明知道这条裙子今早才洗了的！"妈妈跟她讲道理。

"我不管，我就要穿那一条！"小清新蛮不讲理地说。

"你简直就是一个小赖皮！无论如何，我必须送你去上幼儿园！"她母亲的语气开始变得强硬。

"如果你今天非逼我上幼儿园，我就死给你看！"小清新也毫不示弱，任性得很。

"你打算怎么死？"她母亲感到又好气又好笑。

"死的方法太多了，我只能随便透露两条：我可以吃饭不嚼直接吞下去噎死，也可以整天不上洗手间憋死！"无论妈妈怎么说，小清新有的是伶牙俐齿。

"就算死也要送你去上幼儿园，你要死在幼儿园，妈妈还可以获得一大笔赔偿金——"

说完，她妈妈便开始生拉硬拽，小清新便哇哇大哭了起来，好死赖活地蹲在地上不肯走，边哭边伤心地说："你不知道，阿姨每天逼我们吃猪肝，我吃得好辛苦，宝宝心好累，太累了，哇哇哇……"

　　小天风感觉此时的叶子就是一个弱势群体，令他义愤填膺、义不容辞地挺身而出，他从樱花树后站了出来，大义凛然地说了一句："她不应该去上幼儿园！"

　　小清新的妈妈被这个竖着衣领，双手插兜里的灰老鼠一般的家伙吓了一惊，半天才反应过来："为什么呢？"

　　小清新趁这个间隙偷偷跑到花园里的一棵芭蕉树后藏了起来，只透过叶缝来偷看。只见他俩就像吵架那般争论了几句，最后她妈妈就像是认了错那般，匆匆看了一下表，然后大声喊了一句："好吧，叶子，出来吧，今天你就跟这位天风哥哥一起玩，不许跑出院子，中午早点回来吃饭哦！"

　　说完，她见叶子从芭蕉树后探出头来，便匆匆忙忙走了。

　　她妈一走，叶子便痴迷地望着小天风。

　　此时的小天风就像天空劈下来的一道绚烂的天光。他那双闪烁的星眸，一笑起来，便散发着星辉，令人沉沦、迷醉。在他耀眼的光芒下，叶子就像一个小雪人般融化开来，田野正在苏醒，樱花正在盛开。只因一次遇见，便改变了整个大地的容颜。

　　于是，叶子望着她，当即妩媚一笑，立马就像雪水一般活了。

　　"刚才你跟我妈说了些什么，为啥她这么听你的？"叶子一脸神奇地望着他，小天风抬起头来才完全看清她：

　　她清丽得就像一只小精灵，美得有点不真实，尖巧的鼻子，一笑就露出小兽一般的牙齿，就像刚从动漫城里逃出来的；她那白皙娇嫩的皮肤就像在牛奶中泡出来的一样，全身还隐隐散发出奶昔的香甜。此时的她站在樱花树底下，那云里透光的面颊，与泛红的樱花合在一起，相映生辉。

　　"你怎么不回答我的问题？不要一直望着我，否则你会爱上我哦！"叶子一脸俏皮地对望着她发呆的小天风说，说得他都不好意思起来，立马换成了一张严肃的脸。

　　"大人之间的事少问点——"小天风讳莫如深地说道。那个时候的他已学会了一脸深重，还有无由的叹息。

"你不也是小孩吗？"叶子惊讶得牙都要掉了一般，张着嘴望着他，觉得此时的他站在落英缤纷的樱花树下，显得特别壮丽。

"我只是外表看上去像个小孩！你以后一定要改变对事物的看法，别轻易被事物的表象所迷惑——"小天风一脸深沉地说。事实上，在经历过秀明哥和孔老师的离去后，他的心智似乎成熟了许多。在他看来，他其实是一个孙悟空变成的小孩，已经历几万年的沧桑，高高地站在云端，而叶子还只是一个在地上摸爬滚打的小屁孩。

"那接下来我们该去哪里玩？"叶子就像赖上他了，他只好坚定地把手插在口袋里。此时他也不知该怎么办，但走到这个田地，唯有走一步看一步了。

——那之前小天风一直觉得自己是孤独的，他独自拥有一片王国——整个厂矿的围墙内都是他安全而自由的疆域。但他不想局限于此，他一直想浪迹天涯，期盼能有人与他同行，而这一天终于来临——

他领着叶子来到传达室，但这一道关卡怎么都冲不过去。门卫是一个恪守原则的中年人，他明白一旦辜负了小天风父母的嘱托，将会是什么严重的后果，更何况叶子妈出去时还给他加了一道禁令。

小天风不得不临时改变策略，拉回正对着门卫吐口水的叶子，对她说："跟我走吧，任何时空都阻挡不了我们广袤无垠的脚步——"

他带着叶子来到了一段靠树的围墙，他还没学会腾云驾雾的本事，只得埋头捡砖头搭梯级。

一会，梯级便搭好了，他们踩着梯步爬上围墙，再跳上围墙外那棵树之后滑下去。树枝和围墙之间的那一小段距离给他们带来冒险的刺激，随后就是小鸟跳上枝头的轻松和喜悦……

他们从树上滑下来便到了一片人迹罕至的崇山峻岭，对于小天风和叶子来说，那是一片更为广阔自由的天地。天空变得更加明丽，朵朵白云像无数白象踏着金光大道在天国悠游；晴空下面，逶迤的群山就像一条巨大的青龙盘踞在广袤无垠的土地上；那一簇簇野花点缀在万叶丛中，就像装点了一个繁华的世纪。

3. 发现虫洞

叶子，像一片树叶的叶子，一从树上飘下来，就像回归到了大自然，那么轻逸飘然，一落到地上，便忙不迭地采摘着野花，有雏菊、映山红、鸢尾和虞美人等等。她在花丛里左寻右觅，那双灵光闪闪的眸子在金色的阳光下顾盼生辉。

小天风漫不经心地望着叶子，不屑于做这么幼稚的事情。

当叶子踮起脚要攀一枝桃花时，他惊讶地批评了一句："你要把所有的花都摘回家吗？这些花草又不是你家种的！"

戏精变人精的叶子对着他嫣然一笑，眨了个俏丽的媚眼说道："其实我是摘来送给你的——"

"干吗对我这么好……"小天风已羞涩得不知说什么了。但在叶子看来，他的羞涩更令人心动。

"呵呵，只要你能让我爸妈以后不再逼我上幼儿园，我可以把心都摘下来送给你，甚至这一辈子为你做牛做马我也愿意！"叶子百无禁忌地说。

"可是，孔……"说到这，小天风又落到了伤心处，赶紧无力地改口说，"幼儿园的老师教我们不要伤害花草树木——"

"幼儿园的老师不是也不许我们逃学吗？"叶子呵呵一笑，继续忘情地采摘。小天风想了想，还是帮叶子摘下了那一枝桃花，又指着山坡上面说："那上面还有更多的桃花，你看，还有白色的——"

转瞬间，他就忘了自己刚才是怎么教训叶子的，他看见山坡上立着一个稻草人，戴着草帽，穿着黑色马褂，手里拿着一把玩具宝剑，脖子上还戴着一条在风中飘扬的红围巾，简直就是栩栩如生。

当他一口气冲上山坡，竟然惊呆了，他在乡下也见过稻草人，但做得这么精致的还是头一回，尤其是它的眼睛鼻子竟然如此鲜润。小天风便好奇地踮起脚来拔下它的鼻子看了看，又试着剥下了它的一只眼睛，原来他的鼻子是用一个新鲜的胡萝卜做的，眼睛也是由两颗新鲜的野果做成，然后用棍子插上去。显然，这里一定常有人来，他不由得四处张望。

"给我看看！"叶子也气喘吁吁地爬上山坡，抢过小天风手里的野果看了看，"这个应该可以吃的——"

见小天风没理会她，便沿着他的目光放眼望去，看见不远处有一幢鸽笼般的平房，正靠近厂区的大门。平房前面是用篱笆围起来的一片菜畦，里面还种着一棵参天的果树，篱笆外面一丛丛金黄的油菜花含情水含笑地在春风中对着他们招展。而小天风此时伫立在山头，就像这个王国的统领，正在检阅着他全新的领地。

"啊，油菜花！"叶子激动地说完，便向那片油菜地发起了冲锋。谁知一脚踏空，四脚朝天地沿着湿滑的青草一路咿呀呀地滑了下去，一直滑到山脚下一堆一人深的蒿草里，稻草人的"眼睛"也不知跌去了哪里。小天风赶紧把手里的胡萝卜随意地插在稻草人身上，也三步两脚地跟着跳了下去。

"你没事吧？"小天风拉起她，她左顾右盼看了一下屁股。

"呜呜呜，我屁股都摔成两瓣了，怎么办？"叶子矫情地拍着屁股说。

小天风皱了皱眉，一脸严肃地训斥她："别这么恶心我好不？"

叶子向四周望去，突然像发现了什么，指着给小天风看。"你看那是什么？"

小天风走近一看，原来是被几棵芭蕉树和荒草掩盖着的一个山洞。他往里看了看，感到冥冥的黑暗中像是有着某种魔力在召唤着他，令他既害怕又惊喜。

小天风便往里面扔了一块石头，静静地守在洞口侧耳聆听。这么专业的行为显然令叶子对他愈加信服。

"啊，有虫！"叶子一声惊叫，慌乱地跺脚，吓得花容失色。

"嘘——"小天风用一指禅封住她的小嘴，它们的身影天风更小的时候就已熟悉，赶紧给脚下这两条交叉的百脚虫让出两条路来。

静静地等了半刻钟，除了隐隐的流水声，没有任何其他声音。洞里似乎有种可怕的黑暗引力，像是要把小天风牢牢吸进去一样。

当小天风完全放松，徐徐转过身来，叶子才敢完整地说完："虫子都是从这个洞里钻出来的，我好害怕哟，我们走吧！"

"虫洞？"小天风感觉这个词有点耳熟，他突然想起正好前不久在电视里看到的某部科教片里说通过虫洞可以穿越到外星球去，当时他好奇地问了他爸一大堆问题。问到什么是虫洞时，他爸粗糙地告诉他，有虫子的洞就叫虫洞。在小天风童年的印象中，虫子都是有魔法的，所以便对这个虫洞愈加敬畏和神往起来。就像某部电视剧里的情节一样，孔老师直到现在都没穿越来找他，莫非是冥冥中指引他通过这个虫洞去她的星球找她？

于是，他决定冒险去孔老师的星球造访，给她一个意外的惊喜。而眼前这个亮丽地占据了他眼球的叶子，显然无法盖过他对孔老师用眼泪付出过的真情。——要说小天风第一眼便喜欢上了叶子，他不予置否。但那种喜欢，就像喜欢一只小猫小狗一样，与对孔老师的喜欢绝对不是一个档次。

"走，我们先回去吃午饭，下午我带上手电筒再来吧！"小天风犹疑了一下说道。

"我们下午还来这里吗？"叶子一脸惶然地问道。

小天风点了点头，说道："你要不想来可以不来，从此这个洞就属于我一个人了。我爸妈要是以后再惹我生气，我就搬来这里住——"

"可是这洞里有……"叶子毛骨悚然地说。

"我会带上一瓶杀虫水的。"叶子还没说完，小天风就抢先说出了解决的办法。

"那，那我也带些东西过来，我们一起过家家！"叶子转而欣快地拍着手说。

他们两个一起回家时，故意昂首阔步，耀武扬威地从门卫身边经过，门卫一看他俩竟然是从外面回来的顿时傻了眼。此时，小天风已成功地将他们自由的疆域拓展到了无限。

分开时，小天风要叶子把那一大把鲜花带回家，去美化父母的心情，换来他们的欢声笑语和叶子珍贵的自由。

叶子无比开心地对小天风说："今天是我有生以来玩得最最最快乐的一天！很高兴遇见你！如果没有遇见你，我就会去你家找你——"

说完，叶子如沐春风地回到家里，故意在父母面前炫耀她独立自主地玩了一上午，果然令爸妈对她愈加放心。

4. 芭蕉洞里过家家

下午，两人不约而同地背了书包出来。小天风书包里装的是手电、杀虫水、一根绳索、储钱罐、户口本、一身换洗的衣服和牙刷牙膏，还有一些干粮，手里还挂着一根棍子，就像是准备要长途旅行一样。

一路上，叶子兴奋地说，她后来想到这个山洞会不会像《阿里巴巴和四十大盗》里的那个山洞那样，藏着许多金银财宝。

小天风想了想，一脸郑重地对叶子说："叶子，如果里面都是金银珠宝的话，我一点都不要，但最好全交给我爸爸来处理，不然我妈妈会跟他吵一个世纪！"

叶子对他这个无私的答复似乎也很满意。当他们再次爬过围墙来到那个山洞时，叶子站在洞口又开始变得迟疑了。

"这个山洞或许通向外星球，我们再也不能回来了——"叶子突然想起她的爸妈，伤心地哭了起来。

小天风停住，很惊讶地望着她，他没想到叶子心思这么缜密。他想过最好的和最坏的结果都是穿越到外星球不能再回来了，可这不正是他所期待的吗？

"如果这个山洞真可以穿越，也许一切都会改变，但不能改变的是什么？"他突然耐人寻味地问了一句。

"是爱。"叶子无比坚定地说。

听到这个满意的回答，小天风便拿出手电筒，不顾一切地钻了进去。

叶子犹豫了一下，也跟了进来。

进去以后，所有的怀疑和想象都变得多余。这就是毫无梦想和神奇的一个山洞，甚至比想象的要狭窄得多。靠山的一处岩壁不断渗出水来，沿着石缝潺潺地流着，暖暖的潮气里夹杂着苔藓最原始的气息，像是能唤起人类对于远古的回忆。

"以后这就是我们的小家了。"叶子欣喜地举起手来，舞蹈着画圈。

"嘘，别吵——"小天风突然想起一件事来，"这里叫五尖山，是如来佛祖的另一只手。千万年来，他一直在大地中沉睡，千万别把他吵醒！不然他会把我们两个都困在这里面，一困就是五百年——"

"啊？"叶子一脸狐疑地望着他，"如来佛祖的手不是叫五指山吗？"

小天风煞有介事地解释道："据考证，如来佛祖的头在四川，五指山是他的一个手掌，那他的另一只手呢？"

"那他的脚呢？"叶子惊讶得瞠目结舌。

"小朋友，这个问题问得很好，但你没发现如来佛祖是斜着睡的吗？他故意把脚泡在海里，这样就不用费力每天洗脚了——"看来小天风的想象力也如这天风一般天马行空。

小叶子从小天风一本正经的样子中，看不出一丝说谎的痕迹。于是，她不敢大声，甚至对小天风也充满了敬畏。她默默解下双肩书包，从里面拿出许多蜡烛来。

"我常常一个人在家里点很多蜡烛，每一根蜡烛都是我跳动的心愿——"她静静地说完，然后从兜里掏出一盒火柴。当她划亮一根火柴，一团烟雾在火光中升起，升腾了他们两个的梦想。小天风看见火光将叶子的脸照得红扑扑的，甚是娇艳。

蜡烛点亮了两个人的热情，叶子又出去摘了很多野花，小天风把地面清理了一遍，周围喷了些药，然后出去弄了很多干草来铺在地上当床。叶子用采来的鲜花装饰着这简陋的山洞，然后把自己带的果汁、果脯、巧克力和饼干摆在一边，摆得整整齐齐的。

小天风也把他带的面包、牛奶和牛肉干贡献了出来，然后迅速地把书包拉链拉好，生怕叶子看见了他的其他隐私。

"要是有枕头就好了，这样随时都可以美美睡上一觉——"叶子才说完，小天风又跑出去，一会又搬了一个草垛回来。他们两个便开始用干草来编枕头。

没多久枕头也做好了，小天风把剩下的草加在地铺上，叶子又天女散花一般把搜集来的一大堆花瓣洒在地铺、枕头和地面上。一会儿工夫，他们便把这个小家布置得温馨浪漫而又舒适。

小天风欣慰地望了叶子一眼，有她这么一位贤淑、别具匠心的"妻子"，生活也该很知足了。

"什么都弄好了，就差给这个山洞取个名字了。"叶子满意地环顾了一下山洞，提议道。

"不如叫水帘洞吧！"小天风摸摸头。

"不，我不喜欢那只讨厌的猴子，"叶子有些生气地说，"这个洞是我先发现的，应该我来取名！"

"孙悟空怎么惹你了？"小天风惊愕地望着她，叶子就像惊醒了他的梦幻。

"你看，他一路来都对女人不好！"

"可她们都是妖精——"

"他自己也是猴子变的，不也是一只妖精？"叶子气咻咻地说。

"行吧，随便你——"小天风不想为一些无意义的事而争吵。

"我觉得不如叫芭蕉洞吧！"叶子经过深思后说道。小天风想起洞口的芭蕉树，觉得这个洞叫芭蕉洞就像他生下来就应该叫任天风一样天经地义。

"那我以后就是这里的芭蕉公主了，我宣布这里的一切都属于我，包括你在内——"叶子百无禁忌地说完，对着小天风眨了一下眼睛。小天风顿时呆住了，惊愕地望着她，这一幕在他的梦里似曾出现过……

他们一起躺下，感到这里的安全和舒适简直是无与伦比。这里没有老师和家长的管教，甚至警察也管不到；即使发生世界大战甚至星球大战，也不会打到这里来；更重要的是这里完全是属于他们自己的王国，他们可以随心布置，任意发号施令，这令他们感到无比舒心和惬意。

"你为什么不用上幼儿园？"自他们认识以来，从未坐下来谈心。当一切安顿下来，叶子突然对小天风的一切饶有兴趣起来。

"上幼儿园？那都是过去的事情了，我已经是一个大人了，干吗还要上幼儿园？"小天风安然地躺在那里，悠悠地说。

"可你确实是一个小孩啊！"叶子那双美丽的大眼睛在烛光下扑闪扑闪。

"我之前已警告过你，别被外表所迷惑，不然你会犯下很多错！"小天风生气地转过头来，不耐烦地对叶子说道。

"好了，好了，以后你在我眼里就是大人了——"小叶子赶紧乖巧地说。

"那你呢？你又为什么不肯上幼儿园？"小天风反问道。

"我才没这么傻呢！我爸妈自己小时候不爱读书现在却逼着我去为他们读书，读完书再为他们赚钱，令我有一种被人利用的感觉！"叶子愤愤不平地说完，小天风突然想起叶子之前哄她妈的那番话，不禁皱了皱眉。

于是叶子便与他聊起一些伤心事，她说有几次她半夜醒来听见她妈在凄厉地惨叫，便赶紧起来推开爸妈的门，看见她爸正光着膀子骑在她妈身上打她，她气愤极了，从客厅搬来一大堆鞋去扔她爸，而她妈竟然生气地把她赶出去了，她至今都无法理解。

"你爸做的是对的，我爸说女人要经常教训一下的，不然她会把你每个月的工资都抢去，逼你做各种家务，还会骑在你头上，在你刚弄好的发型上造个鸟窝……"

"万一我们结婚了，你可不许打我！我发誓我绝不会抢你的钱！只要我一开口，我爸妈一定会乖乖把钱都交给我们的！"叶子激动地说。

结婚？他记得他曾经的梦想是长大了和孔老师结婚的，而此时这个梦想如此遥远。每天对着镜子，看到的永远是长不大的自己，这一切真叫人灰心，这样的现实令他不得不和叶子这样的小孩在一起。

"这个枕头还是有点不舒服，下次我除了带枕头，还要把锅碗瓢盆带过来，以后我们自己煮饭吃，这样才叫过家家——"叶子不安地扭来扭去，像个大人一般说。

爱情原来只是过家家，每天还是逃不过柴米油盐酱醋茶。小天风听到这些就感到有些生厌了。

"其实我想要的家不是这样子的。"过了一会，小天风淡淡地说。

"那是什么样子的？"叶子诧异地望着他。

"如果有可能的话，我希望住在摩天轮上——"小天风跷着二郎腿，一只手枕着头，说着他想象中的场景。

"可是你不能把我一个人丢在芭蕉洞里！"叶子赌气般说。

"你也可以住在摩天轮上，我们可以一人一间房子，不需要每天在一起，只要彼此能看到对方就行了。"

"那吃饭呢？"

"我们可以在旋转木马上吃饭，睡在旋转杯子里。"

"哈哈，那以后我们出门就可以开碰碰车，出去旅游就坐过山车。"叶子一听乐了，这种生活简直太美好了。

"嗯。"与叶子的谈话已越来越令小天风感到身心愉悦了，"这个世界从此不再下雨下雪，春天下的是花瓣，夏天天空中飘着肥皂泡，秋天落叶纷飞，冬天天上掉下的都是棉花糖。"

叶子闭上眼睛，仿佛进入了小天风奇异的想象世界：春天，她和小天风在花团锦簇中相识，小天风像一位王子一般跪下来向她求爱；夏天，她躲进了一个肥皂泡里面，而小天风乘着另一个肥皂泡，在明亮的天空中你追我赶；秋天，她穿着婚纱与小天风在落叶纷飞中举行浪漫的婚礼；冬天，他们一起仰着头走路，她看哪朵棉花糖最大就张开口接哪朵，而小天风只是伸出舌头，漫不经心地走着，等那些棉花糖随机地掉在他舌头上，在他舌头上绵绵化开……

"我希望世界上就我们两个人，其他的都是机器猫、Hello-Kitty、加菲猫、泰迪熊、米老鼠、唐老鸭……周围不是果树就是花，想要吃什么水果摇一摇树就落得满地都是，对了，那地上的泥巴其实也是巧克力做的，墙上还涂满了奶油，肚子饿了闭上眼睛就能咬一口……"叶子也说出她的梦，最后她仔细想了想，总觉得他们未来的生活还少了些什么，于是叶子又打开双肩背包，从里面拿出一个头上只有一撮毛，穿着肚兜的布娃娃来，然后把它抱在怀里，天真无邪地说，"以后他就是我们的小孩，我绝不会逼他每天上幼儿园，不用他读书，等他长大了，我就让他做一名退休工人，这样既可以拿工资，又不用上班，每天陪着我们玩，还可以帮我们做许多家务……"

于是，两个人一起沉迷在这无限美好的幻想之中，小天风听着小叶子的无穷梦话，一会便朦朦胧胧地睡着了，叶子也在他旁边睡着了……

5. 孔雀公主的坠落

小天风做了一个梦，梦见他们其实睡在一条巨龙的口腔里面，那流着的水实际上是龙涎水。这条巨龙趁他们睡着的时候，衔着他和叶子开始起飞，就像过山车一样轰轰烈烈地把他吵醒。当他睁开眼睛的时候，突然看到洞外光亮无比，于是他移开叶子食人花一般缠绕着他的手臂，走出龙口，看见孔雀公主风鬟雾鬓，霓裳艳影，正站在云端。

他热切地望着她，眼里泛着泪光，无比伤心地对孔雀公主说："孔老师，我找你找得好苦哇！从此我们永远也不要分离了，好吗？"

就在此时，叶子也醒过来，走到龙口，揉了揉惺忪的睡眼，像猫吞吃了糖一般惊奇地望着他俩。

"你忘了我们之间的承诺吗？我不是说过有一天我会穿越来找你的吗？"孔雀公主见到叶子，便悲愤交加地说，"我以为我的意中人是一位盖世英雄，有一天他会在一个万众瞩目的情况下出现，身披金甲圣衣，脚踏七彩祥云来娶我！我既没猜中开头，也没猜中这结局！原来我的意中人是个盖世垃圾，有了金甲圣衣，便踩着七彩祥云娶了别人！"

此时突然电闪雷鸣，小天风吓得不由自主地往后退几步。

"孔老师，请听我说……"小天风伸出手来，正要解释些什么，孔雀公主便用云袖捂住脸，一个悲怆的转身，卷起身边的五彩祥云，像一个火球，拖着一条美丽的弧线，向着天际轰隆隆地坠去——

小天风"啊"的一声惊叫从梦中醒来，感觉外面有一个影子晃动了一下，赶紧一把移开叶子压在他身上的腿，冲了出去。叶子醒来也跟着他跑了出去。

此时天色已暗，正好一颗流星划过天空，在小天风心头呼啸着，如同泪水那般从他脸庞滑过，坠入地平线，此时的景象就像一幅绝美的、离别的画面，美得令人伤心——

在那流星的光亮中，小天风回想起他与孔老师第一次见面那欢快的场面。她那时的笑容就像火树银花一般璀璨。人生若如初相见，每一天都是晴天，该多好呀！

叶子呆呆地望着他，他赶紧背过身去，不让她看见。

"啊，你竟然哭了！"叶子惊讶地说。

"谁像你这么没心没肺——"

"你又不是我肚子里的蛔虫，怎么知道我没心没肺呢？"叶子傻傻地问，转过去要看他的脸，"可是你为什么要哭呢？"

"一边去，我不是为你哭，所以不让你看见！"小天风捂着脸，驱赶着她。

"我不希望你为我哭，但是我希望你为我笑——"叶子一笑便露出一口洁白无瑕的牙齿，像一只纯真可爱的小兽。

小天风从指缝里看到一位善意天使正对着他微笑，他立马把哭脸抹平，若无其事地往前走。叶子又倩丽地一笑，跟了上去。

叶子，就像一片清凉的叶子，总是能慰藉他的心灵。

他们经过厂区大门回家，路过门卫室时，叶子故意骄傲地向一脸惊讶、左顾右看的门卫做了个鬼脸。进到厂门，叶子突然婉转地叫了一声"风咯咯——"。

这还是第一个叫他风哥哥的人，这鸡叫般的咯咯声简直酥麻到骨头缝里去。小天风天生就喜欢有灵气的人，于是，他回眸一望："怎么了？"

"风咯咯，明天我们还出来玩吗？"叶子转而又一脸的失落，忧心忡忡地说，"中午吃饭的时候，我妈说她上午上班时打了电话，幼儿园的负责人告诉她春天来了，除了有几个小朋友得了流行感冒，还没发现有其他可怕的传染病，所以我妈说明天还是要送我去上幼儿园，这可怎么办？"

原来小天风之前告诉叶子她妈最近幼儿园有传染病，所以他爸不要他上幼儿园。叶子她妈问了他爸和他的名字后才勉强同意不让叶子上幼儿园，跟着他去玩。而一个谎言通常需要无数个谎言去圆。如此看来，要想叶子不上幼儿园，唯有把这个谎言说得更大一些——

于是，小天风想了想，便将计就计，一脸严肃地说："这可不是普通的流感，听说这是鸟类为了报复人类而散播的，目前尚无治疗方法，一旦被传染那可不是一般的麻烦！我爸说，前两天就有个小女孩发病，生命危在旦夕，市里组织了医学专家正在研究这种病的病理和对策。为了不引起市民恐慌，所以目前暂时封锁了消息。"

叶子还要问什么，小天风又接着说："别问我爸为什么会知道，你回去问你妈，我爸是给谁开车！"

小天风撒什么谎都会拿他爸做幌子，因为他爸本身就是一个吹牛大王，这样不怕伤害到他爸的名誉。而作为吹牛大王的儿子，小天风日新月异、与日俱增的语言能力和看完电视后融会贯通的改编水平，大有后来者居上的潜力。

叶子听了居然高兴得要命，跳起来拍着手说："哈哈，简直好极了！要是这个流感一直传播下去，那我就可以永远不用上幼儿园，每天跟你在一起玩了！"

小天风怪异地望她一眼，转身就与叶子分道扬镳。

"其实我们晚上也可以出来的！"叶子最后对着他的背影补了一句。

四月的晚风像猫的舌头一般温润清凉地舐着小天风的脸，令他感到无比惬意。

晚饭后，小天风听到屋外小孩们的喧闹声，便打开阳台门出来透气。

天气渐渐回暖，难得今天放晴。蛰伏了几个月的小朋友们已耐不住寂寞，一个个从洞穴里钻出来，赶往这场春天的盛会。院子里顿时变得热闹起来，孩子们银铃般的笑声与群鸟碟碟的声音合在一起，欢快地铺满了整个院落。

就在此时，小天风看见叶子妩媚动人地向他走来。

他们总是这样默契。他只需爬上栏杆，翻个身便与她相会了。

叶子引领着小天风走向人群，把他介绍给其他的小朋友认识，搞得这里就像一个盛大的交际沙龙。

"这是我才认识的风咯咯，他简直就是一位天生的领袖，我们以后都跟着他玩吧！"叶子在人群中宣布着小天风的新地位。

他们用怀疑的眼神看了一眼这位一脸严肃的新人，而小天风看见浍浍也躲在人群后面，正在跟一个小朋友窃窃私语，像是在背后说他的坏话。他只是恶狠狠地瞪了她一眼来吓她，浍浍便躲得远远的。

"要我们跟着他玩？可是他还在幼儿园读小班呢！"有人向叶子提出了质疑。

叶子赶紧一个个跟他们交头接耳，小天风一看便知道叶子正在传播他的传奇。

接下来，小天风把那个谣言当作礼物一般送给他们。天真烂漫的叶子也在一旁帮小天风添油加醋，煽风点火。而这个流感的传言竟然成为所有小孩子的福音。在他们看来，小天风就像是光明的使者。每个小孩为了达到逃学的目的都开始四处传播着，于是这个谣言便像病毒一般一传十，十传百地迅速蔓延开来……

小天风很快就和他们热火朝天地玩在了一起，叶子紧跟着爱风更爱自由的小天风在院子里漫天飞舞着。他们热烈地疯着，闹着，任汗滴像雨点一般肆意挥洒着，给大地带来蓬勃的生机……

当其他人一一散去，叶子和小天风虽然玩累了，却仍觉得余兴未了，他们坐在樱花树下，久久不肯离去。

这晚，小天风觉得夜色竟然如此迷人。此时，星野烂漫，月亮像一条浪漫的小船，在迢迢银河之中迷航，点点星光浮跃闪烁，晚风轻轻吹拂着他们初始的心灵，将所有的心事向夜晚袒呈。

于是叶子静静地对着夜空说："我多么希望有一个人，这一辈子整天都陪着我玩，我们不吵不闹，但他必须什么都要听我的。"

小天风似乎听明白了，这也是他向往的，此刻他只有星的领悟，沉默不语。

"你说，这是不是大人们常说的爱情？"见小天风不出声，叶子又羞涩又朦胧地说。哪怕是夜晚，小天风仍能闻到她身上散发着的芭蕉叶一般清新的香气。

"你一个小屁孩，懂什么爱情！"小天风好像很讨厌这个话题的样子，像个大人那般教训她说。

于是，叶子指着星空说：你看——

看什么看，还不是一样的星空，叶子只是生怕他起身离去而已。

"其实我不让你看星星，不说喜欢你，这样星星和你都蒙在鼓里。不如，我把星星月亮都抓来送给你——"趁小天风望着星空发呆，叶子突然站起来，对着天上的星星和月亮抓了一把，然后站在小天风面前摊开手。小天风惊奇地发现，那星子和月亮竟然在叶子手里变成了一把星月形状的饼干。

"不过，如果没有星星月亮了，大家都会怪我的——"叶子只从里面挑了一块星星的饼干给小天风，然后对着他俏皮地眨了一下眼睛，又把手对着夜空抛去。当她移过身子的时候，那星星和月亮又出现在了夜幕里。

　　叶子竟然还会这么神奇的魔术，简直就是一个小精灵。小天风检查了一下那块星子饼干，没毛病，又看了看她。其实他是喜欢她的，她笑起来嘴角有糖；而她喜欢他这样望着她，他的眼睛里有星星。她用糖交换他的星星。

　　"走，风咯咯，我要牵你的手，去宇宙漫游——"于是，叶子又兴奋地牵着小天风在草坪上奔跑起来。

　　在这月色浪漫之中，这曾是小天风向往的爱情，那么简单，那么纯粹，像夜空那般清澈透明，仿佛是对大自然最初的热爱……

　　直到临别的时候，叶子才依依不舍地问小天风："我们明天还去芭蕉洞吗？"

　　"当然去，不过明天我要参加舅舅的婚礼，要吃完午饭才能回。"

　　"那好吧，吃完午饭我去找你——"叶子欣然说道。

　　第二天，在舅舅的婚礼上，小天风见到娇艳欲滴的新娘子。看见他们相亲相爱，令所有人都很羡慕的样子，小天风却感到前所未有的自豪。因为他觉得叶子比任何新娘都要漂亮，足以令他睥睨世间一切女人。

　　吃完酒席回来，小天风看见叶子已经站在他家门口，像是等了很久了。任飞扬见了这个美丽可爱的小萝莉，便蹲下来问她妈妈是谁。叶子告诉他，她妈妈叫关绮云，她爸爸叫罗牧夫。

　　"关绮云？"任飞扬恍然大悟，怪不得有些眼熟，这关绮云恰好是他年轻时一直爱恋着，最后却又弃他而去的那个女人。生活总是于高天之下，在一起的永远不会是自己最仰慕的那个人。

　　"那我们玩去了——"小天风说完，便拉着叶子的手跑开了。

　　小天风是他生命的传承和延续，就像正在完成他未完成的使命。任飞扬望着他俩的背影，突然感到无比欣慰。

6. 寻找五彩石

　　这天的天气特别晴朗，天空纯蓝得就像人类最初始的心灵，还飘着几朵松软高洁的白云。小天风今天心情大好，带着叶子像风一般自由地奔跑，沿着流星坠落的方向一路向西。

"我们要去哪里？"叶子追问道。

"我要去很远的地方寻找一样东西——"小天风那双深邃的眼睛一直望着远方。

"什么东西？"

"一样迷离的东西。"叶子感到小天风说话从来都是那么含糊不清，她好像能听懂，但又不全懂。

他们一直跑到了五尖山峰顶，小天风站在悬崖上，像个大圣般四处瞻望。
"你在干吗？"
"我在等飘来一朵白云，然后我们一起跳上去——"
"啊，啊，啊——"叶子感觉自己幸福得晕死，还有这么神奇的小孩。
"要么有一艘船也可以——"他又在发挥他那天风一般的想象力。
"你的船能飞吗？"叶子望着小天风，眨着一双迷惑的大眼睛。
"老师说等我们长大以后，科技会越来越发达，船就可以飞了。"
小天风说完，便开始静静地等，一直等呀等……

等了半天，小叶子突然问了一句："你为什么不说话了？"
小天风静静地说："因为我看见草在生长，花在开——"
"那你的云飘来没有？"
"云没飘来，却飘来一首诗歌——"小天风心若浮云地说。
"什么诗歌？"叶子惊讶地问。
于是小天风便一断一续地朗读了起来：村庄沉入水中／船在天空中航行／我总是站在一个星球／企望另一个更遥远的星球／我在静止的大地仰望天空／有时也在飞行的天空鸟瞰大地／你在夜色中明亮地升起／却又在晨光中黯然地沉下去／我在爱情的童话里沉睡／然后又在童话的爱情中醒来／你只是从我的梦中飘过／而我在你的梦中，像一朵悠游的云／在那孤独的高天之下／被谁想起，噢，又被谁忘记——
"为什么是村庄沉入水中？"小天风读完后，叶子便不解地问。
"因为厌倦了陆地生活，所以想住在水底。"小天风皱着眉头回答。

　　叶子觉得有些道理，她想了想，便诚意满满地评价了一句："我听不懂，但我觉得肥肠肥肠滴生动。因为当我聆听的时候，就像做梦一样——"

　　小天风听见叶子故意把"非常"说成"肥肠"，便不满地瞪了她一眼。

　　这叶子十分懂得察言观色，赶紧乖巧地转过身来，温顺地望了小天风一眼，奉承地补了一句："简直写得好极了！我敢说我要知道这是谁写的，我会第一时间就嫁给他——"

　　小天风腼腆地转过身去。

　　"啊！不会是你写的吧？"叶子故作吃惊地望着他。

　　"我说了是从天空飘来的——"小天风低调得很，低着头用鞋底在泥地上磨出一道沟来。

　　"你为什么会写诗呢？"叶子歪着头望着他，感觉他就像个外星人，但外星人不可能长得像他这么帅气。

　　小天风突然想到他如此高能，全因乡下的"他爹"。他回忆起在乡下的时候，"他爹"总是不辞辛劳地教他读书练字，规定他每天至少要认识十个字，并且每个字至少要练上二十遍，后来又教会了他但凡有不认识的生字就翻《新华字典》，从此无需老师。正因为"他爹"对他如此严厉苛刻，一年多来，他才几乎把常见的汉字认识了个通透。他终于体会到"他爹"说这是送给他一生受用不尽的礼物的用意了。想到这，他又开始有点怀念乡下和乡下的"爹娘"了。至于他的语言天赋为何会如此突飞猛进，他为何突然想到写诗，并且写出一首诗来，就连他自己也都觉得莫名其妙。这或许和他爸有关吧，自从他爸圣诞节那天一脸愁苦地希望小天风能接任他不可能完成的使命——长大后成为一个作家之后，这个梦想便一直在善解人意的小天风心中潜移默化，生根发芽，接下来只要是梦见在"仙塾"读书，虽然醒来后小天风感觉什么都没学到，但总有些汉字要么像大雁、要么像云一般在他的脑海里不断飘飞着，有时候就像洗牌一样重新组合在一起，成为一些光辉的片段。刚才，小天风便是感觉到脑海里满是亮光，突然一团云涌来，便成了一首诗。他甚至认为这首诗完全不是他写出来的，而是上天教他写的，或者从根本意义上来说，上天只是借他这只凡人之手，将这首上天之作传承到世上来的。

　　这是一种奇妙的感觉，仿佛他只是在仙境幻游了一趟，回来就恍然间爱上了写诗。为此，他感到惊愕不已。

"那你认识多少字了？"叶子见上一个问题把他问得云里雾里半天不说话，赶紧换了一个频道。

"没多少吧，一般的字我都认识——"小天风漫不经心地回答。

"啊！"叶子惊奇地望着他。在她眼里，小天风无异于是一个神童，"那你大学毕业了要养我哟！"

"你自己不努力，却要我去养你，这怎么行！"小天风听了近乎愠怒地指责她。

见小天风生气了，叶子赶紧拉住他，解释道："我不是那个意思，你别误会了，我是说你简直太伟大了，我要把你从你爸妈那里抢过来，以后你就是我的了！这话尽管听起来很舔，但我还是不得不说出来！"

叶子说完，为了修复裂痕，拉拢距离，便疯疯癫癫地捧起他的脸，强行亲了他一下。小天风赶紧用他肉墩墩的小手野蛮地一掌把她推开。

"怎么了？"叶子愣愣地站在那里，望着他的神情，三分不解，两分失望和五分伤心。

"我不习惯——"小天风转过身去。叶子对他尽情的赞美就像热辣辣的太阳，太耀眼的光芒照得他睁不开眼睛。其实他的心中是很感激叶子的，他在她眼中找到了自己，找到了完美的自信。就连他自己都不知道为何会推开她。

其实那时候，特立独行的小天风早已开始反感身边的人一没事就捏他的脸，或者对他过于亲昵，就连妈妈带他上街，他也拒绝与妈妈牵手，更别说大人帮他洗澡擦屁股了。

他在想为什么孔老师亲他时，他就会觉得幸福，欣然接受呢？

突然，小天风看见远方的一条河流里有一个亮晶晶的东西在阳光下闪耀着，照得他睁不开眼睛。于是他便拉起还在赌气的叶子一直跑，一直跑，两个疯子像夸父追日一般一直奔跑。

也不知跑了多少路，一直跑到一条溪流旁。小天风想都没想，拉着叶子蹚入水中继续奔跑。

叶子一把甩开他的手，望着打湿了的鞋子和裤脚，气喘吁吁地骂道："你简直是个疯子！"

当她抬起头，却看见他们无意闯入了一片长满野花的孤岛，一群水鸟正在芦苇丛中惊飞；油彩般绚烂的花海中，无数只斑斓的蝴蝶轻盈地飞舞着；水中那些绚丽的雨花石像星河一般在阳光下熠熠闪烁着，简直就像进入了一幅美不胜收的童话般的画卷。

叶子被惊艳得瞠目咋舌，她不得不由衷地佩服小天风的冒险精神——他总会有新的灵感，大胆而勇敢地开拓出一片又一片神奇的疆土来。

于是她什么也不说了，忙不迭地弯下腰来捡雨花石。而小天风很快就找到了那块引他而来的，梦幻一般闪耀着的石头。他捧起那块云彩一般绚丽的鹅卵石，透过这里面的晶莹，他仿佛看见了孔雀公主那多姿多彩的生命。他坚信这就是昨天他见到的那颗流星的化身。

而此时，晚霞就像一张绚丽的网在半空中撒下，点点夕光在河面上闪动，他们俩像是坠入了奇异的梦境。

小天风对着如此凄美的夕阳突然愣住了，仿佛感受到了他生命的灿烂时分，就像见到了孔老师时那样。

"我喜欢落日，因为它就像我的心。"小天风突然有些伤感起来。

"我也喜欢落日，因为它是你的心，所以奇丽无比！"叶子静静地与小天风伫立在一起面对夕阳。

小天风缓缓地转向她，叶子的脸在夕光的映照下就像一朵火烧云，然后她像新娘一般娇羞地转过身去。小天风惊讶于叶子浑身都是光，就像第一次见到孔老师时那样。而就在这么一瞬，孔老师在他的生命中渐渐黯淡下去了，他甚至都再也记不清孔老师的模样。他突然明白，其实他看到的光亮都是幻觉，这些光其实都是从他眼中发出的。而只有眼前的叶子才符合童话的尺寸，或许这才是他童话里的爱情。

叶子的陪伴令小天风渐渐忘记了往日的忧伤，这片明艳的天空里，风更加真实，阳光更加亮丽。人原来是一种这么善于遗忘的动物，难怪他爸如此花心。这令小天风感到有些后怕，他对着夕阳郑重地向孔老师道歉，因为他已移情别恋。

小天风很有成就感地捧着那块鹅卵石才走进家门，竟然看到叶子妈站在客厅里瞪着眼睛望着他，像是已等候多时。

"你今天下午跑去哪里了？怎么现在才回来？叶子呢？"任飞扬立马劈头盖脸地问责小天风。

小天风感觉今天的气氛大不同，赶紧一声不吭地站在一边。

"你简直就是一个小恐怖分子！这次你可闯大祸了！你制造的谣言在小孩之间疯狂散播着，令整个仙都的幼儿园今天几乎全部瘫痪，全市市民陷入巨大的恐慌之中。你所在的春风幼儿园已经报了警，说不定警察随时会把你抓走！"任飞扬一边神情严肃地望着小天风，一边像只不安的大公鸡般在客厅里踱来踱去。

"关键是你令叶子也成为了你的帮凶，她就读的小红花幼儿园今天找上门来，竟然指责我们做家长的管教无方！"关绮云也娉婷地站在一边帮腔道。

"我没制造谣言，是有人告诉我的！"小天风一脸委屈地说。

"是谁啊？告诉我们，好让我们顺藤摸瓜，找到罪魁祸首！"任飞扬一把蹲下来，一脸严肃地望着他。

"我，不记得了。"小天风想说又说不出口。

"哦，上帝，这么小就这么会撒谎了，而且还是这么一个弥天大谎！老天啊，我究竟做错了什么？上天竟然给我这样的惩罚！"任飞扬捂着头感到天旋地转。一切就像印证了小天风他爷爷说过的话：他出生在黑夜与黎明交替之时，他的命运将在因果之间轮回，在善与恶之间抗争，在悲与喜之间交集，集万千宠爱与怨恨于一身，他注定是一个不肯安歇的灵魂，长大要么成神，要么成魔——

任飞扬本以为自己的儿子是个小天神，原来却是个小恶魔。这一天，他有一种大祸临头、天崩地塌的预感。

"我没撒谎！"小天风一脸认真地与爸爸争论道，"因为我梦见的那人告诉我这段话很重要，所以我醒来后就只记得这段话，不记得那人了！"

"我……"任飞扬恼羞成怒，气得正要打他。这时突然有人敲门，刘云婵打开门，竟然是两位警察。这积压在任飞扬心头浓厚的预感终于像雨云一般大片大片地飘落下来，霎时令他感到浇心般透凉。

一位警察一进门就摘下帽子，四周看了看，慢条斯理地将了将凌乱的头发，然后不紧不慢地问道："请问这是任飞扬家里吗？我们是特意来调查这个事件的起因的……"

任飞扬常常拿警察来吓唬小天风，而自己一见到警察就直哆嗦，当场就吓得瘫倒在沙发上。而对着的电视里正好在播放地方台的一个关于禽流感的紧急报道，这条发光的新闻霎时吸引了所有人的注意力。每个人都专注地观看着，眼神里都闪烁着电视屏幕的背光。

"本台最新收到的消息：仙都某幼儿园最近出现一例高烧病例，经诊治无效刚刚死亡。经医学专家确诊发现，该小女孩是因为感染了 H5N1 病毒，这是我市发生的第一起禽流感病例，目前尚无疫苗可以防治。为了防止病毒进一步扩散，政府相关部门将会做好禽类检疫防范工作，并在疫情没有明确之前，呼吁市区各大幼儿园暂时停课……"

此时，院子里传来所有的小孩就像停电之夜那样绚烂的欢呼，仿佛整个世界都在为小天风而喝彩。

任飞扬赶紧彬彬有礼地起身招呼那两位警察："请问，二位找我有事吗？"

那位警察一脸威严地戴上帽子，若无其事地说了一句："没事，我们特意过来看下电视——"

说完，他们转身关门就走了。另三个大人面面相觑之后，又望着这神奇的小天风。最后关绮云要走时，任飞扬突然对她俩说了一句："你们两个，一个是流云，一个是绮云，看来你俩真有缘分——"

刘云婵也落落大方地握着关绮云的手说："既然我家小风和你家叶子玩得这么好，我们以后应该多加联系——"

说完，关绮云的脸上便飞过一片霞光，不好意思地点了点头。关绮云走后，任飞扬高兴地一把将小天风卷起，旋转飞扬着——

小天风就是一个这么淘气的小孩，他总是如此：如果你对他爱，一定会觉得爱早了；当你开始恨他，又会觉得恨太迟了。又爱又恨，爱恨交加，怀疑之后再深信，失望之后却不会伤心。那时的他一直就是这么一个集万千宠爱于一身，又恨铁不成钢的小孩——

接下来的那一段时间，市民皆闻鸡色变，没有人再敢吃鸡，甚至对所有的禽类都感到敬畏而远离。一切就像小天风期望的那样。

这件事到底是小天风撒谎还是真是托梦已成为一个谜。可是谁又知道呢？在小天风那深沉而又光亮的眸子里，只有一片真诚的欣欣向荣……

7. 小桥流水毁人家

这天周末，阳光依旧灿烂。

小天风出得门来，看见久违了的小强站在阳光下，像是在殷切地盼望同伴。

他知道小强依然被他爸强权统治着，不得不老实巴交，每天像个民工一样上幼儿园，而自己每天过得优哉游哉，他们如今"人鬼殊途"，就像来自两个世界。

他走过去，看见小强头发蓬乱，眼屎稀糊，吊着鼻涕，此时的小强就像一只经历了漫长冬眠，才从地洞里爬出来的虫子，还睡眼惺忪，打不起精神来。小天风也能猜到，最近他没上幼儿园，失去了唯一同伴的小强一定过得愈加"穷困潦倒"。

"我们一起玩老虎洞吧？"小强见到他，从兜里掏出几颗五彩的玻璃球来，看来他是有备而来。那老虎洞游戏的规则是：先在地上挖五个小洞，然后每个人从同一个位置开始弹自己手里的玻璃珠，依次从 1 号洞最后进入到 5 号洞后就变成了"老虎"，这时他的玻璃珠就可以"吃人"了，只要是弹到谁的玻璃珠，谁就"被吃"出局了，最后剩下的那个人就成为胜者。

小天风什么也没多说，找了两根棍子和砖头便和小强一起开始挖老虎洞。没多久，叶子来了，她先是一直好奇地观望，最后才走近小天风，把他拉到一边，小声在他耳边说："别和流鼻涕的小屁孩一起玩，人家会笑话你的。"

小天风望了一眼小强，小强这不争气的鼻涕确实有点令他颜面扫地，但这不会成为他抛弃小强的理由。于是，他一言不发地继续回到原位挖洞。摆明在那里，叶子你要么跟我们一起玩，要挑三拣四，啰里啰唆，你就哪儿凉快去哪里。

后来，尽管有其他小朋友不断加入，叶子仍然执着地站在樱花树下眼睁睁地看着他们玩了一个上午的老虎洞，那心里积压的怨恨自不用说。

午饭后，小天风打着饱嗝才出门，就被路边守候的叶子一把拽住开始没命地跑。而更远处的白云春树下，小强还在眉头紧锁地眺望着他们——

一会，小天风跑得上气不接下气地问叶子："我们去哪儿？"

"我想家了——"叶子撒娇般说完，见小强已远离了小天风的视线，便欢天喜地地挽着他的手往五尖山的方向走去，小天风不自觉地把叶子的手移开。

"你怎么啦？"叶子不解地望着他。

小天风只顾往前走，那意思是不解释。

叶子停了停，不满地白他一眼。以她的脾气，哪怕是她最喜欢的人，这点小事早就会让小天风的头发和裤子都开了叉。她想了想，尽管只是出现了一个邋遢的对手，但这也令小天风成了"抢手货"，她只得隐藏怨恨，在小天风面前强撑起笑容，继续往前走。

到了芭蕉洞，小天风划亮一根火柴点燃了所有的蜡烛。在那火光中，他又看到了叶子这个美丽精致的人类最初始的温情。

叶子只比天风小几个月，长得却像一个粉扑扑的水蜜桃。小天风其实最喜欢从她那双水汪汪的大眼睛里看见自己被爱慕包围的身影，这是令他最心旷神怡的一件事情。她那垂向爱慕的青丝，丝丝缕缕，穿越了他水天一色的梦境。

小天风却镇定地收回他的目光，整理了一下地铺，然后躺下。

叶子也跟着在他身边躺下，无限遐思地说："我突然觉得你说的是对的，尽管你看上去像一个小孩，但其实你已是大人了，因为我今天突然也有了这种感觉，看来跟你在一起也会变成大人。"

"学大人说话是一件很不礼貌的事情。"小天风不满地瞥了她一眼。

"我妈说人只有长大了才想结婚，我现在突然想结婚了，我猜想那一定是长大了的原因。"叶子一脸娇羞地说完，见小天风没啥反应，又接着说，"我要把这里布置得很漂亮，装上电灯，作为我们的新房。"

一会，她望了望洞口，又惊异地说："可是，这里没有门怎么办？我们要睡着了，人都会被别人偷走；还有，这里没有厕所……"

隔了半天，她见小天风仍没动静，便坐起来，看见小天风正在闭目养神。

她摇了一把小天风，生气地说："喂喂，我在跟你说话呢！"

小天风静静地说："我在听——"

"看来你一点也没诚意，你不愿跟我结婚就算了！"叶子赌气地说，"如果你不娶我，我就嫁给一个姓任的男人，生个小孩也叫任天风，做不了你的新娘，就做你的老娘！"

小天风半寐着翻了个身，叶子那些话就像催眠曲一样令他愈加嗜睡。

叶子还想说些什么，她的灵感突然全都变成了尿意。她想到这里只有两个选择——洞外或者洞内，于是她便匆匆跑了出去。

小天风以为她真的生气了，便起身跟着出去看，四处张望都找不到人，却听见不远处的草丛里稀里哗啦在欢唱，小桥流水有人家。

他皱了皱眉，回到洞里，心想他是小王子，他要娶的是一位高雅华贵的公主，而叶子的粗俗鄙陋破坏了他对这个世界最朦胧的想象力。

于是，他又想到叶子和孔老师之间的区别，一个是凡夫俗子的美，另一个是超脱凡尘的美，可谓一个地下，一个天上。而叶子还竟然看不起这穷苦的孩子——小强，这令他越想越来气。

叶子的这一泡尿令他心中最初的浪漫和美好全化为了泡影。他重新洗了一下牌，便将叶子重新定位，从"未婚妻"的神台上拉下来，又开始有些怀念孔老师了。

叶子此时一声不响地回到他身边，却不知道转瞬间，世界已大不同。而小天风默不出声，假装已睡着。

叶子望了他半天，然后撒娇般把他摇醒，对他说："我们拜堂成婚吧，结婚后就安心地过我们的小日子，再也不用理会大人们的表情了！"

小天风仍无动于衷。在他看来，那时的结婚只是打打嘴炮而已，而真要被人逼婚的时候，却有一种恐婚感。而对于当时的叶子来说，期望他答应结婚只不过是获得完美自信的一种方式而已，要是小天风真答应了，说不定她跑得比风还快。

"你到底喜不喜欢我？"叶子妖媚而专横地翻他一眼，赌气说，"你要不喜欢我，就不要误了人家，幼儿园喜欢我的男孩子多得去了，不然我还是上我的幼儿园去！"

小天风一骨碌爬起来，狠狠地训斥了她一句："我们才认识多久？还不是很熟好吧，你别每次跟我在一起，就整出一副要吃人的样子！"

"吃人？说得我像个妖精一样。"叶子脸色立马就不好看了，在摇曳的烛光下显得枯黄狰狞，果真像个妖精一样。

"或许你就是妖精，每次妖精见了唐僧也是这么诱惑他的！"小天风又躺了下来。

"你是说我诱惑你了？别自作多情了，你撒泡尿照照自己！整天装腔作势，装模作样，就像只猴子一样！"叶子尖酸刻薄地挖苦他道。

小天风再次威严地起身，就像动了天怒一般，瞋目切齿地问道："你说什么？"

说完，叶子还没来得及答话，小天风便起身气咻咻地冲了出去。

"我说你长得就像孙悟空，行了吧！"叶子一脸委屈地望着他远去的背影，泪水在眼底潆洄。

出来后，小天风一路小跑着，刚开始还有点洒脱，后来越走越沉重。

他一个人走了很远很远，甚至头都没回过。夕阳西下，他一个人孤独地靠着一棵苦楝树开始静想。静想过后，他失落地观望着山脚下的那几棵绿得像云雾一般的芭蕉树，那里是苍山洱海中，他再也不想回的家……

8. 温柔的土匪

禽流感风波很快就吹过了，叶子又开始了她受苦受难的日子。好几次，小天风在大门口看到叶子要死要活地被她妈拖着要去上幼儿园时那副生无可恋的样子；有时，他也看见叶子呆呆地站在他家门前的地坪里，还是那个锁定了的姿势，幽怨地望着他，像是在云中故意等他。他假装没看见，突突突地便从她面前冲了过去。

而叶子看到的小天风，仍是一副特立独行的样子，每天四处游荡，过得神仙般逍遥自在，他总是能将他的游戏生活安排得多姿多彩。

这天她在院子里碰见了小天风，小天风正要刻意闪躲，她正面挡住小天风，眼神里蓄满了依恋的液体，一下就像拿掉了塞子那般稀里哗啦地直流下来。

"我每天醒来是你，睡着了还是你，翻来覆去也是你，可是，你心里可曾有过我？"

"我怎么感觉你还是一副要吃人的样子！能不能有点矜持啊？你这一发骚，我就感觉已苍老！"小天风立马识穿了她这一招叫老太婆吃麻花——软磨硬泡，赶紧把手揣在上衣兜里，捂着腰低头正要绕过去。

叶子却感到小天风的语气大为改善，赶紧一仰头，便把这一眼憋屈的泪水一口干掉了，立马换成了理想晴天。

"嗨，这位一脸正气的小施主，能不能邀请你到我的山洞喝两杯呀？"她如烟般轻笑着，像个妖精般缠绵地挽起小天风的手。

小天风皱了皱眉，望了她一眼，他倒蛮欣赏这种海狗式的幽默。他们只是七天没在一起，就像是在云中分别，七天就是七年。

于是他们一起并肩往前走，又来到了芭蕉洞。此时他们翻墙爬树已像在云中走路一般轻快了。

而接下来发生的事情却完全出乎他们的意料之外——

刚走到洞口，潮湿的空气便夹杂着一股再也熟悉不过的臭气迎面袭来，小天风立刻停住。

这倒成了叶子表现的时候，她冲进去，划亮一根火柴，照亮了一堆软体"黄金"，立马又捂着鼻子跑出来。"啊，啊，有人在这里拉了屁屁——"

看来，这坨屎把小天风与叶子苦心经营的这个"家"彻底毁了。

小天风和叶子不得不从芭蕉洞里钻出来，只见一位身着斗篷、戴着面罩的男孩正叉着腰，腰里还别着一把"宝剑"，威风凛凛地站在不远处的一个山头望着他们坏笑。这一坨屎已宣布这里已成为他的领地。

他是佐罗？奥特曼？超人？大侠？还是之前的那个稻草人？小天风一时也迷蒙了眼睛，但他基本可以判断这是一个反派人物。一个反人类的小混蛋。他用他的恶心破坏了小天风与世隔绝的梦幻，小天风当场就想冲上去揍他，却没想到他竟披风抖抖地三步一跳从山包上跳下来，山贼般一把挡在了小天风和叶子前面。

"你看，你们把我朋友弄成了独眼龙，鼻子也整成了小鸡鸡，你们打算怎么办？"他恶狠狠地对叶子说完，然后望了小天风一眼，那面罩后的两只眼睛照样与小天风仇人见面，分外眼红。

真是冤家路窄，这不正是失踪了的牛牛吗！别说他戴着面罩，就算化成灰，小天风也能一眼把他认出。牛牛赶紧把头偏过去，还假装不认识他——这两个无论见过多少次面，永远都是陌生人。

"谁是你的朋友？"叶子拨开挡住眼睛的发丝，不解地问。而正是这个诗意散漫的动作，令她愈加显得倦慵迷人。

"那个就是我朋友——"牛牛指着山头那个稻草人说道。叶子和小天风这才记起那天把稻草人的一只眼睛剥下来后，却忘了装上去，而小天风慌忙中竟然把那个胡萝卜随手插在了稻草人的下体。

"不是我们弄的，不关我们的事！"叶子毫不示弱地说完，拉住小天风正要往前走，却被牛牛一把横着手臂拦住。

"想这么轻易就走，怎么可能！"牛牛说完，又望了清丽的叶子一眼，感觉望见的是一位小天使，正令月亮的脸悄悄地在改变……

"我才不怕你呢！信不信，你再拦着我，我就用针扎死你！"叶子凶悍地说完，拉着小天风就直往前冲，反倒把牛牛吓住了。小天风也警示地望了望牛牛的胳膊，牛牛便不自觉地摸了摸曾经受伤的手臂愣在那里。

"这里都是我的地盘，我警告你们以后不许擅自来这里玩！"牛牛说话明显变得中气不足，成了一个温柔的悍匪。

"我呸！我们才不稀罕这里，我们院子里多的是小朋友，比这里要好玩多了！"叶子回过头来，不屑地对牛牛吐了一口口水。

"嘿，这个小蚌壳生气的样子倒是蛮可爱的！这位美女，以后能不能跟我一起玩？"一会，牛牛竟然死皮赖脸地追上来，讨好叶子说。

这牛牛也太猖狂了，竟然当着小天风的面挖他的墙脚，而此时小天风更关注的是叶子的态度。

"我才不跟你玩呢，你以为你是谁！"叶子气咻咻地继续往前走，鸟都不鸟他。

"那以后我跟你玩，好不好？"这牛牛能进能退，令小天风自愧不如。

"除非你叫我姐姐还差不多！"这下叶子得意了，走路都两边摇摆。

"姐姐——"这牛牛果然能屈能伸，叫得比之前小强叫他爷爷还要乖。

"既然你是我弟弟了，那你以后一切都必须听我的！"叶子转过来，刁蛮地对牛牛说。果然是一物降一物，小天风本以为只有孔老师才能征服牛牛，很显然，叶子已高出孔老师一个仙座了。

"绝对！从此你就是我老大了，绝对对你无条件服从！有谁欺负你，我立马就将他咔嚓一声，人头落地！"说完，牛牛夸张地做了一个砍头的手势，又望了一直瞪着他的小天风一眼，然后眨了眨眼睛对小天风说道，"咦，这不是任天风吗？几个月不见，长得又高又帅了，差点就认不出来了！"

"原来你们以前就认识！"叶子一脸疑惑地望着他俩。

"岂止是认识！简直就是受苦受难的兄弟——"牛牛夸张地说，"去年我们上幼儿园在同一个班，他总爱逃学，而我总是爱捣蛋，我们都是淘气包……"

小天风也不知这牛牛是在做戏，故意讨好他，想跟他们走近，还是自己真又长高长帅了，反正这一句他听得最多，外婆上一次从乡下来也是这么说的。但不管如何，他还是矜持地说了一句："可是，我好像不认识你！"

"你不认识我了吗？我是牛天放呀！"牛牛赶紧把面罩取下来，一脸笑嘻嘻地说。

"牛天放是谁？我从没听说过这个名字——"小天风皱着眉头，一本正经地思考着。

"牛天放是我的大名，小名叫牛牛呀！哎，我也挺讨厌这个大名的，念起来拗口，写起来更麻烦！"牛牛乐呵呵地说，此时一脸的憨厚就像回归了农民的本质。

这人变化可真大，快得简直令小天风措手不及。看来，牛牛也成长了。小天风此时一脸犹豫地望着牛牛，不知该如何修改他的"外交政策"。

"既然你们以前就认识，那就一起玩吧！不过，以后你可不许这么恶心了——"叶子云淡风轻地对牛牛说。

牛牛搔了搔头，怪难为情的样子："这有什么恶心的？屎还是日本人的文化象征呢！"

"限你三日之内，必须把芭蕉洞内打扫干净，要还能闻到一点臭气，小心我一针扎死你！"叶子说完，便像清风般跳跃着前行。

牛牛搔完头，便厚着脸皮和小天风一前一后跟着叶子来到他们的院子里。走在后面的小天风瞟了牛牛一眼，几个月没见，牛牛的脸就像是蒙上了一层牛皮……

来到院子里，叶子突然停住，惊异地望了牛牛一眼："你怎么跟来了？你家不是住院子外吗？"

牛牛一脸憨厚地摸了摸头说道："我不是说过，从此你就是我老大了，无论你去哪我都会跟着去哪，你要往东，我绝不敢往西——"

小叶子听了似乎十分满意，但玩什么呢？不如玩捉迷藏吧！

三个人铜锤剪刀布后，小天风输了。他便对着墙从一数到一百后开始寻他们，这两人就像私奔了一般，最后小天风找到天黑了眼睛找瞎了都没找到他俩，只好气馁地回到家里，吃冷饭冷菜不说，还被爸妈扎扎实实骂了一顿。他心里不知多气恼。

第二天一早小天风便去找叶子，叶子却慢条斯理地说："哦，是这样子滴，昨天我们其实一直躲在芭蕉树后面跟你转圈圈，所以你一直没找到我们。傍晚的时候，牛牛说他要回家吃饭了，你没找到我们，我们当然不能主动在你面前出现。于是，我和他便各自回家了……"

小天风听了心里真不是滋味，而此时叶子她妈又来拉叶子上幼儿园，叶子哇哇哭喊，绝望地把手伸向小天风……

这下小天风可什么都不愿管了，侧过脸去，故意袖手旁观地站在一边。

可此时身着斗篷，戴着面罩，腰里还别着一把"宝剑"的牛牛竟然低着头交叉着手臂就像一位大侠般横在了叶子她妈面前，那披风还在晨风中抖擞，迎风招展——

叶子妈便大声对着他呵斥道："你是什么人？"

"寒江孤影，江湖故人，相逢何必曾相识……"牛牛冷冷地说完，随即果断地抽出一把水枪对着叶子妈喷射，把叶子妈射得气急败坏地团团乱转，趁叶子妈只有招架之力的时候便巧妙将叶子从叶子妈的手心夺走。当叶子妈追近，牛牛又拔出"宝剑"，将叶子妈隔离在剑光三尺之外……

牛牛的闪亮登场对于小天风来说，简直就是一个天大的意外。风头都被牛牛抢走了，小天风就像被人劫了镖那般，惊得目瞪口呆。

当叶子妈气咻咻地走后，叶子便过来安慰小天风："如果昨天你不服气的话，不如今天我俩藏起来，让牛牛来找我们——"

小天风想了想，这确实够安慰的，赶紧不计前嫌地点了点头。这牛牛也大侠般特别豪爽，叶子只是跟他说了两句，他便牛吃草般连连点头。

"这次你要从一数到三百，才能来找我们——"叶子最后叮嘱道，见牛牛乖巧地点头，便和小天风一起商量藏身之地。

牛牛开始对着墙壁大声开数了，这叶子一会拉小天风躲到芭蕉树后面，一会又觉得这样不行。当牛牛数到两百的时候，叶子一下就看到一户人家门前的狗屋，便不顾一切地钻了进去，当小天风再要钻的时候，只能头碰头，挤不进去了。

这可怎么办？小天风把头缩回，着急地左顾右盼，当牛牛数到二百四十八，他赶紧找了一块木板帮叶子挡住狗屋门，然后慌不择路地跳进了不远处的一个装过木炭的纸皮箱里，用手指抠住纸板盖。

当两人听到牛牛数完三百，周围便一片静寂。过了一会，小天风和叶子便听到牛牛徘徊的脚步声，叶子甚至可以透过木板的缝隙看见牛牛的魔影就在她眼前晃来晃去，吓得她大气都不敢出，而接下来一阵风起就像把牛牛的影子也刮跑了一般，叶子只能看到外面风沙弥漫，尘土飞扬，那种安静就像到了一个荒无人烟的星球……

也不知过了多久，叶子在狗屋里待不住了，而小天风在纸箱里也不安分地挪动着身子，时间还在一分一秒地悄悄流逝……

再后来，小天风悄悄地顶开纸盒盖，瞟了瞟狗屋，那狗屋比叶子躲在里面时还要安静，四周一片静悄悄的，完全看不到牛牛和叶子的踪影。小天风这下就纳闷了，难道他们两个都跑了？

这时，他似乎在风中隐隐听到了叶子呼唤他的声音，赶紧又把头缩了回去，当那声音再次消失的时候，他果断地从箱子里钻了出来。

当他找到正在焦急地四处寻他的叶子，叶子却望着他哈哈大笑了起来，他这才发现自己的一双手已变成了"乌龟爪子"，毋庸置疑，那脸上也一定"戴"上了佐罗的"面具"。

"牛牛呢？"小天风惊异地问叶子。

"我也不知道呀，难道他又跑了？"这叶子笑完，转而咬牙切齿地说，"这该死的牛牛，竟敢玩我们！下次见到他，我一定要拔光他的头发，让他一辈子光头！"

小天风原以为叶子只会打针，原来她还有更狠的招数，还有她那张阴晴变幻的脸，未免令他开始有些忧心……

而到了下午，小天风才和叶子会合，这牛牛竟然趾高气扬地主动送上门来了。这下可好了，小天风可以好好欣赏叶子怎么一根一根扯掉牛牛的头发，为自己解恨了。

"我早就知道你们一个藏在狗窝，一个躲在纸箱里。我没把你们找出来，是为了给足你们面子！"还没等到叶子大动干戈，牛牛就笑脸盈盈地迎了上来。这一句意外的话令小天风和叶子听了也暗暗心惊，这牛牛总是不按想象出牌，完全打破了他们的正当防卫。

"那这游戏还玩滴下去！"叶子气咻咻地说，那个"滴"字被她说得滴溜溜地转，分外妖娆。

"要真把你们找出来，这个游戏就更不好玩了！何不保留一点美好的印记呢？"牛牛这番云淡风轻的话确实发人深省，叶子想想也是，要牛牛真把她从狗屋里揪出来，那可太丢脸了，看来还是牛牛为人比较好，把游戏的成功感得以完整地保留给他们。想到这，叶子立马就把上午放出的狠话忘得烟消云散了……

"所以我借用这个时间去把芭蕉洞打扫得干干净净，现在别说没一点气味，简直可以用舌头去舔了！"牛牛说完，又像一条舔狗般向叶子伸过那张献媚的脸——

"这是你说的呀！你要是没舔，那你是什么？"叶子指着牛牛，比小狗还要兴奋。

"要是没舔，那就是小狗！"牛牛信誓旦旦地说。

"走，我们去看一下——"叶子要来拉小天风，小天风却一动也不动。

他隐隐感觉到自己在牛牛面前已输得一败涂地，他决定留下来守护他的尊严。

"你不去，那我去了——"这叶子也不知吃了什么药，说话也不像之前那样拖泥带水、含含糊糊了，说完，便和牛牛径直往围墙那边去了。

于是接下来，小天风便一个人站在太阳底下发呆，而小强就像山头一般出现，陪伴了他整整一个下午。小天风最后感激地望了小强一眼，唯有小强，令他矢志不渝地坚持做他自己，不管黄昏如何将最后一片云残忍地抹去……

这天晚上，小天风躺在床上，牛牛和叶子一起躺在芭蕉洞里的欢愉画面，一再在他脑海上演，令他一度梦魇……

第二天一早醒来，阳光依旧灿烂，天空云淡风轻得就像昨天什么都没发生一样。

小天风出门便看见牛牛和叶子早早就双宿双飞般坐在了草地上。过了一会，牛牛背对着晨光站了起来，举起矫健的双臂，向全世界宣誓道：

"叶子，你是我见过的全世界最漂亮的女孩，我要不择一切手段把你弄到手！哇咔咔，哇咔咔！"

此时，从牛牛手臂透出的光线显得格外刺眼，叶子却乐于欣赏这样的表演。小天风瞪了他们一眼，看来这两个真不要脸。

牛牛又对叶子说："我最喜欢看你笑，你看，你一对着我傻笑，我立马就神经错乱了！"

说完，牛牛把嘴噘得就像鸡屁股一样，然后做了一个斗鸡眼，眼珠乱转了几下，头晃脚摇地便晕菜般倒在草地上，那叶子立马就像下了蛋的母鸡那般咯咯地笑个不停。两人直笑得天崩地塌，树动花摇，整个院子都成了魔鬼的宫殿。

原来叶子竟然是这么风吹草动，水性杨花的一个人，这下小天风可把叶子的魂魄都看清了。于是，他竖起衣领，径直向配电房那边的一块水泥坪走去，那里有几个小孩正在打画片。

他只是随意地站在那里看了一会，却被那几个小孩手里花花绿绿的画片吸引住了。

而此时，小强走过来，老谋深算地向他晃晃头，意思是这几个小孩比他们还小，要把他们手中的画片全赢来比抢还容易。

　　情场失意的小天风也想在赌场试几把，只可惜没筹码。

　　善解人意的小强立马从兜里掏出一把画片，分了一半给他，原来小强早就是一个"老赌棍"了。

　　从那天开始，小天风便在打画片的"厮杀"中忘了"恋爱"，忘了自己的存在，每天玩得父母不来叫他吃饭绝不回家，甚至吃完晚饭还在路灯下继续玩。

　　当小天风还在"赌场"沉沦的时候，牛牛却在"情场"上发愤图强，步步高升，没多久，牛牛便升职为叶子的"贴身保护神"：

　　每天早上，身着斗篷的牛牛就会像蝙蝠侠一般威风凛凛地出现在厂区门口，在与"绑架人口"的叶子她妈顺利地完成交接后，便带着叶子凯旋而去；叶子最害怕虫子，每次她一见到虫子，牛牛就抢先"吧唧"一脚把它们灭了；只要叶子走在太阳底下，牛牛便会殷勤地伸出他的手臂，太监护驾一般为叶子遮挡太阳；无论叶子吩咐什么，牛牛都会"喳"的一声跪地领命；牛牛就像叶子的跟屁虫似的，叶子去哪他就跟着去哪。总之，牛牛能做到的，小天风都自愧不如。

　　叶子，看上去静谧得像一片芭蕉叶的叶子，骨子里却与生俱来有着三昧真火。自牛牛这个世纪魔头出现后，她便像着了魔一般。这下小天风终于明白"爱情"就是种瓜得瓜，种豆得豆，施什么魔法就迷什么人这个原理了。

　　小天风认为正是叶子纵容了这一切，她在他心目中原本的那份唯美与清丽愈加破坏了。而叶子不这么认为，她认为大家都在抢的东西味道才更鲜美。

　　这之前小天风总是对她若即若离，令叶子对他近不了也远不得，几乎令她的骄傲指数跌到水平面以下。而叶子一直忍辱负重，就是为了等到这天能狠狠地报复他一回。其实她一直在等着小天风来抢，而小天风偏不理不睬，看见叶子跟牛牛在一起就像见到一坨屎那般嫌避。

　　其实小天风并非完全放弃了角逐，而是牛牛的出现打乱了他的计划。小天风看似有些"花心"，其实他是一个更在乎过程、慢热型的人。他原本以为他和叶子拥有了一个"家"之后便会很安全了，可以慢慢经营他们的"爱情"。而牛牛仅仅用一坨屎这么实惠、这么恶俗的东西就毁掉了他和叶子之间的浪漫，毁掉了他未来的科幻和神圣的"爱情"。

小天风心中的爱永远是一尘不染的。他只珍惜不用他抢，与生俱来就属于他的东西。

自小天风从"恋爱圈"淡出之后，整个世界似乎都变成牛牛和叶子两个人的了。

牛牛每天傍晚就像蝙蝠一般领导着小朋友们在院子里到处漫天飞舞着，玩得热火朝天，满头大汗。小天风一看就知道，肯定是叶子又重新宣布了牛牛的地位。

扶持牛牛为王，也能充分照见叶子想"母仪天下"的野心。果然自那以后，叶子变得愈加刁蛮霸道，任性放纵，完全露出了她小魔女的本性，整天像位女王般颐指气使地指使别人为她做这做那，让其他人蝶恋蜂狂般围着她转。小天风不愿失去自我，所以故意离叶子远远的，可是叶子却偏偏不肯放过他。而且小天风有时又偏要若无其事地从叶子面前走过，简直是不打自招。

这天晚上，小天风故意玩得很晚回家，看见叶子与牛牛两个人在路灯下恋恋不舍的影子，牛牛最后还恶心巴巴地加了一句："那你晚上要梦见我啊！如果没有梦见我，那就一定会是一个噩梦！"

于是，小天风心情沉重地回到家里，他以为自己放下了，却终归没有放下。

为了寻找解脱，趁爸妈睡了，他第一次把他爸的录音机搬到房里，关上房门听大人的歌。

爱情令人心碎，爱情使人憔悴。爱情就是一场战争，但败在牛牛手里，实在令他心不甘气不服……

9. 七位小仙女

就在小天风感觉已失去叶子，日渐消沉的时候，他爸做出一个壮举，令他感动得流泪。

这天他生日，一大早，他爸就买了一大堆菜回来，然后和他妈在厨房洗菜切菜，小天风一看这是要给他过生日的前奏。

下午五点来钟，七位公主般的小仙女在七位美少妇的陪伴下纷至沓来，看得小天风眼花缭乱。——这里面自然有小天风见过的，也有他不常见的。小叶子和关绮云当然也在其中。每个小仙女都送了一枝花给他，并且向他祝贺生日，其中有白玫瑰、百合、郁金香、风信子、紫罗兰和鸢尾花，而叶子送给他的是一枝美人蕉，那猩红的花瓣就像舞女的长裙。叶子还特意把那个头上一撮毛的布娃娃——他们的"小孩"抱来了，难道是为了唤醒什么？小天风一看那朵美人蕉就知道是叶子图方便，在院子里现摘的。原来任飞扬请她们来给小天风过生日，并且交代她们生日礼物只用送一束能代表她们的花就行了。

小天风惊讶地望着她们，感觉自己就像掉进了女儿国。同时，他不得不惊叹他爸的眼光，每一个小仙女都是他喜欢的类型，令他的生日派对成为一个美女的盛会，却不知他爸葫芦里卖的是什么药。

趁饭菜还没上桌，这些人便把小天风家里参观了一遍，有人夸他家温馨而浪漫，有人赞刘云婵买的这些摆饰很有品位，而有人参观完小天风的"闺房"，看到墙上贴着的毛笔字书法和书柜里满满的故事书，便好奇地问任飞扬，这毛笔字是你还是你儿子写的？书柜里的这些书难道你儿子能看懂？

任飞扬摸着胡子笑了笑："我可以把胡子蘸上墨水在墙上画画，但只会把毛笔当鼻毛用——"

他那自毁式的幽默，散发出一个中年男子的无穷魅力，引得那一群美少妇哈哈大笑。于是，他又自豪地说："这字都是我儿子写的，这些书都是我儿子看过的，我敢指天发誓，这里面任何一个故事他都能讲出来——"

仙女团都惊叹于一个五岁的小男孩这么高能，于是她们都惊奇地转向小天风，仿佛他短裤套在长裤外面，成了小超人，弄得小天风捂着脸害羞地躲到了窗帘后面。

吃饭时，任飞扬特意把叶子安排坐在小天风右手边，而自己坐在他的左手边。小天风很感激他爸这样合理的安排，而叶子几次想搭理他，他都故意置之不理。

当饭菜都上齐，所有人都坐齐了，任飞扬这才站起来高举红酒杯，落落大方地致辞："今天之所以把各位请来，是因为今天是女儿节，同时也是我儿子任天风的生日，非常感谢各位的莅临，愿各位青春永驻，永远保持一颗少女之心，干杯！"

说完，所有人便都站起来齐齐向小天风举杯，共唱生日歌，致以生日的祝福。当所有人都坐下，便有人说今天是一个好日子，不仅是女儿节，也是上巳节；不仅是小天风的生日，也是黄帝和王母娘娘的生日。

"呵呵，像我这种好吃的人只知道三月三吃鸡蛋，没想到今天竟然这么特别！"一位妈妈笑着说。

"其实三月三也是四大鬼节之一，这天出生的婴儿据说是天胎。"又有一位妈妈一本正经地说完，在场的人不禁都打了一个冷噤。

"噢，秀秀妈，看来你对这还有研究，不如说说这天胎是好还是坏，"任飞扬放下啃过的猪脚，嘴巴油光可鉴，眼睛溜圆地瞪着秀秀妈问道，怕她不肯说真话，又补充了一句，"有什么尽管说，但说无妨，我都会找到破解之术的！"

"鬼节这天出生的男孩天赋异禀，雄姿英发，神鬼不惊，气吞寰宇，当然是好事，不然黄帝怎么也出生在这一天！"秀秀妈流利地答道。

"怪不得你家风子这么小就会读书写字，看来果真是天赋异禀；而且长得这么帅气，器宇不凡，像极了他爸……"

"是啊，据说上次禽流感事件，他家风子竟然第一个知道！你说这事神了吧！"其他人也一边吃饭一边议论纷纷道。

任飞扬听了大喜，赶紧骄傲地站起来，挺直了身子再次敬酒道："多谢各位的赞赏，我家风子就是我的生命的传承和延续，继承了任家弥足珍贵的血脉。他就像一位光明的使者，头顶着先知的光环，披着正义的长袍来到人间，用他的善良和智慧，无私地保护着人类。他即使不是天使，也一定是天使的弟弟。他要用他的智慧、力量和勇气向所有的黑暗、丑陋以及邪恶宣战，直至将人间建设为一座只有真善美的天堂……"

小天风知道，每当酒过三巡，他爸开始飘飘然时，便会出口成章，说得就像《圣经》一样，而当他把小天风说得像是未来的救世主那样时，自己也俨然成了宇宙之父。

刘云婵在一旁扯了扯任飞扬的裤脚，任飞扬瞥了她一眼，这才坐了下来。

有人见小天风三口两口就扒完了饭，便提议道："不如让你家天风读篇文章来助助兴吧！"

任飞扬便低下头来问小天风："她们要你读篇文章，可以满足她们这个好奇的愿望不？"

小天风一脸懵懂地望着他爸，摇了摇头。于是，他爸笑着说："他告诉我，读文章有辱他的智商，他早就不做这么幼稚的事情了！如果大家能赏脸干一杯酒，他就为大家当场作一首诗——"

他爸一说完，所有美少妇都捂嘴偷笑着，气氛立马就热闹起来。任飞扬对此渲染的效果表示满意，两撇胡须都翘了起来。

小天风低调地低下头来，半天没动静。有人便帮他说话了："他才五岁，你就不要为难他了——"

"为难他？你这就是瞧不起他了！这样，很多人说不喜欢看我留胡子，如果这杯酒干完，风子今天要是不能当场写出一首诗来，我就把我的胡子摘下来做龙须酥给你们吃——"他边说边举杯站了起来。

他一说完，所有人又哈哈大笑，一起站起来又干了一杯。他们并不豪华的晚餐因为任飞扬幽默的谈吐而显得气氛热烈无比。

其实任飞扬年轻时也算得上一位流氓文艺青年，他胡说八道都像是文学，这也是刘云婵嫁给他的原因之一。只是后来怀才不遇的他仅有的这点才华也被他身上浮荡的浪子气息所淹没。而哪怕是仅有的这么一点微光，也能熏陶小天风整个不受约束的童年。

大家喝完这杯酒再坐下，小天风便成了全场的焦点，有些人甚至停下了手中的筷子拭目以待。

时间一分一秒地过去，而小天风一直一言不发地忸怩着身子，这下令任飞扬着急了，于是他便悄悄低下头来对小天风嘱咐道："风子，老子牛皮是吹出去了的！你知道，今天请客还不是为了你！你挤都要挤几句出来，要是做不到，别说你没面子，以后老子都没脸在厂子里混了！"说完，又狠狠地在小天风的屁股上拧了一把。

小天风依然认怂那般低着头，令在场的人都为他担忧。只有身旁的叶子是完全相信他有这个能力的，因为她见证过，于是，她小声地给小天风出主意道："你把那天念给我听的那首诗拿出来，不就行了吗！"

小天风也窃窃私语地跟她回了一句，于是，叶子就像小天风的代言人那般转告所有人："他说，当着这么多人的面他不好意思读出来，但可以用笔和纸写出来！"

叶子一说完，下面便有不少人热烈鼓掌，于是任飞扬信心满满地从房间里拿出纸笔来，然后帮小天风把周围的餐具清空，好腾出一块桌面来让他当众展示。

一会，小天风便写完了，任飞扬把它交给叶子，要叶子念，叶子摇摇头说不认识字。

"那么，就请你妈来代你念吧！"任飞扬又把那首诗交给关绮云。

关绮云一脸尴尬地站起来，如同微风一般小声念道："孔雀飞过／天空不留痕迹／却在我心中留下了五彩斑斓的梦／梦醒了／全化作五颜六色的蝴蝶／四散而去／我的心也随风飘散——"

"来，拿给我们看一下——"关绮云一读完，那些人便抢过那首诗争相传阅着，要不是亲眼目睹，甚至还会有人以为小天风是抄来的。

"这字写得多好啊，就算是大人都写不出这么好的字来，这文采简直是绝了，今天真让我见识了什么叫神童……"

叶子本以为会写几句诗也没什么了不起，接下来却没想到所有人都仰视着，那心悦诚服的赞美，那五体投地的目光源源不断地向小天风涌来，小天风那外星人一般光华璀璨的智慧就像烟火一般照亮了整个人类的大厅。

而此时，小天风定定地站在那里，想起了他此生最应该感激的人——他乡下的"爹娘"，他完全领受到"他爹"送给他的这份"终生大礼"了。

"哈，我儿子的珍贵之处不限于此。他妈每次胆囊炎发作，要是我没在家，我家风子就会为他妈买菜买药，端盆送水，甚至还会煮面给我们吃。他那厨艺呀，也不知跟谁学的，那煮出来的面条让我们吃了，一个流泪，一个傻笑。那领略云霄的逍遥味道，那石破天惊的视觉效果，吃完后简直就像到仙界云端梦游了一遭似的……"他爸对他的赞不绝口令小天风羞得差点钻到桌子底下去了。

"哇，简直是太有灵性了——"所有人都拍着巴掌惊讶地说。他爸的那一番话又把晚宴推到了另一个高潮。

"能不能让我家芬妮没事便来找风子玩，跟他一起学习——"

"下周我家娜娜生日，能不能请你一家来我家做客？不需任何生日礼物，只要你家天风亲自给娜娜煮一碗长寿面就好了——"

"我家小馨正好四岁，钢琴弹得特别好，很有音乐天赋，要不跟你家小风定个娃娃亲！哈哈！"

…………

这下小天风便成抢手货了，令叶子妒忌得几乎发狂，于是叶子便强行拖着小天风的手离开了众人的目光，跑去了客厅。紧接着，那六个吃完了饭的小仙女也相继来到客厅陪小天风一起玩，剩下大人们继续喝酒听任飞扬吹牛。

"你干吗？"为了给足叶子面子，直到到了客厅小天风才气咻咻地一把甩开叶子的手，然后自己去房间搬出一大盒积木和那六个小仙女开始一起修童话城堡。

"这个是芬妮公主的城堡，天风哥哥，你的城堡一定要修在我对面，这样我打开窗子就能看见你——"

"那秀秀公主的城堡要修在天风哥哥的右手边，这样我每天出门就能遇见天风哥哥啦！"

"哈，我是左撇子，那我的城堡要修在天风哥哥的左边——"

…………

此时的小天风被她们的裙裾包围，艳阳高照，花团锦簇，俨然一位童话中的王子。他终于相信他爸的话了，原来童话中的公主无处不在，只是因为过于珍贵，平常很难遇到。他看到小仙女们送给他的花全插在花瓶里，合在一起看上去更像一件完美的艺术品。于是他想起孔老师曾经说过，每一个小天使就好比不同的小花，有太阳花、牵牛花、鸡冠花、玫瑰花等等，有一千朵花就有一千种爱。

小天风望着这六位可爱的小仙女，终于明白他并不是特别喜欢叶子，他所追求的其实只是一种美，而叶子只是这万千美态中的一种，他不过是离那朵美人蕉时空的距离最近而已。当叶子想疏远他的时候，便不再值得他去珍惜，于是便有了许多感慨唏嘘。

而叶子此时望着集万千宠爱于一身的小天风，看着他们一起修城堡很投入的样子，简直像一把火，火烧连营那般把小天风整个家都烧了。

关绮云那天好像也不是很开心，就像小天风父子俩对她母女俩有所怠慢一样，吃完饭便拉着叶子早早告辞了。

天下无不散的筵席。到了最后曲终人散的时候，尽管小天风有些失落，但还是对爸妈心怀感激。而此时，任飞扬一改常态，很殷勤地收拾这满屋狼藉。小天风这才发现，也不知这叶子是有意还是无意，把她和小天风的"小孩"扔在他家的沙发上忘了带走。小天风抠了抠头皮，然后把"小孩"扔在了他的床上。

果然，刘云婵等所有的客人一走，便开始找小天风他爸秋后算账："我到现在都没搞懂，小风过生日你为什么七大姑八大姨的一个都不请，请这么一堆大美女小美女来。难道是为了把小风培养得像你这么好色？"

"爱美之心人皆有之，美可以陶冶人的情操，再说好色乃英雄本色，越色的男人越有出息，你看看古代的皇帝有哪一个不好色的！"任飞扬一边扫地，一边振振有词地解释道。

"那只是说明男人没一个好东西！"刘云婵不屑地说。

"你这是在诅咒你儿子吗？今天还是他生日呢！相信你也不愿风子长大后娶一个獐头鼠目、掀鼻露齿的儿媳回来吧！"任飞扬说完便放下扫帚，蹲下来抱着小天风亲近地问道，"儿子，今天生日过得嗨不嗨皮？"

小天风非常严肃地点了点头。

这时，任飞扬拉开客厅的窗帘，指着繁星闪烁的夜空问："你看到的月亮是不是比所有的星星加起来都要大要亮？"

"嗯。"小天风不假思索地回答。

"其实那只是因为月亮离你最近，这夜空中的任意一颗星都不知比月亮，甚至比太阳要大要亮多少倍！我再问你，你是愿意追求这个看上去最大最亮的月亮，还是愿意成为最大最亮的一颗星，让所有的星星和月亮都来追求你呢？"

"当然是愿意做最大最亮的那颗星星——"

"不愧是我的好儿子！"任飞扬满意地把儿子抱起来，用胡子扎了一下他的脸，"自古以来郎才女貌，只有才华才是一个男人的真正光亮。当你用才华征服了全世界，你便能轻而易举地征服任意一个人；而不用去讨好某一个人，去看她的脸色，因她而伤心气馁，自暴自弃——"

任飞扬意味深长地说完，小天风顿时感到风清月朗，一天的云都散了。

也许一个人只有到了女儿国，才会放下前世今生的爱。结合今天的体会和感受，小天风已完全明白他爸为何为他举办这场生日宴会了，也明白了他爸对他说的这番话的深刻含义。

而此时，刘云婵呆呆地站在那里，什么都说不上了。事实上，自从那次青蛙人事件之后，她与小天风他爸之间的信任和感情已经到达一个近乎默契的程度了。

对于小天风来说，这是他人生中最难忘的一个生日。这天，他终于明白了自己的价值所在，不再陷于无谓的悲伤里，他将重新振奋起来，矢志不渝地做他自己。从那以后，他变得更加热爱读书了……

时间如同流水一般将生活淡释，一年过去，当你在茫茫人海中找不到存在感的时候，当你在生活的大雾中迷失了自己的时候，一个隆重的生日庆典将会令你灵魂洗涤，重新开始新的生命——

10. 唐僧的儿子

生日过后没几天，小天风再看花瓶里的那一丛花，还是只有那束猩红的美人蕉最打眼。也许他看重的不仅是叶子的美，而且是她独特的灵魂。她始终就像是万里挑一、独一无二的那一朵。

而他和叶子两个，总是一个看似无情却有情，一个似是有情却无情，永远就像是矛盾的对立和统一。

那天过后，叶子对待小天风的方式也产生了一些细微的变化。那种感觉就像是"愿作狗屎又护花"——既想趁机狠狠打击报复他一下，却又无处不在地保护他。

这天，叶子发现樱花树上有个鸟巢，便叫不远处的小天风去帮她掏。

小天风摇摇头，一脸认真地说："孔……，幼儿园的老师说，鸟类是人类的朋友，所以我们要爱护小鸟。"

叶子仰起头来，骄横地说："你大爷的，我叫你掏是给你面子。换了是牛牛，准把它祖宗十八代都抓来献给我了！"

小天风不由得叹了口气，回想起以前叶子总在他面前一副楚楚可怜，央人保护的模样，再对比如今的高高在上，不可一世，小天风终于明白这女人啊天生就不能当皇帝。

话正说着，牛牛便唱着"大象啊大象，你的鼻子怎么这么长……"走过来了。那牛牛一直结实得就像头铁牛，强悍无比，自从他像一头天牛般从天而降，他们的院子便如同遭受了外族入侵，迎来了一场史无前例的劫难。牛牛才跟院子里的小伙伴们混熟，便开始每天欺负他们，只要小伙伴们在玩游戏，牛牛便去搞破坏，每天把院子里搅得尘土飞扬；小伙伴有什么好玩的好吃的，也尽数被他抢去献给叶子。

此时，牛牛一走过来便大声呵斥道："你们两个在这里搞什么阴谋？"

"滚一边去，我干吗用得着你来管？"叶子叉着腰没好气地说。

牛牛赶紧拍着手，故意装萌着说道："哈，悄悄话，烂脚丫，一窝一窝小蛤蟆——"

叶子颐指气使地指着鸟窝，对他发号施令："去，赶紧帮我把那鸟窝掏了！"

"我就喜欢你这人任性得野蛮，漂亮得不讲道理——"那牛牛一听到叶子要他掏鸟蛋，便像只听话的狗熊一般爬上树，一会便从鸟巢里掏出四个干干净净的鸟蛋交给叶子。

小天风小心地问叶子："你打算怎么处置这些鸟蛋？"

"当然是回去煎着吃，我最喜欢吃香椿炒蛋了。"叶子得意地说。

"你家没鸡蛋的话，我到家里拿几个给你就好了。"小天风一脸认真地说。

"我才不要呢，鸟蛋可比鸡蛋好吃多了。"叶子赶紧转过头去。

小天风向叶子恳求道："求求你放过它们吧，这每一个鸟蛋未来都会孵成一只小小鸟，要是鸟妈妈不见了鸟蛋该多着急啊！"

"你就别假装是慈善家了，这鸡也是鸟，吃鸟蛋跟吃鸡蛋有啥区别？"叶子不屑地说。

"鸡是人养的，生来就是给人吃的；而鸟蛋是鸟它妈生的，是用来孵小鸟的！"小天风据理力争道。

"你，滚一边去！我掏的鸟蛋跟你有鸟毛关系，有本事你就拿自己的蛋蛋来换！"牛牛凶神恶煞地过来把小天风踹到一边去了。

小天风像只食草动物般走开了，不是自己掏的鸟蛋就不拥有归属权，所以他说不起话，更何况他不借助"凶器"还斗不过野蛮凶狠的牛牛，而他也不愿再与任何人发生争斗——自从上幼儿园那次用剪刀捅了牛牛后，他永远铭记着孔老师与他说过的那些话。

其实小天风对小动物的怜悯绝不是装出来的——平时除了猪肉之外，别的肉他从来都不吃，哪怕父母过节杀一只鸡，他都会流泪阻拦，并且用拒食来表达他的抗议。只要饭桌上有腥臊味的菜，小天风绝不会动筷子。有一次刘云婵托熟人到医院弄了一个胞衣炖了给小天风补身体，骗他说是红烧猪肉，小天风只是夹了一筷子后便吐掉，说什么再也不吃了，所以任飞扬总是无奈地喟叹道："唉，也不知我家风子到底是谁生的？怎么生出这么一个慈善家出来了！"只要被刘云婵听见，便会招来一顿怒目："还有谁，当然是唐僧呗！"

当晚，小天风抱着他和叶子的"孩子"睡觉时做了一个梦，梦见叶子要他掏鸟窝，他愉快地爬上树，掏出那四个鸟蛋，捧在手心，然后对叶子说："叶子，我给你展现一个奇迹——"

说完，他对着鸟蛋吹了一口气，那四个鸟蛋便在他手板心来回蠕动。一会鸟蛋便破开，钻出四只小鸟来，然后叶子惊讶地看着它们在风中徐徐长大，很快就长出丰满的羽毛来。最后小天风双手把它们捧起，目送着它们载着生命的希冀飞上云霄。

叶子开心极了，惊讶地望着小天风，亲了一下他的脸，却吸着他的脸皮死死不放，像被吸力扯住了一般。小天风不断推搡着叶子，弄得他很生气。

当他醒来，却看见妈妈站在面前，拧着他的小脸对他说："我们上班去了，被子都洗了晾在外面。要是下雨，你记得把被子收进来。饺子在锅里，你起来后要是凉了自己热一下……"

她好像已不记得世界上还有上幼儿园这回事。——当然，这一切都是小天风乖乖听话，平常大多时间都在家里认真读书，甚至还帮爸妈做一些力所能及的家务换来的。

小天风起来后失意地来到樱花树下，果然看见两只鸟在树枝上来回扑腾着，不时发出凄厉的惨叫，他的内心悲凉如水。

而此时叶子竟然一蹦一跳地跑过来，百无禁忌地对他说："你亲我一下——"

他转过身去，不予理会。

"本来想让你见证一下奇迹，不亲就算了——"叶子神气地把头转过去，那忸怩的姿态更像是在做戏，却也引发了小天风做戏的想法。

"什么奇迹？"听叶子这么说，小天风似乎能预感到什么。

"亲了就知道了——"叶子伸过脸来，她笑起来就像食人花一般艳丽。

小天风想了想，不情愿地亲了一下她的脸庞。

才亲完，那叶子便愉快地边唱边跳着走开了。

小天风愣在那里，丈二和尚摸不着头脑，却感觉衣服的风帽里似乎增加了一些重量，用手一摸果然摸到了那四个鸟蛋。

他望着叶子远去的背影，那樱花花瓣壮丽地落下，落英缤纷。他终于明白叶子是一个无论什么样的灵魂都愿意围着她游走的小仙魔。

他闷声不响地把鸟蛋放回鸟窝，那两只鸟见了，欢喜地在树枝上蹦来蹦去。小天风欣慰地仰望着，在他看来，所有的鸟儿都充满神奇，就像是孔雀公主家的亲戚。

11. 芭蕉叶的清凉

这天五一长假，阳光强烈，是小强少有的休息日，小强正坐在樱花树下整理一堆画片。远处，叶子抱怨太阳太晒，牛牛便指着樱花树这边说我们去那块风水宝地，然后牛牛哼着小调向小强走去，小强赶紧镇定自若地把画片收起来揣在兜里——

待牛牛走近，小强才听清他哼的什么："我要吃掉你的脑子，夺走你的知识；我要掏掉你的心，抢走你的爱情；我要挖掉你的眼睛，来玩弹子游戏；我要扒掉你的皮，来做一件皮衣……"

这么恐怖霸气的童谣令小强在五月天也打了个寒战，紧接着牛牛仪态大方地拍了拍他，对他毫不客气地说："嘿，朋友，赶紧抹掉你那恶心的鼻涕，滚那边草坪吃草去，省得老子一口咬死你！"

见牛牛像头狼那般恶狠狠的样子，小强赶紧乖巧地说："哦哦哦，好的，牛壮士，我就去——"

"你怎么总是欺负小强？"待小强走远后，叶子便向牛牛嗔怪道。

"你喜欢的人我会爱他，你讨厌的人我会恨他。"牛牛又开始跟叶子打情骂俏。

"咦，我只是说小强不讲个人卫生，不是我喜欢的类型，又没说讨厌他，真是！"叶子撒娇般捶打着牛牛。

"只要是你不喜欢的我就把他们统统赶走，因为我要让你成为统治全世界的女王！哇咔咔，哇咔咔！"牛牛高举着手臂狂笑着，再度向这个世界强妄地宣誓。

"嘻嘻，那你为什么要恨任天风呢？"叶子又嬉笑着问。

"因为他要抢走你——"牛牛愤愤地说。

"我要是自愿的呢？"叶子骄傲地扬起头来，噘着嘴说。

"这样更不行。"

于是叶子便掐了一下牛牛的胳膊，牛牛便不断"哎哟哎哟"叫得很舒畅的样子。

"哇，小妖风今天穿这件衣服好帅啊！"突然叶子停住，着迷地望着远处走动着的小天风。牛牛也停了下来，望了一眼——

这时，小天风穿着一件小褂子，手里握着一把外婆留在他家里的蒲扇，在找地方纳凉，远远地瞟了一眼樱花树下的那块树荫，见牛牛和叶子在那里，便迟疑着不动了。而小强看见他，向他走去，一见面就跟他鸽子般嘀嘀咕咕投诉些什么。

"帅个屁，我光屁股都比他帅！"牛牛气急败坏地对叶子说。

叶子见小天风远远瞟他一眼，也不过来，再看他用粉藕一般的手臂摇着蒲扇那憨态可掬的样子，便捂嘴一笑，怂恿牛牛去抢他的扇子。

牛牛立马向他们狂奔而去，一边跑一边指着小强骂道："小强盗，你敢背后说老子坏话，看老子不拔掉你的猪舌，掏掉你的猪心！"

小强心虚，只恨爹娘少生了两条腿，"啊啊啊"乌鸦报丧般连叫三声，拔腿就逃。谁知这牛牛黑旋风般卷来，并不是为了追小强，而是打了一道急弯，突然一把就抢走了还没反应过来的小天风手中的扇子。

小天风赶紧从花园捡了一块石头去追，而牛牛一下便跑得没影了，只得窝了一肚子火愣在那里。这时叶子从他背后走过来假惺惺地拍拍他说："小妖风，不如我借一把扇子给你吧！"

——这院子里的小孩都听惯了天风他爸叫他"风子"，所以也都叫小天风"疯子"，而在小天风听来都是一样，所以也从未在意过。过去叶子都亲密地叫他"风咯咯"，而现在竟娇媚任性地改叫他"小妖风"，他都不知道这名字是怎么来的。

叶子说完以后，打了一转又回来，原来她去花园里摘了一片嫩绿的芭蕉叶交给天风。

"这怎么扇？"小天风一脸惊讶地问。

叶子却天真无邪地说："这是芭蕉扇，扇一下能熄火，扇两下能消气，扇第三下就要下雨了，不过扇之前要对着它哈一口仙气——"

她的可爱可真是一片碧绿。小天风试着对着芭蕉叶哈了一口气，然后没扇几下，芭蕉叶立马就蔫了。

"这……"小天风一脸尴尬，想到叶子是在捉弄他，越想越怄火。

"哈哈，这把是假的，所以越扇越火，我家那把才是真的！"叶子大笑道。

小天风一脸愠怒地望着她，觉得她哈哈大笑的时候越看越像妖精。看来牛牛这个小魔头已将魔力细胞根植在她身上，成功地协助她完成了由天使向妖精的转型。

"叶子家真有一把芭蕉扇，我好像以前见过——"小强也挤过头来凑热闹。

"当然是真的，我怎会骗人？"叶子骄傲地扭过头去。

"什么时候拿出来让我们见识下？"小天风姑且放下心中的怒火，闪烁着一对好奇的大眼睛。

"不行，这把扇子可是祖传下来的，我妈一直锁在衣柜里！"叶子说完，见小天风愈加来气，生怕他以后又不理自己了，便愉快地说，"不如我帮你去找牛牛把扇子要回来吧！"

说完她拉着小天风的手一蹦一跳地去找牛牛。

他们来到围墙边，正好几个小伙伴在玩"一二三，木头人"的游戏，而牛牛正大摇大摆地摇着蒲扇，招摇地在他们中间晃来晃去。表面上各玩各的，却在暗暗令大伙儿游戏玩不下去。

小天风一见到牛牛便冲上去抢扇子，牛牛赶紧把扇子举得高高的，小天风踮起脚来都够不着。

"把我家扇子还我！"天风恼火地说。

"你这妖风凭什么说是你家的扇子？有写你家的名字吗？这扇子在我手里，自然就是我的了！"牛牛说完便洋洋得意地唱起，"一扇一扇凉晶晶，夏天都是凉晶晶……"

"那借我一用总可以吧？"叶子更加得意地把手伸过去，以为牛牛会听她的。

牛牛明知她是想把扇子要去还给小天风，便不屑地瞥了她一眼，然后矜持地摇了摇扇子，对叶子吟诗一首道："五月天气热，扇子借不得，虽说是朋友，你热我也热……"

叶子灵机一动，便指着自己粉如桃花的腮帮对他说道："你不一直想亲我吗？你要把扇子给我，我就让你亲个够！"

一句话弄得小天风心里就像才吃过酸辣粉一般酸辣酸辣的。这叶子也太下贱了，这么点小事就可以任意让人亲。但叶子毕竟是为了他才付出这么大牺牲的，他又该如何看待叶子呢？

"哈哈，我要把我的口水像刷涂料一般刷满你的脸！"牛牛恶心地说完，阴笑着把扇子交给了叶子。而叶子拿了扇子就撒腿跑得没了人影，看来这一招叶子还是牛牛的祖师爷。

牛牛呆呆地站在那里，泪流满面地说："你叫我以后如何相信爱情！"

小天风一瞬间也不见了，就像知道在哪里跟叶子会合。

不知什么时候，小天风又摇着扇子出现了，故意在牛牛面前炫耀，一边扇还一边唱着他爸爱唱的流行歌曲："我说情人却是老的好，曾经沧海桑田分不了……"

这牛牛本来就窝了一肚子火，哪受得了这样的气。他火冒三丈地一把抢过扇子撕个稀巴烂，又扔在地上野蛮地踩上几脚，一边踩还一边恨恨地骂着："叫你扇，叫你扇……"

小天风简直气疯了，跑去花园捡回之前的那块石头又要去砸牛牛，牛牛赶紧一股黑烟跑了。

这时，叶子从灌木丛中不紧不慢地走出来，捡起那把残破的蒲扇交给小天风，小天风已恼怒得像块石头那般僵硬。叶子赶紧俏皮一笑道："破扇子才有法力，你看济公不就是用的破扇子吗？"

小天风气得甩头就走。

"好啦好啦，哪天我把我家那把芭蕉扇偷出来送给你……"叶子赶紧安慰他说。

小天风只当叶子是在哄他，但叶子那芭蕉叶一般的清凉却也沿着他的脊梁走入了他的心里……

12. 画片世纪大战

小天风在回家的路上，正好遇到输得掉鼻涕的小强匆匆跑来找他"搬救兵"。原来院子里来了几位打画片的"顶级高手"，小强一下就把他的画片都输光了。

小天风赶紧和小强一起过去。其实小强说的"顶级高手"只不过是院子里几个大一些的男孩而已，平常他们要上学，只有放假才能出来玩。而且他们的玩法比小天风他们要高一个级别——他们只玩"点将"的，也就是说对手可以在你的画片里选他最喜欢的；反过来，你也可以在他的画片里选你最喜欢的。如果有一方选不上，这个游戏也就玩不下去了。小天风再看他们手中的画片，全都是《封神榜》《西游记》《水浒传》《三国演义》和《变形金刚》里面顶级的角色，令他歆羡不已。

"这样，我帮你把画片选一下，你跟他们打，我还是跟这几个老朋友打——"小强指着那几个比他还小的小孩说。

于是，小天风把自己的画片都拿出来，小强把那里面的"虾兵蟹将"都选出来以后，便鼻涕一甩一甩地和那边几个小朋友开战了。

没多久，他们两个都输光了，小天风惨痛地望着小强。但小强也是个不服输的人，只见他抹干鼻涕，不动声色地搅了一下舌头，便"砰"地一声像只金蟾一般吐出一枚一元的钢镚来。还有这么藏私房钱的，脏人自有脏办法，小强不愧是一个又丑又馋又脏的奇葩，小天风也算又增长了见识。

于是，他们两个一起来到厂门口的荷花超市，看见何凝香和她老公正在整理货架，何凝香见了他们便过来热情地招呼他们。

"风风，你们要买什么？"

"我要买画片，我们自己选！"小强大款一般把那枚钢镚拍在玻璃柜上，发出一声清脆的响声。

何凝香拿出两大沓画片交给他们自己选，继续整理货架。

"要你每次进货少进点，你总是为了偷懒一次进这么多，你看还剩这么多烟花怎么办？"何凝香瞥了一眼她老公，嗔怪道。

"我这不是为了省力，而是为了省钱！进得多不仅价格更优惠，而且也省了来来去去的油钱……""美髯公"话还没说完，便一只手捂头，另一只手捂着肚子，停顿了一会，豆大的汗珠从额头上流了下来。

"相公，你这是怎么了？哪里不舒服，要不要上医院？"何凝香赶紧一脸紧张地问，小天风也惊愕地望着"美髯公"。

"这荷叶茶一停，酒精性脂肪肝的症状便又来了，看来我此生都与荷花有不解之缘呀！""美髯公"强作欢颜地说，"行吧，娘子，这几天我看哪里有新鲜荷叶摘，多摘些回来，听说新鲜荷叶泡水喝疗效更好！"

"你要多摘些回来，还不喝酒喝得更多吗？唉，我也知道不让你喝酒是要了你的命，可是你就不能少喝点吗？"何凝香一脸心痛地说。

"多余的荷叶可以用来做荷叶八宝饭、八宝鸡，我最爱吃娘子做的荷叶八宝饭了，可谓是天下一绝啊！""美髯公"将他那性感的胡须贴近何凝香的脸颊轻声说道。

正好小天风选出了《西游记》的一版画片，便对小强建议道："不如就买这张吧！"

小强瞟了一眼，很专业地说："不行，如果玩'点将'，这二十四张画片里只有几张能被别人选上，太浪费了。"

"可是孙悟空最厉害呀！"小天风一脸惊诧地望着小强说。

"他一个人厉害有鬼用！你要把这里面的孙悟空、如来佛和观音都输了，剩下的那些妖魔鬼怪就没人跟你玩'点将'了！老板娘，就买《变形金刚》的这张！顺便帮我剪好！"小强抽出《变形金刚》的那一版，然后把那枚钢镚大大咧咧地递给何凝香。

"强强，你能不能借我一元钱？"小天风握着那版《西游记》的画片，呆呆地站立在那里，舍不得放手。

小强大大地张开嘴，搅了一下舌头，意思是他的"钱柜"里也没一分钱了。

"风风，这个送你吧！"何凝香摸了摸小天风的头，很大方地对他说。小天风便不好意思地低下头来，人家现在这么困难还送东西给他，这让他感到有些愧疚，于是他小声地说了一声"谢谢姑姑"，声音小到只有他自己才能听见。而小强不知是惊羡还是艳羡地望着他们，鼻涕又止不住掉下来。

何凝香在帮他们剪画片的时候，小天风正好看见货架上摆着一个《第一滴血》里的"兰博"塑料人偶，他突然回想起以前秀明哥的房间贴着的墙画。于是，他久久地凝望着，似乎想起了过去很多事情……

"这个也送给你吧！"何凝香很快就帮他们剪好了画片，然后把那个小人偶一起送给了小天风。小天风只觉得心潮澎湃，无言的感激在他心中激荡……

到了"画片场"，小强还算有自知之明，自己连这几个弱手都打不赢，只得照老规矩，把两个人的画片合在一起，把里面的"小角色"都挑出来留给自己玩，把"精英部队"都交给小天风和那几位高手过招。

　　快到中午各自回家吃饭的时候，小强又输光了，小天风也已出局，站在一旁观看。

　　"你们还有画片吗？如果没有了，站到墙角那边去看，别挡住我们的光线了——"一个大男孩对他们下了"逐客令"。

　　只见小天风的手在兜里揉捏了半天，最后掏出了那张孙悟空的画片。

　　"啊，孙悟空！是说你输掉的画片里不见孙悟空，原来你舍不得拿出来呀！"那位大男孩一脸惊羡地看了看那张画片，然后笑话小天风道，"还玩不？要么就输光了再回去，从此就可以剁手了！"

　　小天风想了想，最后还是坚决地摇了摇头。

　　唉，小强也无奈地叹了口气，此时他也认为输光已成定局，靠这一张画片已无力回天。早知小天风也会输这么惨，还不如自己多跟高手过把瘾。于是，风吹鸡蛋壳，财散人安乐，各自回家吃饭去了。

　　小天风很明白这一点，如果不改变策略，改进技术，再打下去显然已毫无意义。于是，他只得闷闷不乐地回到家里。

　　可是他从来都是一个做事有决心，从不服输的人。吃完午饭，他便开始总结教训，并且不断领悟那些高手的打法，他望着这最后一张奉若神明的画片，突然就有了新的灵感：首先他想到在防守方面，倘若把画片的四条边稍微折一下，那么画片就会紧贴地面，对手要打到画片的几率就会大大减小；即使打到画片的边缘，由于画片与地面的附着力增加了，对方也很难把画片打过界。而在进攻方面，他发明了一种独特的打法——只要用两只手指握着画片的一端，把那画片像螺旋桨一般甩出去，当自己画片的边角撞到对手画片的边缘，便可以立即将对手的画片打飞。

　　于是，他找来他爸的香烟盒，把它们拆开后剪成画片一样大小，然后开始在家里练习。直到练得很熟了，才胸有成竹地出门。

　　那个下午，小强也许是死心了，没有出来。小天风一个人孤军奋战，直杀得天昏地黑，哪怕手指在水泥地面上刮破了皮也毫不在意。

　　这场激战一直持续到晚上八点来钟才最后结束，疲惫不堪的小天风走在回家的路上，当夜风阵阵吹来，小天风感到无比惬意，因为他不仅几乎赢到了所有的画片，而且已成为打画片界的第一高手，仿佛他的人生从此进入了另一个高度。

睡觉之前，他把所有的画片都整理了一遍，他把他最喜欢的英雄挑了出来，又对着铁扇公主那张画片思考了很久，想把这张给小强有点舍不得；而留着这张画片吧，总觉得她就是叶子，又对她暗暗生恨。矛盾之下，他干脆把那张画片额外拿出来，压在了床褥下面，这下便六根清净了。

他躺在床上想，他挑出来的画片只占全部画片的一少半，这样把剩下那一大摞画片都送给小强，小强总该会满意吧！

这天晚上，星空闪烁，小天风守着这一大堆画片，心情无比畅快地睡着了，梦见他变成了他这一摞画片里的孙悟空，而牛牛变成了另一摞画片里的牛魔王。他们两个对峙着，两摞画片里的各位人物都跳出来帮各自一方。他这一方有：如来佛、观音、姜子牙、关羽、武松、岳飞、杨过、忍者神龟、奥特曼、擎天柱、蜘蛛侠、绿巨人等，甚至聪明的一休也来帮他的忙；而牛牛这一方有：申公豹、妲己、曹操、高俅、蒋门神、金轮法王、霸天虎、骷髅王、霍达克、霍德王、史莱德，还有西游记里的各路妖怪、奥特曼里的各种怪兽等。

总之，古今中外，人间天上的英雄和恶魔几乎都到齐了，准备着这一场群殴。

这一场世纪大战，直打得日光晦暝，星光失色，整个世界天昏地暗，看不见天光，而小天风终于如愿以偿地成为了一位古今中外的大英雄，宇宙超人。

第二天早上，当他醒来静静地睁开眼睛，所有的英雄与恶魔就像一天的云那般散去了，只有枕头边的那两摞画片仍完好如初。回想起这个惊心动魄的梦，小天风感到无比的惬意和振奋……

13. 美女救英雄

小天风出门时，小强早已在过道口等候他多时了，也许是他已收到了消息，一见面就问他："你昨下午又去打了？"

小天风镇定自若地回了一句："我们去那边吧。"

于是，小强满心欢喜地跟着他一起来到樱花树下，小天风把分给他的那一大摞画片交给他，小强接过，笑逐颜开地一张张检索着，随口又问了一句："你的呢？能不能给我也欣赏一下？"

小天风毫不在意地把自己的那一摞也拿出来交给他，谁知小强翻着翻着便不高兴了："怎么我的全是傻瓜蛋，你的全是大英雄？"

小天风比对着跟他解释道："你看我的只有这么多，而你的有一多半。"

"这不行，我要跟你换几张！"于是小强从他的画片里挑出两张来塞给小天风，"这两个在封神榜里可厉害呢！我拿这两张跟你换孙悟空——"

小天风看了看画片后的人物简介，这两个是《西游记》里的奔波儿灞和灞波儿奔，都是两个小角色，这小强自己不识字，还想欺骗小天风。

于是，小天风也假装什么都没看懂那般对小强说："这两个跟你长得这么像，又这么厉害，你还是自己留着吧！"

小强不甘心地又挑出一张牛魔王和一张猪八戒，要换小天风的孙悟空，"这孙悟空一直只能和牛魔王打成平手，要是猪八戒帮牛魔王，孙悟空准打不过，这下总可以换了吧？"

小天风是一百个不愿换，于是两个人便激烈地争论起来。小天风认为牛魔王从来都不是孙悟空的对手，而小强一口断定孙悟空单打独斗从来都没打赢过牛魔王。其实小强就是奔着孙悟空这张画片而来的，他一出门就听说小天风仅仅用这一张画片就把院子里的几大高手都打得惨败而归，这张孙悟空也就成了画片界的传奇。

当他们两个吵得不可开交的时候，小强一条粗壮的鼻涕凌空跌下来，正好掉在小天风的那一摞画片上，表面的一张正好就是孙悟空。这下两个都不作声了，小强见他坐在那里生闷气，便负疚般又来哄小天风："风子，不要太在意，其实鼻涕的主要成分都是水，大不了拿回家洗干净晒干后又是新的！你还要嫌弃的话，就把孙悟空的这张给我就好了，我把我所有的画片都给你——"

小天风气得甩过头去，小强想了想，又换了一种方式来劝他："好了，是我错了，其实别看牛魔王长得这么雄壮，你只要找到了他的弱点，就远远不是孙悟空的对手。你知道牛魔王的弱点是什么吗？"

见小天风仍旧偏过头去，小强赶紧对着他的耳朵悄悄说道："其实他最大的弱点就是牛鼻子特别大，而且特别害怕见到血。你记不记得幼儿园那次，你捅了牛牛一剪刀，他一见到血就哭成那个鬼样子，甚至好多天都躲着你！所以呀，要是他以后再敢欺负咱们，你只管瞄准机会对着他鼻子狠狠一拳，保管他三秒钟之内……"

小强才说到这里，便听到"大象啊大象，你的鼻子怎么这么长……"这恐怖的歌声就在他们身后传来，吓得他汗毛都竖了起来，赶紧改口道："保管他三秒钟之内，就会接过你的拳头，把你打趴在地，然后跪在地上给你做人工呼吸求你万万不能死，不然他会偿命滴……"

话还没说完，牛牛就已粗鲁地冲过来，拾起地上的两摞画片揣进兜里就跑。

小天风冲上去抓住他的胳膊狠狠地咬了一口，牛牛回手就给他脸上重重一拳，把他打倒在地，然后骑在小天风身上，掐住他的脖子，恶狠狠地说："我要拧掉你的脑袋，来当足球踢；我要抽掉你的筋，来做一把弹弓；我要拔掉你的牙齿，来做我的装饰品；我要踢爆你的菊花，从此让你大小便失禁……"

小强被牛牛的新诗吓得差点大小便失禁。他呆呆地站在那里，欲帮又不知怎么帮，更不敢惹火上身，急得像热锅上的蚂蚁。

正巧这时，叶子赶来，远远地喊了一声："住手！你再不住手，休怪我以后再也不理你了！"

趁牛牛回头望她一眼的间隙，小天风鼓捣着一股蛮力，从牛牛胯下钻出来，一副三郎的姿态要跟牛牛拼命。

叶子一把挡在小天风前面，说道："我救了你，你就不要再逞强了——"

牛牛又要上来打小天风，叶子对他命令道："你，给我滚一边去！"

谁知叶子说话用力太猛，竟然不小心憋出一个响屁来，另三个不约而同地都捂住了口鼻。

"好啊，牛牛，你竟敢嫌我的屁臭！"叶子大声训斥牛牛道。

"我哪有嫌弃，你没看见我仍在大口大口地呼吸吗？"牛牛说完便呼哧呼哧大口吸气，一下抵抗不住，又立马捂着鼻子像牦牛一般远远跑开了。

小天风闻到一股腐乳的酸臭，这一次叶子彻底终结了小天风对这个世界最美好、最浪漫、最朦胧的想象力。于是，他憋了一口气，发疯似的要去追打牛牛，却一次一次被叶子拖回。小强也过来拉扯，他为人没得说，一直在大口大口地喘气。

"你真不知死字是怎么写的？竟然还去追他？要不是我救你，你还不被他打化？"叶子不小心打了屁过后，仍旧是一副不以为意的样子，她不尴尬世界就不会尴尬。

"谁要你救？谁不知道你是因为喜欢牛牛，所以故意拉着我，不让我狠狠教训他！"小天风甩不开叶子，便歇斯底里地对着她大吼道，眼睛里泛着倔强的泪水。

"你又不是我肚子里的蛔虫，你怎么知道我喜欢牛牛？"叶子据理力争道。

"你要不喜欢牛牛，为什么总跟他一起打情骂俏？你呀，我倒真想钻进你肚子里做一回蛔虫，好知道你所有的心肝主意！"小天风只好把一肚子怨气都发在叶子身上。他憎恨叶子喜欢牛牛，但他已下定决心不再要叶子，他绝不会去捡连牛牛都嫌恶的东西。当然这牛牛更不是好东西，他和叶子都是屎尿屁的连理，粗俗野蛮的亲戚。

"唉，疯子，还是放弃吧，我突然想到这牛牛是武林高手，我们始终都打不过他的！"小强死活拖住他，劝说道。

小天风狠狠地瞪了小强一眼，他恼怒的不仅仅是牛牛的欺压，也是为朋友的沉默和妥协。于是他一把甩开小强，不服气地说："屁武林高手！只不过是欺负小孩而已，如果我块头跟他一样大，你看我不把他打成牛肉干！"

叶子此时一脸讽刺地望着他，反问他一句："你不说你是大人吗？应该是你欺负他才对啊！"

"可是我外形上还是一个小孩——"小天风为自己辩解道。

见他们两人争吵，小强赶紧一脸认真地插了一句："骗你是猪，牛牛有一天无意中透露他最近在练'铁牛破埂'，我看到他有时早上会跑来我们院子来练功，不信你明天早点起来看——"

"你长得像猪，又会说人话，地球人都知道你不是猪，而是猪八戒！"在小天风看来，小强永远是虾兵蟹将一般的软体动物，于是愈加激愤地说，

"我怕他个屁'铁牛破埂'！他也是一条命，我也是一条命，大不了一起拼了！"

叶子望着正在劲头上的小天风，愣在那里也不知所措。而她更不知道因为自己的一个屁把小天风刮得分不清东南西北风，对她一肚子怨气又不便于直说。

"我曾听老人说起，'铁牛破埂'是一门民间流传的武林奇学，学会了就可以天下无敌！"小强玄乎其玄地告诫小天风道。

小强这一席话倒提醒了小天风不能跟牛牛硬斗，小天风突然像是想到了什么，于是他猛地一把推开叶子和小强，气咻咻地放下了一句："你们等着，看我是怎么收拾他的！"

说完，小天风便气冲冲地走了——

14. 第一滴血

小天风冲回家里，钻进爸妈床底下一把拖出他老爸的一只毛皮鞋来，然后掏出鞋垫，从里面抽了几张他爸的私房钱塞进兜里，看来他准备大肆购买"军火"。

——其实他早就发现他爸这个新的"小金库"了。每次他妈没在，只要任飞扬鬼鬼祟祟地反锁上房门，小天风便会悄悄趴在外面，贴着地面从门底的缝隙里偷看里面影子的晃动，最后终于发现了他的这只"金鞋子"。任飞扬总是自作聪明，却没料到家里还有个集天地之灵气，聪明决了堤的"小精灵"。小天风一直假装什么都不知道，就是为了哪一天应急，因为他知道即便哪天随意拿上几张，他爸就算知道了也不敢声张。

他拿着这几张大钞，雄心壮志地来到荷花超市。好奇的小强一路追随，只是见小天风怒火攻心的样子，也不好开口问他。

小天风在小超市里选了一大堆鞭炮、彩珠筒、笛音雷、轰天雷和雷鸣炮，还有一把大容量的冲锋水枪，要付钱的时候，何凝香便问他："风风，你哪来的这么多钱？你买这些东西你爸妈知道吗？"

"这是我过年的压岁钱，我爸要我来买的，他当然知道。"小天风理直气壮地说。他过年的压岁钱的确都被他爸收走了，只是最后都如数交给了他妈而已。

任飞扬也经常叫小天风帮他买酒烟和一些家庭日用品，最后何凝香想了一下，还是卖给了小天风，并再三交代，小孩子擅自玩鞭炮太危险，一定要有大人带着玩。

小天风乖巧地点了点头，小强便自觉地帮他提东西。出门时，小天风看见"美髯公"正坐在一把太师椅上一只手拿着书，另一只手握着酒瓶，像是已昏睡百年了。

小天风以为他睡着了，谁知他过一会又喝了一口酒，翻了一页书，然后又闭上了眼睛……

小天风匆匆回到家里，换上露出肌肉的小背心，绑上头带，把鞭炮斜挎在肩膀上，腰里别着雷鸣炮，背后背着彩珠筒，一手捧着笛音雷、轰天雷，一手握着注满了水的冲锋枪，里面还掺了红墨水。为了表现他复仇的决心，他还在脸上抹了黑色的油彩，就像《第一滴血》里的兰博一样，几乎武装到牙齿，然后就整装待发了。

直到小强帮小天风把所有的"军火"转移到围墙边，小强才明白小天风要干什么。他既害怕，又兴奋，却只敢趴在围墙上观看。

果然，小天风气势汹汹地来到牛家大院门口，勇敢地点燃雷鸣炮，一个个扔进去，随着一声声惊天撼地的巨响，里面被炸得鸡飞狗跳，菜叶纷飞，把牛牛和他妈吓得就像从地洞里钻了出来；然后小天风又解下长长的鞭炮，点燃后甩了进去。只听见里面传来密密麻麻炒豆子一般的响声。他的"夺妻之恨"，他的胯下之辱，随着这一团团浓烟，在天空中升腾化开。在这爆竹声声中，他仿佛又重温了过年般的无限快乐。

一会，牛牛剧烈地咳嗽着，在烟雾弥漫中打开大门正要查看发生了什么事。小天风又点燃了倒放在地上的笛音雷、轰天雷，炸得牛牛像只被烫了脚的蚱蜢那般跺脚直跳，最后退回里面关上大门，咬牙切齿地一通乱骂："任天风，别让老子再见到你，老子会把爆竹插在你菊花上，把你的屁股炸个稀巴烂……"

小天风赶紧又点了几个雷鸣炮扔了进去，把他和他妈炸得躲进里屋不敢吱声了。

接下来，院子里没有一点动静了。牛牛估计小天风已弹尽粮绝了，又打开大门窥看，却看见小天风拿着彩珠筒一下一下向他逼近。他赶紧叫声"妈呀"又吓得关门闭户从此不敢再出来。只听见他站在里面，魔鬼般放声大笑道："哇咔咔，这烟花真好看啊，有本事你就在这放上一整天！哇咔咔，哇咔咔！"

话音未落，一个雷鸣炮便在牛牛耳边炸开，牛牛顿时感觉他的耳朵嗡嗡作响，只见一只鸡扑腾着在他眼前无声地飞过，甩下一地鸡毛。此时就像是飞机失事了，别说嘴巴说不出话来，耳朵就连信号都收不到了。炸傻了眼的牛牛用手一摸耳朵，竟然还流了血。

最后，牛牛妈打开大门走出来，泼妇骂街一般对着小天风便开骂道："你这个小兔崽子！你看你把我家牛牛耳朵都炸伤了，要是炸聋了，你家任飞扬就要养我们一辈子！"

此时，小天风又想起牛牛是怎么对付叶子她妈的，所以他气得连牛牛他妈也没放过。他索性端起冲锋水枪便对着她喷射，把她逼得连连退后，一脸狼藉地倒回院子里，紧闭大门。

临走前，小天风悻悻地把最后几个雷鸣炮也点燃，扔了进去。几声轰响过后，里面再也没有任何动静了，整个屋子就像墓穴一般清静。

他最后四周望了望，突然看见山头的那个稻草人，想起牛牛曾说它是他最亲密的朋友便来恨，于是爬上那个山坡，一不做二不休，一把火把那个稻草人也烧了。

回家的路上，小天风第一次体会到复仇的快乐，那简直是天神的发泄，一次最完美的英雄体验。回头再找小强，原来小强怕牛牛看见他也参与了其中到时找他报复，早已吓得不见了人影。

回到家中，小天风不动声色地洗干净脸，换掉衣服。任飞扬下班回来见小天风一直在他面前像位大姑娘那般躲躲闪闪，便一把捉住问他是被谁打了。任性的小天风认为跟大人告状是一件羞耻的事情，什么都没说。而任飞扬就像是心知肚明，也不再多问。

没多久，牛牛妈便上门来告状，而任飞扬也为自己的儿子打抱不平，怒气冲天地对她说："我可以管好我家儿子，可是你也要管好你家儿子！你看你家牛魔王多少次把我家风子打得像个大头娃娃似的？连我都不敢认他了！你也知道老子的脾气，我要不是看在你的情面上，早把你家牛牛剁成牛肉馅了！"

于是，牛牛妈便开始一把鼻涕一把泪，像是哭丧般呼天抢地对他说唱道："你也知道牛牛他爸是怎么死的！他爸死得那个早呀，我支撑这个家都已很不容易了，要不是种点菜养几只鸡卖给食堂，做点临时工，这日子都不知怎么过呀——你看这牛牛生得头大耳朵小，没人管得了；从小没父亲，倔强又任性。他那个牛脾气啊，我打也打过，骂也骂过，说多了他就冲出家门，更何况他还有病，你叫我一个女人家有什么办法啊！我就他这么一个儿子，还要靠他养老，你家天风要是把他打成残废了，或者旧病复发了，我们母子俩还不是要靠你养一辈子！"

"你儿子有什么病？"任飞扬惊讶地问道。

"羊角风。"

"羊角风是什么病？"任飞扬不解地问。

"也就是猪婆疯。"

"这牛怎么会发羊和猪的病？要得也只会得疯牛病呀！"任飞扬愈加觉得稀奇了。

"你是真不懂，还是在这里装呀？"牛牛妈一边哭，一边生气地说。

一切铁石心肠遇到了眼泪都会春风化雨。那天正好刘云婵还没下班回来，任飞扬望了一眼凄美绝艳的牛牛他妈，像是被她领到了一片梨花带雨的梦境。于是他放松了情绪，轻轻拍着她的背叹气道："唉，我也理解你，一个女人家也真不容易，你也该找个好男人了！"

牛牛他妈赶紧低下头来，抹了一把眼泪，凄婉动人地回了一句："唉，哪有你老婆这么好的福气？"

任飞扬赶紧拍着胸脯，壮志凌云地说："没事，以后有什么困难尽管来找我任飞扬就是！"

见小天风瞪眼望着他，任飞扬就狠狠给了他一脚，"你这小狗日的，以后见了牛牛就跟他行个礼，亲密地喊一声哥，看他还会不会打你！"

　　最后任飞扬代表儿子郑重地向牛牛妈道歉，并承诺赔偿相应的医药费和营养费。牛牛妈走后，任飞扬突然想到这小天风买烟花和水枪的钱是从哪来的，赶紧关上房门去检查他的小金库。小天风立马又趴下来，从门的底缝窥看到他爸数完钱后又将钱转移了地方。凭着影子的晃动，小天风判断他肯定是把钱用胶带绑在了床头柜底。

　　一会，任飞扬打开房门出来，对着已充分做好抗雷暴准备的小天风恨恨地骂了一句："妈的，你把老子都偷破产了！"

　　小天风理直气壮地与他争论道："其实我只是在帮你销毁罪证！你明白的，要是万一被我妈知道了，你妈也帮不了你！"

　　任飞扬想了想，觉得他说得挺有道理，便又把他打了一顿。

　　打着打着，刘云婵直接用钥匙开门进来了，见任飞扬在打儿子，便问道："怎么了？他又闯了什么祸？"

　　任飞扬指着小天风说："这小子差点把人家屋都拆掉……"

　　小天风赶紧抢过话来说："爸爸他藏了……"

　　任飞扬慌忙一把捂住他的嘴："大人说话小孩别插嘴！你滚出去玩，我这里有一笔公款要向你妈上交——"

　　小天风一出来，小强便和几个平常一直被牛牛欺负的弱势群体拥戴战斗英雄一般围了上去，向他问长问短。

　　"真是大快人心！不过你要小心一点，你把牛牛耳朵炸伤了，以他的凶残，定是要跟你玩命，不然他的江湖地位不保，没人再怕他了……"小强有时说起话来，就像挺有社会阅历似的。

　　而此时，灌木丛后边潜伏着一双狼一般凶恶仇恨的眼睛，半边头用纱布捆起来的牛牛一直在等小天风走出警戒线。

　　——大概是牛牛妈回家跟他说了些什么，而他以前也见识过任飞扬的厉害，所以在任飞扬能听到小天风呼救的范围内，牛牛还不敢轻举妄动。

　　这时，叶子笑盈盈地走过来，嘴里含着糖，正吃得有滋有味，见了残兵败将一般的牛牛蹲在他经常隐伏的灌木丛旁，便好笑地问道："牛牛，你蹲在这里干什么？难道又在传播你的文化象征？"

"没呢，我在等羊羔啊、蛋糕啊都统统走进我的嘴里来——"牛牛立马站起来，换成了一副憨居的样子，流着口水望着叶子问道，"你在吃什么好东西？"

"这样，不如我们来玩个游戏，你猜我手里有几颗酒心巧克力，猜对了我就把手里的两颗都给你，猜错了你要答应我一个小小的要求——"

牛牛傻笑着问道："什么要求？"

"不许找天风哥哥报仇，以后也不许欺负他——"叶子嘟着纤巧的小嘴说，那水晶般玲珑剔透的嘴唇令牛牛见了简直就想咬上一口。

可是，牛牛立马又换成一副生气的样子，态度强硬地说："不行，你看他给我和我家带来的毁灭性的打击，简直把我家炸成了荒山野岭！而且，他把我唯一的朋友活活烧死了！简直是太可恶了！"

说完，牛牛恨恨地捏紧了拳头，简直就想把小天风捏得粉碎。

"那我在你心目中算什么？不行就算了！"叶子干脆得很，倩巧地转过高傲的下巴，转身就走。

牛牛一眼就望见了她背过去的手掌缝里露出来的酒心巧克力，赶紧改了一张谄媚的脸说道："好，好，好，我答应你——我猜是两颗！"

叶子又转回来，俏丽一笑，打开手掌，大声说道："哈，错了，是三颗！"

牛牛立马又泪流满面。

这时，正好任飞扬站在阳台上喊小天风回家吃饭，牛牛只好站在马路旁眼睁睁地看着自己的仇人气宇轩昂地独自回家，而小天风也看见叶子正站在敌方的阵营呆呆地远望着他，便恨恨地回瞪了她一眼。

那天晚上，叶子做了一个梦，梦见小天风果然钻到她肚子里去了，令她钻心般疼醒了。关绮云赶紧打开灯问她怎么了。叶子摸摸肚子又不疼了，于是她喃喃地说："莫非是小妖风真的钻到宝宝肚子里去了？"

关绮云帮她擦干脸上的汗珠，对她说："傻孩子，怎么可能？我看你最近食欲不振，晚上常磨牙，估计是你肚子里有了蛔虫，这两天我带你去医院检查一下吧！"

15. 肚子里种西瓜

第二天，牛牛找到叶子，不服气地说："昨天我回家后越想越怄气，一晚上都没睡好。不行，我还得找这疯子报仇去！"

叶子用手轻轻帮他抹去一粒眼泪、灰尘积下来的眼屎，温情脉脉地说："你看你最近都上火了，我去拿西瓜给你吃——"

于是，这天小天风在草地上看见叶子正在耀眼的阳光底下给半躺着的牛牛喂西瓜吃。这是小天风最后一次在叶子身上体会到的绝望和伤心。这本是他应该享受的幸福的权利。

小天风却不知这是叶子为了收服牛牛的牛脾气，给牛牛设计的驯牛课程。她让牛牛吃西瓜却不许吐籽。牛牛问为什么，叶子说如果你把籽吞下去，从嘴里能长出西瓜来，我就会嫁给你。

这牛牛吃完西瓜后，叶子又说，你必须每天让它透光又透气，西瓜籽才能发芽生长。

于是牛牛便每天都开始盼，盼呀盼，为了尽快长出藤来，他每天躺在草地上，张开嘴对着太阳，可是一直都没长出西瓜藤来。尽管如此，有叶子每天如影相随，他仍旧满心欢喜。那段时间，他的童年歌谣竟然改成了"我被青春撞了一下腰，谁把我迷倒，我就把谁推倒……"，叶子听了也不知这是黄色歌曲。

这天牛牛正在草地上斜躺着，远远看见小天风独自出门，正要起身去揍他。

"哇，你这件衣服是新买的吗？你穿着简直就像牛郎一般帅气！"叶子赶紧扯住牛牛的新衣赞美道。

牛牛停下来，骄傲地抡起手臂，夸海口道："对于我来说，其实再好看的衣服都显得多余，再好的布料都会遮住我光芒四射的身体，我只有不穿衣服的时候才最帅气！哇咔咔，哇咔咔！"

　　说完，他又望了小天风一眼。叶子立马又拉住他，从兜里再次掏出一把酒心巧克力来，对牛牛说，不如我们再来玩个游戏。

　　牛牛一脸恼怒地说："我再也不上你的当了。"说完，他又冲动地起身。

　　叶子再一次拉住他，对他说："这次的游戏可不一样！你猜错了，什么都不用做；要是猜对了，这八颗全是你的了！"

　　说完，叶子一颗一颗从兜里掏出，然后两只手捧着。她那张玲珑纤薄的小嘴，她的伶牙俐齿，总是能很轻易地说服牛牛，令牛牛一次又一次心甘情愿地为她奔赴在受苦的路上。

　　这下牛牛便又感兴趣了，张着牛眼睛一眨也不眨地盯着叶子的手，就不信她还能在他的眼皮底下玩出什么花招来！

　　"我猜，八颗。"牛牛仔细地数过，所以满怀信心地说。

　　"我还没说开始呢，我是要你猜我手里握着的是什么东东？"

　　"是酒心巧克力！"这次牛牛捉住了叶子的手，生怕她玩鬼。

　　"错！"叶子大声揭开谜底，"这不是酒心巧克力！"

　　说完，她打开手，然后剥开一粒给牛牛看。

　　"这不是酒心巧克力是什么？"牛牛不服气地说，其实他明明知道酒心巧克力不可能是粉红和黄色的。

　　"你眼睛里是有鸡屎，还是飞进了蚊子？这是酒心巧克力吗？"叶子得理不饶人地驳斥着他。她那张纤薄的嘴有时也会像把驳壳枪，会吐出咄咄逼人的子弹来。

　　"我不信——"牛牛故意转过头去，等着叶子来上当。

　　"不信你试试——"叶子果然中了计，把剥开的那颗乖乖送进了牛牛嘴里。

　　牛牛喵呜一口就把它吞掉了。

　　"好吃吗？"天资聪颖的叶子故意用那双清澈明亮的眼睛专注地望着他。

　　"我还没试出味——"别以为牛都是吃素的，此时牛牛阴笑着，就像一个烧干了的开水壶。

　　叶子只好又剥开一粒给他舔了一下。牛牛赶紧吐了一口口水，挤眉弄眼地说了一句："这到底是什么？怎么味道怪怪的？"

　　叶子神秘地说："这叫宝塔糖，现在是国家一级保护食物了，就算 100 元一颗都买不到了！"

"真有这么贵？"牛牛从叶子手心里拿过来又小心地舔了舔。

叶子一脸认真地说："骗你不是人！这个糖珍贵不是因为好吃，而是吃了可以长得更高更漂亮——"

就在这时，他们两个眼睁睁地看着小天风竟然低着头，双手插在兜里故作深沉地从他们两人中间穿过去……

简直胆子太大了，这明明是对牛牛权威的无视和挑衅！

牛牛顿时傻了眼，待他反应过来，便暴跳如雷地要去追打小天风。

叶子又一把把他拖住："认赌服输，不是事先说好猜错了什么都不许做吗？"

牛牛惊讶得目瞪口呆，赶紧对叶子说："啊！你这人真是任性得野蛮，漂亮得不讲道理……"

叶子等牛牛把她最爱听的这句说完，便把那颗宝塔糖硬塞进他嘴里，牛牛便牛吃草那般有滋有味地咀嚼着，叶子又剥开一颗，两颗，三颗……

"这是奖励你乖乖听话的——"叶子就像喂一头牛那般富有爱心和耐心，把最后一颗也塞进了牛牛嘴里，剩下牛牛就只有等着长高长帅的份了。想到很快他就要比小天风都要帅了，他便抑制不住内心的欣喜。

到了第二天上午，牛牛正懒洋洋地张着嘴晒太阳，突然感觉肚子有些不对劲。

"啊，我肚子里好像有个东西要钻出来，难道是西瓜藤要从下面长出来了？"他兴奋地对叶子说，"你说话要算数啊，你要不嫁给我，我一定会杀了你全家的！"

叶子一听惊呆了，她完全相信西瓜能从肚子里长出来，这是有科学根据的，心想这下可真是在劫难逃了。

于是牛牛坏笑着把手伸进裤子里，要把西瓜藤拽出来给叶子看。扯呀扯呀扯，竟然扯出一条又白又粗又长的蛔虫来，那蛔虫冒着热气的身子还在牛牛手心里左右扭动挣扎着。

"啊！啊！啊！"叶子吓得没命地逃，牛牛也吓得像是握着一条蛇那般把蛔虫甩得远远的，只恨自己不能变成百脚虫那般逃跑。

　　叶子回到家里，赶紧向妈妈汇报科研成果。

　　"你怎么一次给他吃八颗，万一出了问题怎么办？"关绮云责怪她道。

　　"我看他是一头牛，所以比人的剂量多了四倍。"叶子含蓄地回答。

　　——原来，前两天叶子的姑妈来她家，关绮云一脸犯愁地向她倾诉："最近我家叶子肚子里闹蛔虫，也不知给她吃什么药，听说现在的驱虫药副作用都很大，吃了怕影响生长发育。唉，真可惜，现在这个年代已没有宝塔糖买了——"

　　那个年代的人谁都知道宝塔镇蛔妖这个产品。她姑妈赶紧说，正好前不久她在家清理东西的时候找到了一个铁罐子，里面还有三盒之前自家小孩吃剩的宝塔糖。放了这么多年，不知还能吃不，不过那个铁罐子密封得很严实，按道理是还能吃的。

　　于是，她姑妈便把那三盒宝塔糖都拿来了。虽然保存完好，可关绮云不敢冒这个险，所以也不敢贸然拿给叶子吃。但叶子那几天一到晚上就闹蛔虫，可难受了。懂事的叶子便自告奋勇地提出要拿牛牛来当小白鼠做实验。关绮云回想起以前牛牛对她的大不恭敬，便很爽快地答应了，于是就出现了之前的那一幕——

　　接下来，这牛牛被叶子整得没脾气了，他眼中再也看不到仇恨。这头野牛没消气之前，要不是叶子每天把他死死套住，小天风还不被他整死？叶子的脑海总是回响起牛牛说过的那句霸气的话："我可以不找他玩命，但我只要看见你跟他在一起，我就揍扁他！"

　　这就是叶子最大的心机，她在悄悄地保护这唐僧一般细皮嫩肉的小天风。

　　每当她经过小天风时，望见他苍漠如云的眼神，她就翻起一阵阵心动，随着却是委屈的心痛……

16. 荷花的眼泪

这天中午，天气暑热，小天风和小强在樱花树底乘凉。小强见小天风一副无精打采的样子，便很懂事地说："算了，疯子，别惦记那些画片了，牛牛也因为那一堆画片遭到了报应，我们应该庆贺才对！况且，我爸说，留得青山在，不怕没柴烧，既然你已成为画片界第一高手，我们照样还可以东山再起！"

说完，他"砰"的一声又吐出一枚黏着浓痰的硬币来。

小天风看都不愿多看他一眼，起身便走。小强以为小天风要跟他一起去买画片，便紧紧跟随。谁知才走了几步，他们便看见叶子和牛牛正有说有笑地朝他们这边走来，于是，小天风立马掉转了方向。可是，去哪呢？往南走到头是牛牛的山头，而此时小天风只是想远远走出叶子的视线，便埋着头一直朝相反的方向走，直到走到厂区的东头。

他望了望围墙外面，似乎那边是一片他还没开发的新天地。他又四周望了望，看见不远处有一堆废弃的砖瓦，便开始埋头搬砖，小强也不动声色地上去帮忙。

翻过围墙，他们沿着一条小路穿过一片种满红薯的园子，再走过一座低矮的山头，便到了一口清澈的水塘边。水塘里生长着一片清荷，有些荷花开了，粉白的花瓣如霞似雪，如同一位位身着霓裳长裙的仙子在清风中翩翩起舞；有的含苞欲放，几只蜻蜓扇着透明的薄翼，如同一支支灵性的画笔不时地在花尖上轻点几下，将这一幅秾丽的水粉画渲染到了极致。

可真是一花一世界，一叶一菩提。小天风在乡下也见过不少荷花，却从没如此关注过荷花，也从没有过如此深切的感受。来到这里，小天风感觉灵魂就像被清风和河水涤荡，早已六根清净，排除了一切杂念，就像到了另一个世界。于是，他在塘边的柳树下躺下，只想好好静一会。

"看来，你喜欢上了叶子？"小强说完，也躺在了小天风身旁。他总喜欢多嘴多舌，打破小天风的沉静。

对于这个问题，小天风不想回答，却陷入了深深的思索。他不再喜欢叶子，但或许还爱着她。

又一阵清风徐来，池塘里那一层层荷叶翻起一阵阵碧浪，那些摇曳生姿的荷花便吐露出一阵阵感人肺腑、沁人心脾的袅袅清香，令人感到无比惬意。他在想，该忘的，就忘了吧！

突然，小天风看见一条百脚虫就像划龙舟一般向他划来，他赶紧坐了起来，却看见它再接再厉地向小强爬去。

谁知小强只是懒洋洋地瞥了这只小虫一眼，看来他根本瞧不起它！就在百脚虫快要接近的时候，他只是身子微微起了个拱给它让路。

"我不明白为什么你们会喜欢女人，我觉得她们远不如玩游戏、打画片、看动画片，甚至下翻翻棋带来的快乐实在！"当百脚虫顺利地穿行过去，小强不解风情地对小天风说，"而且她们会带来无止境的争执与灾难——"

"你懂个屁！爱情才是王子最高贵的游戏！"小天风不屑地说。

"对不起，任天堂的游戏里根本就没有爱情！"小强强词夺理地与他争辩道。

这一句话惹恼了小天风，他立马气咻咻地起身："再见吧，小强，过去我总是要找无数个牵强的理由才能勉强接受你和我一起玩的事实，而你却只需说出一个理由便能让我坚决地弃你而去！"

"朋友，我给你这些忠告，难道是为了我的健康吗？只是为了你每天睡得更好，玩得更开心！"小强几乎同时坚决地起身。

"谢谢，我感觉我一个人玩得更开心！"小天风对着小强挥挥手。

"行吧，你赢了！以后无论你做什么，我都会跟着你一起做！"小强紧张地跟了上去，却看见小天风突然脱掉衣服和裤子，只剩一条内裤，然后跳进了塘里，开始采摘岸边的荷叶，而那荷秆太扎手，令他几次都把手弹了回去。

小强也不知他为何摘荷叶，却不敢多问，估计他只是为了好玩，或许也是为了考验自己吧！小强赶紧机警地把自己的上衣脱下来，给他包手。

这倒是个好办法，看来这小强有时还怪机灵的。自从小天风用衣服包住荷秆后，摘荷叶便顺利多了，一会就摘了好几片。小强便又乖巧地上去帮他接过才摘下来的荷叶，整齐地码在岸边，及时地挽回了小天风与他的友情。

摘了一会，小天风突然停住，瞥了小强一眼，那意思是提醒小强似乎忘记刚才说过什么话。小强顿时觉悟，立马也脱掉了外裤像只鸭子般扑腾扑腾地跳入水中，这下两个人才开始全面合作了。

当把岸边的荷叶摘完后，他们便渐渐向塘中间移去，随着水越来越深，两人便紧紧地牵住一只手。

突然，小天风听到小强"啊啊啊"乌鸦三叫后，水面上便不见了小强的人头，他赶紧拉着小强的手拼命往回拽，却感觉小强像只水鬼一般，用更强大的力量把他也拖下去……

当整个世界安静得只有水声在小天风耳边回响，他便感觉自己已沉入了一个水中的天堂。他睁开眼睛，看见秀明哥正牵着月见姑娘的手在他眼前飘逸地游过，他们如此欢欣，如此惬意，就好像在天空中飘飞……

回过头，他又看见小强在水中挣扎那狰狞的鬼样，心想这一切都完了，他不该连累朋友的，但即使做鬼，他都会还小强这个人情……

就在这时，他又看到眼前一亮，从明亮世界漂来一朵莲花，不断地向他漂近。他果断地抓住莲花的花梗，立马感到整个身子似乎被一种神秘的力量所接受，不断地拖着他和小强往岸边靠拢……

紧接着，那花梗又换成了一只莲藕一般洁白无瑕的手臂，给小天风注入了新的生命力量，拖着他就像拔出萝卜带出泥那般把小强也拉到了岸上，两人终于化险为夷。

"吐吐吐……"小强一上岸便仓皇地甩着头吐出喝进去的水。此时，小天风望着面如荷花的姑姑，羞愧得无地自容。

"你们两个在这里干什么？"何凝香望了望岸边满地的荷叶，惊讶得说不出话来，"你们这是在摘荷叶吗？多么危险呀，要不是我正好赶来……"

小天风摸了摸头，愣着回了一句："你不是需要荷叶吗？"

小天风说完，何凝香哭了，一把感动地把小天风抱在怀里。那上天的眼泪落在小天风身上，打得他心痛，并且感到天上的幸福。

这一刻，他相信何凝香果真是他亲姑姑，并且深刻体会到：如果每一个人都投以木桃报以琼瑶，那么整个世界就会变成一片芙蓉王国。其实人与人之间的美好才是天堂。

"姑姑，我求你千万别把这件事告诉我爸妈——"小天风最后才提出他看似合理的诉求。

"姑姑，要我爸知道了，会打死我的，我还不如跳回塘里淹死去！"小强也像个小女人那般嘤嘤哭泣着说。

"可是，你们没大人管，这样太危险了！"何凝香愣了一下，一脸的宽怀慈爱，"这样吧，你们只要保证以后绝对不玩水了，我就不告诉你们的父母！"

小天风和小强那头点得就像小鸡啄米似的，两人交替着说："一定、一定！我们保证以后绝对不玩水了！"

回家的路上，小强仍是一副垂头丧气的样子，小天风却早已坚定起来，再三和他交代道："这件事你千万不能让你爸妈知道，没被淹死已经很幸运了，要被打死就更不值了！"

小强连连点头。

小天风回到家里，赶紧把湿短裤换掉，晾了起来。小强却没那么幸运，一进家门他爸早已等在那里，一眼就瞟见他湿漉漉的上衣和外裤上渗出的水迹。在他爸的严刑拷打下，小强当然是把责任全都推给了小天风，害得小天风差点没被他爸打个半死。

小天风以为这样就结束了，当他妈下班回到家，听说这件事以后，顿时气疯了一般，又把他重打了一遍，甚至他爸都拉不住，先是打断了晾衣架，后来又打断了扫把，最后拿出了铁锅铲才被任飞扬死死拖住。小天风就像是背负着上天的使命，一直咬着牙默默承受着，一滴泪也没流，而最后打完哭的那个人竟然是刘云婵。

同源的泪水总是有牵引作用，当妈妈的泪水如同大河泛滥的时候，小天风便再也忍不住心中那条隐秘的溪流，那潺潺泪水像是在无声诉说着这一种无可替代的亲情。

这也是小天风有史以来第一次见他妈对自己发脾气，怪不得就连他爸到了关键时候也会让着她。原来女人真是母老虎，发起威来远胜过一切男人。

见到小天风在哭，刘云婵便一把抱着他大声恸哭起来。那哭声彻底震撼他的心，这次，他彻头彻尾相信他是妈妈亲生的了。

"唉，早知你比我还冲动，我就不该浪费这么多气力！"任飞扬也叹着气劝慰刘云婵道。其实打在小天风身上，更痛在任飞扬心上，因为他说得最多的那句就是："风子就是我生命的传承和延续。"

"都怪你！为了自己省事，纵容他不上幼儿园，他才会做出这么胆大包天的事情……"刘云婵一边抹着眼泪，一边把所有的罪责都转到了任飞扬身上。

任飞扬立马恼羞成怒地转向他儿子，吹胡子瞪眼睛地大声训斥他道："风子，还不给老子跪下认错，并且保证以后听爸妈的话，多做家务，多孝顺父母，好好在家读书，老老实实，勤勤恳恳，保证以后不再下水，不再做任何危险的事情，省得父母为你担忧！不然，老子明天就送你去上幼儿园！"

"老子送你去上幼儿园"这几个字在小天风听来就好比是"老子送你上西天"，这几个月天马行空，逍遥自在惯了的小天风立马抹干眼泪，"咚"的一声跪了下来，那头磕得就像跪在西天大雷音寺的宝殿似的……

为了杜绝小天风再私自下河，晚饭后刘云婵又耐心地吓唬他道："你知道吗？每条河里都有水鬼，要把另一个人拖下水去，换走他的灵魂才能重新投胎，所以呢，小孩子不可以玩水的，更不能下河游泳——"

于是小天风勇敢地告诉他妈，他在水中看见了秀明哥，这话却把他爸吓了一跳。

"喂，风子，怎么可能？任秀明就算落水也是落在乡下的水塘里，怎么可能还特意坐车跑来城里？你肯定是脑子进了水吧？"

"是真的！"小天风信誓旦旦地说。他爸听了打了个哆嗦。

"对于水鬼来说，所有的江河湖海都是相通的。说不定秀明哥见是你，才没把你拉下水去，所以你日后更要好自为之——"刘云婵说教时，那语音，那神态，简直就像观音菩萨诵经一般，甚至整个屋子里还余音袅袅，小天风听了只得连连点头。其实倘若真是秀明哥要拉他，小天风一点也不会害怕，甚至心甘情愿下水去替换秀明哥。

刘云婵说的这些也与小天风曾在乡下听到的有关水鬼的传闻大同小异。大人们说故事时的绘声绘色，也从此让小天风心中留下了水一般的阴影，从此对水敬而远之。而这些童年的故事穿插了任天风的一生，像厚重的夜色映晃在他童年的梦境……

晚上，忘了皮肉之痛的小天风躺在床上，唯一感到欣慰的是：小强至死都没有出卖姑姑，只出卖了他。他总是无法对小强作出精准的评价，有时候挺让人感动，有时候又遭人嫌弃，但这人终究是靠不住的……

当他闭上眼睛，仿佛又看见秀明哥和月见姑娘在水中游弋飘飞的那一幕，心中不禁有了许多疑问：难道他们两个真是被水鬼拖走了吗？难道秀明哥真是不舍得把他拖走？

但只要他们在另一个世界过得逍遥快活，寂静幸福，小天风便会在这个世界为他们默默祝福……

从那天开始，何凝香总是会莫名其妙地给小天风家送来荷叶八宝饭，而他爸总是会自作多情地以为，是他男人的魅力起了作用……

17. 猴王秘笈

这天早上，小天风醒得特别早，果然看到牛牛跑来他们院子练武，正练得呼呼生风，口里还嚯嚯有声，他是为了向院子里的小伙伴们示威，确保他的江湖地位，还是为了在叶子面前显得能干？想起小强所说的"铁牛破埂"的神威，总之，多一事不如少一事，惹不起躲得起，为了逃避叶子，并且尽量避免与牛牛争锋，小天风把他的活动范围转移到厂区东墙外新发现的那一方乐土。

没多久，那些不堪牛牛欺凌的小伙伴们也开始跟随小天风和小强，迁移到东墙外来玩。

这天，他们在园子里挖了一堆地瓜，便在山上烧了一堆火来烤着吃。

正当他们烧火烧得开心的时候，牛牛突然举着一根棍子，棍子上顶着一个骷髅头，撒开牛蹄子便冲了过来，吓得小伙伴们没命地四处逃窜。这牛牛就像一个魔影一般，无处可逃的存在。

小天风才跑了几步，惦记着快烤好了的地瓜，赶紧喊住小伙伴们："跑什么，他又没疯牛病，只不过吓唬吓唬我们罢了！"

小伙伴七嘴八舌地说："不是怕他，是怕那个骷髅头啊！"

小天风仰着头不屑一顾地说："那不过是个假的，有什么可怕的！"

牛牛在火堆里翻了翻，见那些地瓜还没烤熟又故意走开了。

牛牛走后，小天风和小伙伴们又回到了篝火旁。可是没多久牛牛再次高举着骷髅头跑过来准备收获"战利品"，生怕地瓜烤熟后被他们吃了，只是一不小心绊在一块石头上摔倒了，那骷髅头便骨碌骨碌地滚到了小伙伴们中间，像个核弹似的吓得小伙伴们炸开就逃。而那牛牛竟然一直趴在地上像是睡着了一般，过了老半天才狼狈不堪地爬起来。走了一步，感觉抽筋腿麻，却又怕小伙伴们笑话，强忍着巨痛装作没事般走到他们看不见的地方，然后才一瘸一跛回家。

小伙伴们愣了半天，没人敢笑。当牛牛走远以后，他们才敢去看那个骷髅头，看了一眼又害怕地转过脸去。

"这有什么好怕的！"小天风得意地一手抓起骷髅头，那真实的骨感又吓得他赶紧松开手。当那骷髅头再次滚落的时候，小伙伴们又异口同声地发出一声惊呼。

小天风麻起胆子捡了一根棍子将骷髅头拨过来看。那骷髅头面目狰狞，却三分似人，七分像猴。

"这应该是个猴头骨，不可能是人的。"小天风下定义道，正准备一脚像踢足球那样把那个可怕的头颅踢走，却突然想起乡下"他爹"曾对他说过死者皆有灵，所以每一个人都应该对死者尊重。于是，他想了想，或许是牛牛从这座荒山的哪个墓穴里掏出来的，应该把它物归原处。

他和小伙伴们围着这座山找了一圈，却没找到一个坟墓。小天风也不想那么麻烦，干脆就找了一片看上去风水还不错的林子准备把骷髅头埋了。

他选了一个土壤比较松的位置，开始用棍子刨土。刨着刨着，似乎挖到了一个硬的物体。小天风刨开一看，竟然是一个装书的匣子。他小心地打开匣子，匣子里竟然是一本古书，上面写着：猴王秘笈。

小天风拿起书随手翻了翻，里面都是繁体字，别说其他人看不懂，就连小天风也不甚明白。但看里面的图画，更像是一本拳谱。于是，小天风如获珍宝般把匣子收了起来，然后把那骷髅头端端正正地放进那个坑里埋好，用土压紧，和小伙伴们毕恭毕敬地拜了三拜才离去。

　　回到家里，小天风迫不及待地把那本书交给他爸，然后跟他说了今天的奇遇。任飞扬听完小天风的故事，便随手翻了翻那本书，顿时吓得大惊失色，当即要小天风领他去指认那个埋了骷髅头的林子。

　　到了小天风指认的地方，任飞扬刨开土，却根本没见到小天风所说的那个骷髅头，只有那怪异的风声在耳边嗖嗖，就像是从远古吹来的，吹得任飞扬心里也发毛。

　　小天风抠了抠头，觉得简直太怪异了，明明是把骷髅头埋在这里的！难道是自己找错了地方？他四处张望，望见一个与此相似的地方，可是到了那里，他又可以立马确定不是埋在那里。

　　难道是出了鬼？或者骷髅头是被哪个挖走了？又或者在地下化成了泥？一连串的问号令小天风非常困惑，而对于任飞扬来说这更像是一部《天书奇谭》。

　　任飞扬也是个喜欢寻根究底的人，他记起之前向牛牛妈承诺过的赔偿，便买了一袋水果去看牛牛，也是借机去看一下他那凄艳绝美的妈妈。

　　牛牛妈假装推让地接过任飞扬赔的钱后，却满心欢喜，和任飞扬打毛衣般眉来眼去几个回合后，任飞扬突然想到很多后果：两个老婆会让他活得很累，他那点微薄的工资和外水要是分来养牛牛母子，以后就会连请狐朋狗友喝酒的钱都没了；万一被别人知道，他吃几十年斋便被这一碗狗肉送终了——当到处是风言风语，刘云婵肯定会跟他离婚，小天风也会不认他，而牛牛长大了会跟他翻脸，牛牛妈这么风骚，一定会把他的钱耗完又跟其他男人跑了，最终他会落得众叛亲离，孤独终老……

　　想到这，他及时地刹了车，起身去看正躺在床上呻吟的牛牛。这下牛牛终于老实了，看来他伤得不轻。

　　见了牛牛，任飞扬干冷地笑了笑，又假装很严肃的样子询问牛牛这天中午的大致情况，以证实小天风有没有说谎。

　　结果牛牛所说的情况基本与小天风陈述的一致。任飞扬问那骷髅头哪来的，牛牛说他爬山时扳动了一块石头，滚出一个骷髅头来，把他吓得半死，于是他才想到用这个骷髅头来吓小天风他们。

任飞扬问骷髅头是不是牛牛后来又去挖走了，牛牛指天发誓说他摔伤后就回来了，再也没有出去过。

而小天风也问了其他小伙伴，他们都信誓旦旦地宣称再也没去过那座荒山，更别说有这个胆子挖走猴头骨。

回到家里，任飞扬便开始潜心钻研那本《猴王秘笈》，希望能从这本书上找到所有关联与线索。打开第一页便让他感到震惊，只见扉页上写着：猴王会风，可以转世。

翻开第二页便是《猴王志》，他默念着：

猴王为风与石之子，风为空中之灵，石为大地之躯，乃集天地之精华，为世间之灵长。

一千五百年前，天降雷灾，为见性明心；一千年前，天降火刑，为动心忍性；五百年前，天降飙风，为坚定不移；一千五百年中，历经九九八十一难，终成正果，成为斗战胜佛。此后以五百年为一轮回，五百年后，雷中重生；再五百年，火中涅槃；再五百年，风中转世。

任飞扬一算，这唐僧师徒四人是公元500—1000年修成正果的，往后推1500年，不正是将在公元2000—2500年间风中转世吗？

再往下看，看到这句"借助于风哨，可以唤醒一切沉睡的灵魂"便又令他疑惑不解了，而后面全是猴王拳谱，看起来也只是些平常武术而已。

"借助于风哨，可以唤醒一切沉睡的灵魂。什么是风哨呢？书里面怎么没有解释？"任飞扬一边默念着，一边像只猴子那般把书翻来翻去，小天风突然在他耳旁打了一个响亮的呼哨，吓了他一跳。

"你，从哪学来的？"任飞扬一脸惊异地望着小天风，从不知道他儿子还会这一手，这儿子真不像他亲生的。

"是秀明哥教我的。"小天风镇定自若地说。

"风子吹出来的哨子，这不正是风哨吗？"任飞扬突然彻悟，所有这些巧合合在一起就像是一种天意，令人无法深信也无可置疑，"以前老子总是担心你哪天武功超过了老子，老子便管不了你！不过，这次看来你妈比老子武艺高强多了，万一我和你妈哪天哪一个打不过你，我们还可以来个双剑合璧和你拼了！这样吧，风子，从今天起老子开始教你练拳，不过你要切记，练武只可用来强身健体，不可用来惹是生非，不然老子随时把你武功都废了！"

任飞扬一说完，小天风便拍着手雀跃欢呼道："好呀，好呀，我还要学青蛙王子功！"

"以前我只听说过猴拳，却没听说过什么猴王拳法，我先按这部拳谱教你，顺便探寻其中的奥妙再说吧！说不定这套拳法比我自创的青蛙王子功还要厉害得多！"

"遵命，师父！"任飞扬才说完，小天风便已像电视里那样跪地参拜了。

从那天开始，任飞扬一有空便照着拳谱来教小天风练拳。这小天风本身聪慧好学，加之对孙悟空的崇拜和天生的那颗扶弱逞强、行侠仗义的侠义之心，所以练起来也尤为刻苦用心，进展也特别快。

18. 充气娃娃

接下来这些天，小天风每次见到叶子，都看到她手里拿着一个蒸红薯在啃。

这天是周六，小强放假了，看见叶子在吃东西，便流着鼻涕和口水一直望着她。

"讨厌，看到你我都吃不下了！"叶子像驱赶瘟神一般驱赶他。

"你吃不下了我可以帮你。"小强饿鬼般伸出手来。

"我只剩这最后一个了！你去讨好牛牛，他准送你一大堆！"叶子捂着蒸红薯小气地背过身去，"牛牛说，只要是他喜欢的和喜欢他的人，吃完了他又去挖——"

像小强这么有骨气的人怎么会去讨好牛牛？于是，小强叫上小天风准备合伙去挖红薯。

于是，小天风和小强带着工具一起来到东墙外的这片红薯地，惊讶地发现有一大块地就像被地老鼠翻过那样，到处都是坑坑洼洼，而之前见过的那位卖红薯老人正对着这满地狼藉，唉声叹气地说："唉，这块地种红薯都有人偷，那就只能种牛痘了！"

这简直是太巧了，原来这块地竟然是那个卖红薯的老人的，这世界有时候小得就像一个园子一样。

小强见了老人，吓得赶紧把作案工具藏在身后。

一提到种牛痘，小天风立马就联想到牛牛。

于是，他想了想，便鼓起勇气走上去，不好意思地对老人说："老爷爷，对不起，我们也在这偷过几个红薯，您不要难过，我愿意帮您把偷红薯的贼赶走——"

老人回过头见到小天风，立马摸了摸他，换成了一脸欣喜。

"原来是你哟，如果你要吃，这地里的红薯都是你的！"老人乐呵呵地说完，又陷入了遥远的思忆之中，"对了，我怎么再也没见过孔老师了？前一段日子，我找她找得好辛苦呀！唉，过了这么多年苦日子，但只要看到她呀，便觉得这世间不再有苦了！她在哪里，哪里就是仙境，我向来都是不羡柴米油盐只羡仙呀！"

老人一说完，小天风就低头不作声了。看来，仙女给每个凡人带来的感受都是雷同的，给整个人间带来的失落都是均匀的，就像一场不知时节，无边无际的雨。

两人失落地回到院子，小天风便与小强商量着向老人承诺的事情。如果不能将功补过，小天风会觉得无比愧疚。

"对了，听叶子的意思，今晚牛牛又会行动——"小强兴奋地提醒小天风这个重要的情报。

"嗯，牛牛是个没道德界限，很扒家的人，不把这里的红薯刨光他是不会善罢甘休的！料他也不敢光天化日之下，明目张胆地偷，所以我敢肯定，他一定是晚饭后才来……"小天风似乎已对牛牛的习性了如指掌。

"那怎么给他点教训，令牛牛从此都不敢再偷了呢？"小强便一直在搔头，然后又突然兴奋地说，"对了，我家有一个长得鬼一样的充气娃娃，要是牛牛晚上见到一定会吓得没命地逃，尿都会拉在裤子里！"

见小天风一脸不相信的样子，小强吊着鼻涕，信誓旦旦地说："骗你是猪！这个充气娃娃吹了气之后有我妈那么高，长得简直就和真人一模一样，只不过晚上见了有点吓人！"

"我怎么知道你妈有多高啊，是不是跟叶子一样高？"小天风不屑地说。

"怎么可能？"小强怒斥道。

见小强有些生气了，小天风赶紧改口道："难道你爸妈离婚了？我怎么从没见过你妈？"

"没离婚，只是分手几年了——"小强那声音立马就低下了。

"我家也有一个很大很恐怖的变形金刚，也很吓人的，我晚上也拿出来吧！要是你那个娃娃没把牛牛吓死，我这个说不定可以补一刀！"小天风说完，两人便各自回家了。

吃完晚饭，两人便一起又来到那块红薯地，小强借着月光，看了一眼小天风带的变形金刚。

"哇，这个变形金刚是你爸做的吧，做得这么丑，确实怪吓人的！"小强见上面还有个电源按钮，一打开，那变形金刚的两只眼睛便鬼火般一闪一闪，两条腿还可以笨拙地走路，并且发出"霍霍呀"那样磨刀霍霍的怪声，像是大笑，又像是特意为了吓退敌人。

"这么大的变形金刚要是很帅就很贵了，我爸可没那么多钱买这么帅的……"小天风一脸心酸地说，心里却暗暗发誓以后要赚很多很多的钱。

小强拿出他的充气娃娃开始吹起来，看上去很费力的样子，于是两人轮换着吹，吹呀吹呀，两个人吹得都快虚脱了才把充气娃娃吹起来。

这时，借着月光才发现她赤裸的身子简直跟真人一模一样，令两人都感到有些害臊。

"糟了，我忘了把她的衣服带来了，每次我爸都是把她吹起来后才给她穿衣服的！"小强不好意思地摸着后脑勺说。

"你爸给你买一个这样的玩具？"小天风一脸鄙视地望着小强，那娃娃比小强都要高出一头多了，显然不适合小孩子玩。

"我爸说没妈的孩子不利于身心健康，就买了这个娃娃回来，有时陪我看看电视，有时让我抱抱，到了睡觉的时候他便拿走，说妈妈必须跟爸爸睡。后来爷爷经常来我家，爸爸便把充气娃娃消掉藏在衣柜里，说我已长大了，再也不能玩娃娃了——"小强说完，银色的鼻涕在月光下一晃一晃，"反正扔在家里也没什么用，现在拿出来吓人再合适不过了！"

说完，小强现场演示了一下。只见他用手抠住充气娃娃底下的一个洞眼，用它挡住自己的身子。他蹦了几下，果然只能看见充气娃娃在蹦，那披散的头发还跟着一抖一抖的，它那张艳俗的脸在月光下显得十分狰狞，是怪有吓人效果的。

果然，没多久便看见牛牛哼着幸福的歌谣沿着山坡下的一条小路走上来。只见他把一个编织袋顶在头上，一手拿着小钉耙，一手握着电筒，走路就像一只鼹鼠般摇摇晃晃，那姿态就好像上他家园子挖菜一样随意大方。小天风和小强赶紧各自在一棵树后和一条沟壑里隐蔽起来。

牛牛走近，见一个黑影向他蹦来，赶紧用手电筒一照，吓得大喊一声"妈呀"，便条件反射般朝那个女鬼狠力一钉耙挖去，转身就逃。没逃两步，似乎听见漏气的声音，又好奇地转过头去望，却望见这边一个眼睛像鬼火，笑起来磨刀霍霍的黑影向他走来，吓得他丢盔弃甲，编织袋和小钉耙也不要了便落荒而逃了……

本应该为计划的成功实施而庆贺，但那个漏光了气的娃娃此时变得就像一个办丧事即将要烧掉的纸人一样，令小强捧着它怎么也笑不起来。

"怎么办？我爸知道了会打死我的！"小强哭丧着脸问小天风。

"这个好办！你一会到我家阳台外面等我——"足智多谋的小天风回到家后，没多久便打开阳台门拿了几张膏药递给小强。

第二天，小天风见到小强时，他浑身都贴满了膏药。

19. 幸福玩伴

这天，任飞扬在院子里正巧碰见叶子她妈，难得与她单独遇见，便停住与她说话。

"绮云，最近还好吗？"任飞扬对着她，一下就换成了琼瑶剧里独有的，那张情真意切的脸。

"嗯，还好。"关绮云淡淡地说。

"时光真是一把明晃晃的杀猪刀，转眼就过去快十年了。要是那时我们的小孩没打掉，比风子和叶子加起来都要大了——"任飞扬无限唏嘘地说完，又一往情深地望着她，"我以为我能忘记，可是血管仍渗析出有关你的记忆，它们不断结晶，渐渐堵塞我的心脑血管……"

"你不会这个年纪就有三高了吧？"关绮云惊诧地问他。

任飞扬含蓄地点了点头。

"我最佩服你的就是，你得个病竟然都这么诗意浪漫，任性不羁！怕是每天跟着领导大鱼大肉、抽烟喝酒得的吧？"关绮云冷嘲热讽地说。

"没别的，我是一个念旧的人，只是那一段感情永远都忘不了——"任飞扬眼神有些凄迷，显得颇有些伤感，"或许那时你不离开我，我们可以过得比现在更好……"

就在这时，叶子她爸罗牧夫远远地朝他们走来。罗牧夫在厂里做检修，整天穿着工作服，整得像个超级玛丽似的。与整天西装革履、皮鞋锃亮的任飞扬相比，任飞扬英俊潇洒，风流倜傥，整天跟领导在一起，还有个人见人爱、花见花开的万人迷儿子。

任飞扬见了罗牧夫，仍然神情自若，游刃有余，他迎上去大大咧咧地与罗牧夫握手打招呼："老罗啊，我正在跟你老婆商量，既然你家叶子和我家风子是好朋友，不如这个周末我们两家人一起去麻布大山消暑钓鱼去……"

到了周末这一天，任飞扬一路吹着青春飞扬的口哨，开着车奔驰在乡间的柏油马路上，不时地从观后镜里望一眼关绮云，感觉蓝天白云都如此接近。

而小天风和叶子坐在后面一直闷声不响，任飞扬便轻浮地问了一句："怎么了，你们小两口又吵架了？"

小天风赶紧把身子朝另一边挪了些。想到任飞扬跟厂领导关系特别好，罗牧夫笑了笑，故意把叶子的手搭在小天风的大腿上，小天风又往关绮云那边挪了挪。然后罗牧夫再次把小天风的手搭在叶子的大腿上，小天风的手指触动了一下，又不自觉地缩了回去。

小天风一直故作不理地望着车窗外，叶子也是一脸凄惘，毫不动容地望着窗外的景色，煦暖的风左右飘摆着他们的头发和如云的思绪……

车子在麻布大山脚下停下来，老贾和一位朋友已站在门外迎接了。此时的老贾头发梳得油光可鉴，已完全是一副商贾派头。

"任兄，真的感谢你，要不是你帮我办好许可证，我的生意哪能做得这么红火！"老贾春风满面地说。

"说这些干吗？咱们不是好兄弟吗？"任飞扬拍了拍老贾，老贾便带他们去里屋参观了一圈。

小天风进屋时看见那只尊老爱幼的大狼狗无精打采地坐在门口，只是悲戚地望了他一眼，小天风感到有些纳闷。

进到里屋，那些野生动物便一阵躁动，看来这里比之前热闹多了，动物的品种也增加了许多。而小天风最关切的当然是那只孔雀，当他迫不及待地跑去那个笼子看，却看见笼中空空，那音乐也在空气中凭空消失了，令他感到无比失落。

"走，饭菜都已上桌了，我们吃完饭再看——"老贾说完便领着他们来到地坪的一张酒桌前，桌上已摆满了好酒好菜。

当所有人坐定之后，任飞扬便跟老贾介绍了叶子一家，然后老贾也跟任飞扬介绍他身边的这位朋友："这是我一个很好的朋友，他想在市区办一家猴园，恐怕这手续还得麻烦老兄您了！"

任飞扬拍拍胸脯，豪气万丈地说："你老贾开口的事也就是我的事，这还用说！"

"来呀，感谢各位光临寒舍，我先敬大家一杯！"说完老贾便和那位朋友一起向各位敬酒，"咦，两位嫂子怎么不喝呀？这可是真材实料的龟蛇酒，不仅男人喝了滋阴壮阳，女人喝了也补身养颜，说起这龟蛇酒呀，哪都没麻布大山的正宗，如今哪有这么多土蛇土龟！哈哈！"

刘云婵和关绮云赶紧起身连连推辞，而罗牧夫来者不拒，站起来咣咣接连喝了三杯，立马就红光满面了。

敬完酒，老贾便和任飞扬一边吃一边谈事，而老贾的那位朋友一直坐在那里埋头不语，显得心事重重的样子。小天风瞟了他一眼，总觉得他那张坑坑洼洼的脸既充满沧桑，又显得很冷漠的样子。当他回望小天风一眼，那冷光让小天风感到有些害怕，赶紧把脸偏向一边，却看见那条大狼狗就趴在不远处的树荫下乘凉，仍旧是一副精神萎靡的样子。

见小天风一直望着那条狗，乖巧的叶子赶紧把桌上几块啃过的骨头向那只狗扔过去，那狗转过头去，根本就不理会。小天风估计是它嫌叶子太小气，便下了点狠心，偷偷地把他妈夹给他的一个鸡腿扔了过去，谁知那狗嗅了嗅后，立马就"呜咽"一声惨叫，远远跑开了。

而这一幕恰好被老贾看见，他摇摇头叹口气说道："唉，我家真儿呀，就像我一样对人太真了！这里的动物养久了，它都会产生感情。倘若我要杀哪只动物，它就会对着我不停地呜咽，阻止我来杀，所以每次我只得背着它来杀。谁知哪怕弄熟后，真儿也能闻出它们的气味来，不仅不会吃它们的肉和骨头，还会悄悄流泪。今天你们来，真儿就是因为杀了它的朋友而伤心。"

说完，见整个气氛好像被他渲染得有些悲怆伤感了，赶紧起身给各位夹菜："大家多吃菜呀，你看这菜还没怎么动，唉，都怪我没介绍，这个是麂子肉，这个是红焖野兔，对了，人说地上老鳖，天上孔雀。见任兄还有贵客到来，我把那只一直舍不得卖掉的孔雀都弄了，本来还想弄个猴脑给你儿子补补……"

话才说到这，老贾突然感觉在座的有两位脸色都变了，立马打住。任飞扬和罗牧夫赶紧一人夹了一块孔雀肉塞进嘴里。

"嗯，又嫩又滑，鲜美可口，好吃！"任飞扬抹了抹胡子上的油光说道。

"嗯，果然味道不凡。"罗牧夫吃完也赞不绝口。

小天风怎么也没想到他一直憧憬着的，这么高贵的一个生灵就这样变成了一碗肉，最后将成为一坨屎，不禁眼泪扑簌放下筷子跑到一边去了。

"怎么了？"其他人都惊奇地望着小天风，任飞扬赶紧向小叶子使了个眼色，叶子便积极地跑过去拉伤心欲绝的小天风，小天风任性地转过身子不让她拉，最后叶子一把抱住了小天风，令在场所有人都哈哈大笑起来。

"你干吗呀？"小天风竭力想挣脱她。

"你不是说我不懂爱情吗？爱情就是我抱着你，不许你哭！"说完，叶子抱得更紧了。

"行了，我要去吃饭。"小天风果然不哭了，叶子这才放开他。

小天风回到桌边，妈妈帮他擦干最后一点零星的泪。

"小唐僧，你也太敏感了！叔叔是开玩笑的，这孔雀是国家保护动物，怎么能吃呢？要真是孔雀肉，森林公安早就把叔叔抓起来了！其实贾叔叔早就把孔雀放飞了，但为了满足青蛙王子想吃孔雀肉这个假想，所以特意弄了一只野鸡来代替，其实我第一口就吃出来了，但为了把这个游戏玩得更真实一些，所以谁也不能说穿，不信你问贾叔叔！"任飞扬巧舌如簧地解释完，又对着老贾挤了挤眼睛。

老贾这才醒悟过来，赶紧尴尬地一笑，连连点头道："是呀，是呀，要说穿了这个恐怖游戏就不好玩了！"

就连罗牧夫此时也回味过来了，帮腔道："我是说这肉吃起来有点粗糙，哈哈，癞蛤蟆想吃天鹅肉，青蛙王子想吃孔雀肉，这游戏好玩！"

小天风犹疑地望了他们几个一眼，明知他们几个神色异常，一定是合伙来骗他，但在无法更改的事实面前，他宁愿相信美好的谎言。于是，他什么都不说了，却不肯再拿筷子，仍旧一副郁郁寡欢的样子，只是不时好奇地望老贾的那位朋友一眼，总觉得这个人很面熟，而那人自始至终都板着脸，不动声色地坐在那里吃饭。

吃完饭，两个大男人戴上太阳帽和墨镜坐在塘边开钓，两位家庭主妇便躺在不远处树荫下的竹椅上睡午觉。老贾安排好他们，便和那位朋友匆匆离开了。

"小风，要不要午休一下？"刘云婵召唤小天风，他扭过头去。

正午，呆呆的烈日映在池塘里令天地旋转。小天风双手插在兜里，站在阴翳的树荫下望着池塘发呆，一会望着池塘，一会阴着眉头看云，就像仍沉浸在失去孔老师的悲伤里。

叶子在一旁望着小天风，尽管以她霸道的性格，最恨小天风对她一副不屑的样子。但很快她就服输了，不仅仅是因为她喜欢小天风，更主要的是因为他有才华，有主见，有情调，喜欢冒险，不受约束，绝对是一位最佳的幸福玩伴。

以她所知道的小天风的性格，看来还得她来主动。

"你为什么不理我了？"叶子轻轻在小天风耳边呢喃道，仿佛他们童话的爱情又开始了。

小天风仍在发怔，就好像睡着了，默默地静立着。池塘里倒映着两个姿影，一个就像站在悠晃的水中，一个就像站在空蒙的天空里。

"你知道的——"过了半晌，小天风才淡淡地回了一句。

"我不知道，我要你说——"叶子硬拽着他的手，就当他的一字一句是金口玉言似的。

"你要想我理你，就不要再理牛牛了！"小天风说完，冷冷地转过身去。

"如果你对我比牛牛对我好，我就不理牛牛了，好不？"叶子轻摇着他的手。

"你到现在还没发现，他只是对你百依百顺，像头小绵羊，而对其他人简直就是一头疯牛！"小天风恨恨地说。

"人家不管你对别人怎样，只要你对我好就行了，好吗？"叶子忸怩着身子，拨浪鼓般摇着他的手，撒娇般嘟哝着。

"看来你也疯了！"小天风生气地甩开她的手，继续把手插在兜里，转身要走。

"好啦，好啦，我也可以一切听从你，但是你不要不理我！"叶子又赶紧上前夹着他的手臂。

小天风这才不自觉地把手从兜里掏出来。

"我刚才发现山上有很多漂亮的叶子，我们一起摘叶子去！"叶子说完，小兔一般一蹦一跳地挽着小天风的手往山上跑去。这次，小天风没甩开她的手。

他们跑到一片银杏树林，叶子在地上捡起一片金黄色的银杏叶，小心地把它放在小天风的手心。

"这是我的心，我现在把它交给你——"叶子一脸郑重地说。她的小名叫叶子，她总是认为自己就是叶子的化身。

小天风一脸茫然地望着她，像是望着一个似懂非懂的谜。

于是他又爬上树去摘了很多片银杏叶交给叶子，叶子愣了一下，然后坐在树荫下摊开一堆树叶开始摆弄了起来。

"你看三片银杏叶合在一起就成了一个圆。"叶子像是在小天风面前展示她的最新成果。

小天风把两片反向合在一起，说道："你看两片合成一只蝴蝶不更美吗？"

叶子又把很多片银杏叶摆成了一个扇形，说道："你看，这样多像一只绿孔雀——"

小天风赶紧生气地说："孔雀应该是五彩的，哪有绿孔雀？"

俄而起了一阵风，将地上所有的叶子都吹散了，小天风赶紧去追那些被风吹远了的叶子。回来时，见叶子仍端坐在那里，托着下巴，一动不动地在遐思。

"你说，是不是所有的叶子都逃不过同一种命运呢？"叶子突然无限惆怅地说。

"什么命运？"小天风望着她，一脸愕然。

"被风带去远方，然后在一个无人的角落默默腐烂，直到消失——"叶子童年时就是一个如此多愁善感的人，总是高兴着高兴着就转向了悲伤，在你还来不及悲伤的时候。

"我有一个办法可以将叶子永远保存——"小天风突然回想起孔老师上美工课时教过他们做叶脉书签。他这才意识到原来上幼儿园可以学到这么多有用的东西，甚至开始担心这么久没去上幼儿园，很多方面都要落后于其他小朋友了。

想起孔老师，小天风又无限感伤起来。

"你看，那边有很多枫叶——"叶子站起来瞭望远处。

于是，叶子又兴奋地拉着小天风又蹦又跳地跑过去，摘了很多各种各样的叶子回来。

午后的太阳已经没之前那样晃眼了，小天风把搜集来的树叶都小心地装进妈妈的手提袋里，然后拉着叶子一起来到一片一望无际的油菜地里尽情地玩耍，追赶蝴蝶。

油菜籽散发出亲近心灵的芬芳，在那广阔的天地里，小天风感觉他们的灵魂就像被涤荡过一样。

在那万里晴空之下，当他们对望时，他的眼里只有叶子，叶子的眼里也只有他。那么纯真，那么纯净，就像爱情。

20. 猴王对决牛魔王

小天风回去后便迫不及待地要他妈从实验室弄来氢氧化钠溶液和双氧水，在刘云婵的协助和指导下做成了叶脉书签，最后又用彩色墨水上了色。

大功告成的那天，他把所有的叶脉书签装在一个透明的盒子里，准备放到草坪的阳光下晒干后再送给叶子。那些小伙伴艳羡地围了上来，小天风给每人都分了一片。

正巧叶子经过，见小天风被围得花团锦簇，她望望就走了。半路上遇见几天没出门的牛牛，她故作关切地问了一句："听说你脚崴了，不知好了没有？"

牛牛赶紧做了一个健美的姿势，像个机器人般一张一合地咬合着牙齿，无限自豪地说："哇咔咔，睡一觉醒来我又变成了巨人！"

"你要真好了，就赶快去把小妖风的那一盒书签都抢来献给我！"叶子立马换掉那张冰清玉洁的脸，颐指气使地对他下令道。

"我感觉迟早有一天我会成为抢劫犯的！哇咔咔，这种感觉简直太伟大了！"在家憋了几天的牛牛兴奋无比地说完，又迟疑地望着叶子，"可是抢这书签有啥用？"

"我喜欢！"叶子任性地说。

"哇咔咔，我喜欢你，就包括了你喜欢的一切。你所有的一切，都统统到我碗里来，全都属于我。我这就把你喜欢的书签都拿过来！哇咔咔，哇咔咔……"牛牛拍着胸脯，笑得地动山摇。

"但我喜欢风咯咯。"叶子毫不客气地打断他。

"那我把他也抓来，做我们的仆人，从今往后好好服侍我们两个！"牛牛愣了一下说完，突然像头牛一般向小天风冲过去，最后一个俯冲，端起盒子便跑。小天风赶紧去追，待他快要追上牛牛时，牛牛却把盒子双手呈献给了叶子，然后躲到叶子身后。

小天风正要上前追打牛牛，却被叶子一把挡住，骄横地说："小妖风，干吗打人呢？"

小天风恨恨地说："叶子，你喜欢的话我可以全送给你，我只是讨厌通过另一个人交给你！"

"其实只要是我喜欢的东西，谁给我的又有什么区别呢？"叶子扬起头，故作飞扬跋扈地说。每次只要有牛牛在，她便变得霸道刁蛮，魔性十足，浑身沾满了邪恶天使的气息。其实，每次她故意激怒小天风，只是因为喜欢看细皮嫩肉的小天风对着她生气时一本正经的样子。

小天风望着出尔反尔，如此变化多端的叶子，只恨自己瞎了眼睛。悔恨、痛恨和仇恨合为一体，成为胶状的物质在眼眶里打转。他终于出奇愤怒了，伸出手来正要一掌向叶子劈去。

"有本事就跟我打，欺负女人算什么？"牛牛轻蔑地一把握住小天风的小手板，就像握住了一次千年难得的，英雄救美的机会。

"行吧，看我今天不把你这头注过水的牛打得稀巴烂，然后做成一锅牛杂汤！"

小天风愤怒地甩开牛牛的手，摆出一个猴拳招式来，牛牛也退后摆出一个"铁牛破埂"的开山式。

两人在樱花树下摆开阵势，"猴拳"对"铁牛破埂"正式开始。所有人都退后让出一片空地来。

叶子恨恨地望着小天风，什么也不说。而其他人都为小天风捏了一把汗。只是谁也不知道此时的小天风不再是之前的他了。

小天风从牛牛的开山式就可以看出，这"铁牛破埂"在于桩子稳如铁牛，你就别想把他打倒。而它的拳法在于"以守为攻"，如果要对牛牛中上盘发动进攻，立马就会被牛牛练得如铁一般的臂膀隔挡住。小天风急于把牛牛打倒，见他仗着桩子稳，下盘疏于防守，赶紧来了一招"猴子偷桃"。果然这一招有奇效，小天风第一次使出"猴子偷桃"，牛牛便中招，疼得在地上打滚。

待他再次从地上爬起来，便知道此时的小天风已不容小觑。吃过一次亏的牛牛接下来只要小天风对他大喊一声"猴子偷桃"，便全力护裆，令小天风无隙可乘。每次小天风打出去的拳都被牛牛的手臂挡住，疼得他像猴子一般抱着拳头跳着"哎哟哎哟"直叫。而小天风天生领悟能力奇高，融会贯通之后，他又把"猴子偷桃"反过来用，突然大喊一声"猴子偷桃"，做了一个偷桃的假动作后，迅速反身来了一招"回头望月"，反手一重拳打在牛牛鼻子上，打得他眼冒金星，被后坐力震得退后了几步，才勉强站稳。

"你怎么不按套路出牌？"牛牛一脸困惑地问了一句。

"谁叫你小鸡鸡长在了脸上？"小天风收拳，回眸明媚一笑。

牛牛怔怔地站在那里，鼻孔冒出鲜红的液体来。牛牛抹了一把鼻血，惊呆了。而正巧这时，樱花树上的那几只鸟飞走，一泡屎正好撒在牛牛的额头上，牛牛再次用手摸了一看，便捶胸顿足地仰天号啕道："天啊，为什么受伤的总是我？"

说完，他便像一栋坚强的建筑物轰然倒下。只有叶子一个人上去扶他，帮他擦血，因他而哭泣。这一切小天风都看在眼里，他凛凛地转身就走了……

这场比武惨败之后，牛牛一直在家疗养休整。

那一段时间他灰心气馁，羞于见人，一连很多天都没露面。只有叶子上门去看他，他怕叶子嫌弃他家简陋破烂，便像个大闺女般羞羞答答躲在里屋不肯出来见她。

牛牛妈知道他是出于自卑，便敲他的房门劝说道："人都到家里了，你不见多不礼貌！"

牛牛这才勉强打开门。

"你为什么不肯见我？"叶子望着双目无神的牛牛，不解地问。

牛牛背过身去，什么都不愿与她说。这令叶子有一种前所未有的挫败感。她不明白为何她向谁靠近，谁就会背向她。小天风已经令她倍受打击的了，倘若牛牛这个过去完全受她掌控的线控小偶人也要从她的手掌心跳出去，那么她所有的骄傲就会成为空中楼阁。

"难道你这么快就不喜欢我了？"于是，叶子便紧张地拉着牛牛追问道。此时的牛牛是她一服爱情的良药，一根救命的稻草。

"那是因为你站在地球上看月亮，和站在月亮上看地球距离不一样——"牛牛倔强地偏向一边，说了一句令叶子一生都觉得深刻的话。

对比牛牛家的家庭条件，叶子似乎能读懂这句话，但又不是全懂。见牛牛被打倒后一蹶不振的样子，叶子愧疚于牛牛是因她一时的取乐而落得这样的下场，便给了牛牛令他一生都难以忘怀的鼓励与安慰：

"牛牛，这一辈子哪怕我不能嫁给你，我们也要一生一世在一起——"叶子将他的牛掌揣在怀里，忧忧悒悒地望着他那张犹如蒙了一张牛皮般憨厚的脸，一时感动得无以复加，便胡诌了一句。

"只要你跟我在一起，我就会让你牛福齐天的！"牛牛嘴唇颤抖着，动情地回望着她，终于流下了一生弥足珍贵的泪水。那一天，他的嘴巴都哭歪了。

就是从那时候起，牛牛落下了鼻衄的疾患，只要鼻子一受伤，便血流不止。正像小强预测的那样，他自小虽见惯了杀猪宰羊，却最怕流血，总担心血一流完就会死掉。所以从那天起，他便对小天风敬畏三分，很少再来院子里玩。小天风等于从牛牛手中夺回了厂矿大院的半壁江山，成了小伙伴们心目中的小英雄。

知道叶子三天两头就往牛牛家跑，小天风总会怅惘地想，这个世界属于强者，为什么爱情总是会站在弱者这边呢？

21. 天使转变成小妖精

那年八月，大雨倾盆，山洪突发，全市人民都紧急投入到抗洪抢险的第一线。

这一天晚饭后，叶子的爸妈临时把叶子委托给小天风照管，然后和小天风的爸妈一起匆忙赶往抗洪第一线。

大人们一走，屋子里就静悄悄的。他们两个都坐在沙发上，像隔着一条水流湍急的流沙河。小天风便打开电视，故意心安理得地看叶子不喜欢看的武打片。

没一会，叶子便缩手缩脚地向他挪近。叶子每靠近一些，小天风便又不自觉地挪远一些。

"你为什么要坐那么远？"叶子低眉顺眼地望着小天风，不满地问道。

"因为我们之间还隔着一道道歉的距离。"小天风一脸拘谨地说。

"我有什么要向你道歉的？"叶子一脸的困惑。

"我不想说，因为说出来我也不会原谅你——"

叶子无趣地坐了一会儿后，大人般叹了一口气说道："唉，好无聊啊，我这还是在你家做客,你就这么招待客人的吗?"

小天风仍假装专注地看着电视,却又看不下去,便讥讽了她一句:"你在牛牛家做客不是做得挺好的吗,干吗来我家做客?"

"你听谁说的?"叶子惊讶得花容失色。

"若要人不知,除非己莫为——"小天风意味深长地说完便起身,双手插在兜里回到自己的房间。

这句话就像在叶子心里掏了个洞,爬虫在里面钻来钻去。

她一个人不安地在客厅坐了很久,一直在想这到底是怎么了。她明明喜欢的人不是牛牛,而是小天风。她第一次感觉到命运的魔力,硬是要把她往牛牛那边推。

眼睛就像两个陷阱的牛牛,充满暴力的牛牛,现在反而成了弱势群体;而之前她一直暗中保护着的小天风,如今高高在上,像一叶风筝般飘摇,离她越来越远……

但她更喜欢小天风万千旖旎的姿态,喜欢他说话时一本正经的样子,喜欢他充满稚气但从不矫饰的深沉,喜欢他轻风一般的呢喃,或者转过身去,突然沉默不语。

他的温润清凉,他的高大冷远,他天风一般瑰丽的想象力……

总之,他的一切,一切的一切她都喜欢。

她一个人在客厅看电视,无聊地用遥控器换台换来换去,不知不觉竟然睡着了。朦胧中,像是有人在给她盖毯子。她把手伸过去,希望能得到一个满满的、幸福的拥抱,换来的却是一阵幽冷的风——

半夜里,天空突然劈下一个炸雷,就像有人用一把大铁锤把楼板砸了一个大洞,碎片纷纷坠落。紧接着,一张张光影的魔爪伸出来,就像是要把他们的影子抓走一般。小天风也迷迷糊糊地睡着了,做了一个梦:

在最后一刻,叶子一口吞掉了孔雀胆,终于如愿以偿,变成了千年美妖。光影所至,艳惊天下,声色浩瀚,魅力无边。

她正要离开芭蕉洞去寻找小天风,突然间看见天雷滚滚,小天风身披金甲圣衣,驾着五彩祥云匆匆赶到,用金箍棒拦住了她的去路。

"风咯咯,我正待要去寻你呢——"叶子一把高兴地挽住他。

"你，竟然是叶子？你为何要选择做妖？"小天风也认出了叶子，便收起棍，惊愕过后仍是一脸神肃。

"没错，我一直在想你为什么会执迷于一只孔雀，直到我杀了那只孔雀，我终于明白原来你的肝一直与孔雀胆相照。杀了孔雀，我就料想到你一定会出现；我吞掉孔雀胆，只为把你迷倒，哪管它是断肠毒药——"叶子犹犹疑疑地望着小天风，眼泪哗哗地流。

"你可知道孔雀是天庭之鸟？你杀了孔雀，便是触犯天条，罪不可赦！"小天风咬牙切齿地说完，恨恨地甩开她的手。这孔雀胆对于叶子来说是断肠毒药，对于小天风来说，却比他的心还重要。

"我这样做只是想协助你从这个色彩强烈的精神王国走出来，只是想挽救一个顾影自怜的影子，你不能总是活在过去的重重阴影里，而错过身边至真的感情！"叶子一语道破天机。

"你现在说什么都没用了，你吃了孔雀胆，就已成为铁扇公主转世。凡你所经之处，芸芸众生皆会迷倒，被你感染成妖，所以我要在你为祸人间之前把你灭掉！"小天风怒不可遏地举起金箍棒。

"你打死我吧，死在你的棒下，我无怨无悔——"铁扇公主安详地闭上眼睛，淌出一滴雪水般珍贵的泪。

小天风于是把金箍棒举得更高，可是这棒始终都抡不下去，僵持了半天，只好收起金箍棒，冷冷地说了一句："还有一个办法：从今往后，你不许再见任何人，只能躲在这暗无天日的芭蕉洞里。只要不接触外人，就不会魅惑众生，祸害人间！不然，纵使我不灭你，只要被你传染一个人，这世界便会多一个妖，你就将多下一层地狱！"

说完，小天风转身化作一阵冷风离去。

没多久，牛牛黑烟滚滚地来到芭蕉洞附近，操起他的牛叉，一顿残暴。

"我的公主，你现在可以出来了，以后你不用担心下地狱了，因为我把你能见到的人都打死了！除了我，不会再有人会被你迷倒了，而我为了你甘愿做妖！妖里妖气，幸福美好！哇咔咔，哇咔咔！"牛牛在洞外放声狂笑。

铁扇公主小心地从洞口走出来，看见小强、洽洽等"贱民"死了一地，便怒斥道："你怎么把这些无辜的人都杀了？"

牛牛霸气冲天地说："我这是成全他们！他们要么被你迷死，要么被我打死，死就是他们的命！从今往后，我们就只有一条同心路了！而我，会拼了我的牛命来保护你的！哇咔咔，哇咔咔！"

牛牛笑得地动山摇，整个天庭地狱都能听到。

从那之后，小天风便开始沿途追杀他俩，铁扇公主和牛牛只有逃命的份。

有一天，小天风终于追到了他们，把牛牛打倒在地之后，正要一棍结果了他。

铁扇公主赶紧上前握住小天风的手臂，忧忧悒悒地望着他，向他哭着恳求道："天神会为了全世界而杀我，而恶魔会为了我而杀光全世界。负我的永远是天神，为了我而背负全世界的只有恶魔，我还有什么话可说？我只希望你放过牛牛，要杀便杀我！他是无辜的，他只是为了救我……"

而此时，现实中的小天风被人摇醒，他睁眼一看，竟然还是叶子，吓了他一大跳。

他打开台灯，看见叶子正望着他，她那对美丽的大眼睛就像灯泡一样明亮。即使叶子已变成妖，她的美依然动人心魔。

"你干吗？"小天风气咻咻地问道。他先前在梦里梦见孙悟空了，他好像就是孙悟空，不，孙悟空是他！而这么珍贵的梦竟然被叶子扰断了，他不知该有多气恼！

"我听到我们的小孩哭了，所以过来拍拍他。"叶子柔声细气地说完，小天风望了望手中揽着的布娃娃，这才意识到这一段时间以来，他早已有意无意地养成了每晚抱着它睡觉的习惯。

"什么我们的小孩？是你忘在我家的，我是为了提醒自己一起来就还给你，才握在手里睡觉的！"小天风心虚地说完，一把把布娃娃摔给叶子。

叶子接过布娃娃，抱在怀里细心地抚摸着，然后对它说："不哭不哭，麻麻抱你，我的好宝贝不哭……"

小天风没眼看她作秀，赶紧关灯继续睡觉。谁知那灯才灭，整个房子又闪亮了一下，紧接着雷声轰鸣，叶子的影子都在地板上战栗。

"天风哥哥，我好害怕，你带我去找我爸妈吧！"当叶子不再叫他风咯咯，小天风也知道叶子应该已害怕得正儿八经了。

小天风冷静了一会，又起身打开灯看了一眼闹钟。已经夜里十点多了，这怎么可能？更何况外面还下着瓢泼大雨。

可是任性娇气的叶子一直像炒豆子那样吵个不停，小天风捂着耳朵抓狂地大喊了一句"吵死了"！

然后，他不顾一切地继续躺下睡觉，迫不及待地要把那个被叶子打断的梦做完，回到那个他一直梦寐以求、主宰世界的光辉形象，在梦的启示下继续寻找有关未来的一切索引。

于是，他很快又心安理得地回到了梦里：

小天风威风凛凛地听完铁扇公主的恳求，再次放下棒。他只是一时心软，但他从不会放下降妖除魔的使命。

他再次放过了铁扇公主，但他随时又会重新踏上追杀铁扇公主和牛魔王的征途……

而此时的叶子怔怔地望着正在做梦的小天风，她简直不敢相信此时的他竟然如此轻易睡着。她最后失望地对正在做梦的小天风说，换了是牛牛，不管有多晚，哪怕天上落石头，他都一定会陪她去的——

虽然她的自言自语像一阵轻风一般，生怕把小天风吵醒，但这句话仍然尖厉地刺激到了小天风最敏感的神经。只见他条件反射般一骨碌从梦中爬起来，敞开客厅大门，冲着叶子歇斯底里地大吼了一句："滚，去找你的牛牛吧，不要再烦我了！"

这是他第一次在小叶子面前展示他天神一般的怒气。叶子惊呆了，一把扯断布娃娃的头，气咻咻地向小天风砸去，然后抱着布娃娃的身子，拿起她的小伞，流着泪像火车头一般头也不回地冲了出去。

在看着她从楼道冲向雨幕的那一刻，小天风最后冲着她的背影大吼了一句："滚吧，我这辈子再也不要见到你！"

说完，便使出浑身力气"砰"的一声对她关上了世界的大门。

他本来料定叶子不敢冲出去，准备吃定叶子的，好让她哭着求他，然后发誓与牛牛划清界限，不再联系。可是她却偏偏没有！

当小天风消了气之后，他静静地捡起地上的那个恐怖的娃娃头，看来这次叶子是下足了狠心的，竟然把他们的"儿子"都分了。接下来，他又想，是不是自己真的做得太过分了？而就在这转念之间，叶子已走远了。

一会又一阵雷声轰鸣，一道又一道闪电像是天公用鞭子驱赶着夜魔一般，那瓢泼般倾倒的大雨瞬间将天怒人怨都冲刷殆尽，只剩下愧疚与伤心。

过了很久，叶子还没回来。这个小妖精飘荡在雨里、夜里，竟然不回来了。小天风又宽心地想，叶子肯定是找到牛牛了，不然早就被这雷电吓得退回来了。

一会他又恼怒地想，她是不是去了牛牛家，甚至还与牛牛睡在一起？他暗暗回想着那个梦带来的启示：难道失去叶子就像是命中注定？难道叶子和牛牛在一起就是天意？想到这，小天风的心就像被野兽抓了一把那样隐隐发痛。

雨一直在下。这样恶劣的天气，这样恶劣的心情，一切就像叶子和他彻底决裂的前兆一样，令他心神不定。

他不安地坐在沙发上看了一会电视，看着看着竟然又睡着了，然后又做了一个梦：

他梦见一片火烧云从天上飘落下来，向着铁扇公主烧去。铁扇公主凄楚地向他伸出手，苦苦哀求道："救我，我本是一位天使，得不到爱情的正义，我便成了妖精——"

他无情地转过身去，大火最后吞没了铁扇公主火中憔悴的表情，还有她啜泣的声音……

22. 暴风雨之夜

下半夜。小天风睡得昏昏沉沉的时候，却被人野蛮地摇醒。他睁眼一看，原来是爸妈回来了。

"叶子人呢？"任飞扬怒目圆睁地明知故问。

"她半夜醒来吵着要我带她去找她爸妈，接着，我和她又发生了争吵，我一生气就把她赶出去了！"小天风哭丧着脸说。他真希望当他一睁开眼，叶子就鲜明嫩绿地出现在他眼前。他想到了最坏的后果，却没想到更坏的后果……

"你为什么不拉住她？为什么不把她找回来呢？"任飞扬咆哮着，然后上去就对着他噼里啪啦一顿暴打。

刘云婵死死拽住任飞扬："算了，他一个小孩不懂事，只要后果不至于那么严重就好了——"

小天风站在那里无助地哭了，显然他那幼小的心灵还没完全意识到这份永恒的愧疚。

"你这没人性的家伙，差点整出一条人命来！"任飞扬喘了半天气，平静下来无奈地指着小天风说，"都是你惹的祸，你可千万不能对叶子爸妈这么说，不然你死定了！"

小天风一边哭，一边诚惶诚恐地望着他爸。任飞扬定了定神，转而教导他："你只能一口咬定说，你睡着了，叶子什么时候出去的你不知道。反正只有你们两个小孩在，谁也无法证明这件事。不然，就算我们赔了医药费和营养费，叶子爸妈还要恨我们一辈子；要是叶子自己跑出去的，我们出这个钱，他们反而会对我们感恩不尽！"

小天风纳闷地想：可是，叶子到底怎么了？

原来，当叶子冲进这雷电交加的雨夜后，她痛彻心扉地跑到大院门口，见大门紧锁，知道门卫不会放她出去，便毫不犹豫地向围墙那边跑去。

当她握着伞爬上围墙，身上已被淋了个透湿。她跳上那根曾给她带来无限快乐的树枝时，不料脚底一滑，摔了下去，大腿被一块尖石划了一道深深的口子，血流不止。

于是她坐在地上，撕心裂肺地哭喊着：小妖风，我恨你——

她的哭喊声划破雨幕，却无法到达小天风的梦里。

过了一会，她坚持着站了起来，走了几步又腿脚无力地瘫倒在地上。她原本并没打算去找牛牛，此时一种求生的欲望却令她向牛牛家爬去……

这晚，牛牛梦惊梦醒地醒来，起身撒了一泡尿，然后揉着惺忪的眼睛叫醒他妈："妈，我好像听见外面有人在无缘无故地哭。"

"外面风是风，雨是雨的，哪有哭声？孩子，安心睡吧！"牛牛妈安慰他道。

"真的，你听——"牛牛说完，他们一起屏息聆听，果然听到不真切的、女鬼一般的嘤嘤哭泣，与那凄风惨雨交织在一起。

"我们还没搬来这里时，是有一个才夭折的小女孩就埋在这附近……"牛牛妈才说完，天空一道凌厉的闪电似乎将那个小女孩阴怖的影子投在了墙壁上，吓得他俩不约而同地退了一步，打了个寒战。

"不，这是叶子的声音，就算叶子变成鬼我都能听出这是她的声音！"牛牛定了定神，突然不顾一切地去开门。

"这绝对不可能，肯定是幻觉！这么大的雨，你，给我回来！"牛牛妈哆嗦着还没说完，牛牛已经冲出门，她只好赶紧撑了把伞追了出去。

那雨幕笼罩着的黑暗大地，就像着了魔一般令人心神不定。对于牛牛来说，这是一场倾心的大雨。牛牛站在夜雨中细细聆听了半天，可怎么再也听不到叶子的声音！

"这深更半夜，荒山野岭的，叶子怎么可能跑来这里？你别胡思乱想了，回去吧！"牛牛妈追了上来，要拉他回去。

牛牛任性地甩开她，像是想到了什么，突然向围墙那边跑去——

牛牛妈无奈地把伞塞给牛牛后，转身回家拿了一把手电筒，又披了一件雨衣匆匆出门。

"牛牛，救我——"当牛牛快跑到围墙时，终于再次听到叶子那纤细微弱的声音。正好天空中又一道闪电，像划亮一根火柴，照见叶子最后把手伸向牛牛，然后倒在泥地里，满身狼藉。

牛牛妈赶紧上前用电筒照着叶子，她的涕泪交错，已经与血水和雨水混在了一起，腿旁边还有个布娃娃的身子也已被鲜血染红。

"孩子，怎么了？"牛牛妈见了叶子，就像见了自己的孩子一般流泪，赶紧跪了下来，扶起已昏迷不醒的叶子。

牛牛也哭了，他一手帮叶子打伞，一手接过他妈递给他的手电筒，照见了叶子大腿上血流不止的伤口。

"儿子，你赶紧帮她按住腿上的伤口，我帮她绑下，不然她会失血过多死掉的！"牛牛妈凭过去的经验嘱咐牛牛道，牛牛赶紧将那把此时只具备象征意义的雨伞扔到了一边，奋不顾身地冲了上去。

牛牛妈赶紧用牙拼命地撕咬着她的袖口，撕咬了半天竟然撕不动。情急之中，她一把从牛牛的领口撕开他的汗衫，扯下一条宽布来，然后卷成一根绳，绑在叶子的大腿上。只是这么一个简单的动作，却挽救了叶子一条小命。

最后，牛牛妈用雨衣包起叶子，踩着泥泞路，向着厂区大门一路狂奔。牛牛紧跟在后，一刻都不敢怠慢。他知道这一分一秒流逝的都是生命。

那雨水便又像赶集一般愈加密集，沿途追逐着他们慌乱的脚步。

他们擂鼓一般捶打着厂区传达室的门，门卫起身开了门，赶紧打电话。打完电话，他又眉头紧锁着冲了出去，敲开了荷花超市的门。

超市的那位"美髯公"几乎是以最快的速度把他那辆拉货的小面包车开到了传达室门口，当见了面色苍白、嘴唇发紫的叶子，又看了看叶子的伤口，赶紧给她点了几个穴位，然后对牛牛妈说："她现在随时都会有生命危险，我们必须争分夺秒！"

说完，他一脚油门，便开始展示他神一般的车技……

另一边，当关绮云从防汛指挥长手里接过电话时，顿时吓得手脚无力，惊恐得连电话都掉在了地上。一旁的任飞扬感觉事态不妙，赶紧跑过来询问。

于是，任飞扬便开着车，载着四个人，油门踩到底，沿着那只有一车宽，两边都是陡坡的堤坝飞驰。他脸上忽明忽暗，神情严肃，全身心投入，就像是在经历一场惊心动魄的旅行。只要是路就紧紧咬住不放，将一个一个触目惊心的镜头都抛诸脑后，就像在地狱里开车一样。只有那两盏雪亮的天灯摇晃着，刺穿那无尽的、黑暗的雨幕……

他们几乎是一路飞奔着跑到手术室的门口，等在外面的牛牛他妈赶紧迎了上去，牛牛也站了起来。此时的牛牛身上裹着宽大的白色床单，手里还握着那个浸染了鲜血的布娃娃的身子，就像个笨蛋天使。

"怎么样了？"罗牧夫一见牛牛妈，便上气不接下气地问道。

"失血性休克，正在输血抢救。"牛牛妈简短地回答。

"到底发生了什么事？"关绮云不由自主地紧紧抓住她的手不放。

"我也不是很清楚，我和我儿子半夜听见依稀的哭声，就跑了出来……"牛牛妈简单概括了一下全过程。

于是，那几个便唉声叹气地急得在走廊上团团转，正好这时，手术室的门开了。

"你们是小女孩的父母吧？你家小孩一共缝了十多针，多亏有人及时给她绑带止血，再晚来几分钟可能就没得救了——"主刀医生说话就像上帝一般简约庄重，说完就匆匆走了。

所有人都不约而同地、心怀感激地望了牛牛妈一眼，关绮云赶紧哭喊着冲进去抱住仍昏迷不醒的叶子。其他人都站在关绮云身后，像是静静等候着这位小天使重新光明灿烂地回到人间。

"来，让一让，让我把伤者转到病房——"一会一位护士推来一张儿童担架床。

刘云婵也开始担心起自己的儿子来，便跟任飞扬商量道："也不知发生了什么事？叶子已经脱离了危险，我们再待在这里也没有太多实际的意义。我们还是赶紧回家看下小风吧，我总有些不放心……"

任飞扬不安地踱来踱去，然后为难地望了关绮云一眼。

关绮云心领神会，便柔和地说了一句："你们先回去吧，有什么事明天再说——"

任飞扬又回头瞥了牛牛妈一眼，问她："要不要我载你们一同回去？"

牛牛妈这才想起出来时自家门都没来得及锁，于是拉着牛牛，宽心地说："叶子爸妈都来了，我们也就放心了，我们先回去吧！"

谁知牛牛一把甩开她的手，生气地说："要回你回，我要亲眼见到叶子醒来，才能放下心来。我要困了，便在过道的长椅上躺会——"

任飞扬用怪异的眼神瞟了一眼牛牛手中的那个浸染了鲜血的布娃娃的身子，牛牛妈便对牛牛说了一句："你怎么不把这个烂娃娃扔掉？"

牛牛倔强地说："不，叶子的娃娃也就是我的娃娃，叶子没说扔，我就不能扔！"

关绮云也走过来，客气地劝说道："你们先回吧，这次真是多谢你们了！等叶子好点了，我们一家一定会登门拜谢！"

而牛牛倔强地往身边的长椅上一倒，他妈也只好无奈地摇头。

"行吧，我们明天再来看叶子——"任飞扬说完便和刘云婵一起走了。

剩下的那几个便陪同躺在担架床上的叶子一起去了病房。在经过走廊时，正在清理垃圾桶的浍浍妈转过身瞟了他们一眼，关绮云赶紧尴尬地转过身去。

罗牧夫和浍浍她爸正巧是一个车间的同事，便礼貌性地与她打了个招呼："陈宽玉，今天你上晚班啊？"

"是啊，"浍浍妈放下垃圾桶，靠近他关切地问了一句，"你家叶子怎么了？"

罗牧夫便在门口停下来跟浍浍妈多聊了几句，其他几个都跟着叶子进了病房。

此时，浍浍妈为报前仇，趁旁边没其他人，便小声跟罗牧夫嘀咕了几句："刚才我看见你们几个一起跑进来的。你知道吗？十年前的今天，任飞扬带着你老婆正好也是在这家医院堕的胎。我印象最深的是他们当时还在走廊上吵得不可开交。以前我怕影响你们夫妻俩的感情，所以一直没告诉你，但最近看到你竟然和任飞扬在一起打得火热，你都不知厂里人在背后怎么议论你！说你这身工作服就差配上这顶绿帽子了！唉，我是好心告诉你，你可千万不能说是我说的呀！"

罗牧夫这才彻底醒悟过来，痛心疾首地说道："我家叶子就是被他儿子害成这样的，这个王八蛋，我就说他怎会无事献殷勤，突然对我们一家这么热心！"

"对，他儿子简直就是那个王八下的蛋！他家就没一个好东西！"浍浍妈恨得咬牙切齿地说。

她正说着，关绮云从病房走出来，板着脸对罗牧夫斥责道："喂，你怎么不进来看下女儿呢……"

话还没说完，罗牧夫已气得一跳三丈高了。他一把推开关绮云，大吼一声："任飞扬这个王八蛋，老子今晚非要杀了他们父子俩不可！"

说完，他就冲下楼去了。关绮云只好跟牛牛妈匆匆交代了几句，追了上去。待她跑下楼，罗牧夫已匆匆上了一辆的士，她只好焦急地在路边等车……

正当任飞扬还在教育小天风，刘云婵劝他们早睡时，那客厅门便被捶得"砰砰"直响，门板都被这激烈的威胁压弯了。任飞扬当机立断，上前狂飙般猛地一把拉开门，门撞到墙又是"砰"的一声巨响，反倒把火气冲天的罗牧夫吓了一跳，心中的怨气都被这个下马威赶走了一半。

"任天风，你说你昨晚把叶子怎么了？"他本是首先要找任飞扬算账的，却怒气冲冲地向小天风走近。

任飞扬镇定地站在一旁，赶紧跟小天风使了个眼色。

小天风想了一下，支支吾吾地回答道："她，她半夜醒来，吵着要我，要我带她去找你们；接着，我和她吵了架，我，一生气就把她赶了出去！"

说完，小天风便一脸懵懂地望着他，心里像着了大火一般慌乱。每当到了紧急关头，他那个会说谎的灵魂便不知跑到哪里夜游去了。

任飞扬站在后面气得直跺脚，然后罗牧夫"啪"的一声一个耳光抽在小天风脸上。小天风心中的那场大火便立马延伸到火辣辣的脸上，他赶紧用眼泪来浇熄，屋子里便传来小天风救火车一般"呜呜呜"的警报声。

就在这时，关绮云匆匆赶来，上气不接下气地指着她老公厉声喝道："罗牧夫，你给我住手！"

"打了又怎么了？难道你不心疼自己的女儿，反倒心疼人家的儿子起来了？我就是要打！"罗牧夫说完，又抢起巴掌接二连三地扇在小天风还一脸稚气的脸上。刘云婵赶紧奋不顾身地挡在小天风前面。这一晚上，小天风都感觉眼前火光冲天，耳边就像放鞭炮一般，令他回想起去牛牛家报仇的那一天——

"罗牧夫，人家说打狗看主人！我警告你，你要再敢动手，这水泥地板今晚便是你的卧床！"忍无可忍的任飞扬终于发飙了，"怕你误事，我再重复一遍：我任飞扬说出去的话驷马难追；我任飞扬要对你动手，八匹马都拉不住！"

任飞扬说完，刘云婵又赶紧上去帮任飞扬熄火。

"你吓唬谁？难道解放军怕民兵？你儿子差点害死我女儿，现在你竟然还扬言要打死我？有本事只管来吧！"罗牧夫气壮如牛地说道。

任飞扬正要大打出手，关绮云赶紧上前拉她老公走："你少说几句行不？走，我们先回去，有什么事明天再说！"

"滚，你跟别的男人堕过胎我不说，但你还拉着这男人整天跟我一起过家家，简直就是两个猪狗不如的东西！"罗牧夫又一巴掌把他老婆抡到了一边。

此时，惊天动地的吵闹声把左邻右舍吵醒，都加入了劝架的队伍。

刘云婵听了便一脸愠怒地转向任飞扬，而任飞扬顿时就蒙了。

"有些过去了的事不知道比知道好，人有时要难得糊涂啊！"罗牧夫的领导穿着睡衣也从楼上走下来，宽大宏亮地劝说罗牧夫道。

"你别听淦淦她妈胡说八道！"关绮云气得脸像一个变了色的茄子，冲着她老公大声说道。

"你既然认为是她说的，恰恰说明这是事实！你还想掩饰什么！你这个贱货，老子知道你下贱，却不知道你如此下贱！"罗牧夫又狠狠地抽了她一记耳光。

"你竟敢如此打骂我？这么多年来，我父母都没这样打骂过我！这还有什么好说的，我们离婚吧！"关绮云捂着脸，像是站在悬崖峭壁上那般绝望地望着罗牧夫，眼里满是悲绝的泪。

任飞扬此时窝着一肚子火，摸着下巴站在一旁寻思端详着，一直寻找着一个最佳的下手机会。

"离婚？离婚了好让你跟任飞扬这个淫棍在一起是吗？哈哈，老子就是不离婚，拖死你们！"罗牧夫仰头大笑着咬牙一字一顿地说出"拖、死、你、们"这几个字，就像费力吐出几颗高温的子弹，每一颗都命中任飞扬和关绮云的要害。而他那熔断了的脸变得更加狰狞可怕，此时的他就像一个变态狂魔已疯狂到了极致。

就在这时，真把任飞扬气飞了。他越过人群，飞起来一脚就把罗牧夫踩在脚下，然后狠狠地踹他，肆意挥洒着自己的仇恨，一边踹还一边骂道："谁特么是淫棍？老子忍你很久了，也警告过你很多次了！我儿子是我养的，只有我能教，你他妈把我家当训练场了？"

果然此时的任飞扬手脚并用，就像一台马力强劲的翻斗机，拉扯的人哪里近得了身！罗牧夫顿时捂着肚子和脸杀猪一般在地上号啕大叫。关绮云绝望地望了他一眼，掩泣着冲了出去。

就在拉扯的人不知所措之时，在一旁吓呆了的小天风竟然冲上前去，一把抱住任飞扬的腿，哭求道："都是我的错，爸爸，不要再打了，不然叶子就没有爸爸了……"

任飞扬顿时冷静下来，众人赶紧把罗牧夫拖开，劝说他赶紧回家。于是，一脸狼藉的罗牧夫这才识相地拍了拍灰，怏怏离去……

众人散去之后，刘云婵赶紧关上门，只有任飞扬一个人还站在那里发呆。他知道刚刚过去的仅仅是一场暴风，还有一场骤雨在等待着他。

刘云婵开始"发球"了，此时她一屁股坐在沙发上，双手合抱，冷冷地对任飞扬说："要不是这场闹剧，我还一直被你蒙在鼓里。看来，你把我调来这家工厂，你自己也来这里上班，完全是为了这个不可告人的目的！任飞扬呀，你究竟还有多少事情瞒着我？"

任飞扬神威不倒地抬起头来，淡淡地瞥她一眼，然后一脸疲惫地说："东边才放晴，你又要在西边打雷扯闪吗？"

"总之这日子过不下去了，不如我们也离婚，成全你跟关绮云两个好了！"刘云婵执拗地偏过头去，委屈的泪水就这样不听使唤地流了出来。

"妈妈，不要哭，你们也不要吵了，我好困，我们都睡觉吧！"懂事的小天风用他那温暖的小手为妈妈拭去迷蒙在脸上的冰凉。

"你先睡吧！妈妈今天一定要跟你爸把这件事说个明白，不然妈妈今晚睡不着！"刘云婵起身把他抱起，轻轻放在床上，然后把房门反锁。

小天风一直躺在床上静静聆听着外面无尽的争吵，默默流泪，就像到了世界末日一样。

他幼小的心灵怎么都没想到整个世界竟如此脆弱，自己只是不小心抽动了一块砖，一堵墙便倒了，随着一座房子便轰然倒塌，整栋楼瞬间化为齑粉，紧接着整个世界都山摇路陷，天崩地裂，地球毁灭，宇宙陷入洪荒……

是他引发了这一场多米诺骨牌般的连锁反应，把战火从一个细小的分支迅速蔓延到整个人际关系网络。整个世界就像发生了一场八王之乱，战火与争端此起彼伏，火光冲天。而还有一些冲突像刀斧手一般隐伏在前路上：洽洽的爸妈与任飞扬之间，洽洽的爸妈与叶子的爸妈之间，他与叶子之间，他与牛牛之间，未来战火还将进一步延伸——

当他在房间里听到任飞扬扬言要打他妈时，小天风便哭喊着，奋不顾身地起身踢门。

这撕心裂肺的哭喊声终于令任飞扬冷静下来，也撼动了刘云婵。

刘云婵一把打开门，小天风就像刚放出来的狗崽那般，冲出来一个劲地冲着任飞扬乱咬。

"呜呜呜，不许打女人！我最看不起打女人的男人了，有本事你就变成奥特曼打怪兽去！"

面对小天风的步步进逼，任飞扬一边难堪地用手支着他，一边骂道："妈的，你就不记得了？老子帮你打溶溶她妈的时候，你还高兴得跳起来鼓掌……"

"你竟然还强词夺理？呜呜呜，纠正一个大笨蛋，他会讨厌你；你要纠正阿凡提，毛驴都会感激你——"

任飞扬望着他，尴尬得无地自容，夫妻两个对望一眼，哪里还吵得起来。

最后，小天风疲惫地躺在床上，望着天花板，又在难过地想，叶子爸妈那边的争吵是不是已经平息？此时的叶子是否已苏醒？他甚至能听见叶子夜里漂泊的哭泣……

接下来的这一段时间，整个世界就像进入了冷战时期，怀疑与争执充满了小天风的整个家庭。再也看不到每个人脸上时时舒心的笑容，他爸妈之间随时就会因为一点芝麻小事一触即发，一发不可收拾。小天风那一段时间就像是在暴乱与动荡不安的瓦砾中歪歪扭扭地成长，回忆起以往的幸福，就像坐在飞机上看云——

而叶子一家从此再也没有和小天风家有过任何联系，小天风每次来到院子和五尖山寻寻觅觅，再也看不到叶子那动人的身影，她的百般旖旎，百般伤心。

在晴朗的夜晚，小天风仰望着星星点点的璀璨星空，无人能看见他内心的愧疚和伤心……

有时候，他望着那个一撮毛的娃娃头，虽很恐怖，却也感动，毕竟叶子把他们"爱情的结晶"分了他一半，此时他似乎也能理解叶子因爱生恨的暴虐了。他也曾犹豫过几百次，是否去看看叶子，看她伤好了没有，握着她温暖的小手哪怕跟她说一句简单的"对不起，我想你"，去抚慰她那受伤的心灵。可是他知道此时仇和恨就像两家各自修葺的两座高墙，即使他冲破了他家这道，也会被叶子她家这道堵在外面。小天风甚至可以想象到那头爱吃草的牛牛一定会去叶子家，每天着魔一般守护在她身边。

而此时，他的手就像再也拿不起金箍棒一般，一切都已是那么的无力——

23．毒师心计

这天，厂长上了任飞扬的车，心情沉重地问了他一句："最近，你有没听到厂里有关我的谣言？"

"什么谣言？您知道我们厂本来就人心复杂，自从两家厂合并后……"任飞扬故作不知地说。

"说什么我得了不少业务单位的好处——"厂长一脸不高兴地打断他。

"天地可鉴，这事只有我最有发言权，您是如此廉洁奉公，哪怕是见过您收过一包烟收了一瓶酒我都可以天诛地灭！"任飞扬信誓旦旦地说，激动得唾沫横飞。

"那你帮我查查，这个谣言是谁散播的？是出于什么恶毒的目的？"厂长还一直严肃地板着脸。

"好的，我的群众基础一直还可以，相信对于我来说一定不是一件很难的事情。"任飞扬一脸沉着地说完，发动了车。

到了第二天早上，任飞扬便向厂长及时反馈了消息，那谣言是吕定（洽洽她爸）的老婆散播的。

"吕定可是个不多言的老实人。"厂长立即下定义道。

"没错，可他老婆陈宽玉在厂里可是个出了名的泼妇，左邻右舍都怕了她。听说本来她老公在厂里是当车间主任的，可是两家厂合并后反倒把他降为了副主任，为此他老婆一直抱怨厂领导欺负老实人。"任飞扬解释道。

"这事吕定曾提着礼物上门来找过我，我有跟他解释一个车间只能有一个主任，而现在的主任无论学历和技术职称都要远远超过他，并且他工资待遇跟原来一样，之前是副科级，现在还是副科级，又没给他降级！我解释完便叫他把礼物提回去了，他老婆还有什么抱怨的？"厂长一脸沉重地嘀咕着。

"我估计她误以为是您嫌礼物不够贵重，所以——"任飞扬意味深长地说完，翘起了亮丽的胡子。

于是，厂长便恨恨地说："她这是以小人之心度君子之腹！我平时最讨厌这种卑鄙小人了！任师傅，对于这件事，不知你有何看法？"

任飞扬深锁了一会眉头，然后爽快地说："为了控制传染病，整治传染源是至关重要的，所以首先必须要让她的嘴长点记性，知道什么该说，什么不能说！当她发现自己受了惩罚，人人反倒拍手称快的时候，她就明白自己已没有了传播谣言的土壤，再编造下去也没人愿听了！这样吧，这件事就交给我了，您心里明白就行了，保证不会牵扯到您头上来！"

"那行吧，只是千万别惹出更大的麻烦来！"厂长苦苦思索了一下，然后对任飞扬再三叮嘱道。

"您放心，我任飞扬从没令您失望过吧！"任飞扬信心爆棚地差点把胸脯拍烂。

24. 芭蕉公主的离去

这天中午，小天风正在午休，小强突然来敲门，这还是小强第一次上门来找他。

"什么事？"小天风打开门，睡眼惺忪地望着小强。

小强递给他一个纸盒，告诉他："叶子一家搬走了，这是她刚刚要我转交给你的。我看过了，这里面是一把扇子——"

说完，小强龇牙咧嘴地笑着。

小天风打开一看，果然是一把精致的芭蕉扇，令他迷蒙地进入了《西游记》一般穿云过海的情节里。

"她，她人呢？"小天风百感交集，一时语塞。

小强便告诉小天风遇到叶子的整个过程：

当叶子手里拿着一个纸盒，在院子里不安地徘徊时，正好看见小强，便来找他。原来前不久她的父母把工龄都买断了，准备投奔远方一个开工厂的亲戚。

"我爸妈不许我再与他有任何联系，所以只能委托你帮我转交给他——"叶子忧忧悒悒地把那个纸盒交给小强。她此时伤心得就像一朵低落的小雏菊。

小强惊讶地说："就算你不为疯子而留下，你也要为了牛牛而留下啊！"

"小天风是最好的，如果还有比他好的，我也会装作看不到，因为我连他都追不到——"叶子喃喃地说。

此时，载满了伤心的卡车已徐徐启动，关绮云在不停地催促着叶子。

"叶子，还在那里干吗？要开车了，快点，我们还有很远的路程——"

"好的，我就来——"叶子最后抓紧跟小强说了一句，"我要走了，你，你们都要好好地保重自己……"

说完，叶子的声音就哽咽了，小强也莫名其妙地挤出几滴泪。

小强说到这里，小天风此时似乎想到了什么，疯一般跑出去站在大路边四处张望，正好看到一辆大卡车在厂门口拐过弯去。他又发疯似的追了上去——

当他赶到厂门口，只见街心一道闪光，那辆大卡车瞬间就仿佛在地球上销声匿影了。

那辆伤心的卡车把叶子的伤、她一家的伤都打包带走了，载了满满一车全带走了。整个世界变得空荡荡的。

叶子，花枝招展的叶子，曾在他童年的梦幻中千姿百态、尽态极妍地摇曳着，摇曳着，闪着岁月幽幽的绿光，在梦醒时分却永远消失了。这一刻，马嘶鸣，鸟惊飞，震惊到他整个心灵。

这人精一般的叶子，这百媚千娇、万千旖旎的叶子，这有时也刁蛮任性的叶子，就在铁一般的事实中永远消失了，但小天风从没想到会爬树掏鸟窝的叶子不知什么时候已在他心中筑下了一个小巢，人走楼空后，只剩下被掏空一般的心痛。

小天风远望着天边，仿佛铁扇公主在云中火舞。她那凄美的表情，像失散了的情侣，风把她吹得披头散发，衣裳凌乱，然后随着火烧云渐渐在暮色中暗淡下去，最后与黑夜融为了一体……

小天风终于明白这个世间许多事物为了突显珍贵，总会在一道强光中突然消逝；所有的情感都将在有限的空间里渐渐挥发，只有物质不灭：

孔老师送给他的那张卡片，他捡来的那块五彩石，五颜六色的叶脉书签，叶子送给他的芭蕉扇和那个一撮毛的娃娃头也就成了任天风童年所有记忆的真实凭据。而他送出去的锡纸做的戒指和叶脉书签也会在别人的梦里熠熠发光。

有一次他把那把芭蕉扇拿出来研究，便会不自觉地想：为何芭蕉扇不是芭蕉叶做的呢？

他最后百思不得其解，便去问他爸。

任飞扬为难了半天，悠悠地回答："因为牛皮糖也不是牛皮做的，就像棉花糖不是棉花做的一样。"

这看似合理的答案也令小天风无话可说，但这不是他想要的深刻。他永远也不会想到，十多年后他还会偶遇叶子，叶子给到他的，才是他最想要的答案。

孔老师和叶子之后，他那幼小的心灵就像经历了两次花开花谢，开过花的心比初始的原野要深刻得多。

爱情令人虚弱，爱情也让人顽强。为了固守心中的那份唯美，他决定更加超脱地面对生活：

每当他走过色彩强烈的原野，他便认为整个大地都是孔雀，孔雀就是他五彩斑斓的人生，他把对孔老师所有的热爱都投身于热烈的生活；每当他走过落叶缤纷，他便会伤感地想起叶子，叶子成为他心中不灭的、伤心的神话，令他怀着一颗温存细腻的心去感受秋天的壮丽和静美。

接下来，小天风就像变得更懂事了。他怕落后于别的小孩，竟然主动要求上幼儿园，只不过要求他爸把他转到叶子曾上过的那家。

任飞扬见是新学期，便欣然答应了。

小天风来到这家幼儿园，感受着这里的每一张桌子，每一张床，每一棵树，每一个人。这里的一切都是叶子曾经经历过的，似乎上面还存留着叶子委婉动人的气息，所以令他倍感亲切。

他用手摩挲着这里的一切，谁都不知道他是为了身临其境地体验叶子过去的生活，用这一种特殊的方式来怀念叶子，以获得叶子的谅解，其实他知道无论他做什么，叶子都不会知道。

他，只是在宽恕自己。

这天早上，小天风起床后，见家里冷火秋烟，妈妈正在向隅而泣，爸爸正在仰天叹气。他一看便知道这是一个生活的命题，等着他来改写背景。

于是，他便对妈妈说："妈妈，妈妈，我肚子饿了——"

妈妈没理他。

于是，他又对爸爸说："爸爸，爸爸，我饿极了——"

爸爸一脚把他踹到一边。

小天风什么也不多说，搬了把小椅子，爬上灶台开始煮面。一会便把三碗热腾腾的面条端到茶几前。任飞扬想必是饿急了，丝毫不讲客气，端起面便开始享受儿子的成果，三两口就扒完了。

见妈妈一直不吃，小天风自己吃完后又来喂妈妈，妈妈悲绝地转过身去。

"吵架需要两个人，而停止吵架只需一个人。"小天风竟然说出如此睿智的话来，他那扑闪扑闪的大眼睛有时有若神明，瞬间便能照亮任飞扬灰暗的心。

任飞扬大概是吃舒心了，抹了抹油光发亮的胡须，对刘云婵说了一句："朋友，在我的世界里，分手亦是朋友；在你的世界里，分手就送一个骨灰盒。也许我们都没错，只是我们的世界观大不同而已。这样吧，你赢了！我答应你，从今天起，我摈弃我的世界观，从此我的世界被你的世界兼并，以后一切都听你的！满意了吧！"

说完，他洒脱地上班去了。

他一走，刘云婵便把面条也吃了，小天风脸上终于露出了舒心的笑容。

就这样，他们两个又和好了。接下来，任飞扬对他老婆比之前更为殷勤，因为他说过从此放弃他的伪命题，不再与她有任何争执。

"我一想起那件事就会难过，你竟然把堕过胎的前女友带回家里，跟我同坐一桌吃饭，而我竟然会把她当姊妹一样对待，和她谈心，一起散步。现在回想起来，你就像一把我与别人共用过的牙刷那般恶心……"只要有一点小事，刘云婵便会旧事重提，在泪水涟涟的池塘里沉浸。任飞扬便养成了一口"好了，好了"的口头禅，成为了一位好好先生。

这天下午，任飞扬开车出门，正好在路上看到一前一后准备去幼儿园接小孩的洽洽妈和小强爸，任飞扬就像逮住了最佳的射门机会，一脚油门便对着陈宽玉肥墩墩的大屁股撞去，撞得她一个前扑，然后又把这强大的冲撞力传输给了她前面的朱大毛，把朱大毛撞了个跟跄。

"你瞎了眼睛？干吗撞我？"朱大毛转过身来一边搓揉着背，一边恶狠狠地对着陈宽玉骂道。

"你才瞎了狗眼！没看到是后面这辆死人车撞的我吗？"陈宽玉一副泼妇的姿态反骂道。

啪啪！朱大毛立马给了她两巴掌，一边打一边跟她算账："这一巴掌是为你嘴巴这么臭打的，这一巴掌是为你撞了人还蛮不讲理打的！老子不管是谁撞的你，我只见到了是你撞的我！"

啪啪！任飞扬下车又给了陈宽玉两耳光："这一耳光是为你骂我的车而打的，这一耳光是替厂长打的，你竟敢诅咒他死，看来你这是想你老公在家待岗的节奏！"

这几下把陈宽玉都打蒙了，她被夹在二人中间，像一个"人肉汉堡"，待她反应过来，哪肯善罢甘休。于是，三个人便混战在一起，一场孙悟空与猪八戒大战母夜叉的猴把戏便开始了。

而最后的结果也正如任飞扬料想的那样，这事最后闹到不得不由厂长亲自出面来处理，而处理的结果也可想而知。

"你要管好你老婆，不知我有什么事情得罪了你家，你老婆竟然公开诅咒我死？"自从厂长找陈宽玉的老公谈话后，吕定便有了无形的压力，他们一家人从此便开始了忍气吞声的日子……

25. 书柜后的秘密

这晚，任飞扬接小天风回来，打开房门，刘云婵已女侠一般幽幽地站在那里，只见她缓缓抬起头来，冷冷地说了一句：

"这次你又为关绮云出了头，人家一定会有一天来上门报答你的！"

"真的吗？那简直太好了，我只是为了赶走一片阴霾，没想到却收获了一片绮云！"任飞扬嬉皮笑脸地应付道。

"行吧，我把整个蓝天都让给你！"说完，刘云婵气咻咻地去收拾东西。

"可是哪里的天空不下雨，晴朗的故事怎能少得了你？"任飞扬急忙拦住她。

"难道你还想左云右彩？有我就没她，你去找关绮云去吧！"刘云婵一把甩开他。

"可是她已经彻底退出了，哪里还有绮云？"见刘云婵真正动怒了，任飞扬不敢再嘻嘻哈哈了。

"正因为你见不到关绮云了，所以你就拿浍浍她妈出气！这下好了，谁都知道我找了一个暴力的老公，你觉得有脸吗？"

"对，是男人就应该用拳头来说话，而不是用嘴巴叽叽歪歪！活该她嘴巴痒，把十年之前的事还翻出来讲，搅出这么一个滔天巨浪来，真特么老太婆捡烟头——找抽！"

"浪大才能掀起藏在水底的王八，要不是浍浍她妈，估计我这一辈子都会被你蒙在鼓里……"

他们又开始争论不休，看他们脸上专注的表情，早已将晚饭忘到九霄云外。小天风劝不住，无可奈何地又去煮了三碗面。

小天风吃完面，回到自己的房间，郁闷地望了一眼摆在书柜最上一格的拼图玩具，便吵着要爸妈帮他拿。

"妈妈，你帮我拿一下拼图玩具——"小天风扯了扯妈妈的裤脚，刘云婵一把把他的小手甩开，转过身去一脸委屈地望着窗外。

小天风又望了一眼任飞扬，任飞扬更是置之不理。在一座山即将崩塌的时候，谁还会顾得上山上的一棵小树？

小天风只好回到房间，爬上书桌自己去拿。当他扶着书柜去够放在最里面的拼图玩具时，一下竟然把书柜扳倒了。

任飞扬和刘云婵听到里面"轰"的一声巨响，赶紧同时跑到房间里去看。

刘云婵赶紧上前扶起趴在书桌与地面夹缝里的小天风，而任飞扬神情紧张地正要扶起书柜。刘云婵眼尖，一眼就看到书柜后面竟然还有一个壁柜。

"这里面有什么？"刘云婵放下小天风，警觉地上前去看。任飞扬一个箭步挡在这个壁柜前，死活都不肯让她打开。

"搬来这里竟然还不知这书柜后面还有一个壁柜，里面一定有什么秘密，不然你怎会如此紧张？"刘云婵当仁不让地去推任飞扬。

"哈哈，我任飞扬每天都生活在你的照妖镜底下，能有什么秘密？"任飞扬挡着她，仰天哈哈大笑。

"那你为什么不给我看？"

"不给就是不给，好奇害死猫，不能让女人总特么有好奇心！"

于是他们两个便开始在那狭小的空间里互相推搡着，任飞扬突然身子一扭，一脚踏空倒在了书柜上。刘云婵趁机打开柜子，拎出一个文件袋来，然后飞速地把文件袋抖开。随着，一本人体摄影杂志，几张任飞扬和其他女人野游时的合照和几封书信，还有一个存折纷纷掉了出来。

当刘云婵以为袋子里面没东西了的时候，紧接着一条硕大的蜈蚣从里面爬了出来，吓得她大惊失色地甩掉了文件袋。

"任飞扬，你真是五毒俱全啊，怪不得有人叫你欧阳锋——"刘云婵冷笑着说完，捡起存折、照片和书信要看。

任飞扬一骨碌爬起来，一把暴虐地抢过她手中的物品。

"这是我的个人空间，哪怕我们结了婚，也请尊重我的个人空间！"任飞扬暴躁得一跳三丈，好好先生一下蹦到了极地。

"个人空间，说得真好听，呵呵！你真是歪嘴和尚——没正经，原来这里竟然是你藏污纳垢的地方！"刘云婵望着任飞扬，眼睛释放毒箭。

"随你怎么说，反正自结婚以来我任飞扬从未做过半点对不起你的事情！"任飞扬做出一副死猪不怕开水烫的样子，胸脯拍得像肉铺里的砧板一般"噎噎"直响。

小天风睐瞪了他爸一眼，心里想，原来要把谎言说得像真理，首先要具备志在必得，一飞冲天的气势。

"你要是不能给我看，就说明你心虚！"刘云婵抽了一口气，流着泪说道："好了，任飞扬，什么都不要说了，我对你已经完全绝望了，我们还是离婚吧！"

过了半晌，任飞扬才回过神来，缓缓沉重地说："离婚可以，风子归我，其他的你都拿去！"

"他就是我的命，除了他我什么都不要！"

两人先是为了小天风争吵不休，后来达成协议：小天风的头归他爸，身子归他妈。这个决定令小天风惊得目瞪口呆。

"所有的家产咱们也都一人一半——"看来两人谈好小天风，又开始分其他家产了。原来结婚真的是过家家，小天风愈加恐婚了。

"没问题。不过你要把这个手串还给我，这还是我用第一个月工资给你买的——"刘云婵一看见他爸手上戴着的黄玉手串便来气，这本是她最初送给他的定情信物。

任飞扬气咻咻地正要取下，想了想，又戴回去，不紧不慢地说："那我送给你的东西就多啦，你都要还给我！还有，我们认识的时候你两年没上班，我包吃包住，你把那两年吃进去的饭菜也要还给我——"

任飞扬看上去像是在耍无赖了，谁知刘云婵有气节地来了一句："还就还，我绝对什么都不亏欠你的！大不了你把那两年的伙食都换算成钱！"

"你以为钱是万能的？我就要你把结婚前那两年吃进去的东西吐出来还给我！"任飞扬看来要把耍赖皮进行到底。

"你这不是刁难吗？你非要这样，我只能还一坨屎给你！"刘云婵说完，小天风恶心地瞥了他妈一眼。

"这是你说的！"任飞扬指着她，"你以前不是经常指责我，做不到的事就不要答应？"

"是的！"刘云婵行不改名坐不改姓，态度坚决得很。

"那你也要拉两年，而且你还要多准备几套房子来装！"任飞扬说完，小天风实在受不住了，恶心巴巴地跑回了自己房间，把门反锁，外面的争吵声仍在继续：

"别跟我来这一套，我什么都不要，我走行了吧！"

"你要不要关我什么事！又不是我要离婚的！更何况我从没做过任何实质上背叛过你、背叛过家庭的事情！"任飞扬慢悠悠地说。

"难道一定要我捉奸在床才算背叛吗？你的灵魂藏污纳垢比这一切都可怕！"

…………

小天风早已被这吵闹折磨够了，那一段时间他大多时候都是在这种动荡不安中疲惫地睡去——

当第二天小天风起来的时候，家里只有悠悠的风和冷凝的窗帘，妈妈已伤心地离去。

"妈妈去哪了？"小天风拖着任飞扬倦怠的裤脚问道。

"你妈再也不要我们两个了，走，我送你上幼儿园去——"任飞扬一脸沮丧地说完，便带小天风出去吃早餐。

小天风一脸懵懂地什么都没说，他知道这还不是结局，妈妈不会这么轻易丢下他的。

这是一段无聊透顶的日子，小天风这才发现他的父亲竟然是一个这么无趣的人，每天只知道抽烟喝酒和无助地叹息。小天风会尽量出去走走，却发现原来这个世界也变得无趣，整个院子就像天堂那般干干净净又安安静静的。只有几个小孩在那里冷冷清清地玩着跳房子、滚铁环这些傻傻的游戏。

叶子一家搬走后，整个世界都黯淡下来，黯然销魂。在那灰暗的背景色中，他终于明白人生所有的深刻都源自失去。只有失去了的才会弥足珍贵。当内心空空如也，在夜色中他便如一只跌跌撞撞、仓皇四飞的蝙蝠。

有时他会看见牛牛跑到院子里，望着叶子家的空屋怔怔地发呆。同样是那个本真世界的遗留者，他不再是从前那个霸气十足、充满活力和干劲的牛牛了。曾经黑烟滚滚的牛牛已成为死气沉沉的一个人。

这已经是一个生病的世界，所有人都有病。

有时候，他与牛牛对望一眼，看到牛牛那充满怨气与悲哀的眼神。

他并不恨牛牛，相反，作为这个本真世界的对立者，就像爱因斯坦在《相对论》里说的那样：倘若没有牛牛站在对立面，就无法证实他的真实存在。没有三角就不能构成一个平面，就不完整，原本的世界就会倾斜崩塌，直至毁灭。由此，从那个纯洁的空间而来，牛牛的来源也能充分证明他的可贵。

而他们最后什么都没说，彼此交错而过，就像悠悠过往的风。那沉积下来的是千年的仇恨还是谅解，只是谁都不愿再提起。

26. 被外星人接走

每天晚上，小天风都站在阳台上发呆，他在傻傻地等妈妈。他已经失去两个最心爱的女人了，剩下这个便变得尤为珍贵。他终于明白他所有童年的爱情都源自对乳房的热爱，而妈妈才是一切爱的发源地。

他看不见妈妈，但他知道妈妈离他很近；他看不见妈妈，但知道妈妈能看见他。她就像一双宇宙的眼睛，藏身于环绕他的星河之中，一直默默地关注着他。

当他失落地关上阳台门，却总能感觉妈妈就站在外面。她只是想感受一下小天风就走。他甚至能感觉到妈妈那熟悉的气息就在门外的夜色中浮动，他已不止一个晚上有相同的幻觉了。

"妈妈——"他猛地又打开阳台门，就像打开星空之门，希望奇迹出现，可是哪有她朦胧亲切的身影？她的苍白娇弱，微笑潺潺，她的素手纤纤，美腰盈盈。

"妈妈，我知道你就站在那里，我想你了，哪怕看一下你——"小天风泪眼婆娑地对着星空大声哭喊道，他凄切的声音就像夜莺的悲啼划破黑夜的宁静。

任飞扬烦躁不安地走出来看了看，然后一把把小天风抱进屋里，摆在床上，对他毫不客气地说："你别整天像只小八哥一般搞得我心绪不宁，别让老子发脾气！"

说完，他回到客厅点燃一根烟，在云雾缭绕里继续他的颓废消极。

可是小天风躺在床上仍翻来覆去睡不着。有一刹那，他就像突然收到了妈妈强烈的电磁信号，他再次起身猛地打开阳台门，可是奇迹仍没有出现。

"妈妈，妈妈——"他声声悲切地对着星空呼唤着，依然无人回应。

"妈妈，我知道你就在这里，你要不见我，今晚我就会死去——"小天风无助地抽泣着。

一直躲在树后观望的刘云婵听到小天风声声悲切的呼唤，回想起每当自己胆囊炎发作时，小天风在病床前服侍她，为她端茶送水，不嫌脏不嫌累的情境，便心潮澎湃，再也克制不住自己，急忙走出来，热切地喊了一声："小风——"

"妈妈，我想你了，你回来吧——"小天风就像打开了泪闸，与泪眼蒙眬的妈妈痴痴对望着。

"妈妈只是过来看下你，明天我就去乡下了——"她把手伸进阳台，捧着小天风的脸说道，泪水淹没了她的全部身心，"你不能怪妈妈无情，我实在是无法忍受……"

这时，身着睡袍的任飞扬也走出来。

"云婵，你这是何必呢？一个好端端的家，唉——"他无力地喟叹着。

"我只是过来见儿子最后一面，从此以后再也不想见到你——"刘云婵说完，掩面而泣，转身离去。

"云婵——"任飞扬最后的呼唤就像零星的小雨消逝在湍急的河流里……

"妈妈，妈妈……"小天风对着妈妈的背影痛彻心扉地号啕大哭，他不停地拍打着任飞扬，由此宣泄对他无尽的怨恨……

到失去妈妈的这一天，小天风这才知道原来对妈妈的爱才是最真实的爱，失去母爱才是最大的失恋，这种伤心才是人间最大的伤心，甚至可以淹没他爱过的一切人，男人和女人，就算把孔老师和叶子加起来也不及他对妈妈的爱的十分之一。

第二天，任飞扬送儿子上幼儿园时给儿子收拾了一些简单的日用品和换洗的衣物。

小天风明白这意味着什么，便大吵大嚷道："我不要，我不要住在幼儿园，我不要！"

任他怎么抗议，任飞扬一把把他抱上车，狠心地说："我明天要去出差，这一段时间都没人照顾你！"

到了幼儿园，任飞扬把小天风交给他的班主任，再三交代她说："除了我接送以外，如果哪天外星人把我儿子接走了，我就会把你也发射到太空上去！"

班主任信誓旦旦地承诺之后，任飞扬便匆匆离去。

而那个白天，他在司机班接到班主任打来的电话，说小天风竟然人间蒸发了！

他气咻咻地赶到幼儿园，见到年轻貌美的班主任也没有一丝怜悯，恶狠狠地对她说："既然我儿子人间蒸发了，那你也选一种方式人间蒸发吧！激光，火刑，浓硫酸，时光穿梭机？"

"您也太幽默了，哈哈！"小天风的班主任苦中取乐地说。

"谁跟你幽默？你忘了我早上跟你说的话吗？"任飞扬把最近窝的一肚子怒火都迁怒到这位年轻的班主任身上。

"我们再找找吧！总之，一个人不会凭空消失的，你看我们这四周都是高墙，这门卫也特别严，别说一个小孩，就算是一只小狗也溜不出去——"

"我儿子要不见了没人能找到！"见年轻的班主任还有几分姿色，任飞扬又改口说道，"算了，我还是不为难你了，你帮我生一个一模一样的出来吧，我大不了再浪费几年青春来养他！"

"这，这怎么可能……"班主任支支吾吾地说完，见任飞扬一脸神肃的样子，赶紧又说，"这样吧，我们去传达室调监控，只有监控没查过了！"

任飞扬只好不耐烦地跟她去了传达室。

"小天风会去哪里呢？"班主任一边不安地念叨着，一边细心地检索着监控屏幕，当任飞扬看见一辆运菜的三轮摩托出去，而那车上正好放着几个纸皮箱，心里便明白了八成。

班主任和保安一起把监控认真地检索了一遍，也没找到小天风，而任飞扬见天色已晚，反倒不耐烦了。

"看来只有报警了——"班主任提议道。

"那警察叔叔会把他吓得愈加不敢出来——"任飞扬故弄玄虚地说，"我先回家看看吧，说不定他已经乾坤大挪移回到家里了。"

可是任飞扬回到家，小天风也一直没有回来。

是被人拐走了，还是嫌弃他这个花心堕落的父亲，离家出走了？种种的疑问悬浮在空气中，无法落定。

于是，任飞扬一个人继续抽烟喝酒，肆意宣泄他的悲情。这个家没有了女人的光亮和小天风的笑声，已萧瑟到了极点。

快到半夜的时候，任飞扬听见有人敲门，又欣喜到了极点。他正准备喜出望外地去开门，想了想，是不是应该先给他点颜色看下？于是立马又板起脸，拾起一只拖鞋握在手里。

门一开，首先出现的是外婆，见任飞扬恶死睐瞪地举起一只拖鞋要打她的样子，便眨了一下眼睛说道："任飞扬，你敢打我一下试试？我本特意来劝和的，看来你已无药可救了！"

任飞扬的大脑转得就像飞秒激光仪一样快，那举起拖鞋的手立马就把拖鞋塞到了她手里，没有丝毫停顿，换了一张阳光的笑脸说道："这可是一个天大的误会！我是想负荆请罪，让您老人家把我暴打一顿的！不过这么费力的事还是交给您的女儿来办吧！"

说完，又把头伸出去四处张望，果然看见刘云婵和小天风站在过道上。

一见到小天风，他又气得一行白火上青天，即刻又从外婆手里抢过拖鞋要打小天风，却被外婆拖住："看来你真是一只无义狗！要不是小风子跑来乡下找我们，我才懒得跑来你家管这些萝卜咸菜一般的腌臜事情！"

"什么？风子一个人跑去了乡下？"任飞扬简直不敢相信自己的耳朵。

"是的，他先是一个人坐长途汽车回了任云铺，然后他大伯要阿贵开拖拉机把他送到我家来的——"外婆解释道。

可是小天风是怎么逃出幼儿园的，身无分文的他又是怎么一个人坐长途汽车去到乡下的，途中又经历了什么，小天风都讳莫如深。但他的智慧，他的勇气，他的胆识，还有他的孝顺既让他们感到胆战心惊，又让他们感动不已。

"以后你要再这么一个人，小心人贩子把你捉走！"妈妈告诫他。

"你要再一个人在外面乱跑，不管你信不信，我都会挑断你的脚筋！"任飞扬也粗鲁地恐吓他。小天风最庆幸的是，总是在这样的时候，爸妈才会不约而同地结为统一战线。

坐下来，外婆握着一直一言不发的女儿的手，语重心长地问道："你和飞扬结婚几年了？"

"今年刚好是第八年。"刘云婵想了想，说道。

"那就对了，人全身的细胞每七年更换一次，现在的他已完全不是七年前的他了，所以七年前发生的任何事情都不能做参考，你必须以全新的面貌来看待他！"

"……"刘云婵一下说不出任何话来了。

任飞扬此时一把激动地握着外婆的手说道："妈，您什么时候变得这么讲科学了？"

外婆恼羞成怒地说："还不是在电视里学的！"

…………

"你如果真有改变的决心，就把那一袋赃物交出来！你千万别跟我说那信封里什么都没有，或者装的都是白纸！"刘云婵瞥了任飞扬一眼，然后向他摊开手，又回到了以前的母仪天下。

小天风赶紧小狗一般钻进爸妈的房间，把那一袋他爸还没有及时处理的东西叼了出来，任飞扬见了一脸尴尬。

小天风把存折交给了妈妈，刘云婵正要抢过文件袋，小天风又飞一般地跑去阳台把火盆拖了出来，然后把袋子里剩下的东西都倒进火盆里，点燃了打火机。

刘云婵被任飞扬挡着，又不好意思主动推开他。任飞扬心照不宣地望了望小天风，这才是他最想要的结局。

"这个小畜牲也不知哪个狗日的教出来的——"见信件和照片烧得差不

多了，任飞扬这才满意地笑了笑，放松了所有的表情——

这也是风流倜傥、放荡不羁的任飞扬有史以来经历的最严重的一次打击，整个这件事的结束也算是给他的风流史画上了一个深刻而圆满的句号。虽然他们彻底和好了，但接下来仍是余震不断，刘云婵总还是会有意无意引用、借用、比喻、排比，引申到这件事上来。

"我做得都可以评为五好学生了，可是你还总是老太婆吃牛皮糖——越扯越长……"任飞扬经常哭丧着脸说。

"女人的伤痕就像皱纹一般需要经过时间的风化、流水的洗刷甚至非常高昂的代价才能渐渐抚平，到目前为止你还只是付出了最轻微的代价——"刘云婵高高在上地对他说。

"是男人就要勇于承担！"小天风也学着他爸教训他的语气帮腔道。

第四章
Chapter 4

孙悟风

1. 小天风的梦想

自上小学一年级开始，语文老师见了小天风那一笔惊为天人的字就已沦陷，尤其是当得知他当时的语文水平后，再也没有信心去教小天风，只好把他当一个特殊人才对待：凡是上语文课，只要不影响到其他人，他可以不用听课，比方说看他自己带的课外读物，睡觉等；除了作文，他可以不用做其他语文作业。而事实上，小天风其他科目也很少做作业，上课也很少听讲，只在考试前突击温习一下就能考到 90 分以上。那语文一考就是 100 分，哪天要只考了 99 分，他都会伤心得几夜睡不着。小学生写出的作文，连语文老师都自愧不如，常常拿到班上念。这天，老师又在课堂上念他的作文——《我最喜欢的人》：

"我有一个最喜欢的人，但哪怕把刀架在我的脖子上，我也不会告诉你们她的名字……"老师清了一下嗓音，就开始朗诵了。

才念到这里，小强立马举手说："我知道，他最喜欢的是叶子。"

小天风便恨恨地瞪了小强一眼。老师也翻了小强一眼，继续念道：

"和她在一起发生了很多不可思议的事情：她长得像一朵素雅洁白的樱花，名字却叫叶子；

我们一起逃学，一起玩耍，虽然我们很相爱，但一说到结婚，两人便会像夫妻一般吵架；

因为她明明喜欢的是我，却总是跟牛牛在一起；

她明明长得像一位善良可爱的天使，却浑身散发着邪恶天使一般的气息；

她明明是一位浪漫美丽的女孩，却又喜欢做屎尿屁的亲戚；

而我明明是想留下她的，却狠心把她赶走了；

所以最后我跟她分手了，她临走时送给我一把芭蕉扇，可是这把芭蕉扇却不是芭蕉叶做成的；

而最后，我明明很讨厌她，很恨她，竟然还会一直想念她。难道爱都是绝望的，人生都是无奈的……"

老师几乎是念一句，下面就哄笑一次。当最后念完了，老师竟然严肃地吆喝了一声："笑什么？我觉得写得太令人感动了——"

小天风的小学语文老师泪点就像小学生一般低，或许他有过与小天风相同的经历。说完，他取下眼镜，竟然感动得流泪了。整个班级都望着老师惊讶得哑口无言，赶紧都转向小天风，全换成 45 度的仰角。

而小天风的眼泪不知什么时候也悄悄掉下来，雨打芭蕉一般打在夹在书里面的叶脉书签上……

尽管他每一门成绩都很好，老师和父母却把不做作业、上课不听讲的小孩归类于坏小孩，为此小天风跟班主任理论过："老师，读书不就为了考试吗？我每次考试都能 90 分以上，也算是个优秀的学生了，难道非要这么教条地在意这个过程？"

班主任回答道："这样看来，你还不如就在家自学，只来参加考试就好！"

小天风拍手称赞："本以为您是一个很古板的人，其实您还是很开明的！"

班主任皱着眉头说："我看，你不如连考试都不要来了，这样最省事！"

小天风也一本正经地说："我外婆说读书是为了找个好点的工作，不如老师现在就帮我推荐一个好工作，我赚了钱也会给你用的！"

班主任也说："那我就先谢谢了，我看最适合你的工作就是当一位退休员工。"

"您这么大年纪的人了，怎么想法还跟我前女友一样？真是太幼稚了！"于是，小天风皱着眉头，不满地走开了。

老师也曾向小天风的父母强烈建议过以他目前的智力和语文水平不如让他跳级，任飞扬也曾召开过家庭会议郑重讨论过。

舅舅的意见是赞同，因为这可以大大缩短投资回报周期。

年轻漂亮的舅妈坚决反对，把生儿育女当作投资的男人只能说明男人无用，如果是这样，她就不生小孩了。

刘云婵赶紧说："小学初中是打基础的时候，基础越牢，枝繁叶茂，千年不倒。"

"我的意见是宁做鸡头，不做凤尾！保持绝对优势，全速前进！"任飞扬就像小天风的船长一般挺起胸膛，扬起风帆，骄傲地说。

"术业有专攻，必须从小就培养他非凡的特长，这样长大后才会有核心竞争力！"谨小慎微的舅舅又插了一句。

"可是这也得结合他的兴趣爱好，做他自己喜欢的事，事半功倍；做他不喜欢的事，苦不堪言，毕竟人活在世上主要是为了快乐！"每当舅妈说出这些开明的话，小天风就觉得她就像一朵木芙蓉那样美丽。

于是，任飞扬便细心地问小天风："儿子，你的梦想是什么？"

"我的梦想是成为孙悟空。"小天风毫不犹豫地回答。

"我是想问你长大了想做什么？"任飞扬又皱着眉头问道。

"我长大了想坐在家里。"小天风又不假思索地说。

"作家。"这个答案显然让任飞扬十分满意，也令刘云婵十分认可。于是，任飞扬便翘着胡子满意地说，"我虽然不是一个作家，但我更懂得如何培养出一位伟大的作家——"

从那天开始，任飞扬便买来一大堆世界名著，让儿子按进阶先挑他自己喜欢的去读；除了读书之外，便是练书法，总之让他的特长继续发扬光大。

"当作家要没事就坐在家里，通读世界名著，多练多写；看书之余，也要多去外面走走，多接触世间百态、人情冷暖，多体验生活；更重要的一条是，要多泡妞多吹牛！"这是任飞扬教导儿子最多的一句。

"哪有你这么教育儿子的？你这样迟早会把儿子培养成像你这样的疯子加流氓！"每当这时候，刘云婵便会对任飞扬加以指责。

"这个世界所有做父母的都望子成龙，但是这个世界又有几个人成了真龙？所以按常规的方法只能把儿子培养成傻子，而我们唯有另辟蹊径，结合我自创的泡妞神功，才能出奇制胜——"他爸仍然坚持他的理论。

"你有什么资格教他？难道你不承认你的这一生都很失败吗？"刘云婵反唇相讥道。

"我承认自己的无能，但那只是几代人恶性循环的结果。"任飞扬自谦地说完，又仰起头来，"但我绝不承认自己的失败，因为我人生最大的成功就是娶了一个像你这样的好老婆，弥补了我的先天不足，继而又生出这么优秀的儿子，从此走上良性循环的道路……"

每次，刘云婵都最后被他爸的歪理邪说说得无话可说。于是，总有外人赞美他们夫妻之间感情好，什么玩笑都可以开，什么话都可以说。而刘云婵心里受的委屈只能在肚子里烂掉，因为没事别找任飞扬说理，说理的最后结果总是反被他洗脑……

而这些年来，小天风也算见识了他爸仅凭脸皮厚便能枯木逢春，李白桃红；仅凭口才便能左右逢源，得心应手。

2. 遗忘爱情的小兽

连绵的冬雨不知不觉中就变成了春雨，让人看不到季节的转换，只有延续，就像生命中不会有大悲大喜。而岁月静美，在于它必然的流逝。行云流岚，月飞星飘，风驰电掣之后，每一天都像雨过天晴般明净空无。

再也没有遇见过孔老师，也没有遇见过孔老师这样的老师；再也没有碰到过叶子，也没有碰到过像叶子那样的女孩。仿佛这个世界上只有一位孔雀公主，只有一位叫叶子的女孩，她们都是独一无二的，错过之后便空旷一生。

在她们之后，星空就像一座空空的殿堂，小天风隐隐能感觉到与孔雀公主和叶子的人生际遇将会决断他孤独浪漫的一生。他被爱情放逐，被责任通缉，被懊悔追逃，被思念绑架，现实中的小王子似乎无处可逃，只能随风飘荡，仿佛游离于这个宇宙，开始他流亡一般的，浪子漫漫，玩世不恭的生涯——

日子如同高天之上的云，一个个高飞远走，而小天风在这高天之下一边行走，一边不自知地成长。随着，他肉团团的手臂开始像棉花糖一般缩紧，腿变得越来越颀长，影子也越来越忧伤……

进入初中的那个秋天，五尖山晋升为国家森林公园，小天风父母所在的这家厂矿也进入破产清算阶段，整个庭院即将拆迁。

这一天，小天风看到超市老板"美髯公"换了一辆崭新的房车，正在打包行李，准备永远地离开此地。

"这车太洋气了，得花多少钱呀？"有人上前问道。

"呵呵，差不多花光了我们上半辈子的积蓄——""美髯公"自豪地说。

"这话听起来像是，你们接下来的下半辈子都用来旅游？"任飞扬也走上去，惊讶地问。而小天风一直躲在他身后，恋恋不舍地望着他们两口子。

"没错，人这一辈子不仅仅是为了工作，更主要是为了快乐地生活！这一直都是我和我老婆梦寐以求的生活——无儿无女，无牵无挂，云游天下，四海为家！""美髯公"亲密地搂着何凝香，两人恩恩爱爱，融融泄泄的样子，神仙见了都羡慕。

何凝香望了小天风一眼，在他眼中看到红尘中最深的眷恋。

"风风，姑姑就要走了，也不过来跟姑姑道个别？"何凝香向他展开手臂，小天风便怯生生地向她走过来。

"姑姑——"小天风最后动情地叫了她一声，热切地投身于她温暖的怀里，眼泪禁不住漫溢了出来。

他们紧紧拥抱着，久久没有言语。他们之间，有着凡人无法体会的，仿佛是天上的情愫。

见两人难舍难分的样子，"美髯公"便催促道："娘子，我们走吧！天下无不散的筵席，有缘一定还会见面的！"

"还会见面吗？"任飞扬在一旁一脸困惑地问道。

"你呢，自是无缘再相见了，但你儿子与我们缘分不同。"何凝香毫不客气地说。

这话里似乎有话，看来每次任飞扬来超市买东西与他老婆调侃，"美髯公"都心知肚明，令任飞扬一时尴尬得无地自容。

"风风乖，别哭，我一定还会回来看你的！"何凝香也抹着眼泪，伤心地说。

"真的吗？"小天风半信半疑地望着她，何凝香点了点头。

"小家伙，看来你也爱上了我老婆——""美髯公"摸了摸小天风的头，皱着眉头说。

虽然很多次小天风进出超市，他都坐在那把太师椅上一边看书，一边喝酒，一边睡觉，但他就像一切都知道似的。

车子徐徐启动，渐渐消失在小天风模糊的视线里。他们都曾是这个院子动人时光的一部分，每一个人离去都会撤走一束光线，直到整个院子成为一幅黑白的画面。小天风静静地伫立着，感觉就像站在国际象棋黑白分明的格子里；于是，他凝视着东方，期待明天初升的太阳会将他重新渲染……

不久后，任飞扬又用拆迁的钱和一部分积蓄在郊区买了一幢独立的房子，在那个秋天又像落叶般重新四处寻找他的生计……

进入初中后，小强恰好又与小天风同班。因为小强生长缓慢，就像一个永远长不大的小孩，以他为参照物，仿佛一切如故，永远感觉不到物换星移，时光流逝。

除了小强，其他院子里的每一个人都与小天风云树遥隔，音讯杳无。小天风一直还记得姑姑临行前说过的那句话，便经常跑回院子傻傻地等她回来看他。

在空无一人的院子里，他惊讶地望着那一片房子的废墟，因为他清晰地记得，这一片荒凉空洞的骨架，曾经驻守过那样的色彩与繁华。而院子中央的那棵樱花树已褪去了所有缤纷的色彩，只剩下光秃秃的枝丫，但此时只要想起叶子，便梦里花落知多少……

3. 遇见伯乐

进入初中的小天风显得特别低调，很少与其他人说话，也从未显露任何过人之处，每天即使不认真听课，也都是安安静静地看其他课外读物。

这天，小天风上课看课外读物时被语文课赵老师逮住了。赵老师一把抢过他手中的书，一看竟然是一本《里尔克诗选》，便捂着头一阵眩晕。

"你叫什么名字？"赵老师敲着桌子问。

"任天风。"小天风低声回答。

"一个初中新生看这样的书，你才学会走就要飞天了？"赵老师怒不可遏地说。

"我只是在对着书照镜子——"小天风镇定如常地说完，教室里传来一阵哄笑。

赵老师赶紧把书翻开抖了抖，还真以为这里面夹了一面镜子，抖完便伸出手来，嗔怒地说："镜子呢，快把镜子交出来！"

"我说的照镜子，意思是说，里尔克的诗歌就像一面孤独的大镜，可以照见人生的深刻。"小天风不紧不慢地说完，课堂便爆发第二场哄笑。

赵老师感觉被他戏弄了一般，气急败坏地扯着他的耳朵把他拉到墙角，"你一个人好好对着墙壁照镜子吧！"

随着第三场哄笑，赵老师这才认为自己扳回了一局。

下课后，语文课代表把收齐的作文本交给赵老师，赵老师随口问了一句："都收齐了吗？"

"收齐了。"课代表回答道。

"把任天风的作文本给我看看，我倒要看看他什么文学水平！"赵老师说完，课代表迅速地把小天风的作文本翻出来交给他。

赵老师随手翻了翻，竟然是一个空作文本。

这下出大事了，小天风不仅犯下了"戏君"之罪，又多了一条"欺君"之罪。

"任天风这三个字倒是写得挺好的，不知练了多少遍字帖，准备做名人吧！难道你作文本里的作文都是用隐形墨水写的？"赵老师随手拿起空作文本拍了拍小天风的头。

"不是，我不小心拿错了作文本，明天拿给您——"小天风不动声色地解释道。

"你的作文写怎么样我怎么脑海中没一点印象！"赵老师望了望天花板，自言自语道，然后摸了摸头，又问小天风，"开学以来我一共布置了几篇作文？是不是你一篇都没写过，所以我一点印象都没有？按理来说不可能呀！"

"五篇。"小天风回答道。

"那好吧，明天我倒要看看到底是怎么回事！"赵老师暂且偃旗息鼓。

第二天，当小天风把作文本交给赵老师时，赵老师翻了翻便停住认真地看了一会，看完后又变了脸色，拿起作文本便拍了小天风的头几十下。

"之前的作文我批改的痕迹呢？你拿抄写的作文来糊弄我是吧？"赵老师

气咻咻地问他。

"我真的没抄，都是我自己写的——"小天风摸摸头说。

"看来我们班里潜伏着一位谎言大师，这次不是上课把你抓住，还没办法把你揪出来！课代表，把班主任叫来，这件事我看金老师怎么处理！"

一会班主任来了，两位老师神色凝重地交头接耳了老半天，所有的人都一脸紧张地望着小天风，只有小天风和不再流鼻涕的小强仍一脸淡然。

一会，金老师走过来，语重心长地对小天风说："作为一个中学生，诚实是最大的美德，犯了错误不要紧，要敢于承认错误，你说说，这作文是不是抄来的？"

"不是！"小天风斩钉截铁地回答。

"这个……"金老师望见他态度如此坚决，一下说不上来了，不得不改口说，"行吧，这个问题有待考证，你现在写几个字给我看看！"

于是，小天风拿出钢笔随意在本子上写了几个字。

"可是，你的字写得这么好，我怎么毫无印象，你是不是从来就没交过历史作业？"金老师抚了抚那几根在秃顶上牵线搭桥的头发。

"我从小学一年级以来从来都不用做家庭作业的！"小天风理直气壮地回答道。这个回答虽然不是很洪亮，却换来无数惊异的目光。这下问题又严重升级了，看来小天风已无法收场，只能通过家长来解决了。

果然第二天一早，任飞扬手里捧着一堆报纸杂志风风火火地赶来学校救火，一见金老师便无比愧疚地对金老师说："这段时间工作特别忙，所以没跟您有任何沟通，造成这么大的误会，我严重地向您道歉——"

"误会？"金老师瞪大眼睛望着小天风他爸，然后随手翻了翻那一沓递给他的报纸杂志。

"这个小风子是他的笔名，这些文章都是他写的……"任飞扬指着报刊上的那些文章说。金老师突然就对小天风饶有兴致起来，任飞扬接着又跟金老师交流了很多关于小天风过去的事情。

当任飞扬走后，金老师如沐春风地对小天风说："你现在跟我来办公室做一个测试——"

测试？难道是测谎？莫非金老师办公室有测谎仪？有些同学便在下面议

论纷纷起来，小天风也只得起身跟着金老师去了办公室。

一堂课的时间过后，小天风被金老师领着回来，看他脸上的表情就像什么事情都没发生过一样。下课后，不少好奇的同学便围了上来，对着小天风问这问那，小天风却守口如瓶，什么都不愿说。

到了第三天晨读的时候，小天风又和他的父亲一起出现在教室门口，金老师赶紧迎了上去，然后领着他们又去了办公室。

看来事态已发展到无法收场的地步，估计小天风要被劝退了。此时人人都感到自危，大家只议论了一小会，便都开始认真朗读。

办公室这边，金老师一坐下来，便兴致勃勃地对任飞扬说："昨天我给任天风做了一个比较全面的智力测试，我从事教育工作这么多年，还没见过像任天风这样具备绝顶天赋的学生，所以今天我特邀您过来一起商讨他的未来，并根据昨天的测试结果为他量身定制最科学合理的发展计划，把他培养成一个卓越超群的人——"

"不知对于他的发展计划，您有何建议？"任飞扬不由自主地握着金老师的手问道。

"我给他制定的计划，既有偏重，又兼顾全面。比方说，以他现在的作文水平和书法水平可以把他作为作家、画家和书法家来重点培养；你看他这双手，手指这么修长，天生就是一位钢琴家。不过，鉴于他之前没什么音乐基础，可以先让他报一个音乐课外学习班；以他的形象和气质，也是一个不可多得的演艺人才，可以让他先报个……"

"得了，您见过一位既是出名的作家，又是伟大的画家、书法家和钢琴家的电影明星吗？这还不逆天，遭五雷轰顶啊？"任飞扬不耐烦地打断他。

"那就先作为作家、画家、书法家和钢琴家来培养吧！写作可以作为主要特长，而书法、画画和钢琴也可以只当作兴趣爱好，这几样将来只要有一样出类拔萃，他便出人头地了！当然，其他的课程也不能拖后腿，无论他哪门不行，我们都要重点攻克，以把他培养成德智体美劳全面发展的人才！我们学校几乎每年都有一两个学生被保送上科技大学少年班，只要他个人足够努力，并且全力按照我给他制订的计划进行，我可以保证哪天一定会大力推荐他上科技大学少年班的！"

此时，金老师望着小天风，满满的都是信心。

而任飞扬和小天风望着金老师，也像遇到了一位千载难逢的伯乐。

"嗯，我非常同意您的观点，这方面您比我们专业得多，那么以后就有劳您多费心了！而我们做家长的主要负责他的生活，我将会更加义无反顾地努力挣钱，以后只要是教育方面的投入，我们做家长的都在所不惜！"最后，任飞扬无比激动地握着金老师的手，豪爽大气地说。

4.百日"皇帝"

接下来，小天风看似十分努力，在金老师的建议下，他爸妈给他报了各种课外辅导班，有英语、音乐、美术等。小天风也十分争气，期末考试竟然考了全年级第一。

新学期开始的第一天，金老师兴致勃勃地站在讲台上大声宣布："新年新气象，首先我要宣布一个大喜讯：任天风同学果然不负众望，上学期期末考试考了全年级第一！所以这个学期我推荐他来当我们班的班长，重新组织班委会，希望他能再接再厉，以身作则，严格要求自己，再创辉煌！并且也希望所有的同学都能向他学习！"

金老师说完，下面便传来热烈的掌声，只有几个像是蔫了气似的。

起初一切还好，金老师为了让任天风早日保送科技大学少年班，又给他报了几门课程的辅导班，好让他提前学完高年级的课程。这让小天风每一天都是满负荷运转，就像一个即将爆炸的压力锅，而这种压力也传导给了他父亲——任飞扬为了赚更多的钱来供他读书，忙得几乎周末都看不到人了。

终于有一天，小天风听到不少风言风语，说这些课外辅导班实际上都是各科老师为了捞外水而巧立名目办的，哪怕介绍一个人报名都有业务提成。

以为金老师是伯乐，原来只是经纪人。这让小天风有些失望，于是他决定用上课外辅导班的报名费和时间来打电游，天下竟有如此一举两得、两全其美的事情！

而当他当了班长以后，他不受约束和感情用事的本性也渐渐显露出来。

接下来，他接二连三地被同学们投诉：有人投诉他借用职权，跟各位课代表打招呼，想方设法达到他不交作业的目的；有人投诉他公报私仇，只要是他值日的时间，上课他就一直盯着他看不顺眼的人；有人投诉他以权谋私，他值日的那天，凡是记了表扬的差不多都是与他关系特别好的同学；有人投诉他从不以身作则，上课自己不听讲，还经常迟到。

终于有一天，小天风在老师和同学们的呼声中下了台，只是当了"百日皇帝"的他开始变得更加叛逆和玩世不恭了，他人生的所有迷惘都牵引他走进电游这个虚拟的二次元世界里，仿佛那里才是他灵魂的归属地。

再后来，小天风发现考前"临时抱佛脚"这一招有些不管用了，仿佛他的小聪明已像方仲永那般油尽灯枯，尤其是英语、历史和政治这几门需要死记硬背的学科严重地拖了他的后腿。当考试成绩这最后一道"免死金牌"都失去后，他被老师罚得体无完肤，罚站、留校、罚抄作业几乎成了他的一日三餐。此时，他已由一位好学生完全转化成了一位坏学生，成为老师给其他同学说教的反面教材。

"他就是我生命的传承和延续，我小时候也是贪玩，他只要稍稍努力，便能超越绝大多数人，我了解他就像了解我自己。"无论老师如何灰心，任飞扬总是以他的儿子为自豪，对小天风永远充满了信心。

5. 荼毒深远的故事

这天中午，小天风因为沉迷电游而迟到，被金老师堵在门外，正好那天任飞扬出差，金老师便把他妈叫来了。

回家的路上，刘云婵严厉地训斥着小天风，小天风一路没精打采地踢着石子。当路过一个耍猴摊时，小天风赶紧钻进去看，刘云婵也不得不停了下来。

只见一位镶着金牙，长相邪恶，却又似曾相识的耍猴人，一手拿着皮鞭，另一只手牵着三只猴子。一只戴着面具的猴子在不停地敲锣，另两只猴子随着锣声不停地翻跟斗，哪一个跟斗翻慢了，那耍猴人便适时地补上一鞭子，抽得它撕心裂肺地惨叫。

敲完锣，那只戴面具的猴子又捧着锣逐个向围观群众讨钱。当锣里面的钱快盛满的时候，那位耍猴人脸上才浮现出满意的微笑。

这一幕，仿佛在小天风的生命中上演过无数次，却又在他的记忆里暗淡模糊。小天风一直出神地望着那个耍猴人，好像对他有着与生俱来的畏惧。小天风总觉得这个人有点面熟，要不是他镶着金牙，衣着简陋，小天风还以为他就是他的班主任——金老师。

正当小天风看得津津有味时，刘云婵又借题发挥，跟他说起那个童年耳熟能详的故事：这些猴子都是不听话的小孩，你以后要是再不听话便把你也交给耍猴人。耍猴人就会把你关进黑屋，只给你喂有毛的桃子，吃了便全身长毛变成猴子，然后每天用皮鞭教训你，逼你为他赚钱。

小天风从小就会独立地思考问题，从不会被事情的表象所糊弄。于是，他满不在乎地与妈妈顶嘴道，我才没这么傻去吃有毛的桃子！

刘云婵一本正经地回了一句："到时就由不得你了，不信饿你三天试试，不怕饿不死你！"

虽然对妈妈的话也心存怀疑，但猴子那惟妙惟肖的人形似乎也能印证她的话语。尤其是每当猴子突然停下来，与他对望的一刹那，从猴子那惶恐的眼神中，小天风似乎能捕捉到它们的心灵，仿佛此时与它们对换了角色。回想起自己每次被老师当众体罚时，被老师揪着耳朵，猴把戏那般兜来兜去。那猴子多像曾经玩世不恭的自己！而这一幕就像在他梦中晃过无数回那般熟悉，他就像踩着走不尽的楼梯又回到了原点，而过去的事却怎么再也回想不起……

这个荼毒深远的故事，曾给小天风带来过巨大的阴影。从那以后，只要妈妈对他生气时，回想起这一幕，小天风都会心有余悸。尤其是每次吃桃子时，他都会认认真真地把桃子洗得干干净净，再把皮啃掉之后才敢吃。

小天风有一天迷上了新出的《西游》电游，突然发现一旦他进入"孙悟空"这个角色，便完全卸下了过去老师和父母压在他身上的"五指山"。在异时空的搏杀中，他忘记了这个世界，忘记了白天和黑夜。

而"孙悟空"这个游戏角色在电游厅也一直最抢手，为了一直霸着孙悟空这个角色，那天他从中午一直玩到晚上八点多，直到父母一起到学校找他，甚至还去了老师家里。当完全识破了小天风打着上课外辅导班的幌子，用报名的钱来打游戏这个骗人的伎俩后，任飞扬气咻咻地冲回了家，准备好了一根棍子。刘云婵继续在夜色中沿途寻找，直到最后才在那家电游室找到了正打游戏完全入了迷的小天风。

小天风有个习惯，无论玩什么游戏一定要把它玩穿了才会放下。游戏没通关之前，十匹马也把他拉不回。

刘云婵知道此时的他就像一位上了火线的士兵，只得愤愤地说了一句："看来你没得救了，只能把你交给耍猴人了。"

说完她转身就走了，她娴静的身影很快就融于冥冥夜色之中……

6. 悲惨的小猴

小天风玩得天昏地黑，直到打完通关才想起妈妈来找过他。他疾步走出电游室，却只在大街上徘徊，不敢回家。他知道棍子在家里的墙角等着他，今天玩得这么疯狂，那棍子一定会让他过个节才痛快。

此时的小天风感到又乏又累，当他走到一片树影下，突然走出四五个黑影将他团团围住。借着昏暗的路灯，他看到之前见过的那位镶金牙的耍猴人一手提着麻袋，一手甩着皮鞭将地面抽得啪啪作响，挡在他前面。

金牙龇牙咧嘴地说，你母亲说不要你了，已经把你交给我了。为免受皮肉之苦，请老老实实跟我们走吧！

小天风正要逃，他们立马围上来，就像猎捕一只猴子那样，先用布塞住他的嘴，然后用麻绳将他绑住，塞进那口大麻袋里，任他怎么挣扎都无济于事。

在经历一段黑暗的颠簸之后，他被戴上脚镣手链，关进了一间黑屋子里。屋子那个黑啊，尤其是在晚上，伸手不见五指，黑得只剩下思维。尽管小天风什么都看不见，但这间黑屋子中弥漫的气息却似曾熟悉，令他并不感到害怕，只是觉得无助。

小天风在黑暗中一直坚定地想，只要不吃耍猴人给的带毛的桃子就怎么也不会变成猴子。此时，疲惫已令他黑暗中的那点思维也渐渐熄灭……

半夜他被饿醒，饿的感觉已吞噬了他的全部身心。他赶紧起身，这间屋子黑得叫人绝望啊，就连起身和坐着似乎也已完全没有区别。他静下心来，想到自己曾经这样令父母失望，想到母亲临走前的绝情，他不禁在漫长的黑暗中开始无助地掉泪。

他曾固执地想，哪怕饿死他也不会吃那带毛的桃子，他的眼泪成河，吞没了渐渐远逝的饥饿和伤心……

当他再次醒来，饥饿已主宰了他的一切，他饿得兵荒马乱，无所适从。

出于生命的本能，他首先想到应该如何存活下去。回想起以前每次吃包子只吃包子馅，然后把皮偷偷扔掉，到现在才知道这是多么可耻的行为。而他此时是多么盼望耍猴人能正如母亲说的那样，会扔进几个带毛的桃子来，这样便能同时解决他的饥和渴。

而耍猴人就像违背了他们之前约定的条款一样，对他不闻不问，就连带毛的桃子都没给他一个，直到他饿得头晕眼花，几次想撞墙。

也不知过了多久，当小天风绝望地望着黑暗的天花发呆时，门终于开了，从门角滚进两个桃子后，门又"砰"的一声关上。这两个桃子就像整个世界给他的最终答案一样。除此之外，一切都安静得可怕。

他饥不择食地捡起桃子，狂咬了一口。他本想咬掉皮再吃，可是又掂量了一下这两个珍贵的桃子——这点体积根本不够填补他那饥渴的万丈深壑。于是，他只是把桃子往身上蹭了蹭，便狼吞虎咽地吃了起来。

吃完桃子，虽仍不解饥渴，心却平复了许多。他突然感觉喉咙痒痒的，竟然全身长出毛来。他惊恐地叫喊着，却只能发出猴类嘶嘶的声音，他终于明白此时唯一能做的便是去接受做一只猴子的命运了。

第二天，又扔进来三个桃子。他想把皮吐掉，想想既然之前已经连皮都吃了，毛也长了，那还有什么可在乎的呢？变猴子就猴子吧，他对猴子并不反感，变成孙悟空不正是他想要的吗？

接下来的每一天，扔进来的桃子一天比一天多起来，直到有一天他终于能吃饱。

这是他真正成长的时刻，在那间黑屋子里，他学会了沉默寡言，在绝对的黑暗中唯一可以放任生长的便是思维。当他开始学会独立思考，他的身心也开始变得成熟起来，他感觉除了全身长毛以外，喉结竟然开始突出，肌肉越来越发达，身材也逐渐变得雄壮起来。

这天，金牙突然将门完全打开，刺眼的阳光投射进来，令小天风不由自主地抗拒着，瑟缩成一团。金牙狠狠地给了他一鞭子，训斥道："来这里不是让你每天白吃白喝的，从今天开始你必须接受训练，尽快给老子挣钱，不然明儿就给你喝西北风了！"

他愤怒地跟金牙抗议，却只能发出猿猴一般吼吼的声音。确定他已完全变成一只猴子，金牙得意地笑了笑，黄灿灿的金牙在阳光下闪出一道锃亮的光来。

于是，金牙上前踩住他的脚镣，然后死死拽住他手腕上的铁链，另一个人上来给他脖子上套了一条猴链。

"小风，这是约束颈环，跟手铐的原理一样，你越挣扎就会套得越紧。你不想窒息而亡的话，唯一能做的就只有顺从了！"——小天风的妈妈一直叫他小风，当老金这么叫他，小天风已完全确信这是出自妈妈的授权。他怔怔地站在那里，不觉愈加眼泪扑簌。

金牙得意地说完，握住猴链猛扯了一把，那猴链上的颈环便"咔嚓"一声就像围脖一般贴身地紧箍在小天风的脖子上。

另外一位耍猴人这才上前解开小天风的脚镣手链，然后问老金："老金，这个你亲自来教吗？"

"嗯，总觉得这个小孩有点特别，所以我亲自来教。"老金说完，从兜里掏出一根没有过滤嘴的香烟，叼在嘴上，用煤油打火机点着，一团烟雾便在明亮的光线中升腾开来。

"那我们出工去了。"说完，那人便和门口等着的另一耍猴人牵着三只猴子出发了。

当房间只剩他们两个后，小天风呆呆地望着老金，流着眼泪失望地说："金老师，果然是你，想不到为人师表的你竟然会做出这种勾当！"

老金埋着头说："金老师是谁？你大概认错人了吧！"

小天风一脸激愤地说："你就别装了，我知道一定是你！"

"我是谁都不重要，最重要的是你到了这里，一切都要绝对服从我！除了我，任何人都救不了你！"老金冷冷地说。

7. 街头卖艺

从那天开始，老金便开始教小天风练习十八般兵器，翻跟斗、踩钢丝等。虽然互相能听懂对方的语言，但老金很少说话，小天风愈加觉得老金高深莫测，于是对他有些敬畏。练得好，老金便给他撒一把坚果，这可是猴类的奢侈品；练得不好，就得挨皮鞭。时间长了，那皮鞭抽在地上啪啪作响也会令小天风胆战心寒。

因为小天风完全能听懂人话，又天资聪明，所以学得特别快，而骑自行车是他小时候就学过的，又为他节约了很多训练的时间。此时的小天风一边假装很听话，一边耐心地寻找着逃脱的机会。

终于等到老金要带他外出表演的那一天了。小天风明白只有外出，他才会有机会逃跑，为此他感到十分兴奋。

那天随他一起参加表演的还有另外两只猿猴：其中一只是小天风之前见过的，那只总是戴着面具的，他们管他叫"无脸猴"。小天风总是会不自觉地与那只无脸猴对望，他的脸已经和那张白色面具长在一起了，只剩下眼睛还露在外面，谁也看不到他的表情，谁也猜不出他心里在想什么。这只冷漠的猿猴很快就引起了小天风极大的好奇：他的背后究竟有什么神奇的故事，或是值得同情的身世呢？

另一只体形像一座泰山的猿猴，老金管他叫"宝塔"。宝塔跟在老金车前马后，很殷勤地为老金做事。宝塔的行为特征，让小天风总觉得以前认识他一样，只是怎么也想不起来。

他们几个特征如此明显，无论走到哪里都会引来路人的注目。很快他们便找了一块空地铺开摊子，无脸猴一敲锣，许多人便围了上来。

小天风那天扮演的是混世魔王程咬金：穿着松松垮垮的官袍，戴着东倒西歪的官帽，一走出来便令所有观众都忍俊不禁。在荒诞刺耳的笑声中，小天风感觉自己就像个无名小丑一般，笑声严重地刺伤了他的自尊心。他突然甩掉官帽，脱掉官袍，冲着围观人群不断嘶叫，告诉人们其实他们三个都是小孩子变的，求这些观众拯救他们。

可是他的呼唤没人能听懂，每一个人都沉浸在看猴把戏的热闹气氛之中。只有无脸猴苍漠地望他一眼，像是告诉小天风他什么都知道，但他什么都不想说，因为一切挣扎都是徒劳。而宝塔却像预感到什么事即将发生似的，装作无辜地退缩在一边。

果然小天风大祸临头，老金死死拽住猴链，勒得他连呼吸都困难，然后抡起皮鞭雨点一般抽在他身上。

一位妇人站在一旁指着小天风教育她的孩子说："你看吧，你要是不听话，这就是你的下场！"

小天风抬头一瞥，心里暗暗一惊，那妇人和小孩不正是他妈妈和他自己吗？他揉了揉眼，简直不敢相信自己的眼睛，是谁偷走了他的身份，让他成为了一只小猴？

此时那小孩也诚惶诚恐地望他一眼，在那对望之中，就像认出了彼此，赶紧害怕地转过脸去。

小天风殷切地望着妈妈，眼泪簌簌地掉下来，然后声嘶力竭地向她请求道："妈妈，求求您把儿子领回去吧，以后我什么都听您的！"

但在所有人听来，他只是发出嘶嘶的哀叫。他母亲已完全认不出他来了，冷漠地望了他一眼，然后拉着她的小孩在人群中悄然离去。

"妈妈，您认不出我了吗？我是您儿子啊！"他绝望地望着妈妈远去的背影，双腿跪下，任老金死命地用皮鞭抽他，他岿然不动。

无脸猴此时上来一把死死地抓住老金握着皮鞭的手，另一个耍猴人赶紧也给了无脸猴几鞭子，而宝塔这只雄壮的人猿却退缩在一边，害怕地捂住了眼睛。

见此情形，许多围观者在一片唏嘘声中渐渐散去，而此时一位秃头凸肚，手握"大哥大"的中年人却迎着退却的人潮远远地挥手喊了一声："金兄！"

小天风一眼望去，那人相貌神情也似曾熟悉，却像是在一个迷梦之中，怎么也想不起来。

老金也回头淡淡地瞥他一眼，面无表情地和另两个耍猴人继续收摊。

8. 被人宰割的命运

收完摊，他们一起在不远的公园旁找了一条长椅坐下。小天风被老金拴在椅腿上，另两个耍猴人牵着宝塔和无脸猴在背后的柿子树下耐心地等候着。

那棵柿子树已果实累累，却无人采摘。微风徐来，满树柿子灯笼般摇摇欲坠，十分诱人。一位耍猴人仰脸看见后，便指使宝塔去摇树。那些柿子纷纷掉落，两个耍猴人赶紧拿草帽去接。

无脸猴靠着树坐着，如同树的守护神一般沉睡，即使耍猴人踹他一脚，他也懒得理会。

小天风也无精打采地靠着椅背，仰望苍天，默默流泪。

"贾老板，看来最近野味店生意不错，赚了不少钱吧！"此时，老金坐定，一边用金牙咬着一个金灿灿的玉米棒，一边瞟了一眼贾老板紧握在手中的"大哥大"和手指上锃亮的金戒指，"不知今天找我有什么关照？"

"谈不上关照，咱们共同发家致富呗！今天去你猴园参观，见你又逮了不少猴子。这猴园门票收入不好，出来摆摊又挣不了几个钱，我看养这一群猴子开支都不小啊！"贾老板叹惋道。

"老贾，我跟你说过多少次，逮着了兔子、狍子什么的可以卖给你，但这猴跟人没啥两样，都是有灵性的。"老金说完，老贾赶紧把"大哥大"放在座椅上，从怀里掏出一盒高级过滤嘴香烟，毕恭毕敬地递上一根。

"我抽不来你那个，没这个命——"老金说完，从口袋里掏出一个烟屁股，老贾帮他用气体打火机点上。

"我也不想，可是这次是一位煤老板，出手阔绰得很，他儿子读书成绩不好，最近要考大学了，他想买一只最聪明的猴给他儿子补补脑。"说完，贾老板将一个鼓鼓的信封塞在老金手里。

小天风听到这里，紧张得几乎无法呼吸，耳朵贴得更近了。

"这都什么年头了，还有人相信这一套？这吃猴脑啊，也太残忍了！不行，咱不做这事。"老金把信封甩给他。

小天风在背后一听说吃猴脑，大惊失色。记得有一次他问父亲那些猴子是不是不听话的小孩变的，以验证母亲的话，谁知任飞扬说了一句："这不听话的小孩被抓去演猴把戏还不算最残忍的。要是变成了猴子还不听话，耍猴人再把他卖到那些野味餐厅去那才叫残忍！你听说过吃活猴脑吗？那可是补脑的佳肴——把那活猴关在一个木笼里，将头卡住，令它不能动弹，然后用锯子锯开它的天灵盖，再把烧得滚烫的油倒进去。那脑花还在"嗞嗞"作响，再加些葱花、芹菜末和胡椒粉等调料进去，用勺舀着吃。据说那种鲜活啊，那种美味啊，简直是人间的珍馐——"

每当任飞扬绘声绘色地说到这里，还舔一下嘴唇时，小天风便感到毛骨悚然。而如今这个骇人听闻的传说已成为，或者即将成为真实，一种求生的本能便令他开始积极地调动身体里的每一个细胞——

"嫌少的话，我再加！"老金正要把那信封退回，贾老板便更加诡异地望着老金，又扔给他一个更厚实的信封，"这人我不便暴露身份，老夫娶少妻，身子吃不消，所以也想吃猴蛋补补。"

"你呀，摸摸这里吧，我看你也需要补补良心了！"老金把那信封也扔回，顺便拍了拍贾老板的胸口。

"哈哈，也是也是，我这人就是缺心眼，这猴心就当我要了！"贾老板自我解嘲地说完，又从老金拍过他的地方掏出一个布包来，一并交给老金，"这两位都是我的大客户，这次就算我赔钱也好，你帮忙也好，都要答应这一次了！您看，这次我可真是把心肝肺都掏给你了——"

说完，他把那个布包也交给老金，然后站了起来。小天风吓得赶紧退缩到一边。

只见老金意味深长地说了一番话后，那贾老板又赶紧坐下，苦口婆心跟他劝说着什么，而老金一脸深沉，不时地回过头来望小天风两眼。从那目光里，小天风看到的是无奈和悲悯，看来老金真要把他卖给贾老板了。情急之中，小天风一眼就望见了贾老板身边的大哥大，然后趁他们专心谈话，把那大哥大偷来，拨通了110。

电话通了以后，他听见一个柔和悦耳的女声："您好，这里是110指挥中心，请问有什么能帮到您的吗？"

小天风赶紧对着电话吱吱地嘶叫个不停，老金回过头来望他，贾老板赶紧一把抢回了大哥大把电话挂掉，另一位耍猴人赶紧上前狠狠踹了小天风一脚。

而此时，贾老板的手机又响了，是110指挥中心打过来的。尽管贾老板不停地道歉，说是猴子不小心按的，但那边还是警觉地询问他们具体的方位，要他们停留在原地等待出警。

警察很快就赶到了，开始对他们逐一盘问。尽管贾老板神色有些慌乱，但老谋深算的老金依然镇定自若。警察看见除了有一只猴子在比手画脚，嘶叫个不停之外，也没发现其他可疑之处，便准备撤离。

小天风急了，一边尖声惨叫，一边捡起一块尖石子，开始在泥地上写字。还没写完"救"字，那尖石子却因为他用力过猛爆了，而小天风一时情急之下又找不到其他可以写字的物体，顿时慌乱无比。

一位耍猴人赶紧死死拽住颈链把小天风拖开了，那两位正准备走的警察被小天风的尖叫和怪异的举动吸引过来，看了看地面上的字，念道："求什么？"

老金赶紧上去解释："我在教它们写'求财'二字，只是这'财'字教了无数遍也教不会，而我们出来做生意又比较信讲究，所以少不了打骂……"

"别对它们这么苛刻，这猴子又不是人，哪有这么高智慧？警告你们不要虐待小动物！"警察说完，老金连声点头，他们这才离去。

这一刻，小天风终于明白世界最可怕的事情是——当你哪一天被剥夺了说话的权利，你将会被人任意宰割。

小天风终于沮丧地低下了头颅。他无意中又瞟了一眼一直与他苍漠对望的无脸猴，终于从无脸猴的眼洞中看清了他：那是一个空的灵魂，也许无脸猴心中埋藏着对这个世界最深的仇恨，所以他现在就像一个躯壳一般活在世上，他仅仅是在用他的逆来顺受来表达对这个世界的反抗而已。

警察走远后，贾老板才诡谲地对老金说："刚才真为你捏了把汗，别以为你做的那点勾当我不知道，所以别在我面前，尤其是在钱面前谈慈善心！"

"其实人也好，猴也好，我的职业是令他们成才。这一点对于一个纯粹的商人来说是根本无法理解的！"老金淡淡地说，"倒是你，明知这些秘密还来找我？"

"吃啥补啥，越相近的越补，不然怎么会出这个价？"贾老板又诡秘地一笑，然后胸有成竹地拍了拍老金的肩膀说，"我还有事先走了，您考虑好了随时给我电话！"

老金深沉地望了一眼橙红如橘的夕阳，然后和那两位耍猴人牵着他们三只人猴，挑着担子在夕光中远去……

9. 成为猴王

回去后，老金唯独把小天风牵到了他的住处。见天色已晚，他便把小天风拴在桌腿上，倒出二三两烧酒来，又装了满满一碟花生米和兰花豆。这一幕小天风也似曾熟悉，只是背景不同而已——这使他联想起读书时被老师留校，在办公室里眼睁睁地看着老师吃饭的场景。

老金独自喝了几口闷酒，然后起身开灯，点了一根烟。他在灯影里思索着，吞吐了一口浓烟。那烟雾便缭绕着他那坑坑洼洼的、橘黄色的脸，然后渐渐化开，就像乡下厨房里的烟火正熏着一块老腊肉。

待烟雾散去，小天风这才借着灯光再次看清他那张弥漫着沧桑的脸，不再像第一次看上去那样邪恶，但那绝对是一张不轻易为世间万物动情的脸。

从他那沉闷的表情，谁也猜不透他的心事。见小天风一直眼睁睁望着他，老金抓了一把兰花豆和花生米放在桌面上。小天风出于自尊，也没好意思去吃。

老金吃了点东西，喝了几杯烧酒，闷声不响地收拾了一个包裹，包了一大包坚果、玉米和桃子，然后牵起小天风就走。

小天风以为老金会如往常那般把他关进那间黑咕隆咚的房子里，却没料到老金走到一处铁门前，迟缓地用钥匙打开门锁。

老金领着他走了进去后，又帮他解开了颈链，把那包裹挎在了小天风的脖子上。小天风迟疑了一下，这是他万万没想到的——对他一直如此警惕的老金怎么轻易就露出这样的破绽呢？此时万一小天风要反抗，赤手空拳的老金未必是他的对手。

而就在这转念之间，老金已迅速地走了出去，锁上大门，直到那个沧桑的背影渐渐消失在暮色中的雾霭之中——

小天风环顾了一下四周，这片葱郁的树木和怪石嶙峋的假山都被铁栅栏围着，天空被密织的铁网封闭了起来，站在这里，仿佛置身于一片天罗地网当中，这大概就是小天风之前听说过的猴园了。

小天风大步流星地向里面走去，周围看不见一只猴，但他能感觉夜色中有无数眼睛在关注着他。借着月光，他看到半山腰插着一面"齐天大圣"的旌旗。他径直向旗杆走去，然后在草地上坐下来，打开包裹便开始吃东西。

选择这个地标性的位置，也是为了对周围所有的状况一览无遗。他看见无脸猴就蹲在不远处用空洞的眼神对着他。他分给无脸猴一些坚果，无脸猴没有理睬，那眼神深处似乎在关注着小天风不可预知的命运。一会宝塔也出现在无脸猴的旁边，小天风也分给他一些食物。宝塔尝试着吃了一粒坚果，看周围没啥动静，便狼吞虎咽地吃了起来。

然后其他猴子也小心翼翼地围了上来，小天风一一给它们分了食物。宝塔见周围一切都很平静，便悄悄靠近小天风并告诉他：这里一切都归猴王统管，食物也归它统一分配，只是它正在睡觉，所以千万不要把它吵醒。

小天风一边吃东西，一边满不在乎地问宝塔，这猴王也是坏孩子变的吗？

宝塔说，这里有一半猴子是坏孩子变的，而猴王和另一半猴子都是真猴。人猴和真猴最明显的区别是人猴各有各的个性，而真猴就算模样体格不同，性格思维却都像一个模子造出来的。耍猴人把猴园所有的猴子都交给猴王来管理，这样就省事多了。

宝塔说完，小天风突然站起来打了一个响亮的呼哨。那风一般的呼啸声划破猴园的夜空，所有潜伏在洞中的猿猴都赶紧出来观看。宝塔吓得赶紧扔下手中的玉米棒回到了无脸猴的身旁，那些跟着出来吃东西的猴子也一阵风一般四散而去。

过了一会，果然一只体格彪悍的猿猴晃晃悠悠从一个洞口走出来。它伸了一下懒腰，然后斜睨了小天风一眼。这映入眼帘的陌生令它完全清醒。它站在一个傲慢的高度，展开雄壮的体姿，用挑衅的眼神望着小天风，空气中即刻充满了杀机。

小天风感到了这即来的威胁，他明白这只毛色光亮、养尊处优的猴子一定就是传说中的猴王了。

不知什么时候四只雄壮的猿猴已将小天风团团围住，原来这四个都是猴王的护卫，被猴王封为"四大天王"。紧接着，其他的猴子也纷纷包围了过来，对他形成了第二个包围圈，令小天风插翅难逃。而宝塔早已吓得不见了踪影，唯剩下无脸猴还蹲在原地。

只见那猴王大吼一声，树叶都震得瑟瑟作响。它凌空跳下，一步步向小天风逼近，所有远观的猴子都吓得瑟缩发抖。待猴王走近，小天风玩世不恭地随手拿起一个桃子递给它，戏谑着对它说了一句："你也来一个？"

那猴王顿时雷霆万钧，一把打落小天风手中的桃子，向他扑了过来。无脸猴在一旁欲动未动，就像是一个冷静的观望者。

只见小天风一个"猴子溜阵"，滚到了一边，起身后又来了个俏皮的"猴子抓痒"，然后对着猴王来了个猴拳预备式。其他猴子正准备蜂拥而上，一只长着长长的白眉的白眉猴走出来，他如同一位见多识广的长者般说了一句："且慢，我曾听前辈们说过，这又会猴拳又能吹响呼哨的才是一脉相承的美猴王，是所有猴类的祖师爷。刚才我看他的招式像极了电视里的美猴王，而他刚才正好又打了一个呼哨，莫非他就是……"

他一说完，所有的猴子都不动了，猴王气急败坏地再次向着小天风扑来。小天风四周看了看，又一个翻滚，滚到旗杆下拔起旗杆，然后扯掉旗子用旗杆指着猴王说："你可以不认识我，但你若不认识这根棍子你便要吃尽苦头了！"

猴王气得咆哮着向小天风冲来，小天风抢起一棍，正好打在猴王脑门上，打得它眼冒金星，摇摇欲倒。正当那四大天王也气势汹汹地向小天风扑来时，无脸猴起身用一个喂食用的铁盆挡在前面，铁盆被那四大天王打得"砰砰"直响，宝塔和一只长臂猿也各自捡了根短棒前来助战，小天风这才想起历史书上第一章写的人与猿猴最大的区别就是人类会使用工具。而此时所有的猴子都一拥而上，所有的人猿也都冲了过来，开始了一场人猿和猿猴的大战。

当猴王站稳后一个俯冲再次向小天风扑过来时，只见小天风轻灵一闪，又给了猴王当头一棒，然后铺天盖地几棍将它打趴在地，令它再也爬不起来。

所有的猿猴见猴王被打倒都突然停住了，它们怀着无比敬畏的心慢慢向小天风靠近，然后齐声指着老猴王高呼道："杀死它！杀死它！杀死它！"

原来猴群有一个传统：那就是谁把老猴王打败了，谁就是新猴王，所有的猴类都必须无条件服从他，而且新猴王通常都会把老猴王杀死，以斩草除根，免除后患。

小天风举起木棍指着趴在地上的猴王，那猴王也对小天风发出一声悲鸣，那意思是：你杀了我吧！

小天风想了想，却将那根木棍扔在地上。老猴王犹豫了片刻，徐徐将木棍捡起。大家都为小天风捏了一把汗，只见那老猴王不紧不慢地将木棍双手举起，跪下来呈献给小天风，表示今后将心悦诚服归附于他。小天风满意地将木棍高举，迎风而立，所有的猿猴都齐声欢呼，极力拥护他成为新猴王。皎洁的月光下，猴园一片欢腾，月亮的山头映现出小天风那伟岸通天的姿影。

小天风自小就讨厌纪律与约束，自由是他的风，他梦想中的乐园是一个完全自由的国度。

于是小天风大声宣布："从此这里再无猴王，没有阶层，没有制度，大家互助友爱，一团和气，和平相处。同意的就请举个爪！"所有的人猿和猿猴听了又是一片欢呼，纷纷举起猴爪。

白眉猴赶紧向小天风耳语道："大王，人和猴都有劣性，一旦废除了制度，就会激发每一个人的贪欲和暴虐因子，必定会发生很多内乱！"

小天风纠正道："我都说了这里没大王，不许叫大王，以后叫我风哥就好了！"

"是，风哥。"白眉猴拱手道，他还正要说些什么，小天风一句"跟着风哥莫啰唆"将他的嘴搪塞住。

接着，小天风把老猴王储藏在洞内的食物都搬出来发放，慷慨总是他最狂热的乐衷。

长臂猿第一个把手伸了过来，因为食物足够多，所以小天风尽量满足每一只猴子，唯独发现有一只嘴特别大的猴子蹲在角落，眼巴巴地望着他们，想吃又不敢靠近的样子。于是小天风便热情地招呼他过来吃，他怯生生地望小天风一眼，见小天风在不断召唤他，才缓缓走过来加入这场饕餮的盛会。

白眉猴赶紧对小天风说："不要啊，贪吃猴要吃饱了，猴园吃剩的果壳果核就无人清扫了，到时猴园就会变成一个臭气熏天的垃圾场。而且贪吃猴食量惊人，他要得到了满足，估计很多猴子都要挨饿了。"

原来贪吃猴专门负责猴园的清洁，他那永不知足的胃什么都能消化，且不会轻易得病。

小天风不以为意地说："每一只猴子都是平等的，我们不能虐待任何一个，以后大家轮流来打扫卫生就好了！"

当晚所有的人猴、猿猴开始尽情地唱啊跳啊，用狂欢这种方式来庆祝这个自由的国度。老猴王储藏的食物很快就全都被耗光了，但小天风感到无比快乐和满足。

10. 梦回齐天大圣

当大家都累了，老猴王主动要把它的山洞让给小天风住，小天风却坚持要睡在旗杆下。尽管被父母抛弃后总是会感到莫名的凄凉，但那晚的月光却令他无比充实，他梦回齐天大圣的年代，原来他果然就是孙悟空。他一出场便是金盔圣甲，雄姿英发；他一挥手便是一呼万应，万众朝拜。这个梦对于小天风来说是多么珍贵，仿佛他的人生已到达一个理想的高度。

到了第二天早晨，正在美梦中的小天风被一阵吵闹声吵醒。他睁眼一看，原来这天是周末，猴园早早就来了一帮游客。当他们喂食时，一群猴子激烈的争抢将小天风吵醒。

他怒火冲天地起身，然后分别扇了抢食的猴子两耳刮子，狠狠地斥责他们："乞讨已经是很没尊严的事情了，而你们还要因抢食而发生争斗，简直就是灵长类的败类！"

见小天风大发雷霆，猴群吓得一片噤声。小天风此时回想起昨晚白眉猴对他的忠告，看来没有纪律真的会天下大乱，于是他赶紧宣布道："老子云：不患寡而患不均。从今往后，所有的食物都必须上交宝塔，由宝塔统一分配，如果谁要哄抢食物，格杀勿论！"

长臂猿赶紧跟他耳语道："这是孔子说的，不是老子说的。"

小天风意识到是自己口误了，不紧不慢地说道："过去是孔子说的，现在是老子说的！"

长臂猿连连恭敬地说："是，是，是！"

到了晚上，白眉猴又过来跟他说："风哥，您知道为何今天所有的猴都没吃饱，还一肚子怨言吗？"

小天风困惑地摇了摇头。

白眉猴说："周末通常游客比较多，所以老板们（耍猴人）一般也休息，不用来猴园喂猴。因为游客会购买足够多的食物来喂猴，卖猴食也能增加老板们的收入。以前老猴王的规矩是所有的猴子只需将抢到的一半食物上交，另一半可以自己享用。所有的猴子为了自己能获得更多的食物，都会积极地与游客互动。或者假装厮打，或者讨好卖乖，这样会大大增加游客喂猴的乐趣，自然就会购买很多猴食。而在您颁布新规以后，所有的猴子便失去了积极性，游客喂猴的乐趣就少了很多，也就不愿额外再买很多食物来喂猴了。一旦违背了多劳多得的原则，有的猴子食量大，有的食量小，如果平均分配，食量大的就会有怨言，甚至还有猴子抱怨宝塔假公济私，明显给自己要分配得多一些。"

正说着，白眉猴突然小声说了一句："大老板来了。"

只听见"哐啷"一声，铁门打开了，老金牵了一只新猴进来，老金一边走一边问管理员："为何今天猴园门票卖得不错，猴食收入却比平常节假日少了七成？"

管理员也说："我也觉得奇怪，今天所有的猴子也都不如以前活跃。"

"会不会是因为天气太热呢？以后这样的天气，我们不在，你要记得给猴园四周洒点水降降温。"老金帮那只新猴解开猴链，然后打开一个袋子，在喂食的盆里倒满了猴食之后，又打开水龙头把周围了喷了些水，最后和管理员边聊边走了。

他们一离开，那只新猴便狼吞虎咽地吃了起来。其他没吃饱的猴子也都围了上来，一旦哪只猴子离食盆太近，就会被这只新猴暴烈的攻击击退。

"这新猴真不知死字是怎么写的，要是换了以往，这四大天王立马会围上去要了他的命！"白眉猴望着这只新猴对小天风说道，"看来这四大天王由于被剥夺了特殊待遇，也不愿出头了。"

无脸猴正想冲上去，小天风一把拉住他说："强兵莫跟穷寇斗，他只是饿急了，让他吃吧！"

待他吃得差不多饱的时候，长臂猿上去，伸出长臂拍拍他说："老兄，吃得差不多了就赶快一边歇着去，你应该知道猴类的规矩，刚才只要我们风哥一声令下，你就没命了。"

那只新猴四周看了看，扑通一声在小天风面前跪下："我从城里跑到森林，又从森林逃到城里，已经三天三夜没吃过东西了，要死也要做个饱食鬼！"

小天风悠悠地点了点头说："行吧，这次就原谅你了！"

那新猴跪拜再三道："我叫秦雷，以后愿誓死追随风哥！"

11. 平息暴动

那晚，小天风依旧在皎洁的月光下睡着了。那夜的猴园显得特别静谧，梦像云彩一般在靛蓝的夜空飘来荡去。

半夜，当月亮被一丝阴云笼罩的时候，在黑暗中窥伺了很久的四大天王突然咆哮着，像四头饿虎般向小天风扑来。睡梦中的小天风当时还没完全反应过来，那秦雷突然就一把从山头跳了下来，天神般挡在了小天风前面。

原来，当小天风睡着以后，秦雷见四只彪悍的猴子一直躲在一块岩石后窃窃私语，还不时地偷看小天风的动静。于是，他选了一个离小天风最近的山头来睡，以免小天风遭遇不测。

紧接着，秦雷和小天风与四大天王的一场恶战便开始了。无脸猴、长臂猿、宝塔和贪吃猴等人猿纷纷赶来助战。眼看偷袭无法成功，人猿也已占了绝对上风，四大天王只好乖乖束手就擒。

小天风停下来，对那四大天王讯问道："我对你们如此之好，为何你们反倒要谋害于我？"

四大天王都桀骜不驯地偏过头去，像是各自抒发着内心的不满。

长臂猿小声地跟小天风说："一直养尊处优的四大天王当然会怀念老猴王在位的日子。现在它们被剥夺了一切优待，还要参与打扫卫生，当然一肚子怨气。"

"其实这不是根本原因，以前的猴王有着严格的纪律，睡觉都有人轮流值班。这猴园就像一个小小王国，一旦没有了统治者，没有了法律和国家机器，一切就会乱套。一个小王国就好比一座金字塔。您看这埃及的金字塔经历了几千年的风沙还坚如磐石，无数事实证明金字塔是最稳固的管理结构，而猴王代表最高王权和信仰，是金字塔顶端至关重要的那个。没有了猴王，整个猴园就会群龙无首，所以我还是希望您能坐到猴王这个位置上来！"白眉猴向小天风谏言道。

白眉猴一说完，所有的人猿都纷纷举爪极力赞成，希望小天风坐到猴王的位置上去。

小天风想了想，勉为其难地说："既然是这样，那我也就不再推辞了。"

"那大王，您说该如何处置这四只害虫？"秦雷踢了踢四大天王其中的一个说道。

小天风望了望栅栏外，然后对长臂猿耳语了几句。一会，长臂猿便把有些游客为了整蛊猴子扔进猴园又被猴子当炸弹一般扔了出去的指天椒、苦瓜和青柠檬收集了一堆回来，然后又加了几个苹果放在一起。

"为了以示公平，不如玩个游戏：把你们四个尾巴绑在一起，以这个地洞为中心。当我说开始，你们就各自朝东南西北这四个方向拉，五分钟后我喊停的时候，再来根据你们每一个往自己的方向拉的距离来计算名次。第一名可以首先在这四样食物中选一样，第二名在剩下的三样食物中选一样，以此类推。"小天风说完，便威风凛凛地端坐下来观看。

白眉猴会意，看来他是想瓦解它们四个的同盟，因为它们四个拉帮结派将会是猴园最大的威胁。

游戏开始了，果然这四大天王都非常卖力地往自己的方向拉，拉得脖子青筋突兀，眼珠爆出，脸和屁股都涨得通红。拉了半天，那中心点一动未动，看来它们四个势均力敌。

　　直到它们四个都筋疲力尽，泄气般瘫在了地上。白眉猴查看完，便建议道："既然第一回合分不出胜负，那么不如来第二回合吧！"

　　小天风点头认可，白眉猴便让它们四个站在一个巨大的树桩上，然后它们互相推搡，根据跌下来的顺序来排名次，很快持国天王和广目天王被推了下来，多闻天王在即将跌下来之时一把抱住了最后的增长天王，它们几乎同时坠地。落地后这四大天王又开始互相责怪，并且撕咬了起来。

　　白眉猴望了一眼正会心微笑的小天风，小天风赶紧上前喝止住它们之间的撕咬，然后令最后同时落地的那两个进行最后一项比赛——看谁先爬上旗杆的顶端。结果，多闻和增长才爬到旗杆中间时又厮打了起来，最终它们两个还没爬上顶端，便在撕咬中抱成一团，一起跌到了地上。

　　见另两个仍分不出胜负，小天风想了想，便召唤它们四个过来，然后问道："你们四个以后是否愿意心悦诚服地追随我？"

　　四个连声承诺。

　　"那你们各自做一个归顺于我的姿势，但姿势绝对不能一样，我再来重新判定个一二三四。"小天风说完便仰头站了起来。

　　小天风才说完，持国天王便第一个趴下来吻小天风的脚，广目天王开始单脚跪地捧着小天风的手吻他的手背，多闻天王则双腿跪地对着小天风磕头拜了又拜，唯有增长天王单脚跪地，双手抱拳对着小天风拜了三拜。

　　小天风满意地点了点头，然后从容地站起来宣布："持国天王这种方式未免有些奴颜婢膝，失去了灵长类的尊严，为第四名；广目天王自认高贵，把王权当作女性追求，却是对王权的一种亵渎，为第三名；多闻天王，你这种跪拜方式是祭神啊！算你第二名；只有增长天王的姿势最符合一名武将的身份，既代表心悦诚服，又不失武将的风度，为第一名，并且我封你为猴类统管，但凡猿猴里往后出现骚乱唯你是问！"

　　增长天王领命，很自然地在那一堆食物中选了苹果，满面春风地坐在一边吃了起来；多闻天王毫不犹豫地选了青柠檬，酸得眼睛成了一线天，那副悲催的模样令所有猴都惨不忍睹，不敢直视；广目天王选了苦瓜，咬一口那表情便挤成一堆，成了苦瓜脸；持国天王只得抱着那一堆指天椒开吃，一会便辣得就像孙悟空进了炼丹炉，冒汗抓狂。

最后小天风又叫宝塔搬了一个西瓜出来，大家都以为小天风是拿来分给大伙吃的，各自舔了舔舌头，却见那西瓜上刻了一个猴脸的画像，众猴皆抓耳挠腮，不知何意。

小天风运了一口气，然后一爪便抓破那厚厚的西瓜皮，从里面掏出一挂红红的瓜瓤塞进口里，嚼一口，嘴角还流出血一般的瓜汁来。这猴子是最怕血的，而它们之间流传的最骇人听闻的莫过于人类吃猴脑的故事了。小天风的这个暗喻令猴群皆大惊失色，纷纷退后。

"以后谁要是想造反，这将是它的下场！"小天风一脚踩在岩石上，威风凛凛。众猴皆慌忙跪下参拜。于是，小天风宣布白眉猴为军师，宝塔为总管，长臂猿为内务大臣，秦雷和无脸猴为左右大将军，而增广天王直接对无脸猴负责。小天风也见识了贪吃猴惊人的食量，所以最后还是放下怜悯，采纳了白眉猴的建议，令其照样负责清扫环境，只不过待遇有所提高，美其名曰环保大臣。

12. 成为孙悟风

第二天清早，老金和其他耍猴人来到猴园，准备挑几只猴子去开工。喂食时，老猴王与其他猴子皆俯首称臣地跪拜在一旁，以一副瞻仰的姿态看着小天风吃东西。待小天风招呼它们过去，它们才敢小心翼翼地围上去。老金一看自然心里有数。

已经吃饱了的小天风没精打采地斜躺在旗杆下，望着天，心若浮云。老金赶紧召唤他过去，小天风瞥了他一眼，懒洋洋地起身，悠晃着走过去，沿途的猴子纷纷敬畏地退避一旁。

待小天风走近，老金顿了顿，然后对他说，看来你没有辜负我对你的期望，果然成为了这里的新猴王。

小天风没好气地答了一句，这根本不是我想要的。

老金说，自从你妈放弃你的那一刻你已经回不去了，既然不能摆脱做猴子的命运，那么不如做一只出类拔萃的猴子吧！来，你跟我来一趟！

　　说完，老金正要给他戴上颈链。小天风露出不满的情绪，说道："这个就不必了吧！"

　　老金说："不是我不相信你，而是我更相信制度，只有制度才是无懈可击的。"

　　小天风正要反抗，看见另一耍猴人手里握着套猴索向他走来，便不再多说，乖乖地戴上猴链之后跟随老金去了他的住所。

　　进了老金的房间，老金如常地把他拴在桌腿上，关上门，房间里一片阴凉。

　　老金趴下身子，从床底下挪出一口古老花纹的沉木箱和一根牛皮纸包着的棍状物体来。他打开沉木箱，又解开牛皮纸，把四件物品一一摆放在桌面上。

　　小天风沿着窗子透射进来的阳光看过去，只见在浮动的尘埃下，桌上摆放着的金箍棒、凤翅紫金冠、锁子黄金甲和藕丝步云履四件物品在光柱下依然金碧辉煌，似乎在诉说着一个古老的神话故事。

　　而这一幕，小天风似曾熟悉，一切就像是在梦中，似乎在他的生命中，就等着这一天了。他的一生都是为了这一天而活。

　　"这四样行头已经荒废很多年了，只因找不到合适的人选。如果天生没有美猴王那种狂傲不羁的气质和吞云吐月的气势，即使我教会了他所有特技，一切都是枉然！"老金喟叹道。

　　小天风不屑地瞥了他一眼，回道："你不会是要我演美猴王吧？"

　　老金不语，凝重地望了望窗外，沉思了片刻，然后说道："或者你生来就是美猴王，又或者美猴王因你而生。谁知道呢？不如你的名字就叫孙悟风吧！"

　　孙悟风？小天风听见这个熟悉而又陌生的名字抓耳挠腮，这个名字就像来自地洞深渊的吸力一般令他无法拒绝，他瞬间便爱上了这个名字。

　　"本来是想把你卖掉，只是我不能眼睁睁地看着你的天赋被埋没。除了我，无人能拯救你的天赋！"老金的这个定义已经把他像年画一般钉在了墙上。

　　"我看你无论遇到什么情况都一副硬碰钉子、不屈不挠的态度，今天便先开始教你变脸吧！"一会，老金又从箱子底抄出一大沓脸谱来，自言自语地说道，"倘若孙悟空不会七十二变，都不知死了多少回了。变脸是我国的国粹，这既是一门神奇的舞台艺术，也是一套斑斓的处世法则。"

只要是孙悟风感兴趣的事情，他学起来便十分得心应手，所以很快他就学会了变七十二张脸，然后老金又把金箍棒交给他，让他试着在院子里表演一下。

孙悟风接过金箍棒，自然是舞得得心应手，谁知表演完后，老金竟然完全看不上眼。

"你这棍法可还差远了，来，你端着这碗水，把金箍棒交给我——"老金见孙悟风一脸不服气的样子，便把桌上的一碗水交给他，然后拿起金箍棒舞了一段，边舞边说道，"这舞棍有三个境界，一曰照镜。"

说完，老金便把那棍舞得能照见人影，令孙悟风不得不心悦诚服。

"二曰生风。"老金还没说完，孙悟风只感到一阵狂风从那晃动的棍影中向他刮来，刮得他双眼迷离，猴毛尽向一边倒。

"三曰挡水。来，你把这碗水向我泼来——"老金说完，孙悟风便把那碗水向他泼去，果然那水尽数被金箍棒挡回，反泼了他一身，这让他惊得目瞪口呆，赶紧跪下来拜了一声"师父——"。

从那天起，在练习之余，老金又开始带他去街头巡演。此时身着紫金冠、黄金甲和步云履，手舞金箍棒的孙悟风似乎在街头这片舞台找到了向往中的自己：那不屑一顾的神情，恣睢狂放的姿态，以及他变脸时玄乎迷离的神技很快就俘获了所有观众的心，赢得了阵阵雷动般的掌声。

无论他走到哪里，围观的群众都是里三层外三层，将舞台围得像木桶一般水泄不通。每当他变脸时，围观的小孩看得目瞪口呆，向他投来钦佩的目光。那钦佩的目光仿佛从孩童时的他的眼中发出，穿越时空，呼啸着重新回到他身上。当年他也是用这种钦佩的目光去看《西游记》中的孙悟空的。这种时空变幻的感觉让他找到了本真。每当老金叫他孙悟风时，他对待老金就像孙悟空当年对待师父菩提老祖那般恭敬，并且卖力地为他工作。每当老金因为赚得盆满钵满，露出晃眼的金牙时，他也会为老金感到由衷的高兴。

那一段时间，老金对孙悟风特别照顾，几乎每天都会去买他最喜爱的板栗给他吃。即使中间孙悟风也有不听话的时候，那皮鞭尽管抽在地上"啪啪"作响，也绝不会落在他身上。

有一次无脸猴走钢丝，听见下面有一个小孩指认无脸猴以前是个小偷，无脸猴一下慌了神，险些从钢丝上掉下去，小天风一把伸出了友爱的手拉住了他。当无脸猴跳下去要去打那小孩时，老金赶紧扬起鞭子要抽打他，又是孙悟风一把挡在了无脸猴前面。而老金看在孙悟风的面子上，最后竟宽恕了无脸猴。

13. 梦想回家

天气一天天转凉，老金不仅给孙悟风新添了棉大褂，而且几乎是按人类的标准，给他在猴园布置了暖心的新窝。那一段时间孙悟风却感觉无脸猴不仅对他心无感激，反而那空洞的眼神显得越来越荒凉陌生。而此时养尊处优的孙悟风，随着这个季节的悲风，也总是会感到莫名的惆怅。当他站在山头受万猴景仰，睥睨一切的时候，却总是会体会到高处不胜寒的境界，他的生命中就像是缺失了某种难以名状，却极其重要的东西，令他无限空虚……

转眼就过小年了，大街上人头攒动，到处张灯结彩，洋溢着一派热闹的节日气氛。这天老金带着孙悟风才表演完一场，正准备转场。当围观的群众潮水般退去后，只剩下一位妇女，手里牵着一个小孩，怀里还抱着一个，仿佛站在世界的边缘，呆呆地望着正在收摊的老金。

"老婆，你怎么来了？我爸谁来照顾？"老金转身看到她，赶紧上去亲切地接过褓褓中的那个。

"小的又病了，我带他到市区来看病，只好委托邻居先照顾老爸一两天。还有，我哥今年光景不好，担心你年前还他的钱又没着落，所以催我来问问。"

孙悟风一眼望去，说话的是一位典型的农村妇女，映入眼帘的便是她身上的衣裳，小孩身上的棉衣和老金手中的褓褓全都是补丁，他们站在冬景的深处，衬着这斑斑驳驳的树木，令这个冬天显得尤为萧索。

"嗯，我差不多都准备好了——"老金把老婆拉到一旁轻声说道，然后背向有人的这边，从怀里掏出一大沓钱分别数给她，"这是还你哥的钱，这个是给孩子看病的钱，这个拿去给你们每人添一身新衣裳……"

还没说完，手里数着的钞票便断了，他只好尴尬地补了一句："买年货的钱还在路上，这些你先拿着。这样，你先带小的去看病，大的跟着我跑场，晚上我们在表姐家碰头。马上就要过年了，正是一年中赚钱的关键时候……"

一阵寒风吹来，那树叶也萧萧飒飒，几片飘零的落叶落在他们之间，显得温暖而悲凉……

孙悟风仿佛听到了过年时的爆竹声声，母亲正在热气腾腾的厨房里忙着准备丰盛的菜肴，父亲正忙着贴春联，而他懒洋洋地斜躺在沙发上，一边嗑着瓜子，一边看着电视，壁炉把贴心的温暖填满了房间的每一处空间。一家人融融泄泄、暖如新阳的样子，整个家庭都充满了喜庆的节日气氛。

曾经贪玩的他一直认为家对于他是一个束缚，从没理解过做父母的艰难辛苦。他总是早早地就盼望过年，从没想过每当过年时，大人们便是老金这般处境。想到这，他不禁有几分愧疚。

那天下午早早收工，孙悟风回到猴园，站在这个季节的悲风之中，显得十分低落。

他仿佛又看到了那个朦胧而亲切的姿影，只站在铁栅外失望地望了他一眼，便转身离去。

"妈妈——"孙悟风望着那个离他而去的身影，泪眼婆娑。

"老大，怎么了？"一群猴子围了上来，关切地问孙悟风。

"天公正在跟我私聊，你们谁斗胆偷听，必定会遭到天公的惩罚！"孙悟风大声地怒斥他们，然后仰望天空，让泪水回灌心田，那些围观的猴子吓得冬风一般散去。

第二天，老金打开门要带他走时，他便向老金恳请让他回家一趟。

"不行，我在你身上费了这么多心血，别以为你现在就登峰造极了，你要成为真正的美猴王，还有很多本领要学！"老金粗暴地拒绝了他，这令他十分怄火。

这天的表演他极其不配合，甚至还把老金的摊子都砸了。老金气急败坏地把他抽了一顿，然后又把孙悟风关进了黑屋子里。

"你好好反思几天，什么时候想清楚了再带你出去表演！"老金气咻咻地说完，关上门就走了。

一个人窝在黑屋里，孙悟风越想越气，干脆一不做二不休，打算率领所有的猴逃走。回想起老金教他的变脸，一个新的计划正在他心中酝酿。

他知道这间黑屋子是老金用来驯服新来的猴子和惩罚犯错的猴子的，与猴园离得很近。于是他对着窗外打了一个无比响亮的呼哨，那长长的呼哨即刻被风送达了猴园。

过了一会，他果然听到猴园传来阵阵骚动。他想白眉猴他们一定已经会意了。

果然第二天一早，那老金急急忙忙赶来，牵着孙悟风便心急火燎地往猴园赶，边走边对他说："人猿和猿猴发生了激烈的争斗，在新的猴王没确立之前，看来只有你能解决了。"

"关我什么事？"孙悟风桀骜不驯地说，故意赖着不走。

"你愿意看着你的同伴死的死伤的伤吗？"老金几乎是央求他的语气。

孙悟风便不再多语，随老金来到了猴园。只见里面正打得热火朝天，就连孙悟风也分不清他们到底是真打还是假打，总之他们各自把人猿与猿猴之间多年来的积怨都爆发了出来。

眼看这场恶战将会带来严重的伤亡，孙悟风赶紧站上山头，打了一个嘹亮的呼哨，那划破长空的呼哨令所有猴子都心迷神往。他们全都停下来，入迷地仰望着小天风，然后跪下来参拜。

老金看见此情此景，既感动又恼怒。感动的是这孙悟风一出场便场面壮观，一呼百应；恼怒的是这一呼百应的小天风不肯完全服从于他，这将是一个巨大的隐患。

于是他把孙悟风叫到一边，板着脸说："别高兴得太早了，你若是不肯出去表演，我还是会把你关进黑屋的！"

孙悟风也装作气不顺地回了一句："好吧，你赢了，我讨厌关进黑屋！"

老金得意地冷冷一笑，看来此举达到了他预想的效果。

14. 逃出樊笼

那一天表演回来，老金见孙悟风已被驯服，便把他放回了猴园。老金一走，孙悟风赶紧到四周查看了一遍，然后叫来长臂猿，指使它把铁栏外的一把锄头拖了进来。

而孙悟风用锄头作了各种尝试之后，始终都无法撬开栅栏。正当他一筹莫展之时，白眉猴捻着长长的眉毛走过来，他们一起坐下来商议，一会苦苦沉思，一会用石子在地上用各种物理数学公式来计算，最后他们起身击掌而定。

孙悟风便命令所有的猴子开始收集藤蔓，知道他们准备出逃，有些猴子便开始议论纷纷。

"大王，收集这些藤蔓有什么用啊？"有一两只胆大些的猴子好奇地问道。

"让我们各自回到原来的世界——"孙悟风漫不经心地回答。

有些猴子便开始吵吵嚷嚷了："现在不是很好吗？每天都有人喂食，衣食无忧。倘若回到丛林，每天都风餐露宿，日晒雨淋，还要面对虫蛇猛兽。"

"难道你们就甘心被人类剥削吗？"宝塔反问他们道。

"我们是猴子，被统治就是我们的命运。"那些猴子异口同声地回答道。

"我所做的只不过是给你们多一个选择，不愿离开的可以继续留在这里！"孙悟风大声宣布完，便开始行动。

当藤蔓收集足够之后，孙悟风便令他们把藤蔓编成一根粗绳绑在铁栅栏上，然后把锄头插进去，和宝塔、老猴王等几个力气最大的像用一个巨大的扳手拧螺母那样不断拧紧所有的藤蔓，这样就利用杠杆的原理产生了一个巨大的扭力，一会便把那几根钢筋绞在了一起，现出大门一般的缺口来，猴群立即一片欢呼。

孙悟风与所有猿猴作别后，便准备领着所有的人猴走，白眉猴捻了捻长眉说道："且慢，我们好像还忘了一件极其重要的事——"

孙悟风问："什么事？"

"如果是猴子的外形，我们就永远只能待在猴子的世界，我们要回到原来的世界就必须要变回我们自己！"白眉猴说道。

"可是怎样才能变回我们自己呢？"其他人猿七嘴八舌地问道。

"我也一直在想这个问题。因果因果，有因才有果，我们是因为吃了带毛的桃子才变成猴的，而桃子都是桃核种出来的，莫非这答案就出在我们吃剩的桃核上？"白眉猴意味深长地说。

"可是吃完桃子这桃核都扔掉了啊！"孙悟风也拍着头恍然大悟。

"我把吃剩的每一颗果核都埋在了猴园的各个角落，期待以后都能长出新的果树来。"贪吃猴吞吞吐吐地说。那贪吃猴平时胆子特别小，一轮到他说话脸便涨得通红。

而宝塔却更清楚这次他脸红的原因，那是因为他不好意思说出他每埋下一颗果核，就顺便浇上了他的"人工肥料"。

"还愣着干吗？赶紧挖啊！"孙悟风说。那把锄头又派上了用场。

他们收集了一大堆桃核，然后用石头砸开，取出桃仁来。长臂猿第一个吃，一吃完他就变回了人形——原来他竟然是孙悟风的初中同学李晔。李晔手很长，经常借了人家的东西不还，他的习惯用语是：能否把你这样东西送给我？你看我两耳垂肩，双手过膝，此乃帝王之相。等我飞黄腾达，我一定会重重回报你的。而别人哪怕找他借一点东西，他也总是淡淡地用一句"君子不夺人所爱"来回绝。

那宝塔一吃完，孙悟风一眼就认出他了，竟然是那个曾令他淡过心的小强。自从那个院子拆散后，他们从未真正分开过，不仅是幼儿园和小学同学，在初中又成为同学。他就像一只屎壳郎，只要被他紧紧追随，甩也甩不掉的时候，便感觉自己就像成了一坨屎那样。也许是因为小强一直个子矮小，但总是爱夸自己"内心强大"的缘故，竟然把他自己变成了一副"宝塔"的形象。

那白眉猴和贪吃猴吃完桃仁也变成孙悟风另两位初中同学，一个是称为智多星的吴军，另一个是总爱在上课吃零食而被老师经常罚打扫卫生的蔡多。

每一只人猴都变回一个个小孩相继离去。当最后只剩下孙悟风和无脸猴时，已经只剩下最后一颗桃仁了。孙悟风与无脸猴面面相觑地对望了一眼，然后对他说："你先吃吧，我回去再找一个桃核。"

　　谁知无脸猴淡淡地说："不必了，其实对于我来说，做人做猴都一样。"

　　这是孙悟风生平第一次听见无脸猴说话，当小天风问及原因时，那无脸猴却好似金口玉言，什么都不说了。归家心切的孙悟风只好吃下了最后一颗桃仁与他告别。

15. 回到现实

　　那一夜，月光把大地照得雪白，每一条路都是那么清晰。他明明知道路，可是走了一宿又回到原地，怎么也走不出去。

　　孙悟风这才明白，他遇到传说中的迷路神了。小时候经常听老人说起，在乡间的夜晚常常会遇到迷路神，虽然心里很清楚路，但总会在原地打转，无论如何也走不出去。只有听见第一声鸡叫后，那迷路神才会立马消失。

　　于是，孙悟风一直在乡间的小路原地打着转。直到天亮，他也没听见一声鸡叫，难道这一带都没人养鸡？急得他出了一身汗，不得不停下来思索到底是哪里出了错。最后他突然想到了什么，赶紧站在高处对着东方打了一个嘹亮的呼哨。

　　就在这曙光万丈之中，他果然看见妈妈就站在路旁，光辉而伟大。

　　孙悟风赶紧一把热切地抱住妈妈，热泪盈眶。

　　刘云婵抚摸着他的脸庞，关切地问了一句："小风，怎么了？是不是做噩梦了？"

　　"妈妈，要过年了吗？"孙悟风在睡梦中仰起头来问母亲。

　　"你呀，才放暑假就盼着过年，你看你还穿着短衣短裤呢！"刘云婵这么一说，他这才醒悟过来，回到任天风，原来这一切都只是在梦里。

　　——这已是天风初中毕业的那个暑假，天风记得昨晚还是读初中一年级的暑假，他躺在沙发上看动画片《大闹天宫》，看着看着竟然睡着了，这一觉醒来竟然已过了两年。除了这个梦，这两年的真实生活他大多想不起来，不知梦中是真，还是真实是梦，唯有在梦中找到一一的对应：那老金无疑就是初中班主任金老师了，那无脸猴肯定是初中同学沙英摩了，这两个人与任天风的初中生活都有着不解的缘分。

自从那次任天风用上辅导班的时间和钱来打电游被父母和老师发现后，父母似乎对他已彻底绝望了，从此对他放任自流，不再管他。初三下学期开学没多久，天风和小强因为用三轮车偷了一车铆钉、脚手架的十字扣件和钢管而被工地看材料的老头抓住后移交派出所。金老师代表学校把天风和小强领回后，天风一个人把整件事担了下来，令小强与此事完全撇清了关系，学校最后决定把天风开除。

金老师为了挽救天风，那晚放学后把他独自留在办公室。可是不管他如何对天风循循善诱，天风都一言不发。

"任天风，你虽然胆大包天，但我知道你也是一个有正义感的人，并且你绝不会为了自己这样做的，相信你一定有自己的苦衷。但你要为了义气这样做，等于毁了自己一辈子！"

金老师说完，天风依然默不作声，两人陷入了沉默的尴尬之中。

"在你没说出实情之前，我们就一直这样耗着吧！你不说，我们都不回家。"说完，金老师去食堂打了两份饭菜回来，天风仍低头不语。

"先吃饭吧！"金老师和气地说完，小天风摇了摇头，宁愿看着他吃。

金老师也什么都不多说，吃完饭又赌气般拿出一大堆作业来批改。整个教学楼安安静静的，只有金老师翻作业本和批改作业时笔尖"唰唰"的声音。

直到金老师批改完作业，天风一看墙上的挂钟，已经晚上八点多了。要是换了之前，父母早找来学校领人了，看来父母真的已把他彻底抛弃了。回想起母亲在电游室把他找回的第二天，父亲对他所说的气馁的话："你也快成年了，以后好自为之吧！打也打够了，骂也骂够了。打多了怕影响你身体发育；骂多了伤自己气力不说，反而增加了你的抵抗力，让你脸皮越磨越厚，所以我已经对你彻底绝望了。我只把你抚养到十八岁，尽到了做父亲的责任，以后就对你听之任之，什么都不管了！你要以后成魔，你各自像孤魂野鬼一般在野外飘荡；你要成仙，哪怕登上天庭，老子也绝不沾你一点天光！"

回想起父亲这些话，天风的眼泪都漫了出来。

金老师抬起头来问了他一句："想回家吗？"

天风抹了抹眼泪，点了点头。

金老师说："你自己要好好想清楚，要是你今晚不说出真相，明天你就不能来上学了，所以今晚让你最后一次好好体会在学校的感觉。"

金老师一说完，天风的眼泪便打开了闸门——

"我每次上学放学都路过那个工地，我看那个工地停工了很久，十字扣件和钢管扔得满地都是。有一次我看到一个老头在里面搬了几个就走。我好奇地问他拿去做什么用。他说反正是工地不要了的，捡几个去卖钱，到废品收购站那里可以卖一块钱一个。"

"你很需要钱吗？才过完年，相信你收了不少压岁钱！"金老师凝望着他，咄咄逼人地追问道。

"我，是帮另一个人还钱……"天风想了想，还是把真相说了出来。因为仅凭金老师眼神里的真诚，他知道，只要他不撒谎，金老师一定会信任他，并且会协助他走出这个噩梦的。他毕竟还太年轻，他一生的梦幻不可能就这样被阴霾吞没。

原来，天风做这一切全都是为了沙英摩：

在初三上学期的一个弥漫着薄雾、寒风瑟瑟的清晨，沙英摩的父亲如往常一般出去晨跑，却被一辆拉蔬菜的农用车撞倒，送去医院抢救。因颅内大出血，他父亲做了开颅手术之后仍一直昏迷不醒。自此，沙英摩一家人的命运都彻底改变了，他对整个世界的看法也随之发生了变化。

因肇事者完全没有民事赔偿能力，而沙英摩的父亲当时在一家机电公司做业务员，既非工伤，他父亲也非正式工，所以用工单位也拒绝出医药费。为了救治他父亲，他母亲不得不四处借钱。

在他家收到交通肇事者因无力赔偿被判三年的判决书的那天，天风看见沙英摩独自靠着操场的围墙，仰望苍天，默默流泪。所有的场景在沙英摩脑海里像电影镜头般再次回放：当没有钱续交医药费，他跪下求医生，却被医生严词拒绝的场景；为了给他父亲续命，他母亲一次次跪地向亲戚借钱的场景；因无力赔偿，肇事者家属一次次在他母亲面前磕头长跪不起，乞求他家人谅解的场景……

从那以后，沙英摩开始信奉金钱是魔鬼，并开始仇恨社会，与一些社会不良少年混迹在一起。

"当社会把你逼到走投无路时，不要忘记你身后还有一条路，那就是犯罪，记住这并不可耻！"这句话从此成为沙英摩的人生信条。

而那时的天风，除了给沙英摩安慰以外，却没有任何能力去帮他。

这个学期开学的第二天，天风的同桌隋畅拿出一沓压岁钱四处炫耀。

当所有人做完课间操回到教室后，隋畅无意中翻开书包，却发现里面所有的压岁钱——共计600元竟不翼而飞。

当隋畅正准备把这件事报告老师时，天风回想起当隋畅拿出钱来炫耀时，沙英摩那一闪而过的目光，以及做课间操时天风恰好留意到唯独沙英摩没去，可是到了散操后，沙英摩却又混进了回教室的人群之中，还故意跟天风勾肩搭背走在一起，就像是特意为了制造不在场的证据。

根据这些疑点，天风基本可以断定是沙英摩偷了隋畅的钱。于是他赶紧劝说隋畅不要报告班主任，虽然不方便透露是谁偷的，但承诺一定会帮他追回。

当天风找到沙英摩并与他私聊时，沙英摩矢口否认他偷了隋畅的钱。

"我知道你家缺钱，但我们可以一起想办法去赚钱……"天风无限真诚地对沙英摩说。

"嘿嘿，你这么高智商，只适合去抢银行！"沙英摩冷蔑地咧嘴一笑，然后拍了拍天风的臂膀正准备走，又回过头来，对天风深重地说了一句，"如果有一天，我变坏了，朋友，请记得我曾经善良过；如果有一天，我变得冷酷无情，请记得我也曾有一颗火热的心；当最后有一天，我独自远走高飞，无论在地球哪一个角落，我都会记得你，任天风，你曾是我最好的朋友！"

说完，沙英摩转身就走了，天风望着他远去的背影，心里全不是滋味，但友情、同情加上义气却令他将义无反顾地去帮沙英摩严守这个秘密。

为了帮他凑齐这600元，天风不仅将自己仅有的200元压岁钱全部贡献了出来，回想起那个废弃工地上的十字扣件可以卖钱，而他天真地以为之前那个老头说的都是真的，天生具备做大事业潜质的他付了五元钱在校办商店租了一辆三轮车，然后叫来小强帮忙，大张旗鼓地来到那个工地，把那些只要散在地上的钢管、铆钉和十字扣件来了个大扫荡。

当他和小强正艰难地推着三轮车去废品收购站时，却被工地上看材料的老头一把抓住了。

听完天风的阐述后，金老师凝思了片刻，起身说了一句："你先回去吧，一切明天再说——"

第二天一早，金老师先去了工地、校办商店和天风准备去的那家废品收购站做了一番详细调查，然后挨个把小强、隋畅和沙英摩叫到办公室问话。

直到下午，金老师才宣布根据调查结果做出的最后决定：学校除了免除对任天风和沙英摩的处罚之外，还为沙英摩免掉全部学费；并号召全校师生捐款共一万多元，大大缓解了沙英摩家的困境。

事后，虽然沙英摩对天风仍心存怨恨，但更多的却是无言的感激。在金老师的劝说下，天风决定重新做一个好学生，又报了各种课外辅导班，却无意中发现了其中的"猫腻"：原来平常大部分考试题目都选自辅导班课堂讲解的案例。怪不得金老师在开家长会时会很有底气地说："学如逆水行舟，不进则退。你看，上过辅导班的同学成绩明显得到提高，没有上辅导班的同学却一落千丈。这个学期就要进入中考了，在人生的关键时期，我还是建议各位家长尽量给自己的孩子报读辅导班，尤其是比较弱的学科。"

天风与小强、吴军等人一起为老师算了本账：各科老师仅借助于上辅导班和卖辅导资料便可以每月增加上千元的收入，给其他科目的老师每介绍一个学生报名还能有 15%—30% 的提成。有的家长虽然家里经济条件差，但为了提高自己子女的成绩，哪怕节衣缩食也会为子女交钱报读课外辅导班。

天风终于愤怒了，在他的带动下，同学们准备联名将以金老师为首的全年级老师告到教育局。而此时，班级内部又发生了分化：有的学生家长不在乎这个钱，更担心举报老师会影响自己子女的前途；有的学生则认为课外辅导班完全遵循了自愿的原则，报不报名是一个人的自由，所以根本没必要向有关部门举报。

经过班级革命派和保守派一番激烈的争论之后，在任天风的带动下，最终一封班级联名信送到了教育局。不久，学校便受到了教育局严厉通报，叫停了各种辅导班，并追究相关人责任，而天风的班主任便是主要被追责人之一。

而那时，正好中考完毕，整个初中生活拉下了帷幕。天风成功地抓住了时间节点，逃离了"火灾现场"。

回忆起初三的生活，虽有着父母所说的耍猴人故事的暗黑，但正是因为在这黑暗之中，他仿佛找到了真实的自己。

天风有时也会怀念老金，毕竟老金与他有着不解的缘分。所有曾经对他严加管教过的，都教过他至关重要的武功绝学。最终那些恨意都像雨后的积水一般，一到晴天便消失在那敬崇的高天之上。

初中毕业的这个悠长暑假，他又开始感到平静中的无聊，甚至开始怀念那个猴王的幻梦和他的独立王国。那一呼百应的场面，仿佛印证了他人生的雄奇。这是他曾经向往的精彩人生。

16. 老贾的造访

这天晚上，突然有人敲门。打开门，竟然是失魂落魄的老贾。

"你有烟吗？我忘了带烟了——"老贾一进门就要烟，然后哆嗦着点燃，和任飞扬两个开始坐下来借着烟雾交流，搞得满屋子乌烟瘴气。这是天风和他妈最深恶痛绝的事情。

老贾猛吸了几口烟，然后一脸悲戚地说："任兄，我儿子被别人吃了——"

任飞扬霍然一惊："谁把你儿子吃掉了？难道食人族出现了？"

"我说的是我的真儿。"老贾双眼无神地说。

"那条狗？"刘云婵睁大那双悬疑的眼睛。

老贾沮丧地点了点头。天风既为老贾杀了孔雀，又杀了那么多小动物而对他痛恨不已，又为这条尊老爱幼，对其他动物如此有爱心的狗感到伤心不已。他不明白，为啥凶残的人类什么都吃？

"谁这么惨无人道，竟然连狗都吃？"任飞扬立马愤然地把桌子一拍，那动作看似有几分伪善，但那脸上的神肃，眼中的悲戚，却处处都能体现真情。

"我已经报了案，那两人还关在派出所里。可是所长说，狗已经被吃掉了，这种案子，顶多也就只能让他们赔些狗肉的钱，然后关几天就放了……"老贾说着说着，便泣不成声了。

"那你想怎样？"任飞扬不解地问道。

"可真儿也是一条命！"老贾饮泣着说。

"你的意思是，杀狗偿命？"任飞扬的脸上显得更加凝重了，"可是，虽然，甚至我认为有些狗比有些人更有人性，但是打官司需要的是法律上的认定。而我唯一能帮你的就是向那些人大代表游说，希望下次开人大会议能把狗也列入人的名单——"

"嗯。"老贾抹着泪，像个孩子般点头。

于是，任飞扬又不断拍着他，像安慰一个小孩一样对他说："狗死不能复生，唯愿你能节哀顺变，但愿它能在天堂里能过得人模人样的！"

说完，任飞扬又给老贾递上一根烟，却没帮他点燃。老贾接过烟，说了一万个感谢，然后踽踽地走了。

刘云婵还正在夸任飞扬处理这件事得体，老贾又匆匆回来了，一进门便激动地说："任兄，那件事用不着你游说了，一切都是我咎由自取！我已决定将园子里所有的野生动物都放掉，从此不再杀生。处理完所有事情，我便去麻布大山的那座仙观修道，以赎回过去犯下的所有杀孽。"

"哦？"任飞扬惊异地望着他，不知发生了什么事，怎么出去一趟回来就变成另一个人了？天风也一脸惊喜地望着老贾。

"当我出门过马路时，一时忘了看两边来车，差点被一辆房车撞到，那司机下来便问我：'眼见这位先生满脸杀气，黑气缠身，而眼神中又乌云破光，赤晴过目，莫非是过去犯下了种种杀孽，而最近又遇到了血光之灾？'我当时惊呆了，便把所有的事情都告诉他了。这时，他老婆也对我说：'万物皆有灵，为何你的狗不吃你杀掉的这些动物，是因为它们之间有感情。而当你杀害无数只动物的子女时，上天也会让你感同身受。这个世界你得到的永远是你付出的，你看到的永远是镜子中的自我……'"

老贾还没说完，任飞扬嫌他太啰唆，便咋咋呼呼打断他问道："你说的那位司机是不是生得相貌堂堂，仙风道骨，还留着很长的胡子，而他老婆长得也是面如荷花，肤如凝脂，如同仙女下凡？"

"正是，正是，难道任兄认识他们？"老贾激动地握住任飞扬的手问道。

"难道他们两夫妻又回了仙都？"任飞扬喃喃自语地说完，又惊讶地问老贾，"他们人呢？"

"最后我问日后上哪去拜访他们，他们说生如浮萍，四海为家，有缘人自会萍聚——"老贾无限失落地说完，不自觉地松开了紧握着任飞扬的手。

老贾说完，天风回想起"美髯公"和姑姑的种种，也在想，莫非他夫妻俩果真是仙？可他们看上去和凡人没有任何区别，或许仅仅是气质和气场有些超凡脱俗而已。

有时人和人之间会有那么一刹那，你明白了他内心中所有的光，而他内心的光也照见了你，而你们之间却无以言说，这或许就是对仙的感受。——尽管天风从未与"美髯公"说过一句话，但总感觉他亲昵而不失庄严，威武而不失仁慈，英气而不失和气，飘飘忽忽，可远又可近。他总是爱一边喝酒一边看书一边睡觉的形象如同一尊雕像一般已深深镌刻在天风的脑海里，也似前世就已熟悉。

老贾走后，刘云婵也对任飞扬说："看你以后还敢杀生，还吃野生动物！"

任飞扬向来是一个不信邪的人，但他瞟了天风一眼，眼神中竟然也有了由衷的敬畏与保护……

17. 玄乎的相册

就在暑假快要结束前，天风竟然收到了仙都中学的录取通知书。

原来，就在这个暑假，仙都中学被评为省重点中学，而天风是以最优异的成绩考入的。拿到通知书的天风丝毫没感到欣喜，反倒忧心忡忡。

这天下午，堂姐陪伴乡下的大伯一起来到了他家。

一进门，大伯就温和地笑着对天风说："风崽崽，又长高了许多，还记得我吗？怕是不认得了，还是几年前暑假回过一次乡下的——"

天风赶紧叫了一声"大伯"，不好意思地低下头来。

堂姐又笑着说："你还记得小时候一直都叫他爹吗？逼你改都改不掉，怎么现在知道叫大伯了？"

这话里既带有调侃，又有责怪的意味，令天风有些无地自容。并非他忘旧，那个乡下盛载着他太多的记忆和伤感，而他的梦想已向着更广阔的远方。他一直在想，等他梦想成真的那天，他一定会把生命中最重要的人都安排在最尊贵的仙座上。

坐下来，堂姐突然出神地望着天风说："你长得越来越像秀明哥了，我清楚地记得秀明哥读初中时的模样，几乎和你现在一模一样——"

她望着天风那异样的眼神更令他手足无措，为了化解这一场尴尬，大伯赶紧悲愤地斥责了一句："别胡说，秀明哪有他这样好的命！"

于是，堂姐又说起天风童年时责骂大伯打破尿罐的那次，那件事已经成了他童年的笑柄，在亲戚中到处传播，成为亲戚茶余饭后的谈资。

"那时，每次见到你，你总是一伸舌头就跑了，比小女孩还要害羞……"堂姐一直说着他童年的事，长大了的天风听到这些，仍会回到童年的样子，舔了舔舌头，一副不知所措的样子。

大伯一直呵呵地笑着，一晃许多年过去了，唯有他那张历经风霜的脸恍惚印证了时光，但无法改变的，是他温婉时的笑面如花……

正好这时，刘云婵下班回来了，进门与他们互相打了个招呼，大伯便把编织袋里的一大袋东西摊了出来，有糍粑、野生干菜、绿豆粉皮、炸红薯片和苕角角等。

"您真是太客气了，这么重，提这么远多辛苦……"

刘云婵正说着，任飞扬便从厨房里走出来，解下围裙交给她，向她交代道："我差不多把菜都备齐了，你的手艺比我好，还是你来炒菜吧！"

说完，他便坐下开始陪大伯寒暄："听说您在二姐家已住了几天了，您难得来城里一次，不如到我这边也住些时日吧！"

大伯把那本《游龙鞭法》的手抄本递给他，然后对他说："我这人呀，爱天风，爱自由，想来就来，想去就去，来来去去你随我心意就好了！"

"好吧，既然我们都是自家人，我们之间也没什么客气的！"任飞扬说完随手翻了翻那本书，然后又对天风说了一句，"万一你没考上大学，要去乡下放羊，我就把这本书交给你！"

说完，便起身把那本书拿去了房间。

此时，显得有些无聊的堂姐一直翻看着手中一本精致的相册，见天风好奇地望了相册几眼，便随口问了天风一句："你还记得秀明哥吗？"

秀明哥，这个名字就像冥冥中的一道闪电，又像一道鞭子，那光明的痛，令每个人的心都抽搐了一下。

天风点了点头，堂姐便沉重地把那个相册递给他："你知道，秀明哥是个既不喜欢炫耀自己，也不喜欢提起往事的一个人。这次，要不是在姑妈家住这么久，我们还不知道小表姐还私藏着许多秀明哥当时在城里的照片，更不知道秀明哥在马戏团的那些经历……"

天风接过相册便开始浏览，秀明哥那清新俊逸的影子再次在他脑海中如同新叶一般一片片展现：在夕光中踏着溪涧赶马归来，在花影憧憧中骑着马徜徉，在舞台上一跃而起穿过火圈，在万众瞩目中拉着吊环冉冉上升……

而在这些照片中，天风注意到另外一个似曾熟悉的姿影。他仔细地辨认着，啊，孔老师，这怎么可能？尽管面容、身形与孔老师十分相似，但这绝不可能！这在时间和空间上也对应不上。

他全身战栗着，他绝不相信这么玄乎的事情会发生在他们身上。

但越是绝不相信的这些画面便越在天风脑海里萦绕，仿佛正成为他的亲身经历……

18. 加入马戏团

临近开学这天，当天风一个人在大街上闲逛，路过公园时，看到一个新搭的环形帐篷，高高挂在树干的高音喇叭正震耳欲聋地为即将上演的马戏节目做宣传。实践证明，这种恶俗的宣传方式是行之有效的。天风就是被吸引过去的一位，哪里热闹哪里就一定会有他的身影。哪怕是在梦里。

那帐篷内人声鼎沸，喝彩声不断。而帐篷外却成了小商小贩的集会，有卖甘蔗的、卖瓜子的、卖棉花糖的……

那面人摊和吹糖人架子上插着的孙悟空，都曾经是天风骄傲的象征。每当看到一个小孩买一个"孙悟空"拿在手上舍不得吃，爱不释手地把玩时，他就不禁油然而生一种自豪感。而他最后停留在转糖摊前，目不转睛地望着那棋盘一般的格子。

"来，快来瞧一瞧，看一看啦！只要一块钱，转到龙虎猴猪就大赚特赚啦！"转糖人大声吆喝完，天风在口袋里揉捏着一个钢镚还正在犹豫，只见身旁一位气宇轩昂的少年掏出十元钱拍在桌板上，中气十足地说道："直接买龙够不够？"

"你不如一元钱一次，说不定转到龙还不用十次！"转糖人漫不经心地回答。

"我想得到的每一样东西都志在必得，让运气这种东西见鬼去吧！"那少年说话时的自信也令天风肃然起敬。

转糖人把草帽拉低，为难了半天，这意味着他为了多赚些钱就必须打破这游戏的规则。他望了望围观的几位小朋友。正当他犹豫之时，那富家少年又加多了十元，十分阔气地摆在桌子上说道："这下够了吧？要把龙画得大一点，漂亮一些！"

这下转糖人什么都不说了，埋头便开始熬糖。他几乎用了大半锅糖浆，终于在大理石板上浇好了一条遒劲的龙，然后粘上竹签，待糖画完全冷却后再铲起来交给那位富家公子。最后，天风眼睁睁地看着这位富家公子舔着糖画，腾云驾雾般走进了马戏团的帐篷内。

此时，天风也把那枚一元的钢镚随意扔在了桌面上，然后果断地拨动指针，那指针便像不可测的命运那样飞速旋转着。天风双手插在裤兜里，漫不经心地环顾着四周，突然看见一位美少女回头对他惊鸿一瞥。这一瞥便让天风感到大地空旷、霞光万丈。

只见这位少女轻盈地把门票交给管理员，转身走了进去，随即消失在人群中，消散了她云霞一般的颜色，隐没了她花一般的芬芳，甚至她那寂寥的目光。

天风怔怔地站在那里，恍然若梦，总感觉这一幕似曾熟悉，这位美少女像是在哪里见过，但又无法确定。

"虎，虎，虎——"就在指针快要停下来时，围观的几个小朋友大声叫唤着。指针绕过了生肖虎，又有人齐声大喊着"猴，猴，猴——"，就在指针快要停下来的时候，甚至有人帮天风去吹。

那转盘共有二十四格，转到十二生肖的几率只有一半。如果没转到十二生肖，转糖人只是舀半勺熔化的糖浆在大理石板上点三下，那一块钱铁定是亏的；如若是你转到龙虎猴猪以外的生肖便可以得到满满一勺糖浆在大理石板上浇成的糖画，不亏不赚；倘若你恰好转到四个角位的龙虎猴猪，那足足需要转糖人用去三勺以上的糖浆，相当于中了大奖。

按说转到龙虎猴猪加起来的几率也有六分之一，但是极少人可以转到，令人不得不怀疑那转盘底下装了磁铁。而当指针最后一秒神奇地在猴那一格停了下来，在场的观众无不为天风欢呼喝彩。

只见那转糖人不紧不慢，足足舀了四勺糖浆在大理石精心浇出一个美猴王的图案来，然后用竹签粘上，待冷却之后，毕恭毕敬地交给天风。所有的小观众都歆羡地望着天风，天风拿起糖画故意当着他们的面美美地舔了一口，然后大吃了起来，只有那转糖人悠悠地在一旁斜睨着他。

吃完以后，天风突然觉得全身痒痒，他抓耳挠腮，才发现自己变成了一只猴，再望了一眼那戴草帽的转糖人，这不正是老金吗？

"孙悟风，恭喜你加入马戏班，这是你的幸运和荣耀！之前做猴对你来说是一种惩罚，而这次做猴却是一种奖励！"老金抬起头来，脸上浮出的暗笑像一张阴暗的网铺天盖地般撒了下来——

他不得不跟随老金走进了马戏班，立马就被里面热闹非凡的场面吸引住了，各种精彩的节目在这里轮番上演：有熊猫蹬桌子，老虎钻火圈，驯熊表演，小狗做数学题等。孙悟风便好奇地问老金："这些动物也都是人变的吗？"

老金一脸深沉地说："是的，进入马戏团的每个人都是考进来的，然后根据各自的喜好来选择动物饼干。一直吃同一种动物饼干就会不断增加这种动物的属性，以至于后来出现了分化。其实你转糖画能转到猴也是你的内心所向，这就是马戏团与猴园的不同。你们都长大了，不再需要'驴马教育'了，而是到了需要尽量尊重你们的个性，培养你们各自的兴趣爱好，发挥你们各自特长的时候。"

老金说完，孙悟风才完全放松了下来。

一会，聚光灯下，主角光环开启，那位美少女牵着一匹白马出场了，引来全场的欢呼。只见她那桃花一般的面颊，花蕊一般的睫毛，她专注的眼神里全是花开的憧憬；她光洁的肌肤澄澈清透，纤尘不染；她那含苞未放的窈窕身段，恪守着所有豆蔻年华的秘密。她一走出来便浑身散发着新星的光晕。

而孙悟风一眼就认出那匹白马就是那位翩翩少年变的，因为他那么的超凡脱俗，气宇不凡。那匹白马与那位美少女的配合是那么的默契，只要她一个手势，白马便时而站立，时而旋转，时而随着音乐轻摆。一会，那位美少女跳上了马背，骑着马似清风一般奔跑，然后徐徐展开手臂，诗意地绽放自己，那动人的旋律如同一朵风中的花，在蹁跹中沉醉，直达春深几许。每当那微风拂过，便在天风心中荡漾起层层涟漪……

待她退场之后，孙悟风想趁老金不注意去幕后找她。他偷偷揭开后台幕帘，只见那只钻火圈的老虎雍容地走过来，对着他虎视眈眈。

孙悟风冷冷地说道："你不想成为我的虎皮座椅就赶紧滚一边去！"

老虎张牙舞爪地向他咆哮着："你胆敢跟百兽之王如此说话，看我不把你撕成碎片！"

"你百兽之王算个鸟，宇宙万物都归灵长类统治，快快在猴王面前下跪！"孙悟风不屑一顾地说，"而且你那眼神似曾相识，你一定不是老虎，你的眼中没有老虎的那种威严、庄重和王者风范。如果我没猜错。你不过是偷吃了几片老虎饼干，在这里狐假虎威罢了！"

"没错，他正是从小就欺负我们的牛牛变成的一只纸老虎！"此时宝塔不知从哪钻出来指证道。

一提到牛牛，孙悟风便回想起他童年时那些令人不寒而栗的句子：我要吃掉你的脑子，夺走你的知识；我要掏掉你的心，抢走你的爱情；我要挖掉你的眼睛，来玩弹子游戏；我要扒掉你的皮，来做一件皮衣……

但一想到牛牛只不过是一只被他一拳就能打倒的纸老虎，他便摆出一个猴拳的架势来。

"你这该死的小强！"老虎恶狠狠地说完，然后放开孙悟风，一个猛虎下山的姿势向着宝塔扑了过来，只见这宝塔只是微微挪了一下身子，现出身后的杀器来。

"无脸猴，怎么你也来了这里？"孙悟风惊讶地问道。无脸猴只是微微对着他点了点头。

老虎赶紧停了下来，对着无脸猴嗅了嗅，虽然对这只无脸猴完全陌生，但瞬间就能嗅出无脸猴身上弥漫着的杀手气息，尤其是他那张没有表情的面孔更令老虎奉若神灵。于是，老虎围着他兜了半圈，只得低眉顺眼地转身离开。

老虎走开后，无脸猴冷冷地对孙悟风说了一句："我去哪都一样，既不想流浪，也不想回家；而且我在哪都一样，永远都是被忽略的那个——"

孙悟风知道一定是老金把他弄进马戏班的，对老金也心怀感激。此时，长臂猿远远地把一只手搭在孙悟风的肩膀上。当他们正准备庆祝在马戏团的重逢时，无脸猴竟然又默默走开了，在他心中似乎除了义气，不再恋及人间其他的情义。

就在这时，那位美少女轻飘飘的影子正好从孙悟风身边经过，孙悟风顿时感到清风徐来，光芒万丈。

这是他第一次如此近距离地见到她，如此靠近，就像进入了一个山明水秀的村庄，令人豁然开朗。惊艳之余，简直就是亮瞎了眼睛。这过分的光亮令孙悟风的梦就像熔断了似的，眼前突然什么都看不见。他挣扎着从梦里醒来，此时已经天亮了。

这天是他开学的第一天。一个崭新的黎明。

一个新的世界将为他揭开梦的谜底。

19. 与美少女重逢

当天风迎着朝阳跨进高中教室，一眼便见到那位梦中美少女和翩翩少年。当天风的目光与那位美少女相撞，他差点喊出声来，这不正是孔老师吗？难道孔老师为了信守当年的承诺回来找他，竟然逆生长成为了一位妙龄少女？

天风在与她对撞的目光里，有着旧梦的熟稔，就好像跨越前世今生而来。

但她的目光很快又低垂下去，就好像并非真的认识。

难道一切将从头来过？天风呆呆地望着她半天，却未能将她前世的记忆唤醒。他抬头望望天花板，他的天空本是一片空白，自从有孔雀飞过，便留下了不可磨灭的影子。

而这一天，消失了的孔雀又在他心中复活。

天风在自己的位置上坐下来后，甚至都怀疑是坐在一个梦的大厅。环顾四周，他又看见小强、沙英摩和李晔，还有金老师，甚至还有童年时的死对头——牛牛，他们一一与梦里对应。

这是怎么了？难道这是梦的启示？这简直太神奇了！此时云山雾海的天风不禁想起庄子的那句：不知是蝴蝶梦我，还是我梦蝴蝶。但教室内的窗明几净和对真实事物的触摸感又时时刻刻提醒着他，一切都是那么的真实可信！

在那个爱做梦的年龄，天风是那个能把梦做出层次感的人：一个梦中还有另一个梦，一环套一环，就像大山峡里还有着小山峡，层峦叠嶂。即使从一个梦中醒来，即使从所有梦中醒来，他仍然像是一位梦中人，人生何尝不是一个最大的梦呢？

金老师给所有人办完报到手续后，便例行举行了第一届班会，每个人进行自我介绍并组阁第一届班委会。通常第一届班干部是根据考入的成绩和各自的特长由班主任亲自指定。

看来新学期新气象，金老师换了一口陶瓷牙，却看上去比之前和蔼可亲多了，那时时挂在脸上爽朗的笑容似乎已经完全驱散了天风梦里的阴云。

第一个邀请上台的正是那位翩翩少年，他是第一名考进班级的，所以毫无悬念地被金老师推选为班长。只见他气宇轩昂地走上讲台，落落大方地介绍了一句："我叫慕容江天，我名字的四个字代表胸怀天下，四海一家。很荣幸能成为这个班的班长，希望这个新的班集体能在我的带领下蒸蒸日上，暖如一家！"

"江天？"天风脑袋一闪而过这个名字，这不正是他幼儿园时的同学吗？怪不得他的面容似曾熟悉。

"能否告诉大家，你有什么特长？"金老师问道。

"路漫漫其修远兮，我的求索之路特长——"慕容江天意味深长地说完，便洒脱地敬了个礼，匆匆走下讲台，他就像是一切都志在必得似的。女生们都为他的俊美和才华所倾倒，一个劲地为他热烈鼓掌；而男生见了心里如同江河泛沉，不是个滋味。

"下一个，文艺委员——虞诗雪。"金老师报完幕，天风感觉所有的人都屏息将视线凝聚在了一起。

只见那位美少女像是踏着七彩祥云般款款走上讲台，一个孔雀般的绚丽转身，然后微微行礼，楚楚动人地介绍道："我叫虞诗雪，我很喜欢这个名字，因为我感觉自己就是虞美人、诗歌和雪的化身。我的特长是芭蕾舞。谢谢大家！"

虞美人、诗歌和雪组成的化身，多么诗意、高贵的自我介绍啊！芭蕾，这首形体的诗如同上天的提示，绝对能唤起天风对孔老师的很多回忆！此时，虞诗雪的出现对于天风来说就像一道天光，就连这声音都是从天堂之上洒下来的。

天风在台下痴迷地望着她，哪怕她只是一个梦的影子，也会令天风感到她就是白昼的中心。

她，是那么的光彩夺目，就像上天的奇异恩典，瞬间让天风再次找回生命的所有含义！

当虞诗雪走下台去，那云层仿佛也跟着阴翳下去，只有他的梦想还天风般在高天之上孤傲地游荡。一切仿佛印证了老金梦中的那句欢迎辞：恭喜你加入马戏班，这是你的幸运和荣耀！之前做猴对你来说是一种惩罚，而这次做猴却是一种奖励！

当他还正在九天之上浮想联翩的时候，金老师突然着重点了一下他的名。天风显然还没准备好，只得仓促上台，抓耳挠腮了一顿，呼风唤雨般紧急组织词语。

"你这是在表演猴拳，还是在演猴把戏？"金老师斜睨了他一眼，令天风尤显尴尬。

天风听到这句话，惊惧地回望了金老师一眼，眼里放出异样的光芒。当望见金老师那庄重平和的表情，便又很快地平静了下来。

　　他想了想，然后介绍道："我叫任天风。任天风漫漫，我自月旅行。"

　　说完，他正要仓促下台，却被金老师拦住："能否解释一下这句话的具体含义？"

　　天风停住，随口说道："世界上有千万条道路，而我将开创一条属于自己的道路。这条路如登月一般人迹罕至，注定我与众不同的命运。"

　　天风的瑰意琦行，超凡脱尘，赢得了阵阵掌声，爱出风头的牛牛在下面一边卖力地鼓着掌，一边大声喝着倒彩："祝你早日成为修路工！"

　　牛牛的话引来一场哄笑，金老师瞪了牛牛一眼，又问了天风一句："那你有什么特长？"

　　"风的内心是真空，我的特长就是没有任何特长。"天风云淡风轻地说完，便行了个礼，迈开长腿下去了。他的低调获得了一片和声。

　　"他的腿特长——"不知哪位女生喊了一句，台下又是一阵热闹。

　　"肃静！下一个，朱宝强——"金老师拍着桌子说道。

　　小强上台扭扭捏捏了半天后，磕磕巴巴地说道："我，我叫朱宝强，不是猪八戒的那个猪，宝贝的宝，刚强的强。"

　　"哈哈，你是猪刚鬣的曾孙，猪刚强最小的弟弟！"见小强一脸憨态，牛牛兴奋地大声嚷道。

　　"那你有什么特长？"金老师又补了一句。

　　"任天风没有的特长全跑我这来了——"小强笨拙地望了天风一眼，把所有人的目光都迁移到天风身上。天风赶紧捂住了眼睛。

　　"哈哈，你的鼻子特长——"牛牛在台下放肆大笑。

　　台下又把哄笑复习了一遍，令天风有些无地自容，真想上台去踹小强两脚。这小强似乎天生与天风有着某种特别的缘分：他就像天风家一位又穷又丑的乡下远房亲戚，从幼儿园一直到高中，一直像狗皮膏药般黏着天风，走到哪里跟到哪里，甩也甩不掉。

　　"下一位，吕洽——"金老师拿着花名册念道，那不标准的普通话把"吕洽"读成了"女洽"。

　　念了半天，没啥反应。金老师以为是自己的声音太小了，就像站在一个无人的星球上又大声喊了一遍，四周依然是一片空旷无人的宇宙。

金老师大概是怀疑自己把这个"浍"字的声调念错了，又改成了第四调喊了一遍。

"女汗来了没有？"他眼睛四处张望，仍然没有任何反应。

"这就奇怪了，明明座位都坐满了——"金老师把花名册上的人数又数了一遍。

此时的小强再也无法坐视不管了，一下从后面站起来指着靠墙边的一位女生说："老师，她就是吕浍——"

这下所有的目光都齐刷刷地扫向那个角落，这时从那个角落飞出一本厚书来，就像一颗喷着烈焰彗发的陨石一般带领着所有的目光又疾疾扫向小强。小强赶紧把头一偏，那本书撞在教室后"宇宙天际的黑幕"上，跌落了下来。

这下可让所有的人都惊呆了，却令唯恐天下不乱的牛牛又开始像打了牛血般兴奋不已。

"啊哈，她不是吕汗，而是女汉子！"牛牛兴高采烈地才说完，脑袋便"嗡"地一响，被一个"不明飞行物"砸了一下，散出来的笔、尺子和橡皮擦等文具在他的后脑勺上开出了一朵"大礼花"。

多嘴多舌的牛牛一下便被砸得张口结舌了，他弯腰拾起一个文具盒，一脸尴尬地摸着后脑勺回过头来张望。

金老师意识到这个问题的严重性，赶紧疾步走了过去，一脸严肃地问那位女生："你是不是叫吕浍？到底怎么回事？"

只见那位气得披头散发的女生就像一位含冤的女鬼一般，大朵的泪花从她那张不动声色的脸上飘了下来，整个教室瞬间便沉默得就像一间墓室一样。

天风也转过头来望着她，只见这位女生长得虎背熊腰，五官蛮横，尽管面相与童年的浍浍已大相径庭，但那模糊的概念却越来越像另一个人——

对了，天风突然一拍脑袋，浍浍她妈那个令人讨厌的形象便跃然在他脑海闪现。看来真是冤家路窄，这童年的浍浍竟然又和他高中同一个班级。

"到底怎么了？有什么事可以跟老师说呀！"金老师的声音顿时变得柔和婉转了许多。

当吕浍偏过头，一脸倔强地望着窗外时，从她那凌乱的刘海里隐隐可见一道疤痕，那道疤痕也是天风童年隐隐的心痛，让人回想起幼儿园发生的那些事情。这吕浍就像是虞诗雪的对立面，看来有天使的地方就一定会出现魑魑魅魍魉，天风心里很不是滋味。

金老师呆呆地站立着，似乎站在前世今生里与那位女生僵持了很久。大家似乎都已渐渐明白，这位女生要么是之前发生过什么事情，心灵受过很重的创伤，要么就是性格极度扭曲，这种人还是不惹为好，不然就是自讨苦吃。

"行吧，下课后你到办公室来一下，有什么心里话都可以告诉老师——"金老师说完，转身走回讲台。

"最后一个，牛天放——"金老师报完，腰阔臂壮的牛牛晃晃荡荡地走上去，武林大侠般来了一个拱手，然后倨傲地对着吕洺拍着胸脯说："我叫牛天放，牛气冲天的牛天放，不服气地随时来找我斗！"

沉湎于人间悲伤的吕洺哪里有眼看他，只有金老师挑刺般把牛天放浑身上下打量了一番，立马又给了他一记杀威棒："恭喜你以最后一名的优异成绩考入我们班！我看了你转来我们学校的档案，你初中时就有因打架被处分的记录，所以你是否能读完高中还是个未知数，不知你刚才说的是斗什么？"

牛天放立即放下了牛气哄哄的架子，嬉笑着回了一句："我还没说我的特长呢，我的特长是斗地主——"

他一说完，当即又引来一阵爆笑。

天风都没眼看牛天放，在他童年的印象中，似乎也有出现过"牛天放"这三个字，只是当时被他忽略了。而如今这三个字听起来有些响亮，甚至刺耳，尤其是这个"天"字，令他感到要么是同类，要么是天敌。如果是同类，这对于他是一种侮辱；倘若还像童年那样斗来斗去，向往和平的天风又觉得那样心累——

下课后，金老师便领着吕洺去了办公室。跟在后面的吕洺走路的姿态尤为怪异，埋着头，让人看不到她的脸，身子却是直板的，远远看上去只有脚踝在动，就像鬼魂一般悄无声息地飘过。要不是青天白日，准叫人惊悚不已！

上课铃响后，一直关注这件事的同学们又不经意间瞟了瞟吕洺的座位，却惊奇地发现吕洺早已埋着身子坐在了座位上，而似乎谁也没看到她是什么时候进来的，又是怎么进来的。

而金老师从此也没再提起过这件事情，犹如一个聊斋故事，一切就像没发生过似的。吕洺似乎就是这么黯淡无光的一个人，她就像宇宙中飘浮着的一颗黑暗星体，平时她总是在刻意隐藏自己，从不引人注目。而一旦哪颗行星招惹了她，她便会像一颗亡命陨石那般给他带来沉重一击。所以谁也不敢再招惹她，就当她不存在一样。

最早，一直视吕洺为"扫把星"的天风也把与她正面相逢当作一种噩运，只不过每一次她都是埋着头，如同女鬼一般用披头散发遮住她那狰狞的鬼颜，无声无息地从他身旁经过，大家相安无事。

从此，天风也只当她是个鬼魂般的存在。或许光天化日之下，每个人身边都有无数个看不见的鬼魂，但只要不去招惹他们，坚守自己的世界，安心做自己的事情，所有的鬼魂便成了无色透明的空气。而色即是空，空即是色，这看得见的鬼魂和看不见的又有何异？

这似乎便是人与所有的鬼魂相处的法则。

班会结束后，很快就进入了平静的高中生活，而天风总是会不可避免地与金老师打照面，有时哪怕只是互相对望一眼，也是一件很尴尬的事情。

这天，天风又在厕所门口与金老师撞见，金老师停顿了一下，一副欲言又止的样子。天风也觉得这躲躲闪闪始终不是办法，唯有主动出击，一次性把所有前嫌都扫清。

"金老师，其实我知道您也不容易，您的父亲一直瘫在床上，家里还有老婆和两个小孩都要靠您来养；当年为了给您父亲治病，还找您舅哥借了不少钱；而且我也知道您开辅导班不仅仅是为了赚钱，毫无疑问也是为了提高班级总体成绩，希望我们每一个都考第一名，您才倍有面子！"天风终于鼓起全部勇气，主动对金老师说道。

"你怎么知道我家里情况的，而且还这么详细？"金老师十分惊讶地问道。

"我要说是做梦知道的，您会说我骗您。所以我只能说，有一天您为了借酒浇愁，独自跑去一家酒馆喝酒，而我正巧路过，看见您喝醉了在里面发酒疯，便冒着生命危险把您送回教工宿舍，一路上也不知您是出于感动，还是平常无人倾诉，便将这积压已久的一肚子苦水都吐向了我——"

"这是哪一天，我怎么没一点印象了？"金老师摸着头，自己都有些糊涂了，最后只好说，"任天风，不管你是否编造，但首先我对你的编剧能力是充分肯定的；其次哪怕你是编造的剧情，也在里面加入了尊敬师长的情节，不枉费我对你的一片苦心。希望新学期新气象……"

正好这时，上课铃声打断了金老师的话，他只好无奈地最后说了一句："好吧，你先上课去吧！"

而之后金老师似乎还是把他当一只猴子来对待。知道天风心里是有惊涛骇浪的人，为了能让天风在他眼皮底下，他刻意把天风安排在最前面的座位，而虞诗雪却被安排坐在最后一排，这让天风感觉到即使和自己心仪的女神在同一屋檐下，也如云树遥隔。

或许这种距离叫缘分未到，却让天风感到更加寂寥。开学那天的自我介绍已令他够引人注目的了，所以当他坐在全班最显眼的这个位置上，不得不加倍低调。有时这种压抑就像把他囚禁在一个供人参观的笼子里一样，令他内心狂躁不已。

这让天风意识到有了虞诗雪的校园，虽然不再是以往的猴园，可是哪怕成了天堂，自己仍是一只猴子，只有不断地修炼自己，才能有一天一鸣惊人，在石破天惊中掀起滔天巨浪，成为他心目中真正的齐天大圣，令诗雪昭昭瞩目，令所有的男生都望尘莫及，甘拜下风……

而未来究竟会怎么样，他仍需要一些梦的启示。在那个如诗的年华，正在发育的他每天都过得轻飘飘地，迷梦一般。

有时，天风一个人站在空荡荡的教室后面放眼望去，那排列成无数条直线的课桌椅一直往前延伸，向着黑板，与那一片未知领域的黑洞汇合，整个空间就像一幅立体纷呈的画面；从灵魂的窗户透射进许多明媚的光来，有向往，有迷离，有忧伤，只有尘埃在里面诉说着心的安宁。天风知道在这幽深的殿堂一定会有许多深邃迷人的故事发生——

虞诗雪和慕容江天，牛天放和吕洽，他们几个的出现已令天风预感到这将是一个非同寻常的高中……

下一部：《我曾朦胧地说过我爱你》

图书在版编目（CIP）数据

寻找从未遇见的自己 / 易诗风著. — 深圳 ：海天
出版社，2021.10
　　ISBN 978-7-5507-3272-8

　　Ⅰ．①寻⋯　Ⅱ．①易⋯　Ⅲ．①长篇小说－中国－当代
　Ⅳ．①I247.5

　　中国版本图书馆CIP数据核字(2021)第175742号

寻找从未遇见的自己
XUNZHAO CONGWEI YUJIAN DE ZIJI

出 品 人　聂雄前
策划编辑　韩海彬
责任编辑　徐娅敏
责任技编　郑　欢
封面设计　斯迈德设计
　　　　　0755-8314 4228
　　　　　今亮後聲 HOPESOUND
　　　　　2580590616@qq.com

出版发行　海天出版社
地　　址　深圳市彩田南路海天综合大厦　（518033）
网　　址　www.htph.com.cn
订购电话　0755-83460239（邮购、团购）
设计制作　深圳市知行格致文化传播有限公司　Tel：0755-83464427
印　　刷　深圳市晶宇印刷有限公司
开　　本　787mm×1092mm　1/16
印　　张　27.25
字　　数　444千
版　　次　2021年10月第1版
印　　次　2021年10月第1次
定　　价　78.00元